U0469805

The Pillars of Hercules
Paul Theroux

赫拉克勒斯之柱

〔美〕保罗·索鲁 著　薛璞 译

人民文学出版社
PEOPLE'S LITERATURE PUBLISHING HOUSE

著作权合同登记号　图字 01-2018-4288/01-2018-4274

图书在版编目(CIP)数据

赫拉克勒斯之柱/(美)保罗·索鲁著；薛璞译.
—北京：人民文学出版社，2020
(远行译丛)
ISBN 978-7-02-014511-9

Ⅰ.①赫…　Ⅱ.①保…　②薛…　Ⅲ.①游记-作品集-美国-现代　Ⅳ.①I712.65

中国版本图书馆 CIP 数据核字(2018)第 189559 号

出 品 人　黄育海
责任编辑　甘　慧　潘丽萍
封面设计　汪佳诗

出版发行　人民文学出版社
社　　址　北京市朝内大街 166 号
邮政编码　100705
网　　址　http://www.rw-cn.com
印　　刷　上海利丰雅高印刷有限公司
经　　销　全国新华书店等
字　　数　449 千字
开　　本　890 毫米×1240 毫米　1/32
印　　张　20.25
插　　页　5
版　　次　2020 年 3 月北京第 1 版
印　　次　2020 年 3 月第 1 次印刷
书　　号　978-7-02-014511-9
定　　价　99.00 元

如有印装质量问题，请与本社图书销售中心调换。电话：010-65233595

目 录

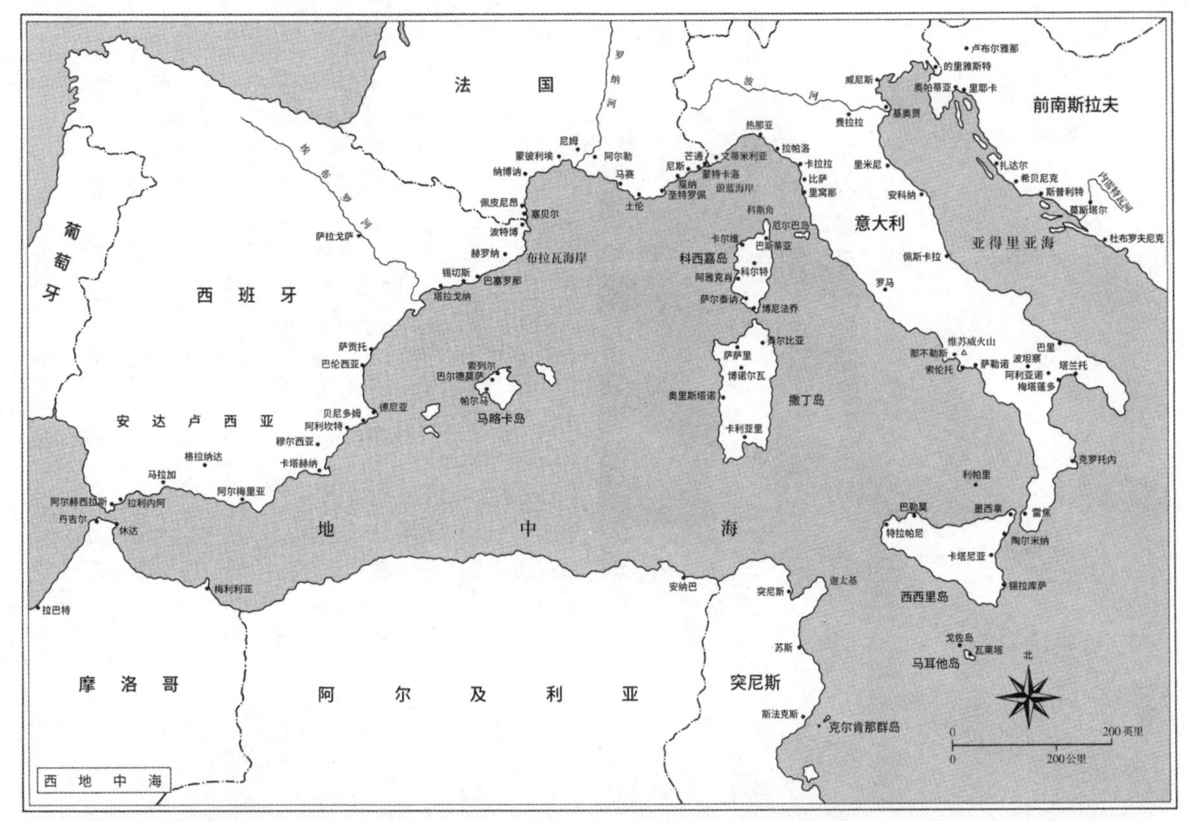
西地中海
法国
西班牙
葡萄牙
安达卢西亚
意大利
前南斯拉夫
亚得里亚海
地中海
摩洛哥
阿尔及利亚
突尼斯
马略卡岛
科西嘉岛
撒丁岛
西西里岛
马耳他岛
克尔肯那群岛
布拉瓦海岸
蔚蓝海岸
罗纳河
波河
埃布罗河
内雷特瓦河
卢布尔雅那
的里雅斯特
威尼斯
奥帕蒂亚
里耶卡
基奥贾
费拉拉
热那亚
拉帕洛
卡拉拉
比萨
里窝那
里米尼
安科纳
扎达尔
希贝尼克
斯普利特
莫斯塔尔
杜布罗夫尼克
佩斯卡拉
罗马
尼姆
蒙彼利埃
纳博讷
阿尔勒
马赛
土伦
尼斯
芒通
文蒂米利亚
蒙特卡洛
戛纳
圣特罗佩
佩皮尼昂
塞贝尔
波特博
赫罗纳
锡切斯
巴塞罗那
塔拉戈纳
萨拉戈萨
萨贡托
巴伦西亚
德尼亚
贝尼多姆
阿利坎特
穆尔西亚
卡塔赫纳
格拉纳达
马拉加
阿尔梅里亚
阿尔赫西拉斯
拉利内阿
丹吉尔
休达
梅利利亚
拉巴特
索列尔
巴尔德莫萨
帕尔马
科斯角
卡尔维
尼尔巴岛
巴斯蒂亚
科尔特
阿雅克肖
萨尔泰讷
博尼法乔
奥尔比亚
萨萨里
博诺尔瓦
奥里斯塔诺
卡利亚里
安纳巴
突尼斯
迦太基
苏斯
斯法克斯
那不勒斯
维苏威火山
索伦托
萨勒诺
波坦察
阿利亚诺
梅塔蓬多
巴里
塔兰托
克罗托内
利帕里
巴勒莫
墨西拿
雷焦
特拉帕尼
卡塔尼亚
陶尔米纳
锡拉库萨
戈佐岛
瓦莱塔
北
0
200英里
0
200公里

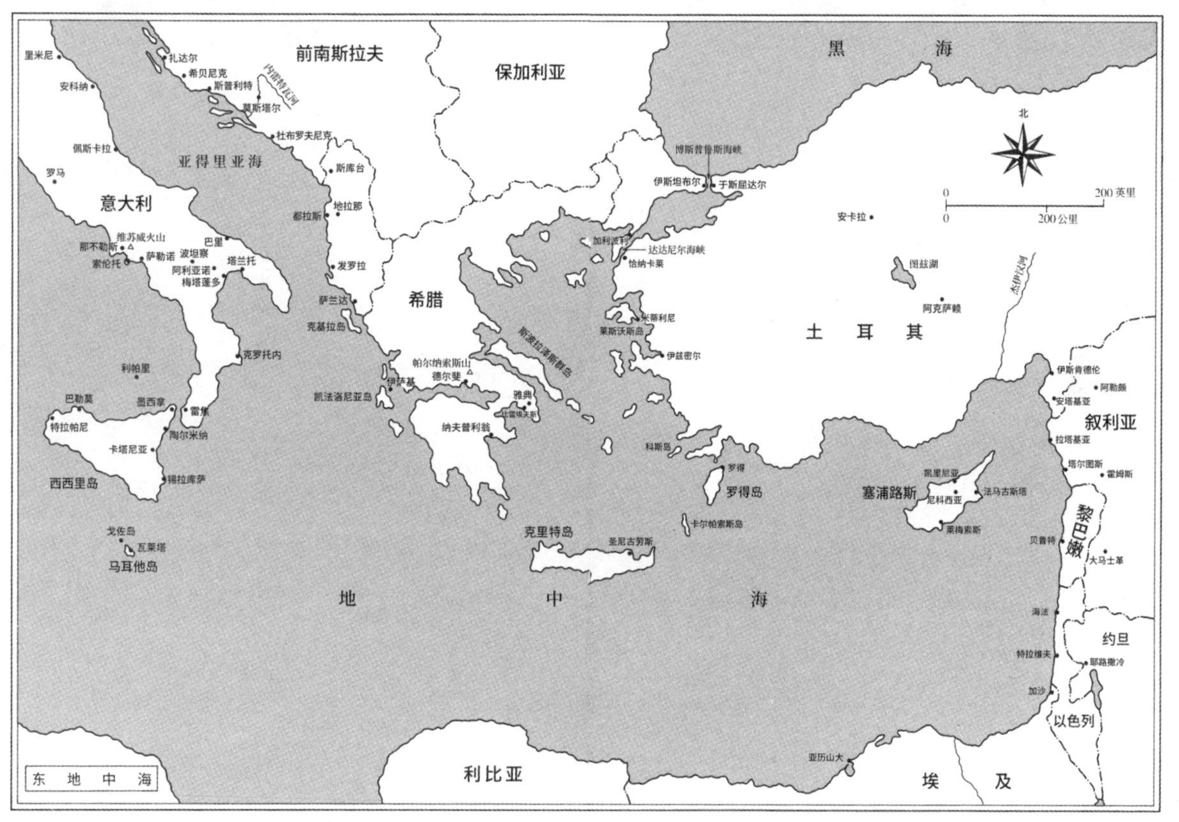
前南斯拉夫
保加利亚
黑　海
北
0　200 英里
0　200 公里
里米尼
扎达尔
希贝尼克
斯普利特
内雷特瓦河
莫斯塔尔
安科纳
杜布罗夫尼克
佩斯卡拉
亚得里亚海
斯库台
罗马
意大利
都拉斯
地拉那
维苏威火山
那不勒斯
萨勒诺
索伦托
巴里
波坦察
阿利亚诺
梅塔蓬多
塔兰托
发罗拉
萨兰达
克基拉岛
希腊
克罗托内
利帕里
帕尔纳索斯山
德尔斐
伊萨基
凯法洛尼亚岛
巴勒莫
墨西拿
雷焦
特拉帕尼
陶尔米纳
卡塔尼亚
锡拉库萨
西西里岛
纳夫普利翁
雅典
斯波拉泽斯群岛
博斯普鲁斯海峡
伊斯坦布尔
于斯屈达尔
加利波利
达达尼尔海峡
恰纳卡莱
米蒂利尼
莱斯沃斯岛
伊兹密尔
安卡拉
图兹湖
阿克萨赖
土　耳　其
伊斯肯德伦
阿勒颇
安塔基亚
叙利亚
拉塔基亚
塔尔图斯
霍姆斯
科斯岛
罗得
罗得岛
凯里尼亚
尼科西亚
法马古斯塔
塞浦路斯
莱梅索斯
黎巴嫩
贝鲁特
大马士革
卡尔帕索斯岛
克里特岛
圣尼古劳斯
戈佐岛
瓦莱塔
马耳他岛
地　　中　　海
海法
约旦
特拉维夫
耶路撒冷
加沙
以色列
亚历山大
利比亚
埃　及
东　地　中　海

第一章
前往直布罗陀岩的缆车

处于西方文明中的人指称游客跟猿猴差不多，然而在赫拉克勒斯石柱[①]之一的直布罗陀岩，我不但见到，还学会了如何区分。我搭乘索道缆车，横越一丛丛发育不良的矮小树丛和丑陋的屋宇（那些读到这里嘟囔着“哦，他又来这一套了！”的人，最好别再继续往下读），来到岩角顶端。直布罗陀只是一堆显眼的石灰岩石，远观十分迷人，只有一小撮人聚集在低坡处。居民多半皮肤黝黑，会讲两种语言，包括足以理解的英语和带有安达卢西亚[②]口音的西班牙语。向直布罗陀居民提到西班牙时，他们会变得激动，但他们心里明白，英国终有一天会把他们交还给西班牙国王[③]，就像把香港交还给中国一样。

直布罗陀岩角的猿猴为北非猕猴，是欧洲唯一的土生猿猴。那些猿猴目前仍定居当地，而且比大部分直布罗陀家族还要久远。猿

---

① 赫拉克勒斯，希腊神话中的大力士，曾在暴怒中杀妻，为求赎罪而替欧律斯透斯王做十二件艰难工作。

② 西班牙南部地区。

③ 直布罗陀在一七〇四年被英国占领，成为英国的殖民地与海空军基地，西班牙虽一再重申对直布罗陀的主权，但根据一九六七年举行的公民投票，同意回归西班牙的人却微乎其微。

猴聚落中有一定的社会秩序和礼俗，这种情况足以使人类啧啧称奇。岩石间从来不曾发现过猿猴尸身和骸骨。据说猿猴在这个有如山脊的岩内幽深处建有隐秘的殡葬室，它们会在那里举行葬礼、哀悼并掩埋死者。猿猴虽然安居在此，但其实处于劣势：没有工作，没有薪资，必须靠救济维生——由市政府拨款喂养它们。

然而这项食物援助也许还暗藏着一项并不正大光明的动机，因为当地居民强烈迷信：一旦猿猴在直布罗陀绝迹，该地便不再隶属英国。数百年来——从一七四〇年以来，很多旅行者都曾提及这些猿猴，尤其是昔日的大旅行者①，这一次我便是循着他们的足迹环游地中海。其实几乎从人类苦役的守护神赫拉克勒斯在前去捕捉三体怪物红牛（第十件苦役）的过程中扔下这块岩石开始，当地便人迹不绝。当时他还在海峡对岸扔下另一块岩石，而成为摩洛哥的休达。这两块形成地中海的狭道、希腊人称为卡尔佩和阿比拉的岩石，就是赫拉克勒斯双柱。

此行我便是由其中一根柱石，绕远路前往另一根柱石，也就是环地中海一周，从事一项阳光海岸之旅，其间或有随兴之举，是我这种冲动型旅行者所不可避免的。

"旅行的最大目的是参观地中海沿岸地区。"塞缪尔·约翰逊博士②曾说，"这些地区曾孕育世界四大帝国：亚述、波斯、希腊和罗马。我们全部的宗教，几乎所有法律和艺术、所有使得我们凌驾于野蛮人之上的一切，都是由地中海沿岸地区流传下来的。"

当然，他所谓的"我们"和"野蛮人"的用语都值得商榷，但

---

① 昔日英国贵族子弟均以旅行欧洲大陆为教育的一部分。

② 塞缪尔·约翰逊（1709—1784），英国词典编纂家、评论家及诗人。

是你懂他的意思。在地中海沿岸发生过许多事，却直到公元前二世纪，罗马人才乘船航过赫拉克勒斯之柱。假如不是因为胆怯，那么之所以这么晚才有这项横越海峡之举，倒不是因为海流影响，或海峡上始终吹拂西风的关系，而是根据地中海人的观念，在赫拉克勒斯柱石之外，除了赫斯珀里得斯三姊妹[①]所住的岛屿，以及消失的亚特兰蒂斯大陆[②]，便只有可怕的大海了。

赫拉克勒斯之柱标示出文明的极限。古希腊作家欧里庇得斯[③]写道："（赫拉克勒斯之柱）乃航程的终点，大洋的流治者不容许船员游弋于紫色海域。"之后在公元前二世纪，希腊学者波利比乌斯[④]亦曾叙及："位于赫拉克勒斯双柱之间的海峡鲜少使用，人迹罕至，因为那个偏远地域的部族彼此间缺乏交流，而且我们对其外界海洋的知识也极为贫乏。"

远在柱石以外的是，令他们联想到地狱的混乱阴森，因为那两座柱石有如提尔[⑤]供奉麦勒卡特的神庙石柱，因此腓尼基人称它为麦勒卡特之柱。麦勒卡特是冥府之王与黑暗之神，由他统御波涛汹涌、巨浪滔天的大海似乎是理所当然的。

这并不是说地中海人从未冒险穿越海峡，事实上，他们确曾放

---

① 根据希腊神话，赫斯珀里得斯是巨人阿特拉斯的三个女儿，负责守护金苹果树。金苹果是大地之母盖娅送给天后赫拉和天神宙斯的结婚礼物，种在号称地极的赫斯珀里得斯的花园中。

② 传说位于大西洋，靠近直布罗陀海峡。传说主要源自柏拉图的《对话录》，书中形容赫拉克勒斯是一理想国，风景优美、物产丰饶、武功鼎盛，其后在企图往外扩张时被雅典击败，旋因地震与洪水而瞬间沉于海底。

③ 欧里庇得斯（前480—前406），雅典悲剧作家。

④ 波利比乌斯（前200—前118），希腊历史学家。

⑤ 今苏尔，黎巴嫩城市，《圣经》中名为推罗。

胆西行——腓尼基人便由海路抵达不列颠岛，结果证实海峡之外果真险恶难行、危机四伏。他们因而认定海峡的另一端委实乏善可陈，除了中央海，只有怒涛汹涌的紫色河域，也就是那片阴森危险的海洋。希腊人将那片海域称为“海洋之流”，认为它环绕着他们所居住的得天独厚的大地；因他们住在大地的中心点，正确地点便是在德尔斐[①]，当地有块状似伞菌的石头上还注明“世界之脐”的名号。毕竟地中海的原意便是“陆地的中央”。

海峡表面以步行速度往东流，经过十五英里宽的峡道流入地中海，但是海面下二百五十英尺深另有一道次洋流，以反方向急速西流，经过海峡底部，注入大西洋。摩莉·布卢姆[②]在睡前沉思之际，便曾喃喃叙及“那道可怕的海洋深处的急流”。这种罕有的循环式对流，是这片几近内陆的海域中唯一维持海水鲜活的方式。很少有巨流大川注入地中海。直到一八七五年苏伊士运河在威尔第歌剧《阿依达》的旋律伴奏下启用前，数千年来，直布罗陀海峡——英国水手口中的“肠中”与摩尔人[③]所称的“窄门”，是当地通往世界各地的唯一水道。

即便如此，地中海仍然有个古怪的特性。它几乎没有潮流，而且除了分散各处的漩涡——尤以位于墨西拿[④]的最负盛名，也没有显著的海流，其动态主要由风、而非海洋主宰，而且每种风都有名

---

① 位于希腊本土，根据神话记载，天神宙斯定此地为世界中心，立石为记，现置于阿波罗神殿。

② 爱尔兰作家詹姆斯·乔伊斯巨著《尤利西斯》中主人翁布卢姆的妻子。

③ 八世纪时来自北非，征服伊比利亚半岛的穆斯林，十五世纪始被基督徒征服。

④ 墨西拿海峡介于西西里岛和意大利本岛之间，沿途断层分布，风强水急，航行困难；其中有一漩涡是古代船员最惧怕的。

字，各具特性：如稳定吹过直布罗陀海峡的西风帆达危尔斯风；西班牙海岸的强风特拉蒙塔那风；的里雅斯特的寒风布拉风；里维埃拉[①]地区干冷的西北风密斯脱拉风等；另外还有喀新风[②]、西洛可风[③]、黎凡特风[④]，以及大约六种别的风（经常是有不同名称的同一种风）。至于马耳他岛冬季所吹拂的东北格雷大风，很可能是《圣经》(《使徒行传》第二十七至二十八章）中描述，导致圣保罗在马耳他海域遭到船难的同一种风。

总之，地中海并非受月亮圆缺影响的海域，因此它的变化不是每个月固定，而是堪称自有情绪。水手们便曾提及它的神经质，还有它的色彩，包括紫色、暗酒红色，尤其是蓝色。对希腊人而言，地中海是白海——土耳其人也使用同一名称："阿克德尼兹"；阿拉伯人变称为中央白海。德国旅行家埃米尔·路德维希[⑤]曾记载，"如果将海洋比拟为庞然的交响乐，那么地中海倒可归纳为室内乐"，因为它带有犹豫性质，波长短促，起伏奇特，都和大洋迥异。

直布罗陀岩角各处都有六种语言（英语、西班牙语、意大利语、日语、阿拉伯语、法语）的警示标语："不要喂食猿猴！""猿猴会咬人！"这些警示标语在靠近岩角顶处更常见，因为有一支人猿部落寄居在那里，是两支部落中较和善的那支。

岩顶有个恍惚的中年妇女，她是法国游客，肥胖而粗鲁，咧嘴

---

① 位于法国南部与意大利西北部。

② 冬末春初吹拂于北非与阿拉伯半岛，干热多尘的南风或东南风。

③ 春季时来自撒哈拉沙漠，干热有砂的南风或东南风。

④ 地中海地区的一种强烈东风。

⑤ 埃米尔·路德维希（1881—1948），以撰写拿破仑、俾斯麦和贝多芬等人的虚拟传记闻名。

而笑，拾起一颗石头走向一只人猿。那是只母猿，正在爱抚它的小猿，催它凑向粉红色的奶头，一副平静愉悦的神情，就像所有为婴儿哺乳的母亲一样。我相信那名女游客一定叫格里塞特[①]。她咯咯地笑着，用石子去戳那只母猿，她的三个朋友则在一旁观看，其中一个朋友还刻意拉扯她小儿子的手臂，逼他观看戏弄母猿的举动。

那只母猿拿走石子，审慎地思量了一会儿，才把石子丢到地上。格里塞特笑不可抑，接着走上前去，扮了一个鬼脸。她戴眼镜，镜片很厚，有折光效果，她朝那只受困的母猿点头咧嘴笑时，镜片后透出的眼睛肿胀变形。母猿面露忧色，当格里塞特伸手触及在吮乳的小猿时，母猿不禁谨慎地举起一只手——那只手有模有样，色泽粉红，有如缩小的人手，还有细致的指甲，掌中纹路纵横，足以让手相大师分析个够。

格里塞特受到母猿警戒态度的刺激，有点着恼地去戳弄幼猿，仿佛明明看到"油漆未干"的牌子，却偏要以身试法去探探门框。她的朋友又是一阵大笑。那只母猿再度举起一只手示警，等到格里塞特掐了幼猿一下，母猿也在她的指关节上打了一下。这种情况反复进行了有一分钟之久，我还以为母猿会扑向格里塞特的脸，咬她，并抓她——猿猴可能会咬人！

不料母猿竟表现出极大的耐心，仿佛深知所应付的是个头脑简单且不可理喻的人，一个不会对它造成威胁、只是惹人厌的家伙。它只是举着一只手，制止那个愚蠢女人的举动。当格里塞特再度凑上瞪大的凸眼脸孔去折腾母猿和幼猿，并傻笑着唤起她友人的注意

① 格里塞特有"便宜的灰毛布料"或"低贱女人"之意。

时，母猿龇牙咧嘴地缓缓走开，离开无聊的小人，放弃它带婴儿享受的阳光。它踱开时，虽然饱受戏弄，却还是一脸大方，用只有我能听到的声音咕哝一句："真过分！"

格里塞特迟钝地走回与她同行的游客身旁，其中有个女游客正在打孩子，并叱责着："我又不是百万富翁！"另一名英国游客——我猜可能是一名英国陆军的太太，则威胁着："不要黏着我，不然我揍你屁股！"格里塞特一面絮叨着，一面搔着身子，巴望她朋友再度恭维她掐了小猿猴，又惹火了母猿猴，还把它们赶走的壮举。

我想，不错，猿猴的教养确实比游客好，因为游客会对孩子又凶又吼，猿猴对孩子却温柔无比，不会说："我告诉你不要闹了，否则我就赏你一巴掌！"游客会喋喋不休，吃吃傻笑，猿猴则安安静静，若有所思；游客会去逗弄猿猴，猿猴却不会去滋扰游客。猿猴嬉戏时，会在陡坡上或岩石走道上打滚；而游客的孩童玩耍时，总是去伤害对方，吵吵闹闹，好像总要闹到哭哭啼啼才收场。此外，除非游客先向猿猴做鬼脸，否则猿猴绝不会主动对游客扮鬼脸。猿猴的丧礼以虔敬隐秘的方式进行，游客的死丧却总伴随着哀号和歇斯底里。游客嘈杂而难以驾驭，猿猴则磊落而行事正直。然而每年在直布罗陀岩总有若干猿猴因为咬伤游客而遭到射杀。

我碰到的那个女人当然是法国人，但也可能是来自地中海任何一个国家的游客。我读一本一九六四年版的教科书《进阶地理》时，看到其中有关"地中海次人种族群"的描述："褐肤，长形头颅，鬈发，深色眼睛，体型瘦小。"这些人一直穿梭于这片水域，各自占据特有的沿海领域。但一般而言，地中海游客无礼，本性欠佳，因此在我开始旅行时，便发誓不要理会他们，就像我在澳大利亚旅行时，不去理会当地的苍蝇般，而且根本避免去写有关游客的事。描写猿猴还更有意义。

“这只猿猴很残忍。我掐它，它居然咬我！”游客如是说，有如为全世界所有动物盖棺论定。

多年来，我一直愉快地在世界各地旅行，唯独避免前来地中海。地中海之旅一向都被视为教育之旅，一趟寻找智慧与经验的旅程。因此我年届五十，却依然不曾去过西班牙。我所见过的南斯拉夫也仅限于从卢布尔雅那[①]到保加利亚边境的主要地带，而今南斯拉夫已分裂为五个国家。我也从来没去过以色列、埃及、摩洛哥或马耳他，而我所遇到的大多数人都已经去过这些国家，每个人都比我熟悉地中海。我怀疑地中海从头到尾不过是都市化与讹诈的结合，没有其他的了。詹姆斯·乔伊斯曾写道：“罗马令我联想起一个向游客展示祖母尸体来谋生计的男人。”我认为整个地中海地区也是如此，旅游业只是崇拜祖先及对毫不协调的废墟的崇仰之情而已。

然后我开始设想，也许这正是拜访这个地区的最佳理由，因为在过分曝光之余，这里已经腐滥老朽，完全改观了。改变和衰败使它值得一看，也必须尽快记录，而我正是做这种事的人。旅行了半辈子之后，我已培养出对死亡主题感兴趣的特殊胃口。

有些国家会吞噬旅行其间的人。在非洲、波利尼西亚[②]和南美

---

① 斯洛文尼亚首都，靠近奥地利边境。

② 太平洋中部岛群，属大洋洲。

洲旅行时，我有这种感触。但是欧洲，尤其是地中海区域，则像舞台场景，可以为旅行提供丰富的戏剧——它本身只是背景。

你当然已经知道这一点了。你去过意大利——可能也去过西西里岛，甚至可能到过锡拉库萨，而且就住在我找到的同一间小旅馆中。靠近海港？由一个会写诗、脾气暴躁的男人经营？一天大约二十五美元，还包早餐？你看到这里或许会说：根本不是这回事！锡拉库萨是个宜人的地方，旅馆干干净净，那个诗人性格也很开朗。或是我们都去参观过的其他地方，也许在西班牙、在希腊，或在埃及。但那些都不重要。

那是你的旅行，你的意大利。这本书写的是我的旅行，我的意大利。这是我的地中海。

我的想法是由直布罗陀启程，往西班牙走，拥抱海岸，而且留在地面，不搭飞机，只借助火车、巴士、渡轮及船舶；从直布罗陀岩角环绕地中海一周，直抵休达，所以就是从赫拉克勒斯的一根柱石旅行到另一根柱石。我准备环游整个海岸，从西班牙托雷莫利诺斯的炸鱼薯条快餐店，到以色列特拉维夫的枪炮台，途经克罗地亚的战场与克里特岛的裸体海滩。

地中海，这片单纯、几乎微波不兴、面积广达三十座苏必利尔湖的海域，可谓齐集一切：繁荣、贫穷、旅游业、恐怖主义、几场正在进行的战争、种族冲突、法西斯主义者、污染、漂网、亿万富翁的私人岛屿、吉卜赛人、十七个国家、五十种语言、钻井平台、寄生的渔人、极端分子、毒品走私、艺术，以及战争。地中海地区有基督徒、穆斯林、犹太教徒，还有这三种宗教混合而成的神秘教派德鲁兹的信徒，以及异教徒、袄教教徒、科普特教徒与巴哈伊教徒。这个地区由此端到彼端超过两千英里，海水以咸度著名，海域从亚得里亚海北端的浅滩到克里特岛西岸，几乎深达一万六千英尺的伊奥尼亚海盆。虽然海中浮游生物不足，但此处仍是海豚的家，在西班牙属马略卡岛周遭深海也经常可以瞥见抹香鲸的踪影（有些被漂网缠住）。地中海濒临绝种的动物巨型蠵龟每年也仍回到希腊的扎金索斯岛，只是数目逐年递减，而且必须在游客和海边旅馆之间挣扎着寻找下蛋的地方。

地中海居民有许多奇怪的地方，其中之一是，比起英国人和北欧人，他们不算是很爱吃鱼的人。这是路德维希的观察所得，一般而言也确实如此。地中海市场中一项令人大为扫兴的经验，便是目睹一条条放在大理石石板上、眼睛木然圆睁的死鱼。那些鱼数量不多，而且相当小，大部分捕自地中海外海。不过鲔鱼例外，因为鲔鱼每年会游经赫拉克勒斯之柱，横越地中海，游往黑海产卵。此外，海豚是受到保护的。除了一些非法漂网渔船使用长达十英里的渔网（举例来说法国“绿色和平组织”在一九九四年四月到六月间，就曾侦测并记录到一百三十七个意大利非法漂网捕鱼案例），一般渔业规模很小，渔获量也很少。地中海几乎没有深海捕鱼，只有非法漂网业者和竞捕洄游鲔鱼的人才从事这项活动。

地中海虽然不是渔业兴盛之海，却有得天独厚的美丽气候，风暴来袭时足以致命，但向来以风平浪静著称。其实“地中海”一词便意味着晴朗的天空和温暖的气候，数千年来，地中海沿岸有如伊甸园，盛产葡萄、橄榄和柠檬。

出发后不久，我在火车上向一名法国青年学生提及我的旅程路线，并指着我的地点，谈到环绕地中海旅行是多么容易的一件事。

“克罗地亚！阿尔巴尼亚！”那名学生说，“还有阿尔及利亚——你也要去那里吗？”

“当然。我一直想搭夜车从突尼斯到安纳巴，去看看阿尔及尔的传统市集和加缪笔下的奥兰。”

“过去两年中，有两万人在阿尔及利亚的战争中送命，大部分都是在海岸地区。”他说，“你不知道吗？最近一次选举被宣告无效，而且极端分子有个政策是要杀死所有外国人。”

是的，我不知道。

“也许我会跳过阿尔及利亚。”接着我又想：也许在我到达之前，他们已经停止自相残杀了。

直布罗陀是个弹丸之地，只有两平方英里，大部分是无人居住的悬崖，而且猿猴的数目跟人类差不多。此地的名字源自摩尔人征服者塔里克，他将该地命名为“塔里克山”。我由伦敦搭乘廉价班机前来，与来自中国大陆的王先生同座。我们一起望着直布罗陀岩角。

“看起来像座小山。”王先生说。

我心里暗想，像一个砍掉头的人面狮身像，只剩身体和屁股，足爪浸在水中，由于附近没有其他山丘怪石，整个岩角显得格外突出。

王先生告诉我，他计划在镇上开一家中国餐厅。“你为什么到这里来？”

“因为我没来过。”我说。

我也从来没去过西班牙。我曾经去过法国南部昂蒂布拜访格雷厄姆·格林，那个小渔村便是我所知道的里维埃拉。我见识过一丁点意大利，在雅典待过一天，此外便从未旅行过地中海地区，连最著名的几个地方都没去过。以色列，没有。黎巴嫩，没有。埃及，没有——我没有见过金字塔。我遇见的英国人大部分都去过马略卡岛，我却从未去过。就因为我从来不曾到过地中海这些地方，因此有很深且固执的偏见，这些偏见使我觉得有趣，也抑制了我游览这些地方的念头。

就像人得到某种年纪，具备人生经验，才能真正了解一些伟大的小说，你也得到了某种年岁才能体味地中海的奥妙之处。我曾经重读《安娜·卡列尼娜》，觉得跟二十一岁时所读的仿佛不是同一本书。我也重读《夜色温柔》、《鼠疫》和《密探》，纳闷是否仍会有相同的冲击。结果感受的确截然不同，不过是基于不同的理由。它们已经不是同一本书了，因为三十多年后的我也不是同一个人了。

很巧的是，这些书的内容多少都跟地中海有关。《夜色温柔》中的主角人物迪克和尼科尔·戴弗一手创建了里维埃拉地区，将一个沉睡中的渔村朱安雷班变成时髦的度假胜地。安娜·卡列尼娜和她的情人沃伦斯基逃离俄国，逃离两人畸恋所掀起的丑闻，在威尼斯、罗马和那不勒斯共享两情相悦的美好时光。但是在意大利一座小镇的豪宅逗留一阵子之后，他们俩便对地中海的生活感到幻灭。“而且一批批德国游客也开始令人受不了，因此非得加以改变不可。他们决定返回俄国。”

约瑟夫·康拉德在法国南部的蒙彼利埃完成以伦敦为背景的小说。而出生在阿尔及利亚海岸地区的加缪，他的小说《鼠疫》的背景就在奥兰。此外，最近我也读了海明威（关于斗牛的描绘背景在西班牙）；纳吉布·马哈福兹[①]和卡瓦菲[②]（两者都将场景设在埃及的亚历山大）；福楼拜（《萨朗波》的背景设在古迦太基）；西里尔·康诺利[③]的《岩石潭》也以里维埃拉为主；伊夫林·沃的《标签》几乎涉及地中海所有地区。还有一本颇受忽略的描绘地中海沿岸地区的战后美国小说，该书以意大利南部为背景，就是威廉·斯泰伦[④]情节繁复而机智的《纵火焚屋》。我重读时，看到书中所描绘的亡命国外的艺术家、醉鬼、装腔作势者等，在阿马尔菲的阳光下烘晒大脑，不禁要佩服他。最后我也重读了卡洛·莱维[⑤]的《基督停留在埃博利》。他笔下那个叫作加利亚诺的悲惨小镇并非在地中海沿岸，不过也很接近。真正的地点是距海仅二十英里，位于意大利靴底的阿利亚诺。这些书都激起我前往地中海一游的愿望。也许潜意识中，我一直在为此行做功课。

有段时期我只想去看荒野，而不愿去一个被许多人写过的地方。但是旅行有趣的是，我也愿意去一个人人都写过的地方，然后以全然不同的崭新观点加以诠释。我总觉得在描绘英国时，我的英国跟读过的所有内容都不相符。这种想法对旅行有好处，因为我没有预期心理。一种发现的感觉向来是旅行最棒的部分。如果没有这种感觉，什么事都在预料之中，那么我就只想回家了。

地中海地区不单指一个地点，而是很多地点的组合。不过我

---

① 纳吉布·马哈福兹（1911—2006），埃及作家，一九八八年获诺贝尔文学奖。

② 卡瓦菲（1863—1933），希腊诗人、记者。

③ 西里尔·康诺利（1903—1974），英国作家、记者。

④ 威廉·斯泰伦（1925—2006），英国小说家。

⑤ 卡洛·莱维（1902—1975），意大利作家、画家。

最后总算定下心来，能够去探索其错综复杂之处，不致有迷失之虞。我心中有爱，生活更快乐。我无意寻找一个新家，希望沿途走访，而婉拒所经过的地方。我这趟纯粹是旅行，没有艳羡或掠夺的意图。我打算环绕地中海，会晤基督徒、穆斯林、犹太教徒和异教徒；与各民族的人碰面，品尝他们的食物，风雨不改，努力去达到目标。

我打算在旅行淡季走访当地，趁游客都返家时，在地中海北岸度过秋冬，然后在黎凡特[①]和北非度过春夏，由赫拉克勒斯的一根柱石游览到另一根柱石，从事一项现代知性之旅，探访生活其间的智者。

内海是最适合旅行的，因为海岸线拟定了旅行的行程。

我抵达直布罗陀当天，总督乔·博萨诺正好在联合国向大会解释直布罗陀希望能维持自治地位的原因。但是直布罗陀除了一座岩角和战略位置，可谓一无所有，既没有制造业，也没有任何东西可销售，民生必需品全都要靠进口。当地不但领土狭小，人口也微不足道（只有两万八千人，其中一万六千人是选民）。岩角脚下有几条街，低坡处有几处豪宅和枪炮台。这里没有足够的空间辟建一座机场，因此每当飞机要降落时，就必须封锁通往西班牙的主要道路——关闭栅栏，交通停顿，直到飞机落地。然后短程小客机便继续滑行，穿越道路及被称为“地峡”的部分，前往航站，等到信号解除了，道路才重新开放。

西班牙独裁者佛朗哥元帅——他的头衔是经刻意挑选，以仿

① 指地中海东部沿岸地区。

效希特勒“元首”和墨索里尼“统帅”的称谓——在统治期间以铁腕钳制每一个西班牙人，还曾于一九六九年关闭与直布罗陀接壤的边境。

“他死于一九七五年，”一名直布罗陀人告诉我，“但是十年后边境才重新开放。”

重新开放是西班牙总理冈萨雷斯在一九八五年下的命令，不过西班牙从未动摇收复直布罗陀的决心。

在关闭的十六年间，直布罗陀被困于一隅，有如受到监禁的殖民地。直布罗陀人从不凭借一七一三年的《乌得勒支条约》与西班牙人力争，坚持英国对当地的主权，因为这对他们没有好处，英国因为这份条约取得了直布罗陀的统治权，也以所属的苏里南和荷兰交换了今日纽约的曼哈顿岛。直布罗陀人在闲谈之际，会随口引述《乌得勒支条约》的相关条文。我仔细看了那份条约，见到第十条竟是禁止“犹太人和摩尔人定居或进入直布罗陀市区”。

《如何攫获与统治直布罗陀》(1865)的不知名作者也指出：应当鼓励新教徒，提供低廉房租与善意款待；而“拥护教皇者、摩尔人和犹太人”则应予以排斥。

就某方面而言，这座哨兵似的岩角已成为英国戍守地中海入口的岛屿。整个地区有如一座大型英国军营，因此难免流于保守、落后、庸俗和酗酒，同时它还承袭了皇家海军长久以来在朗姆酒、鸡奸和鞭刑方面的传统。多年来，当地一直以拥有数量庞大的酒馆著称。但是这座岩角也有它神奇突出的一面——它是周围数英里唯一的自然杰作，顺理成章地迷住了住在山坡与山脚的人。它庞然而又不变地矗立，使得周遭一切相形见绌，因此，直布罗陀人就像一群渺小的偶像膜拜者，紧紧依附他们那座庞然的石灰岩神龛。

很显然，英国在版图萎缩、经济崩溃之际，发现直布罗陀已昂贵得难以继续运营，反而成为一项棘手的遗产。就连在外貌上，直布罗陀也令人产生这种感觉。直布罗陀除了岩角，就像一座英国海岸城镇，虽然小得多，但同样寒酸、落魄，大致有一条小型步道、茶馆、炸鱼薯条快餐店、五金行，以及还挺像样的旅馆、客运候车亭、拉扯式窗帘等。英国化使得直布罗陀变得安全、整洁、自鸣得意，具有社区意识。

直布罗陀的历史记录颇能满足我对无意义的史实与精彩战争暴行的好奇心。首先，直布罗陀共有十四次被围攻的记录，最早可溯及公元四一〇年汪达尔人①颠覆罗马帝国，接下来有东哥特人和西哥特人的侵袭。佛朗哥封锁西班牙与直布罗陀接壤的边境被列为第十五次围城。七世纪，西哥特王朝的希斯伯特王迫害直布罗陀犹太人，凌虐人数达数千之众，并且强迫九万人受洗为基督徒。接着摩尔人统治直布罗陀达七百年。“一三六九年，继承阿方索十一世的‘残酷彼得’被暗杀后，特拉斯塔马拉伯爵夺得卡斯蒂利亚王位，成为亨利二世。②翌年，一三七〇年，阿尔赫西拉斯遭穆罕默德五世摧毁。”一八七二年十二月十三日，“一艘神秘的无主船‘玛丽·西莱斯特’号抵达直布罗陀”。

近年来，直布罗陀因一宗突发的谋杀事件而名噪一时。一个女

---

① 与哥特人有血缘关系，原和哥特人分布于北欧，后因战乱而遍及大半个罗马帝国。

② 彼得和伯爵是异母兄弟，为争夺王位战争多年，彼得也因处死若干企图夺权的家族成员和著名贵族而被赋予“残酷”的称号。

人悄声告诉我出事地点："顺着温斯顿·丘吉尔路往下走，快到高架桥之前，就在壳牌加油站对面。出事地点就在那里。"

一九八八年的某一天，直布罗陀居民惊恐地得知，三名市民被几个蒙面人枪杀。据目击者形容，事发突然，三个人都被射中倒地，一名蒙面男子还刻意将受伤倒地的其中一人击毙后才扬长而去。行凶者要脱身很容易，因为他们是英国特种部队成员，奉撒切尔夫人的命令来执行这项死亡任务。

没有人为遇害的两男一女哀悼。他们是爱尔兰人，据称他们企图在一次游行中在总督府放置炸弹。但是这件事并未获得证实——整个事件都因官方刻意保密而暧昧不明。暗杀事件过后两年，一位于撒切尔夫人政府任职的部长才指出，当时政府对记者发布的简报是不正确的。那些死者并未如当局所称携有武器，而停放在直布罗陀的车辆内也没有爆炸物。那么，他们为什么会被杀呢?

部长杰弗里·豪爵士解释："那些人采取了若干行动，使得支持直布罗陀警方的军方人员认为他们本身和其他人的性命都受到了威胁。"

官方的说辞强调，果真放置炸弹，后果将不堪设想。爆炸威力将损毁两所学校、一座犹太老人之家，以及参加与观看游行的人。总之，要是暴行得逞，其结果将不下于爱尔兰共和军在海德公园舞台下放置炸弹，炸死十一名军乐队队员的惨剧，毕竟在一处为众人所信任的和平地点放置炸弹是轻而易举的。但是永远不会有人知道那天杀害那三名爱尔兰人是否有必要。

直布罗陀仍是一处军事基地，只是已大幅缩编，镇上气氛看似严肃，其实相当友善。直布罗陀人跟英国乡下的居民一样，友善到喜欢探人隐私的地步。由于地方小，人人都知道别人的事，唯一的例外是过客般的摩洛哥人。直布罗陀人的姓氏很普遍，大多为英国、西班牙和犹太姓氏。他们最感骄傲的是能追本溯源，和十八世纪早期移民前来的热那亚祖先沾上关系。

直布罗陀人老问我问题，所以我也不客气地追问起他们的祖先。

"我是直布罗陀人。"一个叫乔的男子告诉我。他真正的名字是何塞，姓氏听起来也像西班牙人，因此我追问他。

他回答："我不是西班牙人，也不是英国人。"

"你的护照上是怎么写的？"

"直布罗陀殖民地，"他答道，"但我们宁愿是英国殖民地，而不愿成为西班牙的一部分。这里大多数人都希望能自治。"

换句话说，让英国人付钱，但由直布罗陀人自治。

"我们想独立，并且成为欧共体的一员。一九八五年边界开放就是为了满足欧共体——因为西班牙人想广交朋友。"

"那些年，你们无法进出西班牙，又是怎么过的？"

"我去了摩洛哥，"他摇摇头，"那里跟我以前见过的所有事物都不一样。"

"很有趣？"

"很可怕。"

我们谈到直布罗陀缺乏制造业。

"但是我们有船坞，"他辩称，"我们可以修船。"

"你讲西班牙语吗？"我问。

"会，而且也说英语。"

西班牙人在直布罗陀被认为远不如直布罗陀人，受到轻视的理由包括：他们热衷于打手势的说话方式、佛朗哥主导了四十年的法西斯主义、以吉他为主的乐风、乡土主义、不够理性、嗜吃豆类，以及以折磨公牛为乐的民风。直布罗陀的偏见跟我在英国海边旅游胜地所见识到的相当类似，是浮夸和固执的有趣组合，是小英格兰人的极致表现。不过在我看来，这些活跃在岩石间的可怜人终将难逃被弃的命运。假以时日，可以想见这地方即将交还给西班牙。直布罗陀人很快便会发现，经济破产如何使一个民族变得麻木不仁且自私自利了。

我想找个当权的人，而不是我在公共场合或巴士站偶然碰到的人来谈论这件事。于是，我给著名的前任总督乔舒亚·哈桑爵士留了纸条，并等待他的回音。

十月的直布罗陀天凉多雨。基于各种理由，我开始爱上这种天气，因为很适合写作，而且会使游客退避三舍。在这阴沉的天气，不怕没有旅馆下榻，而且很少需要事先预订房间。我喜欢这种可以随时动身，又有把握沿途可以找到旅馆的感觉。在整个地中海地区十七个国家的旅行淡季里，我从来不曾遭遇下述问题：抵达某地后，发现到处挂着"没有空房"的招牌。事实上，大多数旅馆主人都向我抱怨少了大半游客。

等待乔舒亚爵士回音的那几天，我去爬了直布罗陀岩。从一千三百五十英尺高的山顶的有利位置，可以欣赏到美丽的景致。西侧的海湾区是阿尔赫西拉斯，北侧地峡那头是圣罗克土黄色的低矮丘陵，南侧是欧罗巴角的灯塔，海峡的彼岸便是摩洛哥——另一赫拉克勒斯之柱的休达，再往西便是丹吉尔。

我在高处，漫步于游客和猿猴间，学着分辨它们，结论是：这些猿猴聪明却遭到剥削，它们就像大都市里无家可归的人，声音温和，以乞讨为生，处境绝望，却卑微自制。说来耸人听闻，但它们委实很像欧洲的许多穷人——衣着褴褛，身无长物，纠缠不休，却认命地勉强度日，也知道自己受到轻视。它们都有原住民那种愤恨而宿命的神情，都是遭到后来者的哄骗欺诈而流离失所。直布罗陀的下层阶级是猿猴，另一个下层阶级则是摩洛哥人。巧的是，那些猿猴也是源于摩洛哥——一七四〇年曾引进了整个部落的猿猴。

直布罗陀有很强的社区意识，这一点令我觉得很古怪，因为此地民族混杂，但对接纳外国人抱着很深的偏执。这部分是直布罗陀的岛屿习性使然——直布罗陀岩显然是座孤岛，部分则是基于地中海地区普遍存在的部落主义和仇外心理。尽管地中海的历史是一部民族混杂的历史，但今日最甚嚣尘上的是本地混血儿的噪声：坚称自己血统纯正而企图排斥新的外来移民。

目睹那名法国游客戏弄母猿的情景后，我向一名在岩顶工作的人询问是否有许多人遭到猿猴攻击。

“很多人都被咬过，”他回答，“但奇怪的是，十之八九都是女人——女人常常被咬。昨天就有一个，也是女人，手臂上被咬了一大口。”

他叫杰里，工作之一便是操作索道缆车。我问他那些猿猴是否有狂犬病。

“没有，这些猿猴都受到医疗照顾。不过我们还是会把伤者送到医院治疗。”

我告诉他，有个纽约警察说过，被人咬到其实比被动物咬到还要危险，因此，被游客咬到或许比被猿猴咬到还要严重。

站在岩顶，便有可能看到直布罗陀不过是一个港湾和一堆房屋，而且就像许多附近有山丘的市镇一样，越高的住家越豪华。缆车会经过许多豪宅附设的游泳池、热水池和按摩浴池。后来我见到一张一八一〇年的直布罗陀地图，令我联想到殖民时期的波士顿地图：共有十五座军营——女王营、国王营、诺曼营、科次尼营、赫斯王子营、蒙哥营等。再过去则是地峡、西班牙国界，以及西班牙境内的天主教徒。就像美洲境内所有领土都各立门户，只剩多切斯特高地仍隶属英国般——不但怪异不便，也令人感到不合时宜。

十九世纪末，皇家都柏林火枪团的布赖恩·库珀·特威迪少校驻守于直布罗陀。他的女儿玛丽昂，大伙都叫她摩莉，曾在直布罗陀跟一个叫哈利·马尔维的人初试云雨。之后，尤其在就寝之前，摩莉经常回忆起这段艳遇。这个女人，亦即文学中的大地之母角色，当然就是摩莉·布卢姆，而她在直布罗陀的少女时期，在摩尔墙下被拥吻的经历，也在《尤利西斯》末尾的梦呓式独白中历历如绘地描述出来。

摩莉忆及“直布罗陀那些可怕的闪电就像世界末日到来”，还有淫秽的直布罗陀人的涂鸦，“那面墙上常常画着一个女人，旁边写着一个我怎么查都查不到的词”。在她的记忆中，直布罗陀岩具有象征性与强大的威力，“从阿尔赫西拉斯往海湾对岸望去，岩角的灯火就像萤火虫”。

她也回想起天气：“我小睡醒来，雨下得很美，我还以为会下得跟直布罗陀的一样。我的天啊！在黎凡特风来袭、一片昏天黑地之前，那里热得要命，岩石上的强光直立在热气里，仿佛是个巨人。”她甚至还忆及猿猴：“我告诉他，它是被闪电击中的。还有他们送到克拉珀姆的北非猕猴是没有尾巴的。”

摩莉记得最清楚的还是她初尝鱼水之欢的情形，那是文学中最激情的叙述之一。她几乎不记得马尔维的名字，但那段际遇鲜明如故：“我们躺在枞树湾上的一处野地，我想那里一定是世界上最高的岩峰了。有坑道，有枪炮台，有骇人的岩石，有圣米迦勒山洞，里面倒挂着冰柱，或随便人们怎么称呼的东西……”然后是那一刻：“他是第一个在摩尔墙下吻我的男人，我的甜心。以前其他男孩吻我的时候，我从来不了解亲吻的真正意义，直到他把舌头伸入我口中。”以及最痛快的直布罗陀式结语：“我用两手环住他，拉他俯下身，让他的胸膛贴住我芳香扑鼻的乳房，他的心狂跳着，然后我才开口答应：我愿意，我真的愿意。”

后人或许可以在直布罗陀岩角设计某种“摩莉·布卢姆开苞之旅”的旅游项目，但其实没有。詹姆斯·乔伊斯从来不曾造访过直布罗陀。他是在地中海另一隅——的里雅斯特，根据地图信笔写来。这也可以证明他想象力的功力，使人置身直布罗陀境内的时候，无法不听到摩莉性感的声音。乔伊斯对直布罗陀的犹太人也极感兴趣——毕竟《尤利西斯》的人物利奥波德·布卢姆便是都柏林的犹太人。尽管直布罗陀跟驱逐犹太人运动有关，犹太人社区在此却根深蒂固。迄今，在这个小镇上便有五座犹太会堂。

等待乔舒亚·哈桑爵士回音期间，我又结识了一个犹太生意人斯蒂芬·林斯。

“我是在巴哈马出生的，”他告诉我，“但是我太太的家族是在一七二八年来的。”

多数直布罗陀人的族谱可以追溯到热那亚，而且都是天主教徒。有些是马耳他人，少数是英国侨民——商店老板、退伍军人等，没有人认为自己是西班牙人。直布罗陀约有一千个犹太人，分属一百个家庭，数目虽不大，却颇具影响力，是具有都会特性的一班人。他们都是西班牙系的犹太人，其中有些讲西班牙语，有些讲拉地诺语[①]——混合了文艺复兴时期西班牙语以及希伯来语特色的语言。

如同我在直布罗陀碰到的大部分人，林斯先生也告诉我这地方很小，或许太小了，生意不好，未来形势茫然。

"我很想住在以色列，但是我的家人都在这里。"

"这里的犹太人是否特别经营什么行业？"

"没有，各行各业都有。没有制造业。我们有些从事金融业，有些开商店或餐馆。还有些人从政。"

有一家犹太餐厅叫"炸药库巷犹太美食餐厅"，我在那里同时听到意第绪语、拉地诺语、西班牙语、英语和希伯来语，大家同时使用，有时甚至在一个句子里混合使用。餐厅墙壁上挂有一帧戴维·本-古里安[②]的照片，以及一张女王伊丽莎白二世少女时期的照片。店内每个人都戴着一顶犹太小圆帽，连菜单上所画的滑稽小人物也不例外。这家犹太美食餐厅位于直布罗陀，因此有些菜式是摩洛哥菜，厨师也是摩洛哥人。其实直布罗陀大部分的厨师、清洁工、巴士司机和女侍都是摩洛哥人，很多来犹太餐厅进食的人也是摩洛哥人。

---

① 一种西班牙语方言。

② 戴维·本-古里安（1886—1973），以色列第一任总理。

所谓“美食”（Glatt），是指一种以特定的犹太方式烹调的肉食。这个词在意第绪语里有“平滑”之意，也就是在屠宰后，需检验屠体肺部，证实没有穿孔。“美食”的反义词是“缺陷”（trayfe 或 terefah），意为一只动物有穿孔的肺脏、致命的创伤或化脓的伤口。这多少都跟献祭的意义相呼应——即作为祭品的牲羊必须是能在乡间展览会中赢得蓝带奖的。你奉献出最佳、最令人印象深刻的动物，上帝自然会爱你。

这种饮食法则很令我着迷。但对我来说，犹太餐厅的“美食”概念纯粹是理论。我告诉侍者我不吃肉，然后点了一道鱼。

我点的刺鲈鱼是炭烤的。那是条合乎犹太纯净原则的鱼，没有缺陷，有鳞有鳍（每种有鳞的鱼都有鳍，但是有鳍的鱼未必有鳞）。但是当我用叉子叉入鱼身时，发现中间仍然是冷冻的，味道也有“缺陷”。我把鱼退回去，要求解冻并重新烹调，他们照我的意思做了。后来账单竟要十九美元——十二张印刷精美的直布罗陀英镑，我提出抱怨，但没有用。

他们很快就会面临王先生与人合资的中餐馆的竞争了。

在犹太社交与文化俱乐部的布告栏上有一则公告，宣传希勒尔旅行团举办的“西班牙年度旅行”。目的地听起来似乎很遥远，事实上如果顺着炸药库巷往下走，接着往西看，便可见到阿尔赫西拉斯；只要再往北漫步十分钟，就可以在拉利尼亚啐口水了，这里曾是举办斗牛的地方。（摩莉·布卢姆说：“在拉利尼亚的那场斗牛中，斗牛士戈麦斯得到一只牛耳。”）

因为直布罗陀不愿与西班牙打交道，西班牙几乎变得很遥远。直布罗陀也不愿搭理摩洛哥，尽管直布罗陀占据阿尔赫西拉斯湾的一岸，但这似乎并不重要。这是个只往内看的地方，它在地中海中占有优越地位，却没有人对水域有兴趣。

这种恐水现象唯一的例外是地中海划船俱乐部的成员。他们拥有一艘长三十英尺、四人操作的轻舟，在佛罗伦萨制造的，非常宽大。

我前往俱乐部，希望能试试身手，但是带领我参观的直布罗陀人告诉我，当天的风太大了。

此时正值西风季节。“清爽凉快，就跟今天一样。”俱乐部一名划桨手阿尔菲·布里滕登告诉我，“黎凡特风是一种东风，会带来湿气，有时候会在岩顶堆积成云。”

“你们有没有划过海峡？”我问。

“我们偶尔会划到摩洛哥，参加每年举办的慈善活动，但是很艰难。这里的洋流速度高达四节[①]，水势很猛。”

“我在考虑能否把我的皮艇带来这里划。”

“一个人划是找死。”阿尔菲评论道。

俱乐部的另一个人却告诉我，不要被阿尔菲吓倒。

“摩洛哥就在那里，很容易的。”他说。

“我也这样想。”

“你绝对划得过去。”

当晚我前往港口附近一座军营的休闲中心观看“世界杯”预选赛。那场比赛由英国出战荷兰，因此休闲中心挤满了几百个嘶喊加油的英国球迷。起初英国队似乎打得不错，整屋子的人也同声鬼叫

① 船和航空器的速度计量单位，一节等于每小时一海里。

了起来，但是当荷兰队连续得了两分，英国队却无法还以颜色时，原本杀气腾腾的士兵不禁开始失望，甚至动怒。英国队败北后，整个直布罗陀气氛凝重，隔天所有岩角均为英国的败北而哀悼。

由于迟迟没有乔舒亚·哈桑的回音，我便打了一通电话到他的办公室，告诉他我很快就要离开了。他向我致歉，并说当天下午我可以去拜访他。

乔舒亚爵士是位高权重的老人家，是现代直布罗陀之父。乔舒亚·哈桑爵士暨合伙人事务所位于一家银行的顶楼，办公室墙壁上悬挂有一帧大型照片，是他当总督期间在直布罗陀主要广场向一大群民众演说的情景。另有女王签名、镶在镜框中的营业执照；一份镀金文件："我们已将您的姓名刻在犹太团体黄金名册中。"还有菲利普亲王的一封电报："恭贺您实至名归"——贺乔舒亚爵士获封骑士。

他皮肤黝黑，体格矮壮，皱纹密布，身形微驼，有双柔软的手，握起来像老妇人般虚软无力。他讲话有拉地诺语口音，神情严肃，因此有时看起来不像犹太人，倒像西班牙人。但是他洋溢的自信，以及不时爆出的欢愉，使他有如狄更斯笔下的律师。他今年已经七十八高龄了。

我知道会面的时间不多，因此便开门见山地请教他直布罗陀地位的问题。

"在直布罗陀，没有一个人会说：'我希望直布罗陀属于西班牙。'"他回答，"如果直布罗陀不是我的国家，那么哪里才是我的国家呢？哈！不论我们来自什么地方，我们都认定自己是直布罗陀人，大家相处得非常好。”

“所以您完全效忠于直布罗陀？”我说。

乔舒亚爵士说：“犹太人有第二个效忠对象——以色列，不过那是一种感情上的效忠。目前我女儿住在那里。”

据他表示，哈桑家族是一七八八年从摩洛哥移民来的，他的老家就是海峡对面的得土安。他母亲娘家坎西诺家族则是由西班牙梅诺卡岛来的。“我们都是这里的居民，”他表示，“大致可以追溯到一七〇四年。”

“我很讶异，每个人在谈起直布罗陀时，都会引述《乌得勒支条约》的条款。”我说。

“因为条约中有一条条款禁止犹太人和摩尔人在直布罗陀停留一个月以上。但是他们需要我们，他们仰赖摩洛哥供应食物，所以基于现实，只有公然钻条约漏洞。”

他整理了一下桌上的文件。

“我针对这个问题写了一篇论文。论点是尽管受到条约限制，直布罗陀依旧持续发展。”

“您认为总督那天在联合国有没有获得任何进展？”

“乔·博萨诺根本不知道他想要什么。”他向我倾身，“人在发狂的时候，都会要求一些自己不懂的东西。殖民地的构想实在不高明。”

“那最好怎么解决呢？”

“这是非常困难的问题。直布罗陀有三个选择：独立是其中之一；或成为某个国家的一部分——但西班牙不在考虑之列；或成立自由联盟，就像库克群岛和新西兰之间一样。”

“让库克群岛的人继续捕鱼，而新西兰人付账？像这样吗？”

这句话让乔舒亚爵士退缩了一下。“最好的解决方法是，内政方面有完全自治权，再和英国订立条约，转移总督的其他权限。”

“西班牙对这种安排会怎么说？”

“西班牙永远不会同意让直布罗陀有自己的政府。”他应道，“但是我不愿意成为西班牙的殖民地，我已经让英国殖民了！”

“佛朗哥大权在握时，您不担心吗？”

“我当然担心，因为他领导的是极权政府。但是前不久西班牙外长还发表演说，主张对我们行使主权，还称呼我们是‘欧洲最后一个殖民地’。西班牙人说：‘这是面子问题！’但是我们也有我们的面子。”

“直布罗陀不是殖民地吗？”

“我们认为是一个从属地。”

“印象中，自从大部分英国军队撤走后，这里的生意便很差。”

“生意是不好。我们有游客，还有些从西班牙过来的一日游游客。”那些以折腾岩角猿猴为乐的人，那些搭乘巴士从托雷莫利诺斯和马尔韦利亚前来搜集纪念品的人。“以前也有从摩洛哥来的当天往返的游客，但是因为法国对北非人的偏执狂作祟，如今摩洛哥人需要签证才能进入欧共体国家。这实在很荒谬，对生意也是一大打击。”

“直布罗陀属于欧共体？”这对我来说倒是新闻。

“是的。政治上我们是完全会员国，但是我们不必缴纳增值税和其他税捐。”

我问他：“您是否知道您已经被视为某种民族英雄和直布罗陀

之父？”

他笑了，仿佛同意我所说的话，却为了谦虚而不便承认。

“我可以坦白地跟你说，”他告诉我，“每隔一阵子我总会去西班牙一趟，我太太会去那里买菜。有一次我对一名守卫说：‘西班牙警察和守卫都知道我希望直布罗陀能维持独立，不受西班牙管辖，为什么他们还对我这么客气？’”

乔舒亚爵士办公室的摆设和衣着穿戴的方式都有条不紊，加上有如殡葬业者、律师的作风，显示出他是个很挑剔的人。也许这正好解释了他何以瘪着嘴、眯着眼睛，好似想到什么不愉快的事。

“那名守卫回答我：‘因为你把 sus cojones sur la mesa……’”

“把你的睾丸搁在桌上。”我直述。

“对。他继续说：‘而且你没有得罪任何人。’”

“这招很厉害。”

“不错。不过你过奖了。”

我该告辞了。我谢谢他的接见，也谢谢他对我如此坦白，我很真心地告诉他，我在直布罗陀待得很愉快。不过以免他误会，我没有明说其实我最喜欢的是它完全出乎我的意料——这里的雨、强风和具有尊严的猿猴。它完全不是我想象中的地中海港口，倒像秋天的英国海滨度假胜地，尽是些精力旺盛的退休人士和喜好吹嘘的大兵。

“我们唯一的问题是，”乔舒亚爵士带着感慨的语气，“我们该死的面积！”

第二章

往阿利坎特的“地中海”号快车

为了向自己证实直布罗陀实在小得可怜，我拿起行李袋，由位于直布罗陀中央的旅馆走向西班牙边境，在护照上盖了个章，然后踱入西班牙境内，再盖一个章。这整趟国际旅行，从直布罗陀三十美元一天的旅馆到安达卢西亚山麓的奶酪色郊区，不到半个小时。

在西班牙的第一天，我想起 V. S. 普里切特[①]引用西班牙作家皮奥·巴罗哈[②]的一句话：“我看起来像在找什么，其实并没有。”

阿尔赫西拉斯没有海岸线火车，而且要到马拉加才有可利用的火车。过了边境后的拉利尼亚小镇车站，有前往阿尔赫西拉斯的巴士等候着。那是一个面积狭小得可怕、人烟罕见、籍籍无名的小镇。当地欠缺特色的海岸线是走私者的天堂——毒品、香烟和各种电器用品。巴士摇摇晃晃，车上挤满当地人，都是工作结束返家、要赶往棕色丘陵下方渡口的人。我回首望去，直布罗陀只剩下一座奇绝的岩丘。一直要到夜幕低垂，才看得到低坡处像围绕在圣坛周遭烛火般的灯火。巴士绕过海湾，岩角逐渐远去，山形也因方向不同而逐渐改变。

---

① V. S. 普里切特（1900—1997），英国作家、文学评论家、编剧。

② 皮奥·巴罗哈（1872—1956），西班牙小说家。

观看直布罗陀最佳的位置，是海湾对岸的阿尔赫西拉斯。由该地望去，岩角呈长长的山脊状，有如人造的防御堡垒，而不再像只蹲踞在海边的畸形怪兽。衔接直布罗陀与西班牙领土之间的地峡，平坦得几乎和海平线等齐，使得高耸的岩角堡寨似乎脱离大陆。

那边低平的地峡让奥利弗·克伦威尔[①]产生了一个怪主意。他决定把直布罗陀变成一个岛屿，挖条深壕沟，灌入海水，将岩角由西班牙本土分割开来。只要一转眼，英属直布罗陀岛便诞生了。根据塞缪尔·佩皮斯[②]的记载，克伦威尔指派一艘载满鹤嘴锄和铲子的船，于一六五六年出发，以完成这项有如上帝改造大自然的壮举，结果那艘船被西班牙人截获。随后克伦威尔辞世，计划也就胎死腹中了。

阿尔赫西拉斯只是我的旅行起点，旅行手册形容它是“一个丑陋的小镇，乏善可陈”，不过这种旅行手册只会推荐可以卖弄下列称赞之辞的市镇：“中央圆顶下方，为内角拱上面的十六边形串珠状线饰托住。”

一个矮小邋遢的西班牙人把我拉到一旁。

“你是德国人？”

“美国人。”

“好，我喜欢美国人。”那个人说，“你要不要买一公斤大麻？”

“不要，谢谢你。或许我看起来像在找什么，其实并没有。”

“你不喜欢我吗？”他说着，态度转为恶劣。

---

① 奥利弗·克伦威尔（1599—1658），英国政治家、军事家、宗教领袖，共和国时期的护国主。

② 塞缪尔·佩皮斯（1633—1703），英国作家、政治家。

我不理他，径自走向港口。港区渡轮“萨拉戈萨市”号正准备出发前往摩洛哥的丹吉尔。此外，附近的塔里法（Tarifa）也有渡轮前往摩洛哥。昔日柏柏里[①]海盗便是据守在塔里法，向行经海峡的船只强征通行费，因此英语的“关税”（tariff）一词，就是源自这个勒索者的小避风港塔里法。对岸的摩洛哥可谓近在咫尺，我此行便打算以摩洛哥为终点，只是要绕行最远的路，经过法国、意大利、克罗地亚、阿尔巴尼亚、马耳他、以色列和其他地中海沿岸国家，如果届时有兴致，甚至还会去阿尔及利亚，这使得我乐于离开渡口，步向巴士站，买张前往马尔韦利亚的车票。我预计要一年左右才会抵达摩洛哥。

巴士上空位很多，但是当一对穿着搭配运动服的男女一起上车时，那个女人单独坐在前面的座位，男人却坐在了我旁边。

那个男人年近七十，有张大脸，两耳毛茸茸，眉头嘲弄微蹙，看来一副随便而懒散的样子，以管闲事的神情瞪着我。“嗨！”他打了声招呼。

我只是淡淡一笑，希望让他误会我是西班牙人。我没有说话，只专注于首次置身西班牙的体验。

车子往城外驶去，经过斗牛场。坐在我身旁的男人以西班牙语咕哝一句“猛牛广场”，语带得意，但是对于“地中海公路”路标旁边墙壁上的涂鸦则只是瞥了一眼。那些涂鸦多半出于泄愤：“美国佬＝恐怖分子”“共和，赞成！——帝制，反对！”“不要投票——要打仗！”这条公路的名称虽然气派，其实只是条弯曲的

① 柏柏里，十六至十九世纪欧洲人对北非海岸的称呼。

双车道公路，沿着海岸穿越树丛横布的原野、货车站与低矮多岩的小丘。这是个星期六下午，天空灰蒙蒙的，市场关门，海滩空荡——海水太冷，不适合游泳，连那些在防波堤上垂钓的小老头也是一身恶劣天气的装束。

路旁堆置着软木橡树的树皮，显示正在进行传统的丰收庆典——但不是在这里，而是在内陆地区。这是我对地中海地区的第一项心得：无论哪一国，海岸地区的生活跟五英里外内陆地区的作息几乎毫无关联。我可以想见安达卢西亚丘陵的某一处，有个农民正在剥除软木橡树的树皮，准备出售。不过内陆地区不在我的主题之列，我对欧洲的繁复错杂也没有兴趣。我所专注的是这片海域的边缘地带，这一带沙滩与岩岸地区，以及所有分享、使用与滥用这些资源的人，甚至包括这个别有用心、故意坐在我身旁的人。

我在阿尔赫西拉斯买了一份西班牙语报纸，上面有一则谋杀新闻，牵涉几名富有的英国侨民——妻子在疑云重重的情况中被杀，丈夫是主嫌。就发生在下一个城镇索托格兰德。

“警察。”我身旁的那个人说了一句。

前面有路障。大约有六名警察正在弯道伫候，指示车辆停在路边，接受检查。这种情况仿佛又回到佛朗哥时代。那些民防团的警察最擅长恐吓、搜查与摧毁的任务，此刻正大肆翻搜汽车行李箱，盘诘司机与乘客。

这与索托格兰德的谋杀案无关。这是搜查非法毒品的，例如阿尔赫西拉斯那个小混混想卖给我的那一公斤大麻。那些警察全副武装，带着警犬和镜子，其中两个正穿过巴士车厢走道，戳弄行李，检查座位底下，滋扰一些比较肮脏的男乘客。一名模样最落魄的乘客则奉命站在走道，一名警察一根根检查他口袋里的那包烟。那只警犬朝我淌着口水，然后踱开。

“这可不是来真的吧。”我旁边的人说，也许是说给我听，也许是说给他自己听。

警方确定车内没有任何毒品后，我们才获准继续上路。

“西班牙是逃亡者必去之地。每一城镇、每一首府都可以成为目的地。这些地名在逃亡者耳中听来都带有庇护意味，而且最终都能使他们自由自在而不受追捕。”

这段话正确描述了我那天的心情（尽管对我正在观看的景物而言，未免太夸张了一些），它来自威廉·加迪斯[①]的《认可》，一本叙述伪造与欺骗的绝佳美国小说。加迪斯对西班牙的描写是我对西班牙的印象之一。我喜欢的某些作家都曾从旅居西班牙的经验中获得灵感。假如我看过太多关于某个国家的资料，反而会因阅读而剥夺亲自一游的欲望，因为我不愿真相破坏想象中的美好境界。伟大的汉学家与翻译家阿瑟·韦利就是不想冒幻灭的危险。

来到西班牙便无法不想起海明威，一个爱好西班牙庆典的人。他在文学上的声誉部分奠基于他对斗牛的狂热，而他的荣誉与英雄主义观，主要也来自他所钟情的斗牛士，而不是他描述的西班牙内战步兵。我个人对海明威的作品没有好感，不过那是个人品位的问题，而不是我认为他不重要。海明威曾出现在加迪斯的书中，但并非以本名出现，而是化身为一个爱说教、令人厌烦的老酒鬼，大伙叫他“不刮胡子的大块头”（Big Unshaven Man），简称老废物

① 威廉·加迪斯（1922—1998），美国作家。

（BUM）。我不喜欢他的《永别了，武器》，因为在我看来，那似乎是用清教徒的老古董英语写的。我宁愿看奥威尔在《向加泰罗尼亚致敬》中对西班牙内战的描述，了解那场战争对他的政治观点所形成的冲击。另外，在西班牙历史方面，我认为最佳导读莫过于杰拉尔德·布雷南①的《格拉纳达之南》，简·莫里斯的《西班牙》对风景的描绘足以满足我的需求，普里切特的《西班牙脾气》则可以说是对西班牙文学与西班牙人民热情的天性，以及休闲娱乐鞭辟入里的解析。

我尽可能地阅读了重要的信息，但是坐在这辆西班牙巴士里，我突然领悟到眼前所见景物从不曾形诸于文，我所读过有关西班牙的书都没有这样的描述，这使我开心起来。这一幕跟塞万提斯、海明威、普里切特以及其他人笔下的西班牙大相径庭。这是荒谬旅行手册、廉价机票、套装旅行、虚假旅行杂志塑造的西班牙。

这是种廉价的殖民地景象。放眼望去，海岸上各种大大小小的别墅型建筑，包括普通平房、不成气候的山庄及奇怪丑陋的建筑，而且都处于不同的建筑阶段，从基本的土木工事、布满泥坑的几何图形地基，到成型的砖造灰泥小屋、房子等。埃斯特波纳有廉价旅馆、高尔夫球场、游艇码头、积满雨水的网球场与污浊的游泳池等，许多开发到一半的小区，诸如“天堂港”“城堡”“皇家棕榈”等，旁边竖着“大减价”的招牌。但是当地海滩没有人，路上没有人，高尔夫球场也没有人，只有若干迹象显示这里是讲英语的人聚集之处。比如英语录像带俱乐部，以及由直布罗陀到法国边境波特

① 杰拉尔德·布雷南（1894—1987），英国作家。

博随处可见的炸鱼薯条快餐店。

其实这整个海岸地区不久前才发迹，俗不可耐地成为房地产界投机的热门地点。我的旅行手册上描述开发过度的埃斯特波纳："一九一二年，此地还是公路的终点站。"

当时西班牙的这个地区还只有骡子和山羊；农夫们在多岩的山边犁地，砍伐软木橡树，捡取藤壶，并跪着祈祷。如今他们却在"天堂港"的平房别墅里擦地板。

"这里住的都是英国人。"我身边那个男人问，"你讲英语吗？"

"对。"

"你的长裤前面没有开口。"他说。

我不知道该如何回答。他在笑。我反问："这干扰你了吗？"

"我觉得这种剪裁似乎很不方便。"

我正在进行知性之旅，在灰蒙蒙的日子里，坐在这辆西班牙巴士上，专心于我自己的事，不料这个坚持坐在我旁边的老笨蛋却挑剔我的巴塔哥尼亚长裤前端没有开口，我招谁惹谁了？

那个人仍然在笑。他说："看到我太太了吗？坐在前面的那个就是。"

评论我的长裤剪裁只是他打开话匣子的方式，其实他想聊他太太。

"她以前是限制级的歌舞女郎。"他说，我由眼角瞥见他正在留意我的反应。

那位太太有一张老气的娃娃脸、一头僵硬的金发，因为她正望着车窗外，所以我可以审视她的侧面。她很高大，甚至有些魁梧，一身宽松的运动服让人觉得她身材丰腴。不过她仍有种柔和而褪色的美，精心的化妆也显示出她仍在尝试挽救青春，依然很在意自己美貌与否，或许就是她丈夫的荒谬使我一直觉得她仿佛很不快乐。

“不，我是开玩笑的。她以前是拉斯维加斯的歌舞女郎，不是限制级的。”

那个人不再注视我，两臂搭在前方座位上，双眼瞪视前方。

“你可以想象她四十年前的样子。”

我们正经过灰色的沙地、杂草蔓生的院落，以及有公寓建筑的山边——有些公寓有角楼，有些有城垛，但全都空置着。另外还有杂乱林立的独门独院住家与别墅。

我对那个批评我的穿着而冒犯我的人说：“我想她那时候看起来大概二十五岁。”

“她那时很漂亮。”那人不理会我而坚持着，“现在还是很漂亮。”

我暗想，你这老贼，那你干吗不跟她坐在一起？

“她知道我在讲她。”

那个女人往后瞄了一眼，神情暗了下来。

“如果她知道我在讲什么，会杀了我的。她痛恨以前当过歌舞女郎。而我就是在那里遇见她的，拉斯维加斯。如果她知道我跟你说这些，会宰了我的。”

我们来到瓜达米纳，一个带有古风的宜人地点。我很想做些摘记，但是我身旁那个人又开口了。

“她很强势。你绝对想象不到，但她真的很强势。任何事都由她决定。在我们家，是她穿长裤。①”

---

① 意指她当家。

“你好像对长裤很有研究。”我应了一句。我可以想象他太太挺着高大壮硕的身材，穿着咖啡色粗呢长裤和厚重皮鞋，在家里昂首阔步，而这家伙则畏缩在一旁。

“我有次对她说：‘下回我要娶个有钱的女人。我不在乎她是否又丑又胖，只要有钱就好。’”

想起那次谈话，他开始大笑。

“我太太只回我一句：‘你能给她什么？’”

“你怎么回答的？”

“我还能怎么回答？她一句话就把我打死了。”

我们来到圣佩德罗–德阿尔坎塔拉，较为古老而安定，像个市镇。“这里几乎没有树木”，我记了一笔，后来才知道地中海沿岸数千英里几乎都没有树木，只有科西嘉岛有一片树林，靠近海岸处便算是不毛之地了。这使得海岸线显得光秃秃的，但也显露出每样东西——比如在圣佩德罗镇便有一座罗马村庄、一座西哥特人教堂、一座摩尔人城堡的遗迹，还有平房。

我本来不打算在马尔韦利亚下车，可是这个人惹恼了我。我有种感觉，他远远地跟我坐在一起嘲弄他的妻子，似乎可以获得某种变态的快感，就像有些男人以观看妻子和陌生人做爱为乐。起码，他还想继续找我聊天，所以我非躲开不可。

我经过那位太太要下车时，我转向她，她立即露出警戒与狐疑的神色。

我轻笑一下，对她说：“你先生告诉我，你以前是拉斯维加斯的歌舞女郎。他不讲我绝对猜不出来。”

我最后听到的声音是那女人泼辣的鬼叫声，以及她丈夫企图抵赖的哀吟声。

我在马尔韦利亚结识一个叫比森特的西班牙人，他曾旅居墨西哥一年，刚回国。他在西班牙一家橄榄油外销公司工作。他很喜欢在墨西哥的日子，但一谈起墨西哥人，就不免露出高高在上的姿态，就像英国人谈起美国人的态度，理由也相同。

“他们讲话就像这样。”比森特模仿墨西哥人咬牙含糊的讲话方式。

我觉得他挺聪明，学得也挺像。我直接告诉他，结果他露出尴尬的神情，不好意思再模仿。当然，消遣过后，他承认墨西哥人其实还不错。

“你有没有看过那里的斗牛？”

“有。墨西哥的牛很小，我们的牛大多了，也壮多了——更勇敢。它们是专门饲养来斗牛用的。”

“还有什么不同吗？”

“我们用到马的机会更多，还有很多不同的地方，我无法一一指出。”

我所知道的一切斗牛知识，包括“西班牙语里其实没有‘斗牛’一词”，都是从《太阳照常升起》中来的。罗斯·麦考利[①]在赞扬西班牙的《传奇海岸》(描绘这段海岸的一趟旅行)中曾简短地提到一句有关斗牛的事：“我不喜欢斗牛。”

我告诉比森特：“我打算去看一次 corrida（斗牛）。”

---

① 罗斯·麦考利（1881—1958），英国作家。

“你没看过吗？”

“没有——从来都没有。”

比森特闻言大笑，并坚持我应该去看一次。

“我们喜欢足球，但斗牛的乐趣在这里，”比森特一边说，一边拍拍自己的心口，“那是我们的狂热。其实西班牙最受欢迎的其中一位斗牛士还是从美洲来的——哥伦比亚。”

我很感激比森特的鼓励，但其实并不需要。我已看到一则斗牛广告，打算去体会生平第一场斗牛。

其间，我在马尔韦利亚找到一个合适的住处。为体验一下经济旅行，我在镇上一所最老的教堂——道成肉身基督教堂后面的一家旅店找到房间，十美元一晚。旅店位于旧城，马尔韦利亚当局显然有意整修这片较古老的住宅区，为它的窄小巷弄美容了一番。我认为每个人到一个陌生城镇，都能购买到舒适和善意，并将此视为一种挑战，结果发现除了阿尔巴尼亚这个正处于绝望与无政府状态的地区，地中海沿岸大多都可以找到提供享乐的地方。

我由经验得知，豪华旅行是最轻松的旅行方式，快速但也失真，只能遇到一些古板乏味的旅人和曲意承欢的当地人。我不需要奢侈，只需要适度的舒适和隐秘，而且通常只要花十到十五美元便可以买到。这种情况在旅行淡季、气候不好或生意不佳的时候尤其明显。

连一向以养生闻名的旅游胜地马尔韦利亚都受到经济的冲击。夏季情况比以往恶劣，此刻门可罗雀。今年将有一个漫长的冬季。通货膨胀和生活费增加，使得侨居的英国退休人士大为错愕，许多人正出售房屋以迁往他处，有些甚至不惜亏本以求脱手。

“有些英国人还刻意跑到埃斯特波纳退休，准备好好享受一下人生。”我跟马尔韦利亚的一名英国人说。

“我在阳光海岸就遇到很多这种人，正准备卖掉房子，搬回国内。这里物价高，税也高——因为要求付重新开发和改善市容的开销，比如马尔韦利亚就是靠这笔税金才变得那么漂亮。二十世纪七八十年代有很多人来这里，因为生活费太低廉了，结果现在比英国还高，所以他们都想回国。”

“你看到那些新盖的房子了吗？”一名西班牙房产业者告诉我，“那些都是科威特人的钱。”

根据当地人表示，这股建筑热潮是二十世纪八十年代末和九十年代初阿拉伯人投资的结果。一群投机客希望在西班牙房地产市场大捞一笔，结果产生泡沫现象：房子太多，开发过度。如今一块块“立即出售！”和“大减价！”的招牌也带有些许歇斯底里的绝望意味。

我在马尔韦利亚待了一天半，留意到年轻人都流连在空荡荡的迪斯科舞厅和俱乐部里，大啖西班牙海鲜饭。

当我询及斗牛时，有人劝我去马拉加、去格拉纳达、去巴塞罗那、去马德里——就是没有人建议我看马尔韦利亚的斗牛。于是我便搭乘巴士继续北上，前往托雷莫利诺斯。这里没有火车，要到巴伦西亚或那儿附近才有，巴士却四通八达。

西班牙海岸的自然景观被破坏殆尽（有人看到这里也许会嘟哝“哦，他又来了”，但是请你看完这段再说）。欧式的度假胜地，一片令人厌烦、散乱延伸的沙滩——由马尔韦利亚北端开始，除了偶有中断，可以一路蜿蜒抵达法国海岸。这里的庸俗与低廉已广为人知，冷嘲热讽也无济于事，所以我也不浪费笔墨了。

可是它的庸俗和腐臭也有令我感兴趣的地方。首先，这种粗俗的都市化作风似乎完全出自外国人之手，亦即希望能大赚一笔的外资。这种位于海边的俗丽景观，对于曾经走访英国海边的旅行者来说，应该不陌生。西班牙甚至还贩卖同样不堪入目的卡通风景明信片、滑稽的帽子，以及垃圾食物。尽管退休人士一再埋怨生活费高涨，但此地的物价仍低得近乎荒谬。西班牙人并不嘲弄这种现象，他们很感激前来消费的客人，因为多年来这是西班牙繁荣昌盛的主要原因。但是这种景况也奇丑无比，尤其在旅行淡季。在阳光中，这一切或许可以酝酿出廉价的欢乐嘉年华气氛。但是在灰暗的天空下，此地有如怪异的毒瘤，既可悲又可怕，有如介于悲剧与闹剧之间。真正的西班牙反而变得很遥远。

我深深地觉得西班牙海岸，尤其是阳光海岸这一段，曾经历了一场强烈的殖民风暴——一种现代化的殖民措施，跟史上大肆欺凌黑褐色人种的作风一样会造成永久的恶质伤害。这种做法剥夺沿岸地区的自然特色，海角、峡谷和海港到处都堆置着一无是处且粗制滥造的建筑。这种景象虽不致令我作呕，却显示出人们有一点钱又缺乏品位时，会对原本壮丽的海岸线造成多大的破坏。这绝对是恐怖而又可笑的。

由于自然风景遭到遗忘，从地中海岸边到干燥的内陆斜坡上布满了不纯白的灰泥别墅。这里见不到土坡，只有一层层灰泥建筑依序而上，有如一块倾覆的结婚蛋糕。此地人口不多，车辆很少，天黑后也只有几户人家燃起灯光。更贫瘠与恶劣的海湾地区设有露营区，水泥地上有供露营车辆与帐篷使用的基本设备。

以海景取胜的丰希罗拉有座令人讨厌的垃圾掩埋场，此外就是高楼大厦与乡间小屋。有些看似其貌不扬的小镇却拥有最美丽的名字，“蜜谷”便是其中之一。而这片海岸所蒙受的最大损害，便是越来越多的英语招牌，诸如“冰啤酒”“下午茶”“优雅英式早餐”“炸鱼薯条”以及随风飘荡的英国国旗。这些招牌的出现也意味着我们已接近托雷莫利诺斯了。这个镇阴郁、冷清、恐怖、没有阳光，嘈杂的音乐混杂着油炸食物的刺鼻气味，污秽的海水旁有一片灰色沙滩，旁边堆置着待售的拆信刀、烟灰缸、布偶和滑稽的帽子等纪念品。

有些英国、法国和德国游客正尽情作乐，祈求阳光普照。我没有留下来，改搭火车返回丰希罗拉，事实上丰希罗拉也跟托雷莫利诺斯一样糟糕。当晚，我沿着步道散步（入夜后海边更美丽），看见一张海报，得知距此不远的米哈斯翌日会有市集，以及斗牛表演。

那天晚上，旅馆附近一家咖啡馆的电视上转播斗牛。店里坐满安静的男人，一面吞云吐雾，一面啜饮咖啡。有些受不了的游客满怀厌恶地离开了，我则和那些目不转睛的西班牙人一起看了一会儿。那似乎只是场血淋淋的仪式性杀戮，犄角威武的雄壮黑牛绕着场地奔跑，不断喷着鼻息，跺着四蹄，充满精力，但短短几分钟后，便让耀武扬威的窄臀斗牛士整成一只颓然跪地、口吐鲜血的废物——这一幕令我深感好奇，但也令我感到恐怖。

我前往米哈斯，在斗牛场入了座，这是场“轻量级”的斗牛，出场的是小牛，斗牛士也是年轻新手——紧张且没有把握的少年。

当一名身穿紧身裤的新手僵硬地出场时，人们爆发出欢呼声，接着栅门内出现一头牛。由于年轻斗牛士仍在学习，这头牛并不大。即使如此，这头美丽却不知所措的牛仍使他看起来像个生手。斗牛士企图表现出无畏的勇气而跪下，结果差点被牛角抵撞到。他踉跄跌地，牛立即凌驾在他的头顶。一些手持斗篷的助手立即上前去分散牛的注意力，并将系有彩纸的短标枪刺入牛的颈背。这个动作扯伤了牛的颈部肌肉，使牛头下垂，更易中靶。年轻斗牛士企图用剑做最后一击，但由于技术太过拙劣，小牛为之抓狂，惊惧地为生命搏斗，将斗牛士追进“护角”。那头牛困惑、奄奄一息地淌着血，终至虚软下跪，被一剑结束性命，让骡车拖了出去。

这场斗牛比我想象的还要糟糕、滑稽、恐怖，因为从头到尾都毫无效率可言。人们欢声雷动，但是毫无意义——那头牛从一开始便注定难逃噩运。斗牛场是圆形的，没有牛可以闪躲的地方，但斗牛士可以轻易躲入护角。

虽然所有的斗牛都很不幸，但第二头牛的运气更差：在斗牛士笨拙地舞弄长剑和披风时，哀嚎着送了性命。斗牛士被牛撞了一下，而牛也鲜血淋漓地连声怒吼，最后牛终于被刺身亡。此时，大约十五名英国游客离开斗牛场，个个义愤填膺地叫嚷不已。第三头牛进场了。一名新的斗牛士上场表演，但不到一分钟便处于劣势。他试了三次想去刺牛，结果只惹恼了那头牛。斗牛士被牛抵击，脚步不稳，连披肩也脱手了。他去刺杀那头牛，但技术欠佳，不得要领，牛受创之余，鼓起余勇四处奔跑，失血嚎叫，后颈所插的剑也上下晃动。米哈斯教堂钟声响起，钟楼内的鸽子振翅而飞，斗牛士被追得满场乱跑，形势一片混乱。最后，那头牛终于在外行的技巧下，缓慢而痛苦地被置于死地。

除了血腥，斗牛乏善可陈——预期性的流血、有计划的放血，以及对一头原本活蹦乱跳的牛残忍地编排出一支死亡之舞。这是一幕恐怖的美，一种讲究格调的牺牲与杀戮仪式。“斗牛士”一词原意便是“屠杀者”，非常直截了当。在场面浩大的斗牛表演中，牛的体型庞大，带有恶魔之姿，但不消几分钟，便被折腾成垂涎不止、屁滚尿流的困兽，然后被凌迟至死。万岁！

米哈斯的小型斗牛场占地有如展览会中的马戏团，约有一个世纪的历史。米哈斯是位于丰希罗拉山区的美丽小镇，是罗纳德·弗雷泽所主演《隐藏》一片的场景所在。该片描绘一名共和党人如何被迫在自己家中躲藏了三十年，也就是佛朗哥政府造成的一出荒谬残酷的悲剧。佛朗哥政府最力倡斗牛运动。

西班牙电视转播斗牛，就像转播足球赛般频繁，有时三台会同时转播三场不同的斗牛。西班牙人对事情很少采取相同看法，对斗牛的狂热却很一致。海明威曾说，这不是一种运动，而是一场悲剧，因为最后牛死了。可是那些牛是死于最糟糕的方式，先是忍受颈背刀伤的折磨，再被剑刺入——通常由一个到处腾跃的人笨拙地刺入，最后才流血致死。

一场悲剧？这么想倒很美。这当然不是一种运动，只是可怕的娱乐活动，像利用陷阱捕捉大熊或中国人所谓的“千刀万剐”而死。这是一出残忍的闹剧，其中不乏造假之处（比如把牛角磨钝或对牛下药），因此到头来不过是一场虚假的表演、一幕浴血的景象罢了。所以每当一个斗牛士被牛角抵击时，我心里总有股幸灾乐祸的感觉。

这种格调不高的斗牛活动并非起源于远古，而是源自十八世纪末期，再加上许多血腥的现代化作风。有不少人对斗牛做出各种精致的文化阐释，我觉得那些论调都很可笑。对我而言，斗牛最令我满意的一幕，便是见到斗牛士被抵击躺在沙地，遭到牛蹄践踏、牛角戳刺。这是任何胆敢折磨动物的人所应遭受的待遇。这种事就像游客和猿猴间的关系：这头牛太残忍了——我去刺它，它竟想用牛角顶我！

西班牙人劝我：慢慢来！你会爱上这种活动的。“一般人似乎认定美国人没有迷斗牛的狂热。”海明威写道。但他心目中的英雄，也就是他的真我杰克·巴恩斯[①]是很迷斗牛的，也因此而受到喜爱，西班牙人会请他喝酒！“我们在聊牛的事！”杰克说，事实上他所探讨的是他的命根子。这部小说就斗牛的高贵性做假道学的训示，由一头血淋淋的牛到另一头血淋淋的牛，都在卖弄对斗牛的狂热。但《太阳照常升起》的失败之处就是从未触及斗牛血腥与残酷的一面。“在一场斗牛后，我们都有种不安的感觉，但在一场精彩的斗牛后，我们只感到兴奋不已。”

我去参观马拉加、洛尔卡和巴塞罗那的斗牛表演。我不明白西班牙人的性格中有什么乖戾之处，以致需要这种令人恶心的景象。这一点你不能责怪佛朗哥，这种举动必然是一个巨大而又安全的发泄出口，它能化解法西斯主义所带来的挫折感。斗牛让我沮丧，宁愿敬而远之。但这种事根本无从逃避，因为它一再出现在电视上，且不断地见诸报端。在西班牙境内，甚至小型地方报纸也有一两页

---

① 杰克·巴恩斯，《太阳照常升起》的叙事者，因战争失去性能力。

完全报道斗牛的消息。在《斗牛》的版面上不但有当地市集的消息，还有其他地方的斗牛消息。卡塔赫纳是个靠海的中型市镇，当地报纸不但报道邻近的洛尔卡的斗牛消息，也报道北部穆尔西亚、远方萨拉戈萨，甚至遥远的秘鲁首都利马的斗牛消息。

几乎所有斗牛士都有个绰号，如“小子”“婴儿”“巴西克人”“牛仔”“基拉斯”等。还有一个著名的斗牛士名叫“乌夫里克的耶苏林”。报道中巨细靡遗，运用大量斗牛术语来形容斗牛士的每个动作、牛的防卫举动，甚至割下牛耳的处置情形等。而这一切都只为了一场戏剧化的流血活动。

西班牙人彼此间很有礼貌，懂得自制，很少有侵略行为，也很少在公众场合喝醉，而且一般对动物都很仁慈。但如果认为他们身为欧洲社会成员，对于折磨牛的嗜好也应加以控制，他们只会觉得好笑。他们还有一种也许可称之为“扯鸡”的活动，即乘坐在马背上去抓取吊挂在一条绳索上的一排活鸡，他们也乐此不疲，对于所有禁止的建议都嗤之以鼻。

“西班牙不能给人这种形象！”保护动物团体在一张海报上极力呼吁，并展示出各种虐待动物的行为，其中也包括斗牛。但对保护动物与权利协会这个西班牙团体来说，这种工作是吃力不讨好。我很难想象西班牙有一天会放弃这种已然制度化的虐杀行为。

我搭火车前往马拉加。一名马拉加人告诉我：“西班牙每样东西都贵，而且我们没有钱，失业率高达百分之二十。”

他的态度坦白而开朗，并不感情用事，我突然醒悟自己在贫困、善妒、欠缺道德素养的地方游历太久，已经习惯人们粗暴的态度和拖延作风。西班牙生活的明快是我始料未及的，巴士和火车准时出发。西班牙人的礼貌也令我更认真对待其居民与娱乐。

马拉加是个自豪、整洁又具有内涵的城市，有宜人的海湾和忙碌的港口。有渡轮往来于西班牙人在摩洛哥的据点梅利利亚，也有火车前往格拉纳达。我住的旅馆附近有所大学，因此我对马拉加的印象是一个人口年轻化的地方。

这里的一切都很熟悉，不只因为有遍及欧洲的银行、邮局与电话，也因为许多方面都受到美国的启迪。在地中海沿岸具有大都会色彩的地区，电子化的美国现代科技已随通俗文化一起被广为吸收。由于运输效率提升，人们也少有机会相互结识。以往的旅行困难或漫长等待，是促成友谊及与陌生人搭讪的最好时机；如今交通便利，旅行快速且有效率，但彼此多半沉默相待。在不久前的欧洲，如果你想打非本地电话，可以到电信局，填张表格，然后等候轮到自己用电话。但今日西班牙、法国、意大利、克罗地亚、希腊、土耳其等最小的乡村，除了阿尔巴尼亚以外的地中海任何一处，都可以在公共电话亭使用通行密码打电话。我在马拉加公园时，便在电话亭打了一通给我弟弟彼得，当时他正好在摩洛哥的卡萨布兰卡。第二天，我又在格拉纳达外围的偏远山区瓜迪克斯，利用当地酒馆墙壁上的电话机，打到美国火奴鲁鲁。

那个用西班牙语唱歌的是谁？

我搭乘巴士，一路颠簸地途经阿尔梅里亚与卡塔赫纳，前往阿利坎特。

在阿尔梅里亚内陆高处的村落中，有一些穴居居民。他们挖凿、扩充多岩石的灰黄色丘陵为窑洞，然后在洞口搭盖正门。这些斜坡上没有树木，整个地区也少有雨水与人烟，尘土与空旷交织的景致，有如美国西部的亚利桑那州或新墨西哥州。我在阿尔梅里亚向一名西班牙人提及这点时，他告诉我，塞尔焦·莱昂内执导的许多意大利式西部片，便以阿尔梅里亚为背景。

跟不远处那些开发过度的海岸地区相比，此地的乡村景观怡人多了，因为气势雄浑、阳光普照、空旷，还有白色小屋、徜徉的山羊、橄榄林以及石砌屋：有些搭有葡萄架，有些挂着长串的干辣椒，有些则植有成排松树或金雀花丛，都令人耳目一新。成群摘橄榄的工人坐在卡车后面，脸上围着面罩以防范风沙，还有些穿蓝服的年长牧羊人，神情专注，仿佛在向羊群说教似的。阳光炙烤的沟壑对面，有三十头黑山羊放牧在田野中，一群燕子俯冲飞入一丛树林。难怪西班牙人在墨西哥和秘鲁会仿佛置身家园。

洛尔卡的景观有如墨西哥，境内没有外国人，但二十英里外的海岸地区多半是外国游客。洛尔卡是个以花岗岩和采石场为主的小镇，是陶瓷器的产制中心，由马桶到花瓶一应俱全。主要街道胡安·卡洛斯街的两侧有茂盛的棕榈树，即使如此，镇中心仍积满尘沙，是强风吹袭过干燥河床、土黄原野和多岩丘陵而来的，四处堆积，以致各式各样的仙人掌在屋顶上生了根。这里没有景点，斗牛也属地方性娱乐，因此镇上只有采石场、卫浴设备商店、杂货店、超市和糖果店，其中糖果商还贩卖色情画刊。

马萨龙位于一连串长满草的宽广山谷的尽头，但那些草都干枯如尘沙。稍远处的海边就是马萨龙港，一个侥幸逃过旅游业蹂躏的小地方。我在天黑时抵达，找到一个地方过夜，第二天一大早再搭乘巴士继续前往卡塔赫纳。

“哥伦比亚也有一个卡塔赫纳。”我跟一个当地人说。

“对，我听人说过。”那个人应道，“也许是从这里去的人把那里也叫作卡塔赫纳吧。”

“也许吧。”

“西印度群岛的卡塔赫纳——我们都是这么称呼的。”他说。

卡塔赫纳是两千多年前哈斯德鲁巴[①]所建，名称沿袭突尼斯境内（我途经之处）的迦太基。卡塔赫纳始终受到众人的觊觎，因为它是西班牙濒临地中海最安全又最优良的天然港口。大部分这类地中海港湾，甚或有海域的天然良港，在史上都有受侵略与二度殖民的记录。继哈斯德鲁巴之后，卡塔赫纳屡次成为劫掠的目标，历经公元前二一〇年的大西庇阿[②]，到日后的摩尔人、弗朗西斯·德雷克[③]，再到一九三八年的民族主义分子[④]。

港口停满船舶，即使这么冷的天也不例外。附近码头也泊有游艇，但这里没有海滩。一艘大型老旧的潜水艇停放在港口附近的公园，像支巨型铁制雪茄，这是卡塔赫纳的遗迹之一，而它之所以被陈列于此，据说是因为发明潜水艇的人出生在这个小镇。

我白天到镇后的山丘漫步，晚上在一间酒吧小酌，碰见一群喝醉的英国水兵。我从他们的言谈间，知道他们最近曾驻扎在北爱尔兰的贝尔法斯特。他们有一肚子的怨恨，正你一言我一语地谈论着。

---

① 哈斯德鲁巴（前 245—前 207），迦太基将军。

② 大西庇阿（前 236—前 183），罗马帝国将军，因击溃迦太基人，获“阿非利加征服者”头衔。

③ 弗朗西斯·德雷克（1540—1596），英国航海家、政治家、海盗。

④ 指佛朗哥所率领的叛军，后取得政权。

“我知道那家伙他 × 的就是我们在找的人，因为那辆车子他 × 的早就给盯上了……”

“他走向我，我跟他说：‘× 的，不准动！’”

“RUC[①] 他 × 的就是不肯帮我们……”

“但是辛普森像父亲一样待我，如果不是因为他，我他 × 的绝不会留在军队……”

“RUC 仔细调查过他……”

“你记得那个小混蛋吗？”

“哪个小混蛋？”

“从赫尔来的。”

“喔，那个小混蛋！”

我很想问他们来卡塔赫纳做什么，但是他们喝多了，而且越来越大声，所以我告诉自己“算了吧”，然后离开酒馆去找餐厅。

对于西班牙的政治，我只知道两件事。第一件，佛朗哥将军以极权方式统治西班牙，从一九三七年到一九七五年他过世为止。临终时，他听到悲伤的民众在哀号：“永别了，伟大的将军！”他竟然问：“他们要去哪里？”

我所知道的第二件事，菲利普・冈萨雷斯是现任总理，而且正为当前的经济情况焦头烂额。稍后我在一家小餐馆和侍者一起看电视，见到屏幕上出现一个自鸣得意的胖子，开始滔滔不绝地陈述他的奋斗过程。

“这人是政客？”

---

① 指北爱尔兰皇家警察部队。

“是的，”侍者回答，“他叫弗拉加，是极右派。”

“那他一定恨死现在的社会党政府了。”

“对，不过穆尔西亚有很多右派政客。”

“佛朗哥的朋友？”

“弗拉加以前在佛朗哥政府做事。”侍者回答，似乎刻意强调朋友和同事是不同的。

弗拉加刚赢得另一项选举，出任加利西亚委员会主席，因此意气风发，但这并不令人惊讶，最令人惊讶的是曼纽·弗拉加曾经是佛朗哥的挚友，而且担任过旅游部长（据这名侍者告诉我），负责执行佛朗哥大力推展的旅游政策——在其影响下，今日许多匆促推出、位于滨海旅游地区的旅馆与公寓建筑都跟他有关，比如阳光海岸、白色海岸与布拉瓦海岸等。佛朗哥希望旅游业的蓬勃发展能带来外汇收入，可是他没有料到在各方面所带来的败坏影响。

在西班牙境内谈论有关佛朗哥的话题是十分冒昧的，西班牙人不愿谈论那个伪善的恶魔，以及他们曾助纣为虐的史实。其实在西班牙谈法西斯主义的过去，以及多年来的阴谋与压制，都不是明智之举。不过这只是理论，对于像我这类从事记录的人来说，越是禁忌的话题，便越值得记上一笔。

我的追问使得那名侍者又揭露一个弗拉加的奇特故事，包括他和卡斯特罗的友谊。原来弗拉加和卡斯特罗及其双亲都很熟，跟许多古巴人也很熟，因为那些人的祖先都可追溯到西班牙的北部省份加利西亚。弗拉加曾栽培卡斯特罗，彼此间取得一种默契，使得西班牙成为古巴的盟邦，以及许多古巴人的庇护所。

“卡斯特罗回到加利西亚来为他祖父母扫墓的时候，”侍者说，

“弗拉加在他身旁放声大哭，卡斯特罗反而只是瞪着墓碑。”

与此同时，弗拉加还在电视上大呼小叫以示胜利。他是屈辱年代的幸存者，是过去独裁时代的余孽子，然而他仍旧是众望所归的人物。

“他到底有什么秘诀？”我不禁问。

“他有点钱。”

“有钱所以就有势吗？”

“唔，他就是赢了——他们阻止不了他。”

我研究着屏幕上那张红光满面、耀武扬威的面孔。据说他具有加利西亚人的所有特质，尤其是难以理解、性格如谜这方面。一个叫阿尔韦托的西班牙人曾经对我形容：“假如你在楼梯间碰到一个加利西亚人，你绝对猜不到他究竟要上楼还是要下楼。”

“火车不意味着远离，而是出发，它悠闲的速度使得周遭的景致更出色，也使得行经之地更壮观。”

这是威廉·加迪斯的文句。我搭乘的火车虽然又小又慢，但这番描述对我而言仍然很贴切。一个起雾的早上，我搭乘九点零五分的火车离开卡塔赫纳，经由托雷帕切科和巴尔西卡斯北上穆尔西亚。穆尔西亚以果林著称，位于洛斯阿尔卡萨雷斯的内陆，依傍着地中海的梅诺尔潟湖。火车行驶在布满柑橘园的大地上，只见墨绿浓密的枝叶间仍悬挂着许多果实——这是本季最后一批水果。穆尔西亚的许多院落和住宅门边也栽种着柑橘。

我没有在穆尔西亚停留，转搭“地中海”号快车，前往位于白色海岸的阿利坎特。

火车行经奥里韦拉，往埃尔切，这里是欧洲唯一的棕榈林区，接近终点站时，火车贴着海岸而行，海风掀起浪花，点点水花溅在车窗上。

暴风雨来袭，使得这座城市变得别具情趣。我计划在此地停留一天左右，再找艘船前往巴利阿里群岛的马略卡岛或伊维萨岛。我不在意去哪个岛，只想去其中一个看看，然后搭船返回大陆，再北上前往巴伦西亚或巴塞罗那。

“现在是淡季。”一名西班牙旅游业者告诉我，“往马略卡岛的渡轮也许停航了。”

他耸耸肩——他也不知道。他建议我搭飞机，但我认为一定有渡轮可以前往。

“唔，或许吧。也许你必须去巴伦西亚看看。现在是淡季。”

我喜欢这个措词。“淡季”意味着奇特、不普遍与无法预料。

附近果真有渡轮。我是在一个无足轻重的海边小村落德尼亚找到的，小村位于大约十五英里外的一处海角。那班渡轮隔天启航，不过时间很不方便，是在半夜十一点。当我询问业者有没有船票时，他回答“多得是！”，然后哈哈大笑。

阿利坎特海滨大道上有尊雕像很像佛朗哥。我向一名路人查证时，他忿忿地回答“不是”，然后径自离去，也不告诉我雕像究竟是谁，这便是冒险提及这个禁忌话题可能会导致的后果。我很想知道如今的西班牙是否还残存着佛朗哥的雕像，还有，佛朗哥所坚信的保守天主教义、他推崇的邪恶、秘教运动的“主业会”① 如今又

---

① 一九二八年创于马德里，以追求深入精神生活为目的的天主教教会组织，在佛朗哥时代对政府影响显著。

怎么样了。

“但是西班牙不是天主教国家吗？”后来我在阿利坎特借机求教另一个人。

“不是，不是。”他说，“只有百姓信奉天主教。佛朗哥在位时，这里是天主教国家，但现在不是了。现在我们是民主国家。”

我们又讨论节育问题。西班牙的生育率是欧洲国家中最低的，这点似乎很难相信——此地的生育率竟然会低于德国或丹麦。不过这显然是真的，因为堕胎是合法的，而且目前也在采取某些措施，使堕胎更容易。还有一个事实是，这里很少见到小孩，也许是经济拮据所致。欧洲人在经济萧条时总会减少家庭人数。

浪花拍击在圣芭芭拉城堡下方的海岸与岩石上，情景比城堡本身更令人印象深刻。我是因为心绪烦躁想找事做，才有此行。每当我计划观光时，就是我处于绝望的征兆。情绪低落时，我便去参观教堂与废墟的时刻。一旦走访著名墓穴，便代表我的情绪已经跌到谷底。这是个寒冷的日子，海滩绵延数英里，一片灰茫，只有一个穿蓝衣服的小女孩在戏水。

我踱到港口，看到一艘叫“巨木”的帆船，刚由英国根西航抵。我找船长约翰·哈里森聊了一阵。他卖掉所有家产，带着妻子离开纽卡斯尔附近的布莱斯，一起周游地中海。

“我在四年前买下这艘帆船，一路慢慢航行来这里，悠闲地沿着葡萄牙海岸游览。”他告诉我，“我们在直布罗陀待了很久。你看到那些橡皮艇模样的船了吗？黑色的，上面堆满货物。他们用那种船走私香烟到摩洛哥、阿尔赫西拉斯和拉利尼亚。”

“我听说拉利尼亚有走私活动。”

“那些走私者是合法购买香烟的，他们是经销商，这样就不必纳税。他们有移动电话和一切装备。警察有时候会拦住他们，但他们通常都可以自由来去。”

“我还以为西班牙的警察都很凶悍。”我告诉他我所目睹的路障。

“一般人对他们的评语是很官僚且不友善，不过已经有改善了。如今我们碰到的警察都很友善，我觉得他们很好。”

“你准备在阿利坎特待多久？”

“我不知道。有时我们会在一个地方待上几个星期或几个月——看我们喜欢的程度。这种天气很少有人出海，可是我觉得还好。以前我在纽卡斯尔，圣诞节和新年都出海，那时的北海，风浪可大多了。”

“那些是渔具吗？”我指指甲板上的一些零星杂物。

“对，我们偶尔钓钓鱼。我会钓一些小型青花鱼，两人烤来吃。”

“我还以为地中海几乎没有鱼了。”

“这里的确有滥捕现象。你在市场上看到的鳕鱼和青花鱼都是本地货，另外还有鱿鱼和章鱼。但是如果他们继续捞捕这么小的鱼，以后就很惨了。”

“我很少见到渔家。”

“我在托雷维耶哈看到一个渔夫捕了六小箱鱼，都是很小的鱼。有人对他说：‘你为什么要捕这些小鱼？这些是鱼苗，如果你不让它们长大，我们以后没有鱼可捕了。’那个渔夫说：‘对不起，但是我有家人，有几口人等着吃饭呢！’他们争执不休，最后甚至拳脚相加地打了起来。”

我们谈到地中海的情形。

“如果我喜欢，可以从这里直接航行到土耳其海岸，三个多星期就可以到了，整个航程大约只有一千五百英里，这海域不算很大。不过我喜欢慢慢来，到处看看。”

“你有没有看到很多污染情形？”

“听说地中海污染最严重的地区是在法国和意大利交界，靠近热那亚。但是我在西班牙也见过污染很严重的海滩——把污水直接排在海滩之类，埃斯特波纳就有一些。”

他六十岁左右。他告诉我他是毅然决然放弃一切——工作、房屋、产业等，驾船离开英国的。他打算花一年的时间在地中海各个港口巡弋，不管季节和天气。他对北非没有兴趣，但是“听说土耳其不错，生活费低廉”。他没有长期计划。“我们每次只做一个月的计划。”

我喜欢他无畏无惧和自给自足的精神，以及懂得珍惜、随遇而安、诚实可靠的个性，这也就是独自走天下的水手特质。他甚至还会自己修引擎——是他父亲教他的。

“你打算去哪里？”他问我。

“从马略卡岛到巴塞罗那。”

“我们会留意是否再碰到你。”他说。

在阿利坎特，能自给自足很有用，因为旅游业逐渐没落，秋冬又属淡季。当地人似乎都忙于自己的事，很多店都关门了，也没有人来兜揽生意。这是个小城，但洋溢着友善的气氛。我发现此地的行人似乎都是老年人，一位西班牙老先生拄着手杖，后面跟着一个提着手提袋蹒跚而行的老太太。这种外表看来白首偕老、令人艳羡的婚姻，也只有在这种乡下地方才看得到。

至于本地人，他们修理电话线、油漆窗板、敲打老式收款机、数着钱、领着孩子走在马路上、销售彩券、扫地——这些人让我觉得自己很懒散，是个多余的游客。旅行最糟糕也最容易令我闹情绪的一面，就是看到人们过着日常家居生活，尤其看到他们在工作、跟家人在一起、身穿制服、带着工具、采购食品，或掏钱付账时。

普里切特便曾言及“旅人的罪恶感，源自他只是路过，只是个旁观者”。我并不觉得内疚，只觉得哀伤、惊恐、同情和欢乐。旅行的目的之一，便是观察人们如何工作、如何度日。有时候这会令我产生不适与使不上力的感觉。但我“不只是”个旁观者，我是个很努力工作的旁观者。

在阿利坎特，我第一次见到深色毛发、皮肤油亮的西非人在宽阔的西班牙滨海大道上铺了垫席，贩卖各式各样的小东西，例如皮包、珠子等。据他们说，他们来自塞内加尔的偏远部落，经法国来到此地。大道上还有摩洛哥人在卖眼镜，西班牙乡下人用纸卷成圆锥状，装了核果出售，吉卜赛人出售枯萎的花朵。有个人举着一张手写的西班牙语告示：“我没有工作，但有三张嘴要喂。”不过没有人理会他。

离开阿利坎特那天，我在咖啡馆消磨时间，跟一个人聊了起来。当时他正漫不经心地观看电视转播的斗牛。我再度意识到自己是多么痛恨斗牛——惺惺作态的斗牛士、受尽折腾的牛。但我仍然试图为西班牙人这种狂热的活动寻找某种义正辞严的理由。

我问：“那些牛到头来总是输，所以那有什么意思？”

“斗牛士要很努力才能赢得胜利。”那个人回答。

"斗牛对斗牛士真的那么危险吗？"

"哦，当然。想想那些牛角——多么锐利，多么大。"

"可是那些牛还是死路一条。"

"这种事很复杂。"他谈到一名斗牛士必须学习多少技巧才能上场斗牛，"那些斗牛士需要花很多工夫练习。"

埃利亚斯·卡内蒂[①]曾有一句隽语，希望看到一只老鼠吃掉一只活生生的猫，而且先戏弄一番再吞下肚。想到斗牛，我便希望看到一头牛将斗牛士折磨死——不是践踏致死，而是一再用牛角抵击他，令他边舞动边流血而死。看到斗牛的人，一定和我有同样的报复心理：让斗牛士尝尝被凌迟而死的滋味。

我是个无知的外国人，因此有权冒昧地公然问他："所以人们真的很喜欢看吗？"

"这是西班牙的国粹。"他答道。

"你呢？你喜欢吗？"

"不，我不喜欢这玩意儿。"他据实以答，"对我来讲，这只是一场折磨。"

① 埃利亚斯·卡内蒂（1905—1994），英籍犹太人作家、评论家、社会学家、剧作家，曾获一九八一年诺贝尔文学奖。

第三章

搭“欧罗巴角”号往马略卡岛

阿利坎特海滩的游艇码头站每隔几小时便会开出一班小火车，沿着窄轨铁道轧轧驶向东北，经过比利亚霍约萨、贝尼多姆和阿尔特阿，抵达古老港村德尼亚。我被告知，当地夜间有渡轮前往马略卡岛的帕尔马。

贝尼多姆林立着高楼大厦，是迄今我见过最恐怖的海滨城镇，比托雷莫利诺斯还糟糕，后者是那种缺乏品位且欠缺规划而发展出来的海滨胜地，还值得原谅，而贝尼多姆的丑陋则是大规模的，高大的公寓、俗丽的旅馆、闪烁的霓虹灯，粗制滥造，整体景观毫无悦人之处。在贝尼多姆见不到任何西班牙民风特有的迷人、尊严、优雅、荣誉、节制等美德。由于正值凄风惨雨的冬日，宽广的街面杳无人影，大部分旅馆关门歇业，海边没有游人，海中也不见游泳的人，它的丑陋之处便益发彰显，令人意兴大减，不忍观看。

一九四九年，贝尼多姆还是个贫困的小渔村。一名英国访客形容当地“据闻是走私客自由出入之地”。我步行其间，吃了一份比萨，坐在一张长椅上审视地中海。就在此时，风势转强，大雨再度落下。

这场雨使我开心起来。只见雨水冲击着海面，旅馆建筑阴暗下来，霓虹灯也饱受压力。雨水肆意流过空荡的街面，一路淹没了阴沟，在海滩上形成沟渠。只要风势再增强一些，灯火将会熄灭；雨量再丰沛一些，到处都会积水。这便是解决贝尼多姆问题的答案了——大自然的反扑，一场具有彻底涤除功效的风暴，将这个地方完全铲平。

想象这类地方遭到摧毁使我心情大好，当我搭乘火车继续前行时，内心也喜滋滋的。滂沱大雨冲刷着车厢，有如天降碎石。我是车内唯一的乘客，在驶往德尼亚的途中，天色逐渐阴暗。罗斯·麦考利在她的《传奇海岸》中写道："所有伊比利亚半岛海岸可爱的地点中，我认为德尼亚最迷人，也是我最希望能多待几天的地方。"她的赞美是可以理解的。一九四八年她驾车沿着海岸旅行，只见到另一辆英国汽车。但我抵达德尼亚那天，雨势滂沱，见不到当地著名的灯塔。小镇上的街道淹水，车站内一片湿漉，港区灯光闪烁，渡轮默默停靠在水坑密布却不见人迹的码头。

这种荒凉的景象意味着我可能弄错开航的时间了。

"你确定这艘渡轮今天晚上会开往帕尔马吗？"

"对，没问题。"

"其他乘客呢？"

"今晚也许没有别的乘客。"

当时才十点钟。我买张船票，十分钟后上船。"欧罗巴角"号渡轮有一千三百个船位。上层甲板上有块西班牙语标示：

最大旅客容量：1,300

工作人员：31

乘客与工作人员总数：1,331

后来有个男人带着儿子登船，使得乘客增加为三人。渡轮上有五间客舱，里面排满座位，都是同样窄小的塑料硬背椅，只容许直挺挺地坐着。渡轮在暴风雨中驶出德尼亚，隆隆的声音有如一班快车。客舱内灯光仍亮着，工作人员留在下层甲板，强风使得门扉砰然作响，整艘渡轮弥漫着油呛味和腐木味。每间舱房内都开着一台电视机，屏幕上的记者正在大声播报新闻。渡轮外是黑暗愠怒的地中海。这是我在地中海遇到的第一场风暴，感到十分刺激，因为以往我一直将地中海视为一池污水，但今晚的风浪终于使它拥有了大洋的风貌。

经过四小时的摇晃与颠簸，在渡轮接近伊维萨岛时，风浪总算平静下来。这时已是凌晨三点，一对英国夫妻低语着登船。他们并非在交谈，而是在安抚携带的宠物：一只拴着链子的紧张小狗和一只关在提笼里哀鸣的猫咪。此时渡轮已有五名乘客，外加两只动物。渡轮上灯火通明，电视屏幕闪烁跳动，虽然还开着，但已没有节目。

船上全是空座位，却没有一个是舒服的——直立靠背、硬邦邦的椅把，座位前没有伸腿空间，也没有一张可以往后仰靠。我撑坐着，等到实在无法忍受座椅的不适和灯泡的亮度时，忍不住踱往甲板。黑沉沉的海水抵着船壳蠕动叹息，我打个呵欠，拨弄着短波收音机。三个小时后，东方天际终于出现鱼肚白。

在晨曦的迷蒙光线中，海面什么都没有，甚至连日出的景象也没有——只有泛白的海水，没有陆地。直到七点半左右，我们才看到马略卡岛——先看到西海岸外的德拉戈内拉岛，然后绕过灯塔所在的卡拉菲格拉角，可以见到黄褐色的丘陵和山地起伏的内陆。这是一个美丽粗犷的地方，跟我期待的景观截然不同。部分海岸边缘堆叠着白色旅馆和紧密分布的住家，但也有几乎看不到建筑的连绵海岸。

有时马略卡会被称为地中海的心脏，拥有地中海所有的特质，是英国人旅行的据点之一，因此也相当于"廉价"的同义词。有些地名经常令人联想到牛头不对马嘴的事，因而使得这个地名带有暧昧的双关意。比如马略卡（Majorca）一词，光是故意发出鼻音，把中间的"j"音发为实音，便可制造出"笑"果了。

"是啊！这里很漂亮。"我称赞这座岛屿美丽之际，那名西班牙乘客附和着。这时渡轮逐渐入港，他儿子仍熟睡如故。"我是在岛上长大的，当时全是天然美景。"

我询问他的年纪。他今年五十五了，还记得当年开始出现旅行团，以及旅馆一间间盖起的情景。他说马略卡有些地方仍然非常美，"但是一到夏天，到处都很可怕"。

他说目前这里生意很差——比西班牙本土还要差。"不过情况已经在改善了。这个周末就有一个庆典。"

搭乘渡轮让我得以仔细观看这个地方。我已下定决心不在地中海地区搭机旅行，这个决定使得我必须费心思绕道而行（比如前往德尼亚），但也让我有机会从不同角度去观察一个地方。

我们穿越宽阔的帕尔马湾，从海上往马略卡望去，那座岛显得极其优雅。船接近港口时，帕尔马的旧城赫然在望。一座装饰华丽的天主教堂俯瞰着城墙，还有一些灰泥雕饰的建筑，有些相当古老。西侧是较新的郊区，北侧则是肥沃的田地与山谷。

我步下船板，穿过港区建筑，来到坐落在一处游艇码头区旁的大街。早餐时，我研究地图，犹豫着是否该搭乘窄轨火车穿越山区，前往位于北部岩岸的索列尔。“一路美丽得有如置身瑞士。”一份旅行手册中如此介绍。我也想去西岸看看更偏远的海边村落，可是那里没有铁路经过，因此，似乎只有租车。

电话簿上列有许多租车公司。由于本地的英国人颇多，许多做英国人生意的公司相当吃香，比如附录上便列有一连串进口商名录，专门进口香肠、啤酒、书籍、果酱等，还有衣服、理发和住屋广告。

这里甚至还有家英语广播电台，从帕尔马广播抒情歌曲，为岛上所有的英国居民服务。我是在租车后才发现这个电台的。收听广播时，觉得它的业余作风格外讨喜。

“瓦莱丽正启程返回伦敦，”一名女播音员说，“明天她会抵达梅菲尔。祝你一路平安，瓦莱丽。这首歌是献给你的。”

那是《伯克利广场的夜莺之歌》①。

“我刚刚在想，我是如何在哈默史密斯宫第一次听到这首歌的。”歌曲结束后，那名女播音员追忆着。

我已驶离帕尔马，正经过一连串富饶的小型农场与石屋，往山区行驶。

弗雷德·阿斯泰尔②的《交换舞伴来跳舞》开始流泻而出。接

---

① 梅菲尔和伯克利广场均位于伦敦高级住宅区，近海德公园。

② 弗雷德·阿斯泰尔（1899—1987），美国电影演员、舞蹈家、舞台剧演员。

下来是我最喜欢的一段颤抖的旋律：

我该怎么办，
当你
远走他乡？
只是梦想着你，
我该怎么办？

这首曲子令我害起思乡病，不过这似乎是行走异乡时的自然情绪。我只有在快乐的时候才能旅行，然而每当快乐时，我又会怀念起生命中积极规律的一面，以及在内心一隅的女人。这些天，我每天醒来就会想“我人在哪里？我在这里干什么？”，然后才起床，努力在那天做些有意义的事。

“我必须说再见了。不过记住，如果要做一件事，就把那件事做好。如果做不好，干脆就不要做。”

山边公路突然从平坦的帕尔马平原转为坡路，坡度很陡，呈U字形垂直上升。由山脊处俯瞰，可以看到嶙峋壁崖外的翠绿山坡、宁静的海湾与湛蓝的海水。但是在我下坡时，风暴又至，我进入索列尔时，又碰上滂沱大雨。

我全身湿透，狼狈不堪，因此至少有四个西班牙人误认我是当地人，而问我一些难以作答的问题。其中一个问题是：“你知道哪里可以申请工伤保险理赔吗？”

我在镇上走了一圈以便熟悉方向，看到广场上有三台投币式贩卖机。其中一台贩卖口香糖，一台贩卖塑料玩具和珠子，另一台则贩卖装在一颗小塑料球中的两只保险套（一球两百比塞塔）。我可以从鱼缸状的贩卖机顶部看到那些东西。当我正犹豫该在哪里过夜时，无意间看见一个前往德雅的路标。

“有个英国诗人曾在德雅住过，对不对？”我在港口附近向一个人打听。

“罗伯特·格雷夫斯[①]。”那个人毫不犹豫地回答，“他的房子还在那里，目前是他的儿子和女儿在住。”

“我认为他是个很棒的诗人。本地人知道他的诗吗？”

“知道。我们对他的评价很高。我们拿他跟最好的诗人相比——不仅是西班牙人的诗人，而是全世界的诗人。”

去德雅走一趟似乎是个不错的主意——也许沿着悬崖走走，欣赏一下格雷夫斯赞颂多年的风景。

我在港区附近找到一家可以听见港口动静的旅馆。索列尔是个平静的海港，又有壮观的岩壁，因此我决定多停留几天，整理进度落后的记录。自从抵达阿利坎特后，我便疏于记录，在“欧罗巴角”号渡轮上又一夜没睡，因此很高兴找到这个宁静的地方。旅行时，我总是会一路前进，直到找到一处喜欢或特别有感觉的地方，才会稍作停留，这也是我总是只身旅行的原因之一，因为两个人之间很少会对同一个地方看法一致。（“你为什么想留在这里？我觉得我们应该继续往下走。”）索列尔是个宜人的地方，即使正值淡季，也还是有一些游客——大部分都是徒步旅行者。

这种方式也正适合我。我在超市买了一些食品：酸奶、沙丁

---

① 罗伯特·格雷夫斯（1895—1985），英国诗人、小说家、古典派学者。

鱼、果汁，以及做三明治的材料；还买了些索列尔最负盛名的柑橘和一张地形图，然后在雨停歇、海面闪烁着阳光时，花了两天时间徒步旅行、赏鸟、写写笔记，很得意自己能在这个庸俗化的岛屿找到这么可爱的角落。

任何地方，不论在何处，不管是什么形态，都值得一游。但是游人罕至，居民仍过着一成不变的传统生活的地方，对我来说最值得一览，因为他们总表现出最和谐的一面——毫无虚伪矫饰，令我的精神为之一振。此行中我最渴望的便是有机会欣赏没有密布旅馆、公寓、游乐场与“说英语”招牌的纯净景象。也许我是无知才对废墟没有兴趣，对墓碑、教堂也一样。我不认为自己庸俗，我只是渴望见识海岸的生活面——不管是哪一种形态的生活。不过有些情况例外，比如坍塌的罗马或希腊圆形露天竞技场。那些竞技场看来怪异、古老，其壮观华丽的对称感也发挥在最奇特的地点。“这里是格斗士进场的地方。”“那些是有钱人马车的辙痕。”（日后我在阿尔巴尼亚都拉斯的一处贫民窟，以及突尼斯摇摇欲坠的城镇埃尔杰姆，都曾见到这类古迹。）

不久前我还在想，要在地中海沿岸任何地方独处似乎是不可能的事，不料竟因缘际会地在马略卡得遂心愿。不错，岛上遍布村庄，有些地方的房屋还拥挤不堪，但到目前为止，这是我所见过的最美丽的地方。我徒步到索列尔的马约尔峰山坡处的村落福纳卢奇——那座山有如一顶女巫的帽子，然后沿着海崖在令人晕炫的小径上赏鸟。

结束两天的徒步旅行之后，我打点杂务，完成笔记和洗衣工作。对一般人而言，单独置身崖区，除了海鸟和偶尔传来条顿民族的言谈声，一切静谧无声的状况似乎很奇特。但是在索列尔一家自助洗衣店，和年轻母亲、孩童们一起折衣服，或许更奇特。

“哈喽，你好吗？”

“很好。你是游客吗？”

“对。我喜欢索列尔。很漂亮。”

“因为没有遭到破坏。”她应道。

“为什么？”

“因为这里没有平地，全是悬崖峭壁和陡坡。少数几家旅馆也都在港口和村庄外的那条路上。”

这似乎是一个很好的解释。此地的确无法应付大型旅馆，而小旅馆又不赚钱——无法供应旅行团需求的房间。

“一年当中，这个时候很安静。”

“现在大半是德国人。”

的确，只有德国人才会成双成对，穿着厚重防水的登山鞋、登山夹克与灯笼裤，带着登山杖和望远镜。每次我见到这种装扮的德国人，都不会联想到登山，只会联想到侵略。他们是那种身强体壮、面颊红润的德国人，利用便宜的价格，在山间小路上阔步而行，仿佛有意无意地在物色“最适合优秀人种生活”的地点。

“以前都是英国人来，价格上涨后，法国人和比利时人便取代了英国人。现在冬天来的都是德国人。不过夏季有些英国人还是会来。”

这位妇女知道哪种人经常光顾索列尔，因为她是一家旅馆的保洁员，丈夫是渔夫，冬天捕虾，春天捕沙丁鱼。据她说，捕鱼是很辛苦的行业。

她女儿一直朝我们瞪着双眼，并用一小块方布学她母亲折衣服。

我替车子加满油——花了我四千比塞塔。这么小一部雷诺五型汽车就要花费大约三十五美元，由此也可证明西班牙生活费用的高昂。但一般来说，地中海地区一公升汽油的价钱本来就是一公升佐餐酒的两倍。

第二天早上是我在索列尔的最后时刻，当我再度在浪卷沙滩的潮声中醒来时，心中不免遗憾自己非离去不可。

两天的徒步旅行，我几乎走到了德雅。今天我沿着狭窄弯曲的滨海道路驶往该地，半路上还目睹一起对撞的车祸（没有人受伤，但是一辆汽车和一辆卡车受创颇重）。一个年轻人惊惶地站在撞毁的吉普车旁，面容焦虑；那个在急转弯处撞上他的卡车司机则忙来忙去，动作很多。当地山区正在挖凿隧道，因此到处可以看到“不要隧道！”的抗议标语。我也不赞成开路，因为已经有火车、公路，而且马略卡的汽车也太多了。

诗人罗伯特·格雷夫斯在德雅村落居住多年，因此村民一九六九年通过一项决议案，认他为“养子”，这是德雅村漫长历史中绝无仅有的案例。一九二九年他一时兴起来到这里，不料竟在此过了大半生。

我对作家的出生地向来兴趣索然，也没有参观其墓地的兴趣，但是对他们的生活和工作倒是饶有兴致，对他们的住处也颇为神往。作家无论有没有钱，通常都会选择一些风景绝佳的地方寄身。比如大作家亨利·米勒早在加州海岸的大瑟尔成为房地产热门地点之前，就在当地定居了。D. H. 劳伦斯曾旅居于尚未知名的美国新墨西哥的陶斯。海明威曾在基韦斯特渔钓，后来移居古巴，多半是出于同样的因素。罗伯特·路易斯·史蒂文森早年曾到过加州和夏威夷，晚年更是成为探索萨摩亚的先驱。

有关地中海的文学史中，许多地方都是经由外国作家发现与描述后，过了很久才享有盛名且历久不衰。一般而言，因着那些作家旅居，使得地图上出现一个渔村的名字，然后小港拜那些作家盛名之赐，逐渐演变为昂贵的旅游胜地。菲茨杰拉德彰显了里维埃拉地区；诺曼·道格拉斯①在《南风》中描绘了意大利的卡布里岛；劳伦斯·达雷尔②在《普罗斯佩罗的斗室》中提及的希腊克基拉岛与《苦涩的柠檬》中所描述的塞浦路斯岛；还有毛姆笔下阿尔及利亚的费拉角，都属于这类情况。另外还有许多文学和地理扯上关系的例子，比如希腊人会去寻找佐巴③或占星家④；在亚历山大从事文学朝圣者则会寻找查士丁⑤。最荒谬也最糟糕的是，作家仍旅居该地时，原本被视为天堂的地方就已变为地狱——交通、旅馆、游客和文学朝圣者造就的地狱。那些作家当初在赞美该地时，绝没有料到会造成这种局面。

美国作家格特鲁德·斯坦夫人⑥曾以她的典型隽语描述当地为“天堂——如果你受得了的话”，她建议格雷夫斯去马略卡岛住

---

① 诺曼·道格拉斯（1868—1952），英国小说家、游记作家。

② 劳伦斯·达雷尔（1912—1990），爱尔兰裔英国小说家、诗人、剧作家。

③ 出自希腊小说家卡赞察基斯（1883—1957）所著《希腊佐巴》。

④ 出自英国作家约翰·福尔斯（1926—2005）所著《占星家》，以希腊岛屿为背景。

⑤ 达雷尔所著《亚历山大四部曲》以埃及的亚历山大为背景，其中部为《查士丁》。

⑥ 格特鲁德·斯坦（1874—1946），常年旅居海外，为知名沙龙女主人。

往看，格雷夫斯便离开妻子和孩子，跟他的情人劳拉·赖丁一同前往。结果在他的一生中，这个风景如画的岛屿几乎被成群的游客压垮。幸而德雅仍是个偏远美丽的村落，高踞海崖上，四周是绝美的泰克斯山区。他去那里是因为当地生活便宜，地处遍远，还似乎融合了他所深爱的两处美景：北威尔士和希腊克基拉岛。于是他下定决心再也不离开。他在诗作《下一次》中便写道：

当乘客获得两个小时，
当车子再度在某个不知名的陌生地方抛锚，
我们爬出车厢，伸伸腿，摘摘野花——
如果这回我决定停留在这里呢？

我很容易就找到了格雷夫斯的住宅。那是采用当地石材建造的屋子，名叫“坎内伦”，高踞在村外的一处平台上。那是栋颇为庄严的住宅，屋后是峭壁，下方深处是嶙峋岩岸。我意外地在德雅镇中心看到一家豪华旅馆“宅邸”——正是我极力避免的那种旅馆，因为这应该是趟轻松自在的旅程。我打定主意要马不停蹄地前进，这条海岸线漫长，我不能被豪华旅馆的热情款待腐化或耽误。

格雷夫斯以历史小说《我，克劳狄》的收益，在一九三二年购置了“坎内伦”，和劳拉在这栋房子里同居多年。劳拉正如许多文坛上的著名情妇，先是他的缪斯女神，后来则变为长舌妇。据说这部描述西泽朝代衰败史的小说之所以如此令人信服，是因为格雷夫斯“借此抒发他对劳拉·赖丁不为人知的感情”。他在邪恶专制的毒妇利维娅身上注入了劳拉的性格。村人都知道劳拉是个“颐指气使、穿着奇特的怪人”。经过多年磨难，格雷夫斯终于把她赶出去，另外找了一位“白色女神”[①]。

有一回，一名访问者询问格雷夫斯关于德雅的无聊问题：“住在德雅，孤立于你所谓的‘机械专制’文明之外，是否让你写出你所谓的‘手工’诗作？”

格雷夫斯给了一个相当有趣的答案。“我从一九三〇年到一九三六年一直住在这里，六年间都没有离开过，”他答，“甚至连巴塞罗那也没去过。除了这段时间，我一直有旅行计划。我非出去走走不可，因为人不能老是单独活在传统的过去，而必须知道都市生活已经恶化到什么程度了。”

格雷夫斯韬光养晦，企图躲过西班牙内战的波及。他参加过第一次世界大战，而且曾在他三十三岁时所写的早年自传《向一切告别》中描述他幻灭的心情。佛朗哥一直威胁要进攻马略卡岛，而当他终于来袭时，岛上形势紧张，格雷夫斯便逃之夭夭。

德雅村很漂亮。当岛上其他地区都陷入愚昧开发人士的魔掌时，它竟可幸免，为什么？也许正如那个索列尔妇人所说的，这里“没有平地”——此外，就是狭隘的道路。如果一个地方难以抵达，便有机会保存它的自我风格，免于污染。

安东尼·伯吉斯[②]在自传中对德雅持相反意见。当他叙及在该村居住的一段时期时，直率地说：“德雅除了格雷夫斯的磁性外，其他乏善可陈。”并且写道：“我所谓的磁性是真的磁性，因为据说当地山区蕴藏着一种高磁性的铁矿，会吸引人脑中的金属成分

① 《白色女神》亦为格雷夫斯的著作，探讨神话中诗的起源。

② 安东尼·伯吉斯（1917—1993），英国小说家。

而使人发疯。据说格雷夫斯便曾摇晃着一根橄榄树枝，嘴里念着魔咒。”

我在岛上北方攀谈的马略卡人，个个都知道格雷夫斯，也知道他住的村庄和屋子，只是不知道他所写的诗。这便是这世界常见的情况。一个人只要有名气，便可赢得众人的敬意，住在小城镇或小村落的著名作家就会碰到这种奇特的状况。一个不学无术的人对他的邻居作家表示轻蔑，固然是件可笑之事，但假如奉他为神明、极力吹捧，那就更有趣了。格雷夫斯住在一群以榨橄榄油为业的农民、采拾水果为生的工人、牧羊人，以及富有的退休人士与权贵之间，他的行径让有些人为之侧目，但是他对这座岛屿，尤其对这个村落的热爱，令人感动，因此当地人大半都对他存有好感。

由于格雷夫斯的子女仍住在那间屋子里，我决定不去打扰，也不想因为妨碍隐私而吃闭门羹。事实上，除了好奇，我没有去探询的正当理由。我只是对他的书桌、房间、书本和照片等很感兴趣，因为这些东西多少会透露出一个作家的心态。

我邋遢得不适合在“宅邸”大酒店露脸，便在村里喝了一杯咖啡，然后开始在陡峭的巷弄散步，欣赏果树和整洁的住家。村落的景观奇绝，气势不凡，我衷心觉得这是个值得重游的地方。

我在德雅跟人闲谈时，没有发现任何了解格雷夫斯诗作的人，不过那不重要，我心里纳闷的是佛朗哥，尤其是他对马略卡的控制。西班牙人一般都太客气、太保守，因此我好不容易才鼓起勇气向人请教。此外，询及一个在位那么久的独裁者，多少也有质疑对方之意，就像在问：“老爹，战争期间你是做什么的？”

总之，我贸然在德雅提出了这个问题。问到的人正是属于那个年代的，七十多岁，出来遛狗。我是在跟他讨论前往巴尔德莫萨的路线时，出其不意地问了他这个问题，他思考了一下。

“在那个时候，”他似乎有意回避佛朗哥的名字，“我们有些事不能做，有些话不能说，有些问题不能想。”

“所以有政治迫害的情形？”

“是的。当时我们不像现在这么自由。”他回答，“但是人人有工作，还有游客来，可以做生意。你有工作，就会心满意足而不去问其他问题了，反正你过你的日子。如果有工作、有食物，你不会去考虑政治问题的。”

“如果没有工作呢？”

“啊，那你就会开始提问题了。”

“所以佛朗哥统治的时候，人人有工作？”

“当时我们国家正在发展中。不过现在时代不同，一切都变了。”

“那时天主教会的势力很大吗？”

“很大。”

他又谈到西班牙跨入现代世界的情形，欧洲其他国家都已迈入现代化很久之后，西班牙仍在原地踏步，变化不多。我猜他刚刚所谓的“现在时代不同”，是指佛朗哥那段时期已是远古历史了。不多久之前，亦即二十世纪七十年代末期，西班牙才开始奋起直追——放松心情，学习如何投票，以及最重要的，调适长久以来受制于一名极权者的屈辱心理。这就像长久生活在受虐待家庭中的儿童，必须重新适应正常生活一样。

我没有在德雅过夜，反而决定前往另一个位于渔港高处的可爱小镇巴尔德莫萨。那里有更多橄榄树、更多果树、更多热带庄园，大体上也更平坦。巴尔德莫萨的名气部分来自乔治·桑[①]——一八三八年到一九三九年间的冬天，她曾带情人肖邦前来。当肖邦忙于养病和酝酿前奏曲时，乔治·桑也忙着跟当地人吵架。后来还根据他俩在此旅居的经历写了一本以刻薄闻名的书。

我在帕尔马买了一本乔治·桑的《马略卡之冬》，这里似乎是最适合读这本书的地方。这是当地出版的版本，由格雷夫斯翻译并详加注解——批注多半在驳斥乔治·桑的论点，或澄清她的误解、恶意中伤。

旅居马略卡时，比乔治·桑年轻的肖邦才二十八岁，乔治·桑则已三十四了。乔治·桑的本名是杜德凡伯爵夫人，本姓迪潘，格雷夫斯描述她为“贵族和女裁缝门不当户不对的婚姻结晶，以及浪漫主义年代的无冕女王”。

肖邦以丈夫的名义和她住在一起，但是大家都知道他俩没有结婚，或许这也是当地人始终跟他们保持距离的原因，疑心她在追求秘密的不伦之恋。那是多年来最恶劣、雨量最多的一个冬季，橄榄歉收，乔治·桑的写作也进行得不顺利。雪上加霜的是，肖邦突然受到道德良心的责备，而有虔敬上帝之心，但是此举冒犯了他反教会的情妇。乔治·桑一直认定自己是个自由的灵魂。总之，这不是个快乐的家庭，村民怀抱敌意，岛上也冷飕飕的。

因此这本书是乔治·桑的报复产品，是她返回法国后，在悻然的心情中写成的。她攻击当地人的庸俗和可恨，抱怨每件事，从马

① 乔治·桑（1804—1876），法国小说家。

略卡人建筑房屋、照顾动物的方式，到橄榄油的低劣质量——“有股恶臭，闻之欲呕”。她还指称当地人为猴子、野蛮人、贼人、“波利尼西亚的野人”，仿佛那支太平洋的航海民族被法国人糟蹋得还不够似的。

她在书中引用一位法国作家的句子：“这些岛民性情温驯，和气友善。”然后突然插入一句：“我们知道在每个岛屿上，人都可归为两类：食人族和‘性情温驯者’。”

在另一段叙述中，她还借马略卡人而归纳出西班牙人容易受到冒犯和脸皮薄的天性。“那些旅行于西班牙而没有对所遭遇的一切感到开心的人要倒霉了！要是你因为床上有小虫、汤里有蝎子而表现出丝毫不快，立刻就会招来众人的嘲弄与愤恨。”

“我们替马略卡取了一个绰号：‘猴岛’，”她写道，“因为置身于这群诡计多端、贼性难改、愚昧无知的动物之中，我们已经学会如何自保了。”接着，她又暴露自己对灵长类动物自然生态分布的无知，继续嘲讽：“我们的感觉跟以往印第安人对付黑猩猩或调皮胆怯的红毛猩的心情一样理直气壮。”

不过那本书出版后不久，马上招来严肃的驳斥。这是一本生动有趣、有关地中海旅行的书，它不必要的粗鲁笔法跟伊夫林·沃的《标签》不相上下，都是旅行者在地中海表露出暴烈脾气的最佳范例。

我在巴尔德莫萨向一个人提及《马略卡之冬》。

“那是本蠢书，而且老掉牙了。我很惊讶还有人在看这本书。”

“我看它是因为觉得很好笑。”

“那本书对巴尔德莫萨的描写全是谎话。”

“我笑的不是巴尔德莫萨，”我解释，“是乔治·桑。”

“对。”那人如释重负地视我为盟友，“这倒是真的。”

第二天，我驶经漫长的山路，穿越岛屿返回帕尔马。我发现马略卡的游客都集中在海滨，旅馆则集中于南部和东部。不过即使是帕尔马镇，也依然保有传统的西班牙情调，而非吸引游客的风格，甚至还有一些令人景仰之处——当地一座十三世纪的天主教堂是欧洲少数未经蹂躏或轰炸的教堂之一。

“这个地方现在还好，”一个来自科尔多瓦的人告诉我，“七八月的时候简直疯狂。”

我在东北部近郊的一家小旅馆过夜，那里都是些工人阶级的居民和廉价食宿公寓，属于勉强糊口的人。我前往超市采购，在酒吧小酌，像其他人一样观看足球赛和斗牛转播。我试图以这种方式生活，归纳出西班牙人的矛盾。但他们仍然令我困惑。西班牙人明明具有独立精神，却忍受专制政权长达四十年。西班牙人的热情似乎也跟固有的礼节格格不入。他们是上教堂的天主教徒，却高声疾呼反宗教。还有它活跃的性机能（报上全是这类私人广告，从交友到施虐、受虐行为，什么都有）及偏低的生育率，也令人费解。

老一辈的西班牙人往往是心胸最宽阔的人。最鲜明的一个例证是色情业，代表其容忍度。西班牙的每一个市镇都有色情商店与电影，连小地方，如卡塔赫纳都至少有一两处色情商店。

我深信一个国家的色情业是最佳利器，可供窥探它的潜意识心理，揭露它的内在生活、幻想、罪恶意识、热情，甚至育儿观，更不用说这个国家的婚姻和求偶礼节了。其中所显示的虽不全然是事实，却包含许多迹象，甚至是警示。日本的色情业和德国不同，法国的异于瑞典，美国和墨西哥也有差别，等等。

西班牙的色情花样使我为之瞠目，多半似乎都已逾越单纯的两性关系，而涉及儿童、狗和施虐。男人折磨女人，女人驾驭男人，很多方面比德国的色情文化还糟糕，也许称得上是全世界最不堪入目的色情文化。有些内容是国产品——阴阳人和浴厕训练。我看过一部影片是关于一男一女和一头驴子的。而我看过最怪异的一部是，一个十三四岁的摩洛哥少年和一头非常困惑的山羊。

在一些最拘谨的地区，比如阿利坎特、穆尔西亚或马略卡，这类影片的放映场所也许就在糖果店或美容院隔壁。糖果店本身有时也贩卖色情商品——不单是袒胸露臀的杂志，还有货真价实的色情产品。你可以看到一个老祖母坐在柜台后面卖彩票给一名少年，杂志架上并排陈列着童书、晚报、家庭杂志以及色情月刊，有些里面一页页全是女人被折磨、火烫、捆绑，以及性残害与虐待的画面，受虐者口中还尖叫着："救命！救命！"

我认为色情漫画是最糟糕的产品，因为通过画笔可以轻易塑造性虐待的理想场面，而其实那种不实际的幻想情景潜伏着危险。我一直认为色情照片令人反胃恶心，不过像那种展现折磨或死亡画面的照片几乎不存在。但是漫画没有这种限制，可以尽情挥洒，而且通常包括兽奸和恋尸癖等禁忌画面。

"先生，如果你不打算买那本杂志，就请你放下来。"

星期日早上，我在帕尔马搭乘渡轮，在湛蓝的天空下航经伊维萨岛，返回欧陆的巴伦西亚港。这段航程前后共八个小时，大半沐浴在阳光中。可以容纳一千五百名旅客的渡轮，只搭载了大约三十名。我坐在甲板上写东西，舱内一群人则围观电视转播的斗牛。每当斗牛士施以致命的一击，将剑身整个刺入牛身时，便传出满足的尖叫与激情的叹息。

第四章

乘“瓜达卢佩圣母”号快车往巴塞罗那及其北境

如果探索圣杯之旅是由巴伦西亚出发，那可以说是一蹴可几，因为圣杯就放在皇后广场一间小教堂的圣坛上①。那是只真的杯子，是耶稣在最后的晚餐中饮用过，之后传给门徒的。这只圣杯大约有茶杯大小，杯身由浅绿玛瑙雕琢而成，杯底呈倒置杯状，镶有珍珠和翡翠，把手是纯金打造，安置于金质底座和珠宝撑环上。整个杯具高七英寸，体积不大，设计繁复，杯身可能是耶稣使用后才加上黄金与珠宝等装饰的。教堂的简介将上述的揣摩故事视为事实。

最后的晚餐是在圣马可家中举行的。之后，亚利马太的约瑟曾用圣杯收集耶稣受难时滴落的鲜血。圣杯由圣彼得携往罗马，作为教宗用圣餐杯，直到教宗西克斯图斯二世在位时，才由罗马教会第一任助祭圣劳伦斯携往韦斯卡，一直寄放到公元七一三年。之后亚拉冈朝廷才将圣杯作为随行装备。十一世纪，圣杯放在哈卡，十二世纪放置于岩石约翰修道院，十四世纪由“人性国王”马丁携往萨拉戈萨，至一四三七年才由纳瓦拉王约翰呈献给巴伦西亚天主教

① 西方文学中有圣杯情结与探索之旅，而二十世纪的圣杯探索之旅则延伸为一种自我实现之旅。

堂。西班牙内战（美其名曰“民族起义”）期间，巴伦西亚大半教堂遭到破坏与轰炸，但圣杯完好无损。它被藏在巴伦西亚西南山区的卡列特村，因而逃过一劫。

圣杯广受敬拜。奥尼亚特在有关圣杯的著作中说：“圣杯逐渐受到更多教徒的膜拜……它非常古老，皆信我主在第一次圣餐仪式中使用过这只圣杯。”

凡此种种，都有可能是真的。即使不是真的，这只玛瑙圣杯也比意大利境内随处可见的“真正十字架”好看多了——据说聚集那些木头，便足以重建意大利海军舰队。

我每次狐疑地去参观那只圣杯时，都有一名神职人员在圣杯礼拜堂内主持弥撒。这种持续不断的弥撒正像保罗·鲍尔斯在短篇小说《塔卡特的道伊牧师》中的情节：一名美国牧师只有借留声机播放“神奇旋律”，才能吸引当地印第安人来他的教堂。只要继续播放那首歌，那些印第安人便会安静地坐着而不起身离开，所以一旦音乐停止，牧师便赶紧去上发条，让音乐继续下去。

同样，那些心中无神的游客在进入教堂寻找圣杯时，见到神父正在主持弥撒，加上圣杯相当小，距离又远，于是只有先坐下或跪下再说。当他们好奇地打量圣杯时，也为进行中的弥撒所困，因此只有留下来，一面眯眼看着，一面聆听弥撒、教诲和责难之词。

教堂的所在以前是座清真寺的遗址，之前是一座基督教堂，再之前则是建筑在一座供奉黛安娜女神的罗马神庙废墟上。这种叠床架屋的历史有如沉积岩，在地中海沿岸错综复杂的历史中虽然屡见不怪，但在西班牙历史中则颇为罕见。意大利、阿尔巴尼亚和埃及的海岸也有类似的重叠遗迹，有些地点甚至繁衍过九种文化。

巴伦西亚市中心为乞丐所盘踞，相互争夺最佳乞讨地点。他们总习惯聚集在教堂四周（若是伊斯兰国家，则聚集在清真寺周围），不仅有兜售祈祷卡的老妇人，也有腿瘸者、失明者，还有脸色苍白的年轻人、年老色衰的娼妓与蓄着胡须、身穿黑色皮衣的吸毒鬼。他们都缠着路人或上教堂的人喋喋不休地乞讨，有些则持着精心制作的牌子：“我是三个小孩的父亲，又没有工作。”

巴伦西亚是一个古老的地方首府，洋溢着愉悦的气息。地势低矮，一片灰色色调，并无忙碌的景象。我很高兴这里不以时髦为号召，所以虽然高居西班牙第三大都市，却仍古朴友善。巴伦西亚的市中心是迷宫似的聚落，全是灰扑扑、不起眼的商家，贩卖五金器材、杂货和廉价成衣。由于正值冬季，巴伦西亚没有游客和交通的干扰，恢复了旧观。但即使是夏天，我想那些游客多半也会在海滩地区流连。

渔民前往附近港口埃尔格罗作业，撒网捞捕沙丁鱼，农民则在市郊果园种植柑橘。午餐时，我吃了一个沙丁鱼三明治和两只柑橘，然后在阳光中走向塞拉诺塔，不是因为有朝拜城楼的古趣，而是去参观同一街区内的跳蚤市场。可惜旧货市场景象凄凉，都是些老人与处于绝境的穷人，贩卖一些别人不可能要的物品——破损的眼镜、弯曲的衣架、老掉牙的塑料玩具、生锈的闹钟、过时的录音带、水龙头、破旧的棋盘、过期杂志、珠子、书本，以及其他物品。那些东西都脏兮兮的，只有一些旧衣服比较像样。来的人多半只是闲逛和聊天。这是西班牙不景气的一幕，但由于大部分商品都没有价值可言，这里并不属于典型的跳蚤市场。

一个贩卖风景明信片的人捕捉到我的目光，乘机推销：“这些都很有价值。”

“这张多少钱？”卡片中的人物是佛朗哥将军。

“四百比塞塔。”三美元。

“为什么这么贵？”

“这是元帅身穿戎装的照片，一九四〇年拍的。”

我想引发讨论佛朗哥的话题，因此稍微还个价，他就同意了。

“为什么到处都看不到佛朗哥的雕像？”我一面问，一面将卡片塞入口袋。

“巴伦西亚这里没有，但是在马德里就看得到了，还有巴塞罗那。加利西亚地区更多。”

“为什么这里没有？”

“因为政治啊！”那人迸出了一句，两手一摊。

那张照片上的佛朗哥俨如罗马皇帝，正是一个色厉内荏的人所需要营造的形象。他大力赞扬德国纳粹，并大事逢迎，结果对方只回敬了他一个绰号“帕尔多侏儒”。保罗·普雷斯顿在长达千页的传记《佛朗哥》中写道：“渴望巴结、冷酷残忍，以及口拙羞怯，都是基于一种深沉的不自在感。”

“尽管当了五十年公众人物，而且活到电视时代，佛朗哥却始终是二十世纪最鲜为人知的独裁者。”普雷斯顿在开场白中写道，“由于歌功颂德的传记作家和宣传人员的推波助澜，他在世时，往往被拿来跟《圣经》中的天使长加百利、西班牙传奇英雄熙德、亚历山大大帝、恺撒、查理曼大帝、查理五世、腓力二世、拿破仑等一连串真实与神话中的英雄相提并论。”

巴伦西亚火车站是一座显著的建筑物，上面装饰有陶瓷人物与水果，还有飘扬的旗帜、金球与鹰等美丽的彩绘。它有如游乐园大门一般，令人有新奇欢乐之感。进入车站搭车旅行，不论去哪里也都有种轻松的感觉。

车站旁的斗牛场宽敞而又气派，建得很好，有精致的砌砖、拱门与柱廊，而且不老旧，宏伟中带点不祥，仿佛某种带有暴力色彩的宗教的庙堂，一个举行祭祀的地方——而斗牛原本就是一种献祭仪式。这个星期没有斗牛表演，但有电视实况转播。在小餐馆进餐最令人气恼的便是电视的斗牛转播：牛即将被刺杀时，食客纷纷停止进食，全神贯注地观看，整个餐厅内静谧无声，然后精彩动作重播，包括将剑身完全刺入牛身，以及牛倒地、吐血而亡的慢动作镜头。

西班牙人告诉我，这里不是真正的天主教国家，但是前往巴塞罗那的这班快车是献给圣母马利亚的。我问列车长原因，他回答："这只是名称而已。"

"圣母"号驶离巴伦西亚，沿着地中海海岸疾驰。只见海岸线一片灰色沙滩和湛蓝海水，平原上遍布果园、树木与棕色石材所建造的方形住屋，背景的丘陵则逐渐高耸成山岳，呈现出干燥、放牧过滥的典型山坡，有些几乎没有建筑。不过最引人注目的地方，尤其是海滨小镇塔拉戈纳周遭及其北境，都是开发过度的景象，全是住家。幸而最难入目的地方都点缀着葡萄园、柠檬树、果园，或棕榈，而没有工业化欧洲令人憎恶的都市荒芜的感觉。

车上的乘客多半是西班牙人。外国旅客中，有些是前往巴塞罗那，有些则是前往该车驶入法境的第一站塞贝尔。乘客中有成群的日本人、法国商人、摩洛哥人，还有要回德国的屈特。屈特是个大胖子，蓄着胡须，身穿皮背心，手腕上有刺青，虽然才下午两点，他却已在餐车中喝得酩酊大醉了。

“这刺青——是我自己刺上去的！我喝醉了，拿起针就噗噗噗地刺了三个钟头。”

那刺青很像一个手中拿着热狗的人，但屈特解释给我听，他刺的是一艘雄伟的潜水艇，被一个毛茸茸的巨型拳头粉碎。刺青上方刺有“德国——海军”几个字，下方则是“攻击型潜水艇全体船员”。

“为什么这几个字刺的是英语？”

我们正以德语交谈，因为屈特不会说英语。

“就是英语。”

“你在海军待过？”

“二十年，驻扎在威廉港，不过我也到处旅行。”

我觉得接下来这个问题似乎不太可能，因为他比我大不了多少，但是仍忍不住问：“你炸毁过任何潜水艇吗？”

“没有。但是如果必要，我办得到。我知道怎么做。”

“你为什么离开海军？”

“家庭问题。我儿子有糖尿病，需要我照顾，而且我太太住院。”

“严重吗？”

“严重，她自己注射，你懂吧？她也不是真的有毒瘾，而是有病。”

“你来巴伦西亚干什么？”

“看足球。卡尔斯鲁厄队对巴伦西亚队。”

“哪一队赢？”

他低吼一声，扮个鬼脸，回答我："巴伦西亚。"这个答案似乎令他陷入沉思，不知是否忆起失败的情景或比赛的细节。他又喝了一会儿酒，我也打算趁他沉思时悄悄溜走。

"等一等，"屈特叫住我，"你看到这个刺青了吗？"他卷起袖子。"这个就容易多了，也是我自己刺的。"

我终于回到自己的座位。这是列快车，每节车厢都有一台电视机。这趟旅程播放的影片是一部带有些许色情意味的文艺片，有如《蓝色珊瑚礁》的翻版——遇难受困、丛林、友善的鹦鹉，以及各式各样让男女主角宽衣解带的借口。

车上有耳机出租，但乏人问津。大部分旅客都望着窗外的漂亮海港、嶙峋海岸、高耸悬崖、松林及港口小村落等。我们穿越萨贡托、卡斯特利翁及棕榈漠地。棕榈漠地是座高耸的山脊，西侧有一座建于十八世纪的修道院。经过绵延数英里的果树和海边廉价公寓，以及埃布罗河口的托尔托萨，火车沿着距海十英尺处的轨道前行，这片海域就位于地中海一隅著名的巴利阿里海。

塔拉戈纳[①]虽然有个芳香草本植物的名字，却是个阴郁的地方，这似乎已成为地中海沿岸这一地区的典型了。这小城往昔曾是马提雅尔[②]诗篇中咏叹的主题。另外普林尼[③]也褒扬过当地所产的葡萄酒："皇帝在公元前二十六年远征坎塔布里亚山后，曾在此过冬。"而今此地不过是一处榨油之地，还有一道满布垃圾的海岸。一嗅到硫酸的臭味，就表示你已进入一处工业区的市郊。再往北的

---

① 一种芳香的草本植物名，又称龙蒿。

② 马提雅尔（约38—约104），罗马诗人，出生于今日的西班牙。

③ 指小普林尼（61—113），古罗马行政官，著有书信集。

锡切斯曾是时髦的旅游胜地，如今则以同性恋海滩闻名。

对我而言，大都市就像目的地，一个封闭的驻足处，具有终点站的味道，宛如向旅客轻喃：“你到了。”但此次我环游地中海不想有任何目的地。我打算行行重行行，避免停驻在巴塞罗那这类地方，或只是走马观花。这种内容丰富的地点只适合想将一个城市写成一本书的作者，而坊间已经有太多关于巴塞罗那的著述。但我仍然被牵绊住了。

当我搭乘“圣母”号由巴伦西亚抵达时，正值阳光普照的下午。我并不急着做什么，而巴塞罗那似乎是个明亮可爱之地，很适合到处走走，看看当地的公园、宽阔的马路，以及它光彩繁荣的一面。不过所谓繁荣的景象也许只是幻影，因为就在我抵达当天，当地一家汽车工厂——菲亚特分厂，正好关门大吉，九千人因此失业。这件事立即反应在涂鸦上：菲亚特……黑手党。

不过我喜爱巴塞罗那还有其他理由。在书店中，除了琳琅满目的色情漫画、色情画报、一堆有关斗牛的杂志、解析超自然现象、梦和巫术的论文集、编织杂志、结婚手册、摩托车月刊、虐待狂和罗曼史小说、字典、园艺书刊、手枪文摘、理想化传记外，竟陈列有《蚊子海岸》《我的秘密历史》《圣杰克》《半月街》《外界》，还有其他许多西班牙语译作，都是我的作品。

巴塞罗那人显然会买我的书来看，这立刻引起我的共鸣，而且我深觉这里拥有学识渊博的气息，自然也使我想多待一会儿。

自开始旅行起，我从未好好吃过一餐。西班牙食物——该怎么说呢？难以分辨、无从回味、地域性重。我在某些西班牙城镇时，当地人会鼓励我去意大利餐厅；在卡塔赫纳时，还有人告诉我最好吃的是一家中国餐馆。西班牙人经常蔑视自己的料理，说餐馆的食物糟糕透顶，当我反问他们喜欢吃什么时，他们却总是提到母亲做的某几道菜。

巴塞罗那餐馆林立，在西班牙是个特例。这个都市曾因举办奥林匹克运动会而整顿市容，不过它一向便以具有优越的物质条件和艺术素养而闻名，例如毕加索博物馆和高迪的教堂建筑等。其实这些令我颇为意外，因为在我的想象中，这里是奥威尔《向加泰罗尼亚致敬》中所描绘的饱受轰炸的围城，是法西斯主义者和无政府主义者力争之地。

西班牙人对这件事有什么看法？这里有很多关于“民族起义”的著述吗？

“我们几乎没有那方面的书。”安东尼告诉我。

我们正在他开的“木筏”餐厅用餐，大啖海胆和蔬菜鲔鱼汤。倘若有幸与餐厅老板坐在一起进餐，餐厅的服务态度自然无懈可击。

“我们没有记忆。西班牙人是不写自传的，所以根本没有回忆。”

“好像我们不想记起过去似的。”他的女伴比阿特丽斯接口，“这很奇怪，但是这就是西班牙。”

“我们只活在今天和明天，我们不去想过去的事，因为没有好处。与其老存着坏的记忆，不如根本不要记忆。”安东尼说，“我的家人还好。他们不拥护佛朗哥，他们拥护王室。”

比阿特丽斯透露她以前主张无政府主义。就一个宽裕、打扮入时、刚赞赏过美酒的女人来说，这一点声明颇令人意外。不过也许我太无知，才一直认定无政府主义者便是不法之徒。其实我早该知道的，因为奥威尔曾参与一个托洛茨基派民兵组织，结果也经常被指为无政府主义分子。

比阿特丽斯笑了笑，说无政府主义者彼此打招呼时都用一个词：“干杯！”

“比如说你的高祖父去古巴买卖奴隶致富，”安东尼接着说下去，“如果有人写一本这方面的书，一本传记，声称你的高祖父是个奴隶贩子，你们家人就都会受到伤害，不是吗？我觉得不必做这种伤害别人的事。”

“安东尼举这个例子，是因为他的高祖父就是在古巴从事贩奴的。”比阿特丽斯接口。

“也许是，也许不是，不过，总之他是在古巴致富的。”

“做什么买卖？”

“很多种。”安东尼有些害臊地笑着，“所以我认为最好不要追问这种事。”

我应道：“但是我所问的不是十八世纪的事，而是大约三十年，或不到三十年前的事。”

我还不太习惯这种直接跳接到远古时代的思考模式。这个有关古巴殖民时期的例子，似乎是地中海地区居民一种典型的思维方式。安东尼可以轻易提及远古伊比利人的事迹；直布罗陀的人可以随口引用《乌得勒支条约》的规定；法国海岸的人可以闲聊当年罗马人占领的事；意大利人也会回想起伊特拉斯坎[①]文明的光荣事

① 另译伊特鲁里亚，古意大利西北部地区。

迹。尤有甚者，如希腊人大谈辉煌的古希腊遗产（“欧里庇得斯曾经说……”），土耳其人指责奥斯曼帝国，大部分以色列人在闲谈时也会讲起马萨达[①]、摩西及先知亚伯拉罕的智慧。这些大多出于浪漫情怀或感情寄托。那些大谈罗马侵略事迹的法国人在谈到近代德国人的占领时，就不肯多谈；而以色列人在谈及去年黎巴嫩南部所发生的事时，也未必高兴。有一本书便曾就地中海人的时间观念加以论述。

此外，地中海人对死者和生者、神话和现实之间也没有明确的界线。这方面有另一本书予以分析。

这时，安东尼开始回答我的问题。

“有些人还清楚地记得佛朗哥的事，”他说，“这不是好事。他死后一切都改变了——我们在十五年间彻底改变了。也许我们早就改变了，只是没有张扬而已。”

比阿特丽斯则说：“出租车司机感情用事，他们会说以前的日子更好——犯罪少，没有毒品，更有秩序。”

“全世界的出租车司机都会说这种话。”我加了一句。

“年轻一辈会问：‘佛朗哥？他不是个将军吗？’”

“是游客使我们跟上潮流的。”安东尼说。

他指的是只身走天涯的游客，还是成群结队、小家子气、参加旅行团的典型游客——譬如穿凉鞋时还穿袜子的英国佬，出来玩还要求有华特尼的“红酒桶”和《每日快报》，埋怨食物里的蒜头，以肠胃不舒服和拉肚子为谈笑资料，第一天便晒过头，然后亡羊补

① 靠近死海西岸的孤岩，上有古城遗址，为昔日犹太教徒抵抗罗马人殉城之地，今日有英雄碑，为朝圣地点。

牢地在灼伤的鼻头上猛涂蒂莫西・怀特牌防晒油，再口口声声地说“西班牙佬没有我们的清洁习惯，对不对”？

安东尼说，就是他们，中下阶层的旅客。

“我们跟他们学到很多东西。”他解释，“许多概念、流行趋势，还有他们对我们及我们政府的看法。我们也从他们口中得知世界其他地方的情况。不过佛朗哥还以为他早已把大门给关上了。”

此外，或许是因为在七十年代末期，佛朗哥已距离死期不远，书本和电影的检查制度自然也放松了。科尔姆・托宾在《向巴塞罗那致敬》中曾形容：“在那些年里，（巴塞罗那）人生活在自行创造的自由国度中，不理会警方，也不理会行将就木的独裁者。”

与我共餐的这两位同伴问起我旅行迄今的状况，以及有关安达卢西亚、穆尔西亚和巴伦西亚各省的情形。

这个问题又触及一个地中海地区的共同主题，可以另外再写本书，讨论“这里并不是一个国家，而是众多国家”。意大利以前曾是许多个国家；土耳其、以色列、法国和塞浦路斯也一样；南斯拉夫自然更曾经包括了许多个国家。西班牙呢？

“西班牙不仅是一个国家，”安东尼说，“而是很多个国家，有很多不同的语言，比如安达卢西亚跟卡斯蒂尔、加利西亚的差别就很大。但是不知怎地，安达卢西亚文化竟销到国外去了——吉他、舞蹈、歌曲等，所以外国人不明就里，以为西班牙文化就只是安达卢西亚文化。其实这里有很多不同的国家。”

“这也是为什么有些事西班牙人本身不能写，”比阿特丽斯补充，“只有外人才能写。”

我们谈起杰拉尔德・布雷南笔下的西班牙，以及普里切特、简·莫里斯、H. V. 莫顿、海明威、乔治·博罗[①]、罗斯·麦考利和罗伯特·格雷夫斯等人所描绘的西班牙。不错，西班牙确实已被外国人全然剖析过，尤其是英国人。

“马里奥·巴尔加斯·略萨也来过好几趟。”安东尼提到上回竞选总统失败的秘鲁小说家与论述家，“西班牙人讲起话来生动活泼，很机灵。他们心思灵敏、观察入微，但有时非常粗鲁。然后各自回家，什么都不做。”

我在巴塞罗那时，曾应邀去参加一个晚宴。宴会中每个人都很俏皮，有诗人、制片家、哲学教授、出版者、画家及音乐家，一桌大约坐了十五个人，全都是知识分子和艺术家，而且都是朋友，一起大喝香槟——桌上全是空酒瓶，这是为了庆祝那个导演的四十四岁生日。他们大笑着互相开玩笑、引用对方的话，我非常惊讶地坐在那里。这是一个聪明、投契、老式、自在的聚会团体，既不时髦，也不豪华阔气，但全都是有才华的人——而且，很巧的是，在座的每个人都抽烟。安东尼继续引用巴尔加斯·略萨的话：“英国人在伦敦的派对中相遇时都很有礼貌，很少开口与人交谈。然后他们回家，写出让人惊异的东西来——粗鲁、恶毒、滑稽、活灵活现。”

“保罗很有礼貌。”比阿特丽斯将矛头转向我，“或许这意味着他回去后也会写些恶毒的东西！”

其实正好相反，在巴塞罗那，我对西班牙人的观感是亲切，也目睹了（这使我对尚待完成的旅程燃起了希望）人与人之间单纯的

① 乔治·博罗（1803—1881），英国语言学家。

感情。在其他游历过程中，我很少见到男女公开表示亲密，例如亲吻、手握着手、拥抱、抚爱、突然搂一下等，并非表达欲念，只是基于喜爱、友情、安抚、拍对方的手或捏捏手指。我在中国境内几乎没有见过这类动作，在大洋洲也很罕见，在印度更是不可能存在。

但我在西班牙见到了：老夫老妻手牵着手、年轻男女亲吻、夫妻相互拥抱。这中间并无任何俯首听命或侮慢女性的意味，只是出于深情、出于自发，而且坦然。我想，我喜欢这样。

即使是巴塞罗那的斗牛——我所看的最后一场斗牛，也见到有情人互握着手。

“他真爱显摆。”我身后一个女人说，称呼那个人为自大狂。她所指的那名斗牛士正跪在鲜血淋漓、唾液直流的牛面前，亲吻它的牛角尖，并用手指轻弹着牛头。

突然间，那头牛又活跃起来，报复那个戏弄它的斗牛士。它扑向斗牛士，用牛蹄践踏他，用牛角抵击他，挥舞斗篷的助手连忙上前引开这头被逗弄出杀机的动物。斗牛士站起身，手臂和臀部都有血迹。群众大声欢呼，带着粗鄙，甚至讽刺的意味。然后我明白了，原来那头牛在抵击他时，扯破了他紧身裤的裤裆，因此当他蹒跚而行时，露出了一截粉红色小香肠。

我跟邻座一位男士交谈，不明白那头死牛被拖出场后的下场会如何。

他告诉我，那些牛会经过屠宰手续而被吃掉。他还描述牛尾熬成的汤、腰腿肉切成的牛排，还有用绞肉做成的汉堡。

“明天早上你就可以在巴塞罗那某家餐厅的菜单上找到牛鞭。”

牛鞭？

“就是睾丸。”他告诉我，“但是直接讲睾丸不礼貌，要说牛鞭。牛鞭像脑一样，吃起来像奇异果，你以为很硬，咬下去才发现软软嫩嫩的，呈糊状。”

逛过毕加索博物馆，攀上过犹太山的山顶，穿过桂尔公园后，我刻意去游览了一下高迪的杰作：圣家堂。科尔姆·托宾在论述巴塞罗那的著作中，叙述高迪曾遭受来参观的主教诘问的轶事。高迪为什么要装饰尖塔顶端？根本不会有人去看那里。

高迪回答：“大人，天使会看到的。”

随后我又出发了，经平坦单调的马雷斯梅海岸，前往岩壁陡峭壮观，有“狂野海岸”称谓的布拉瓦海岸，以及西法交界处。

城外的巴达洛纳有一处罗马废墟，还有一座丑陋怪异的发电厂。火车离开凯旋门站，沿着地中海继续北行时，巴塞罗那也由后窗中逐渐消失，化为林木蓊郁山下的一座小镇——有如幻境。

海岸最初延伸的班尼斯摩加特，巨浪连连，足以让冲浪和玩风浪板的人大显身手。我可以瞧见他们穿黑色泳装的身影在寒冷的海水中浮沉。火车沿着海滩前行，虽然天色阴沉，然而滨海阿雷尼斯海边的避风处仍可见到裸体人士，圣波尔附近更多：一个裸男和一个穿了衣服的男人躺在一起；一个裸女将书夹在两膝间；一个裸男躺着；另一个裸女趴着；有皮肤光滑的，也有全身毛茸茸的。在冬天！

其他就是地中海地区常见的漫步景象：遛狗的人，全家一起出来逛的人，咬着烟斗的人，头戴扁帽、手挽着手的男人，不但穿着像企鹅，并肩蹒跚而行的模样也像企鹅的不良于行的老修女还有个男人对着地中海撒尿，而且正好在火车旅客看得一清二楚的地方——旅客包括一对对男女、一家大小、孩童、修女、教士、僧侣、狗和情侣。

圣波尔是一座人口稠密、维护颇佳的海滨度假胜地。我发现越往北，海岸岩石越多，但海滨市镇的景观也越见改善。在卡雷雅海边的散步大道上植有棕榈，有张宣传“体育文化季”的海报上印有“第二十五届健身冠军赛——卡莱利亚决赛”。滨海皮内达除了松树，还有种植在海边的包心菜，以及种在内陆的葡萄园。较大和较繁荣的地点，告示上均有德语与英语。

火车上有些女孩大声喧哗，似乎有意跟走道另一边大笑的男孩抬杠，还有些互相推挤并叫嚣。一个可怜的老太太从手提袋里摸出洋芋片来吃，一个拖着鼻涕的婴儿抓弄着一只纸袋。两个唇上长了浓密汗毛的修女随着车身摇晃而不停地点着头。画家康斯太勃尔曾说：“这世界没有一样东西是丑陋的。”

在一连串的小型海边胜地中，布拉内斯可以说略胜一筹，但它不在铁路干线上。虽然我要去更远的地方，不过由巴塞罗那出发，一天之内最远只能来到这里。布拉内斯位于一处海湾，是布拉瓦海岸的起点。当地有岩壁、岩角，以及泊有渔船与帆船的海港，只有那些难看得要命的战后建筑使人一望便知是西班牙城镇——灰泥墙壁、门面乏味的廉价住宅和公寓建筑，面海处有锈蚀的阳台。今天的海面呈铁灰色，海岸上一片棕黄的沙滩和凄冷的棕榈，厚厚的云层渗透出冷冷的阳光。

此地可以看到从直布罗陀以来随处可见的招牌：“简餐”“快餐”“比萨”“冰淇淋”“彩券”“汽车旅馆”“汉堡”“比萨屋”“海滨旅

馆”“天堂酒吧”“露营”“电话”“冰淇淋屋”“牛排屋”“葡萄酒”“旅行”“外币兑换”“小可乐”“迪斯科”“游泳池”“出租”“减价”“啤酒屋”“航海俱乐部”“客栈”。在好战的加泰罗尼亚，还可以看到充满愤恨的涂鸦：“西班牙婊子”“婊子养的”“加泰罗尼亚万岁”“解放加泰罗尼亚”等。

布拉内斯原本就有屡经践踏的沙滩、层层叠叠的脚印、扔弃飞扬的垃圾与空无人烟的步道，因此可以忍受这一切。

第二天早上，我回到干线，往北前行到菲格拉斯及边境地带。在这条路线上的每一站都有身体强壮的男人一面吞云吐雾、一面修剪树木，将它整修成一株株光秃的树干，有些仿佛遭到阉割，有些惨遭截肢，较矮小的有如头发惨遭修理。只见剪下的枝叶捆扎齐整，梯子、锯子、斧头成排摆放，而那些干活的男人也给人一种行礼如仪的感觉——那么制度化、有条不紊、不疾不徐、自命不凡，工作起来好似教士在布道。这种仪式化性质可能也代表他们属于某一个工会。我觉得这些人绝对不会允许女人工作的。这种情况在锡尔斯、弗拉萨、卡马雷拉和维拉马他站都可见到。

赫罗纳的市中心充满中世纪风情，从火车上望去，却像中国某个城镇——平凡的砖造建筑、光秃的树木、市郊干涸得发亮的丘陵、粗陋的特质、人们用扫帚清扫的街道、电线杆般的树木、砖瓦屋顶等，甚至连冰冷的翁亚尔河水色之可疑也都有几分类似。城外园圃栽植绵密，灰泥农舍屋顶铺了砖瓦，果园散布，整齐而缺乏装饰，都使它像极了中国某处的景观。

这条干线上的火车班次很多，因此我便下车在赫罗纳绕了一圈，再搭另一班北上火车直奔菲格拉斯，在菲格拉斯又下车逛了一圈。

在赫罗纳市中心的一家咖啡店内，一个阿拉伯人（也许是摩洛哥人）赖在椅脚间的地上，有个警察正在对他唠叨，其他人也盯着他。西班牙人生性拘礼却好奇，因此发展出一种简便有效的窃听习惯，一种好管闲事却不致侵犯别人的方式。那名警察和另一个男人扶着阿拉伯人站起来，坐在椅子上，然后警察一面盘问他，一面拍他手臂，阿拉伯人受毒品影响而迷迷糊糊的，没有在意，那副模样仿佛是遭到故意刁难，但是在这种西班牙小镇，任何外来者都会被视为火星人。

前往菲格拉斯途中，一小群日本女孩兴奋地叽叽喳喳讲个不停，她们没有日本人典型的温驯，等到她们的笑声越来越大，甚至点狂野时，一个西班牙老先生忍不住站起身，狠狠瞪着她们。于是她们安静了下来，然后变得神秘兮兮的。她们是我所见到的第一批胆敢旅行地中海沿岸的年轻日本女性，其中有些是趁淡季旅行，其余的则是法国和意大利语言学校的逃学生。

我在菲格拉斯见到的第一幢建筑是比拉利翁加疗养院——精神病人的收容所。一九〇四年，萨尔瓦多·达利[①]出生于菲格拉斯。他是在哥哥（同样也叫萨尔瓦多）死后九个月来到人间的，假如他的疯狂没有在绘画和雕塑上发泄而展现出伟大才华，这第二个萨尔瓦便很可能在这处疗养院终老一生。十六岁时，他便在日记上写道：“也许我会被人误解，但是我会是个天才，一个伟大的天才。

① 萨尔瓦多·达利（1904—1989），西班牙超现实派画家。

这一点我可以肯定。”

达利的父母一直在他们的卧室中悬挂着第一个萨尔瓦多的巨幅绘画，那个孩子是在七岁时夭折的。达利曾说他在过两个人的生命——他哥哥的和他自己的。在马德里学习艺术时，他结识了费德里科·加西亚·洛尔卡[①]。往后达利曾缅怀和那位杰出诗人兼剧作家的一段情谊。

“（洛尔卡）是同性恋，每个人都知道，而且深爱着我。他有两次想搞我……我觉得很烦，因为我不是同性恋，而且我也没有屈就的兴趣。再说，那种搞法很痛。所以后来就不了了之。不过我对于他的钟情倒觉得受宠若惊。我衷心觉得他是个伟大的诗人，而且我是欠他那么一丁点圣人达利的屁股眼。”

达利自传中的这类陈述令乔治·奥威尔震惊不已。奥威尔觉得这个人不正常，没有任何道德观念。詹姆斯·瑟伯[②]也加以嘲笑。而达利对此只是大笑：他的书已成功地激怒了读者。他终其一生都在侵犯别人的尊严；以变态为乐，继而笃信变态，甚至笃信自己的胡诌。在他眼中，没有一幅肖像画或风景画是不能改变的：添上一个乳房、一具尸体或一群蚂蚁。

然而达利也是个彻头彻尾的西班牙人——一个地道的加泰罗尼亚人，作品中充满西班牙人最关切的事和意象，例如公牛、耶稣、唐·吉诃德、圣母、裸裎、膜拜物、色情、幽默、反教会、干涸的山脉、斗牛士等。达利的《耶稣受难图》不但具有虔敬之心，也带

---

① 费德里科·加西亚·洛尔卡（1898—1936），西班牙诗人、剧作家，在内战中遭枪决。

② 詹姆斯·瑟伯（1894—1961），美国幽默作家、漫画家。

有情色意味。他的作品一如西班牙的生活，在神圣与亵渎、圣坛和闺房、运动与牺牲、性爱与虔诚之间，没有一定的界线。达利迷恋异教膜拜物和教会遗物，将妻子加拉（即法国诗人保罗·艾吕雅的前妻）视为处女、妓女与维纳斯的化身，也视她为自己的母亲、圣母及骚货。

“我是绿帽子大王！”达利见到一名爱慕他妻子加拉的渔夫划船载她出海时，不禁如此嘶喊。加拉喜欢年轻英俊的男人，达利纵容她，她到七十余岁仍不改其癖好，不过这种肉体运动难免缩短了她的寿命。加拉去世时，达利食不下咽、神志失常——或者应该说比以前更加失常，而且陷于忧郁而不再作画。

达利以窥探加拉的无数罗曼史为乐，甚至雇人在他的城堡中表演活春宫，以此为乐。对任何观赏他画作的人，他都能激发出类似的窥视冲动。他邀请你窥探：你不会融入他的画作，甚或感受他的画。你只是入迷地站在几英尺外观看，看他所画的食人画面、长颈鹿及截断的肢体等，而不知该作何感想，但是站在他的画前也很难别过脸去，因为他对于空间的处理技巧极为诡异。于是你只有瞪着眼睛看，内心觉得有些惭愧，有些好笑，但大部分是困惑。

达利虽然乐于肢解他画中的主体，但其实也能描绘出最理想的人体；或许鸡奸令他觉得神奇——他曾特地花钱找人为他实地表演，他在绘画人体臀部时，通常会表露出他最淋漓尽致且最自然的笔法。他的作品中处处可以见到人体大腿和臀部的曲线，绝不惊世骇俗，而是优美的呈现，不见一只蚂蚁，也没有扭曲变形。他所绘最杰出的臀部，便是“达利掀起地中海的皮肤，向加拉展现维纳斯的诞生”。

那幅画悬挂于怪异的达利博物馆，它原是当地旧剧院，也是达利的遗赠与活生生的笑话。他也葬在这里，使得它成为举世最怪诞的墓地之一。进入这家博物馆，有如走进达利多彩多姿的脑袋，是他自行设计的，因此这里既是他的家，也是他的脑袋——是他的生命之作，或者也是他超现实主义的杰作。那是栋古怪但设计得极佳的建筑，里面有间礼品店，可以买到达利设计的塔罗牌、围巾，甚至可以买到一只报时准确的融化状手表。

博物馆内有房间、走道、彩绘天花板、怪物、垃圾，以及一辆一九三六年的凯迪拉克轿车，引擎盖上跨坐着一个七英尺高的肥胖女神，散热器窗格内大声播放着歌剧。别的地方是骸骨——狗的头颅、鳄鱼的头骨，以及大猩猩的整副骸骨，镀成金色，胸骨中放置着圣母马利亚的头。到处都是蚂蚁。最荒诞的东西是覆盖羽毛的马桶；机器零件覆有毛皮，汤匙里盛放着人体。

有张照片中的达利头上戴着一条面包，非常吸引人。他的《米洛的维纳斯》塑像，双乳是书桌抽屉。圣坛上有大型吊桶与更大的裸身像，而他的《梅·韦斯特[①]之室》则是一对巨唇和鼻孔，以及一座特别竖起的看台。

其中呈现出的大多是戏谑意味，嘲弄古典主义、教会、权威、女人、传统、耶稣及西班牙。他拿委拉斯开兹[②]开玩笑，仿制了数张他的名作《宫娥》，又拿修拉[③]的画风来讥讽米莱斯[④]，以毕加索

① 梅·韦斯特（1893—1980），美国性感女星。

② 委拉斯开兹（1599—1660），西班牙画家，风格写实。

③ 乔治·修拉（1859—1891）法国画家，新印象主义风格“点描法”的主要代表。

④ 约翰·埃弗里特·米莱斯（1829—1896），和修拉同期的英国画家，擅以华丽技法绘制肖像画、中古画。

的画风讽刺毕加索。

必须是一个极具才华的西班牙人，因其种种历史与文化而疯狂才能爆发这样的威力。达利显然天才横溢、童心未泯，因此在表现最佳时似乎不失为一个大师，但是又不乏烂作品——他的创意属于喜剧性的，荒诞的喜剧性，或许也是“西班牙脾气”的意象化。

在西班牙，献上最高敬意的表现便是为之举行一场斗牛。一九六一年八月十二日，这项荣誉便在菲格拉斯斗牛场献给了达利——“向著名艺术家萨尔瓦多·达利致敬的一场特殊斗牛”。

达利晚年曾支持佛朗哥，因而得罪了一向容忍他的荒谬与疯狂言行的友人，他们和法西斯主义是泾渭分明的。有一次跟佛朗哥共进午餐后，达利说：“我已经获得结论，他是个圣人。”在此之前，他的政治意识并不强烈——他还没有疯狂到那个程度。他曾迂回地借《秋天的自相残杀》(两个半兽人相互吞食，拄着拐杖，装饰着蚂蚁)显示“内战的悲情是一种自然的历史现象(我也有同感)，但毕加索视为一种政治现象”①。

路易斯·布努埃尔②和达利合作过一部短片《一条安达鲁狗》，在这部恶名远播、长仅十五分钟的影片里，最著名的影像便是用刮胡刀割开一颗眼球。然而布努埃尔后来很后悔，并憎厌达利自我推销的作风和佛朗哥不负责任的推波助澜。布努埃尔在回忆录中说，他认为超现实主义是一种“具有诗意、革命性与道德观的运动”。

达利并未对此作出回应，不过他可能会说所有战争都是不可

---

① 毕加索的巨幅壁画《格尔尼卡》对法西斯极权者和战争提出控诉。

② 路易斯·布努埃尔(1900—1983)，西班牙电影导演、编剧、制片人、社会批评家。

避免的，因为人类本来就过于冲动而且难以预料，也因为所有人类生命都包含了野蛮和物种崇拜的一面。就达利的想法，宗教和政治是人类恐惧和欲望的原始表露。无疑地，他在这方面的描绘是成功的。

达利博物馆是跳蚤市场的旧货和诡异视觉的组合，是垃圾场艺术，是捡回来的东西，是含混不清的陶艺品，也是变态的自然历史。它是达利表现主义的纪念碑。他盘踞在丑角和天才间的中间地带，露骨表现变态的一面，无所隐晦，使得许多人都觉得极不舒服。他就像菲格拉斯的年轻人，一面嚼着泡泡露（“包着液体的口香糖！”），一面在镇上一些古老的墙壁上喷漆涂鸦，一旁还有几个戴着松垮扁帽的老人伫足围观。达利曾被贬抑为不足观的丑角，但是最足以说明他天分的一点是，他知道如何刺激我们，令我们愕然，也让我们忍俊不禁。

除了作为这项艺术的游乐园，菲格拉斯实际上是个平凡小镇，充斥着呼啸的汽车、狭窄的街道和工作的镇民。一般人总视达利为反常人物，但是见到菲格拉斯的西班牙人之后，我感觉达利是在为他们说话，或许也是为我们大家说话，说出我们隐藏在潜意识深处的心事。

没有火车可以抵达卡达凯斯，我便搭巴士前往这陡峭高处的村落。达利曾在附近的伊加特港住过；临近的布拉瓦海岸气势狂野，有岩石、山崖和危险的海岸。这里陡峭多岩，岩壁险峻，海角上有一些葡萄园。附近没有什么海滩，只有窄小的港口和海湾，海滩上散置着一团团漂流物。我搭乘另一班巴士穿越一处陡斜的海角，再度回到铁路干线。

我抵达良萨时，正是夕阳西下时分。我讨厌天黑后旅行，因为如此一来便无法观看车窗外的景物。于是我决定在良萨过夜。这里是一处美丽的海湾，可惜沿岸盖满丑陋的公寓，外观颇像厨具（或许因为新近对达利的认识，才启发我这种超现实的意念）。到处都因冬日而关闭。我写好笔记，又小酌了一杯之后，信步来到海边。在阴冷的紫霞晚照下，有几个渔夫正甩出钓线，然后站在钓竿旁搓着双手，期待天黑前能有所收获。北方一片阴暗，天空一片漆黑，像法国的冬季。

第五章
乘“大南”号往尼斯

大海的千篇一律令我困惑不已。湛蓝的冬日、苍白的天空、日复一日拍上沙滩的浪花，以及十八个国家同时间具有这种平静，还有那些不分明的水界，都使得滨海诸国自成一个小型世界，宛如脸贴着脸，下巴浸在水里。由于海水如此平静，我可以想象自己乘着小舟，甚或下海游泳，由一个国家潜入另一个国家。

位于西班牙边境的波特博车站，有如佛朗哥的纪念碑。在百姓的面孔上或许难以察觉出法西斯主义，在这栋建筑外观上却昭然若揭。这是带有自诩意味的纪念性建筑，位于阿尔卑斯山脉的灰色阴影下，朴实到几近丑陋的地步，井然有序而又老旧，令人感觉极不舒服。火车摇晃着缓缓穿越峡谷，在嘎吱的车轮声中抵达法国边境的第一站塞贝尔。

这里不需要通关手续，冬日明亮的阳光也没有变，但还是明显地令人感到已置身另一个国度。这种感觉很奇特，因为我们只不过沿着海岸跑了短短一程。直布罗陀是一处天然奇景，外观明显不同，但西班牙和法国的边界线（还有法国和意大利，以及其他地方）实际上模糊难辨，只有在地图上才能明显区分。不过当地仍有若干景象流露出不同的边域风味。山脉的角度不同，而且低坡处长满仙人掌及肥厚的矮小植物，遍及岩面每一处裂缝、平台，以及俯视塞贝尔港口的崖壁上。此外还有一种气味——混合了杀虫剂、海水和香烟的味道。然而最显眼的，便是阿拉伯人的身影。在边境另一侧的滨海小镇看不到阿拉伯人，此处却骤然冒出一堆：守候的出租车司机、行李搬运工、旅行者，以及一些形迹可疑的人。

“他们有很多人都在马赛。”一个年轻人在用英语说。他跟朋友坐在我前面的座位，抱着放在膝上的一只吉他盒。他正在跟两个日本旅客交谈，仍然在提“他们”。

他指的是那些阿拉伯人，但没有明说。

“我们正好要去马赛。”有个日本人说。

“那里很乱。”

“什么？你是说我们会被抢吗？”

“比被抢还糟。”

这句话立刻吓坏了那两个日本人。还有什么事比被抢更糟糕的？

“我就在地铁站被抢过。”先开口的那个美国人说，“他们还想偷我的吉他，其中还有黑帮分子。”

“黑帮。”日本男人应声说。

“很多帮派分子。”美国人一口咬定。

“那你觉得我们应该住在哪里？”

“别住在马赛。也许阿尔勒吧！你知道画家梵高吗？就是他住过的那个阿尔勒。住那儿，你可以随时到马赛玩一天。”

“那里真有那么糟？”

第二个美国人说：“要是我可以不带行李，就会再去马赛一趟。

这也是我不去摩洛哥的原因，不然我这把吉他怎么办？”

“你会说法语吗？”日本旅客问。

“我看得懂。”美国人反问，“你还懂其他语言吗？”

“日语。”

“你的英语说得很棒。”

“我在新泽西长大的。”日本男人说。

这时，我拿出笔记，佯装看报而记下这段谈话。日本人谈起新泽西州的利堡、他的童年，以及就读情形。那个抱着吉他的年轻人也是新泽西来的。

“利堡其实也没有你说的那么好。”抱吉他的男人说。对日本人的家乡来说，似乎是很严厉的批评。

“以前那里很好。”日本人说，“不过我一去纽约就兴奋得傻眼了。”

“我有个兄弟很喜欢体育活动，但是他不敢去纽约看比赛。”

“就像十年来我从来不曾搭过纽约地铁。”

“我搭地铁倒没有问题。”

“是啊！除了你可能会死在那里。”

日本人沉默了一会儿，然后问：“这些家伙是如何企图行抢的？”

“我说过‘企图’吗？”

“好吧，他们是怎么抢的？”

“还不是那套老方法：一群人同时围上来，掏你的口袋。有个家伙想抢我，被我一脚踢中了腿。他下车时还想踹我呢！”

“算了！我不去马赛了。”日本人说。

我再也没有耐心继续记录他们的对话了。他们翻来覆去地讲，就像心怀恐惧的人需要别人打气。这番话似乎颇为可信，但也使我亟欲往马赛一游。

这时窗外景色开始吸引我的注意，景象富庶——房屋、建筑方式、树木、市镇、地质、建造完备的护堤壁、结实的篱防，甚至谷物、花朵，以及分隔田圃的方式，处处都与西班牙不同，从巴尼尔到中产阶级化的佩皮尼昂，一路都是如此。

对照之下，可以看出西班牙是个正在为生存而挣扎的地方。这多少跟旅游业有关。西班牙布拉瓦海滩以南各城镇，在旅行淡季有如死城，而数英里之外的法国市镇则似乎没有旅行也同样蓬勃发展，这些法国城镇在冬日并没有旅游胜地所显露的落魄样：冷清的街道、海风吹袭的海滩、标示和海报上的各种警示，以及闭门歇业的旅馆。

火车沿海而行——或说得更准确些，是沿着一连串潟湖般的水塘前行：勒卡特潟湖、拉帕尔姆潟湖。在接近纳博讷、巴日潟湖与锡让潟湖处，铁道将艾罗勒潟湖一分为二，造成有如亚洲的低平地貌景观，横亘在养殖场或水田之间。

驶向纳博讷的途中，有些果树正值花开季节——苹果、樱桃和桃树都花团锦簇；水鸟在沼泽及狭窄的海滩旁翱翔。这一切景观的细节都带有达利的画风——这该归功于我最近去参观过那座怪异博物馆的余响。首先见到的是前不着村、后不着店的地区，竟坐落着一座城堡，周遭虽然环绕着葡萄园，却仍可清楚见到它的城垛、塔楼和美丽窗户。这是一座小城堡，在海边地景中有一股格格不入的感觉，荒谬得就像一幅画里突兀地加了一笔，毫无理由可言。更奇怪的是，在抵达吉松–图尔贝尔小站之前数英里有一座池塘，竟有一大群粉红色火烈鸟在盘旋。我特别记下来，是因为觉得一定是幻觉在作祟。火烈鸟？在这里？

那晚在纳博讷及在朗格多克时，我还一直纳闷自己是否真的见到那些火烈鸟由海边潟湖飞往镇上。置身地中海冬日花香洋溢的清凉空气中，享受香醇的咖啡，我和邻桌的拉谢尔攀谈起来。拉谢尔在蒙彼利埃上大学，此次回家和家人小聚几天。她今年二十岁，是纳博讷人。

“不错！是火烈鸟——勒卡特潟湖尤其多。”拉谢尔说。

我终于确定不是自己的幻觉作祟。但现在是二月，气温只有十度。这是怎么回事？

“所有潟湖都有火烈鸟。但是夏季附近人多，所以它们有时会飞走，藏在树林里。”

拉谢尔只知道这么多。

拉谢尔告诉我：“那些潟湖很咸，退潮时气味很重。可是那里有鱼，还有很多贻贝。”

“我还以为只有非洲有火烈鸟。”我说。

拉谢尔耸耸肩：“我没有旅行过。你正在旅行吗？”

“我要去阿尔勒，然后去马赛。”

“我从来没有去过阿尔勒。”

阿尔勒就在她蒙彼利埃学校宿舍三十英里外。

“我也没有去过马赛或尼斯，”她继续说，“我去过一次西班牙，还去过布列塔尼。我更喜欢布列塔尼的波涛汹涌，很美。”

“那地中海呢？”

“一点都不刺激。”她回答。

不刺激？我很想告诉她，地中海一直延伸至叙利亚海岸，深入的里雅斯特，紧靠尼罗河三角洲，在墨西拿形成漩涡，甚至拍打在波斯尼亚海岸上。

“你会在尼斯停留吗？”她问。

“停留几天，然后搭渡轮到科西嘉岛。”

“我有个朋友是科西嘉来的。他告诉我那里的人非常传统。女人都受到压制——不像这里这么自由。”

“他家也很传统吗？”

“对。他家人知道他跟别人谈到当地的生活时很生气。科西嘉人认为不该张扬这些。我也不应该告诉你这些的。”

所以我换个话题，问起她的学业。

“我修心理学，要念六年。我选这个专业是因为毕业后想照顾有自闭症的儿童。”

“你照顾过自闭症的儿童吗？”

“在暑假期间照顾过几次。”拉谢尔答，“从十二岁起，我就知道自己想照顾残障儿童。那是我一生的志向。”

“那是很辛苦的工作。”

“对，很辛苦。必须付出很多，而且没有多少回馈，不过我不在意。想做这种事的人并不多。”

这种理想主义对我而言似乎很难得。这并非我常听到的感情用事的老生常谈，因此精神为之一振。

第二天阳光普照，阿尔勒也不远，于是我把行李寄在火车站，沿着水塘而行，去看火烈鸟觅食与翱翔。

地中海的阳光就像洋溢温暖与光明的世界，可以激发人的灵感。现在我可以了解 T. E. 劳伦斯一九〇八年在这里游泳之后，写信给他母亲的那种情怀了。“我觉得终于抵达通往南方和所有辉煌东方的大道了；希腊、迦太基、埃及、提尔、叙利亚、意大利、西班牙、西西里、希腊……全在那里，全在我伸手可及的地方。”

离开纳博讷的时候，我以为时间还很充裕，不料火车刚驶入阿尔勒车站，冬日的白昼便已接近尾声。我原本想在白天抵达的。今天是二月二十七日，而梵高初次抵达阿尔勒是在一八八八年的二月二十日，机缘巧合改变了他的一生。

“你知道，我感觉自己到了日本。”他写信给他弟弟西奥。

这是光线与清澄的颜色造成的效果，尤其是满树花团。奇特的是，那年的二月特别冷，雪花纷飞，枝头的雪花和白花使得梵高大为振奋——还有类似荷兰景致的平坦田野与罗讷河岸边的防风林。那些花大部分是杏花，但也有樱花、桃花和李花。梵高曾画过枝头杏花，一幅日本风格的画，类似他曾在一幅屏风上见到的花卉设计。

虽然天色阴暗，我仍可以看到部分花朵。在刺眼的街灯下，杏花瓣犹如飞蛾，群集在阴暗树干和盘曲的细枝上。阿尔勒有三四家豪华旅馆，价格离谱得让我兴趣骤减。我在旅行手册上找到一家索价二十美元的旅店，店名叫“高卢人”，是咖啡馆兼比萨店。

一个站在咖啡机旁的男人告诉我：“你出去，向右转，绕到后面，然后上楼。这是钥匙。灯的开关在墙上。你的房间在二楼。不会找不到的。”

“我要不要签什么？”

“不要姓名，不要签名，不要护照，只要先付账。祝你睡个好觉！”

“这里有厕所吗？”

“在走道上。不过你房里有洗手台。”

这是间位于后街的中世纪租房，附有鹅卵石砌成的院落和回旋楼梯。我上楼上到一半时，周遭突然一片黑暗——电灯的定时开关自动关闭了。我摸黑爬到楼梯口，从背包中摸出手电筒，借着手电筒的光线找到楼梯口的电灯开关。要进出这栋古怪无人的建筑实在太费事，因此我待在房里，天一亮便赶紧离开。

那个早上，有个装着义肢的老人试图爬上楼梯。

“慢慢来。”我提醒他。

在这种危险的楼梯上，一次只能容许一个人上下。

“我这条木腿很重，”他喘息着说，“战争害的。”

“大战期间我叔叔也在这里。”

他是马萨诸塞州斯托纳姆的士官阿瑟·索鲁。

“他来这里打仗吗？”

“他是医护兵，负责管理血库。属于第三十三野战医院。”

我们必须扔掉大部分法国佬的血，小保罗，那些血有梅毒。我们用的是美国人健康的血。

在水汽氤氲的晨光中，我看到怒放的杏花。不过即使没有梵高的提示，我也会注意到的，因为那些花开得一点都不含蓄。只见花团锦簇，仿佛树上盖满了泡沫。伦敦和科德角早春时节的樱花经常向我透露冬天即将过去。这些树木在树叶冒出前便先绽出花朵，实在神奇。

走向河边时，有个男人问我到车站怎么走——是个美国人，康涅狄格州来的，名叫吉姆。据他表示，他一路苦不堪言地穿越葡萄牙和西班牙，才来到阿尔勒，因而松了一口气。

“我恨西班牙，因为我差点在马德里被抢。”

他最近才从巴克内尔大学毕业，主修哲学。

“你听说过菲利普·罗斯[①]吗？他就是巴克内尔毕业的。”吉姆说，“我们必须研究他——学校每个人都要读他的作品。我真痛恨那些东西。”

我问他是否在旅行。

“不是。我把工作辞了，我痛恨目前的就业市场。我曾经在凯德伯里-史卫普公司工作过一阵子，他们正在发展一种家用型冷饮机，全套什么都有，糖浆、二氧化碳、水——靠水龙头就可以自制无酒精饮料，跟咖啡机一样。”

“你负责什么？”

“产品试销。”

“销路很好吗？”

“奇惨无比。太贵了——而且谁需要那种东西？”他在我身旁边踢石头边走着，“他们不采纳新观念，所以我就辞职了。”

“我相信你的做法是对的——你可以来这里，自由自在地看看这个世界。”

“你是做什么的？”

他对写作和阅读缺乏兴趣，使我颇受鼓舞，因此答道：“我是

---

① 菲利普·罗斯（1933—2018），美国作家。

做出版的。”

“你觉得一部好小说应该具备什么条件？”他突然问。这是个很好的问题。

“创意、幽默、含蓄、文笔、一种地方感、一种看事情的新角度等，很多。我喜欢相信所读到的东西。”

我从后口袋取出一本小说，朝他晃了一下。那是西里尔·康诺利的《岩石潭》。

“这本书就有那些特质，但是还不够。”

“这本书是关于什么的？”

“有人在里维埃拉崩溃。”

“又是这一套！”

我心想，的确是。“你写不写东西？”

“不写。我打算进艺术学院，但是目前我只想去布拉迪斯拉发。”

“有什么特别的原因吗？”

“那里应该不错。”

他讲到这里，便往车站方向慢跑过去。我继续穿过阿尔勒的后街，往河边散步。大体而言，这里跟当年梵高所目睹的应该大同小异，多数的建筑、街道、广场和大路都跟原来一样。镇上有座巨型罗马剧场，那是跟小型足球场大小相仿的壮观的竞技场，在某些季节仍用来举办斗牛。不久前才举办过一次，下一场在复活节，也即将展开。

距离此地不远的尼姆是法国的斗牛活动中心，自从那种令人反胃的——该怎么说？娱乐？消遣？总之不应该叫运动——再度兴盛，十余年来已成为当地的号召。其实斗牛一度沉寂过，但是尼姆开倒车的右翼市长强·布斯凯带头恢复了这种狂热。尼姆一年举办三场斗牛，每次大约吸引一百万观众。当然，法国斗牛也曾遭到动物保护人士和外国人的谴责，但是法国人一向越遭到反对越受到鼓舞，尤其外国人的反对更是一种激励。

“你看斗牛吗？”我询问一个在河边遛狗的人。

“有时候看。不过那些节目是为了吸引游客的。”他回答，“我还是宁愿看足球赛。”

阿尔勒是个小镇，有一般法国乡间小镇有的有碍观瞻的两点：狗粪和涂鸦。有些人行道遍地“黄金”、臭气熏天，几乎无法通行。至于涂鸦，在古老建筑门面喷彩漆的行径实在令人懊恼。其中最生动的两句秽语是：“巴黎，×你屁眼！”“吉丽是妓女加荡妇。”

这个城镇是为游客准备的，在这样的冬日里却显得特别萧条，太多小餐厅、旅馆、礼品店和商店，据说七月总是人潮涌动。但是阿尔勒在淡季仍有种友善闲适，侍者不会板着脸孔，有一个还跟我解释店内所供应的各种酒品，碰到一些古怪的名字时，也会跟我一起大笑，比如“命运”牌威士忌、“酒狂”牌啤酒（比利时产的），以及一种名叫“好玩的蓝”的蓝色甘露酒等。

我在阿尔勒享受窃听之乐，不过每当有背景音乐或其他声音干扰时，我总是格外气恼。这就像正在观看一件有趣的事时，偏偏有人挡住视线，令人备感挫折。

然而有些只言片语还是很引人遐思。

男人说：“我们到意大利的时候，再干一次我们去法国做的事吧，在旅馆里……”

女人答：“我不会再去那种地方的，因为第一，那种事太复杂；

第二，如果我们得病怎么办？还有第三，其他人看起来好怪……”

满城飞花，使得阿尔勒及其田野增添了清新的感觉，而且带有乡间气息，朴实无华，如诗如画，甚至具有启发作用。我喜欢这里的乡野风味，以及明澈的光线。

不过阿尔勒也不尽是鸟语花香。邮差忙着来回送信；杂货店里一个双手粗糙、工作勤奋的家庭主妇，在埋怨羊肚菌的价格高昂。这种俗称红茶菇的香蕈，一百克可以卖到一百六十八法郎，或一磅一百二十六美元。此外，甚至一大早，酒吧吧台旁就已斜靠着些喝酒的人。在法国乡间，喝酒是绝不嫌早的。我见到两个女人在畅饮茴香酒，再往里走则有个脸色泛红、颇邋遢的女人抱着啤酒独酌。这是阿尔勒一条后街清晨七点的景象。

为了验证阿尔勒是个海港，我沿着罗讷河东岸往南走，享受一整天的阳光和甜美的空气。河岸上遍布防风林和平坦的原野。几个月前这里曾有洪水为患，由河岸中几段修补的痕迹就可看出，其中部分便是利用防浪墙和堤防来补的。

傍晚，我返回镇上，搭火车前往附近的马赛。阿尔勒小车站的月台两旁栽有杏树，花团锦簇。多漂亮的车站！多美丽的树木！然后扩音机中传出高速列车即将抵达的消息。TGV 是法国高速火车，但是对阿尔勒这个小站来说，未免有杀鸡用牛刀之感。由于飞驰会带来强劲气流，月台上绘有黄线标志，提醒旅客为了己身安全，必须与列车保持六英尺余裕空间。高速火车所制造的噪声有如仰冲而起的喷气式飞机，时速高达一百六十英里，掀起的气流更搅得一旁的杏树花瓣纷飞。这种景象、这等声响、这阵气流，令人震耳欲聋。火车将这个时代一分为二，留下一片空白，我觉得自己的脑袋仿佛也从两耳中被吸了出去。

任何人若对火车存有浪漫遐思，希望支线能穿越普罗旺斯省，都应该认清一个事实：时下最新式的火车几乎跟飞机同样讨厌——而且一样会制造噪声，干扰生活。

即使搭乘法国国铁走走停停的慢车，前往马赛大约也只需一个小时——距离约六十英里。我们穿越罗讷河的低平三角洲，点缀着马匹、花朵与菜蔬的原野在冬日阳光中欣欣向荣，经过恩特雷森和米拉马斯两镇，然后沿着贝尔塘一路前行。我尽量沿着地中海海岸走，这意味着必须略过普罗旺斯地区艾克斯，以及许多被浪漫化而经常见诸笔端的村落。那些地方不在我的海岸行路线上，此行的目的也不在于品尝美食或沉浸于法国乡间的浪漫情怀里。这样也许反倒是好事——就我所看到的，那些装饰精致的村落，似乎比地中海沿岸壅塞的海港与市镇还要矫饰、还要昂贵，因为沿岸地区生活多彩多姿，不会沉闷无聊。再者，我有种感觉：这些滨海城镇彼此之间，也许比跟内陆都会的关系更密切。

在马赛确实如此。搭乘火车前来马赛是桩美事，堪称举世闻名，因为装饰华丽的圣查理火车站建筑在一处山崖上。一步出车站，马赛全景便展现眼前——旧城、旧港、大道、屋顶、烟囱、教堂尖塔，以及远山上的守望圣母院及其圆顶上的一尊金色雕像。此外，还可以看到海岛、岩壁、地面工程、堡垒、灯塔等。而这一切从火车站的台阶上便可一览无遗。

“我那本导览在提到马赛时都强调当地的犯罪率，所以我干脆略过不去了。”在阿尔勒时，美国人吉姆曾告诉我。

我已经接到充分的警告，足以戒备，因此决定在找到旅馆之前，先把行李寄放在车站寄物箱，两手空空，没带相机，只带了少许钱。我健步如飞，仿佛有什么目的似的。

马赛是个吓人的地方。当地人以爱吹牛和爱说谎著称——马赛人往往言过其实。此外，当地也以帮派组织、移民、种族思想，尤其是高犯罪率而恶名远播。难怪人们总拿这里跟纽约市比。这里的确是毒品中心。在非洲前法属殖民地生产古柯碱，再走私原料碱土来马赛加工，制成纯度或高或低的晶状产品，或磨成粉状掺杂意大利进口的奶粉，然后销售到全欧洲。其他小型犯罪事件在马赛也层出不穷。我保持低姿态，不引人侧目，因此还算安全。贩毒和勒索等罪行固然使得警方和帮派分子忙得不可开交，但是对于我这种慵懒的旅人没有影响。

马赛的大小规模及多元化特质，对我来说仿佛是个地中海终点站城市。才离开车站循着大理石台阶来到市区，便见到一个吉卜赛女人在阳光下抽烟斗，另一个则在计算弹奏手风琴挣得的零钱。这些吉卜赛人就像西班牙的吉卜赛人一样可怜兮兮。他们在旅行文字工作者的笔下被浪漫化了，实际上却遭到当地人的迫害。在地中海地区，吉卜赛人普遍遭到歧视，跟欧洲其他地方的情况一样。这种情况也发生在摩洛哥人和阿尔及利亚人身上——一般都将马赛的恶名归咎于他们。在马赛可以看到地中海各地区的种族：阿拉伯人和法国人最常见，希腊人、西班牙人和意大利人都有，此外，还可以看到身穿蓝袍、高大、疾步而行的图阿雷格人①，来自突尼斯的柏

① 分布于阿尔及利亚、利比亚、尼日尔、马里等，是组织性强、重视传统习俗的游牧部族。

柏尔人，以及兜售手提包与手表的塞内加尔人。还有些以乞讨为生的阿拉伯女人，她们都蹲在地上，手中抱着拖着鼻涕的孩子——而非拿着乞讨的牌子，企图博取路人的同情，只是马赛人对这类乞求似乎都无动于衷。

在马赛，会见到外国男人三两成群地在街角流连，因为他们来自没有电话的文化，所以都聚集在街角以交换信息。皮肤较黑的男人就那么站着，或喋喋不休，或吞云吐雾。在车站较下面的地方，有所谓的“外国区”，位于旧城区。一九一一年版的《贝德克尔旅行指南：地中海》中曾提及这个地区：“海港码头北侧、交通混杂（扒窃时有所闻）之处，便是旧城区。街道狭窄肮脏，居民多属下层阶级，包括为数众多的意大利人，全市人口达十万左右。”今日旧城区里住着阿拉伯人和越南人，而且仍然给人同样的印象：混杂、扒手、下层阶级、割皮包行窃、社会的寄生虫。

我沿着坎内比大街往下走，顺着路易·布罗基耶散步大道，来到旧港的港口处。只见阳光下风吹不到的地方，有一排人正靠墙坐着，姿态各有不同，还有裹着披肩的摩洛哥老妇、戴扁帽的男人、遛狗的人、脱下衬衫的男人，以及脱得只剩内衣、冲着阳光微笑的人。

我继续前行，站在碉堡尽头往外看，只见地中海有如一片无涯的汪洋大海。我往港口站，知道有渡轮开往阿尔及利亚、突尼斯和科西嘉岛。我打算前往科西嘉，但看了渡轮时刻表，知道还可以继续前往蔚蓝海岸，然后在尼斯搭乘每星期一班（冬季班次）的渡轮到科西嘉岛北部的港口巴斯蒂亚。渡轮站内，有许多乘客正要搭上一艘法国渡轮前往阿尔及尔，他们全是阿尔及利亚的阿拉伯人，没有一个法国人，也没有任何外国人。这种情况是有原因的。到那时为止，阿尔及利亚境内的恐怖分子在十五个月滋事期间，已杀害了七十一名外国人和成千上万的阿尔及利亚人。

我继续往前走。马赛有宜人的通衢大道，没有交通壅塞，峰峦起伏，随处可见令人肃然起敬的建筑，因此特别适合散步，能够饱览美景。这里的物价也不算高昂，我在火车站附近所住的旅馆大约四十美元一晚。

在马赛非常容易走失，尤其在旧城区。至于阿拉伯区，虽然声名狼藉，但是我看到的也只是猫、游荡的人，以及在古老墙壁上喷漆涂鸦的可恶破坏行为。拴着的窗户内，传出阿尔及利亚欢乐聒噪的音乐声。

我在后街行走时最恐惧的就是生怕被垃圾车给撞死。那些车迅速绕过街角，没有减速，而且车身宽，占满整个街道空间。我见到车来就赶紧扑向一旁的门，紧贴着门板。

由于游客闻之却步，马赛反而没有其他里维埃拉地区所充斥的陈腐观光景象，诸如昂贵的旅馆、可恶的娱乐设施、像用来喂猪的食物，以及各种艺品店。抵达的第二天，我到城内另一个地区去转了一圈，发现嘉布辛广场周遭窄巷内有个拥挤的市场，宛如阿拉伯市集。市集内出售袋装干果、成堆椰枣、十几种橄榄，以及鱼、水果和古斯古斯①，只见法国人、阿拉伯人、非洲人混杂其间，忙着讨价还价。马赛的阿拉伯色彩是法国人所憎恶畏惧的，却是当地最生动有趣的一面。

---

① 一种粗面粉制成，放在汤上蒸熟的北非食品。

我最懊恼的是无法和任何阿拉伯人交谈。他们的法语在我听来很古怪，而我又不会说阿拉伯语。我觉得法国人（他们是天主教徒、中产阶级且独尊法语）和阿拉伯人（穆斯林、农民、讲阿拉伯语）之间必然也同样存有难以跨越的文化鸿沟，恐怕真的对彼此没有了解。

经过警察局时，我决定进去直接询问本地的犯罪情况，因为这已成为游客讨论的唯一话题。其实我并没有见到任何犯罪迹象，甚至在前一晚只身到处游荡窥探，而且安全无虞。

警局内有间客厅，里面坐着五名警员，有的在抽烟，有的在把弄警棍。

一名警员说："对，我们马赛的确有个大问题，我同事会告诉你问题在哪里。"

另一名警员立即温和地接口说："阿拉伯人、阿拉伯人、阿拉伯人、阿拉伯人、阿拉伯人。"其他警员哄堂大笑。

"他们是所有麻烦的来源。"先开口的那名警员说，"你千万要小心。"

这个人竟以这么种族歧视的态度来一竿子打翻一船人！我大可以立刻挑战他的逻辑，责备他竟然说出如此冒昧的话，然后结束这段谈话；又或者不打岔地继续聆听，带点鼓励性质地含笑点头。

"阿拉伯人会对我怎么样？"

"他们会偷你的皮包、你的钱、你的任何东西。"

"他们有武器吗？"

"这里不是纽约！这里没有枪。阿拉伯人最喜欢的武器是刀。"

"那些阿拉伯人是什么人？哪个国家来的？"

“他们是阿尔及利亚人。也有摩洛哥人，但主要是阿尔及利亚人。他们很可怕，而且无所不在。”

法国人在表达种族偏见时可谓直言不讳。我怀疑这种毫不含蓄、愚蠢之至的态度是基于缺乏自制，或只是出于单纯的傲慢。这种公然冒犯的举止，小至在餐厅抽烟，大至在太平洋从事核试验。也许他们不知道这世界已经进步了，或者他们只是不在乎，更有可能的是，他们就是以讨人嫌为乐。

我谢谢那些警察提供这项信息，然后继续前行，沉思着种族歧视和恐外症之间的关系。正巧那天我在马赛报纸上看到一篇报道，讲到法国文化部长雅克·图邦推动的一项法案。法案意图整顿法国语言，禁用所有外来语——主要是英语用语，以强化其语言的纯净度。其实每个人都知道那些词语，也广泛加以使用。沿着法国地中海岸旅行期间，我就听到许多用语，都是那位部长特别指责的，也就是法案所禁用的字眼。

大部分讲英语的人都知道，法国人堪称永不厌倦追逐时髦，他们早已袭用不少英语词，诸如周末（le weekend）、点心（un snack）、俱乐部（le club）等；在流行的引导下，法语难免有英语化的现象。根据英语化用词词典显示，目前这类词汇大约有三千个。

法国官场中有部分人士（代表部分公众）对这种现象深恶痛绝。我总觉得痛恨外国词或许跟痛恨外国人有关，是法国人欠缺安全感的一种表现。三个月后那项法案获得批准——如果在公开场合滥用英语，而不采用法语中本就存在的同样词汇，最高可处以两万法郎（三千五百美元）的罚金。但接下来就是如何确实执行法案了，尤其是在像马赛这种多种语言通行的地区，恐怕永远禁不胜禁。

在马赛的最后一天，我纵容自己吃了一餐最著名的马赛鱼汤[①]。那道鱼汤浓而鲜美，跟传统做法一样带有番红花色，配着硬面包丁、奶酪、辣椒蛋黄酱和马铃薯一起吃。最重要的汤料是地中海所产的海鲜——鲱鲤、鲉鱼（一红色多刺的食用鱼，只产在地中海）、海鲂、贻贝、牙鳕、鮟鱇，刺鲈、鲂鱼、海鳗、螃蟹、蝲蛄、蛤蜊等。

那天的螃蟹很小，侍者用叉子挑起蟹壳。

“这个，套句他们说的英语，靠吸！”

这一餐吃下来，跟我的旅馆费用差不多，但是能坐着观赏海景、吃撑肚皮、看看书、浏览一艘艘船舶，感觉上还是值得的。马赛显然生活大不易，但是它没有附庸风雅得令人不舒服，也不显得贫窘，这便是我最喜爱它的地方，一种文化上的“鱼汤”，由特殊的地中海内涵组合而成。我也深信可以走遍这座城市的每一角落——这种自信是我在纽约或伦敦不曾有的。马赛没有豪华住宅，有钱人都居住在郊区，躲在高耸篱防、带刺铁网和“内有恶犬”的牌子之后，佯装自己住在普罗旺斯的精华地带，而非流浪猫、妓女和来自北非海岸游民充斥的都市。事实上，马赛包括阿拉伯人、玩滑板的人、妓女、毒贩、勤奋工作的人，所有人都在一起，而且经常共处于狭窄的巷弄间。

我搭船前往马赛湾诸岛做了一次短程游览，抵达《基督山伯

---

① 将数种鱼类与番茄、番红花和橄榄油烹煮成的浓汤。

爵》中所描绘的小庄园伊夫堡（大仲马就住在马赛），还去了弗柳尔群岛。伊夫堡堪称阿尔卡特拉斯岛[①]和“魔幻王国”的混合，一个充满迪士尼风情的监狱，跟邻近岩石崩裂的小岛相仿，在阳光肆虐之下，有如霉滞的蛋糕。这里没有树木，但岸边海角处点缀着些许绿意，是残存的草丛。

我喜欢徜徉于蓝色的地中海上，寄身于帆船之间，并且再度感觉到这片海域没有泾渭分明的国界——港口人种混杂，都因为住在这片海域而拥有共同的命运。

“地中海的美跟海洋的美迥然不同，但自有它动人的一面。”法国大文豪雨果到过马赛之后做出评论。他还做了一番讨喜的区分：“大海有云雾、蓝色晶莹的滚滚波涛、浩瀚的穹苍、神奇的潮汐、低洼地沙丘。整个地中海统统位于阳光之下；它的美存在着一种不可言喻的整体性，令人可随意感受到。它有着土黄险峻的海岸，丘陵岩石仿佛是菲狄亚斯[②]所设计雕琢，使海岸和谐地与雅致结合为一体。”

我巡弋海域返回后，决定再做一次海上巡游，作为告别马赛之旅。我们沿着海岸航行，历经外海的蒂布朗、马雷、雅内及卡塞雷涅诸岛，在索米昂和莫吉欧岛稍事停留，然后在卡西斯上岸，改搭火车前行。这班“大南”号火车停靠土伦、圣拉斐尔和戛纳各站，并经过圣特罗佩、弗雷瑞斯和昂蒂布等地。沿岸大半时间都可以看到海景，以及岸上所种植的阿勒颇松树与棕榈。但是火车接近尼斯时，一幢幢

① 位于美国旧金山外海，曾为戒备最严密的联邦监狱。

② 菲狄亚斯（前480—前430），古希腊雕塑家，负责帕特农神庙所有雕塑工作。

大型公寓建筑和高耸大厦阻挡了海景。

所谓地中海之梦，一般而言绝不是指阿尔巴尼亚海岸、海法码头或利比亚附近的钻油井，而是艳阳中的里维埃拉，自土伦以东，直抵蒙特卡洛，绵延一百余英里的法国地中海滨海地区，包括此地的佳肴、美酒、时尚、热情、有钱的老浑球、赌徒、光着胸脯的“波霸”与文艺活动等。这里有雷诺阿钟情的卡涅、马蒂斯心仪的尼斯、令格雷厄姆·格林驻足的昂蒂布，还有著名的戛纳影展及赌城。海明威在描绘男性至上的斗牛魅力时，使西班牙在地图上脱颖而出；菲茨杰拉德借着短篇小说和《夜色温柔》，率先为里维埃拉写下编年史，把昂蒂布和朱安雷班的快活人、醉鬼、前卫女性与骗子都记录下来。有人说，他是将里维埃拉塑造成时髦地点的始作俑者，但里维埃拉的声名能维持不坠，还要拜其他文人所赐。

在菲茨杰拉德之后的十年中，里维埃拉地区的地名也因文人的驻足而有了改变。“从赫胥黎角到沃顿堡，到毛姆角的沿岸地区，都有自成小圈子的愤怒巨擘定居于此，”西里尔·康诺利在小说《岩石潭》中便借放荡的内勒之口，对三十年代里维埃拉的文艺界做了一番省思，“马蒂格有坎贝尔[①]；勒拉旺杜有阿尔丁顿[②]；圣特罗佩的每个人都能提笔写作。戛纳有阿伦[③]，笔下的范围远及蒙特卡洛和奥彭海姆地区。甚至还可能囊括尼斯，填补弗兰克·哈里斯[④]

① 罗伊·坎贝尔（1901—1957），南非诗人。

② 理查德·阿尔丁顿（1892—1962），英国作家、诗人。

③ 米夏埃尔·阿伦（1895—1956），英国作家，出生于保加利亚。

④ 弗兰克·哈里斯（1855—1931），爱尔兰编辑、作家，他认识和描写的对象都是比他有名、有才气的人。

交了白卷的部分。”

然而里维埃拉地区还是会下雨，而且当地交通情况恶劣，拥挤不堪。这里曾被称为“神经地带”，因为这一带的地中海，“沿岸干燥、充满碘质”，居民容易罹患某种疯疾。如今这一带主要住着老年人、退休的人、恶棍、逃税的人——否则谁负担得起？放眼望去都是各种俗气的生意、遛狗的人，海水缓缓拍击，岩石密布海岸。其实最可悲的，莫过于一个正处于淡季的度假胜地，食物再好也无济于事。同样，即使在梦幻之境，有时候忘忧果也因乏人问津而只能任其腐烂。

这是二月一个雨蒙蒙的晚上，我从尼斯车站出来，走在映着水光的街上，很得意于自己在生意最清淡的时候前来。家家旅馆和餐厅都没什么人，因此根本无需预订：有种免于事先计划、自由自在的感觉。我继续走着，思量到什么区域投宿，要避免位于大街上（有汽车噪声、摩托车飞驰声），靠近教堂（有管风乐声、喃喃诵经声）、学校（有尖叫声、铃声）或餐厅（有醉鬼、音乐及砰然关门声）。能在海边找到旅馆是最理想的——安静、清风徐来、细浪拍岸。可是尼斯最好的旅馆都不在海边，因为它就如同布赖顿①，都有一条介于海滩和旅馆之间的繁华大道。

在一个安静的广场——莫扎特广场上，有个小老太太以四十美元的价格租给我一间房。为了瞧瞧自己有没有错过什么，我特意沿着英国人散步大道走到内格恩斯寇豪华酒店，在酒吧喝了一杯酒。听说这是尼斯最昂贵的酒店，但未必是最好的。哈！酒店兴建于

① 英国旅游胜地，濒临英吉利海峡。

一九一三年，却模仿“美好年代”风格的建筑，那是骄矜自满的法国风格杂烩：镀金装潢、水晶吊灯、豪华壁纸、灯泡取代烛火的烛台、挂着拙劣复制画的房间，听差、服务台职员、侍者等个个身穿中世纪仆役装束置身其间，鞠躬哈腰地骗取小费。

酒店的尚特克莱尔餐厅前悬挂着一幅广告牌，上面引用了我朋友艾瑞克·纽比的话，是从他写地中海之旅的书中有关这家酒店长达六页的内容截取拼凑而成，“法国境内最佳餐厅之一……是老饕们的最新朝圣之地……所呈现的美食餐点……是我一生……所吃过最佳、也可能是空前绝后的一餐”，云云。

纽比！居然为一餐饭歌颂至此！拜托，艾瑞克！

我就不会被人逮到干这种事。我在一家餐厅（相当冷清）里一面想着，一面享受鱼汤（味道很不错），与此同时跟老板聊着（一个言语乏味的家伙）。

“过去这一季，美国人都不来了，”他说，“因为美元汇率太低。”

他们也有可能宁愿到新泽西州的大西洋城这个可恶的地方花冤枉钱、闲逛，不是吗？但是尼斯和新泽西不同的地方就在于恶劣的天气。像那天晚上的那场大雨，就是我最喜欢的。尼斯紧贴着海，因此许多公寓透出的灯光及古老的街灯，明灭映着水光闪烁，交相辉映，有如惠斯勒[①]的画作《夜曲》中所营造的夜景。当然，这种景致在新泽西也看得到。

第二天早上，我踱向尼斯港，一个很像热那亚的港之港

---

① 惠斯勒（1834—1903），美国画家，《夜曲》系列是他的巅峰作品。

口——这并非毫无根据的比较，因为尼斯在一八六〇年前一直隶属意大利，加里波第[①]便在尼斯出生。我在码头见到“彩虹战士”号正停泊在那里。这艘“绿色和平组织”的船——全世界共有三四艘这样的船，已经驶到法国，来教育法国人对地中海生态环境造成的威胁。该组织成员正出售T恤衫和汽车贴纸，并散发详列令人心惊的污染数据的传单。

“污染只是其中一项问题。”凯瑟琳·莫里斯说，她是“绿色和平组织”巴黎分会的代表，“在地中海拖网捕鱼是合法的，意大利拖网特别长，长达好几公里。西班牙和法国也用拖网捕鱼。这种情况非加以阻止不可。”

她拿了几份报告给我看，其中详述拖网渔业所造成的危害——网竟然长达十和十五英里。我告诉她自己正沿地中海海岸旅行，而且刚从马赛和阿尔勒过来。

“那里是污染最严重的区域之一。”

“但是阿尔勒很漂亮啊——你指的污染区域是罗讷河吧？”

“阿尔勒境内的罗讷河发臭，而且危险。那条河很恐怖，我们称它为‘化学走廊’。它把卡马格区害惨了。”

旅行作家还在阿尔勒对吉卜赛人、马匹和梵高大发浪漫奇想——呃，我自己也未能免俗，不是吗？而她却直陈卡马格区的炼油和化工厂是造成地中海污染的元凶之一。

“地中海沿岸是不是和英国沿岸一样有核电厂？”我问她。

凯瑟琳特别找来了“绿色和平组织”的核专家让-吕克·蒂埃

① 加里波第（1807—1882），促成意大利统一的民族英雄。

里来回答我这个问题。

让-吕克说："地中海沿岸没有核电厂。那些发电厂都在内陆，但是离海不远。比如沿着罗讷河而上一百公里的马尔库尔就有一间核能废料处理厂。我们在罗讷河及其支流都发现含有钚。"

在吉卜赛人、马匹和杏花散布之处，也有钚的痕迹。

"你们在地中海地区的活动受到什么样的待遇？"

"法国人对于这类活动很有戒心。通常我们遇到的第一个问题是：'你们的经费是从哪里来的？'"

"很多国家都会问这种问题。"

"法国最糟糕。他们唯恐我们有外国影响力——这是法国的偏执狂，比如惧怕我们拿美国人或俄国人的钱。"

仿佛如果是真的（这当然不是真的），就会否定数据的正确性或该组织对净化地中海所做的努力。

"地中海的污染会因为国家不同而有区别吗？"

"对，但是最严重的区域是北部和南部。"让-吕克答，"部分欧洲的许多废物和污染都影响到北非。"

翌日早上，"彩虹战士"号将驶往科西嘉岛的卡尔维，继续宣扬有关环保的信息。

那天下午，我在散步大道的长椅上看《尼斯晨报》，发现当晚尼斯文化中心"卫城"有场交响乐演出，离我住的旅馆走路仅需二十分钟。我抵达时，有个男人正挥舞双臂对一群失望的人宣布："没有票了！都卖完了。"我想我必然是面露惊愕之色，因为有个女人竟然向我走来，问我要不要票。她身上穿的貂皮大衣，她逃避、淡漠的神情，甚至她无辜的眼神，都让她看起来像是个卖黄牛票的。不过她没有乘机捞我一票，只是照票面价格卖给了我。

随后她便消失了身影。我先是庆幸自己的幸运，但旋即又生出一念：她一定是卖了我一张假票。

不久，我找到了座位，旁边正坐着身穿貂皮大衣的女人。她朝我嫣然一笑。

“我丈夫生病了。”她告诉我，“所以你很幸运。因为这是场很受欢迎的音乐会。”

她不是卖黄牛票的。不但不是，而且差远了——她是个很好、很有爱心、极具同情心而又诚实的女人，我先前还误以为她是个骗子。

“我丈夫很遗憾他不能来，”她表示，“不过你倒可以享受一下。我可以看看你的节目单吗？”

她是戈德弗罗伊夫人，在那场音乐会里，我成了她的临时丈夫。我们共阅节目单，也都认为这是场很棒的演出，包括柏辽兹的作品《比阿特丽斯和贝内迪克特》、贝多芬的《第三钢琴协奏曲》以及德沃夏克的《第五交响曲》。负责钢琴独奏的是法国人，受到观众热烈的喝彩。指挥则是个中国人，叫余龙，年纪很轻（一九六四年出生）。戈德弗罗伊夫人和我闲聊着天气，今年冬天天气真糟糕！雨量真多！这场音乐会真不错！

这些惊叹声中，我俩兴奋地前往入口大厅，啜饮葡萄酒。

“我们原先住在克莱蒙-费朗，我丈夫在那里工作。”戈德弗罗伊夫人告诉我，“他退休后，大约八年前，我们才搬来这里。”

“尼斯的物价更贵吗？”

“这里的公寓比克莱蒙-费朗贵上一倍——尼斯的房地产非常昂

贵。但是其他方面——食物、衣服等，就差不多了。”

“我喜欢马赛。”

戈德弗罗伊夫人踌躇了一下，但仍回答：“对，那里有勒·柯布西耶[①]的建筑作品。不过那里也很危险，什么问题都有——毒品、移民、艾滋病。”

也许她太客气，因此没有提及黑人和阿拉伯人，但是我倒记起马赛许多年轻黑人都一意模仿美国人的打扮：反戴棒球帽，身穿长袖运动衣、宽大的长裤、昂贵的慢跑鞋，以及留着同样反常的发型。在欧洲或法国没有其他偶像人物，因此这些美国化的装扮使他们格外显眼，也必然造成某种威胁。

“所以你在尼斯很快乐？”

“尼斯很安全。”她答道，“这里天气好——今年是例外。而且这里年轻人多，有很多大学和语言学校。当然也有很多退休的人——也许占百分之三十。不过戛纳更糟，那里没有大学，所以大部分都是退休的人。”

“我一直以为法国人是安土重迁的民族。我不知道他们跟英国人、美国人一样，退休后会搬到海边去住。”

“我父母从来没有退休或搬家。”戈德弗罗伊夫人答，“这是战后才有的现象，因为孩子都离开父母到外地工作了。以前法国人都住在一起，儿女会照顾父母，住在父母家。但现在不是了。”

所以大家庭的离散是近年来经济导致的必然现象，因为年轻人必须找工作，必须从家乡迁移出去。而且工作性质也不同了——农

---

① 勒·柯布西耶（1887—1965），瑞士建筑师，现代建筑学大师。

业走下坡，制造业和服务业兴起。这些都是战后产生的现象。

“你在尼斯有别的亲人吗？”

“没有。我很想念他们：我的儿女和孙子、孙女。我所有儿女都结婚了。呃，只有我小儿子跟他女朋友同居，但很久了，其实也跟结婚差不多。”

她啜了一口酒。

“我父亲过世了，九十三岁走的。母亲还在，今年九十一了，但是身体很好，而且脑筋很灵光。”

“你老家在法国哪里？”

“斯特拉斯堡。我在那里出生的，我们家在那里住了好几代。”

“斯特拉斯堡有段时间也属于德国，对吗？”

“对，它来来回回的，一下属于法国，一下属于德国，然后法国又把它拿回来。”她叹了口气，“大战时，我们必须离开斯特拉斯堡。那时局势很坏，德国人占领那里，我们只好逃到艾克斯。”

她告诉我作战的情况、挨家挨户的搜索、挤得水泄不通的火车，以及挨饿的滋味。这位身穿貂皮大衣、在尼斯音乐厅大厅的女人，代表了资产阶级宁静的一面，想不到当年她也在德国士兵的铁蹄下亡命于小镇。

有关战争的话题显然使得戈德弗罗伊夫人心情消沉下来；或许意识到自己谈话的对象不过是个坐在她丈夫位子的陌生人，一个好问的美国人。不过我喜欢她——她的正直、泰然自若、聪慧、守法、有礼貌、从一而终的婚姻观。

“你会留在尼斯吗？”

“只留一阵子。我想在附近看看，然后到科西嘉岛去。”

“我去过一次，很不一样。那里的人，尤其住在山区的人，非常简朴。”

时候不早了，而且到处都可能会碰上居心不良的人，于是在她的要求下，我陪她走到出租车站才告别离去。

穿过人影稀少的城市，经过闪烁着濡湿水光的大道与一片汪洋的天使湾，我回到了莫扎特广场。

这场音乐会是寒冷的旅行淡季中为当地人举办的文艺活动，并非为招徕游客的节目。除此之外，还有舞蹈和戏剧表演等。这周正值四旬斋的开始，因而有为期两周的游行与展览活动。我无事可做，便去参观了一场游行。结果发现那似乎是一项为了让尼斯及附近乡镇居民尽情发泄的活动。

那场游行名为“花之战”，包括花车和抛掷花朵活动。我感到有趣的是，这类地方性活动总能激发众人摆脱日常居家、孩子与伴侣的生活，发挥出想象力与热情的一面。只见街道两旁有一家大小，有士兵、警察、教士，还有朋克族。这些法国朋克族都是邋遢的年轻人，喝着酒，看起来一副脏兮兮、不好惹的样子，他们冲着堆满花朵的花车大声讪笑叫嚣。花车上则站着身穿晚宴服、紧身洋装或亮片礼服的漂亮少女，朝观众抛洒金合欢（此时正值开花季节）。金合欢的枝叶带着黄色羽绒状花球，有如婴儿的粉颊。

有个抛洒花朵的女孩是黑人，长得很漂亮，穿着一袭白色新娘礼服，戴着面纱。

“这个很棒。”我身旁一个男子对他朋友说。

“哦，是啊！”他友人应道，并色眯眯地瞧着女孩，“简直让人惊艳！”

他们朝女孩喊叫，要她把花抛给他们。

游行队伍中还有军乐队，吹奏着响亮的喇叭。有一支蒂罗尔低音喇叭乐队，还有一名海登巴赫来的圣乔治管乐手。一支名为“狼群”的铜管乐队不但大声吹奏，还穿着宽大的狼皮服装。更多花车、更多身穿漂亮衣服的美丽少女抛掷金合欢，一旦金合欢扔光，她们便扯下花车的装饰花朵继续抛掷。队伍中有德国人装扮成墨西哥人，有法国女牛仔、女子鼓乐队、中世纪骑士、乡间少女，还有许多吹奏喇叭或耍着精心设计的旗帜。二十名小女孩身着普罗旺斯的传统服装抛掷花朵，吸引了那些年老绅士的注目。另外也有非洲军团、小丑、粉红色熊宝宝、音乐警察、“银河小姐”，以及来自巴伐利亚、身着皮裤、有四十名成员的乐队。还有一支远自美国东德州州立大学而来的乐队——身穿黑色紧身服与小短裙，挥耍着指挥棒。法国儿童见到美国佬就变得歇斯底里，朝他们喷罐装黏质喷雾剂，口里还尖叫：“喷啊！”

游行过后那天，我踮着脚尖走到尼斯车站。在尼斯这个狗屎之乡，是不可能昂首阔步的。

英国画家弗朗西斯·培根[①]十七岁时，在人行道上见到一堆狗屎而顿悟：“原来在那里——那就是人生。”如果他来尼斯，见到满街“黄金”，更不知会有什么启发。这里有一种设计特殊的单人狗屎清洁车，沿街用长管子吸除狗屎，但即使不停地工作，也看不出成效。

这种清洁车是让一堆难以置信的敌人打败的：穿得过多的法国

① 弗朗西斯·培根（1909—1992），英国画家，以透露痛苦与恐惧的肖像画著称，画作蕴涵黑暗、恶兆与孤独意味。

老妇人、寡妇、退休老人、富有的女地主，还有一些像戈德弗罗伊夫人那样的贵妇人，你绝不会把那种人跟狗屎联想在一起。但就是那种养尊处优的人，会耗费大半天时间去计算爱犬大肠蠕动的紧急性，随时带它们上街解决。在里维埃拉地区，这种女人有数千个。她们总是匆匆拖着爱犬走上人行道，一旦那些畜生停下步子，在你稍后要下脚之处排泄出一截干硬“香肠”，她们就赶紧别过脸去。

我在车站告诉自己，如果下一班车往东走，我就去文蒂米利亚，去意大利吃意大利面。如果往西走，我便去昂蒂布或朱安雷班吃一餐。

结果来了一班向东前往芒通的列车，我也再度为老一辈的法国火车乘客的礼数所困。那些老人家彼此并不认识，但都会聊些琐事，而且很少会安静离开，下车时总会跟你招呼一句“再见”、“旅途愉快”或“保重”。

这种火车还有个地方值得一提，菲茨杰拉德在《夜色温柔》中便曾叙及。“这里的火车跟美国的不一样。美国的火车完全专注于勇往直前，对属于另一世界、不能跟它一样呼啸而过的人类嗤之以鼻。但这里的火车属于所行经乡间的一部分：它的吐气会惊动棕榈叶上的灰尘，它的煤灰也会在田圃间与干粪混杂在一起。罗斯玛丽坚信她倚向窗外便可摘到花朵。”

滨海自由城有个美丽的海湾，宛如位于崖石间的小巧宝石。从海湾过去，可以遥见费拉角。昔日比利时国王利奥波德，也是刚果殖民地的领主，曾在此兴建设备齐全的豪华庄园，连他所有的情妇和私人教士都住在里面。这样安排的目的是，让国王在世时能为所欲为，临终之际可随时传唤教士赦免其罪。毛姆曾购置该教士的豪宅“摩尔式别墅”——名称来自内部的摩洛哥式装潢。我原本打算前往一游，但是那一整片庄园现已改建成一系列公寓住宅了。

过了滨海博略，棕榈处处，气氛宁静，沿山腹突出的部分建有一幢幢华厦。但过了埃兹，景观就不再那么气派，车站周遭种植着一丛丛香蕉树。埃兹再过去的海湾很美，但是海滩岩石密布、山崖险峻，有一处像墙壁的海岸线跟我在布拉瓦海岸见到的很相似。过了卡普代之后便是蒙特卡洛，它比我预料的还要大，还要冷清，还要可恶，而且几乎分不出哪些是建筑，哪些是陵墓。我决定在当地吃午餐。

我从车站往外走，试着分辨自己置身何处。摩纳哥公国分为三个区——摩纳哥市，即雷尼尔王子王宫统御的山区；康达迈恩山谷；以及查理山——蒙特卡洛。摩纳哥的存在可以归功于前影星格蕾丝·凯莉，她为雷尼尔生了一个儿子，因此延续了格里马迪王室的命脉。格蕾丝·凯莉在宣传电影时结识雷尼尔亲王，当时亲王有如活道具般参与她在摩洛哥的拍照活动。随后，亲王展开追求，由一名教士担任双方的传话人。亲王深知摩纳哥与法国有一项条款规定：如果雷尼尔没有继承人，摩纳哥便会并入法国，成为法国的一部分。而今这项制造继承人的责任已落在年轻微秃的花花公子艾伯特王子身上了。

格里马迪家族据说是欧洲最古老的王族，然而就像大部分王族家庭般有名无实，充满种种紧张、令人不满的关系，不过家族倒是自视颇高。他们深知治下领域原本一文不值，直到十九世纪中叶，查理三世亲王开设赌场后才开始好转。查理三世此举就跟美国马夏塔克的佩科特族印第安人将赌博引入康涅狄格州一样，因为其他地方都不准赌博（法国和意大利均禁止设立赌场）。因此摩纳哥就像佩科特族印第安人，都是靠一批批浪掷金钱的笨蛋而致富。

不过那些住在摩纳哥的有钱人正好跟赌客相反，他们多半是视钱如命的逃税之徒，把钞票看得紧紧的，唯恐多花一毛钱，遑论拿去赌博了。当地有三万居民，其中本地人不到百分之十，由此便可见一斑。作为逃税的避风港，在本质上一定是无聊之至或令人厌恶的，因为如果这地方亲切讨喜，那么每个人都想往这里来了。但是也只有靠免税的动机才能吸引人来居住，因为那里不是快乐谷。例如，有钱人的主要特性之一便是不断向别人哭穷，当然，我们可以庆幸那些大亨只能彼此哭穷了。

我吃了一客比萨，然后到处逛，唯一想做的只是跟摩纳哥人聊聊，结果失败了。这是逃税者的另一个无益于人的特质（偏执狂）在作祟之故。

再沿铁路线往下走，罗克布吕讷的金莲花长得像杂草，而卡布罗尔则有空间、阳光，白雪覆顶的山脉中间深藏了一座美丽的山谷，嶙峋的山崖和当地资产阶级的性格倒很相配。

芒通是个有着维多利亚式外观、单调无聊的海边度假胜地。肥胖而又花心的爱德华七世以前便很喜欢这里，因为它可以提供数不尽的美食和美女。正巧芒通今天在举行柠檬节庆典。这个节庆活动平淡无奇，而且一板一眼，旁观者也缺乏兴趣。游行花车由柠檬和橘子装饰而成，形状包括鲸鱼、恐龙、巴黎埃菲尔铁塔、飞机、曲线玲珑的女人、风车等。相形之下，此地的游行就不如尼斯有花朵、怪物来得丰富且有意义了。

我原先打算，倘若一个地方让我怎么看都不顺眼，便断然离开，到另一个较好的地方去。不过要离开芒通不是那么容易的，倒是在芒通车站见识到欧盟现实的一面。当时我们正置身法国和意大利的边境地区，有一群意大利老人，看样子其中没有一个在七十岁以下的，他们正打算买几杯咖啡和一些点心，柜台后的法国女人却只朝着他们吼叫。

“如果你们没有钱，就不要浪费我的时间。”她不耐烦地说。

那群老人没有法郎，也不会说法语。那个女人虽然在离意大利一英里左右的地点做生意，却也不会讲意大利语。

“她在说什么？”一名老人以意大利语可怜兮兮地问。

“她在要钱。”

“如果你们要买，就去换钱！”女人用法语说。

“换法郎吧，我想。”

有个意大利人用意大利语对女人说：“我们只买几杯咖啡，换钱太麻烦了。”

另一个也以意大利语跟她说：“我们用一千里拉跟你买一杯，剩下的就不用找了。”

“你们是不是听不懂我的话？”法国女人说。

结果他们的买卖并未做成，那些意大利人也无法在此地吃喝。其实要跨越法国和意大利的边境很容易，双方的语言障碍却难以跨越。

就地中海地区的人看来，欧盟充满误解，使得先前那类争执显得微不足道。由于人们对欧盟在地中海区的规定困惑不解，欧盟规章显然已成为神话。这些规章内容荒谬，虽然许多居民感到愤恨，却仍笃信不疑。按照规定，渔夫必须戴发网，所有拖网渔船上必须供应保险套。另外，还有一纸禁令：不准产销弯曲的黄瓜。英国橡木因为材质多节，所以不准用来制造家具。驴子因为会随地便溺，在海边也必须包尿布。还有，全欧盟的棺木都必须是防水的。

置身欧洲共同市场自然有其优点，但是地中海地区本身也是一个大小区。比如二月的芒通蔬果店内同时有突尼斯的葡萄，西班牙韦尔瓦的草莓，摩洛哥和西西里的番茄，西西里的橘子，北非的椰枣、无花果、梅子、核果，科西嘉的小柑橘。本地朝鲜蓟、柠檬和苹果则都来自普罗旺斯。此外，店里还有奶酪、香肠、蜂蜜、加工水果和十种不同的橄榄。全世界的橄榄油几乎都来自地中海的这几个国家。芒通和里维埃拉郊区人口稠密的现象只是一种假象。其实除了海岸线必须适应成群游客和自满的阔人需求外，一旦越过海岸公路和铁路，主要仍是农业区——无论在气氛或文化上都是乡村性质的。

返回尼斯后，我坐在一家自助洗衣店内洗衣物并做笔记，右边有个家庭主妇正在折衣服，左边有个阿拉伯人正盯着洗衣槽内转动的衣服。为了仪容，随后我又去理了发。女理发师正在帮我理发时，一个男人走上前来，开始对我比手画脚地埋怨起来。

"你的头发太长了。"他用法语说。

"所以我才来这里啊。"我回答。

"但是以这个发型而言，还是太长了。"

"你不喜欢我的发型吗？"

"不喜欢。你需要凸显脸部的轮廓。"他越来越激动，拉扯着我的头发，"把头发剪短一点，显示出个人的朝气。短得你可以用手指刷过去——像这样！这样才和谐！"

我不确定他是真的相信他所说的，还是只是在耍我——故意装成典型的法国人，把最细琐的事都表达得慷慨激昂。不过话说回来，或许他是认真的。总之，我是顶着一头理得短短的头发走出店门的。

我已经向东游览过芒通，但前往科西嘉岛的渡轮还要一天半才会起航，因此我就搭慢车西行往昂蒂布——沿途有尼斯、圣洛朗-迪瓦尔、克罗德卡涅、滨海卡涅、比奥及昂蒂布等站。

一个迷人的金发法国女郎也在昂蒂布下车，她很吃力地提着一只箱子，于是我伸出援手。她欣然接纳，我们便一起步出车站，她的皮箱一直撞到我的腿。

“抱歉，我的箱子太重了。”她说。

“没关系，”我回答，“我很强壮，哈哈！”

“你真好心。”

那口箱子大约有五十磅重。如果我不主动帮忙，她要怎么提？

“我猜你里面装的是工具，或是枪之类的。”

“化妆品。”

“光是化妆品？”

“里面装满了化妆品。”她解释，“我刚在尼斯一家店做完化妆品展示。”

她是那种迷人、衣着相当正式、商场里的俏妞，上了睫毛膏，涂了红唇，就像偶尔在百货公司走道朝你挥舞一支口红，或在你手腕上喷点香水的化妆品专柜小姐。

我放下皮箱说：“只是休息一下。哈哈！”

“哈哈。”

“要不要一起吃午餐？”

“谢谢你。不过我已经有约了。”

“那喝杯酒或咖啡？”我接着说，“我是异乡人。”

这句“异乡人”对她产生了效果。法国旅客通常不会这样说，而会说“我不是这里的人”。我这种说法很古怪，而且有“我是怪异的人”的引申含义。但此时此刻这句话发挥了奇效。没多久，我们已相互举杯致意了。“芒通是老年人的地方。”她说。她的名字是凯瑟琳。“尼斯也是。圣特罗佩则很肤浅，金钱、毒品、有钱人，还有很多意大利人。没有文化，也没有心灵生活。”

她从事化妆品展销工作，经常提着沉重的箱子跑码头，因此非常熟悉法国，对里维埃拉地区更是了如指掌。

“摩洛哥根本是个笑话。”她说。

“我也这样觉得，不过还以为这是因为我是美国人。”

“相信我，那里真的是个笑话。我在那里待了五天，简直度日如年。为了展示产品，我在每个地方都待五天。我最近还在圣马洛做过展示。布列塔尼还不错，但是太冷了。”

她大约三十岁，未婚，带点神秘气质。尽管她说法国南部浮华不实，但她还是很喜欢。

“这酒的产地是……”我问。

“卡西斯。”她回答，接着问我，“你来这里干什么？”

“只是到处看看。”我回答，“大概十五年前，我来昂蒂布拜访过一个人，我想看看他的公寓还在不在。你要不要去看看？”

凯瑟琳笑了一下，似乎表示默许，因此我们饮完酒后，便沿街往格林的旧公寓“百花居”走去。

途中，凯瑟琳说：“有些男人不赞成用化妆品。”

“我不反对，”我应道，“使用化妆品的女人喜欢表现出自己某一面的……”我试图加以解释，却找不到适当的字眼。

她说：“Attrayante。”

听起来好像就是这个词。我说没错，就是这个意思，并发誓有机会一定要查明这个词的意思。

“就跟你一样。”

她似乎很开心，又有些难为情，碰了碰我的手。“我知道这个地址。”她说。

“有个英国作家住过这里。格雷厄姆·格林。”

“我没有听过这个名字。他写些什么？”

“小说、短篇故事，还有些旅行书籍。”

“是个好作家吗？”

“非常好。”

“我想你也是作家。”她说，“从你提出的问题就听得出来。”

“对。我想写点有关地中海的东西。”

“你应该去别的地方——不是这里。这里没有什么好写的！哈哈。”

“这里有很多可以写的。”我回答。

我正在回想上次来昂蒂布的感受。那时看到这个百万富翁小说家住在离海港三条街的小公寓，根本没有海景可观赏，我并不感到奇怪。今天却百思不解。格林怎么会在地中海区这个开窗也只能看到其他屋子的公寓住这么久？他在这里住了二十几年，而我连一个下午也待不住——靠海处全挤满了公寓，海港里泊满了游艇和帆船，没有海滩可言，小小的镇上车水马龙。格林想要逃避缴纳英国税金，不过这种方式也未免太不划算了吧？

“午餐时间快到了。”我跟凯瑟琳说。

“不过我非走不可了。我朋友会奇怪我上哪儿去了，他那个人会激动的。”

“他住在昂蒂布吗？”

“不是，他从巴黎来看我。他的工作很危险。”她朝我一笑，“他是电影特技演员。”

所以我单独进餐，品尝了鱼汤、当地水果，以及葡萄酒。我没有调情的意图——因为我早已心有所属。但是我一直在想“特技演员”这个词的含义——她是用英语讲的，在说那个词时，似乎在暗示我，这是世间最吓人的行业之一。如果她说男朋友是个拳击手或神射手，或许我还不至于警觉起来。但你可以想象她的爱人引爆炸弹、撞击汽车、穿越火焰，历经各种险境的神勇，如此一来就足以让任何人失去男子气概。

Attrayante 是“魅力”的意思。

午餐后，我匆匆离开昂蒂布，前往朱安雷班。一九二五年，杰拉尔德和萨拉·墨菲在昂蒂布尽头的“美国别墅”定居。这对出色的夫妻曾为菲茨杰拉德带来灵感，在《夜色温柔》中创造出斯文而又慷慨的男女主角迪克和尼科尔。至于他本人和妻子泽尔达则是男女主角的阴暗面，也是最有意思的部分，歇斯底里、疯狂、沮丧，“醉心于时尚潮流……即使北方现实世界里的谴责声不断”。

尼斯的海滩都是石头，朱安雷班则正好相反——都是细沙，只是海滩窄小。“海滩宛如色彩分明的黄褐祈祷毯，与海滩连成一气，”

菲茨杰拉德在他观察入微的小说中曾如此描述，“凌晨，远处戛纳的影像、粉红和米黄的古堡，以及与意大利交界处的紫色阿尔卑斯山，都映照于海面，随着清澈浅水里的海洋植物，荡漾出阵阵水波。”泛红的西边天空下，戛纳正躺在一块海角上，编织出繁复宜人的景致。

“淋漓尽致如精致巧克力盒般的炫丽夕阳，扰乱了西天。”《岩石潭》里有这么一行叙述，乍看之下，表露出英国作者面对大自然美景的无措。

几乎所有描绘过里维埃拉的作家都赞不绝口，因此有段对里维埃拉的污蔑反而值得一看。这是对整个地中海的指控与诋毁，是绝无仅有的一段奇文。

“那片腐臭的内海散发出令人难以忍受的忧郁、肮脏与腐败，整个淹没了他（康诺利写道）。他可以嗅到好几个世纪的邪恶与觉醒；有多少文明曾在这海角上腐化！枯燥乏味的腓尼基人、商业挂帅的希腊人、破坏性强的阿拉伯人、加泰罗尼亚人、热那亚人、歇斯底里的俄国人、腐败的英国人，以及酗酒的美国人，都跟当地派系同流合污——所有资本主义粗俗、攫取、掠夺、堕落之处都在此汇集。二十五个世纪以来，所有恶棍、花花公子、淘金客、工业首领，都在此遍洒其贪婪与粗俗。当巨大的红色太阳沉落于紫色海面（古老世界宽敞的户外厕所与无波的地下排水沟），物质主义郁结的悲情与拉丁民族的绝望，似乎席卷而来，冲击着他。浪花难以察觉地碎裂在鸟粪色的岩石上，有如阿拉伯音乐，令人哀绝，令人觉得讽刺之至。”

这些侮辱近乎滑稽可笑，因为康诺利其实也是拜倒于里维埃拉庸俗风情的傻子之一，而且在他的著作《不平静的坟墓》里，再度描绘这片景色。他写道：“清风旋绕着欧洲夹竹桃……卖花的摊位上摆了成束的康乃馨……海水如同绿色的琴酒苏打，一群鲱鱼在海洋深处来回窜游，享受鱼类的欢欣。”

朱安雷班的“松园”的松树下及“罗斯福广场”上，都有些颇友善的人在一起玩滚球。为什么这很有趣？因为他们全是男人，而且都很有礼貌——比赛前后都握手为礼；最主要的是，他们跟人们笔下的朱安雷班截然不同，明显都是些经济并不宽裕的蓝领阶级、劳工、渔夫、出租车司机和农人等，完全占用了广场中央，其中还有很多是越南人。我看到三个越南人把三个普罗旺斯人打得稀里哗啦——他们的赢球技巧是把铁球慢慢投出完美的弧形，然后将对方的球打得直滚。

其中一名球员朝我走来，坐下来抽烟，因此我便跟他攀谈起来。但他摇摇双手，禁止我继续往下说。

“你不需要跟我说法语。”他用英语说，“你讲的我大致都听得懂。”

“我看你刚刚在滚球。”

“这种滚球是天才发明的，可以用很多种技巧赢球，让对手大吃一惊。”

“当然。”

“所以你看，法国运动跟美国运动完全不同——你们用球打人、用手打架，还拿——哈哈！还拿枪获利。而现在你看到的却是典型的法国滚球。”

“你们属于某种俱乐部吗？”

“还有，”那个人没有在听我说话，“这也是普罗旺斯一项很好的调剂。”

“你在哪里学的英语？”

“战争期间，跟别人学的。”他回答，“但是有件事我不懂，就是为什么美国人在法国说英语，跟他们在洛杉矶、芝加哥、纽约等任何地方说的都一样，害我们根本听不懂？如果我跟他们说法语和我跟我太太说的一样，啊！咻！他们根本别想听懂。”

我们又聊了一会儿，然后我才绕过昂蒂布角的小岛灯塔返回昂蒂布。

这里的地中海是一团谜，它腐化却又纯洁。这里有可怕的公寓，也有美丽的海角；有态度恶劣的富豪，也有友善的乡亲。这片海因污染而呈蓝色，但又如同碧绿有泡的琴酒苏打。总之，有关里维埃拉的每段文字描述都是正确的。

第六章

乘“美丽岛”号往科西嘉岛

“美丽岛”是艘渡轮，和跨洋邮轮一样庞大。从法国本土前往科西嘉岛需耗费一整晚，整整十二个小时的航行时间。名义上，科西嘉是法国的一个行省，不过科西嘉就是科西嘉。

我喜欢再度置身水域的感觉，也喜欢空荡的船只。尼斯码头上几乎不见人影，彻夜开放的自助餐厅内也只有几个人。餐厅内供应意大利面、米饭、生菜色拉，以及乌贼——形状和味道都像切成丝的球鞋。有人在玩电动玩具，包括几个德国人——骑单车，一身紧身皮衣，人人剃了光头，顶着一颗怪异的青色脑袋。餐厅内有个酒廊，有些调皮的小孩在座椅间追逐，还有些患支气管炎的法国常客，咳得要命，却照样一支接一支地抽着烟。

甲板上冷冷清清的，只有一个男人满脸严肃，用法语喃喃地跟他的狗讲话，还有一个藏族女人倚着栏杆。这是个漆黑的夜晚，几乎没有星光，二月底的天气并不寒冷，只是带着凉意。我站在甲板上注视着船行激起的泡沫。水面一片空旷，犹如大洋。我可以了解地中海地区的人相信这就是整个世界的原因了。

不久，我抬起眼，发现法国男人和藏族女人也不见了踪影。我回到船舱，爬上床位，看了一会儿画家弗朗西斯·培根的自传。“事实总是从一道奇怪的门进来。”培根有感而发。至于他血腥的绘画和经常血淋淋的主题，他的说法是“这跟生命有限的含义没有关系，但是跟肉的绝美颜色倒有关系”。

我在螺旋桨单调的转动声中入睡，醒来时，太阳已爬升到一片宁静的大海之上。红艳的晨曦间显露出科西嘉角与岛屿内陆的远山、巍峨的花岗岩峰，以及高耸于巴斯蒂亚港的山脊。科西嘉岛上有二十座高峰，是地中海一带最多山的地区。

“美丽岛”(这也是科西嘉岛的别名)停泊后，我提起行囊，走下船板，走进巴斯蒂亚市中心。此时还是清晨，街道上一片冷清，只有鸽子在“国家广场”的大型铜像上呢喃并拉粪。我在一家咖啡店吃早点，而且立即领悟周遭的人讲的不是法语，而是一种类似意大利语的语言，叽叽呱呱地你一言我一语，态度友善谐谑，不时地露齿而笑。科西嘉语是托斯卡纳古语的变体，讲起话来舌尖打滚，类似意大利语，倒像一种秘密语言。我相信意大利人听到这种语言，就像说英语的人听到苏格兰语，虽然听不懂，却有种亲切感。当我跟那些人攀谈——向他们问路时，他们马上变得严肃拘礼，而且立即转为讲法语或意大利语。

语言一事——我遇见的外来客没有一个会讲科西嘉语，使我更觉得科西嘉是个曾经被殖民的地方，拥有所有殖民地不足为外人道的生活，亦即文化平行并进，语言却不同。一般人认为科西嘉生活有爆炸性，这个事实使它更着上一层神秘色彩。

巴斯蒂亚是海港，位于一座花岗岩山的阴影下。大部分来过的旅客日后提及时，多少都表达出失望之情，或许因为这里有如意大利，而不像科西嘉。巴斯蒂亚以海港为傲，而非以防御功能著称

（由于抵御不力，经常被外敌攻陷），当地建筑都呈现热那亚风格。旧区宛如意大利小镇，有如诗如画的旧港。我走遍了巴斯蒂亚，可以说是在里维埃拉地区旅行以来从未有过的举动。我在书上读过，游历科西嘉的主要乐趣来自漫步——不仅是沿着山路或崖径探幽，也包括在乡间小道和市区后街上散步，我想这或许是真的。

那天晚上进餐时，一名科西嘉侍者害羞地走向我，用法语问我："'bon appetit'（请享用）的英语怎么讲？"

巴斯蒂亚的渡轮四通八达，是个很容易动身离开的地方。我可以从那里到尼斯、撒丁岛或突尼斯，也可以回到意大利本土：搭乘"科西嘉王"号，一两个小时内便可抵达里窝那，正好可以赶到佛罗伦萨吃午餐。

巴斯蒂亚城内有几个小城区，包括一个摩洛哥区——也许还有阿拉伯区，就在旧港附近。这个洋溢着异国风味的一隅，是城内唯一的犹太会堂所在。会堂很小，位于卡斯塔诺路，那是长石阶形成的狭窄通道，会堂名叫贝丝梅尔。

教堂墙壁上有一块新竖立的标志，将二战期间反犹太人的行为完全归罪于战时的法国政府："法国共和国谨向所有曾受种族迫害，以及反犹太主义的受难者致敬，也对所谓'法国政府'（1940—1944）以国家名义所犯违反人道罪行的受害者致敬。永远不要忘记这段历史暴行。"

我觉得讽刺的是，阿拉伯人竟会群居于昔日的犹太隔离区，而且同样受到种种滋扰。

法国的阿拉伯人有如刻意避人耳目的部族，因此我蓄意在巴斯蒂亚这个区找了一个阿拉伯人聊了一下。那个阿拉伯人名叫谢里夫——两眼长得很近，瘦骨嶙峋，罩着粗麻长袍的窄肩清晰可见。

“我是突尼斯加德摩人，靠近加诺巴，在阿尔及利亚边境地区。但是阿尔及利亚人……呃……”他没有往下说。

“这里有很多突尼斯人吗？”

“科西嘉有很多，还有摩洛哥人，但是没有阿尔及利亚人。”

“为什么？”我问这个问题时，心里感到科西嘉人认为岛上全是阿尔及利亚人，因为在他们看来，北非各国人全都一样。

“阿尔及利亚人有问题。”谢里夫答，“脑袋有毛病。他们紧张兮兮的，所以会造成危险。他们在法国本土惹了各种麻烦，跟其他人不同。有些人很恨外国人。”

“像我一样的外国人。”

“很不幸！”

谢里夫在科西嘉工作了十二年，但是对他而言，科西嘉语仍是一团谜。他一个字都不懂。“太难了！”

其实没有一种语言是困难的。语言是一种活动、一种游戏，是经由不断练习而来的，无需过人的智商就可以学好。学语言是一种社交行为。所以你不得不做出结论：待在科西嘉的这十二年当中，没有人跟谢里夫说过话。他根本被排拒在社交活动之外。

巴斯蒂亚没有清真寺。事实上，整个科西嘉境内都没有。他似乎想讲什么，思索了一下措辞。“不过这里有很多穆斯林。我所住的突尼斯村子，生活还不错，但是没有钱。其他地方有游客，日子很好，但是太贵了。我是来工作的。”

我追问他为什么这里没有清真寺。他说：“是啊！这里没有清真寺是很奇怪，但是谁知道是为什么。”

日后我才发现，靠近博尼法乔的两所穆斯林聚会处都被炸掉了。后来法国政府在阿雅克肖接收一座东方风格的建筑物（月牙饰、拱门、阿拉伯式花饰门扉、圆顶，曾是一家土耳其烟草公司的总部），结果也被人纵火焚毁了，因为他们根据其异常的装潢，误认为那栋建筑日后也将由阿拉伯人使用。

有些巴斯蒂亚人在滥施这种暴行时，似乎不分宗教。不远处的一座巴斯蒂亚大教堂，也就是兴建于十五世纪的圣马利亚教堂，古老柱石上就喷绘着“耶稣已死”。

我猜想，游览科西嘉的方式很多，其中最累人的是去走众多山径，或者沿着知名的南北纵贯“健行大道”而行。在这种高地上跋涉得耗费两个星期以上，可以看到全岛景观，却碰不到几个科西嘉人。此外，也可以搭本地渡轮，从巴斯蒂亚到博尼法乔，以及从阿雅克肖到普罗普里亚诺。或者也可以租辆汽车，兜过科西嘉全岛，而这也是最容易、最普遍的一种游览方式——可行驶于良好的路面和有如梦魇的可怕道路，有些道路更是迂回蜿蜒得令人晕眩，但无论哪一条，都可欣赏到绝妙的景致。

巴斯蒂亚和阿雅克肖之间有种小火车，有前往卡尔维的支线。每天有两班车开往卡尔维、四班车驶往阿雅克肖。事实上，那几乎称不上火车，只是种借轨道行驶的汽车，“穿梭式”列车而已。车身摇晃震荡，让人仿佛置身矿车或电车里。第二天我从巴斯蒂亚出发时，车厢内只有我和另一个人。行驶数英里后，才有两个男孩在福里阿尼上车。

尽管科西嘉人极力呼吁去搭乘，但这种火车始终不怎么受欢迎。在这个路况糟糕得出了名的小岛上，搭火车大概是消磨一日最舒适的方式。当地的名言是“搭乘火车，是为上策”。

山区依然覆盖着白雪，听说山顶的雪要到七月才会融化。在巴斯蒂亚可以见到雪峰，甚至可以从火车上看到。在一些市镇村落，男人们齐聚街角谈话、抽烟、握手、比手画脚，跟我在巴斯蒂亚见到的景象相同。街上很少有女人，即使有几个，也只是疾步而行，绝不东张西望，给人的印象极其谦虚规矩。这里是属于地中海的古老世界，一个男人的世界。

冬天使得这座岛屿增添一种戏剧化的萧瑟意味，凸显出其峻峭的地形、断崖与峰峦，以及光秃枝干所裸露的高地。这片景致及街上科西嘉人的行为，都是我在比古利亚观察到的。因为火车在该站停妥后，司机竟然取出报纸，摊在仪表板上，开始专心阅读。

“我去附近走走。”我告诉司机。

“不要走太远。”司机头也不抬地回答。

二十分钟后，我在月台上朝一名男子笑笑，开始聊起无关痛痒的话题：天气多么晴朗、多么冷，没有雨，非常好。然后我问了一句：“你去过撒丁岛吗？”

他没有说不，只是摇摇头，仿佛我脑袋有问题，就走开了。我本来想告诉他我打算去那里，毕竟撒丁岛距离科西嘉岛南部海岸只有四英里。

另一辆车开始进站，是印度境内的“上坡车”，由于铁路是单轨的，必须在这一站等这辆车开来，以便列车交错而过。随后我们再度出发，深入低洼地区的浓密科西嘉灌木丛，亦即举世闻名“马基”。科西嘉以它特有的香气著名——灌木丛的芬芳，薰衣草、忍冬、仙客来、桃金娘、野生薄荷，以及迷迭香。拿破仑年轻时离开科西嘉后，便不曾再返回家乡，却被放逐在意大利外海的厄尔巴岛。他说经常在西风中嗅到科西嘉的芳香。那味道像一桶百花香料所散发的气息，也像是拿着一块昂贵香皂凑到鼻头的清香，那是科西嘉独具的芬芳。科西嘉灌木丛足以清洁你的肺、治疗你的感冒。

这里不属于里维埃拉，不属于法国，显然是另一个国度，但是与前两者仍有相像之处：都有地中海区的相仿性质。在普罗旺斯，微风中飘散的一丝芬芳，才隐约显出炎日里的芳香药草，而科西嘉则有如浸在香气的飨宴里，各种草木芳香从列车窗外涌进来。到处种有夹竹桃、棕榈和橄榄树，也可以见到垃圾堆、废物场和废车场。高山顶上错落着黄色的村庄。绵延数英里的葡萄园围绕着半毁的乡间别墅，还有果树，有些果树硕果累累，长满成熟的柠檬、成串的小橘子。

在卡萨马扎有两个男孩下车，一名乘客上车。

沿途村落奇特而美丽，外观有如修道院或堡垒，在险峻的角落上簇集了二十栋灰泥建筑和一座岗哨般的教堂尖塔。越往内陆，村落的位置越高，高到几近坐落在山顶上。我无法想象村民在如此陡峭的山上要如何营生，但其高耸而易于防备的位置，显然是科西嘉人抵御外侮而绵延迄今的主要因素。在这些可攻可守的地势中，科西嘉人完整地保存了文化传承。

从山谷顶端的新桥站往西望去，可以见到白雪皑皑的阿斯陀山，我有如置身仙境。此时此刻，在轧轧穿越科西嘉的火车上，面对着巍然耸立、有若天神的山岭——这正是对我来说最重要的一刻，油然而生的强烈隐秘感、亲昵的呢喃，以及偶然投向我们这些浪迹天涯者的目光。

火车来到莱恰桥站，衔接通往鲁斯岛和卡尔维的支线，然后又穿越山口，在阳光中行驶于灌木丛间。这一切美得让我感到自己的渺小，对自己的幸运更几乎感到局促不安：我只花十三美元买车票，便可以行经这些贴着山壁的无名村落，那是只有翱翔的飞鹰才得以拜访的地方。

我是在一个叫雷吉诺的小地方写这些的，身旁还有鸡群陪伴。当时我想起德语中有 Kunstlershuld 这个词，意指“艺术家的罪恶感”，亦即画家具有的渺小感觉，那是因为其他世人都在一成不变的模式间，消沉抑郁，艺术家除外。也许旅人也有种罪恶感吧？因为旅人怡然自得、自我纵溺地从一处景观前往另一处，仿佛周遭的好坏都与他无关。我是一个旅人，似乎无所事事，来去自如地游走于一群群定居其间、严肃度日的人，会感到良心不安？我告诉自己，我从事的是写作——一种致力于观察的努力，应该可以免除任何罪恶感。但是我心知肚明，这只是很无力的借口罢了。其实这是乐趣，没有罪恶感，只有感激之心。

在鲁斯岛可以看到深蓝的海水，是我迄今见过最湛蓝的海域。西风吹送，海涛拍岸，在海滩上留下成堆泡沫，有如打松起泡的蛋白。那个美丽的小镇有一个便捷的海港、一座海角、灯塔，以及“拿破仑旅馆”——科西嘉每个镇上都有一家，仿佛地方法令规定似的。

火车沿着海岸而行，浪花不断拍击在铁轨近处的岩石上，不消几分钟，我们便来到一个市镇——卡尔维。

在卡尔维的港口，可以见到科西嘉岛几座最高、积雪最多的山岭。我坐在靠近海港的一家餐厅里，品尝当地生产的美酒——由卡尔维葡萄酿制的爽口“费加雷拉”白葡萄酒，并继续看弗朗西斯·培根的书（“稍后，我们独处的时候……弗朗西斯让我看他背上的鞭痕……被虐者比施虐者还要强壮……”）。餐厅老板告诉我，哥伦布出生于卡尔维，但是根据我读到的资料，这并非事实（卡尔维有些家族也姓哥伦布，因此才有这穿凿附会之说）。我谢谢他告诉我这个信息，然后点了一道鱼汤——这里的鱼汤比尼斯的还要丰富美味，还点了一道鲱鲤——四条红色小鱼用烤肉油纸包住烧烤，粉红的鱼搭配粉红的盘子，有如超现实主义者的午餐。

除了这家餐馆、邮局和两家便宜旅馆（“豪华旅馆”要四月才开门），卡尔维每家商店都大门深锁，停止营业。但是我依然留下来欣赏难得一见的雪景，以及裸露于阳光下的危岩。入夜后，市镇闪烁点点灯火，但整个镇上空无人影，凄冷的寒意与岸边漆黑的海水弥漫着阴森恐怖的气氛。

当晚我踱回原先那家餐厅，点了同样的鱼汤，把培根的书看完，然后在港区绕一圈，遥望卡尔维堡垒的灯光。经过小车站时，我发现明天一早便有车离开，车站的办公室内安静无人。我走回海港时，遇到先前在太阳下山前碰见的一名女子。她似乎在卖什么东西，脸上一副随时要展现笑容的神情，活页文件夹着厚厚的简介——也许是家具或旅馆用品之类的资料。

“晚安。”我打了个招呼。

“晚安。”她回答一句，然后便消失于黑暗间。

后面突然冒出一个声音，吓了我一跳。一个尖锐的声音警告：“你跟那个女人说话。”

那是英语，但是带有外国腔。

“你怎么知道我会说英语？”

“我知道，我知道。你刚刚跟那个女人讲话。你犯了一个错误。你在科西嘉绝对、绝对不能跟一个女人讲话。绝对不行！千万不可以！”

“为什么不行？”我试图借着海港边缘的微弱光线分辨那个男人的五官。

“他们会在你的车里放炸弹。”

“我没有车。”我回答。

“他们会打你、杀掉你。”

那个人坐在阴影中，讲起话来自信十足。他站起身，朝我走近一些，口中仍念叨不休。他年纪不大，但头已秃，有张苍白的大脸，说话的样子易怒又爱指责人，讲话除了带有法语腔，还有一种难以分辨的口音。

“你是英国人？”

“美国人。”我答。

“很恨英国人。”

“为什么？”

“我不知道。”他回答，“我从来没有去过那里，但我就是恨他们。有时我会碰到他们，他们老是嘴里带脏话。”

为了增强我的印象，他刻意仿效英国佬说脏话的模样，听起来仿佛吞进什么秽物而作呕似的。

“你住在哪里？”我问他。

“尼萨。”

把尼斯念成“尼萨”——跟比萨押韵，似乎暗示着他是意大利人，但我确定他不是意大利人。不过他的仪态及令人气恼的笃定语气，都带有地中海人的态度。

“你正在科西嘉旅行？”

“不只科西嘉，而是到处旅行。而且我不跟女人说话，不会像你刚才那样。我不跟任何人谈话，我把嘴巴闭得紧紧的。科西嘉人如果不喜欢你，会找你麻烦的。”

“你怎么知道？”我不是怀疑他的话，因为每个人都这么说。但是我希望见到些有凭有据的例子，最好是第一手资料。

“我住在尼萨，所以我知道，因为我看报纸。假如你是游客，只待一两个星期，那还可以。但是如果想待久一点，买栋房子，跟人谈话——跟女人谈话，那么他们就会在你车里放炸弹，烧掉你的房子，修理你。”

“你确定吗？”

“你知道的，那些民族主义分子，还有极端分子。”

“我看科西嘉人似乎挺友善的。”我说，虽然我只跟当地人寒暄过两句，此外几乎没有往来。其实，科西嘉人看来并非友善，而是虚张声势、漫不经心、闷不吭声、粗鲁、有戒心，而且无论男女，都有张饱经风霜的脸孔和粗硬的双手。

“也许他们比法国人友善。我恨法国人。”

在跟陌生人谈话时，总有某一刻你决定该结束谈话或继续下去。这个人一说出“我恨法国人”时，我便醒悟这人是个冒失鬼，别跟他认真。

“你为什么恨法国人？”

“因为他们恨每个人。你有没有去过尼萨？你有没有发现那里每个人都养狗？哈，这就是理由！”

“什么理由？”

“他们没有朋友，所以养狗。”

“法国人宁愿跟狗作伴，而不愿意跟人为伍？”

“这是真的。连我也是，等我不旅行的时候，也会买条狗，一只 Caniche，英语怎么说？”

“鬈毛狗。”

“蔚蓝海岸的每个人都有条鬈毛狗。”

“但是你不能跟狗睡觉。”我说。

“狗永远是你最好的朋友。”

“比人还好？”

“对，我这样觉得。”

他说他刚从阿雅克肖抵达这里，之前去过撒丁岛、西西里岛和克罗地亚。这对我有帮助，因为我正朝着他来的地方去。我问他克罗地亚的情况如何。“萨格勒布没有在打仗。”他说。他不知道克罗地亚海岸的情况——而我的目的地就是海岸地区。但是他没有签证上的问题，而且他大半都是坐火车旅行。

“你从事哪方面的工作？”我问他。

“没有工作。就是搭火车，不停地走。”

生命中，你难免会碰到一个跟自己一样的人。当你发现你的“化身”竟然不美好，而且似乎自私、好批评、轻浮而不讲理，那该是多大的震撼。

我更进一步问他问题，但其实只是在验证他的答案，我对他的回答丝毫不感到意外。他的生活跟我的一模一样。每天早上醒来，去某个地方走一走。喝杯咖啡，搭火车，欣赏窗外景物，跟陌生人谈话，看报纸，看书，然后写啊写的。偶尔经过电话亭，便按几个号码，接通火奴鲁鲁，献上我的爱并报平安。然后离开有如私人告解用的电话亭，再回到法国的世界、回到朱安雷班，聆听滚球清脆的撞击声，再到卡尔维，面对带有咸味的海风和浪花。这是人生吗？

“你会把看到的事情写下来吗？”我问。

仅凭他的古怪，我便判断他是个作家。

“不。我只是看，只是到处走走。”

“这样很花钱的。”

“火车票很便宜。”

“但是吃东西很贵。”刚刚在卡尔维吃的那餐花了我五十美元。

“我啃三明治。”

“不尝尝科西嘉食物？”

“什么科西嘉食物？那是法国食物！他们的食物没有特色。我在面包店买东西吃。”

“那尼萨呢？”我问，心里纳闷这个人究竟是怎么赚钱的。他看来顶多三十五岁，而且在我看来，穿着还不错。“尼萨生活费很贵。”

“我一个月花一千美元。六百美元花在住上面，其他就是吃。”

“这样不无聊吗？你不工作？”

“我有时候会买卖东西，赚点钱。”

这是他对自己的工作所做的最详尽的描述了。

“然后我搭火车上路。但是我在这里很小心，你就不够小心了，哈哈！不过这里还是个好地方。科西嘉有炸弹，阿姆斯特丹有毒品，旧金山有同性恋。”

“我看不出这些有什么关联。你也恨同性恋吗？”

我才看完弗朗西斯·培根的传记，因此为弗朗西斯感到不平。

“我没有去过美国。”他规避说，“人太多了。而且我喜欢尼萨。但是科西嘉……”他又激动起来。“如果法国人不给他们钱，这里的人根本没有食物吃。他们想要自由，但是他们没有食物。”

“你不是法国人，对吧？”

“不是。我是以色列人。”

“哦，天哪！”

“你不喜欢以色列？”

我笑了起来：“我还在想着美国一年给以色列四十亿美元，让以色列人有饭吃。”

“我们不需要那些钱！”那个人尖叫着说，“他们要给，我们就花。他们笨才会给我们钱。”

“我同意。但是如果以色列人没有那笔钱，结果会怎样？”

“没问题的，反正以色列不需要那些钱。”

“也许我们应该把钱给克罗地亚。”

“飞机！枪炮！以色列买飞机就花了好几百万，结果都让政客偷去了，花掉、浪费掉了！以色列不像美国那么笨。”

“但是你住在法国。”

“我恨以色列境内的阿拉伯人，老是制造麻烦。”他答，“尼萨有三万犹太人，有犹太会堂，什么都有。我觉得像在自己家，都是犹太人。所以我在那里很快乐。”

“但是你一直在旅行。”

“对，我一直在旅行。”他同意。

“在地中海地区。”

“只在地中海地区。”

“‘犹’利西斯。”我故意说，“有个美国作家就这样称呼自己，因为他跟尤利西斯[①]一样一直在旅行，他又是个犹太人。他就是亨利·罗斯——‘犹’利西斯。”

“我听不懂。”

他马上起了疑心，认为我在调侃他。他就像地中海东岸某些都市气的阿拉伯人和犹太人，严苛、讥讽，有种认为“其他人都是笨蛋”的态度。乡下人还怀有理想主义，这类都市人则自私自利，只知道指责别人。

奇怪的是，身为一个周游地中海地区的人，他居然承认最怕的就是大海本身或任何水域。他搭小船、渡轮、任何大小船都会晕船。他没有搭夜间渡轮从西西里前往撒丁岛，而是搭飞机从巴勒莫飞往卡利亚里，甚至还从撒丁岛飞往阿雅克肖，虽然他说从撒丁岛到科西嘉搭渡轮只要一个小时。

“我会头痛，我会怕，我会吐。”他承认。

但是他喜爱火车，隔天早上将搭火车前往巴斯蒂亚，也就是通往阿雅克肖的同一支线班车。

“那我们可以一起走？”他问。

“也许吧。”虽然我这么说，但心里早已另有盘算。初遇这个人时，他很像我的翻版，只身搭乘火车四处游历，从地中海的一段海

---

① 拉丁语的尤利西斯就是希腊语的奥德赛。根据荷马史诗《奥德赛》，伊萨基国王奥德赛在特洛伊战争后，因得罪海神，在海上漂泊十年才返家。

岸到另一段海岸，从一个岛到另一个岛。但是跟他深谈之后，已证实他并不是我的“化身”——也许这也是我故意刺激他、诘问他的原因：为了证明我跟他不一样。我已向自己证明，我们其实是迥然不同的两个人。

两天后，以色列传来一则消息：一名犹太移民巴鲁赫·戈斯坦在一座清真寺内，用机枪射杀了二十九名正在祈祷的阿拉伯人。戈斯坦出身于纽约布鲁克林区，是激进组织成员，梅厄·卡罕①的支持者。事后，戈斯坦也被清真寺中幸存的阿拉伯人打死。之后不久，以色列士兵又射杀更多的阿拉伯人。

这个事件在我旅行期间继续引发多起暴力事件。在一次报复行动中，几名阿拉伯人在特拉维夫炸毁一辆巴士。之后一位阿拉伯领袖在他的寓所被暗杀。接着，在一个检查哨一名阿拉伯人引爆炸弹自杀，也炸死了三个以色列士兵陪葬。随后又发生好几起冤冤相报的杀戮事件，每一方都采取以牙还牙的态度，没有一方肯宽恕另一方。

这些事件也都发生在地中海地区，每当看到这类报道，我就会想起那一夜曾在卡尔维海港唠叨、令人气恼的小个子男人。

第二天中午，他没有出现在火车上，我也没有直接搭火车南下阿雅克肖，而是买票前往内陆古都——位居高地，几乎隐而不见的科尔特。火车绕着一段海岸行驶时，强风吹起了浪花，激起泡沫，溅在轧轧前行的火车车窗上，点缀出薄薄的沫花。

往科尔特的火车经过莱恰桥镇的接驳车站，环绕着雪峰间的

---

① 梅厄·卡罕（1932—1990），犹太极端势力的鼻祖和精神领袖。

山谷，穿越遍野的薰衣草及其他芳香植物盘旋而上，经过鸟声聒噪的林间，往岛屿中心的山脊驶去。只见最高处的钦托山（海拔二千七百一十米）虽荒凉但美丽，一片灰色之中，有裂石、平台、罅隙，上面覆着一片白雪。在所有景物上，笼罩整座花岗岩鸟屿的，则是一片蓝色领空。冬日的天空——纯粹的蓝色天空，一尘不染，正朝我展开笑颜。

我怀着愉悦的心情穿越岛屿南行，知道在未来几个星期中，将从事跨岛之旅：科西嘉岛，接着是撒丁岛、西西里岛，最后才抵达意大利本土。

科尔特位于几小时路程之外。那个小地方的地势几乎可以称为险峻，是科西嘉的心脏，也是众所仰慕之地。该地之所以被选为首府，是由于它的偏远、高度，以及表面上看来无以攻克的地势。“表面上看来”——你会纳闷这种地方怎么可能被攻陷，然而在历史上，这里确实曾多次落入敌手，包括撒拉逊人、热那亚人、科西嘉人、意大利人等。后来争取科西嘉独立的帕斯卡尔·保利定此地为首府兼国民议会所在地，后来法国人（于一七六八年）又将它夺取过来。科西嘉境内仍视保利为国父，随处可见他的照片。甚至，今日科西嘉爱国分子仍以保利之名为号召，致力于各项努力，或对主权诉求与文化认同大声疾呼，或以暴力方式引爆炸弹与有系统地焚毁外国人的住宅。

我以前来过，觉得这里阴沉沉的，弥漫着垂死的气氛，我还据此写了短篇故事（《言语即行为》）。那是一九七七年一次简短的访问。一九八二年此地成为大学城，如今热闹非凡，到处都是青年学生和咖啡馆。许多科西嘉人告诉我，创立这所大学后，人们对科西嘉的认同感更强，也掀起更多反抗情绪。这也说明科尔特一些古老墙垣上的涂鸦何以都带有政治性质："释放爱国志士！""投机分子滚蛋！""殖民主义者滚蛋！"诸如此类。

科西嘉的礼数是态度恭谨，一种带有害羞味道的尊严，跟许多公共围墙上所涂写的挑衅词句呈强烈对比。我在一家咖啡店吃午餐，享受着阳光。这个一度被我认为险恶的小镇，因为学生的存在而恢复了生机。我在咖啡店跟几个学生聊起天来，询及科西嘉的政情时，他们建议我去听当天下午的一场演讲。

"你吃的是哪种三明治？"一个女孩问我。

"弗洛伊德。"我回答。

这家店的三明治是以伟大的思想家或作家命名的，比如帕斯卡尔、牛顿、伏尔泰、兰波等。兰波是火腿奶酪三明治，弗洛伊德则是意大利奶酪、番茄、罗勒和橄榄油三明治。

可惜我无法充分了解那场演讲的内容。题为《党派是科西嘉毒瘤》的演讲，是由一名科西嘉教授西农切里主讲，内容很专业，涵盖社会结构、家庭组织，以及政治关系对科西嘉激进分子的影响与暴力团体的产生。

我的困难在语言方面。在火车上或其他偶然机会跟别人聊聊天没有问题，但是一场学术性演讲，充满术语和不熟悉的名词，我就无法理解了。但是显然他们正在争辩认同的问题，而且各存歧见。这是一座大岛，内地偏远崎岖，民众对自身文化又相当重视。要如何做到让这点与成为一个法国行省取得协调？西农切里教授似乎认为，民族运动已被一小群自私的暴力分子破坏，那些暴力分子并不能代表整个科西嘉人民。

“‘党派’这个字眼，在科西嘉有没有特殊含意？”会后我问一名学生。

“这个字眼在科西嘉和在法国一样，都代表着一个政治团体，而不单指科西嘉民族主义分子，”他告诉我，“但是也意味着这个组织关系紧密，具好战性质。”

跟学生在一起的女孩加上一句：“这就是我们民主化的产品！”

科西嘉的民族自尊表现于强烈的民族主义，或是表现于沉默的自重。从鲍斯韦尔①以来的每位访客都对这一点有所观察和评述。鲍斯韦尔对科西嘉寻求独立的理想颇感兴趣，还把约翰逊博士介绍给保利。

十七年后，在我重游科西嘉岛之前，听到最笼统的评论是：它改变了很多。科西嘉一向以危险著称——这是一项并不公平的恶名，部分原因来自当地民族主义团体“反抗组织”所从事的几件被广为报道的爆炸事件，以及当地独立派分子破坏路标的不良习性。

我在西班牙也见过这种路标，上面都涂写着加泰罗尼亚语。对来游览的陌生人而言，破坏路标是很危险的一种行为，因为那些路标通常都是为了避免迷路而设置的。科西嘉大部分路标都让人改写了，或更糟糕的，全部涂抹掉。

从科尔特到高地村落埃维萨之间，便有许多这类路标。这一程必须经过尼欧洛区和居高临下的瓦尔多尼洛森林。听说体验该地风光的最佳方式是骑自行车，而我很幸运地在科尔特租到了自行车。

瓦尔多尼洛森林也许是地中海地区唯一真正的森林。在整个周

---

① 詹姆斯·鲍斯韦尔（1740—1795），英国传记作家，现代传记文学的开创者。

游旅程中，我再也没有见到一座像它一样的林地。那是一片松树的世界，但不只有松树，还有山谷、湍流、雪峰及花岗岩垄。那里的松林笔直高耸、壮丽优美。在此地仍为原始林木遍布的荒野时，爱德华·利尔[①]便描述过，并以蚀刻描绘下来。若干早期描绘下来的科西嘉风景地貌，尤其是内陆景观，都是利尔的作品。

利尔以用左手创作打油诗、用右手描绘地中海风景而闻名。他在完成著作《猫头鹰与猫咪》几个月后来科西嘉，乘坐骡车游览了全岛。他在有生之年，并未建立起打油诗人的名号，而是以水彩画和油画出名。他曾有一个构想：制作大型鸟类绘本，就像奥杜邦[②]所做的。利尔所作的《鹦鹉图鉴》是部杰作，但是不赚钱，因此便放弃了鸟类学的领域。为了寻找新的素材，也因为本性使然，利尔成为地中海区的旅行家——法国、意大利、希腊、埃及，还远赴印度，并以阿尔巴尼亚和科西嘉为主题，写文章兼画插画。一八六九年的作品《一名风景画家的科西嘉游记》，将科西嘉描绘为野生天堂，介绍给英国读者，结果制造出科西嘉第一波旅游热潮。利尔在家里二十一个孩子中排行第二十，是个有爱心、富幻想的人，但不时会陷入忧郁和孤独。他因患有癫痫而引以为耻，极力隐瞒——从不提及这个字眼，而且始终是个孤单的旅人。

他是最先深入科西嘉内陆的外籍人士之一，然而早在十九世纪六十年代，法国便已开始砍伐科西嘉的上等木材。当利尔前往森林区探险时，见到“萧顿公司的斧所造成的毁坏；山侧到处都是一片

---

① 爱德华·利尔（1812—1888），英国画家。

② 约翰·詹姆斯·奥杜邦（1785—1851），美国画家、博物学家，以原产地鸟绘闻名。

片被砍伐的光秃林地，旁边堆置着被切割、剥皮的松树……巨木横陈于地……”。听说最近法国已将这片森林规划为国家公园，但是怀抱殖民心态的法国锯木公司仍大肆开采林木，也难怪激进分子会义愤填膺地涂鸦谩骂。锯木业的踪迹处处可见——设定标记的树木、切割的木材、清除的山坡，以及每项以“森林管理”的狡猾名义所进行的凌虐行为。

狭窄的道路穿越山谷，蜿蜒西向通往林间。欣赏这片树林最好的方式，便是骑着单车悠游于大自然，呼吸高大松林的沁香。山谷间阴影斑驳，地上铺满厚厚的松果和松针，在阳光下散发着暖意和清香。

利尔曾对此情此景欣喜若狂。在写给埃米莉·丁尼生的一封信中，他写道：“我已看遍了这个岛屿的南部风光。它的内陆景致奇妙之至——具有高山特质，但也有多种令人动容的南方植物。广大的松林更不像北方纵林那么阴郁单调，而是青绿多变的滨海松柏类。在高大的冬青树、松树与花岗岩的缝隙间，岩蔷薇、杨梅、月桂、九仙和石南密布。如果还有罅隙，则长有仙客来、紫罗兰、银莲花及日光兰——此外，还有啁啾的夜莺和山鸟。”

今日这些景物仍大致未变。从科西嘉的一边旅行到另一边，可以说是综合森林、草原和山岳之旅。在埃维萨欣赏过高窄住家与优雅的教堂尖塔后，山路便开始下行，从斯泊朗卡的峻峭岩谷直抵游客常到的波尔托。

我在埃维萨遇见来自英格兰的邓尼兹一家。当时我正在欣赏峭直而有斑纹的崖壁、突出山壁的粉红色岩石、山顶，以及扇贝状的山脊，一辆车开了过来，司机问我到科尔特还有多远。

“穿过树林，大概一个钟头就到了。”我告诉他。

“你刚才推着自行车上来吗？”

“对。”

“你还要去科尔特吗？”

“我必须回去还自行车，然后去阿雅克肖。”

“我们刚刚就在那里玩过。”

“卡拉库恰也很漂亮。”

“也玩过了。”

我决定消遣他们一下。

“博尼法乔呢？也玩过了？”

“玩过了。”

然后他们开始追述游历苏格兰赫布里群岛的经过，如何玩，以及那里的人多像科西嘉人，坚持说凯尔特语——“或盖尔语。”邓尼兹太太补充。最后，他们再度上路。

今天我放假一天——来一次野餐，因此没有一路下坡骑往滨海小镇波尔托，反而转头骑回科尔特，继续搭车前往阿雅克肖。

我搭上前往阿雅克肖的最后一班车，在黑暗中抵达，火车穿过该城后方，几乎没有进入市区，因为车站距离市中心还有好一段路。抵达时才晚上八点，但街上已不见行人。后来我发现阿雅克肖是个骚动的城——从早上七点到正午是忙碌时段，市场、银行、水果摊、鱼店、巴士站、商店，全都闹哄哄的；从正午到下午三点左右则宛如死城；然后又热闹骚动起来，直到六点半一切又归于平静，然后，要到隔天早上才恢复生机。阿雅克肖的街道也像许多地中海城镇，是个男人的俱乐部。

其他火车乘客很快便消失了身影。我走出迷你车站，沿着主要街道拿破仑街往前走，经过拿破仑餐厅、拿破仑时装店，抵达拿破仑酒店。在科西嘉城镇内，每一家拿破仑酒店都不是豪华旅馆，但还是属于比较好的旅馆。

我刚走进房间顺手关上门，电灯便熄灭了。由于那道门锁设计特殊，我在黑暗中摸索着找出手电筒，这才打开门。

“我的房间没有电。”我告诉经理。

经理朝我一笑：“你是作家，呃？你写过《蚊子海岸》、《奇异之旅》和《大洋中的欢乐群岛》？”

“对。”

“你来这里旅行，是要出书吗？”

“我不知道。”

我说的是实话。关于我的地中海之旅能否成书，现在还言之过早。到目前为止，我才看过哪里？只有直布罗陀、西班牙和法国。我不愿太过自信而坏事，因此只说自己还在搜集资料。

经理叫吉勒·斯蒂马米利奥，是个来自东北卡斯塔诺地区的科西嘉人，而卡斯塔诺是一个栽种栗树、有古罗马堡垒的地区。

“你下一站要去哪里？”吉勒问我。

“去南部，萨尔泰讷和博尼法乔。”

“博尼法乔是个很漂亮的地方。你知道荷马的《奥德赛》吗？博尼法乔是莱斯特里哥尼斯巨人族住的地方。”

这句话说得漂亮。将一个遥远的小港与纠缠尤利西斯的一群野蛮巨人族联系在一起，而非标榜一家好餐馆、豪华旅馆、城堡，或一桩微不足道的小事。引经据典来证明自己家乡在历史上的重要性时，再没有比引用《奥德赛》更具权威性的了。在直布罗陀时，乔舒亚爵士便翘起大拇指比了一下岩山，告诉我“那是赫拉克勒斯的一根柱石”。

我在空荡的镇上散步一会儿之后，便到一家没多少客人的酒吧喝了一杯酒，然后返回旅馆房间，阅读安东尼·伯吉斯的自传《你曾经拥有过》。我喜欢这本书，是因为它记叙了伯吉斯的写作生涯，以及他为逃税而居住过的地中海各地：蒙特卡洛、马耳他岛、意大利，结果每个地方或多或少对他来说都是一场灾难。

第二天，我企图探询前往撒丁岛的渡轮情况。每家旅行社都可以向我提供前往达拉斯或迈阿密的详尽数据，甚至可以为我订购迪士尼乐园的门票，但是从科西嘉到撒丁岛短短几英里旅程，他们却不知道在哪里可以搭渡轮，也没有时间表。我一直找到第八家旅行社，才终于获得准确信息。

“原来每天下午四点会有一班渡轮从博尼法乔出发，”我应道，“几点可以到？”

那名职员不清楚。

“我要在哪里买票？”

那位职员也不知道，但是猜测博尼法乔总会有人卖船票。

“到了撒丁岛可以直接转巴士或火车吗？”

那名女职员笑了起来。“那在意大利呢！”她觉得很有意思，仿佛我在问她新西兰的事。

我利用这一天沿着海岸公路往上走，经过一座墓园、几栋公寓、一家旅馆，来到一处可以搭乘小舟前往赤血岛的地方。我搭了一班巴士返回阿雅克肖，趁太阳尚未下山——还不到小酌一杯与动手写日记的时刻，我沿着阿雅克肖的海滩散步，看到一个像藏族人的女人在三名雄壮科西嘉军的环伺下，神情郁闷地坐在沙滩上。

藏族女人看来颇为面善。在地中海地区旅行时就会发生这种事，老是在途中遇上同一批人。我在尼斯搭乘“美丽岛”号渡轮时，见过这个矮小圆胖的女人。在巴斯蒂亚也看到她匆匆走下船板，消失无踪。现在又碰上她了：圆圆的脸，成棕色的皮肤，东方人模样，穿着一件厚夹克和厚长裤，身高大概只有五英尺，内八字脚，戴着一顶邋遢的布帽。

那几个男人正倾身向她说话——在这里绝没有男人会以这种姿态跟一个科西嘉女人讲话。我怀疑这些男人在骚扰她。由于我在尼斯和巴斯蒂亚见过这名女子，总觉得对她有些责任——尽管她根本不知道我在观察她。

我刻意走过去，用英语跟她打了个招呼。

那些蓄着胡须的科西嘉士兵全都吓了一跳，不发一语。

“这些男人在纠缠你吗？”

“我也不确定。”女人回答。

但是我说话时，那几个男人自动让到一旁，分明就像专找落单女子麻烦的不良士兵。她不知在写什么——也许是写信，纸还摆在腿上。

在我看来，那些毛茸茸的科西嘉人很像存心不良的强暴犯，带着军人的自信——对长官不敢反抗，对下属却以恫吓为乐。

“你应该小心一点。你一个人吗？”

“对。”她斜睨着我，“你认识我吗？”

“我从尼斯来时，在渡轮上见过你。”

那些士兵显然第一次听到别人用英语对谈，全都像狗一般瞪大眼睛，张大了嘴。

“她是我朋友。”我用法语对他们说。

“好，好！”那些人终于走开了，嘟囔着、笑着、踢着海沙。

“谢谢你。”年轻女子说。

“你一个人旅行吗？”

她用法语回答我：“我的英语不好。你懂法语吗？那很好。对，我正一个人旅行。平常我都没有碰到什么麻烦。”

“你是哪里人？”

“日本人。”

她说她在里昂学法语，希望将来返回日本时能阅读法国文学作品。她今年二十二岁，英语不好，法语也不怎么精通。

“在我的印象里，日本人都是成群结队旅行的。”

“对。但我不是。”

“日本女人不是都被教导成有依赖性，而且很顺从的吗？”

“现在日本女人跟男人平等了。”

她的名字叫富子，身高四英尺十英寸，几乎不会讲任何外语，却独自坐在阿雅克肖的海滩上。

我问她：“你在日本会做这种事吗？单独去一个地方，一个人也不认识？”

“不会，我会跟朋友一起去。不过我朋友都不愿意跟我来科西嘉。”

“也许你很勇敢，也许你很笨。”

“很笨，我想。”她说。

“我很佩服你，不过还是请你小心一点。”

这一切令我相信她其实是个好女孩。她跟我返回镇上，一路用不合语法的法语跟我谈话。我明白这是由于我对她不感兴趣，反而赢得她的信任。她缠着我一会儿，直到我又把她送上路。

那个晚上，吉勒把多萝西·卡林顿的电话交给我，卡林顿的《花岗岩岛》是描述科西嘉的最近的英语作品。我从电话亭打了通电话给她，问她是否愿意跟我一起吃顿饭。

她回答：“我年纪很大，所以只能吃午餐——我一到晚上就不中用了。而且我动作慢，患有所谓‘知识分子的背’——也就是坐久了，椎间盘会突出；或者也该叫‘远足者的背’，我在这里走太多路了。”

她详细地告诉我所住公寓的地点（“我住在法国人所谓的‘第一层地下室’”），我告诉她第二天会带她去吃午餐。

鲍斯韦尔在一七六五年来过科西嘉；福楼拜年轻时来过科西嘉，在短短十天内做了十九本笔记；利尔则大约在一八六八年游历科西嘉，而后出版画作和游记。此外，梅里美也曾周游科西嘉，为他的小说寻找场景。这些人虽赞叹科西嘉的美丽，但游览结束便都离开了。

有一个人来此游览，然后留了下来，那就是多萝西·卡林顿。弗雷德里克·罗斯夫人（她的本名）已八十多岁了，拥有心平气和的人在年老时才散发出的光彩。她有双浅色眼眸，神情似乎永远带着惊奇。她在电话中提醒我，她身体虚弱，但是当我见到本人时，发现她给人一种异常矍铄、警觉、充满活力的感觉，而且毫无重听的毛病，正是最常见的移居海外、在艰困地区茁长、脚踏实地的英国贵族。

她年轻时是个真正的大美人——在她的公寓壁炉架上，那张出自塞西尔·比顿[①]之手的照片便是明证，照片中的她是个纤如细柳的金发美女，娇慵地斜倚在长沙发上，纤纤玉指间夹着一支烟管。旁边一个蹙着眉头的男子正端详着她，周围则摆着一些令人不敢恭维的画作。比顿是她的旧交——罗斯夫人在漫长有趣的人生中结交过许多朋友。

“我想带你到一家好的餐馆吃饭。”我建议。

“那就只有‘灌木丛’了。那里离市区远一点，但是东西很好。”

“灌木丛”位于阿雅克肖南边的海岸，约十五分钟车程，是个五星级的酒店，附设的餐厅也曾获得《米其林指南》三个叉子的评价。餐厅内除了我们，只有另外一桌客人。

“现在没有人有钱来科西嘉了。”多萝西表示，“好吧，你想知道些什么？”

“你怎么会来这里的？”

在我的坚持下，她从在英国出生开始讲起。她母亲在她出生前即被诊断出罹患癌症。当地庸医向她母亲保证：“再生个孩子，你的病就会好的。”多萝西因而出生了，但三岁时，母亲便因癌症过世。她父亲是弗雷德里克·卡林顿爵士将军，曾和塞西尔·罗兹[②]协力征服罗得西亚[③]，将之纳入英国版图。多萝西是由一群舅舅和

---

① 塞西尔·比顿（1904—1980），英国摄影家、服装设计家，以拍摄名人肖像著称。

② 塞西尔·罗兹（1853—1902），英国政治家、商人。

③ 今津巴布韦。

阿姨在英国格洛斯特郡乡间的科兹伯恩带大的，“住在一栋堂皇的房子里，这栋房子的大部分都是我祖父埃尔维斯在自大症发作的时候盖的”。

他们是拥有土地的乡绅，家族出了军人和玩世不恭者，却不是务农之家。“我们认为当地土壤太差，而且位置高——三百米高。”

“你家里是做什么的？”

这是典型的美国人问话：你是干什么的？但是我已经问出口了。

也许这个问题令她回想起往事，多萝西的眼眸变得更深邃了。

“我们骑马去狩猎。”她回答。

她进入牛津大学就读，结果在西班牙跟一个奥地利人有染而败坏了家声。“如果是今天，我会跟他混一阵子，然后继续过我的生活。但是我舅舅和阿姨出面了，在巴黎——我和那个人同居的地方，硬把我们拖进结婚礼堂。”她因此被迫离开牛津大学。那是二十世纪二十年代的事。

“后来我丈夫去了罗得西亚，我便搬到维也纳跟婆婆一起住。我以为父亲既然征服罗得西亚，所以我一定会大受欢迎，于是我们也去了。我的第一任丈夫对马很有一套，他会驯服野马、会修屋顶，是个很聪明的农人。但是他没有思想。”

“你在罗得西亚做什么？”

她没有笑。

“我们骑马去狩猎。”她回答。

“当然。”

“我们在罗得西亚猎取各种动物，当时那里动物很多。我们住在距离马兰德拉斯[1]大约三十英里的地方，得涉水去马兰德拉斯添购补给品，生活很艰苦。我们几乎不认得任何非洲人，我只会讲他们所谓的‘厨房卡非语’[2]。如果在肯尼亚就不一样了，那里有各种不同的玩意儿。罗得西亚只是二流的地方。”

“一切都很顺利，直到德国侵犯奥地利，情况骤然转变。我丈夫不能再自称奥地利人，而自动成了德国人。我也没有其他选择，我是他太太，必须采用他的国籍。后来我们终于离婚了。我有没有提到他驯马很有一套，但是没有思想？我回到伦敦，可是我是德国国籍！”

“那一定很不方便。”

“我们正在跟德国作战，你知道，”她应道，“为了更正国籍，我就跟一个挺不错的小英国人结婚，取得了护照。那是一桩以实利为本位的婚姻。”

在巴黎住了一阵后，她返回伦敦，凑巧进入一家艺廊参观，艺廊正在展示弗朗西斯·罗斯爵士的作品。

“那些作品很奇特，人们不是爱就是恨他的作品。当时我就想，将来我会嫁给这个男人，那时候就有这种感觉。”

事情就这样发生了。她嫁给罗斯爵士，然后诚如她所言：“绝对活在主流圈子里。”有比顿为她照相，还结识了斯坦夫人和毕加索。“毕加索有点像太阳王[3]，个性倔强，性欲也特别强。”毕加索曾经想染指她，但没有成功。令人惊讶的是，斯坦夫人反倒成功

---

① 今马龙德拉。

② 卡非语是南非班图族使用的语言。

③ 指法王路易十四。

了；不过她买了弗朗西斯六十八幅画作，而且在著作《艾丽斯·B.托克拉斯自传》[①]中提到他，使他成为不朽人物。

我们点了菜。“注意到菜单上的炖锅吗？科西嘉人什么都是炖的。”多萝西点了一道科西嘉著名的肉品熟食，还有牛尾，我点了汤和鱼。我们还品尝了本岛北部生产的“巴特里摩尼欧”葡萄酒，在这家明亮安静的滨海餐厅继续聊着。

“弗朗西斯是同性恋，我不是在泄他的底，”多萝西声明，“每个人都知道这事，算什么秘密？其实，男人对太太都不老实——男人就是这样，就会做这种事。不过如果一个男人因为是同性恋而不忠实，他总会有种亏欠的感觉，这才是糟糕的地方。”

“你嫁给他的时候，就知道他是同性恋了吗？”

“嗯，对。我以为我可以改变他。”

“他的性欲怎么样？不像毕加索那么厉害吧？”

“没错，他有性欲。而且老是跟些很下层的人交朋友。弗朗西斯·培根——你知道我指的是谁吧？”

“我刚看完一本有关他的书。”

“弗朗西斯·培根有种很可怕的天分，也许是对鄙俗之物的迷恋。我丈夫的那些朋友都很粗野。”

年轻男人总对培根嚷着“准备好挨鞭子了吗，弗朗西斯？”并折弄着一条皮鞭，然后开始鞭笞。培根自传中这么描写（那本自传是培根的友人丹尼尔·法森执笔的）。我把这段讲给多萝西听。

“哦，对，我想就是那一套。”她答道，“但是那些下流朋友却

---

① 托克拉斯是斯坦的秘书及终身伴侣。

使他的生活有了动力，得以长久继续。我们的婚姻没有维持很久。他过世之后，我觉得有责任回去一趟。我还碰到几个他的朋友，他们曾在他生前给他钱，供养他。”

“他们对他还很忠心？”

“对，是种很奇怪的忠心。我想他们都在弥补过去生命中的某种缺失。”

那不可能是段幸福的婚姻，但是多萝西在追述时，却尽可能表现出同情而非苛责的态度。

“弗朗西斯一直有他自己一帮上流社会的朋友，西里尔·康诺利便是其中一个，一九七二年，他对我非常粗——他不理我。我跟他打招呼，他故意转开，还说一句：‘我永远是弗朗西斯的朋友，不是你的。’”

“我才看完康诺利一本关于里维埃拉的小说《岩石潭》。”

“那个人真可怕。”

“你觉得科西嘉呢？”这似乎是言归正传的问题——我们已经在用饭后甜点了。

“我和弗朗西斯是在身无分文的情况下启程来科西嘉的。”她开始描绘婚姻中的几段插曲，内容像极了 D. H. 劳伦斯小说中的情节：贵族夫妻逃离英国，找到一群脚踏实地的人和确定生命意义的地点，生活在愉悦的乡下人的屋中，在山区徒步而行，穿着渔人装束在海岸航行。这不需要多少开销。男的作画，女的写作。即使是性关系的暧昧处，也带有劳伦斯的风格。吃恶劣的食物，染患感冒，深入岛上高高低低的各个地方；最主要的是结交朋友以逐渐深入了解科西嘉。

“弗朗西斯是艺术家，我是作家，所以我们物欲不高。战后，这里的状况很惊人——骡车走的小径，没有地方住，非常原始，生活还是根据冤冤相报的行事原则[①]。”

弗朗西斯爵士和弗雷德里克夫人！艺术家和作家！这个有头有脸的人却过着最基本的生活！我据此加以评论，她却嗤之以鼻。“贵族头衔算什么？我认为根本没有用——在这年头或许反而是累赘。”

然后她坦然承认曾经是共产党员：弗雷德里克·罗斯夫人同志，在科西嘉山麓一间骡夫的小茅屋内等待社会主义的黄金时代来临。

“但是当我明白他们竟想影响我的思想时，我就离开了共产党。我可不要任何人告诉我该怎么想。”

弗朗西斯爵士和他夫人还有其他党派可入。他们勉强糊口、生活于边缘的波希米亚式的生活，使得他们得以深入了解科西嘉，因此当弗朗西斯爵士径自离去，跟他在伦敦那帮朋友玩得过头时，多萝西便留下来，将热情投注于科西嘉，于是她发现科西嘉的文化跟欧洲所有事物都大相径庭。

“人们会谈到阿拉伯对此地的影响，但是他们都言过其实。当地人的情感跟我们所体会的完全不同，非常暴戾。在老一辈人当中仍然存在这种心态——报仇和迷信。”

“例如？”

“比如我们为爱情而结婚的感情观，在这里就是遥不可及的。我认识一个女人，她跟一个青年有段私情，结果怀孕了。青年说他

---

① 尤指科西嘉岛上两家族间的相互复仇。

要去意大利本土赚钱，但是等他回来后，却仍然拖拖拉拉地不肯娶她。这时她已经把孩子生下来了，她跟他悄悄见面谈判，当对方表明根本不打算娶她时，她就掏出枪杀了他。”

“这种事在其他国家也会发生。”

“也许吧。不过后来她被判得很轻。”多萝西说，“女人在科西嘉享有很特殊的地位。尽管你在街上和咖啡店看不到女人，她们还是有她们的幽会游戏，我很清楚。这种事要冒很大的风险。”她莞尔一笑。“可是这也是最吸引人的部分。”

她讲话的口气仿佛是过来人似的。

她说如果我不打算再游览科西嘉其他地方，那我至少该去菲里托萨看看——它在从这里前往博尼法乔的途中，而我正好要去博尼法乔搭渡轮。我已经拜访过巴斯蒂亚、卡尔维、科尔特和尼欧洛地区。对，应该到处走走瞧瞧，她告诉我，这也是她得以深入熟悉科西嘉的原因。她的《花岗岩岛》距离初版已将近二十五个年头，但仍在再版中。书中记载有近程远足、远程徒步旅行，以及前往内陆危机重重的冒险之旅。书中没有讥讽、轻蔑或任何怨懑之辞，有的只是感激，感激岛民接纳她为荣誉岛民。难怪她在这里快乐地居住了近五十年之久。

我们一同前往基亚瓦里，这是高踞山边的众多小村落之一。我对它的意大利名字颇感兴趣，因为在意大利海岸的利古里亚地区也有一个地方叫基亚瓦里。我们途经之处，遍地开满野花——许多都属于同一种花，细长的花枝绽放着纤细的花朵。

“水仙，”多萝西说，“有人叫它‘穷人的面包’，因为穷人拿它的球茎当食物。在保利引进马铃薯之前，每个人都吃这种食物。希腊人称它为‘死亡之花’，但是它可以食用，所以其实是‘生命之花’。利尔便提到过这种花。”

“我带了一本他的书：《一名风景画家的科西嘉游记》。”

“那是一本很可爱的书。”

基亚瓦里村内一片萧条，虽然当地教堂刚经过整修，战争纪念碑前也放了鲜花——那是纪念第二次世界大战期间为反抗意大利人而丧生的科西嘉爱国志士。

> 迈克尔·博齐，反抗英雄，一九四三年八月三十日遭处决。

“他们很喜欢用‘反抗’这个词——宁愿反抗某件事也不愿表示赞成。科西嘉人有时很爱唱反调。科西嘉的自我认同意识越强，爆炸事件就越频繁——有些受害者其实是非常好的人。威廉斯夫妇就是一对好人，在这里住了很多年。他们有座水车磨坊，也被炸了。”

“科西嘉有一长串被侵略的历史。也许这是他们反抗的原因。”我说。

“科西嘉的生活方式就是反抗外国人。”多萝西直言，“而天主教后来也使得许多村庄重生。比如萨尔泰讷纪念耶稣受难日的祭典上会举行欢乐的野餐会，圣母像经过时，男人还会脱帽致敬。那些人很多都是帮派分子，通过教会赎罪。”

在基亚瓦里可爱教堂的院落中，多萝西俯瞰普罗普里亚诺海湾，以及更远的阿雅克肖，陷入沉思。

她说："科西嘉人一向帮着法国经营其帝国，在中南半岛和非洲殖民地工作。"我们正经过教堂墓园，墓碑上刻有外国地名，都是科西嘉人咽下最后一口气的地方——阿尔及尔、奥兰、东京[①]。

"从十九世纪末二十世纪初一直到二十世纪六十年代，科西嘉人一直往海外发展。等到没有海外殖民地可以开拓、没有工作时，民族运动就开始了。这是马克思的辩证，不过在这里倒是真的。"

我们返回阿雅克肖，到她的寓所中饮茶。墙上挂着几幅弗朗西斯的画作，现在我可以了解，为什么方才她说人们不是喜欢这些画就是厌恶这些画了。我就不喜欢这些画。这是间颇为简陋的公寓，然而多萝西并未显露任何歉意。这是一个作家的住所：有一间客厅、窄小的厨房、一间卧室——还有书本、纸张、老式打字机、笔记、草稿、摘记，以及几盆花。但是屋内有些阴寒。她说冬天有时会冷。

她身体衰弱，但是仍开了几堂诗作赏析课程以谋生。她刚完成一部有关科西嘉迷信式信仰的书：《科西嘉猎梦人》。"我那些讲求理性的朋友会恨死这本书的。"她的生命圆满，她已归属于此。"这就是我想要的一切。"她告诉我。虽然她没有明说想要的是这间位于第一层地下室的公寓还是科西嘉岛，但是这两样其实是相同的。

品茗之间，她谈到了英国。

"玛格丽特·撒切尔！"她说，"不是很可怕吗？其实她在杂货店长大，出身卑贱，但是你听她讲话的口气！所以她才会这么注意自己讲话的样子，那么'有格调'，穿衣服也是。还有，心眼小得

① 东京，越南北部地区，越南人称之为北圻。

要命！”

罗斯夫人也许不再是共产党员了，却仍旧是波希米亚作风的性情中人。

与多萝西共进午餐后的第二天，我冒着大雨离开阿雅克肖，绕过彼得雷托-比基萨诺，沿着蜿蜒的道路前往菲里托萨。见到菲里托萨奇特、甚至可怕的美，使我更能体会多萝西在《花岗岩岛》中的描述，何以笔锋会有一种几近灵性经验的感触——以罗斯夫人爽快实际的个性，也许不会使用“灵性”这个字眼，但多萝西·卡林顿倒是可能的。不过多萝西后来已经改变了。她自己也写道：“我在进入科西嘉生命的第一天，我也变为它的一部分……”

我在泥泞与倾盆大雨中穿过阴冷的树林，前往一处简陋的石村。一直到走近，我才发现那里竟然有人！湿透了的一家大小在一间石屋废墟里躲雨——身强体壮的父亲、面色红润的母亲和一对肤色白皙的孩子。此情此景怪异得有如历史重演，只是其间相隔了两千年。那家人是德国游客，乍看之下，却有如地中海地区的早期人类在山中栖息处小憩似的。这一幕小小活人画先是令我震惊，然后不禁大笑着继续前行。

在菲里托萨下方的小林地上，曾竖有石雕，如今则长满了野花。现在我知道水仙长什么样子了，我发现当地有两个不同品种的水仙，另外，还有金凤花、金雀花和粉红薰衣草。山坡下方的一座石棚下，有个身穿黄色雨衣的魁梧中年男人正在和一个女人拥吻。雨仍下个不停。一声雷鸣轰然传来，一匹站在树下的马被吓得冲入滂沱大雨中。

在四十年代末五十年代初，这处位于岛屿南部的迷你村落，还只是个有神秘史前遗迹的地方，散置着奇形怪状的石头，以及一尊无名的雕像巨石。

多萝西在书中便曾提及，有个科西嘉农人发现自己多年来当作长椅使用的一块扁平石块，竟是无价的历史遗物，上面刻了一个执剑的男人。

直到二十世纪六十年代，学识丰富的考古学家前来菲里托萨，才开始记录整理科西嘉的巨石文化遗迹，粗犷不精致的雕塑也才被详细描绘与审视，揭露它属地中海史前遗迹的神奇面纱。那些石室墓冢、糙石巨柱与石雕——最原始的可能有四千年历史了。这些专有名词也许少有帮助，然而一旦亲临其境便不再重要了，重要的是亲眼看到这片远古聚落的遮蔽物、高墙、城池、祭坛、立石与长条石柱上的雕刻、有如面具的怪异头像——也许是神祇或战士，以及其代表的神秘文明。

这种巨石文化也在欧洲其他地方发现过，但科西嘉似乎代表了整个文明，不仅有雕琢奇特的脸孔，也有武器、工具、房屋及整个小区。有趣的是，这个小区位于内陆，有通道前往海洋，却也地处山区以提供防卫，正如许久后科西嘉人所规划的村落。但没有人知道这些远古人类究竟是什么人。

从此地乘巴士前往萨尔泰讷只有大约一小时的车程。萨尔泰讷是个古老的科西嘉市镇，跟科尔特一样地势险峻有如堡垒，且一副拒人于千里之外的样子，沿着一处山丘往上堆建。不过一旦进入，置身主要的小广场，就觉得整个市镇显得亲切起来了。我找到住处，并在一家餐厅吃了丰盛的一餐。“他们什么都是炖的。”多萝西曾这么形容。用火炉烹调的传统使他们对炖煮方式情有独钟。羊肉、猪肉，甚至鱼汤都炖得浓稠。用的调味汁呢？“Oursin。”侍者回答我。我必须翻词典查出这个词的意思：海胆。

有个人正单独进餐，看他的模样不像是游客，或许是四处旅行的推销员。他吃得很慢，像个不开心的人，嘴角下垂，仿佛在吃药。

雨下了一整夜。我躺在阴湿、凹凸不平的被窝里，筹划下一步的行程。明天离开萨尔泰讷，前往博尼法乔，接下来，搭渡轮去撒丁岛，然后……由阿雅克肖开出的巴士在九点左右会经过萨尔泰讷。我一早起来，手里拿着一本书，沿着蜿蜒的道路前往城外。

一八六八年四月的某一天，爱德华·利尔曾在这条道路驻足，当时还是可以俯视萨尔泰讷的一条骡车小径。他在小径逗留了一天，为小镇画了一帧小画。那是幅简单却带有神秘美感的画，包含挑高沉郁的住家、纤细的教堂尖塔，还有阴沉的石崖，石崖上被雨水浸湿的阴暗石壁为小镇增添了一抹神秘的气息。

一百二十六年后，我来到利尔曾坐着画画的同一条弯道上，带着利尔所著的《一名风景画家的科西嘉游记》，翻到他所绘的萨尔泰讷风光。只见那些结实的住屋依然矗立，跟岩石和山崖一样毫无改变。这便是科西嘉住家给人的印象——有些肃穆，带着抗拒之意，却维持得很长久，四周景物也衬托出本土色彩。科西嘉有时会给人一种忧郁的感觉（梅里美便说过：“科西嘉的每样事物都是沉闷的”），雾气氤氲的午后，更使得全镇像旧书本中的蚀刻画似的。我捧着书再三比对，萨尔泰讷几乎没有改变。

从此地前往博尼法乔的沿途风景也似乎没有改变。我坐在乡间小巴士内沿路观览。车上除了我，只有四个年长的妇人，以及那个烟不离嘴的司机。靠近海岸的城镇住家和居民比较多，但内陆则仍是利尔蚀刻下的风貌——陡直的悬崖、小港口、山路和骡车道、僻远的聚落，以及像是被磁铁吸附在崖壁上的小村落。

所有的现代化都只是表象，科西嘉的心灵始终像花岗岩般完好如初。这不单指当地的外观。科西嘉在地理上很接近意大利，最近的邻居是撒丁岛，然而这两座岛屿之间没有什么交通往来。这是因为科西嘉距离法国本土太远，又有它自己的语言、文化、尊严与疑虑，而且除了夏季，双方根本毫无接触，所以两地的歧异性并未消减。科西嘉很小，人文也一致，因此人们总是笼统地概括论之。而科西嘉人勉强跟外人开口时，对事情的看法也很笼统。在这种情况下，许多言论都很有商榷余地。但是有些关于科西嘉的笼统评论中还是带着若干事实，诸如，它为过去阴影所缠绕的特质、生动有力的语言、风俗传统、灌木丛的甜美气息，以及崇拜拿破仑的愚昧与自满。

我花了两个小时才抵达博尼法乔，因为巴士大老远绕到韦基奥港让一名老妇人下车。路上没有汽车，没有人旅行。我就喜欢科西嘉的这一点：淡季的平凡和雨水。最后一程只有我一名乘客，驶经海水雕塑的峻峭白崖，聆听海风在灌木丛间呜咽。

博尼法乔的正午冷冷清清，狭窄海港两侧的旅馆正处于季节性休业状态。放眼望去，只见几艘渔船、蜜色的崖壁，以及一座巨大的堡垒。

旅行就像大多数事情，时间的拿捏关系着一切，也要考虑天气状况和季节变化。冬季的科西嘉是肃杀而令人印象深刻的，山上雪更多，山谷雨更多，海岸地区也没有游客。在这种淡季旅行，总让我想起格林的短篇小说《廉价的八月》或托玛斯曼的《魂断威尼斯》。我所要做的只是直接亲临当地，从不需要事先预约。我喜欢科西嘉阳光灿烂的冬日、有着闪闪发亮的花岗岩山崖、细雨后的湛蓝天空，以及寂静的道路。这是一个生活节奏徐缓的岛屿，所以如果我需要什么，就自己来。

前往撒丁岛的渡轮还要四个小时才出发，周围却没有一家餐厅开门营业。我买了一个牛角面包和一杯咖啡，爬到堡垒上方，沿着崖边小径，找到一块温暖的大石头，继续看我那本伯吉斯的作品，打个小盹，想象着荷马笔下的巨人。

我可以清晰地看到海峡彼岸的撒丁岛，中间散落着所谓“岛屿”的礁石。下午三点，我步下陡坡前往港区，这时当地男人也出门来小聚、抽烟和谈笑了。

有些博尼法乔人离开他们的古老住宅，出来观看渡轮出现的情景。除了他们，这个海滨小镇几乎没有活动。在淡季，每个地方都极空荡、赤裸裸而冷清地显露出来，但也最能呈现它本来的面目。博尼法乔一向兼有要塞与渔港的功能。就像时间暂停，夏季游客固然可以带来几个月的改变，但灵魂还是自主的。如果一座岛屿像科西嘉岛般避处一隅且执着于自我，那么它不仅仅是孤立的岛屿，更有如另一颗星球。

第七章
搭“伊奇努萨”号往撒丁岛

我经历所有的纷扰与延滞前来博尼法乔所得的收获是，在“伊奇努萨”号渡轮驶离堡垒的最后城垛时，能以最古典的角度观看海港本身，以及海岸线苍白龟裂的石灰岩与岩洞。然后，两只海豚突然有如从荷马对句的韵律间溅起的节拍般出现，在海上飞跃沉潜，嘴里发出嘀咕声，仿佛证明它们也像你我一样，都是些工作过劳的小型哺乳类动物。

这幕地中海海豚的胜利画面，使得整个地中海似乎回到古老而未遭破坏的远古时代，周遭住着英雄人物、恐怖的莱斯特里哥尼斯巨人，以及尤利西斯所遇见的所有女神与战士等。这是古代战船航行的海域，有海怪寄居，并有古老地图角落所绘的一些肥脸的魁梧神祇——噘着嘴、鼓着腮帮子，吹出强烈的海风。

博尼法乔是我迄今遇见的唯一可以从《奥德赛》获得证实的地点。该书第十章描述博尼法乔海湾与港口，在罗伯特·菲茨杰拉德的译本中描绘得很清晰，具有整篇史诗所使用的坦率口吻：

> ……一个奇特的海湾，左右两侧有石壁般的山岳，一直延伸到内陆深处，……两边山崖汇集，仿佛要彼此碰触，围拢的

地方有一狭窄的开口通向大海。

尤利西斯对这座岛屿（拉莫斯）感到好奇，便将他的黑色船停泊在一块岩石旁，爬上崖顶以辨认方位。他和手下遇到一位提水的少女，指引他们前往皇后（“一个高大得像峭壁般的女人”）及嗜血的国王安提法特斯的所在。接下来便是血腥与混乱的一幕，因为他们遇上一群号叫的莱斯特里哥尼斯巨人，“他们似乎不是一般人，而是巨人，聚集于地平线，用投石器抛击出巨石”。

那些击溅在怒石上的海水，如今有海豚穿梭游弋，它们喘息着游向科西嘉东南海岸的拉韦齐和卡瓦洛等岩石小岛。卡瓦洛的一座古老采石场中，有块巨石雕有赫拉克勒斯的胸像，也许是出自罗马人之手，但更可能来自史前穴居岛民对神祇的需求。

有阿雅克肖那次晤面中，多萝西·卡林顿曾告诉我，五十年前左右，她和丈夫在撒丁岛的一次经历。

“我们从博尼法乔搭船到撒丁岛去野餐，”她说，“把身上所有的钱都给了一名渔夫，要他带我们过去。到了那里，我们正坐在沙滩吃着带去的三明治，看到一长列女人哭哭啼啼的，还有一个男孩坐在沙滩上。那些女人一面尖叫，一面把沙扔在小男孩的头上。原来小男孩的父亲决定去科西嘉，而那是他们表现哀伤的方式。”

那时撒丁岛没有工作，撒丁岛人很气愤于他们必须往科西嘉谋生，做些收入很低的工作。

“那个男人搭我们的船一起前往科西嘉，不料，他一见到博尼法乔的灯火就疯了。我们怕他把船弄翻，只好坐在他身上压住他。”

多萝西提到的那次遭遇，不禁令我心里浮现出另一幅有关她的奇特画面：弗朗西斯爵士和罗斯夫人结合两个贵族臀部的重量，将一名发狂的撒丁岛人压制在一艘渔船的甲板上。

“几天后，我在阿雅克肖一家咖啡馆见到那个撒丁岛人，”多萝西追述，“他竟然跟两位修女在喝酒！”

“伊奇努萨”号渡轮不大，因为博尼法乔海峡宽仅七英里。渡轮载有大约十名乘客，都是返乡的撒丁岛人，另外还有两辆中型卡车，载有成堆由科西嘉东岸某处剥除的软木树皮。科西嘉没有重工业，只产销水果、酒、若干木材和这种软木。事实上，科西嘉的主要收入来自旅游贸易。

每年有八个月的时间，这个岛完全属于科西嘉人自己，其他充满阳光的月份则必须与欧洲各地来做廉价消费的度假人潮一起分享，大半是心存歧视的法国人和无所不在的德国人——那些人斤斤计较的作风及目中无人的裸露习性，屡屡给保守的当地人带来震撼。

“这里的人在某些方面一点都不像意大利人，没有充沛的活力——却都具有意大利人的智慧和精明。”利尔曾如此描述科西嘉人。而这段描绘似乎也适用于撒丁岛人。

那些返乡的撒丁岛人看起来不是特别兴奋，但是还算友善。这趟渡轮只需一个小时，但是乘客之稀少，以及渡轮班次之稀疏（每天只有下午一班）使它像桩大事似的。事实上，这也是从法国到意大利的跨国之行，不过这只是技术层面而言。科西嘉和法国间的疏离，就如同撒丁岛和意大利之间。两者都是位于第勒尼安海的奇特小岛，岛民喜欢歧异更甚于求同。而且两者都不喜欢该国本土，彼此间也毫无好感。

在渡轮靠岸的圣特雷莎加卢拉，有个撒丁岛妇人告诉我："跟那些人在一起，我觉得很不舒服。"她对着海峡对岸的科西嘉摇摇手指。"我觉得他们——怎么讲？跟我们一点默契都没有。"

从港口到镇上还有很长一段距离，当我终于走到圣特雷莎市场时，天色已暗。夜色降临，镇上的人纷纷放下遮棚，结束一天的生意。但即使是日正当中，生意也不可能鼎盛。圣特雷莎濒临狭窄的萨尔多长湾，沿着崖岸分布，是个很小的地方，几乎不比一个村庄大，但是气氛比对岸的科西嘉轻松。人们在广场上漫步，赶着做最后的采购，人群间不时传来高昂的声音，甚至大笑声。

我想去奥尔比亚搭乘南下的火车。圣特雷莎有巴士开往奥尔比亚，却没有巴士站。巴士会在一条后街停车，让乘客上车，但是没有人确定地点在哪里，而且车票——啊，我早该料到的，要到三条街外的一家小咖啡店购买。等我打听到这些消息，巴士已经开走了。不过即使赶得上，我也买不到票。那家咖啡店老板只收意大利里拉，而我身上只有法郎，银行又已经关门了。所以我吃了一个比萨，找到一家旅馆，旅馆主人告诉我："博尼法乔的科西嘉人讲的方言跟我们的语言很像，既不是法语，也不是意大利语，但是你知道吗？我们也不太懂他们的话。"

我不在意路程受阻，仍带着满足的心情上床睡觉，第二天起床时，情绪也很好。这里的天气似乎比科西嘉暖和，我也很高兴置身语言畅通的地方——其实也就是混合语。因为撒丁岛有四种特殊方言，有几种跟拉丁语和西班牙语反而更接近。一名撒丁岛人告诉我，有个组织主张拉近科西嘉和撒丁岛的距离，建立姊妹镇，交换两地学童，并安排文化交流事宜。他告诉我这项理想方针后，就忍不住爆笑，仿佛他所描述的计划荒谬之至，就像教小狗用两脚走路似的。

圣特雷莎出现在地图上的意义，仅在于它是海港兼渡轮的终点站，其他部分则完全受到漠视。然而我最喜爱的便是这种乡下地方。这里有座山、有间漂亮的教堂，还有戏剧化的海景，而且镇上每个人彼此相识。据一个男子告诉我，当地的佳肴是野猪（有大獠牙的猪，他特别形容），有很多种烹调方式。

“但是我吃素。”我说。

“你要吃蔬菜？那你来对地方了。”然后他开始提起他在美国佛蒙特州的舅舅。

白天，每件事都很简单：我兑换钞票，买了一张车票，确定巴士的开车时间，然后穿越岛屿尽头，前往奥尔比亚。

巴士在帕劳停车，让乘客下车休息，喝杯咖啡。

“太平洋有个地方也叫帕劳。”我跟司机说。

“还有一个帕劳！真神奇！”

闲聊片刻后，我鼓起勇气问道：“撒丁岛以前有很多绑架事件，对吗？”

“你是指很久以前？”

“不是，大约十五年前，也许更久一点。”我说。

“对，我听说过几宗绑架案。”

几宗！二十世纪七十年代，绑架外国人的风气猖獗到几乎成为村落性企业，据闻撒丁岛也发展出一套绑架文化。这类罪行根植于山区，几乎每个有点钱的人都会被一群半文盲挟持到一栋山区农舍，然后向他的家属索取百万赎金。

罗伯特·福克斯在记录现代地中海的著作《内海》中，提到一位名叫奎斯托·帕齐的撒丁岛人曾经告诉他："绑架是劳动密集型的工作，绑架团体至少需要十二个人分别负责把风、传递消息、谈判，以及逮捕和看管肉票等任务，这种状况跟西西里、卡拉布里亚的黑帮不同。这些绑架的人只合作犯一件案子，然后就解散了。"

"所以这是老早以前的事了？"我问司机，"是什么人干的？"

"歹徒。"

"我曾经看过相关报道，说绑架的人是偷羊贼。因为没有羊可以偷了，所以他们决定绑架人。"

"谁晓得那些山区里的人是怎么回事？"

司机的尊严受到了伤害，对我的态度也转为冷淡，因为我竟然抨击他文化中的一部分。

"在美国有更多人被杀掉。"他反击道。

"这倒是真的。"我应道。

"别说了！"

由此地到奥尔比亚只需两个小时左右。抵达目的地后，我像老鼠走迷宫一样四处穿行，寻找一处栖身之所：安静而不昂贵。其实我从西班牙一路走来，大部分市镇都处于淡季，生意很差，因此有许多旅馆空房供我选择，这里也不例外。

这天天气晴朗，阳光明媚，气温和煦，树上结着柠檬。再过几天便进入三月了。奥尔比亚临近海湾，但是进出的海港则在五英里外的火车终点站阿兰奇湾城。为了观看意大利渡轮来去，我特地搭车前往，在阿兰奇湾城绕了一下。令我惊异的是，在地中海的这个地区旅行，一般而言都很容易。比如这里一天中便有好几班渡轮开往意大利的各个港口。不过我的计划是先乘火车横越撒丁岛，再搭渡轮前往西西里岛。

奥尔比亚的旅馆女老板鼓励我当晚到某一家餐厅进餐，说那里供应撒丁岛的招牌菜。

“谢了，我不吃野猪。”

“还有很多很好吃的东西。”她劝道。

那晚第一道上来的自然是沙丁鱼（Sardine）。沙丁鱼这个词跟一种撒丁岛植物（吞食会造成痉挛性大笑，并导致死亡）的词根相同，都跟“撒丁岛”有关。“嘲笑”（Sardonic）也来自那种撒丁岛植物，因为在希腊语中，Sardonios 便是“属于撒丁岛”之意。

“这附近的人一年四季都吃这些东西。”一名侍者告诉我。

芹菜番茄煮鱿鱼、鹰嘴豆和豆子煮的汤、撒有干燥牛至的羊乳干酪、油炸面糊海菜，接着是鱼，最后是糕点。

平常我很讨厌一个人进餐，但是这里是意大利，侍者很喜欢聊天。经历了科西嘉冷清而严肃的餐厅后，这家餐厅显得特别嘈杂而亲切。这里不是时髦的地方，但是有几个中年食客一面进餐，一面笑眯眯地用手机聊天。他们谈的不是生意，而是一些意大利闲话：唔，然后她说什么？哦？是吗？那你有没有告诉她你有钱？你这个白痴！

晚餐后，我在镇上散步。奥尔比亚跟许多地方一样，一旦在夜色中闪烁明灭，看起来就像个神奇之境——我很高兴能来这里。白天呈现的是一处艰苦的地方，我走得越久，便越感受到它悲惨的一面：一栋栋简陋的屋子或公寓，后面则是布满岩石的田野、绵羊和山羊。它的贫困及往外移民的风潮都使得撒丁岛像爱尔兰一样，成为拥有丰富文化却没有金钱的海岛。除了阿拉伯投机客开发的翡翠海岸，这里几乎没有开发。它只是意大利偏远省份的一个窄村，也是一处只有羊群和空寂的穷乡僻壤。

撒丁岛境内有一项难以回避的习俗，那便是到处张贴着讣闻或忌日的消息，几乎每个直立的物体表面都贴着这类海报，有些大得有如浴巾，而且如果不是加了一道黑色外框，简直就像竞选海报。海报上贴了照片，许多还是彩色照片，并以大黑体字写着死去亲人的姓名。这是表达忧伤的哀悼启事，在爱尔兰报纸上也很常见，但是一旦出现在篱防和墙壁上，便显得十分怪异——虽然那些逝者的面孔和荒废或年久失修的建筑的墙壁多少有种相称的味道。

我在记录一些海报的姓名和哀悼字句时，一抬眼，发现一个非洲人正盯着我。先前我在帕劳和圣特雷莎便看到过这类非洲人，皮肤很黑，而且沉默不语。马赛、里维埃拉地区和其他大城市也有他们的踪影。我推想，他们是由法国以前的西非殖民地过来的。一般而言，他们个头很高，面无笑容，眼睛浮肿，头发如棉绒般缠结在一起，脸颊上带有抓刺的痕迹。他们总是守着一块塑料布，上面陈列着各式各样的批发商品，诸如太阳眼镜、手表、皮带、钱包、皮夹、玩具等——大体上都是些便宜货，而且每个人卖的货品都一样。对我来说，在法国南部看到这些非洲人并不奇怪——这是帝国反攻的现代版，毕竟数百年来，成千上万的法国人便曾渗透到非洲，进行各种可疑的交易。不过令我纳闷的是，这些非洲人怎么会出现在撒丁岛的小镇。

“哈喽——早，”我用意大利语跟那个瞪着我的非洲人打招呼，

"你在看我吗？"

"不是。"他眼睛泛红，眼白带有黑点，仍注视着我。

他的头发干燥多灰，几乎成了紫色，身上裹着一件羊毛大衣，双腿修长，牙齿破裂变色，还有那双带有斑点、死命盯着人的眼睛。在这种草根性浓且排斥性强的小镇，他不可能是一个突然出现的外地人。

"你在卖什么？"

"你要什么就卖什么。"

"这些东西很像中国货。"

"不是的。这些都是好东西。"

他的意大利语并不好，必须借助法语，但他的法语讲得比我好。他名叫奥马尔。

"中国手表、中国眼镜、中国相框，还有中国进口的打火机。"

"你要买什么？"

"一公斤大麻。"

奥马尔并未回以笑容。

"只是开个玩笑。"我加一句。

他的两个朋友以为他受到便衣警员的骚扰，都凑过来听我们在讲什么。他们告诉我，他们一个叫优素福，一个叫艾哈迈德。

"三个穆斯林出现在一个天主教小镇上。"

他们只是盯着我。

"你们从哪个国家来的？"

"塞内加尔。"奥马尔回答。他比另外两个年纪大些，也高一些。"我是从距离达卡十公里的地方来的。我的家乡是土巴。"

“你在这里住多久了？”

“超过十年了。”奥马尔回答。

他所称的“这里”是指非洲以外的地中海地区。他解释，他在热那亚住了六年，也在里窝那和佛罗伦萨待过，在奥尔比亚则住了两年。

“他们呢？”我指指优素福和艾哈迈德。

“几个月。”

“为什么来这里？”

“奥尔比亚是个好地方——消费不高，”奥马尔回答，“我们有两个房间，大家住在一起。”

“你有没有任何意大利朋友？”

“没有——呃，也许有几个。”

“那北非呢？阿尔及利亚和摩洛哥有很多穆斯林，而且生意可能更好。”

任何地方的生意都可能比他们所在的奥尔比亚好，他们站在这里无事可做，又乏人问津。村民经过他们时都有点紧张地加快脚步，而奥尔比亚又没有游客。

“我们不能去那些地方，因为没有证件，但是我在这里有证件，所以来来去去的，警察不会来骚扰我们。”

“你说来来去去，你偶尔也回非洲吗？”

“对。我打算再过几个月就回去。我的家人在那里——太太们、孩子们和所有亲人。”

他的意大利语词尾发音怪怪的，因此我想自己可能听错了。“你是说‘太太们’？”

“对。”

“不止一个太太？”

“只有两个。”

“孩子呢？”

“也只有几个。”他回答，“六个。”

这个衣着褴褛的年轻人及两名学徒都令我觉得神奇之至。数千年来，地中海地区有数不清的移民，然而他们似乎代表了另一种崭新的移居形态。这是一个海岛小镇，生活贫困，连居民都必须外出谋生，而他们却移居进来。而且，这个镇上以前从来没见过非洲人。

我在火车站又看到更多非洲人。我问他们一个本来想问奥马尔的问题：为什么不去找工作呢？

“这里没有工作。如果工厂有工作，我们早就去了。但是这里没有工厂。”

“那你有什么计划？”

“没有计划。就留在这里。”

我搭乘火车南行，开往中北部的接驳站基利瓦尼。奥尔比亚城外的内陆区遍布山石与矮树，是羊群啃草的地方，低丘环聚，受风吹袭，有如苏格兰低地。远处岩峰挺立，远离沿海，带有科西嘉风味，是努拉吉克人传统定居与抵抗外族入侵的家园。过了基利瓦尼，居住在巴尔巴贾山区的人，不但从来没有俯首听命于任何政府法规，也从来没有缴过税（典型“撒丁岛民族性的极端之例”）。罗马人无法使他们归顺（因此才称呼这些人为巴尔巴贾人——“野蛮人”之意）。撒丁岛在并入罗马版图后，由于无足轻重，只能作为流放之地；在提比略[1]统治期间（公元一四至三七年），犹太人便曾被放逐于此。今日意大利人统治撒丁岛的运气也未必比罗马人好，即使由本土调派大批警力负责偏远地区的治安，也无济于事。乡间犯罪，包括谋杀、盗羊及勒索等案件发生率，在撒丁岛仍反常的偏高。巴尔巴贾人已经做了两千年的巴尔巴贾人。

火车沿线筑有石墙，因此从我的视线看去，每一英里的景色都被打断了。我坐在一列只有两节车厢的火车上，里面挤满放学返家的学童。他们搭车到十五、二十英里路外上学，在车上吵吵闹闹，用方言叽叽呱呱讲个不停，但是当一名妇人起身说了一句："对不起，麻烦你们把那扇窗关起来，好吗？"两名学童立即乖乖听命。

这是个人口稀少的岛屿，有种荒凉与凌乱之美。火车行驶在葡萄园间，经过连绵的花岗岩峰峦。围墙内有羊群栖食，或植有软木橡树，但树皮已经剥除，跟科西嘉的景况相同。

那些最喧闹的学童在一个名叫贝尔基达的乡下小站下了车，当地有一处聚落。其他学童则在弗莱加斯下车，那儿像个充军地似的。多数撒丁岛的城镇都跟这些地方差不多，此外，有些看起来很古老，有些则像是上星期才用组合建材匆匆搭成的。

基利瓦尼除了是两条火车线的交会点外乏善可陈，而且风很大。我坐了一会儿，终于搭上从萨萨里开来的一班火车，车厢更大，车速也更快。火车飞驰过被围墙阻隔的绵延原野，在山麓绕行，天空上白云蓬松，像极了尚未剃毛的绵羊。

此地距离西部海岸不到二十英里，然而由于农场和海岸很少联

---

① 提比略（前42—37），古罗马第二任皇帝。

系，感觉大海仿佛遥不可及。这是地中海区的特色：内地生活跟沿岸迥异。只要往内陆走上五或十英里，便恍如置身另一个世界。

触目所及，很多都是坚硬的岩石，整片山坡都是斑纹皱褶的岩石，也有整片原野完全布满岩石，整个地方有如古老熔岩所经之处。只是这些并非肥沃的火山岩，而是坚硬如铁的花岗岩。有些平滑的石坡间隔有巨石般的围墙。我从未见过这种景观，也从未想象过，除非是在遥远的星球上。

博诺尔瓦镇上所有较新的住宅都是用灰色煤渣砖建的。城外是广阔的岩原，上面散布着草丛及暗色纠结的树木，空中烟云密布。我在笔记上记了一句：此地的景观看起来被摧残过。后来我才发觉，许多国内外采矿公司都曾来此寻矿，包括钨、煤、铅、银、锡矿等。

再往南行，我看见一个蓄着胡须的男人只身站在茫茫之地，领着羊群沿着山径从一处原野前往另一处原野。这是我看到的第一个牧羊人，后来又看到许多。在地中海地区，牧羊业和渔业同样都属于古老行业，而这个头戴扁帽、手执弯杖、偕狗而行的牧羊人，正展现出一幕不受限于时光的景象，给人忧郁与强韧的感觉。

下午四点左右，我查看地图，发现已经接近奥里斯塔诺，决定就在这里下车，待上一天一夜，管他呢。

奥里斯塔诺在地图上似乎是个港口，但我的地图并不精确。实际上它离海边五英里，没有真正接触地中海，因此与处于内陆一百英里并无差异，是炎热平原上另一个热气腾腾的小镇，最具乡土气息，也是距离世界舞台最遥远的地方。远处传来火车离去的汽笛声，我感到一阵后悔。不过转念一想：不，这里也是地中海地区，一切都很重要！我还安慰自己，在这里待一晚总比在卡利亚里那种灯光耀眼的大都市省钱多了。

奥里斯塔诺弥漫着垂死的气氛，热气难以消受，而且单调得就像蜂鸣，令人昏昏欲睡。我觉得自己轻率得可怕，毫无计划便冲下火车，不得要领地将自己放在这个原本不在旅行行程内的小镇——不是因为它的位置模糊、难以前往，而是因为它实在无聊之至。

镇上有个附近农场的市集，镇民跟前来卖蔬菜、肉品的乡下人讨价还价。这些农民是地道的巴尔巴贾人，饱经风霜的手，没有牙齿，瘦骨嶙峋，而且身材矮小。女士们披着披肩，穿四条裙子和菱形花纹的及膝袜，外貌比男人勇壮；那些男人则咬着有裂痕的烟斗，一副受到迫害的样子。收市之后，我不禁幻想他们奔回山区，躲在毒蕈伞下的模样。不过他们以强悍闻名，意大利人称他们为铁人。

这里唯一受到的外界的影响，便是极端暴力的美国录像带和迪士尼卡通——美国人毕竟是文化的领袖，最擅长传播犯罪意识和幼稚思想。奥里斯塔诺的意大利文化表现在教堂、色情漫画、烟枪，以及供过于求的鞋店。其他的则是一些无伤大雅的癖好——对这里来说是意大利的，其实是地中海地区普遍的现象，包括中产阶级妇女喜夸耀好身材的心理，以及男人对那些几近同性恋的运动的狂热。

意大利让撒丁岛有自我空间，赋予相当程度的自治权，因此有效地防止它酝酿出科西嘉所习见的政治性悲剧。在撒丁岛没有扔炸弹的人。这是个艰苦的地方——看不到法国的鬈毛狗和宠物狗，只见到那些有功能和价值的土狗——牧羊犬和看门狗。

我在奥里斯塔诺的房东太太蕾琴娜是个健谈的意大利人，丈夫在南部卡利亚里工作。“我要你快快乐乐的。把这里当作你自己的家。”她的用人和清洁妇都是内陆来的撒丁岛妇女，我询问她们的语言和文化情况时，她们都不太讲话。这种主仆关系有点像欧洲贵妇和土著仆役的殖民式作风，但是她们处得很好，而且在同一个教堂做礼拜。

在奥里斯塔诺看得越多，越觉得它是个闭塞的小镇，有自己的规律和势利作风，跟我成长的地方一模一样，这是我最反感的地方。这里的知识水平不高，但颇具乡里情谊。寄居在旅店的陌生人总会彼此打招呼；进入餐馆时，大家都会从座位上招呼一声或问一句“你好吗”，这一点跟马萨诸塞州梅德福并无二致，也许出于友善，也许出于害怕。过度的友善或许是一种俗气的特性。在一个没有人阅读、没有人尊重或了解独自沉思的意义的地方，他们都需要彼此的友善与健谈。

我前往奥里斯塔诺车站时，一名东方男子走向我，用意大利语说“一百里拉”，并当着我的面擦燃一只打火机。

“你是哪里人？”

“中国人。”

另一个中国人出现了。

“你要打火机吗？”他用英语问。

“你们是怎么来的？”

“搭货船来的。”

“你们住在这里吗？”

又一个中国人加入我们，并跟他的朋友叽叽咕咕地说话。他们都三十来岁，穿着也不错，只会说少许意大利语，英语更不行，但都选中一个没有多少商机的地方推销打火机。也许这个镇不是由非洲流动摊贩所独霸。由于我的问题太多，又对那些只值二十美分的打火机缺乏兴趣，似乎赶走了他们。但是他们会到哪里去呢？

非洲人在奥尔比亚靠机智谋生，中国水手在奥里斯塔诺推销打火机。这一切是怎么回事？地中海地区居民一直在追溯辉煌的过往，但是今日的地中海似乎更奇特、更令人困惑了。

火车穿过平坦绵长的坎皮达诺山谷，隆隆驶往卡利亚里。我在车上打盹、做笔记，对气候的温暖感到惊讶——才三月初，这里已阳光普照、天气宜人了。

卡利亚里车站内有座天主教礼拜堂，圣坛上陈列着圣餐用品（每星期一早上十点半，每逢假日十点都有弥撒仪式）。附近有一家色情书店、一台复印机、一间理发店、一家咖啡馆，以及三个公共电话亭。毕竟，这是新的意大利。

至于卡利亚里本身，它建在一片山坡上，有古老的棕色住屋与办公厅，和马赛相仿，但是没有马赛的犯罪气氛。经过了撒丁岛若干乡间小镇后，卡利亚里市区显得特别大，但是参观一天下来，它又变小了。我总觉得像是没有人会来，但是一个当地人告诉我："夏天挤得要命，尤其是波埃托海滩！"

我去了那片海滩散步，看到附近有火烈鸟在潟湖憩息。由于正值冬季，又非周末假日，这片海岸空荡无人，但我毫不在意，坐在阳光中，看了一会儿书，然后走回镇上。

那天晚上，我在卡利亚里一家餐厅进餐，然后埋首写日记，突然发现餐厅空了下来——所有顾客都走光了，餐厅侍者、收银员和厨师正准备吃饭，前门上也放了一块“打烊”的牌子。

我招呼一名侍者：“结账。”

“但是你还没有完。”他说。

“我已经吃饱了。你们的食物很好。”

“我是指你的工作。”他指指我的笔记、纸张和各种用具，“我看得出来你正在忙。你先把工作做完，我们无所谓，只是在这里吃饭罢了。”

我忙完后，他们邀我一起坐。我问他们有关撒丁岛的事，但是他们说这里无聊得要死，从没有大事。他们催促我聊些他们最喜欢的话题：美国职业篮球队。这个迈克尔·乔丹怎么样……

卡利亚里街上也可以看到非洲人。第二天，我去购买渡轮票时，向一个人问起这个问题。

“他们是非洲人。”他耸耸肩，一副典型意大利人的姿态——谁在乎？“他们夏天会来，一大群人，都卖些小东西。”

“他们从哪里来的？”

“谁知道？非洲。加纳附近吧。”他又耸耸肩。

“本地人对他们有什么看法？”

他又耸耸肩，然后认命地咕哝一声：“呃！”他的容忍是一种变相的漠然。意大利人是不受抽象理论威胁的，除非直接受到挑衅，否则他们是那种“我过我的、你过你的”的人。意大利人有些僵化的作风实在令人抓狂，但是拒绝大惊小怪的个性，是他们最可爱的特质之一。应付脱序现象是意大利生活的一部分，因此他们已然练就一身处变不惊的本领。

在撒丁岛样子最吓人的不是巴尔巴贾人、塞内加尔人、没有牙齿的牧羊人、偷羊贼、绑匪和吉卜赛人，而是卡利亚里的朋克族。那些人年轻、邋遢肮脏、穿着褴褛、梳着油头和长发绺、挂着鼻环和唇环，一面吸着强力胶或灌着酒，一面对过路人叫嚣着邪恶凌虐的言语。

我去城堡观赏海港美景时，看到附近都是这种无所事事、成群结队的奇怪的年轻人。

“发生了什么事？”我问一个男人。只见六个朋克族正为一瓶酒吵架，他们戴着有装饰钉的狗颈圈和铁链，其中一人的皮带上还挂着一只叮咚作响的锡杯。

“真丢人。”那个人回答。

“无政府主义者？”

“不是的。他们什么都不信。”

“虚无主义者？”

“不是的。他们只是被社会遗弃了。”

“在英国和美国就有这种年轻人。”

“我在拉丁美洲也见过。”他回答。

我们并肩而行，爬上一条倾斜的卵石街面。

“我是在巴西看到的，”他告诉我，“我从来没料到在这里也会看到这种人。我在巴西住过三年，巴西有这种人很奇怪，根本是荒谬。巴西是个很大的国家——又有钱。”他大笑起来。“原来在金山银山上面坐着这些穷光蛋！”

他的表情令我发噱，而我的笑声则似乎鼓舞了他。

“这里正好相反。我们有钱，但是我们坐在一堆废墟上。”

我问他有没有去过西西里。

“我去那里干什么？”他拍拍我的肩膀，“开玩笑的。其实那是个好地方。但是如果我离开这里，我会去本土。”他指的是意大利大陆。

我购买往巴勒莫的渡轮船票时，旅行社的人告诉我：“你还不如搭飞机去，价钱都一样。”

从卡利亚里搭渡轮到巴勒莫要花六十七美元，但是我可以享受头等舱，而且因为是夜船，所以包含我前往西西里的旅费和旅馆费。此外还附加一种享受，就是在晚间离开卡利亚里，凝望着都市灯火逐渐消失，然后经过一夜好眠，再欣赏西西里海岸与阳光一起出现。

第八章

乘“托雷斯”号往西西里岛

如果我航向非洲，会比去西西里岛更快，因为撒丁岛和突尼斯之间的航程要短得多：从卡利亚里到柏柏尔人的城市比塞大大约只有一百二十英里；到西西里岛的巴勒莫则有一百八十英里。提及意大利接近非洲和“茄子”会被视为没有教养，甚至异端。在意大利俚语中，“茄子”是用来形容黑皮肤的非洲人。

在万里无云、明月高挂的夜空下，渡轮从卡利亚里湾出发，通过灯塔和信号塔，很快便将卡利亚里及其灯光闪烁的山城远抛于船尾之后。我们置身海面，正如另一个尤利西斯——乔伊斯笔下的现代尤利西斯所目睹的“在穹苍的星辰树上，结着湿润的蓝夜果实”。

西西里船员的服务态度马虎随便，仿佛把拒绝伸出援手视为一种美德，只忙着龇牙咧嘴地相互微笑，以混浊的口音嘟哝着悄悄话，耸着肩，避免接触乘客的目光，自始至终都维持着他们寒碜的尊严。起初船上只有少数乘客，但是就在开船前，一大群人匆匆赶上船，其中只有几个订了舱房。他们睡在椅子上，在甲板上抽烟，蜷缩在走道间，或在休息厅玩纸牌。

我去用餐时，厨房的侍者大为紧张。

“你来得太晚了——我没有办法为你服务。”

“船才开不久，”我回他，“你们几点结束？”

其实餐厅供应自助餐，摆满食物，吃的人却不多，这只是那名侍者顽强态度的小表演而已。

“我们就快结束了。”他叹了口气，一副工作过劳的模样，然后摇摇头，“哦，我不知道。”

“我只是个无知的美国人，但是我饿了。”

“你的意大利语是在哪里学的？”

“我母亲教的。”

“好吧，你去拿菜吧，不过我们只有菜单上的食物，没有天然食品。”

“什么是天然食品？”

这句话换来他一阵比手画脚、连连耸肩、“你指望我怎么样”的手势和不耐烦的东张西望，仿佛乞求有个证人能帮他作证似的，意大利人很擅长这一套。

我付了钱，拿了收据，开始挑选食物，渡轮引擎也传来类似绞肉机的隆隆启航声。“天然食品”是时代的产物，是这个以意大利面为主食的岛屿所接触到的最新饮食信息，意指健康食品、低脂乳酪、低盐面食。其他的则仍为油炸和多脂的食品。

一个年轻男人埋怨不休地往嘴里塞着通心粉，一脚还跷在他女友座椅的扶手上，显然是种错置的温柔，仿佛用他那只大肥脚顶撞女友的手肘是浪漫的表示。

> 我痛恨你吃东西时发出的噪声，
> 我痛恨你的鼻子，痛恨你的脚。

意大利人对律法有种根深蒂固的轻蔑，因此见到任何规律的表现，比如准时进餐、准时启程、准时抵达，都不断令我感到惊异。但是到目前为止，我乘船和搭火车的经历大抵都还不错，很少有阻碍。例如，吃饭是神圣的，那名侍者不让我进餐反而反常。在意大利旅行期间，我大可期待一天结束时能好好吃上一顿，而且侍者的态度也是快快乐乐的，很少有令我失望的时候。

但是心灵生活则是另外一回事。任何诚实周到的努力，以及严肃或知性的企图，都只会遭到嘲谑。我知道自己勤于记笔记的行为（尽管力图掩饰）及学究气在他们眼里很傻。在这里只有笨蛋才想上进，书呆子只是被讪笑的对象。我再次意识到自己正置身鄙视文化的群众间，四周都是缺乏教养的谈笑和大吃大喝。

据我观察，“托雷斯”号渡轮上只有极少数撒丁岛人，大部分是各式各样的西西里人：都市佬（身穿阿玛尼牌西服、尖头皮鞋）、志得意满的巴勒莫人（披着大衣，仿佛披风一样）、不务正业的痞子（三更半夜还戴着墨镜），以及学生、朋克族、穷人等，从“有头有脸的人”（黑手党自称），一副时髦不可靠的模样，到镶着金牙、身穿长裙、披着围巾、蹲在地上喂奶的吉卜赛女人，无所不包。

我看到一面牌子上写着“你的紧急集合站在……”心中不禁一阵惶恐。

我躺在自己的船舱里，聆听引擎单调的转动声与船员来回的脚步声，不禁想象着一旦发生船难所产生的惊惶、嘶喊、纠打，以及各式各样的语言和“阶级斗争”。我想：我愿意和这些人同在一艘沉船上吗？我敢跟他们坐同一艘救生艇吗？

在西西里晨曦的迷蒙金光中，渡轮驶进了巴勒莫湾，两岸山脉绵延，古老建筑的后方很和谐地烘托出灰泥色的山峰。这里最高的人造建筑是教堂尖塔和主教座堂的大圆顶。

我曾经来过巴勒莫，因此无意多逗留，而计划到铁路沿线的切法卢待一天，再往我从未观光过的墨西拿、陶尔米纳和锡拉库萨去看一看。但我仍然需要先走动一番，舒展舒展筋骨，消除两腿僵硬的感觉，而且我也想在市区绕一圈。我把行李寄放在车站，张望一下，决定来一场徒步旅行。

每次我向人问路时，对方都告诉我，要去的地方“太远了”，即使只有十五分钟路程。他们劝我搭巴士。

“不过你得买票。”

“当然。”

“你要到那里去买票。”

我真笨，竟然不知道巴士票是在一间破旧的小香烟铺贩卖，那里也兼售色情刊物——是个卖随身用品、礼品和游戏用具的小店。我原本认定巴士票一定是在巴士上或贩卖机销售，这想法未免太荒谬了。在这里卖车票的人必须同时储存大量香烟、糖果和袒胸露乳的杂志。

巴勒莫的意大利男人皮肤跟阿拉伯人一样黝黑，走路大摇大摆，扯着喉咙讲话，一副自信满满的样子。安东尼·伯吉斯一次在巴勒莫听到一名青年告诉一群朋友，自称想出一个妙计，可以试验新娘在初夜时是否仍是处女。“他要把命根子涂成紫色，如果新娘露出惊讶的模样，就宰掉她。”

我正从钱包里掏钱时，一个女人把我拉到一旁，跟我说："你是外国人吗？"

"对，美国人。"

"小心你的口袋。"她劝我。

"谢谢你，我会小心的。"

"你知道，巴勒莫很漂亮，呃……"

她举起右手，用手指在下巴下方往前挥动一下。

"我们是好人，呃……"

她再度用手指在下巴下方比了一下。

"你在这里不会有事的，呃……"

她继续以手势示意，并往旁边瞄了一眼，最后又警告我一句才走开。

我以前见过这种手势，知道它代表一种极度反抗之意——有"去你的"之意。但是在此地是另一种含意，而且更严重，是远至那不勒斯的人都懂的。在这里，挥动的手指代表相反的意思："不错，我说这里是个好地方，但是请你注意我的手势，不见得每件事都好。你要小心。"

这是好心的表白。这种手势比当地人对教士的态度还要含蓄。等车时，一名教士来到人群中，有人嘀咕一声，但没有人会跟教士讲话。意大利人——尤其是男人，会往教士下身瞄。他们认为教士经过肉店会使肉变坏。教士既不是男人，也不是女人。教士都有只邪眼。

每回我在意大利见到教士时，都会注意周围人的反应。比如这名教士现身时，大伙儿便沉默下来。还有更多时候，大家会同时比一个手势，就因为他们认为教士有一只邪眼。为了对付教士的眼睛，意大利男人最常用也最有效的方式是，碰碰自己的命根子，再暗暗用手指朝教士指一下。我一直没有发现意大利女人是怎么应付的，也许是祈祷。不过对这种迷信的事，女人通常不会像男人那么担心。

我是因为歌德游记上的推荐，才特意搭巴士前往佩莱格里诺山。那座高丘位于城的东北角，由于正值三月的一个工作日，山径上几乎不见行人。我听说从这处山顶可以远眺利帕里群岛，可惜雾气太浓，我并未看得多远。幸而巴勒莫及其港湾的景致优美，不枉我两个小时的脚程。

不过此情此景却激荡了我的心。下坡去搭车时，我对此行感到激动起来。也许是因为望见那片绵延的海岸，又想起自己已投注将近两个月的心力，不禁自问：我究竟身在何方？我在西西里的一条沙径上走着，觉得自己格外渺小，前面要走的路也显得遥不可及——意大利、希腊、土耳其、以色列、埃及，其他北非各地、塞浦路斯岛和马耳他岛，更不用说正处于战争状态的克罗地亚和波斯尼亚了。

随后我又想到，时间多得是。我没有工作在身，没有交稿期限，没有其他事，我也提醒自己前来的主要理由。我是来吃意大利面食、跟人聊天的，最主要的是来看看切法卢。

切法卢是英国撒旦信徒阿莱斯特·克劳利二十世纪二三十年代的旅居地，他在此研习瑜伽、魔法，并写些苦闷的诗文。他也酷爱登山，攀越过许多高峰，甚至研究出一种攀登珠穆朗玛峰的方法“直接冲向顶端”。他的著作《告解》至一九七〇年才获出版，显示他是近代史中的狂人之一。他是个玩票性质的“业余者”，涉猎颇广，尤其身为有钱人——他由家族的酿酒业继承了一大笔遗产，自然没有后顾之忧。他活力无穷；曾磨尖自己的牙齿。他朝女人龇牙咧嘴地问：“你要不要试试蛇吻的滋味？”很多女人都为他着迷。如果是今日，他会被人称为新世纪的导师，而那群人则是狂热团体或迷信教派分子。他曾把最喜欢的一名性伴侣称为“托特狒狒”①。

吃了很迟的一顿午餐后，我搭乘开往墨西拿海岸线的火车，前往二十英里外的切法卢，看看克劳利的住处是否还留有什么。可惜镇上没有人听说过这个人，而且尽管我在街头搜寻，仍找不到他曾经钻研魔法、戴着一顶滑稽巫师帽企图哄骗访客的寓所。

不过我也不枉此行。切法卢主教堂的门面上雕琢着恐怖的狮子造型，带有些许异教与灵魂学说的意味——克劳利选择这个仍有迷信风气的地方居住，的确是合适的。此外，树上结着柑橘与柠檬，小镇后面的山顶上白雪皑皑。从切法卢的悬崖，我终于见到位于东面的利帕里群岛，亦即伊奥利亚群岛——在远古时代，群岛之一斯特龙博利火山曾被认为是风神伊奥勒斯的家。

当晚，我搭上一班前往墨西拿的快车。那班快车名叫“阿基米德”——数学家阿基米德即出生于西西里岛彼端的锡拉库萨，行车时间只需两小时。一路上，我觉得比果树、海景和雪峰更有意思的是坐在我身边的男人。他在印有五线谱的纸上画着音符，口里嘀嘀咕咕的，但并不是在哼歌。他很专心，偶尔还用脚尖打拍子。他在作曲吗？

---

① 托特，古埃及的神，常以鹮头人身或狒狒头人身像出现，精通魔法，负责裁决死者生前善恶。

我不相信会有人用这种方式作曲，尽管有人宣称他们就是这样做的，其中最著名的例子便是耳聋后的贝多芬。

那个人身量不高，童山濯濯，五十来岁，有张愉悦的面孔。他很快便填满了三张乐谱。我故意嘟哝一声，吸引他的注意。

他停止用脚尖打拍子，朝我一笑："什么事？"

"你在作曲吗？"

"对，"他把刚才填上的"豆芽菜"拿给我看，"平常我都在这班车上作曲。这并不难。"

"但是你没有乐器，听不到所写的音乐。"

"这就是音乐。我不需要乐器，我只是把记在脑子里的写下来。"

"不可思议。"

"写下来之前，音乐已经在我脑中了。回家以后再继续写。"

"也是这样不出声地写吗？"

"我在家会用钢琴作曲，但最喜欢的乐器是手风琴。"

我念高中时学过"手风琴"这个词，不过只是当笑话学的。这辈子第一次听人用到它，而他竟是个手风琴乐师。

"那是典型的西西里乐器。但是据我所知，我是唯一的手风琴作曲家。我想全西西里大概只有我一个人。我喜欢现代音乐，我的音乐都带点民谣旋律。"

他叫巴西利奥。他刚在巴勒莫一家钢琴酒吧表演完毕，负责演奏钢琴和电子琴，曲目不但有他自己的作品，还包括法兰克·辛纳屈的名曲。

"《深夜陌生人》《矢车菊和我》《我的路》——都是最好听的。"

他英意语夹杂地告诉我。

“你这样来回巴勒莫很费时间。”

“没有问题，我还没结婚。”他笑了起来，“不过我有个女朋友，家人老是问我什么时候结婚，但我总是跟他们说：‘那我的音乐怎么办？’”

我们经过更多果园，以及一片冷清的海滩。

“你看，全都空荡荡的。”那人注意到我正瞄向窗外，对我说，“真漂亮！西西里从三月到十月都很温暖，却没有人来。为什么？”

“也许跟黑手党有关？”

“报纸！报纸！全都是谎言！”巴西利奥说，“全部是黑手党和危险的报道。其实，黑手党在哪里？你看到他们了吗？”

“我没有注意。”我被他突来的活力吓了一跳。

“算了吧，那些都是谎话。至于美的地方，你听我说，西西里岛上有四分之三还未被发掘出来。原封不动！没有人来这里——他们怕。怕什么？”

“是啊！是很美。”我真希望没有激怒他。

他和车厢内另一个人谈了起来，那个人穿着厚毛衣与紫色短袜，抓着膝上一个又湿又脏、带有乳酪臭味的包裹。

“我们有……多少？大约一百万人口？”巴西利奥说。

“一百万左右吧。”那个人表示同意。

应该更多吧？我心想。其实，西西里岛人口有五百多万。

“一个小岛，没有很多人，所以居民之间更友善。”巴西利奥说，“你是做什么的？”

“巴西利奥，我是作家。”

“好极了。拜托你，你写的时候，”他握着两手，摆出祈祷的模样，然后双手一摊，露出帮个忙的手势，“告诉其他人，这是个好地方。”

这是个好地方。有柠檬和柑橘，有火车上的作曲家，有《深夜陌生人》！

“我自己也会旅游。”他告诉我，“到处都可以碰到西西里人，不需要懂法语或英语，因为总会有个西西里的出租车司机！”

“你去过撒丁岛吗？”

“不好意思，没有，我没有去过撒丁岛。我发觉最纯粹的方言就是撒丁岛语，最糟糕的是贝加莫。至于科西嘉，那些人有什么毛病？他们为什么不承认自己是意大利人？”他笑着说，“当然，我喜欢旅行。虽然我没有去过意大利其他地方，但是西西里岛每个地方我都走遍了。”

他的口气有点像亨利·梭罗所写的“我在康科德的游踪甚广”。

“西西里令我着迷。它的方言很像西班牙语、法语和阿拉伯语。”

“我打算去锡拉库萨。”

“最好的地方之一，”巴西利奥说，“很古老，很天然。北部的海边很脏，但是它很干净。”

我们正好路过一处海边，因为河流注入而呈棕色。

“最近下雨，有些海边有点混浊。”

“我看是非常混浊。”还夹杂垃圾和石块，都是由垃圾密布的溪流和沟渠冲下来的。意大利人实在很会乱丢垃圾。

“过一阵子就会好的。告诉你，德国人十一月份来游泳。对他们而言，这里水很暖！”

他一直坚称我是个好人，催我告诉别人西西里一年四季都很宜人，扬声招呼“再见”之后便在圣阿加塔站下车了。再下去都是些热闹的小站和堤防，由于隧道很多，好似在夜间前往墨西拿。

意大利最敬畏上帝的便是那些曾遭受过天灾的地方。这类事件无可避免地增长了意大利人信仰的虔诚，而最能引领信徒祈祷的，莫过于一场水灾、一次地震或一场海啸。在一九〇八年圣诞节过后的第三天，墨西拿便同时遭到这三大天灾，几乎使得整座城市毁之殆尽。事实上，西西里岛的一隅已然消失，本土的卡拉布利亚一部分也被夷平。在那一天的灾难中（早上五点发生地震，随即海啸来袭，造成水患，日后还暴发霍乱），大约十万人丧命，等于该镇全部人口。

这也是墨西拿没有古老建筑的原因，不过很多人都说圣母和墨西拿的祖先密切会商，并向他们保证：“我们祝福你们和你们的城市。”墨西拿港口有一根大型石柱，上面竖有圣母像，摆出的祝福手势看起来像在玩溜溜球，下方也有同样的拉丁语祝福字句，以供来回船只瞻仰。

墨西拿火车站有面铜牌悼文，记述三百四十八名铁路员工在地震中丧命一事：

> 缅怀一九〇八年十二月二十八日于震灾中罹难的三百四十八名铁路员工。

在墨西拿解决食宿问题很容易，但是除了沿着港区散步，欣赏对岸卡拉布里亚的海岸——起伏的灰色山岭、斑驳的积雪，待在这个新兴的城市实在没什么事可做。这个重建的城市显然已经起死回生，但是跟以往已不尽相同，又或许它已经成为完全不同的城市了。

我在墨西拿跟一个男人聊起时，他毫不迟疑地告诉我，卡塔尼亚是个罪恶的都市。

卡塔尼亚是个海港，位于西西里三角形岛屿的东南边，大约在墨西拿和锡拉库萨中间。

“黑手党控制了整个城市。”他告诉我。

你偶尔会碰到一个直言不讳的西西里人，坦承黑手党的猖獗与危险，以及对某些市镇的特殊影响力。

“你认为原因是什么？”

“因为那里生意好，他们可以分一杯羹，也因为有毒品。”

“因为它是个海港？”

“这也可能是主要原因。”

“巴勒莫和墨西拿也是港口，所以这两个地方的黑手帮可能也很猖獗？”

那人的回答是意大利式的嘴角一撇，并用一根手指比了比，也就是“毫无疑问”的意思。

我相信墨西拿是黑手党的主要据点之一。那地方似乎很闭塞，不欢迎外人，而且充斥着猜忌的气氛。在港口可以捞到很多油水，一旦控制住码头，便很容易上下其手。组织性犯罪很少是企业化经营，反而只是利用恫吓和威胁等方式坐享其成。也就是先物色一个有钱人，再挟制这个人或他的企业。

意大利所有的生活层面，包括教堂在内，都被黑手党组织渗透。一九六二年，西西里中部马扎里诺修道院的一群方济会教士被送审，被控以勒索、挪用公款、窃盗及谋杀等罪名。院长卡梅洛神父是这群黑手党教士的首脑，是个邪恶而又活力充沛的人，不仅贪婪，还好色，将马扎里诺控于魔掌下。那次在墨西拿的审判中，大部分罪名都成立。其中，最令人惊愕的是，他们的罪行并不妨碍日常宗教教务。他们召妓作乐、下令杀戮，以及借勒索牟取暴利的行为，从未阻碍他们听取告解、主持弥撒或主持丧礼——至少在一个例子中，负责主持丧礼的神父便是先前下令杀害死者的元凶。

意大利人在谈及犯罪组织时，总使用些含糊的手势与婉转语汇，比如西西里的黑手党、卡拉布里亚的光荣会、那不勒斯的克拉莫黑手党等。甚至意大利境内最特殊的一个字眼“tangenti”，用来形容帮派分子向商家榨取的金钱，也含混地称为“额外的钱”，但每个人都知道那其实是“保护费”的意思。

由于墨西拿太乏味，而且我下星期还会回来搭乘渡轮前往卡拉布里亚，我便直接乘火车前往二十五英里外的陶尔米纳。

“海滩很漂亮！”巴西利奥曾跟我说，但是墨西拿城外的海滩上弃置着旧冰箱、生锈炉台、报废汽车、塑料制品的垃圾、锈蚀的番茄酱罐头，以及脏乱的茅棚等，再过去便是浮木，最后则是岩石密布的海滩。在尼查站，我第一次碰见了来意大利的游客，不用说，当然是德国人，两个年轻女人，穿着军用靴，背着四十磅重的帆布背包，正在研究《西西里导览》。她们身体结实、蓄着短发，是一对女同性恋。

她们跟我都在陶尔米纳下车，那是个优雅的海边小站，城镇本身则高踞崖端，光灿且陡峭。在车站，有个男人走向一辆反向列车，问列车长："这里是哪里？"

"陶尔米纳花园。"列车长答。

"火车要往哪儿去？"

"威尼斯。"列车长说完话，转身再度登上由锡拉库萨前往威尼斯的"威尼斯快车"，继续七百余英里的北上长途旅程。

我开始往山坡上走，认为距离并不远，但是一名精明的出租车司机一直跟着我，认定我一定会爬累的。我上车时，他哈哈大笑。

"花园。风景很美。"他介绍着，然后瞄向路上的人，"德国佬。"

再往前行，他又介绍："英国教堂。很漂亮吧？"然后停顿了一下，又说："德国佬。"

无论我到哪里，都难免碰上这些趁淡季出来旅行的德国人。

据说陶尔米纳最值得观赏的地方是露天古剧场，由希腊人建造，罗马人重新改造过。不过那只是背景，只是托古的一个借口。日后陶尔米纳曾为爱德华王朝时代[①]的人把持，成为堕落颓唐的地方。这是个美丽的城镇，但如今已完全为游客主宰。当地除了旅游业收入，没有其他生产。昔日它是意大利境内较英国化的海滨度假胜地之一，今日则沦为庸俗的旅游陷阱，贩卖些陶瓷品、风景卡片、拆信刀及各种衣物等。以前此地以丑闻著称，主角是从北方来避寒的欧洲人。这里的季节性很强，本世纪的前半叶，旅馆每到夏天都关门歇业。

① 指英王爱德华七世统治期间（1901—1910），物质充裕，有虚伪的太平观念。

长久以来，陶尔米纳一直深受有钱的外国人钟爱，不过贵族头衔也很管用。许多不事生产的贵族终日在陶尔米纳花园懒散地消磨时光，还有一个有恋童癖的德国男爵竟在此地成为名人，跟一些手持意大利香肠的年轻意大利男孩一起合照。那些照片还在本地商店与埃特纳火山的风景照一起贩卖。

D. H. 劳伦斯曾旅居陶尔米纳写诗。他著名的诗作《蛇》便是在此地完成的。诗中形容他身穿睡衣站立时见到一条口渴的蛇，他用力击它的头，以及他何以必须为自己的劣行赎罪。不过劳伦斯在陶尔米纳碰到的麻烦不是蛇。他每天心烦的是要如何管住妻子弗里达[①]的越轨行为。

陶尔米纳的夜晚宁静，有猫咪偷偷摸摸地来去。这些旅游城镇在淡季时都呈萎缩状态，然而八十年前的这个时节是巅峰期，因为当时的旅行旺季是冬季，今天它的旺季却成了夏季。

翌日，我在老喷泉街找到劳伦斯住过的屋子，然后在大街上来回闲逛，看看商店。我去参观古老的圆形剧场，那里除了我，只有昨天火车上的那两名德国女子。

但是此地最壮观的并不是圆形剧场，而是火山——埃特纳峰。我没料到自己会见到这么壮观的景致。在马缨丹、棕榈、九重葛及金盏花的陪衬下，又有普照的阳光和宁静的气氛，景观美丽绝伦，令人印象深刻。古希腊人曾以类似语句赞美过陶尔米纳，今日它的存在却仅供人莅临与痴痴凝望。这里不适合生活，只是个旅游景点而已，而且和地中海地区许多地方一样，也与主题公园大同小异。

① 德国人，以有夫之妇的身份跟劳伦斯私奔，而后才离婚，正式与劳伦斯结婚。

然而俯视海岸，我却被火山景观震撼：一座覆盖着白雪的古老山岳，火山口冒着缕缕白烟。晨光夺走它的阴影与壮观，使它显得笨拙却美丽，但仍有其独特的光彩，因为这种圆鼓的山型在附近海岸独一无二，而邻近海域又更强调出它的高耸之姿。

希腊哲学家恩培多克勒斯[①]在自我膨胀的心态下跃入了埃特纳峰的火山口。这名相信生命轮回的学者希望此举能启示他人，让人知道他和神一样。

伊夫林·沃在搭乘邮轮行经此地时，也在另一种自我膨胀的心态下，拒绝登岸前往陶尔米纳游览，而只在甲板上瞥了一眼远处的火山。

“我想我永远不会忘记埃特纳峰在夕阳中的那一幕，”他在第一部旅行著作《标签》里记述，“一片模糊柔和的灰色中，那座山几乎难以辨认，顶端发着光，在阵阵灰烟间，一再凸显形态，仿佛反映其后天际的一片璀璨粉红日光，然后徐徐淡入柔灰色的天空。在艺术和自然领域中，我从来没有见过这么令人恶心的一幕。”

这段描述突兀而奇特，一反常态，实在令人叫绝。你必须再看一遍以确定自己有没有看漏任何字。《标签》充满这种突如其来的论断与令人忍俊不禁的概论。这段文字令人联想起西里尔·康诺利所写的“一个巧克力盒般炫丽的夕阳混乱了西方”。沃和康诺利是朋友，在戏谑夕阳之际，他们相信自己是在抗拒大自然。他们认为所作所为是种根本的叛逆——拒绝为此美景动心，或拒绝承认这种美景有扣人心弦的力量，以抗拒任何有关和谐的概念。这是批评其

① 恩培多克勒斯（前490—前430），古希腊哲学家，认为一切物质由土、水、空气和火组成，而由爱和恨两种力量所控制。

他作家的自觉而嫉妒的方式，但最主要的，这也是一种亵渎，因为批评大自然的美好不也是英国人谴责上帝的表现吗？

沃的作品总让人领悟，讽刺性文章通常比歌功颂德的文章更具力量，还有，一本好的旅行书籍的一项优点是，让读者有机会窥探旅行者的心绪变化——不管是多么幼稚的心理。

陶尔米纳没有令我驻留之处。我搭出租车下山，赶上开往锡拉库萨的列车。在驶向卡塔尼亚途中，列车穿越了火山熔岩区。在卡鲁巴的岸边有墨绿的松树，柠檬树上果实累累。再过去是坎尼扎罗、伦蒂尼、帕泰尔诺等。几乎每个西西里镇名都令我想起高中同学的名字，一份西西里火车时刻表就像一九五九年梅德福高中的名册。

卡塔尼亚大而阴郁，是那种只有黑手党人能忍受并借以勒索钱财的地方。这里的海岸是一英里接一英里的丑陋景况，石油贮油槽、炼油厂、汽油炼解厂及水泥工厂。一个男人在海中倒着划船，他划桨的方式不是拉，而是推。铁道旁胡乱涂写着"cazzo"，是意大利俚语"男人的命根子"，听起来像"gatz"。

铁路终点站就是锡拉库萨。

"但是我在锡拉库萨能做什么呢？我为什么要来这里？为什么会买张来锡拉库萨的票，而不是去其他地方呢？我的选择显然出于漠然。置身锡拉库萨或其他地方，也都是漠然所致。其实对我来说都一样，我人在西西里，正在西西里旅行，但也可以跳上火车就回家。"

这段取自埃利奥·维托里尼[①]小说《西西里对话》中的段落，

---

① 埃利奥·维托里尼（1908—1966），意大利小说家。

在我心中激起回响。维托里尼是在大地震那年，即一九〇八年，出生于锡拉库萨。法西斯主义当道期间，他年纪正轻，因此这本小说和若干作品都以描述这段时间的情形为主，而这些都是我在锡拉库萨发现的。

我从车站前往旧城途中，顺道拐进一家书店。旧城在桥的彼端，位于一个迷你小岛奥提伽上。那家书店的老板告诉我维托里尼的事，还推荐我看他的著作。

“这里曾经是个伟大的城市——西西里的首府。”他告诉我。

他还介绍了几个有名的锡拉库萨人：忒奥克里托斯[①]、希腊剧作家埃庇卡摩斯[②]、圣女露琪亚和维托里尼。

“有很多民族来了又走。很久以前我们曾是腓尼基人，当然也是希腊人。而在较近代，我们也可以说是阿拉伯人、西班牙人、法国人。你可以从姓氏中听出来。瓦兹奎查是一个锡拉库萨的姓氏，这是西班牙语。另外，我们还有法国姓氏。以我的名字贾拉塔纳来说——你想是什么语？”

“不知道。”其实我是不愿因猜错而冒犯他。

“正宗阿拉伯语。”贾拉塔纳先生笑道，“‘贾拉塔’是阿拉伯语。”

“是什么意思？”

“我不知道。我又不是阿拉伯人！”

后来我跟会说阿拉伯语的弟弟彼得查证，发现“贾拉塔”的本意很可能是指“蝗虫”。

---

① 忒奥克里托斯，约公元前三世纪，古希腊诗人。

② 埃庇卡摩斯（前 550—前 460），古希腊剧作家、哲学家。

“我们的方言很神奇，”贾拉塔纳先生说，“像你就听不懂，甚至连其他西西里人也未必懂。”

他的声音粗哑，显然受到烟尘的影响。我要他举几个难以理解的方言给我听。

“wango，”他举例说，“asegia、stradon。这些词是什么意思？”

“不知道。”

“银行、椅子、街道，”他因为占了上风而露出笑容，“我们不说柑橘，而说 portugalli。”

这也是来自阿拉伯语中指称柑橘的词（burtugal），很可能是由柑橘生产国之一的葡萄牙（Portugal）来的。

西西里词汇中最具本土性，也最为世人所熟悉的，便是黑手党（mafia）了。它跟“mafya”这个阿拉伯古词相似，意指“遮阴之地”，而且意义也相通。诺曼·刘易斯在有关意大利黑手党的著作《荣誉帮会》中，述及撒拉逊人统治期间所建立的社会秩序，在十一世纪遭诺曼人破坏后，西西里就变成封建社会。“大部分阿拉伯小农在经济重整后都沦为农奴。有些人便投奔黑手党。”那时的黑手党是走投无路者的一个选择，是正义、社会与保护作用的秘密体系，一处避难所。

我买了本贾拉塔纳先生提到的维托里尼小说，另外还买了一本《弗兰肯斯坦》，然后继续上路，穿过桥，找到一家旅馆。我没有多少选择，锡拉库萨所有旅馆几乎都正在歇业或整修，只有诗人哲学家卡洛杰罗·普尔维诺博士经营的一家无名旅馆仍照常营业。这是一星级的小旅馆，一晚二十三美元，外带早餐及博士偶尔心血来潮主持的研讨会。

他坐在书堆中，状至狼狈，仿佛灵感刚弃他而去，或暂时遗忘了他的诗文天赋。他始终戴着帽子，似乎视它为制服的一部分，或是权威的象征。他的学究派头使我叹为观止。

我说："这么多书啊，博士。"

"这还不算多，"他应道，"我的书比这些多得多。"

"这些是什么书？"

"这些不是书。"他对我的无知露出笑容。

"那是什么？"

"是我的朋友。"

对他而言，这种令人难以忍受的交谈是纯粹的诗。

"你自己也在写书吗？"

"对。"他拿一些密密麻麻打满字的纸给我看。他的本意是让我膜拜一番，但是当他察觉我竟在阅读时，便连忙抓了回去，并说："这些是还没有完成的章节。"

"小说吗？"

他爆出带有戏剧性的空洞大笑声，然后说："我对幻想没有兴趣，朋友。"

"小说是幻想？"

"完全是幻想。"

"只是浪费时间？"

"那还用说。"

"那这些章节是什么？"

"哲学。"他面露尊崇之色地回味这个字眼。

"你出版过什么书？"

他把手臂探入书架，抽出一本精装书递给我。

我看了一下书名：《红土山的庇护所》。

“是我的诗集。”普尔维诺博士说。

“关于西西里的？”

他对我在地理方面的无知窃笑一下，才回答：“突尼斯。我去那里汲取灵感。你要买一本吗？”

那天早上我刚买了两本书。书很重，尤其是精装书。我的原则是买平装书，看完便扔，而且只在没有别的书可看的时候，才会买新书。不过跟普尔维诺博士解释这些并没有意义。

“我现在不买。”

“两万里拉一本。”等于十三美元。免谈。

“我会去书店买。”

“不可能。”

“我相信贾拉塔纳先生的书库里一定有。”

“贾拉塔纳先生不会有。这本书已经绝版了，朋友。这是仅存的几本之一。”

“我相信一定找得到的。”

“只有我能供应你一本。”

之后我每次见到他，他都会说：“那本书你决定了没有？”

普尔维诺先生是锡拉库萨众多警告我小心钱包的人之一，贾拉塔纳先生也曾提及专门扒钱包的人。这些恶名昭彰的西西里窃贼手法迅速无情，我听说了很多人遗失护照、皮夹、手提包、手表和首饰的故事。不过此时并非旅游季节，或许小偷也度假去了。

普尔维诺博士旅馆的每个小房间内都贴有一张“非常重要的告

示”：“各位旅馆的贵宾，尤其是女士们，由于此地发生了许多不愉快的事件，请各位外出时避免携带任何袋子或皮包，以免成为窃贼下手的对象，甚至受伤。旅馆经理卡洛杰罗·普尔维诺博士，偕同锡拉库萨全市，对此情形深表歉意。”

之后碰见他时，我说：“你会说英语。”

“那还用说。”普尔维诺博士答道。

这里又有另一座圆形剧场，又是些破损的石柱与各式各样的大理石板。著名的阿瑞托萨喷泉位于三家比萨店的旁边，有水鸭沉浮其间。其实这不是真正的希腊废墟，而是锡拉库萨人带孩子来，跟他们说“看那些小鸭鸭”，然后扔比萨皮喂鸭的地方。也许希腊人以前也干过这种事。阿波罗神殿所在的同一条街再过去不远便是阿玛尼专卖店。主教座堂紧临多利克式神庙（也许是雅典娜神庙），正在修建，因此教堂内外都可以见到希腊式石柱、十字架、流血的心、镀金光环，以及更古老的石柱，比西塞罗[①]曾赞颂过的更为古老。

在锡拉库萨，乃至意大利许多地方，都对希腊罗马情有独钟，但对之后的历史则一片缄默，仿佛过去两千年间没有发生过任何事似的。对于好色、与魔鬼起舞、和情妇们在羽绒大床上同床共枕、在漆金十字架下纵溺肉欲，或在梵蒂冈地下室策划谋杀、绞缢或下毒等诡计的教宗事迹，不置一词。其实教宗英诺森八世曾将教会职位商业化，并出售赎罪券以谋利，更与情妇生有一个流氓儿子，还

---

① 西塞罗（前106—前43），古罗马政治家、演说家、哲学家，曾在西西里岛担任推事，为兴讼的岛民辩护，讨伐前总督维列斯的恶行，维列斯因而逃往国外。

纵容他作威作福。教宗亚历山大六世也有七名子女，其中最有名的是卢克雷齐娅·波吉亚[①]与切萨雷·波吉亚[②]，切萨雷和他的叔叔还一起受封为红衣主教。亚历山大六世除了下毒和暗杀的行径外，任教皇期间最重要的行迹还包括在圣彼得广场举办一场斗牛，以庆祝战胜摩尔人。此外，诸如利奥十世将红衣主教的权位径自派给自己的亲人，西克斯图斯四世从事谋杀行为等，意大利人都只字不提。这种事没有关系？不过这些人都是马扎里诺修道院院长卡梅洛神父和他手下黑手党僧侣的先驱，而且他们的作为都会对后人有所启示。

对意大利人而言，中世纪似乎并不存在。他们从不探讨那几个世纪里的暴行与劫掠，以及村庄屡屡为须发丛生的汪达尔人或东哥特人摧毁的史实；从不探讨鼠疫或霍乱的肆虐，以及十三世纪霍亨斯陶芬王朝[③]曾踏足西西里全岛；从不谈论那些宗教狂热、行事嚣张的十字军何以穿着生锈的盔甲在西西里岛上兴建城堡，并以上帝之名到处搜索、谋杀穆斯林；从不谈论穆斯林的行为（除了偶尔嚷嚷一句撒拉逊人如何如何）；从不谈论犹太人的流放际遇，以及一些小村民如何残忍地运用阴谋，密告当地拉比，然后眼睁睁地看着蓄胡须的老犹太人被送走或遭酷刑；更只字不提他们在上一场战争中见风转舵的举动，以及懦弱的小独裁者墨索里尼的行径——在讲究礼数的场合，单单提起他的名字都比放屁还要失礼。

---

① 半生沦为政治工具，与父兄同流合污，是文艺复兴时代妇女道德败坏的缩影。

② 意大利军事家与政治冒险家，为文艺复兴时期狡猾与狂妄领主的典范。

③ 十二三世纪统治西西里的日耳曼家族，为中世纪帝国全盛期。

“别管墨索里尼了，你看这精致的阿基米德雕像。”一些不会判断的民众会热心地劝告别人。或者引述经典故事：“阿基米德在锡拉库萨大叫‘我知道了！’。”“哲学家柏拉图曾经在锡拉库萨被贬为奴隶[①]。”而讲这句话的当地人对柏拉图的认识也仅止于此。

参观壮丽的废墟常使我情绪变恶劣，因此索性只到处走走。我看到一座广场上正在卖蛋糕，许多桌子上堆放着蛋糕和派饼，大约有三十个人在促销。

“买个蛋糕吧。”我正放慢脚步观看时，一个妇人推销，“很好吃的。”

“我正在旅行，不方便带。”

“你从哪里过来的？”

“撒丁岛。”

“好地方。很多岩石，天然景色，没有被破坏，不像这里。”那个女人评论着，然后说，“买个小蛋糕吧。”她展示两三个蛋糕让我看。

其他几个女人也围拢过来，吹嘘她们烘制的食品，个个都很热诚。

“你们在为某个目的筹款吗？”我问。

“不是为我们自己，是给波斯尼亚家庭的。”

这感动了我。原来这个安定的小地方还是会受到外面较大、较混乱世界的冲击。其实波斯尼亚距离此地也不算太远。当我捐给她们相当于五美元的意大利里拉，并祝她们好运后，有个女人特地穿

---

① 柏拉图曾遭锡拉库萨暴君驱逐并贩卖为奴，幸其友人及时出现，以赎金救回。

过广场追上我，塞给我一袋饼干。

这个镇是献给一名土生土长的妇女——圣女露琪亚的。但是屡屡制造奇迹的是“流泪圣母”——有人因她治好了失明、耳聋、跛脚、皮肤病、天花及其他疾病，因而在锡拉库萨城外盖了一座很大的圣堂纪念她，形状有如一栋水泥做的超大型印第安圆锥小屋。

旅游淡季也许意味着生意清淡、旅馆和餐厅关门、企业老板抱怨连连，但这也意味着当地居民终于拥有自己的城镇，不再受游客打扰了。锡拉库萨的这种状况是以散步来表现的——人们拥到街上，一边散步，一边聊天。周末晚上，锡拉库萨的街道和奥提伽广场上挤满各年龄层的人，有带着孩子的家庭，有情侣，有成群男孩跟成群女孩打情骂俏，也有奇装异服的小流氓、身穿黑缎寡妇服的严峻老太婆、生性害羞而戴着墨镜的人。有些牵着狗，有些带着猫，有些用婴儿车推着小孩。他们蜂拥到废墟间、商店前和比萨店中，买些冰淇淋或糖果等。整个活动气氛友善，没有皮包失窃的迹象，没有争执，只有欣喜。

这是一种夜间活动，我从来没有在其他地方看到过。法国男人会在树下玩游戏，女人则负责带狗散步；西班牙男人会在室外咖啡馆见面聊天；科西嘉和撒丁岛的男人会聚集在街角讲悄悄话；有些马赛的阿拉伯人也一样。但从没有全家一起出动的情形，从没有小孩、老人、情侣和动物同时上场的现象，也从没有在晚上活动的。这种情况十分离奇，就像嘉年华会，从天色一暗便开始，一直持续到大约十一点，大伙儿都在鹅卵石街道上来来回回，或绕着喷泉或广场，每个人都穿得很正式，而且都很愉快。

他们会彼此聊天，会互相打招呼、亲吻和握手，会窃窃私语或放声大笑。这是一种古老的分享仪式——分享街道、分享空气、分享闲言闲语。这也是妇女在忙完一餐、洗好碗碟后，得以正大光明外出的机会。这在别处是会被电话、都市犯罪或交通所取代的一种享受。这也可能源于中世纪的风气。这是老友和邻居传递最新消息的方式，是人们见面和谈情的方式，是人们约会追求的方式，是人们炫耀一顶新帽子或一件新衣服的机会。空气间充满寒暄与赞美。“见到你真好！你的帽子真漂亮！你的孩子真可爱！上帝保佑他！”

第二天，人们又一如既往地回到工作岗位。我很想从这里搭渡轮前往马耳他，但是一星期只有一班渡轮，而我正好错过了。我前往鱼市，留意贝壳、牡蛎和章鱼的标价。据鱼贩告诉我，此地没有什么渔业，只卖些威尼斯和马赛运来的鱼货。本地产的只有贻贝，又丑又黑，在科德角是留给海鸥吃的。

“你在旅行，嗯？”那名鱼贩说，“撒丁岛人很热诚！”

这是典型的评语。意大利人很少说彼此的坏话，毕竟一句赞美可以化解对方的敌意。意大利人真正发火时很会吵架，但是他们不以挑剔为乐，也没有兴趣找别人的茬，因此跟他们聊天通常都很愉快。关于卡拉布里亚人，西西里人会说：“那里的人跟我们很像！”关于那不勒斯人，他们会说：“很有音乐天赋的人！”关于罗马人，他们则说：“很聪明！很有文化！”他们知道西西里岛有落后、贫穷和犯罪组织的问题，因此并不急于评判意大利其他地区。他们最坏的评语也不过是：“北方那里？他们讲的话有时候很难懂。”

那一天，我徒步走到城外一个叫贝尔韦代雷的山区散步。一路上有景观杂乱的村庄，有浓密的柑橘林，每个阳台上都晒有衣物，到处长有多刺的梨果仙人掌。学童相互尖叫或牵着小手；一个身穿黑衣、有点髭毛的老妇扬声跟另一个路过的老太婆打招呼，她的花园还钉着一个米其林人，胖得像个稻草人；一名清道夫用一把七英尺长的棕榈帚清扫——比一般扫帚还管用。我回忆起尼斯的凄冷街道，不禁打了个哆嗦。其实法国南部很多地方都跟尼斯一样，到处可见瘦巴巴的寡妇带着宠物狗，处心积虑地不去正视里维埃拉地区狗屎泛滥的危机。西西里岛也有自己的卫生问题，但狗屎不在其中。

回程，我换一条不同的路走，绕经阿纳波河，抵达海岸。我见到前面有十二位身穿黑服的修女，一面挥舞着手臂，一面在蓝色的大海旁悠闲散步。这是一幕结合着怪异、宗教、幽默、柔情以及超现实的西西里景观。

第九章
搭“维拉”号往卡拉布里亚

回程中我并未进入墨西拿，而是坐在火车中，连同车厢直接接驳到“维拉”号渡轮，铿锵地驶入船舱。这项由陆上到海上的接驳作业，以三四节车厢为一段，一一解开挂钩，并排放置，直到十六节车厢都装置妥当。接着，整列火车除了引擎，都搭船横越墨西拿海峡前往彼岸。

我站在阴暗的铁壳渡轮里，置身于油腻的车轮间，听到一个男人粗哑的乞求声。

“我没有手臂。”

由于光线太暗，我看不到任何人影，但是可以听见一根拐杖吃力地敲击在金属甲板上的声音。

“帮帮我。”那个人乞求着。

我退后一步，结果那个人听见声音，直接朝我走来。

“给我点东西吧，”他说，“我没有手臂。”

阴暗中，他的身影幽然成形，我虽然看不清他的模样，却可以嗅出味道，那是陈腐面包和腐烂毛料的味道，外加一点酸臭的酒味。

“求求你，”他说，然后又是一句，“不，我拿不到！”

他用破烂衣服中没有手臂的那段残袖，把我递给他的铜板碰得叮当响。

“我没有手臂！放进我口袋！”

这一切都发生在渡轮船壳内臭气四溢的黑暗中，分离的火车车厢之间。

“祝你顺风。”他说着，拄着拐杖一顿一顿地从我身边经过。我听到其他旅客也纷纷解囊——不是出于慈悲，而是出于迷信，为了交换他的祝福。

甲板上，无论是离乡的西西里人还是返乡的卡拉布里亚人，全都啃起三明治，我见到渡轮正驶出墨西拿港。西西里上空飘着云朵，形状和颜色都像待洗的发黄衣物。海滩上风颇大，不过除了白色浪头和掀起的泡沫，海面还算平静。但这可能只是假象。漩涡也许会发出低声呼号，但只有置身其上才看得到。

史诗《奥德赛》中的漩涡卡律布狄斯（“三次，从凌晨到日暮，她吹吐出……不断旋转的漩涡……”）并非出于幻想。在墨西拿靠近西西里岛这边，正对一个名叫干吉利的小村庄，确实存在着一个大漩涡。有六个头和十二只大触手的女妖斯库拉最近并未现身，人们却总能听到她的声音。就在斯库拉“可憎的喋喋不休”之处，海水不断涌入卡拉布里亚侧的岩洞，制造出吞饮的声音。对于住在多洞穴海边附近、听得见海声的人来说，这是十分耳熟的絮叨声，但也很容易被误解为尤利西斯听到的斯库拉的声音，“像新生幼兽的啼哭声，虽然她是个庞然怪物”。

《奥德赛》中对于地中海地理的描述多半出于误解或想象，比如我曾经过卡塔尼亚的独眼巨人群岛，但是我并没有认出他们[①]。但是偶尔，比如在博尼法乔和这里，则将其地形描绘得十分特殊，因此一旦与事实吻合，我就感到兴奋不已。荷马的诗文仍正确反映出天然景观，此外，在叙述尤利西斯的连番噩运时，私下似乎也颇为幸灾乐祸。荷马史诗中很少描绘航海的乐趣或初见陆地的喜悦，而多有关延误、挫折和惨死的情况。尤利西斯手下的船员似乎总在埋怨或心存畏惧，甚至身为船长的他也不喜欢灰色海域、多变的风、海上生活的辛苦、漫长的航程，以及各种不便与危险。但不论其他，《奥德赛》实是描绘旅行的挫折、烦恼与漫漫归乡路的长诗，总之，这么一部怀乡的史诗对阅读的旅人是最大的慰藉。

斯库拉每次吞食六名水手（“她从每艘船上一口吞食一个人”），而卡拉布里亚人竟开了一个恶意的玩笑，将沿岸一个村落取名为“斯库拉”。事实上，希拉（与斯库拉同音）是意大利一个靠近铁路的小地方，就是我搭乘的这班前往那不勒斯与罗马的火车所行经的铁路。海岸附近都是些遭到侵蚀的陡峭山坡，光秃秃的，没有植物，但正如西西里的风景一般，大半皆已都市化，住满居民。意大利几乎没有一座山看不到电视天线、堡垒、教堂圆顶或十字架。意大利人喜欢在周围盖满建筑以重组景观，仿佛不经过一番挖掘与兴建，便不会对其天然景致感兴趣似的。这一点，意大利人和中国人很像。此外这两个地方的人都喜欢吃面食，也都拥有龙的古老信仰。

经过一小时的航行，火车再度一节节地被拉上岸，在圣乔凡尼

---

① 荷马在《奥德赛》中提到尤利西斯在西西里发现独眼巨人，后来因弄瞎其中一个独眼巨人的眼睛，受到在海上漂流十年的惩罚，因为独眼巨人之父为海神。

镇重新组合。该镇只是个渡轮港，到处都是火车的各语种的标示。

在圣乔凡尼这种偏远小镇，一天当中最消沉的时刻之一，或许便是眼睁睁看着一辆又大又舒适的即将在十分钟后启程前往罗马的火车，尤其明天抵达目的地时，书店和餐厅也正好开门了。罗马快车上的乘客注视着窗外的我，心里或许在想“这个可怜虫”，因为他们知道我只是另一个在等支线火车前往雷焦的农民。雷焦在十五分钟车程外，位于“意大利靴”的足趾部位。

二十三名意大利士兵跟我一起站着等车，他们全都戴着垂着蓝色小绒球的红褐色睡帽。罗马快车气势磅礴北驶去时，我们的小火车才轧轧南行，前往阴冷多风的雷焦。我抵达时正值星期日晚上。这个可怜的小镇一度是卡拉布里亚首府，但跟南部大部分城镇一样，都正陷于困境。此地在一九〇八年摧毁墨西拿的地震中也被夷为平地。奇怪的是，我来回找了半天，唯一开门的旅馆却是旅行至今最贵的旅馆（一晚八十一美元），而且并不见得比我住过的其他旅馆好。

大约一百年前，英国作家乔治·吉辛[①]（出身贫困，著有《新寒士街》，并娶一名妓女为妻）曾记录一趟环绕意大利南部的孤独与忧郁之旅，名为《在伊奥尼亚海边》。他驻足雷焦，见到“鲜少活动迹象；唯一的长街加里波第路也车辆稀少。多数商店天一黑就关门，然后便听不见车声了……这个镇就大小和外观来说，实在静得离奇”。

这正是我在日记中描述的内容，直到晚间七点左右，突然听到

---

① 乔治·吉辛（1857—1903），英国小说家、散文家。

一阵骚动与喧哗声。我问旅馆门口的一个人："发生什么事了？"

"没事。"那人一口当地腔。

他太习惯这种声响，因此不以为意。我早该知道的。

"你是附近的人吗？"

"斯奎拉切。"他说了一个似乎颇沉郁的名字，"你呢？"

"美国。"

"好啊，我有亲戚在那里。"我从他激动的手势与撇嘴的样子知道，他所指的亲戚一定很多。这是雷焦的星期日晚上，亦即当地人无论男女老少都出门进行例行散步的时刻，我听到的便是活动开始的骚动声。这个散步景象比锡拉库萨的更令我觉得神奇，因为天气冷多了。在这种风声呼号、阴冷潮湿的深冬，雷焦小镇上的所有居民竟同时出来散步，人人还裹得紧紧的以抗拒寒意。这有如一场温和的暴动，大伙儿大声趿着鞋子，或在加里波第路来回走着，或绕着广场，或驻足街角，闲聊着，大笑着，三四个人并肩而行，走上大约四分之一英里，再掉头往回走，霸占了整条大街。

最令我称奇的是其间压抑的一股愠意，每个人都大声讲话，而且同时在讲，制造出震耳欲聋的喧哗；还有旁若无人的动作，仿佛走在一条没有车的大街——毕竟，哪个人敢开着一辆小菲亚特，面对这么多手舞足蹈的卡拉布里亚居民呢？这是一个欢乐的场合，大约七点开始，到了十点，大家便返家休息。

乔治·吉辛显然没有目睹雷焦的周末景观（不过他倒看见了被地震铲平前的雷焦镇）。经过一个世纪，雷焦仍然灯光稀疏，周围一片漆黑——并非荒野或森林，而是干燥的小村庄，点缀在卡拉布里亚岩石峡谷和沙丘构成的贫瘠地貌上。时至今日，这些村庄仍因地处偏远而遭人遗忘。比如附近博瓦村民所讲的方言便更接近希腊语，而非意大利语。有人断言这一地区的居民在整个罗马统治期间都照样愉快地用希腊语交谈，只有在不得已时，才用拉丁语跟官方打交道。等到拜占庭王朝取代罗马统治后，希腊语恢复流行，再度成为商业与官方语言。然而尽管受到古典文化的熏陶，历经各种文明，卡拉布里亚的村庄仍然没有电力与自来水。

难怪有那么多意大利人要离开这里。雷焦靠近墨西拿港，是意大利最穷困的地区，也是成千上万移民启程前往美国之前所见到的最后一幕家园景象。与其说雷焦是一个城镇，还不如说是一处跳板。

那些在周末晚间散步的是留守家园的人。我在一家餐馆吃面食，喝葡萄酒，一面记笔记，一面从窗口打量大街上的民众。他们多半都有亲人在美国，这虽不致令他们心怀轻蔑，至少也使他们的心意更为坚定。而这项散步仪式似乎也在庆祝他们多年来仍骄傲地固守家园，植根在这片满布岩石的乡土。

我似乎又成为旅馆唯一的住客，这正合我意。冷清的大厅、阴暗的走廊以及阴郁的房间恰是最合适的背景。我正在读在锡拉库萨购买的《弗兰肯斯坦》，因此心境跟卡拉布里亚带有诡异气氛的幽暗相吻合。那一晚我正读到弗兰肯斯坦医生的父母如何在行经那不勒斯时生下了他。

我不打算去那不勒斯。隔天我买了一张驶往梅塔蓬多的车票，往另一方向去，到约半天车程外的“意大利靴”足弓之处。通常我都是随兴前往一个新地点，希望能有最好的斩获，但是今天我去梅塔蓬多怀有特殊的目的。

过了雷焦，就是一连串在生存边缘挣扎的海边聚落，以及荒废的葡萄园，其上则是许多工厂和废物堆。这是我未曾见过的地中海区景象：一英里又一英里的岩岸，偶尔有几个渔夫划着小木舟冒险出海。内陆面海的山坡上零星点缀着小屋，有些看起来很古老，外墙上有明显的裂缝，很可能是一九〇八年大地震造成的。有些住家较新，但是也和古老住屋一样如同废墟。沿途土壤为状似贫瘠的白垩黏土，在布兰卡莱奥内犁成一块块，然后到了仍说希腊方言的博瓦，被冲刷入石谷。

海边处处可见垃圾，却不见人影，即使更大的市镇洛克里也是如此。有些古老的土黄色村落，比如阿尔比基亚拉，建于高耸的山脊上，几乎与天齐高（“以抗拒野蛮人” ），下面平原则种植果树与橄榄林。在索韦拉托站，许多人吵吵闹闹地上车。这班车会驶经省会塔兰托，终点站为濒临亚得里亚海的巴里。但是车站的人潮并非全为了搭这班车，很多人只是来送行罢了。

“祝你旅途愉快！”

“拜拜，奶奶！”

一名教士跟我同坐在一节空车厢中。当然，由于他有邪眼，没有人来这节车厢坐，穿越车厢走道的人也都回避着视线，匆匆前行。

斯奎拉切（Squillace）并不像名字所暗示的那么丑陋（Squalid）。它在维吉尔笔下成了“遭船难的西利西翁”；在吉辛的年代则显得邋遢不堪，“无论就哪一部分而言，斯奎拉切都是对眼睛和鼻孔的虐待”。不过我看到的只是车站附近的聚落，也许五英里外的村落仍如同吉辛所形容的那样不忍目睹。

卡坦扎罗位于危岩之间，是个规模较大的市镇，上来一些衣冠楚楚的痞子、一身全黑的矮小老妇、鼻子比帽檐还长的修女、携带木箱的推销员及手忙脚乱的夫妻。列车行经一连串岩石点缀的原野与山谷，景致荒凉壮丽，而后到了库特罗附近，山峦却处处刻画着侵蚀的痕迹，有如罩着一块块褶痕累累的石灰岩布缦。令人耳目一新的则是波光粼粼的大海，海面平静无波，只有宁静的海水轻轻推挤着意大利这片不毛海岸，飞溅起浪花。

克罗托内是个海港，周遭散布着原野与工厂，车站竖立着一尊圣母像。该镇南缘的科隆纳角，也就是瑙角；“瑙”（Nau）是希腊词“naos”的讹误，意指神庙。这处角地曾矗立一座希腊式的赫拉神庙，以四十根大理石石柱建造而成，曾存在了好几百年。十六世纪，克罗托内区主教在信仰的驱使下，毅然拆毁神庙，还用碎裂的石柱来兴建主教宅邸。一七八三年的一次地震，震毁了整个地区和大部分西西里岛，府邸也为之坍塌，剩余的神庙建材又用以强化克罗托内海港。许多大理石板目前仍清晰可见。

“今日这个污秽的小镇已不再有古典遗风。”当年吉辛描述克罗托内的句子也可以用来形容西西里岛和卡拉布里亚的几百个地方。

教士在克罗托内下了车，车厢内又多了一对吵架的男女和一名老妇。车子驶离克罗托内站后，有位修女前来分发圣卡：一面是圣母像，另一面是详载各宗教节日的年历。我不小心把卡片掉在地上，还来不及去捡，老妇便冲上前捡起来，放在唇边亲了一下，虔诚得近乎贪婪的模样。

她抬眼望着我，把卡片递还给我，神情间带有责备之意。接下来几个星期，我一直用这张卡片作为《弗兰肯斯坦》的书签。每次看到它，都会想起那名妇人从车厢地面抢救起来，并亲吻一下以抚慰圣母所受委屈的情景。此行我见识了更奇怪的信仰方式，但是最难忘怀的，仍是妇人举手投足间流露出来的宗教热情。

在斯特龙戈利和梅利萨塔等地方，到处是荒凉、冷清、灰黄色的山坡和岩石、灰泥房屋、光秃的山丘，以及地利耗尽的土壤，只有葡萄园残存其间。这些地方跟我在中国贫困的甘肃和宁夏所目睹的很相似，而且同样贫穷，难以耕作。

此地几乎跟海没有关联，地中海文明似乎无法穿透它狭窄的海滩而渗透进来。这里的城镇只守着一小块内陆，或者高踞山坡，但有屏障。附近数英里都没有渔船，没有任何船只。此外，也没有港口，没有小型码头，没有任何休闲娱乐的迹象。这种天气固然不适合游泳，但是海滩上甚至连路人都没有。因此，这片海岸对他们来说犹如一道屏障，我在地中海其他地区也见识过这种功能：以地中海为护城河。

锡巴里后方骤然出现白雪覆盖的巍峨山峰时，我完全不曾料到，就如我在夏威夷的大岛第一眼见到冒纳凯阿火山口的皑皑白雪时的感觉。在此出现山岳似乎是不可能的，而雪景更是一项额外的红利。我查看地图，判断这一定就是海拔七千四百英尺的波利诺山。

至于锡巴里，它是位于卡拉布里亚广大砂质山谷间另一个无足轻重的小站，为农民所弃置（迁往那不勒斯或美国布鲁克林区）。这里也没有人上下车，我对它唯一的记忆，便是瞥见了一座雪峰。其实这个一眨眼便过去的地方，昔日是一座富庶的希腊城镇锡巴里斯（Sybaris）。由于居民贪婪自私，奢侈逸乐，他们的生活方式形成了语言中的一个新词汇：意为“奢侈逸乐”的“sybaritic”。

我在梅塔蓬多下车。虽然一路行来，已经习惯了一些邋遢的小地方，但是梅塔蓬多的小巧仍令我感到意外。

我的打算是尽早离开，来这里是出于一种使命感，起因于多年前读过的一本书。梅塔蓬多是地中海沿岸地区最接近阿利亚诺的地方，也就是卡洛·莱维绝佳回忆录《耶稣来到艾波里》的背景所在。这本书的书名令人有些困惑。莱维引用了阿利亚诺当地的一句名言，重点是耶稣到了五十英里外（靠近萨莱诺）便止步，不曾前来阿利亚诺。阿利亚诺属于贫困的巴西利卡塔省，人们居住在嶙峋山区，自认为介于蛮族与异教徒之间。

莱维是犹太裔的佛罗伦萨人，他是医生，因为反法西斯言论而于一九三五年被放逐到阿利亚诺。当时阿比西尼亚[①]战争刚开始，意大利人用机关枪对付非洲人的弓箭。莱维被迫在这个偏僻的无名村落住了整整一年。在那本书中，他把阿利亚诺化名为加利亚诺。当时他被软禁，没有机会逃亡，因为阿利亚诺就像意大利的西伯利亚。莱维写日记、画画、处理村内的医疗问题，离开后便写了这本书，是回顾当地生活的一本杰作。他在那段时期结识了村里的每一个人。那本书精彩得无从归类，既是旅行、考古、哲学著作，更是刻画入微且具有同情心的观察实录。

此行我一直避免进入内陆地区，但是阿利亚诺很靠近我旅行的地中海沿岸。我想亲眼去看看。罗伯特·福克斯在《内海》中曾提及一九八三年造访阿利亚诺，并会晤了市长圣马西莫女士，据他转

---

① 今埃塞俄比亚，墨索里尼最先侵略的国家。

述市长的话：唐娜·卡泰丽娜“还活着，九十多岁了，有时晚上还会听见她对月亮号叫的声音，像疯子一样”。

如今又过了十二年，那个老女人肯定已经死了，但是那段具有震撼力的描述仍使我心思蠢动。莱维笔下的其他人怎么样了？他书中栩栩如生的村落怎么样了？我对其他细节也感到很好奇。比如书中曾神奇地描述靠近圣阿尔坎杰洛附近有座教堂，里面摆了真的龙角让大家参观。那只龙曾使附近整个地区陷入惊恐状态：“它会吞食农夫，带走农夫的女儿，以毒气污染土地，摧毁作物。”当地最强的领主，斯蒂利亚诺的科隆纳王子，受到圣母的鼓舞（“鼓起勇气吧！科隆纳王子！”）而杀死恶龙，取其首级，并建造一座教堂以供奉龙角。

我可以轻易前往圣阿尔坎杰洛去参观龙角，因为距离阿利亚诺只有十五英里路。此外，我选择在梅塔蓬多下车也很幸运，因为当地在夏季很欢迎游客，而且即使离夏天还早，它具备的各项设施也是我一路经过的地方不可能有的。

等我租到一辆车时，那一天已接近尾声了。

“你可以去参观废墟。”格拉维诺先生建议我。

“我想开车去阿利亚诺。”

“那地方很小，”他说，“你可能会失望的。”

“如果真的很小，我会很快乐。”我回答他。

我在梅塔蓬多过夜，翌日一早便开车穿行平坦的山谷，前往皮斯蒂奇、斯蒂利亚诺（屠龙勇士昔日居住地），以及更远的地方。这是阳光普照的日子，逐渐干涸的河道两旁一片翠绿，然而我依然强烈地感到一片荒僻，一来因为这地区太空旷、太偏远，再则因为当地住家的穷困破落现象。曾有一条支线火车行经此处，但是如今火车停驶，车站也任其荒废了。许多住屋年久失修，更多住屋已弃置不用。这情景有如书本插图中所见到的，古老爱尔兰因马铃薯歉收所导致的饥荒惨状——屋顶倒塌，牲口死亡，田园荒芜。也就是这种地区才有很多人移民他处，却没有人移入取代。到目前为止，这是我所见最美丽但也最贫穷的地中海区域。

此外，这还是个几乎没有路标的地区，仅有的路标也没有什么用，因为把我引到遥远的波坦察和萨莱诺等城市去了。

我在一处路堤看到三个人。当我驶近时，发现他们手中都拿着一根老旧的长杖，原来是牧羊人，其中两个是老人，一个是二十多岁的年轻人，羊群正在公路下方的草原上吃草。

“我在找阿利亚诺。”

“在上面。”

他们指向干燥陡坡顶端的古老建筑群。

我又问他们一些羊群的事——这里牧草够不够？只是一些家常闲话，因为我想听听他们的声音，研究他们的面孔。他们正是莱维所描绘的附近的农民——矮小，黝黑，有着圆形头颅、大眼睛和薄嘴唇。“他们古老的脸孔不是袭自罗马人、希腊人、伊特拉斯坎人、诺曼人，或其他曾经侵略过他们的民族，而是最原始的意大利民族。”他又写道，“他们的生活方式仍跟古时候一模一样，历史没有在他们身上留下任何痕迹。”

阿利亚诺位于山顶地区，我没有料到它会在这么高的地方。不过在这里，一个村落的高度并不代表它的重要性，只有最穷、最弱的农民才会把村庄建在如此难以抵达的地方。村落四周都是干燥的浅棕色土壤，还有树叶泛灰、枝干扭曲的橄榄树，以及丛生的杂草。

一条狭窄的弯道通往山顶。车子往上行驶时，我发觉村庄并非在山峰，而是分布在两个崖谷间的山脊上。

前方路上，有个老妇正吃力地爬坡，带着两只桶子、一把铲子和一袋刚采收的菠菜。她包着头巾，穿着黑裙子，还扎着一条围裙，正是意大利最南端村妇常见的装扮。我减低车速，看到她提了一大堆东西，汗流浃背，累得直喘。

“对不起，我在找莱维医生以前住的地方。”

“在村子另一边。”

“远吗？”

“对，很远。”

“要不要我载你一程？”

“不要。”她说。我猜想，她并不是因为骄傲或顽固才拒绝，而是因为这么做不合礼数。她是个穷人家的老妇，背负着超出能力的负担，但是对她来说，搭乘陌生男人的车还是不对的。莱维在书中也提及这点。当时他是未婚男人，因此必须小心，不能有危害当地女子贞节的举动而引起丑闻，也就是说，他永远不能跟任何女子单独相处。

这里的住屋建得很靠近山缘，有些墙壁几乎与崖壁齐平。在上下村落之间有个小广场，边缘的断崖仍以“‘步兵山沟’闻名，因为早期有个美国皮德蒙特的步兵曾被山区土匪俘虏，扔进山沟”。

那老妇说阿利亚诺“很远”，但是我知道一定不太远。我把车停在上村边缘，然后沿着狭窄的街面往下走。街旁有洞穴，入口处装有门板，令我再度回想起中国的大同一带，那里的地形跟这里一样，人们就住在挖空的窑洞里。只是此地的洞穴用来做酒窖。

靠近广场，有个戴布帽的老人坐在一张折叠式木椅上，朝我微笑打招呼。我们聊了一会儿，然后我告诉他我的目的。

“对，莱维的屋子就在下面，”他告诉我，“上面有个招牌。附近是间博物馆。”

正谈话间，另一个男子走了过来。他个头小小的，满脸皱纹，笑面迎人。他叫朱塞佩·德洛伦索。他朋友叫弗朗西斯科·格里马尔迪。“格里马尔迪是个好姓，”我跟他说，“你们家族的人统治摩纳哥。”

“我的亲戚全死光了，”他告诉我，但是他很喜欢这个笑话，“统治摩纳哥的是另外一个家族。”

他们提议带我去看莱维的家，因此我们一起走向下村，它坐落在另一处隆起的山脊上。我察觉到我们正站在很高的位置，可以俯瞰整个南方平原，梅塔蓬多一直延伸到海岸。我们立在一处陡峭高台上，这是由干掉的泥浆和灌木丛堆成的，从衔接阿利亚诺两边破烂村落的街道向下望，便可见到步兵山沟，深及一百五十英尺处种有橄榄树的凸出山岩，再往下坠。

“你们把这个叫作峡谷吗？”我用“gola”这个词问他们。

“不是的。我们叫它 burrone。”那个人朝我咧嘴一笑。我查词典，发现这个词可能是从阿拉伯语的“burr”转变来的，意为“有险坡之处”。

我们走在热烘烘的卵石路上，太阳烤着我们的头。山谷间野花遍地，提供了色彩和景观，尤其是罂粟花，在尘泥的衬托下显得格外红艳。

我们经过了一些崩塌的方形房屋。

“你应该参观一下，”弗朗西斯科说，“这是阿利亚诺的古迹，非常古老。”

“府邸。”朱塞佩应道。

又是一栋坍塌的房屋。

“大小姐的府邸。”

“大小姐在哪里呢？”我想这应该是指唐娜·卡泰丽娜，那个“像疯子一样”、据说会对月亮号叫的妇人。

“死了，全家都死了。”

“那家人姓什么？”

“史卡达丘。”

我们沿着卵石街道往下走，经过加里波第广场，前往德洛伦索的家——其实“广场”这两个字会给人错误的印象，因为它并不比停放两辆车的车库大多少。德洛伦索的屋子很古老，是接在一排灰泥方盒上的一段龟裂的灰泥建筑。他的猫朝我叫了一声，便爬入一个黏土制的奇特设备，看起来像是固定在墙上的大型鸟笼。

“那是什么？”

“烟囱。”

他伸手由猫咪寄身处的架子下方移开一块大砖。

“看到没？这是烤炉，可以做面包。”

我终于看出来那其实是个被火烤炙的小型壁炉。那只猫蜷缩在放置面包的炉架上，烟囱直通壁炉底，也就是朱塞佩将砖块放回去的地方。这是属于另一个世纪的老古董，当时做面包是单纯却辛苦的工作，必须有人搬运柴火作为燃料。我在安第斯山的印加部落中也曾见过类似的面包烤炉。

“这个很古老。”我说。

朱塞佩用手指比了一个意大利式手势，意思是“已经数不清多少年了，你想都想不到”。

“你们上一回用这个烤炉是什么时候？”

“今天早上。”朱塞佩回答，然后吼了一个我听不懂的词。

一扇窗板砰然打开，撞在墙上。有个女人从窗户探出头，显然是德洛伦索太太，她朝丈夫哼了一声，她丈夫又吼了一句我听不懂的话。

女人离开了一会儿，再度现身时，从窗口递出一根大约十英寸长的铁钥匙。

我朝老妇人打个招呼，她只随意点个头，嗑嗑牙，意思是：我知道你在那里，但是我有别的事，没有时间跟你寒暄。

“跟我来吧。”朱塞佩说。

我们步下倾斜的卵石路，转向沿着山壁而建的一条窄路。前面有一道栅栏和一扇铁门，围绕着杂草蔓生的花园和一座葡萄架凉亭。弗朗西斯科拉开铁门。

“有个医生来过这里，”朱塞佩说着，并将钥匙插入山壁上的一道木门，“他就像你一样，只是来旅行的，他说了一句很好的话：‘世界和世界不能碰面，但是人和人可以碰面。’”

“这句话说得很好。”

“很有智慧。”弗朗西斯科应道，“瞧，世界这么大。世界和世界不能碰面。”

“但是人和人可以碰面。”朱塞佩说着，领先步入洞穴般的处所。

“那个有智慧的医生是谁？”

“只是个普通旅客。”朱塞佩招呼我进去。

洞穴内很凉爽，带股发霉的泥土味，其中还夹杂着陈腐的酒味、潮湿的尘泥味和腐朽的木头味。我正想询问洞穴的用途时，眼睛已逐渐适应阴暗的光线，见到架子上堆放着几个大酒桶。

“这里是酒窖，”他比了比阴凉的穴室，“在阿利亚诺方言里，我们称它为洞穴。”

除了六个酒桶，还有拆卸的榨酒机和其他布满灰尘的杂物——橡胶管、玻璃杯、瓶子、盛酒器及桶子。

“这个你们叫什么？”我敲了敲一个酒桶。

“意大利语叫 botte，但我们叫它 carachia。”朱塞佩说了一个所有意大利语词典中都找不到的词，“请坐。”

弗朗西斯科用盛酒器装酒，然后分别倒在三只杯里。我们互相干杯。弗朗西斯科两口便把酒喝完了，我和朱塞佩则慢慢啜着。

我们坐在阴暗山洞中一张粗糙的木桌旁，洞口阳光耀眼。我问起他们的年纪，弗朗西斯科七十二，德洛伦索七十。当年莱维放逐在此地时，他们还是小男孩。

“你们一定见过莱维。”

“哦，是啊，”弗朗西斯科答道，“我记得很清楚，那时候我还是个小学生。”

“你们有没有看过他的书？”

“看过，看过。”两人齐声回答。

我强烈地感觉到他们说的不是真话，然而莱维的著作使阿利亚诺的名字出现在地图上，因此即使不曾看过莱维的书，基于公民职责，他们也必须说看过。

“他是个医生，”我继续说，“他有没有帮你们或你们的父母看过病？”

“医生？他不是医生。”弗朗西斯科又为我们添酒。

我们再度举杯致意，我也回想起莱维在村中第一天的情形——几乎就在书本的第一页。有人要求莱维帮一名患疟疾的男子治病，莱维询问那个人怎么会病得这么严重（病人不久便撒手西归），这才得知这个村落没有医生。因此他除了是流亡者，还是阿利亚诺的医生。

两位老人朝我微笑。

“卡洛·莱维是个作家。”弗朗西斯科说，“一个非常有智慧的人。他大部分时间都在写作。”

“我们看到他在写东西！”朱塞佩应和道。

根据那本书（莱维自称是在一九四三年，离开阿利亚诺七年后才开始着手写书的），放逐期间，莱维只是画画、散步、照顾病人。由于他是个反法西斯的政治犯，被囚禁在自诩为“马泰拉最年轻、最具法西斯思想的市长”的辖区内，他几乎不可能明目张胆地写作。

“我们看到他走来走去。”弗朗西斯科站起身，甩着手臂走了几步，“他那时候一定都在写作。”

“村里的人对他有什么看法？”

“我们替他立了雕像！”弗朗西斯科说，“这就是我们对他的看法！”

“多谢。”朱塞佩对着替他斟满酒的弗朗西斯科说，“他就埋在我们的墓园里！你可以去参观他的墓！”

弗朗西斯科催促我把酒喝完，以便再为我斟一杯。这是红葡萄酒，味道很浓，带点酒渣的余味。在阴凉的洞穴喝这种酒，洞口的阳光又特别刺眼，我很快就变得醺醺然。但我还是照他的意思把酒干了，因为我喜欢跟这两位友善的老人家聊天。

他们活脱脱是莱维书里的人物。先前我碰到那个负重上山的妇人时便有这种感觉。那名妇人盯着我，仿佛我是个外星人，然后赶紧避开了。这里的男人矮小精干，具有古意大利人的圆脸庞、大眼睛和薄嘴唇。他们的方言跟其他地方不同，他们也引以为傲。但还有一点更大的差异，是莱维在书中提到的：这些村民总感觉别人并不视他们为基督徒，甚至不视他们为人类。“他们不认为我们是人，而只是畜牲，用来驮物的畜牲，甚至还不如畜牲，只是野兽。牲畜无论活得是好是坏，像天使或魔鬼，至少在它们自己的世界，而我们却必须臣属于遥不可及的基督教世界，承载它的重量，还要跟它做比较。”

莱维写了很多有关当地语言的情形。当地人称明天为“crai”，源于拉丁语“cras”，但这个词也有“永久”的含意。朱塞佩大笑着说，对，我们用这个词，他很高兴我会讲这个词。

“这是个可爱的村落，不是监狱。”我因为有酒而变得快乐。

“谁说这里是监狱？”弗朗西斯科说。

“对卡洛·莱维来说，这里是监狱。”我解释，“他是被警察送来的。”

“因为太孤立了，”弗朗西斯科说，“当时这里没有公路，什么都没有，只有一条小径，既没水又没电。”

“我还记得刚通电的时候，”朱塞佩说，“还有刚有自来水的时候。”

“哦，是啊，”弗朗西斯科说，“在那之前，这里只有蜡烛，而且必须从井里汲水，要走很远的路到山下去提水。”

“我不是说阿利亚诺是真的监狱。”

“绝不是监狱，只是太远了！”

“而且全是法西斯主义者。”我说。

“对，全是法西斯主义者，”弗朗西斯科说，“不过我告诉你一件事，警察很喜欢莱维。”

根据那本书的说法，这并非事实。不过如果这么说能让这两位老人为他们的村落感到骄傲而非惭愧，我也不反对。其实警察不时来找莱维麻烦，不让他有好日子过，不准他离开村落，这点警方执行得很严格，莱维的世界就是阿利亚诺的疆界。“周围土地都是禁地，是赫拉克勒斯之柱以外的领域。”

我们仍坐在小洞窟的木桌旁，一面饮酒，一面聊天。莱维本人也曾提及本地人的好客，如何与人分享他们所有，如何照顾一个陌生人。

“他是高是矮？”我问说，“他的长相怎么样？我想一定很仁慈。”

朱塞佩沉吟一下。他说：“当然，他的脸很奇怪。”

“为什么？”

“呃，他不是意大利人。”

“他是意大利人。佛罗伦萨人。”

“不是的。他是另一个国家的人——很远的国家。”

阿利亚诺的人将北方来的陌生人视为来自另一世界，莱维曾写道："几乎当成外国的神祇。"

"我确定是佛罗伦萨。"我说。

"他是个布雷加，"弗朗西斯科接腔，"他有张外国面孔。"

"布雷加"是什么？我试图猜出是哪个国家，可是脑中一片空白。我要他们分别再讲一遍，结果还是听不懂。

"如果他是布雷加，那么他是哪里来的？"我再问。

"从很远的地方。"

"不是意大利？"

"不是。也许是俄国。"朱塞佩说。

这实在很怪异。莱维的意大利属性是《耶稣来到艾波里》的精义所在：一个来自佛罗伦萨的意大利人被放逐到意大利南部的小村落，跟一群奇特的意大利人一起生活，令他觉得自己仿佛是"从天空掉下来的一块石头"。

"'布雷加'指的是他的国籍吗？"

"是的。"弗朗西斯科想不通为什么我不懂他的意思。

这时，我灵光一现。"你是指'艾布雷加'吗？"

"对。"

原来区别在于音节。"艾布雷加"是犹太人的意思，就是我们所称的希伯来人。他不是意大利人，他是希伯来人！

原来，经过了六十年，他的英语版著作已印行二十三版，而意大利语版是前者的两倍，再加上所有的名气、文学奖、第一次世界大战，以及法西斯主义垮台，这些都没有造成多大的不同。那个忍受流放之苦、使得阿利亚诺在他的书中一举成名的人，终究不是意大利人，而只是个犹太人。

这两个人不是反犹太分子，他们是村民，以村子的标准衡量每个前来拜访的人，但是一旦谈到国籍，标准还是有严格限制的。

这时我们都灌了一肚子酒。我站起身，晃了一下才说："我必须走了。我要去看看莱维的家，还要去圣阿尔坎杰洛。"

"很好的地方。"

"据说教堂里有龙角。"

"对。很好的教堂。"

弗朗西斯科放好我们使用过的酒杯，然后一起出来，又用大钥匙把酒窖的门锁上。

"我猜这个地方一定很古老了。"我说。

"非常古老。"朱塞佩应道。

"也许是十四或十五世纪建造的。"

弗朗西斯科哈哈大笑，笑得我都可以看到他的臼齿、断过牙的牙根和被酒染红的舌头。

"不是的！是公元前！"他说，"有些是远古时候建的。"

我们沿着窄路再度走回广场和峡谷边，他们还企图说服我，阿利亚诺已经存在两千年之久了。

由于差不多喝了两个钟头的酒，午餐时间已经过了。酒精的效力和阳光的威力令我头晕目眩。他们把莱维的屋子指给我看，我走过去，发现屋子是锁着的。房子高踞陡直的街顶，面向南方，有个路标写着"幽禁小屋"，但是屋子并未加以整修，只是维持原貌，四周围绕着倾圮的围墙，窗板破损而无法关拢。远处山顶有两个小村落——圣阿尔坎杰洛和罗卡诺瓦，每一个村庄"在光秃的山顶形成一条白影，仿佛一座位于茫茫沙漠中、出于幻想的迷你耶路撒冷”。

我坐在莱维前廊的阴影中，周围散落着剥离的灰泥墙块，屋顶瓦隙冒出杂草，到处可见碎石瓦砾。这里贫穷、美丽、原始，没有迷人的魅力，却有一种带有野蛮意味的暖意。而高度正是美的一部分，那么接近蓝天与云彩，可以望尽由峡谷远迄大海的全景。

我在那里一直待到头不晕了，然后在阴凉的午后回到村内。此地的砖瓦上可以看到引自莱维书中的句子，许多其实并无赞美之意：“圆锥形，带有邪恶意味的斜坡，就像是月球上的景观。”

有些学生正在素描镇上一栋老房子。

“你们住在这里吗？”我问他们。

“不是，我们是艺术系学生。”一名年轻女子说，“我们是艾波里人，这本书的背景所在地。”

“你看过那本书吗？”

“没有。”那名女生回答。

“那本书书名的意思是：耶稣只在艾波里就停步了。救世主并没有来到阿利亚诺。”

他们朝我微笑，一副不可置信的模样，或认为我搞错了——莱维明明是阿利亚诺人，写了一本有关他们家乡艾波里的书。

当地墓园在村外一片杜松林间，有几个老妇人正在扫墓，除去花圃杂草，她们的倦容给人一种哀戚感。坟墓用大理石与花岗岩筑成，一座座石棺外形有如小茅屋，门面壁龛内放置着鲜花与逝者照片。

莱维的坟墓是最小、最朴素的一个，灰色石板上刻着：卡洛·莱维，一九〇二年十一月二十九日至一九七五年一月四日。

杜松林间小鸟啁啾，墓园门上引用莱维书中的另一段话，提及这地点是“比村落更为乐观之处”。

一本书的非凡力量竟使这么一个小村落出现在地图上，多么奇怪！更奇怪的是，附近到处都是这种隐晦而又贫困的村落。据我看来，阿利亚诺并没有改变多少。莱维的一部分已成为神话，但是就他所描绘的，阿利亚诺是一个不能分辨历史与传奇、神话和现实之处。

此行使我同时感到雀跃和沮丧。这个村子并未改变，人们仍像莱维形容的，有如解不开的谜：都是些好人，但遗世孤立，对世界感到既迷惑又神奇。令我雀跃的是，此行是一项独特的发现；令我沮丧的则是“国家联盟”竟成为意大利联合政府的一员。“国家联盟”是新法西斯党使用的新名号，因此法西斯主义者在意大利死灰复燃了。如今农业、邮政、环境、文化事务和交通部的部长都是新法西斯主义者，而且其中至少一人还公开赞扬过墨索里尼。

天气渐暗。我匆匆返回梅塔蓬多，退还租来的车。由于天太黑、时间太晚，我已无法前往圣阿尔坎杰洛参观龙角了。

从梅塔蓬多到塔兰托的铁路旁，是一片由广大沙岸延伸至内陆的平原，上面点缀着松林，以及长不出松树的贫瘠土地。靠近海岸处有沙丘，上面长着树丛与欧石南，有些松树被强烈的海风吹得扭曲变形。这便是意大利境内的原野了，只有二十英里空旷的海滩，没有路，也没有人烟。

在稀落的村落之后，塔兰托骤然在望，烟囱林立，围绕着令人望而生畏的郊区市镇、仓库、码头与货柜。几乎所有人都在塔兰托下车——年轻人、老年人、修女和一名似乎十分仓皇的日本女孩。

女孩又是个尚未具备语言能力的单身游历者，她以最基本的意大利语问我是否也在这一站下车。

“不是。我要去巴里。”我回答，“你会说英语吗？”

“一点点。”

“意大利语呢？”

“一点点。”

“你来意大利多久了？”

“一个星期，但是我学过四年意大利语。”

她要去阿尔贝罗贝洛，但是不知道塔兰托的巴士站在哪里，有没有巴士去那里。

我的地图显示阿尔贝罗贝洛是北方不远处的一个小村落。那里有什么？

“有栋建筑物，”日本女孩说，“非常古老。”

“教堂吗？”

“我不知道。”

“一座漂亮的建筑吗？”

“我不知道。”

“你为什么要去那里？”

她听不懂我的问题，弄懂意思之后，她拿一本日语旅游手册给我看，里面全是只有邮票大小的丑陋照片。

“这是日本最流行的旅游手册，”她告诉我，“上面建议人们去阿尔贝罗贝洛。”

“祝你好运，”我说，“不过千万要小心。”

“意大利男人，”她烦恼地沉着脸，“他们说‘我们去吃饭’或‘到我家去’。我说不，但是他们还是要问。我觉得他们很危险。”

她向我告别，奔向不可知的命运。我则再度上车，乘车转向内陆，穿越意大利靴的后跟，行经山沟、石谷与表面受创的景物。在帕拉贾诺和卡斯特拉内塔更出现了废墟和有裂痕的房屋，我不禁转向坐在附近的一位老先生。

“战争吗？”

“地震。”

绵延的尘沙、黄色黏土和石砾，终于逐渐转变为平坦的农田、葡萄园和菜园，然后就到了巴里的贫穷郊区。

我看完了《弗兰肯斯坦》，而且很遗憾自己已经看完了。“我是……堕落的天使……放眼望去都是欢乐，只有我一个人被排除在外，没有挽回余地。我是仁慈善良的，是痛苦让我成为一个恶魔。如果你能让我快乐，我一定会变好的。”还有，我注意到弗兰肯斯坦是个素食者：“我的食物不是人类的食物。我不会残杀羔羊来满足口欲，橡实和浆果已经足以供应我的营养了。”

在塔兰托时，天气寒冷多风，人们都穿得很厚重，一点都不时髦。但是巴里天气宜人，因此我决定留一阵子，洗洗衣服，打打电话，为往后的旅行做计划；再者，我手边的书也看完了。就各方面来说，巴里都是个有用的城市。这里有书店、餐厅、价格便宜的旅馆，还有一座音乐厅和远古时期的堡垒。巴里规模很小，步行便可走遍全城。

巴里的气氛从容友善，我认为这是因为它位居地中海渡口，跟人打交道比处理货物的机会还多。它和安科纳、布林迪西同为亚得里亚海岸的重要渡轮运输港口。此地的旅运繁忙，所以颇具效率。目前通往克罗地亚的渡轮已经停航，但还有无数班渡轮开往希腊，此外，一星期有四班渡轮前往阿尔巴尼亚的都拉斯。

我在巴里碰到一个男人，他说如果我再逗留一个星期，他可以带我去越野滑雪。

“你是说三月的南意大利还有很多雪，可以越野滑雪？”

“多得是。”那人名叫里卡多·卡鲁索，跟我一样酷爱新鲜空气，徒步旅行、攀岩和滑雪都是他喜爱的。

我告诉他，我才去过阿利亚诺。

“好地方，”他说，“帕杜拉也不错，附近有个荒废的古老修道院，很隐秘，而且很漂亮。”

由于惺惺相惜，我还向里卡多打听关于阿尔巴尼亚难民的事。数千名阿尔巴尼亚人逃离家园，搭乘生锈的船来到巴里，由于人数过多，那些船差点沉没了。意大利政府基于政治考虑，准许众多难民入境，但是这项义举遭来民众质疑：我们该拿这些贫困的阿尔巴尼亚人怎么办？从阿尔巴尼亚到巴里只需一夜时间。倘若再拥入数千难民怎么办？

不久，果然又有三万名难民蜂拥而至。有些人充当侍者或从事劳力工作，但也有许多人加入巴里街头的乞丐行列，竖着牌子，上面写着“阿尔巴尼亚难民”或“前南斯拉夫人”，即克罗地亚人。

“这情况太可怕了。”里卡多情绪颇为激动，我不便再追问。

后来我又问旅馆的一名女人。阿尔巴尼亚人的情况究竟怎么样？

她发出忧伤的声音，并说不能谈这件事，因为她觉得太羞愧了。

"这是个悲剧，"她转过身去，"对不起。"

我终于在巴里找到一个愿意谈论这件事的人，他还开车载我去体育馆看了一下。许多阿尔巴尼亚人正囚禁在体育馆内，等待遣返。

"有三万人，"贾钦托说，"大部分都是年轻人，全都在尖叫。但是我们自己也有难处，我们不能放他们进来。"

体育馆大门上仍残留有阿尔巴尼亚文涂鸦，其中最醒目的是一句意大利格言：我们跟上帝在一起，上帝跟我们在一起。

"最糟糕的是有人脱逃的时候，"贾钦托告诉我，"他们在城里到处乱窜，在街上乱跑。这是个很好的城市，你知道，但有时候你一抬眼就看到一个瘦巴巴的阿尔巴尼亚人，怪怪的，眼睛像疯子一样。他会跑进一家餐馆躲起来，或跑进美容院。警察必须把他拖出来，他则一面挣扎，一面尖叫着阿尔巴尼亚语。"

贾钦托为此奇怪现状而露出苦笑。

"是痛苦使他们变成了恶魔。"我引用《弗兰肯斯坦》里的话。

"是啊。但这里是个小地方，生意又差，我们该怎么做？"

在巴里吃了三天美食，使我精神大振。马铃薯小面团是当地名菜，还有用香槟烹煮的烩饭，此外茄子、橄榄、花菜、水果和鱼，味道俱佳。我的衣物已清洗干净，而且已备妥书籍，其中一本是伊塔洛·斯韦沃[①]的书，以前他就住在我接下来要去的地方。我还添购了若干地图。每个巴里人对我的态度都很亲切。

我以乐观的心情启程前往亚得里亚海岸。就慰藉与母性而言，我认为没有一个国家比得上意大利。

---

① 伊塔洛·斯韦沃（1861—1928），意大利小说家，生于的港。代表作为《泽诺的意识》。

第十章
搭“克罗迪亚”号由基奥贾出发

由于战后法西斯主义者首次进入意大利政府，我很想瞧瞧火车能否准时运营。即使在基督教民主党主政时期，火车班次也颇为准时。据意大利人告诉我，墨索里尼掌权时，总以火车准时而大吹大擂，但其实经常误点。近日意大利国营铁路急于讨好民众，在卫生纸上以蓝色大字印有“一路顺风”字样，在使用之际，难免制造出一种困惑与暧昧的告别印象。在最近举行的大选中，新法西斯主义者组成的国家联盟党协助贝卢斯科尼的意大利前进党赢得了多数席次。新法西斯主义者的交通部长曾公开赞扬墨索里尼是“本世纪最伟大的政治家”。另一个加入贝卢斯科尼阵营的党派是北方联盟，该党曾誓言重新取得部分斯洛文尼亚和克罗地亚，再度建立一个大意大利。克罗地亚的里耶卡昔日是意大利城市阜姆。一名意大利部长飞往的港，对斯洛文尼亚提出评论时，竟尖叫：“跪下来吧！”

这种情况太像以往发生过的事，因此如果一名爱作秀的政客呼吁再度进攻埃塞俄比亚，我也不会感到惊讶。我不喜欢理会政治，但是这种情况已经到了超现实主义的状况，让人无法漠视。当年基于法西斯主义的反共，以及梵蒂冈的保护——习惯与法西斯主义分子勾结，克劳斯·巴比和其他纳粹党羽得以秘密亡命玻利维亚[①]。结果他们组织“死亡联盟”地下组织，专门走私毒品、枪械，必要时不惜诉诸谋杀手段。多年后，巴比才被捕，引渡到法国，使得新法西斯主义者大为懊恼。

离开巴里，我置身嘈杂的车厢，跟一名神父及几名老妇人、商人一起，经由福贾和圣贝内代托-德尔特龙托，驶往安科纳。由于车子很挤，这些乘客别无选择，只好跟有只邪眼的神父坐在同一节车厢里。

“如果耶稣到人间来拯救灵魂，那他为什么不早点来？”一个女人凶巴巴地质问年长的教士，“嗯？还有好几千年来那些比他早的人，他们又怎么样？”

“好问题。”神父答了一句。

还有些人在谈政治，于是我趁机询问新法西斯主义分子的事。他们究竟代表什么？

“我也不确定。”一个人答道。这是个中年人，一身粗呢西装，可能是个律师，正乘车前往安科纳。我问他这个问题，是因为他神情最和蔼。“没有人确定。那些新法西斯主义分子说他们已经跟过去断绝关系了。”

然而我总感觉那些人把墨索里尼视为偶像，那个党毕竟是由保守的法西斯主义信徒建立的。不过我迟疑着不敢直说。

“他们心里在想什么？种族、帝国主义还是移民问题？”

“也许三样都有。他们还谈到工作伦理、犯罪问题、懒人、浪费的税收等。”

---

① 墨索里尼曾与梵蒂冈重新签约修好，结果造成五十年来罗马与天主教廷对立的局面。

坐在他旁边的人说话更直率。他说："他们想制造一个警察国家。"

之后在火车站，有个青年递给我一张传单，传单上攻击新法西斯主义分子意图压制个人自由、民主和新闻自由，并限制人们的一般权利。

在福贾站，有些人下车，但又上来两名修女，其中一个有张肉团团的脸，以及跟美国前联邦调查局局长胡佛一样的斗牛犬下巴。她从长袍内取出一小瓶白兰地，往一杯橙汁里倒了一些，然后咕噜咕噜灌下肚。她的同伴像极了歌手密特·劳弗，同样也灌了一杯。这时才早上十一点半。她们告诉车厢内其他乘客，今天是安提瓜圣马利亚节，然后扯开拍卖商似的喉咙，足足念了半小时的《玫瑰经》。在最后一句"万福马利亚"后，那个像密特·劳弗的修女放声大哭，另一名修女安抚她，直到她说了一句"我好了"，然后换了位置。

我读着巴里的报纸，其中有篇报道说意大利是欧洲低生育率的国家之一。这点颇为可笑，因为教皇近日才谴责保险套是罪恶的。

有个很胖的女人，刚刚跟着修女一起念《玫瑰经》，这时取出一本杂志和一个三明治。那是本叫《这很好》的健康杂志。三明治夹着火腿干酪。在前往佩斯卡拉的路上，她一直边看杂志边嚼三明治。

铁道旁是相当浅而平静的亚得里亚海，水光粼粼，即使岸边也几乎没有波浪，静静地横陈于阿布鲁佐省右侧。在更小的车站内，站长行礼如仪地执行职务：戴着鲜红鸭舌帽，挥舞着指挥棍，吹着口哨，然后在火车轧轧驶离时敬礼致意。沿路有肥胖的绵羊、青翠的葡萄园和橄榄树，有些地方还可以看到住家后院，以及一些神情悲惨的居民。我忆起在伦敦的那几年，每次搭火车返家经过克拉珀姆和旺兹沃思的住宅后院时，都有种挫败的感觉。同样，地中海地区的火车穿越那么多住宅后院，也会带来某种感觉。如果你受得了，那的确发人深省。

我倚着窗口望着与火车平行的公路，无意间听见身旁两个年轻人的对话。他们正在研究公路上奔驰的名贵汽车。一辆大型红色摩托车上坐着一男一女，从后方蛇行超过一辆汽车。后座身材玲珑有致的女人紧抱着前座的男人，以免栽下后座。

“多棒的摩托车。”第一个男孩评论。

“多棒的屁股。”另一名男孩说。

我在圣贝内代托–德尔特龙托下车，前往卡梅里诺大学的水产与海产养殖中心，询问有关地中海的资料。圣贝内代托–德尔特龙托以度假胜地自居，沿岸全是旅馆与沙滩，但我只对它的水质和养殖情形有兴趣。

“对，我们有养殖场。”热纳里·洛朗博士告诉我。他是法意混血儿，对我的来访表示很欢迎，因为一般民众对于水产养殖并没有太大兴趣。“我们养殖海鲈和真鲷。”

他所谈论的鱼数目很小，只有三十万鱼苗，而欧洲其他地区则有两亿。但是在北方水域，一条鱼需要三年才能成熟，在南方水域则要两年。

“我们主要是做研究，不过也吃鱼。”

“你们把鱼苗放进地中海吗？”

“在海里放养是很困难的事，”洛朗教授说，“就拿喂食饲料的鱼为例，不能把它们喂肥了再放进海里，尤其是海鲈，它们有特殊的喂食方式。真鲷还可能适应。不过那不是我们的目的。我们正在研究一种全新领域的养殖业。”

“为了商业目的吗？”

“最终当然是的，”他答道，“希腊有几百座养殖场，包括海鲈和真鲷。法国养鳟鱼，英国养鲑鱼，意大利人在鳗鱼养殖方面领先——当然，是为了食用。”

他告诉我，鳗鱼数目的减少显示出污染的情况有多么严重。以前亚得里亚海全是欧洲品种的鳗鱼，在威尼斯附近可以捕到大量鳗鱼，但如今鳗鱼最多只能北上到安科纳，因为水质太差了。

“靠南斯拉夫那边的亚得里亚海更深，所以鱼更多，”他说，“意大利沿岸的一个问题是河流污染。波河的情况就很恶劣。我自己做过研究，发现河口三角洲的水质相当差。含有金属和硝酸盐，比如铜，会影响到鱼的免疫系统，使鱼生病。”

“据我所知，养殖场因为排泄物囤积，也会造成污染。”

“对，这种情形是会发生。这里的法律规定宽松，荷兰就很严。不过氨的含量可以通过某种食物而减少，或用过滤方式降低。”

“你认为地中海地区会不会有一天没有渔夫，只剩下养殖场？”

“这里总会有渔夫的，”他回答，“春天有两个月禁止拖网捕鱼，可是两个月一过，每个人都加倍捕鱼。这种情况真叫人绝望。”

等我离开大学，前往车站取回行李时，天色已经暗了，我便在一个还没有游客的旅游小镇——圣贝内代托-德尔特龙托过了一夜。第二天一早，我便搭车前往安科纳。安科纳不但范围大，而且是个大型港口与渡轮港，有船只可以前往希腊和克罗地亚。安科纳火车终点站所属的地区叫匹诺曹。关于安科纳，詹姆斯·乔伊斯在世纪之交曾写道："每次我想到那地方，都不免感到憎厌。那种像乞丐般苍白憔悴的丑陋，颇有爱尔兰的感觉。"如今那种苍白仍可窥见一二，但是已被百姓的友善与富庶柔化了，因为他们有幸住在亚得里亚海的大港。

找到旅馆后，我便前往港区散步。一名当地渔人告诉我，他的渔获惨不忍睹。我告诉他我很喜欢红鲻鱼。

"那种鱼小一点才好吃，"他告诉我，"超过八九英寸就不好吃了。"

"亚得里亚海有这种鱼吗？"

"哦，当然。"他答道，"因为河流入海，亚得里亚海的海底有泥沙，在那儿捕到的适合煮汤或烤来吃。第勒尼安海的海底是岩石，所以在那里捕到的最适合炭烤。"

我沿着海港散步时，见到几个男人在一起。其中一个年纪较大的不知在埋怨什么，其他三个又是道歉又是解释的。解释完后，那三个男人告诉老头他们多么喜欢他，然后第一个男人出其不意地在老者的屁股上戳了一下。老头又震惊又气恼地跳了起来。第二个也同样表示了善意，接着又戳他一下。第三个则顺手拧了一下老头的屁股，同样用戏谑来表示诚意。最后那三个男人终于大笑着走开了，口里还嚷着："× 他的！""去死吧！"

在意大利，"屁股"是非常低俗的用语，"× 他（屁眼）"是句非常鄙俗的话，却常听到有人使用。我想起火车上那两个年轻人的话（"多棒的汽车""多棒的屁股"），以及从西西里一路行来，每回买报纸时，在报摊上愕然见到的色情刊物。我感到惊讶的不是它的存在，因为色情当然到处都有，就跟风景明信片和信仰文学一样普遍。我惊愕的是本地的色情种类、主题和强调之处。这里有录像带和书报，其中大部分都大事宣扬鸡奸。

《超级肛门》与《性学校（百分之百肛门）》、唐老鸭卡通、圣心祈祷卡同时陈列。《肛门的幻想》插放于意英词典或《安科纳风景》等书旁边。有一些用词比较含蓄，如《后观》；但大部分则直言不讳，如《臀部深度游》。其中经常包括女人和动物，主要是狗，诸如《莫斯科之狗》《三个女人一只狗》《动物本能（肛门）》《超级动物》等。每个买报纸的人都可以借机浏览一番。在意大利，情色就跟宗教一样，不但公然展示，而且无从逃避。

我曾在西班牙得出一个结论：一个国家的色情文化可以显露其内在心态，从而窥探其社会的潜在意识——偏好与嫌恶。一个国家的畅销色情文化可能被另一个国家引为笑谈。虽然我身在安科纳，不过意大利各地的色情文化大同小异。意大利还有一种暗示意味颇浓的广告，比如一个漂亮女人在享受阳具形状的巧克力冰棒（广告词："我和我的大酒瓶！"）。我不禁纳闷，意大利人对鸡奸和兽交的偏好究竟代表什么？这不是一个敏感的主题，却是个敏感的话题。

抵达安科纳的那一晚，我在一家酒吧大胆问了这个问题。当时我和一群学生在一起（安科纳似乎到处都是学校）并跟其中几个聊了起来，他们正在谈波斯尼亚战争。等到提及我是美国人时，他们又拿我练习起英语来，最后终于问我对意大利有什么观感。

"食物很好，我也很感激人们对我的善意，"我回答，"这里的人对孩子很温柔，心胸宽阔，懂得感恩。报纸很生动，书店很棒。

最重要的，跟意大利人在一起很愉快，因为他们彼此间很友善。”

我继续以这种方式说着，也真心这样觉得，然后，非常谨慎地挑选适当的词汇，问及此间色情界对鸡奸的重视是怎么回事。

“那是意大利人避孕的老方法。”一个男孩回答，引起一阵哄堂大笑。

第二天前往里米尼的途中，经过塞尼加利亚与法诺等海边小镇，亦即意大利人所谓“德国海岸”的开端，因为每年五月到九月，成千上万的德国人来此度假。马罗塔有许多旅行拖车营区，而且大部分海边都有德语招牌。火车贴岸而行，可以清晰听见亚得里亚海的海水缓缓冲击防波堤的潮声。这里跟西班牙海岸一样高度发展、景观俗丽，但是和西班牙不同的是，这里的内陆要富庶多了，有黑松密布的丘陵、杜松和白杨处处的平原、规模不大的葡萄园和果园，以及草原上收割捆扎的干草。

度假胜地在淡季呈现的悲剧性荒谬，在里米尼得到了集中体现：怀抱希望，万事俱备，而又冷清空荡。除了罗马，意大利没有一个城镇像它一样，这么具有费里尼[①]况味。这位大导演是在此地生长的，此地因而深植于他的内心一隅，挹注他的想象力，而且经常出现在他的电影中。里米尼是个古老的城市，也是个便宜的海滨度假胜地，同时混杂有古典遗址和庸俗的娱乐设备，是意大利最完美的代表形象。难怪费里尼一再重返，以激发自己狂野的想象空间。（一个胖女人在里米尼海滩上跳舞，还对一个小男孩不断说着：“不要脸！不要脸！”）当然，里米尼以费里尼为傲。他过世后，

① 费德里科·费里尼（1920—1993），意大利电影制片家，作品探讨人性幻灭、自怜与错误摸索的一面，视觉效果新奇而超现实。

一座漂亮的滨海公园便以他的名字命名。

这个有点破烂的城市也以纷至沓来的德国游客闻名。不过有些地方还是很优雅，比如漂亮别墅林立的林荫大道，而且较古老的部分典雅美丽。这里有一座罗马圆型剧场、一座大教堂，还有若干气派的小教堂。食物也颇可口，有一地区以银鱼、蛤酱汁和葡萄汽酒闻名，我每样都尝试了，但是仍有种不舒服的感觉。我觉得问题出在地方太小，就跟附近其他海滨城镇一样，这些地方并非用以容纳这么多人的。比如市场常扩展到广场和大街小巷；星期六更见不到它古老的都市风貌，只见到摊位林立，贩卖水果、蔬菜、干酪和肉品、成叠的衣服、瓶瓶罐罐、T恤衫、毛衣，以及各式各样以前销往美国、现在销往全世界的中国商品。

太阳西沉，灯光亮起时，里米尼便散发出费里尼的况味——没有月亮的天空下，灯光闪烁在一片空旷间，海风拍打着岸边的旗帜与布篷。遮篷下空无人影，几张小椅子弃置一旁。海风从幽暗的亚得里亚海吹来，疾风掠过海滨大道，使得里米尼犹如弃置在荒野的游乐场：渺小、脆弱、色彩鲜艳、毫无用处、一副受到诅咒的模样。正如天主教徒所言，也正如费里尼所坚持的，这个城镇是罪恶的渊薮。

我在海边来回走着，爱上了这些旅馆、咖啡店和灯光带来的奇妙滋味，也可以感受到它们遭到遗弃之际的自嘲。这片海滩全被分隔成糟糕的小区块，沙滩也被盘踞瓜分，摆设了桌椅、海滩玩具、更衣室、游乐场——由潮水边缘开始，插着牌子和旗帜，每样东西等距加以围隔。但是也只有在这种淡季的夜晚，这里才是空旷的。我来到镇上较好的地区：阿美迪欧王子大道，见到一幢幢别墅并排而立，天使别墅、摩尔别墅、雅辛达别墅，看起来都美好而坚固，还有一幢幢夏季度假屋，种植棕榈，围筑起花园，充分反映出中产阶级志得意满之姿。

就在这寒冷的夜晚，在围墙与冬青树间的大街小巷中，却有数不清的阻街女郎招呼着稀少的往来车辆，不时骤然在车灯前出现，有如误闯路面、在强光中一时目眩的小鹿。仓促之中，她们猛然掀开长大衣，露出底下骑单车穿着的紧身短裤、迷你裙和睡衣。她们都是个头很大的女人——高挑，不胖，但是个头不小。其中有些跟男人一样高大，而且很可能就是男人扮装的。一见到我，她们都闹起来，或叫或唱着："嘿，宝贝，我爱你。"

"晚安。"我应道。

"你要不要来点好东西？"一个女人大笑着说。

"我只想知道，你好吗？"

另一个高大的女人冲向我，往我裤裆一抓："我想要这个！"

她们都拿我寻开心，显然在这个凄冷无车的晚上，个个都备觉挫折、无聊之至。再往下走还有更多妓女，身穿黑长裤或蓝套装，站在街上，或潜伏于车道。她们有些是非洲人，有些则可能是德国人、斯洛文尼亚人、波斯尼亚难民，或刚解放的阿尔巴尼亚人。除了我，她们是仅有的行人，但是她们并没有在走路，只是活跃地站着，搔首弄姿，四处招呼，等着路过的车辆接走她们。不久，确实来了几辆车，开得很慢，司机也忙着打量那些燕瘦环肥的女人。

费里尼会喜爱这一幕的：中产阶级社区，昂贵的汽车，起风的夜晚，妓女们徘徊于别墅间，尖叫声和嘲笑声。

七八个年轻人沿街走来，并开始逗弄她们，但那些妓女不甘示弱地嘲笑那些男孩，质疑他们的能力。

“你下头什么都没有，小鬼！”

在长腿街这条“宜人”的街上（有牙医诊所、别墅、公寓等），有一家“富有世界俱乐部——夜总会”，还有两行小字：“二十一岁以下不准进入”和“春宫秀”。这一幕也很有费里尼的味道——高级社区内的腐败现象。如果我是渴求经验的年轻人，也许会进去开开眼界。但此刻已过了午夜，我也知道里面是怎么回事：昂贵的饮料、暴露的表演与彻底的探索，会令人惭愧于人的性欲就是那一套。除了这些原因，我对于这种公然展示的两性关系也觉得颇不自在，就像一见到报摊上漫画书和色情杂志塞在一起就感到气恼一样。我回到旅馆看书。这年头，我可不愿意把自己交给皮条客。

第二天，里米尼又发生一起费里尼式的事件。我正沿着一条大街走，一辆巴士猛地煞住，车上乘客纷纷敲打车窗。司机锁住车门不让乘客下车，一群人立刻聚集在巴士外，观看车内乘客吵着，并挣扎着要出来。不久警察闻风而来，附近巴士站的一名票务员也赶了过来。这时车内火气更旺。

十个非洲女孩一面比手画脚，一面用意大利语大叫着。接着，车门打开，几名老妇人下车。那些非洲女孩仍冲着司机大吼，警察则忙着诘问她们。“你的票呢？”“不要碰我！”“我们是一起的。”

一名身穿丝质西装的意大利侏儒沉吟着抽烟，站在我身旁观看这一幕。

“怎么回事？”

“车票。”他答道。

这时巴士旁已聚集一大群围观群众，那些非洲女孩也激动得嘶喊。她们可能是来自意大利昔日殖民地与传教据点的索马里人、苏丹人或厄立特里亚人。由于彻底都市化，很难确定她们来自哪里。她们戴着昂贵的假发，身穿紧身裤，妆化得很浓——紫色唇膏与发亮的睫毛膏。这是一场对决，前后进行了大约二十分钟，最后那些女孩胜利了。她们朝围观群众嘶声辱骂，手中挥舞着巴士票，还朝司机咒骂。警察耸了耸肩，那辆巴士也终于开走了。

非洲人和意大利人之间的遭遇战不是每次都这么欢闹的。一个以罗马为基地、专门监测这类事件的组织“暴力观测中心”便曾报道：一九九三年，平均每天都会发生一起攻击外国人的事件；一九九四年的数据则更高。事件性质包括刺杀、枪击、殴打等，而引发事端的原因都是些很单纯的事件，比如一车摩洛哥人撞到一名意大利女孩，就像同一个月内在第勒尼安海度假胜地托瓦维尼卡发生的事件，结果当地居民一见到任何肤色较深的外国人便开打。在这件事发生后几个月，那不勒斯附近的利泰诺村发生火灾，烧毁数百名农场工人寄住的宿舍。受害者大多为非洲人，如今移居意大利，以采收番茄维生。

像费里尼那样立场公正、言辞犀利的讽世者，对这种现象一定有话要说。而我也再度认定这趟地中海行是有意义的：这些台前戏，这类奇特的突发性遭遇，毕竟比罗马圆型剧场和废墟有趣多了。

我从里米尼搭乘支线火车前往费拉拉，经过切尔维亚和丽都-迪萨维奥，绕行广大的波河三角洲。这班火车每站都停，穿过这片遍植无花果树、葡萄园与朝鲜蓟的农业社区，接送老年人和吵闹的学童。

我在费拉拉下车，搭出租车到附近一个名叫“十二黑马”的地方，在地图上那仿佛是个村落，但其实只有十字路口、几户人家、一些树篱及一座教堂罢了。

“这里没有什么。”出租车司机说。

“我外祖父是在这儿出生的。”我答。

“好极了，”司机说，“那他做对了一件事——去美国！”

“他以前常写诗。”我又说。

“好极了。”这回司机是真心的了。

由费拉拉到罗维戈小站只有短短一段车程。半路上，和我同车厢的一对葡萄牙夫妻跟列车长吵了起来。妇人说她手臂受了伤，但列车长不相信，要她填写一份申诉书。妇人不会说意大利语，我猜想她一定喝醉了。

“你为什么写是我推门的？我没有推门！给我！你不知道真相！”妇人用蹩脚的英语嚷嚷。

“到威尼斯以后，你可以报警。”

“为什么？不要！我不去！我才不会去找那些人！”

我在尖叫声中走出车厢，踏入罗维戈的绿色田野，然后转搭一班更小的支线火车前往基奥贾。沿途有我见过最小的意大利村落，以及供应威尼斯饮食所需的农场与田地。这是一次很愉快的发现：在这许多赫赫有名的都市间，有这么一个名不见经传的角落，可以搭乘两节小火车颠簸其间。这片土地跟荷兰一样平坦，状似冲积平原，遍植大蒜、洋葱和莴苣。

支线终点站就是古老的海滨小镇基奥贾，也就是威尼斯潟湖东缘一连串细窄岛屿中最南端的一个岛。威尼斯浮在远处水面上，有如海市蜃楼，梦幻般的尖塔和圆顶在雾气间悠然可见。

基奥贾可以说是拥有陆上交通的威尼斯，结果并未因此更热闹，反而更混乱——游客少，当地人多，后街上只有狗和小孩，而且就我所见只有一家旅馆。我并未打算在此停留。我到得早，足够到处看看再离开。基奥贾只是个平凡的小镇，没有辉煌的形象必须维持，因此气氛平静愉悦。这里也看得见音乐会和其他庆典的广告，但是它必须经常抗拒各方的嘲谑，因为人们经常拿它跟威尼斯比较而有所贬抑。

渡轮“克罗迪亚”号停靠于主要码头，我把行李托付给船长，便踏过一座座桥梁，沿着小河道而行，由镇的一端逛到另一端。午餐后，我尾随一对紧张而疲惫的新娘和新郎。他们刚拍完照，身后跟着亲戚和笑谑的朋友，以及其他看热闹的人。自始至终，新娘的礼服和长裙都在码头的泥浆中拖行。

我在基奥贾买了一张盖有一九三五年邮戳的古老风景明信片，中意的不是画面上的风景，而是旁边的一句话：你永远在我心中，献上数不尽的吻。这么甜蜜的情感使我的精神为之一振。

基奥贾的工人经常搭乘“克罗迪亚”号通勤丽都岛。这绝不是趟轻松的旅行，船费便宜却累人，全程要一个半钟头以上，包括乘渡轮、搭巴士，有些地方还要走路。整趟转乘很有意大利式奔波的辛苦。渡轮横越海域抵达佩莱斯特里纳岛时，有一班巴士等在码头，以便接送旅客前往岛的北端。这个岛上有些较近代、较丑陋的房屋，也有绿野平畴、足球场、学校等，跟一般意大利沿岸市镇似乎并无二致。只是它的左侧是潟湖，右侧是海墙，使人对其狭长与低洼印象深刻。这里的土壤潮湿，像荷兰，有种非天然的填海的感觉，脆弱、虚假，不像结实的地面，更像竹筏或地毯，很容易沉没似的。

巴士行抵滨海圣玛丽亚站后，直接开上在岛屿北端守候的另一艘渡轮“阿米亚纳”号，连人带车航行半英里，抵达另一座狭长的小岛——丽都岛。巴士载着乘客一起上岸，继续前行，不久便抵达丽都水上出租船站。

丽都岛是住宅区，是向往林荫大道、汽车和游泳机会者的理想住处。该岛横断海域，犹如威尼斯海岸线部分，“丽都”即“海滩”之意。有几家豪华壮观的旅馆，拥有私人的亚得里亚海滩；还有许多小旅馆及民宿。今天海浪较大，冲击在“海浴旅馆”的海滩上。在《魂断威尼斯》中，冯·阿申巴赫曾在此觊觎可爱的少年达秋，沉思生命的意义。这部描绘淡季风情的杰作应该取名为《魂断丽都岛》才对，因为丽都岛跟威尼斯是两个迥异的地方。

我考虑是否该住在海浴旅馆或伊克斯西尔大酒店，想想又作罢。除了顾虑价钱太贵，我也不愿跟丽都岛的生活隔绝，而犹如住在镀金的笼子里。日后等我只需要看书，而不需要写书的时候，再回来住吧。这些高级旅馆似乎提供了地中海地区最高的享受，不过这是有代价的：大约六百美元一个晚上。我在靠近潟湖侧的地区找到一家意大利处处可见、干净宜人的普通旅馆，翌日早上便发觉自己选对了地方。

第二天早上，我沿小街走向潟湖，一眼便望见一支小型船队迎面而来。那些船上悬挂着各式旗帜，船首高耸，比威尼斯的贡多拉还要大、还要精致，镶金边，髹有亮丽彩漆。带头的那艘船上竖着一个高大的十字架，其他船上则载着各圣徒的雕像，一切都由划手负责打点，由威尼斯横越潟湖，划向丽都，在晨曦中破浪而来。

原来我来得正是时候，恰逢耶稣升天节的庆典，当地每年这一天都会举办和大海结婚的典礼。昔日，总督大人会将一枚戒指投入潟湖，然后由一名年轻渔夫潜入湖中取回。今日则是先举办船渡仪式，再在丽都的圣尼古拉教堂举行弥撒（一一七七年红胡子皇帝①在前往圣马可教堂晋见教皇亚历山大三世之前，便曾在此停留）。

这项典礼是宗教仪式的祝福庆典，漂亮的船只沿着堤岸排列，旗帜随风飘扬，孔武有力的船夫因长途划行而气喘吁吁，人人穿着溅湿的服装站着，脱下帽子，两眼下垂，一副虔敬的样子。接下来的弥撒则如一般婚礼仪式后举行的快乐弥撒，令我回想起以前担任祭台助手时参与过的婚礼：事后苦恼的新娘父亲总会塞给我们一点小费。如今也有人传递小费与纪念品给船夫，他们在这项典礼中也担任犹如辅祭的工作。这项与大海结婚的典礼是为“纪念公元一千年征服达尔马提亚”而举办的；我的导览上写着：这段海岸摇橹、旌旗与祝福的民风已持续了将近一千年。

我搭乘水上巴士从丽都前往真正的威尼斯。由海域前往水都，海水在阳光中光芒四射，使我不由得瞪大眼睛，甚至有点为之震颤，那种极致的美会令人兴奋到几乎惧怕的地步。

威尼斯具有神奇的魔力，是世界上最美丽的都市，因为所有岛屿都装点了华厦、别墅与教堂。这是个人工都市，但因出自天才之手，它在潟湖中灿然闪亮，漂浮在如梦似幻的倒影上，有线条最

---

① 即神圣罗马帝国皇帝和日耳曼国王腓特烈一世，在意大利战役中，也曾支持维克多四世争取教皇一职，后因战败而在一一七七年承认亚历山大三世为教皇。

优美的桥梁、举世最完美的天际线——只见圆顶、尖塔与铺瓦的屋顶。周边只有一种颜色，最柔和的石头色。放眼望去，看不见陆地，完全没有土地，只有水上交通和交织的运河。每个人都知道这些，却没有人对这一幕有心理准备，因此它所造成的冲击格外难以承受，令人害怕，怕自己会着魔而陷入无助之境。来这里的访客个个目瞪口呆，内心充满虔敬，不敢相信这些滑腻的石头竟会绽放出如此炫丽的光泽。

没有言语能完全描绘威尼斯，也没有污点能消减它的美。这里会定期泛滥，大理石遭到破坏与侵蚀，绘画剥落，角落臭气冲天。它的运河是绿色的，有些似乎有毒。市内垃圾乱丢，而且鼠满为患，即使大量的猫也难以对付。一些古老墙壁和教堂石柱上有涂鸦，我注意到“贝卢斯科尼在危害大众”及“贝卢斯科尼是民主的杀手”等字句，但为数不多。人们仍住在威尼斯，孩子们仍在后街玩耍，家家户户也仍在后街活动：转动叽嘎作响的制面机器，男人相聚抽烟，女人剥番茄皮。巷弄里，有些乞妇抱着孩子，举着牌子：“请救救我的家人——前南斯拉夫人”。虽然威尼斯的确在下沉，而且终有一天不是完全消失，便是摧毁殆尽，但它仍散发出一种脆弱与戏剧气氛，一种生命有限的激情。

威尼斯的室外乐趣——散步、搭乘水上巴士游览、凝视建筑，跟在室内参观绘画与雕塑杰作一样精彩。但两者都令人觉得无望，因为实在没有时间看完每样想看的东西。由于我只是路过，为了善用时间，特别为自己制定了一个计划：只去教堂和画廊参观所有与海相关的绘画，比如海战、舰队、宗教画背景中的运河和贡多拉，以及有关海的神话。所见最佳的一幅陈列于圣马可广场总督府，由提埃坡罗所绘的《海神向威尼斯馈赠礼物》——一位代表威尼斯的美丽女神怡然斜躺着，而头发斑白的老海神则献出一个大型角状贝壳，里面放满金银财宝。

在威尼斯西缘，邻近停泊大型船只的码头处，也就是至尊圣母堂旁边，是座规模颇大、状至阴森的中世纪监狱。对我来说，在威尼斯坐牢，正符合地狱的古典定义——接近天堂，却绝对不准入内。

这也正是我必须离开威尼斯，搭乘拥挤的火车前往的里雅斯特时的心情写照。

在前往的里雅斯特的路上，我很少瞥见海，然而当火车爬升到奥里西纳，进入形成著名的布拉风的山区时，我却饱览了威尼斯湾的全景。那是离开意大利境内的最后一幅景致——由火车左侧窗口，你几乎可以把口水吐在斯洛文尼亚境内了。

即将西沉的太阳为渐浓的暮色扭曲，失去亮度与色泽，逐渐转为橘红，然后缓缓沉落消失，终为白色海面吞噬。

火车煞住，停在的里雅斯特南站时，车上乘客已大为减少。我步出车厢，感觉自己已不在意大利境内。这里几乎不属于地中海地区。

的里雅斯特曾是奥地利港口，我看它就像海边的维也纳。城中仍矗立着灰色哈布斯堡式建筑，每一栋都像是某家保险公司的总部大楼，包括“行神迹的圣安东尼”教堂，建筑物从港口沿坡层层往上分布，险峻而令人望而生畏。的里雅斯特的建筑门面宽广平整，这不是一个由公寓与套房组成的都市，也没有私人宅院或散布于后街的灰泥小房屋。这里没有鸡，很少见到猫，狗都拴着狗链，整个都市有如北欧的姊妹城般肃穆阴沉，散发着黏腻糕饼的味道。斯韦沃的小说中曾具体描绘这个城市的情况。比如《泽诺的意识》，是一个男人企图戒烟的内心告白，以及《未老先衰》，是一段关于迷恋的故事。斯韦沃的朋友詹姆斯·乔伊斯曾力促他将后者取名为《年华老去》。

乔伊斯在的里雅斯特断断续续住过七年，完成《尤利西斯》的大部分内容，教授英语，并爱上了他的一个学生。世界最伟大的旅行家之一，理查德·伯顿爵士，在职业生涯末期也担任过英国驻的里雅斯特领事。当他太太伊莎贝尔为这里的流浪猫与过劳驴子的命运担忧时，伯顿则专注于著作。他们也曾在前线的奥皮奇纳村待过一段时间。伯顿夫妻深爱的里雅斯特，终而在一个公寓街区拥有十七个房间，用以摆设伯顿爵士的矛枪、决斗用剑，以及他搜集的色情文物与古版书。伯顿着有十余本书，包括翻译的《天方夜谭》，后来在的里雅斯特去世。

短短几个钟头，人们便可由一片光灿的威尼斯抵达戚然阴灰的的里雅斯特，不过地中海地区本来就充满令人惊异的转折与变化。其实自从抵达亚得里亚海岸以来，我便一直在烦恼下一步的克罗地亚之行。我曾在巴里和安科纳看到驶往斯普利特的渡轮，但是他们告诉我“没有开往杜布罗夫尼克的渡轮”，也没有前往黑山的海上交通。我当然知道原因何在。我一直烦恼此行，而我对该地战争与破坏的了解，也使我在梦里都难获安宁。的里雅斯特倒很安全，但这是我所见过最严肃的地方，似乎刻意让我调整心态，以进入更阴郁之境。

虽然天刚黑，路上行人已很少了。我沿着港区走了一遍，再由内部街道往回走，找到投宿的地方。

“是什么风把你吹到的里雅斯特来的？”柜台职员问我。

“因为好奇，”我答道，想起那个让我对的里雅斯特有切身印象的作家，“而且我读过斯韦沃的小说。不过，是英译本。”

“看英译本更好，原文太复杂了。”

意大利人实在很会奉承人，即使是在斯洛文尼亚边界的意大利人也不例外。西班牙人太内敛，不会赞美别人；法国人嫉妒心太强，而且不肯定；科西嘉人则太骄傲。对生性慷慨、个性外向的意大利人而言，赞美人是正常的事，反正说话并不花钱，反而可以使日常生活变得更为顺畅。我曾在威尼斯掉过一张很重要的票，票务员先是温和地责备我，可是当我自责“我是白痴——真的太笨了”时，他却反过来安慰我：“不，不是的。掉张票是常事，不要那么苛责自己。”

我有些迫不及待地问那名职员：“我要去克罗地亚，你对它的旅行情形了解吗？”

“什么都不知道，”他回答，“不过我们这里有时会有难民。”

第二天我便见到了几个难民——举着措词礼貌的牌子的乞丐，以及带着背包与箱子在码头无所事事、神情迷惘的一家人。在经过变化多姿的威尼斯之后，这里显得格外严肃。当地人比我见过的一般意大利人还高，皮肤更白，讲话十分简洁。这是个穿西装的城市，一个带有坚定与繁荣气氛的商业都会。

乔伊斯曾是最令人玩味的一个难民，一个流亡的里雅斯特文学家，在此城的某栋公寓内等待第一次世界大战结束，并完成有关都柏林的杰作。但他之前也曾来过的里雅斯特。一九〇四年到一九〇六年间，他由爱尔兰避居到此，练习“沉默、放逐、狡猾”；他在贝立兹学校担任英语教师，并从事短篇小说写作。短暂离开之后，一九〇七年他重返此地，担任英语家教。他有个学生名叫赫克托·施米茨，是个中年人（乔伊斯当年正值二十五岁的青春年华），而且是个商人。当乔伊斯拿了一份早期短篇小说《死者》的草稿给他看时，学生也拿出两部以“斯韦沃”为笔名所写的小说。他告诉乔伊斯，这两本书都是老掉牙的东西——他曾在十二年前出版《一生》，然后在一八九八年出版《未老先衰》。年轻的乔伊斯宣称斯韦沃是被埋没的天才。他尤其欣赏《未老先衰》。

其中理由显而易见。那本小说是描述欲望的自欺性质，而且整篇故事的发生地都在城市，笔调平淡，但对主角迷恋之情的每一阶段历历如绘。埃米利奥是个作家，因为文采风流而多愁善感，迷恋安焦利娜；安焦利娜喜欢挑逗他，偶尔在性方面对他略施小惠。安焦利娜是个心眼很多的美丽女郎，自然还有其他情人。乔伊斯为施米茨书中所描绘迷宫般的城市，以及带有羞辱感的激情着迷，日后施米茨和他笔下的英雄，都成为乔伊斯塑造的英雄布卢姆的部分前身；施米茨对的里雅斯特的细腻记述必然也影响了乔伊斯，使他在《尤利西斯》中，运用许多都柏林的真正街道、酒馆和剧院为背景。

在探索斯韦沃笔下的的里雅斯特时，我领悟到对这个都市的认识有助于了解小说的精微处。这个城市是埃米利奥的世界，他的恋情遍及整个城市。他们在市中心大道邂逅，其后，“他们总在户外晤面”。埃米利奥在郊区道路上追求安焦利娜，每条道路都确有其名，然后他们转移到城市边缘的奥皮奇纳街及战神广场。

我前往的里雅斯特西南隅的战神广场参观。埃米利奥在这里

"看见兵工厂延伸于整片海岸……'劳力之都！'他感慨着，惊讶于自己竟挑选此地与她欢爱"。数页后，埃米利奥又在该城的另一端跟安焦利娜亲热。我也前往那里，见到了公园，还穿过法比欧-塞韦罗路，沿着罗马路而行。我爬上城堡，又下山前往老屏障广场，再回到城中心的广场，享受咖啡和甜点。我很得意于自己利用一本差不多在一百年前写成的小说为指南，在城里参观了一整圈。

就我所见，的里雅斯特没有游客。比起游客人满为患的威尼斯，它简直冷清得离奇。不过游客为什么要来呢？不错，镇上是有座罗马圆型剧场，中心广场后面也有一座，还有个破损的罗马拱门——旧城的城门，但是由于损毁得太严重，乏人理会，只是凸出于后街一栋污秽建筑之外，位于一处建筑工地旁，反而显得碍眼。拱门上没有任何标志，只有最近才写上去的一句涂鸦：永远去他的法西斯主义者！

就在我认定此地是迄今所见最安静、最守法的地方时，却目睹了一场凶恶的夜间街头打斗。

这是我到达的第二天，饱餐了一顿（并烦恼着克罗地亚的食物配额问题）之后，在街灯下穿过意大利广场时，我听到尖叫声。先是一个年轻女人的哀号，然后是男人的大吼声与乒乒乓乓的声音。在一家餐厅外，男人们正蠢蠢欲动地摆出打斗架势，犹如人猿正发怒般。闹事的男人有八九个，各色人种都有，龙蛇混杂，先是敲打着桌子，然后喧闹地展开突击，打完便退，退得越远便越凶悍，到后来便扔桌子、扔椅子。这是一种打斗的规则，只是扔扔东西，相互威胁，是一种自制的表现，而那名年轻女子自始至终都在尖叫。但到后来双方终于失去控制，斗殴起来，又是踢脚又是挥拳，是我离开直布罗陀以来见过最狂野的局面，我绝没有料到会在的里雅斯特见到这一幕。

不过，这只是一次例外。这里大抵严肃得近乎沉闷，却有我见过最漂亮的女人，身材高挑而苗条，五官轮廓分明，举止轻盈，打扮也比别地的女人好，不像英格兰边界的女人。的里雅斯特的食物口味不浓，但是很丰盛：贻贝意大利面、水果和鱼，还有弗留利地区产的最佳葡萄酒。我终于了解乔伊斯决定来此居住与写作的原因了。

离开的里雅斯特也意味着离开意大利，我意大利语讲得颇为流利，因此在这里过得很愉快，吃得好，人们待我也好。但我终将告别此地，前往陌生之境——新建立的斯洛文尼亚，以及它分崩离析的邻邦——克罗地亚共和国。

第十一章

乘“利伯尼亚”号前往扎达尔

我今天的目的地是皮夫卡，“在斯洛文尼亚某个地方”（别人这么告诉我），可以从的里雅斯特搭乘“布达佩斯”号快车前往，车程大约两小时，不过我必须利用三十秒的靠站时间飞快下车。这是个阳光普照的早上，我在白昼的燠热中打盹，但到了边境办理通关手续时，便完全清醒过来了。

到目前为止，我在各地都很少出示护照，然而离开欧共体，前往仓促独立的前南斯拉夫各共和国，意味着从此我必须接受详细检查了。在边境高耸的喀索山区，意大利官员在我的护照上盖了一个章，并搜索行李袋；走了数英里，到了斯洛文尼亚边境的塞扎纳，我又经历了一次检查，不过这次很奇特。斯洛文尼亚的海关人员命令我到火车走道上，然后把行李袋踢到一旁，掀开椅座检查。他窥视我可能窝藏手枪或金钱的空隙，但除了灰尘，什么都没发现。他把座椅装回椅架上，然后用英语说了一句再见。在签证和通关事宜方面，越小的国家越是郑重其事，就像个小警察在指挥交通。

火车内的乘客寥寥无几，显然没有人想离开富庶的意大利，前往物质短缺的卢布尔雅那或布达佩斯，或两者之间任何令人绝望的小站。例如，我便是唯一在铁路接驳站皮夫卡下车的旅客。

千里迢迢一番周折后，我竟然来到一个什么都不是的地方。不过我必须承认，在走过各著名都会之后，骤然站在一个迷你月台上，置身于一堆看不懂的标志间，还是有种满足感。尤其，皮夫卡这个可恶的名字似乎有种特异的贬抑无趣，就像一个侏儒的绰号。不过旅行经常是种悲哀，甚至带有自虐性质的乐趣，因此抵达名不见经传、景观可怖之处，也是旅行者的乐趣之一。

此地就像东欧悲情电影中那些偏远的接驳小站，人们穿着古老的服饰，干些毫无意义的谋杀案。我抵达时，正值炎热的下午。

我走进车站酒吧，点了一杯咖啡，觉得自己像个怀有阴谋的陌生人。酒吧内光线暗淡，布置破旧，空气浓浊，带有一股廉价香烟的臭味。我没有斯洛文尼亚钱币，但是意大利里拉可以通用，而且可能更受欢迎。这些新建国家的人民在环境冲击下被迫适应局势，也被迫讲英语。我给店员一张小面额的意大利钞票，结果换回一卷斯洛文尼亚钞票，都是遭贬值、仍带有墨水印的新钞。我算了一下，这一大杯咖啡花了我三十美分，是我十五年来喝过最便宜的咖啡。

一些面色苍白、抹着发油的男人正不断抽着烟，咕哝交谈。我想用墙壁上生锈的电话机打电话，却买不到需用的代币。

“没有代币。”一名年轻女人告诉我。她叫玛塔，会讲英语。

“我是外地来的，想参观一下皮夫卡。你可以告诉我最值得看的是什么吗？”

“没有东西可以看。”她回答。

她正疲倦地用一块脏抹布擦拭着玻璃。吸了吸牙齿间的口水，把一绺松脱的头发撩到耳后。

“而且是冬天。”她又说。

“天气怎么样？”

“很糟。”

“夏天呢？”

“太热。”

“但是这里不打仗。”

“对，那是……”她用抹布挥向东方，水也溅在酒吧镜子上，“那里。”

酒吧内那几名男子继续喝着啤酒，拼命抽烟，没有人理睬我。我透过一扇肮脏的窗户，望着一个脏兮兮的黄色引擎开上岔道。每当置身于这种地方，我都会想：“假如我出生在这里，又会怎么样？”

我把行李袋寄放在站长处，步向皮夫卡市区，所谓市区，不过是一条狭窄的道路和冷清的商店。这个小镇被煤烟熏得发黑，到处是油漆剥落和贫穷的景象，但是并不肮脏，只是疲乏，就像这里的人，就像酒吧里的那个玛塔。我走在科德沃斯卡基思塔街的狭窄人行道上，不时有一辆汽车经过，都是超速的小型汽车。一辆锈蚀的“瓦尔特堡”、一辆“扎斯塔瓦”，以及几辆喘息连连的“尤格”。车子和我擦身而过，给我一种遭到除草机攻击的感觉。我可以听到汽车引擎和耗损风扇皮带的转动声，以及散热器漏油的喷溅声。不过即使是小车，也表达出了强烈的民族意识。一辆车上贴着“斯洛文尼亚”字样的贴纸，其余的则贴着简称。

沿街散步时，我听到一栋房子里传出小孩的啼哭声，以及女人的责骂声，然后一声巴掌响起，小孩哭得更大声，招来更多责骂。

就这么骂、打、尖叫，骂、打、尖叫。

我想找个地方吃东西，便问当地人——比出吃东西的手势，他们的回答是“车站”。就是那个可怕的小酒吧？我不得已返回车站，发现大约一个钟头后才会有一班车开往里耶卡。我又跟玛塔聊了一下，她劝我去里耶卡，虽然它不在斯洛文尼亚境内，而是隶属克罗地亚。我坐在阳光中，看看书，补写笔记，聆听皮夫卡灰色麻雀叽叽喳喳的叫声，直到火车终于驶来。

这辆波兰制造、只有两节车厢的“斯洛文尼亚”火车大约有二十年历史，车上挤满了放学回家、难以驾驭的学童。他们彼此叫嚣了一阵才闭上嘴巴。当地有种歇斯底里的气氛，或许和政局不稳及相互指控有关。没多久，那些学童一起下车，车上只剩八个人：七个老人和我。有趣的是，这里的乡村也跟都市一样破旧而邋遢，根本不像大自然，反而像是象征贫困乡下的舞台布景，瘦削饥渴树木、杂乱失色的草坪，以及萎谢的野花。东侧高达六千英尺的斯内日尼克山看起来也像要坍塌似的。

“比斯特里察。”列车长在剪票时说，并指示我下车。

过海关时，一个穿着宽松警察制服的年轻人翻看了一下我的护照，然后交还。这是民族主义最烦人的地方之一，每隔几英里就来到一个小不点共和国的边境，然后行礼如仪地检查护照。

火车吱嘎驶入墙上爬满紫藤的小车站。我们枯坐在车上，老人叽呱交谈，我试着逗引他们跟我讲话，可惜他们都不健谈。

“只要告诉我，我们目前在哪里。”

“我们刚离开斯洛文尼亚共和国，正要进入克罗地亚共和国。”一个老人终于说。

他的语气并无讥讽之意，但是这句话就已经够讽刺了。我们才走了多远？离皮夫卡大概才二十英里吧。

“你需要签证。”一名警察说。

这里是沙普雅尼，克罗地亚共和国的边境城市，和皮夫卡或比斯特里察很像。当一个国家很小时，即使这样一个几乎无人居住的迷你村落，也因其无意义的重要性而洋洋得意。微风袭来，吹拂着铁轨上的杂草，松林飒飒作声。一头牛哞地叫了一声，脖子上的铃铛叮当作响。更多麻雀飞来飞去。海关！移民局！你需要签证！一个公事公办却颇有礼貌的警察正努力填写一份表格（“父亲名字？出生地？旅行目的？”），然后在我的护照中贴了一张状至浮夸的签证。这项一丝不苟的作业花了我十五分钟，我还是唯一的外国人。如果车上有四五个外国人，那么只有求老天保佑了。

我们在种族归属方面都获得了认可：一个美国人、七个克罗地亚人。其实在南斯拉夫解体前，火车会以八十英里时速飞驰过这一站。不过我并不埋怨这次延误，这只是一次试验性的旅行。如果我直接由意大利飞往克罗地亚，便不会有目睹这种可悲的滑稽剧的特权了。

办完公事，警察也变得可亲起来。他叫马里奥，是里耶卡人，每天通勤到边境上班，年纪二十三岁。我忍不住对可笑的官僚主义作风提出批评——我们已经在车站待了一个钟头，还在等。

“是啊，是会有耽误的情形，因为我们现在都分开了，”他说，“斯洛文尼亚、克罗地亚、塞尔维亚。波斯尼亚有穆斯林。”

“他们不一样，是吗？”

“很不一样。你知道，斯洛文尼亚人更像德国人或奥地利人。”

这已经变成通行的说辞了：我们是高大勇敢的条顿民族，他们是黝黑矮小的野蛮人。事实上，在我看来，他们长得都很像，都是斯拉夫民族，因为我没有受南斯拉夫偏见的熏陶。我很快便发现，南斯拉夫人在一英里外就可以嗅到种族污染的气息了，前面这个是波斯尼亚人，那个是斯洛文尼亚人！

我很有礼貌地向马里奥表达这一点。

"那是因为我们以前通婚的缘故。"他说，"可是现在我们不通婚了。"

"多可惜。"

"呃，其实，要建立一个大国是铁托元帅的意思，但也许太大了。"他一面讲，一面用擦得雪亮的靴子戳弄着铁道上的鹅卵石，"还是有我们自己的国家更好，在政治上更自由。也许跟美国一样，在华盛顿有一个政府，而每个州也有各自的政府。"

"马里奥，我们从纽约到新泽西并不需要护照和签证。"

马里奥哈哈大笑。他很聪明，英语也好得足以了解我想指出的荒谬。不过，战争毕竟还在进行。

"我去黑山有问题吗？"

"我认为有，"他答道，"还有，塞尔维亚也有问题。你是哪里人？"

"波士顿。"

"库科奇替公牛队打球，"他说，"迪瓦茨替湖人队打球。可是我支持公牛队。"

"他们最近打得不太好。"

"他们昨天晚上赢了。"马里奥说。

在克罗地亚最偏远的一角，沙普雅尼的贫困地区，一群哞哞叫的牛群间，我竟然得知美国职篮的最新战况。

“迈克尔·乔丹，”马里奥仰慕地说，“他是世界上最伟大的球员。”

先前我搭乘的斯洛文尼亚火车已返回皮夫卡，而一班克罗地亚火车也终于由里耶卡驶来，载我们返回原地。我在车上用意大利语跟一个克罗地亚人聊了起来，对这些冒出来的共和国造成的复杂性提出评论。

“这些都是狗屎。”他告诉我。

里耶卡以丑陋闻名，但实际状况没有那么糟，里耶卡是另一个濒临亚得里亚海的港市，地形陡峭而分散，有种被遗忘的气氛。当地仍有很多人会意大利语，他们是在墨索里尼帝国统治时期学的，当时这里叫阜姆（跟里耶卡一样，都是“河流”之意）。一九〇六年，乔伊斯曾在一封信中写道：“阜姆是个铺有柏油路的干净城市，带有非常现代化的积极前进风气。就大小而言，这里比的里雅斯特好多了。”抵达后不久，我便前往汇兑处换了一点钱，顿时跻身百万富翁之列，不过是当地货币“第纳尔”的百万。

早先在旅程中我曾阅读纳博科夫生动的回忆录《说吧，回忆》。他描绘童年时由圣彼得堡前往阿巴齐亚旅行的情形；在世纪之交，俄国人经常前往该地旅行。我在意大利时打听过阿巴齐亚（有“大修道院”之意），但是附近沿岸并没有这个地名。后来我在克罗地亚地图上看到一个用括号括起来的地名，才知道它便是今日的奥帕蒂亚，就在驶往里耶卡铁路的倒数第二站，距离此地仅有数英里之遥。

“石头上有很多小洞，里面盛满温暖的海水。”纳博科夫描写那个地方，“我对那些小小的湛蓝小水池编统魔咒，施展魔法。”

那是一九〇四年，纳博科夫才五岁，跟着宠爱他的父母同行。他们租的别墅有一座“有垛口的米色塔楼”。他还记得远赴阜姆去理发。形容他在卧室里听到亚得里亚海的声音，“大海好像在黑暗里起身摸索前进，然后重重地迎面扑倒在地。”

当晚我留在里耶卡，又吃一顿比萨，并投宿一家便宜旅馆，这便是理由，为了隔天一早到奥帕蒂亚一游。我发现那是个被弃置的滨海度假胜地，仍保有优雅的一面，像是落魄的芒通。只见老年人用扫帚扫着宽阔的步道，旅馆门可罗雀，餐厅关门歇业。这是温暖而有阳光的一天，却只有海水不断拍打着乏人问津的海滩。

“游客会在周末到这儿来。”报摊一名妇人用意大利语对我说。

回到里耶卡后，我打听前往扎达尔的火车交通情形。扎达尔近日遭到塞尔维亚人猛烈的炮火攻击。

“哈！最近没有火车来！”旅馆内的一个女人告诉我，不过她没有弃我于不顾。

“你知道该怎么做吗？马上离开旅馆，直接到港口去，你一定找得到的。再过两个钟头正好有班渡轮。”

那是班沿海航行的渡轮，可前往扎达尔和斯普利特。

“你认为我买得到票吗？”

“哈！没问题！”她答道，“现在没有人来这里了！”

我抓起行李袋便赶往码头，不到十五分钟便购得一张价值五美元的船票，登上“利伯尼亚”号渡轮。不久，我与一百名左右的克罗地亚人，在夕阳中乘着渡轮陆续驶经沿岸诸岛，包括克尔克、茨雷斯、拉布、洛希尼和帕格，而我也很开心自己再度上路了。

船上有六名德国游客，正享受战争带来的特惠旅行——绝望的旅馆老板、没人上门的餐厅、无限供应的海滩伞，以及贱价的啤酒；其余乘客则是克罗地亚人。我是唯一前往扎达尔的，其他人都是去斯普利特。

战争造成的冲击在“利伯尼亚”号渡轮上显而易见：香烟抽个不停的成年人，一副面容呆滞、仍处于震撼状态的模样，以及我迄今见过的最疯狂而具侵略性的狂野不羁的青少年——此行我已见识过太多精力过剩的青少年，因为他们经常搭乘火车上下学。这些克罗地亚的孩子举止疯癫——抓着支柱旋转，翻越栏杆，相互捶打，尖叫或哭泣，直到夜里十一点行经达尔马提亚海岸时，他们还一直喧闹不休，企图将彼此推出栏杆，推落克瓦内尔湾。

我推测，这种激动的状态是战争的动荡不安与暴力气氛造成的。即使只听到隆隆轰炸声，他们多少还是受到战争的波及。而且，他们都正返回曾遭到炮火攻击的克罗地亚领域。塞尔维亚人的威力所及几乎已达海岸边缘，许多滨海城镇都曾遭到轰炸或入侵。这些孩子歇斯底里，有时候我真担心哪个孩子会被推出船舷，果真如此，我们也得耗费大半夜时间，在海中徒劳无功地打捞尸体。

这种神经质的情绪是一种战争焦虑症，沮丧之中夹杂着间歇性的过度警觉。仿佛因为大人什么都不说，不是彼此交头接耳就是猛抽烟，孩子们便借着种种疯狂行为以表达大人心中的恐惧或敌意。

我躲进船上的自助餐厅。但即使在餐厅内，也有青少年追逐其间，或撞到桌子，或弄翻椅子。没有人叫他们闭嘴或停止吵闹。

“这些孩子很烦人。”我对同桌一名年轻人说。

他耸了耸肩，他听不懂我在说什么。“你会说意大利语吗？”他问。

他说他是克罗地亚人，但住在瑞士，在瑞士就学，还在洛迦诺兼差当酒保——洛迦诺就在马焦雷湖尽头的瑞士境内，与意大利为邻。“我恨法国人和德国人，不过他们也不理我。”他工作的俱乐部常有女孩子流连其中，有巴西女孩、多米尼加女孩，甚至菲律宾女孩。“你可以说她们是妓女，因为只要价钱合适，她们就会跟出价的男人走。我对她们没有兴趣。”

他此行是回斯普利特对岸布拉奇岛的家，补度拖延已久的假期。

“去年我没有回来，因为塞尔维亚人和克罗地亚人在山区交战，斯普利特也不安全。现在已经平静了，还是没有人来，因为他们听到打仗的消息，都害怕得不敢来。”

“这场战争有没有好人和坏人？”

“这样说好了，我们是克罗地亚人，但是去年我父亲被抢了差不多五千美元的第纳尔，抢匪也是克罗地亚人！”他哈哈大笑。他正忙着吃意大利面。“塞尔维亚人是新教徒，克罗地亚人是天主教徒，波斯尼亚人是穆斯林。就我来讲，我听不懂斯洛文尼亚语、黑山语或马其顿语。那些就像外语。波斯尼亚、塞尔维亚和克罗地亚的语言则大同小异，然而我们之间已经不讲话了！”

他吃完一盘，回去排队，再端了一盘回来，也是意大利面、生菜、炸薯条和一块油腻腻的肉片。

“我很饿。”他解释着，将第二盘食物放在桌上，“我很会游泳，在学校里是水球队队员。”他再度大啖，过了一会儿才继续说：“这餐饭才七块钱。所以，这里也许不是多棒的地方，但是很便宜。”

我回到甲板上，那些青少年仍在追逐喧哗，许多人则已经在甲板席地而寝，阴影之中横躺着一堆堆人体。即使已经晚上九点，天空仍未全暗，珍珠般的灰蒙光线，海水犹如肥皂水，平静无波，靠西方的天际仍飘浮着片片霞光。

海岸上闪烁着点点灯光，沿海离岛上的灯光更为稀落。过了不久，我见到规律的闪光，知道一定是灯塔，接着渡轮便驶入冷清黝暗的港口，岸上只有几个人守候着，准备引导渡轮靠岸。

这里就是扎达尔，时间正值午夜，而我是唯一离开渡轮、步下船板的旅客。我看见办公室有光线，里面有一男一女在整理文件，并吞云吐雾。

“我刚下船，”我告诉他们，“想找一家旅馆。”

男人摇摇头，女子则说：“这里只有几家旅馆，都住满难民了。”

“你的意思是，没有地方可住了吗？”

“现在太晚了。”她说，“科洛瓦尔旅馆或许可以。那里也有难民，不过可能还有空房。”

“那家旅馆在哪里？”

她指向码头尽头的黑暗处。“从那里走，两公里，也许三公里。”

事实上有一英里多。我并不怕这段距离，也不在乎这么晚了，但是一想到要独自在距离波斯尼亚-塞尔维亚战线十二英里的地方行走，我就害怕。只有存心自找麻烦的人，才会三更半夜在这种地方走路。

“这里能不能叫出租车？”

“这里没有出租车。”男子回答。

“谢谢。”

我正转身准备离开，男子又说：“等渡轮离开之后，我可以送你一程。”

我便在扎达尔的阴暗码头等候。此情此景很像德·基里科[①]所绘的码头风景，同样光秃，同样令人困惑。没有汽车，没有人烟，没有动静。这种反常的寂静比嘈杂更能凸显战区的典型特点。因为在战争期间，经常好几个星期平静无事，然后在数秒间天崩地裂，骤然生变。

“利伯尼亚”号渡轮要到凌晨一点半才再度启航。我心想：只身旅行有什么好奇怪的呢？我根本不知道自己在干什么。我经常不知道下一个小时会有什么计划。比如前往奥帕蒂亚是一时兴起的决定，就像临时决定前往皮卡夫，又突然决定离开一样，里耶卡一行也不例外。而此刻前来扎达尔又似乎不会有收获。我一个人也罢，如果拖着另一个人随兴而行，对他实在不公平。我今天一早在里耶卡，中午在奥帕蒂亚吃午餐，然后买票回里耶卡，而下午开始便一直在坐船。现在午夜早已过去，我还没有地方可住，行李也重得像大石头。倘若结伴而行，我早已跟对方疯狂道歉。但事实上，我挺开心的。你在扎达尔，老兄，这可不简单，那么久了，你还在地中海地区！

“你看到那些建筑上的破洞了吗？”负责轮渡事宜的男人一面

---

① 乔治·德·基里科（1888—1978），意大利画家，创形而上绘画，选择被遗弃的城市角落为题材，以营造悲怨的情绪。

打着呵欠，一面招呼我，英语夹杂着德语。他叫伊沃，接下来一个星期左右，我碰到好几个叫伊沃的。

许多建筑墙面的灰泥被炸落，有些墙上还有大洞，许多玻璃也都震碎了。

“手榴弹炸的。”伊沃解释，“塞尔维亚人在船上，就在那里，朝我们打。这里——”他指指停放老爷车的路面。“原本炸了一个洞，后来填好了。但是其他地方还没补。镇上的情况比这里更糟。”

我们爬入车内。他开得很慢，像不确定路线的老人似的。

“当时到处都黑漆漆的，整个扎达尔都是。”他说，“我怕得要命。甚至现在……”

他匆匆而又忧郁地笑了笑。

“我现在也很紧张。”他说，“真的很紧张。你看，到处都坑坑洼洼的。”

我们经过一片被炸毁的建筑、塌倒的墙垣，以及坑洞密布的街面。

“你觉得我应该紧张吗？”我问。

“也许吧，我不知道。”他回答，“对我来说，那时实在很恐怖，没有水，没有电，一片漆黑。而且打到现在还没有结束。”

距离此地不到一百二十五英里，亚得里亚海彼岸的意大利安科纳，人人肚里塞满通心粉和好酒，睡得不亦乐乎，而此岸的克罗地亚人谈的全是轰炸和战争。

“以前很多人来，”伊沃说，“如今没有一个人来，大家都怕。”

我们仍行驶在幽暗的市区里。我很感激他载我这一程，并怀疑自己能否在黑暗中摸到旅馆去。

“现在，只有你了。”伊沃说。

“扎达尔最后一个外地人，就是我。”

“希望他们有空房间给你。”伊沃将车驶入科洛瓦尔旅馆的车道。

一眼望去，全是沙包，有些堆放在入口前面，有两袋的宽度，八英尺高，有些堆置在底楼窗口外，此外，沿着车道还堆起一道沙包围墙。沙包后面隐约透出光线。这种绝对有难民寄宿，最显著的迹象便是悬挂在每一个阳台与大部分窗口的衣物，使得整个旅馆外观宛如西西里的公寓。所有门户都紧闭着。

伊沃叫醒一名老妇人，跟她说了几句话，便跟我道别，消失于沙包后方。老妇人给我一把钥匙，带我到后面一个房间。我想跟她讲话，但她急着离开。

“明天，明天。”她说。

扎达尔曾遭到严重轰炸，到处都是破坏的痕迹，而且显然是挟带着恶意的近距离攻击，比如旧城一座古罗马遗迹的古老城门便被炸得坑坑洼洼，除了蓄意破坏，这样做还有什么理由？塞尔维亚人还在附近一座公园挖战壕，架设机关枪和高射炮，攻击六十英尺外的一所高中。如今这所高中已然恢复上课，学生在操场聊天，但前门和大部分底楼窗户外仍堆着沙包，许多上层窗户也仍残破未修。整个学校门面被炸得面目全非，尤其窗框损坏最严重，显然那些枪炮都是瞄准窗内射击的，因为没有打中窗户，才误中窗框。

我跟几个学生谈天。他们告诉我，没错，现在已经相当平静了，但是不远处仍然设有路障。我问他们塞尔维亚人攻击建筑物的目的何在。

“他们想杀害平民。”一个年轻男孩说。

“学生吗？”

“任何人。”他答，“他们认为如果杀死扎达尔的平民，我们就会害怕了。”

但是日子还是得过下去。扎达尔的旧城不大，完全被包围在一道高耸的墙垣内，里面有商店、咖啡馆、餐厅、一间电影院和几座教堂。镇上教堂和大部分建筑都有沙包保护，有的高达十五英尺或二十英尺，但是仍有损坏的痕迹。街上有许多荷枪的克罗地亚士兵，他们仪容邋遢，蓄着长发，许多还戴着耳环。有些士兵看起来已是中年人，似乎没有一个是健康的。他们就如同扎达尔的市民，脸色苍白，忧心忡忡。

科洛瓦尔旅馆内的难民家庭都在大厅内消磨时间，因为没有别的地方可去，大厅已成为每个人的起居室。他们看着我，神情间没有好奇。老人家在大厅椅子上打盹，孩子们则在走道上追来追去。他们兴奋过度、心性狂乱，深受屈辱。房门敞开着，可以看到妇女在旅馆浴缸洗衣服，利用浴室洗手台洗碗，房间内则摆满烫衣板及各种家用品。他们或耳语，或尖叫。日子仍然在过，气氛却很怪异。

在距离旅馆大约十五分钟路程的住宅区，有一些小商店和咖啡馆。不过这里所谓的“住宅区”实有误导之嫌，房屋年久失修，许多满是涂鸦，窗户破损。有些家庭试着在后院种植蔬菜。至于公寓的情况，则更恶劣不堪。我想买份报纸，结果发现没有任何东西可供阅读，只有晒衣绳上挂着些漫画书和一些女性杂志。

我去一家咖啡馆点了一杯咖啡。店里正播放着一首摇滚乐：

收起你的炸弹
让我们拥有今天
收起你的炸弹
想想该怎么办
你……

“这是本地乐队唱的吗？”我问柜台后一名年轻女子。

“这是英语歌，应该是美国的。”女孩把咖啡递给我。

我不知道有这么一个美国乐队，而且那首歌是表达战时情感的。

“你是美国人吗？”女孩问我。

“对。你是扎达尔人吗？”

“不是。我家在扎姆尼克。”

“距离这里很远吗？”

“十二公里。”她答道，语气中带有遗憾，“我不能回去，我是这里的难民。”

十二公里只有大约八英里。然而，她的家仍在塞尔维亚战线内，隔着封锁的危险疆界。

“在你家？”

“也许吧。”

“真糟糕。”

我觉得惊异之至。一切都那么近：战争、轰炸、邪恶、混乱都在附近，甚至安逸也在附近，因为只要过海就是意大利的里维埃拉地区，而庄严肃穆的的里雅斯特就在北方海岸。扎达尔是个曾经被包围，然后被放弃的地方。但是敌人就在几英里外，难民也蜂拥而至。没有人真正知道他们的寄身之处，或下一步会面临何种命运。

我们聊了一会儿，然后发生了一件奇特的事。我付她咖啡钱时，她竟拒绝了，然后，她把自己的钱放入收款机。

“这是一点小礼物。”她告诉我。

她不给我坚持付钱的机会，我被她感动了。自从几个月前从直布罗陀启程以来，这是第一次有人送我一样可以称之为礼物的东西。大部分时间根本没有人留意我，我只一径由布拉瓦海岸到蔚蓝海岸，由巴塞罗那到马赛和摩纳哥，没有一样东西是自动送上门的。我必须旅行到此地才找得到一个慷慨的灵魂，而且是处于战争阴影中，在一个布满弹孔的小镇的咖啡馆里，在这个瘦削女子身上发现。或许这也是因为战争。并不是每一个人都会受到战争的摧残，有些人是因为战争而变得更美好。

我的地图显示有条铁路往南前往沿海的城市斯普利特。它还继续穿过黑山，深入阿尔巴尼亚境内。不过地图在这里并没有多大用处，地图也是战争的受害者，存在的唯一目的只是用来改写，在克罗地亚和波黑交界难分之处更是如此。事实上，塞尔维亚人正盘踞于此，企图将波斯尼亚纳入版图。以前他们也曾企图染指克罗地亚，但是没有成功，扎达尔便是一项铁证。

希贝尼克市区与近郊还有更多残留的弹孔。我搭乘巴士来，因为每一班火车都会经过塞尔维亚战线，所以没有一列火车正常行驶。巴士离开扎达尔后，便一直沿海岸公路南行，右侧是翻腾的亚得里亚海，左侧是浅灰色的巨石与乳白的山崖。没多久，我们进入一片酷似科西嘉灌木丛地带的区域，有低矮芳香的树丛，以及星罗棋布的巨岩，有些层叠成堆，有些甚至高踞成墙，使得整个地区透着一种诡异的气氛。

车上乘客不多，有几个常见的克罗地亚士兵和修女，一些年长的人和几个年轻人。车子走走停停，每次停车时，士兵就跳下车抽烟。在比奥格勒，我企图跟一群士兵谈话，却被挥手拒绝了。我自讨没趣，只好凝望外海的科尔纳特群岛。岛上有上百堆的岩石，既没有居民，也没有树木。此地的景观以岩石为主，但奇怪的是，这里规划成一片片足球场大小的田野，正好放牧山羊，或种植果树。

我在干燥多风的希贝尼克下车，去吃午餐——一杯咖啡和一块冷比萨，并观看残留的弹孔。希贝尼克的轰炸情况不如扎达尔严重，但也显现出塞尔维亚人滥射的意图，他们毫不顾忌伤及市民。就像扎达尔和这条海岸线的许多城镇，希贝尼克仍带有受伤的表情，而且仍呈瑟缩状态。我直视着它们，它们却不正眼回视。这也是战争造成的影响之一。

斯普利特距扎达尔只有三十英里，车子却走了一个多小时。我决定在此地停留，以了解所在的位置。这里是个工业港，市容恐怖，围绕着古老的旧城，有迷宫似的街道，还有丘比特神庙、天主教堂，附近有一个市场。所有面海地区、渡轮码头及巴士站（靠近另一个废弃的火车站）都聚集着一些老妇人，拉扯旅客的袖子，提供住处，并絮絮叨叨地讲着德语。

我认为这些老妇人正是我的机会，选定目标后，对方兴奋地认为她已说服我，以十美元租下她距离渡轮口仅十五分钟路程的住处。

“好房间，便宜的房间。”她用德语说着，拍拍手，比了一个“跟我来”的手势。

她租给我的房间位于一栋邋遢大公寓的三楼，但是我不以为憾，直到我发觉她和我竟没有一种语言相通，才悔不当初。她只会用德语和意大利语说“房间”和少数几个词，当然还会说一口流利的克罗地亚话。她一个人住。今晚她是公寓其他老妇人嫉妒的对象，因为她逮到了我。

如果我们能聊聊，我倒不在意被困，但是我们什么都不能谈，我又不能好奇地去探视其他房间，而且墙上所挂的耶稣和其他圣徒的受难图片也使我心情沮丧。结果我连她的名字都没能打听出来。后来才知道，那间阴暗公寓内所陈列的宗教物品，比如圣母图片和念珠等，都来自附近的默主哥耶。据说圣母曾定期在当地显灵，以激发克罗地亚人本身的宗教民族主义。

“一个星期？两个星期？”老妇人用德语问我。

“一个晚上。”我回答。

那晚很快就过去了。第二天早上，我飞奔到舒适许多的贝尔维尤酒店，并竭力打听前往南部杜布罗夫尼克的渡轮，但没有渡轮前往该地。一名负责渡轮业务的人建议我：“别去杜布罗夫尼克了，去赫瓦尔岛吧。”赫瓦尔岛是附近一座小岛。我没有接受他的建议，只是在市场里漫步，观看人们在克罗地亚版的跳蚤市场贩卖一些实用物品——这些小贩都是难民。绝望之余，我也去参观了丘比特神庙，决定做更周详的旅行计划。从斯普利特似乎可以去任何地方——对岸的安科纳、北部里耶卡，甚至南部阿尔巴尼亚，但就是到不了黑山。其实克罗地亚和黑山的边境就在杜布罗夫尼克以南十或十五英里，但是两国边境已经封锁，而杜布罗夫尼克也没有渡轮运输。不过我可以跳过黑山，直接搭渡轮前往阿尔巴尼亚。

“我们每星期有班渡轮开往都拉斯。”渡轮公司一名年轻女子告诉我。

由于那班去阿尔巴尼亚的渡轮还要过几天才出发，我可以利用这几天去杜布罗夫尼克一趟，再赶回来搭渡轮。

斯普利特（本意为“匆匆离开”）的名字似乎取得正好：我只想赶紧逃之夭夭。贝尔维尤酒店坐落在一条嘈杂的街上。天黑后街上就一片冷清，大半餐厅都没有客人——没有人有钱去餐馆吃东西。我吃了一餐腥臭的贻贝和煮得过久的意大利面，连酒都黏答答的。

可是我在斯普利特享受了一项乐趣：进入一间电话亭，插入一张克罗地亚的塑料电话卡，先拨了一个密码和我的电话号码，再拨我要拨的电话号码——总共三十一个数字，然后听到一个睡意正浓的声音：“哈喽，达令，我知道是你。我真高兴你打电话过来。我正在担心……现在是夏威夷凌晨三点。”

第二天搭巴士前往杜布罗夫尼克时，我心里想：克罗地亚的文化究竟有什么特质，使民众结合成一个国家？他们的食物是最差劲的意大利食物，语言又跟塞尔维亚一样。克罗地亚民族主义发酵的结果，其实是一种狂热的天主教教义，与塞尔维亚的正宗新教教义相对抗，双方都有恐怖分子集团与秘密组织的运作。克罗地亚原本想兼并部分波斯尼亚，后来被迫放弃，因为它本身还有其他边境纠纷——克罗地亚地图上的许多地方目前都落在塞尔维亚人手中。

人民一心以克罗地亚共和国为志向，因而随处可见民族主义的涂鸦、国旗与士兵，入夜后整座城市便不见人影，这一切似乎显示他们已不再是单独的个体了。在战争和宗教的驱使下，他们已将个人认同融注于国家，不具个人特质，仿佛已化为鬼魅。

沿着海岸公路，一座座被摧毁的村落有如暂时停工的工地，甚至周围景致也像建筑工地一样：漫天风沙的海湾、干裂的土壤、破裂的巨岩与坍塌的山崖。车上大半乘客都是烟不离手的士兵，一副不堪重任的模样。

我们进入波斯尼亚境内。不错，波斯尼亚只有数英里国土靠海——波斯尼亚唯一的海岸线，但是由内陆沿内雷特瓦河上溯三十英里，便是饱受暴虐与连续炮轰的城市莫斯塔尔，甚至今天也遭到轰炸。莫斯塔尔市内一座横跨内雷特瓦河的桥梁是奥斯曼建筑的杰作，四百二十八年来，始终受到侵略者和当地人的赞赏，历经两次世界大战而毫发未伤，最近却让愚昧的塞尔维亚炮兵炸成了碎片。

我们很快来到一个由波斯尼亚军警戍守的检查哨，几名警察上车，吓唬百姓，谴责他们携带可疑的证明文件。此外，在奥米什、马卡尔斯卡和波德戈拉也有克罗地亚检查哨，同样是那一套。通常警察怒气宣泄的对象都是胆怯畏缩的妇女，因为只有在这种情况下，警察才能展现绝对的权威：逮捕她，把她踢下车或遣返原地。

巴士继续南下，抵达斯拉诺。只要看一眼，就明白斯拉诺曾是前线战场：住宅围墙遍布弹孔，许多屋顶不翼而飞，有些住家则完全被夷平。这里正是塞尔维亚人挖掘战壕、攻击杜布罗夫尼克的据点。他们到处滥射，路上没有一栋建筑不带伤痕。有些屋顶重新修葺，仿佛打上补丁，许多窗户也钉上木板。

一块广告牌上以四种语言重复叙述“欢迎”一词，然而上面横写的几个大字几乎掩盖了欢迎之意。那是一个克罗地亚词：HAOS——混乱！

杜布罗夫尼克以美丽和弹坑闻名，其实不过是另一座空城罢了，没有交通，没有游客。境内的拉帕德港更是一副伤恸未愈的样子：没有渡轮运营，没有渔船停泊，也没有钓鱼客。这是灰蒙蒙的一天，阴沉的天空欲雨不雨。

我在城内较新的社区下车，同时下车的还有士兵、修女和其他乘客。那些士兵大笑着，留在原地聊天，其他人则迅速离开。这是战争造成的另一个特色：没有人多做停留，一抵达目的地便四散而去。除了成群的士兵，街头没有人聚集聊天，也没有任何公众聚会。我是街上唯一的外国人，出租车都围上来兜揽生意；不过还有几个钟头才会天黑，因此我决定绕着港口走一走，看看旅馆，问问价钱，熟悉一下环境。

我试探的前三家旅馆，停车场内都停满了红十字会的车辆、联合国的越野吉普车，以及其他救援组织的官方车辆。柜台职员也都告诉我：“我们没有空房。”

这可不是让我开心的消息。我继续走，另一家旅馆的女柜台也告诉我客满了。我见到一名救援人员正坐在大厅看一本平装书，那个人的翻领上别着一枚枫叶别针，可能是加拿大人。

“抱歉不能帮你。”加拿大人说。

他正在看的书是《傲慢与偏见》。

之后走到街上，我才后知后觉地想到一句促狭的话，也就是法国人所谓的“楼梯间的急智”。我刚刚实在应该问加拿大人一句：

“你手上那本书是南斯拉夫历史吗？”那家伙也许会会心地哈哈大笑，而且心想：这家伙真聪明！

又有两家关门大吉的旅馆，似乎也被毁坏。其后一家虽然开门，但是住满了难民。不过我终于在后街找到有空房的旅馆。这家旅馆也住有难民，而且不是很好的旅馆。我又领悟到战争的一项通则：在危机时刻，做好事的人可以住最好的房间——联合国和其他慈善团体住五星级酒店，难民和我则住一星级旅馆。

就如同在扎达尔、“利伯尼亚”号渡轮和斯普利特时一样，我再度置身于一群无法无天的孩子和宠溺的父母中。无论当地人还是难民，都感染了战争紧张症。孩子大声播放音乐，彼此追逐叫嚣，或在旅馆走廊跑来跑去，或在大厅喧哗聚会。他们刚刚经历严重的轰炸，难免会守在室内，对户外有种如惊弓之鸟的排斥，甚至恐惧心理。

我没有这种排斥心理，但是才走了不远，便开始下雨，先是一阵阵，接着是夹杂闪电和雷鸣的绵绵细雨。我躲进一家商店避雨，店实在太小，因此一旦有顾客上门，我便必须告罪一声让到门外。

杂货店老板感慨生意不好，心情抑郁的老板娘也连连摇头。

“杜布罗夫尼克是靠游客吃饭的。”老板说，“现在一个游客都没了。”

旅游胜地却没有游客，这是很怪异的景象。镇上一切设施本来是为了迎合游客，可是游客没有来，旅馆仿佛成了鬼屋，餐厅和商店门可罗雀，影响所及，海滩也废弃而扔满垃圾。少数几家商店所卖的东西也不是镇上居民可能需要或买得起的。虽然这里住着真实的人，但其他一切都仿佛不是真的。

除了弹坑、关门的旅馆和建筑物上的弹痕，整体而言，这地方还不错，炸毁的屋顶也已经修葺完竣。我还没有去参观当地著名的美丽古城，那里也曾遭到严重炮击，但是听说已经恢复旧观了。

“我们没有收入。”杂货店老板哀叹。

雷雨使镇上灰蒙蒙的，不久，所有街道便陷入黑暗。这阵雷暴雨使得昼夜的转换也变得模糊。

旅馆经济紧缩，餐饮供应也简化为一种菜品：难民餐。我跟大约一百名难民共进难民餐，其中大部分都是妇孺。这是一天当中难得的安静时刻，因为每个孩子都忙着狼吞虎咽。有些地方——其实距离并不远，就在沿着杜布罗夫尼克边缘山脉后方的波斯尼亚，必须仰赖美国飞机空投粮食，或由联合国卡车运送食物，还是难免出现挨饿的情况。因此这些逃抵地中海岸的难民还算是幸运的一群。

晚餐后，我在大厅跟一个男人聊了起来。先是聊天气——下雨；然后聊生意——没有游客；接着聊战争。他为美国没有提供更多援助而愤愤不平。

“帮助谁？”我问他。

“帮助我们这些在挣扎的人。”他回答。

我问他：“告诉我，美国士兵为什么要为你们的内战送命？”

他不喜欢我问话的口气。

“没有人关心我们。”他质疑。

“每个人都关心，”我答道，“但是没有人知道该怎么做。我也不怪他们，因为到目前为止，这场战争实在太没有意义，而且太难以预料了。”

“克林顿太软弱了。”他批评。

我很气恼，一个有着部落意识的克罗地亚人，流落在饱受轰炸、争战不休的海岸，竟以这种方式批评美国总统，尤其综观他们的近代史，实不乏政治胆怯的事迹，更别提政治恐怖手段与兄弟阋墙的血腥了。

“是谁告诉你的？杜兹曼吗？”

克罗地亚总统杜兹曼是个狂热的民族主义分子兼无趣的说教者，常招致普遍反感。

“他很强悍，不是吗？”我问，难掩眼内的怒火，“你们能有他，真是你们的福气。”

阳光下，曾是要塞的杜布罗夫尼克古城名不虚传，它是地中海域最美丽的地方之一：中世纪城墙高耸的城市，一座海边堡垒，以及古老的港口。昔日它建有拉古萨共和国，繁荣而自豪，即使十七世纪中叶因地震而造成损坏，仍得以精心修葺而恢复原状。由于保护妥善，它仍跟许多古老绘画或蚀刻上绘制的情景一模一样，丝毫没有改变。这个城镇已被联合国教科文组织列为世界级古迹。

自从一六六七年那场震灾后，该城遭到最严重的一次破坏发生在一九九一年底及一九九二年，多达三万颗塞尔维亚和黑山的炮弹击中该地——有发射自内陆的高射炮，由山区高地进行攻击；也有发射自外海战舰的大炮，跟扎达尔的情况一样。这些攻击毫无道理。因为就军事观点而言，攻占这个港口没有多少价值。换言之，塞尔维亚的攻击是地道的“文化破坏行为”。

如今炮火造成的大部分伤害已经修复。杜布罗夫尼克比里耶卡、扎达尔、斯普利特或其他滨海城镇还要美丽。然而一座保存完美的古城，位于地中海地区的最神圣城市之一，却空空荡荡，一片冷清，难免给人阴森的感觉，就像瘟疫肆虐后的威尼斯。一三四五年黑死病流行过后，威尼斯大半居民都已病死，因此乞求外地人到当地定居，还保证给予所有定居者市民身份。当时众城之后的威尼斯必然跟今日的杜布罗夫尼克差不多，街道冷清，墙上伤痕累累，空气中弥漫着浩劫后的萧瑟。

不过杜布罗夫尼克正摆出勇于恢复旧观的姿态，让整个地方显得更为怪异，因为当地还是一片冷清——冷清而美丽。有些商店已经开始营业，还有些咖啡店，甚至餐厅也开始做生意。有些画廊贩卖以该镇风貌为主题的美丽画作，包括勾勒其辉煌石造建筑与海港风情的生动油画，也有描绘教堂尖塔的水彩画，还有带着甜蜜与空灵的田园风景。

画中没有战争，没有破坏，也没有冷清的意象：没有绝望，也没有士兵。

“有些画家在战后才来这里素描炸弹造成的伤害，”一位画廊老板告诉我，“但后来都走了。”

我询及当时围城的情形。

“不，”她转过身去，“我不愿意去想那件事，我想把它忘掉。”

杜布罗夫尼克距黑山边境——南斯拉夫最小与最穷的共和国，仅二十余英里，也许再六十几英里便可抵达阿尔巴尼亚境内的斯库台了。所以，应该是多久？两小时吧。

但是，不，事实并非如此。如果根据美国报纸中规中矩的报道，这段距离似乎非常遥远：“我们从克罗地亚共和国前往黑山共和国，然后抵达阿尔巴尼亚共和国。”但其实这只不过两个钟头车程，而且旅途轻松，有充裕时间可以停车观赏风景。就地理而言，这不算什么，但就政治来说，这完全是另一回事了。因此这段路其实是政治上的距离，就像分隔古巴和基韦斯特的八十英里，或分隔墨西哥和加州的几英里一样。你无法来回其间却不冒危险。

黑山和塞尔维亚结盟，双方都对克罗地亚心怀不轨，所以它的边境是封锁的。此外，阿尔巴尼亚和黑山之间的边境是否开放也不得而知，很可能没有。所以我唯一的希望是，从斯普利特搭渡轮直接前往阿尔巴尼亚。尽管如此，我还是指望能找个人带我到边境检查站。

我找到一个名叫伊沃·拉佐的出租车司机。他是个友善的人，曾经在德国工作过十五年，因此会讲德语和一点英语。

他会说："所以塞尔维亚的切特尼克人[①]拿着'Messer'，这个词要怎么说？"

"小刀。"

"拿着小刀，然后——"他用手指在脖子上比画一下，表示切特尼克人狂热的杀人行径。

"你能载我去黑山吗？"

"哈！"拉佐先生嚷了一声，意思是："荒谬！"

"那载我到边境呢？"

"哈！"

"只是去那附近看看？"

"哈！"

"那么你有什么建议？"

---

① 武装游击队分子。

“我带你去看一些有趣的。”拉佐先生说。

拉佐先生载我前往杜布罗夫尼克后方山坡，也就是塞尔维亚炮兵曾据以轰炸该城之处。路上经过一个写有“杜布罗夫尼克”黑体字样的路标，上面还写了一句“下地狱”。从山上俯瞰跟在城里观看的角度迥然不同。我从高处可以看到炮轰造成的整个结果——大约三分之一的屋瓦都是新的，跟古老的灰色屋瓦差别很大；墙上修补的痕迹也清晰可见，新抹的灰泥会形成一片苍白的部分。也许假以时日，这些颜色便可融合，而呈现出统一调和的色彩，但是此时它还是个缀有补丁的城市。

“有五百到七百颗炮弹打中了它——看到了吗？”拉佐先生说。

“当时你在哪里？”

“那里。”他指向杜布罗夫尼克较新的拉帕德地区，靠近另一座港口处。

“你们事先获得警告了吗？”

“我们最先是从本地的塞尔维亚家庭得到警示的，”他告诉我，“有四千多户人家——对，很多。起初，那些男人先离开，一批一批地走掉。老妇人则留了下来。他们听到了风声。”

“他们怎么会知道？”

“他们怎么会知道！他们怎么会知道！”拉佐先生两手一摊，然后开始跟我解释塞尔维亚人的耳语网络，专门传递攻击消息。

他说，他并不恨塞尔维亚人，他几乎一辈子都跟他们生活在一起。当然，切特尼克人又是另一回事了。

“他们留着长胡须，脏兮兮的，可以说是属于原教旨主义的。他们就像德国的盖世太保，不光杀人，还虐待人，无论妇女还是小孩。”

切特尼克人以小刀、泥泞长靴和长发闻名，他们的肮脏脸孔具有某种神情，使他们显得格外无情与骇人，就像他们的远祖匈奴人和西哥特人一样，公元五世纪末期，那些野蛮人也曾奸淫掳掠，为欧洲带来一场浩劫。切特尼克人还有一项更凶狠无情的暴力驱策力，就是他们怪异的宗教信仰。

一九九一年十月，居住于拉帕德地区的拉佐家因为留意到他们的塞尔维亚邻居正逐渐迁离而感到十分焦虑。不久，炮轰便开始了，一直持续了整个十一月。他们一家十二个人，包括伊沃、父母、妻子以及几个亲人，一起躲在家里。炮轰进行到十二月时，很多人都死了，许多房屋起火燃烧，水源也被切断。“我们必须从海里提水来冲洗厕所。”他们合用一处井水。电力供应断绝，天寒地冻，有时候还下雪。

那些士兵已经将敌人置于无力反抗之地，却仍以这种恐怖与无情的方式继续轰炸，他们胆怯与缺乏耐心的程度实在可笑。这场遍及南斯拉夫全境的战争，便是一再反复这类怯懦的攻击行为，过去如此，现在也如此。几乎在每场包围战中，包括萨拉热窝、莫斯塔尔以及其他二十个地方，根本没有进攻行为。这些袭击者只是在山上、路上或海上的安全地找到一个方便下手的地点，然后展开炮击。只要炮弹供应无虞，他们便炮轰不休，把人们困在家中。

这便是这场战争没完没了的原因：他们不用步兵攻击，不打游击战，甚至不用空中攻击，只是打包围战，就像地中海最古老的战役。每一个地中海沿岸的滨海市镇或港口在历史上都曾遭过围城：直布罗陀被包围过十四次；马耳他岛更是不计其数——土耳其人就曾在瓦莱塔港攻击过十字军；在对抗拿破仑的战争中，英国曾攻击过法国人；此外，腓尼基人、罗马人、哥特人、汪达尔人、土耳其人、纳粹、美国陆战队，甚至我的美国叔叔们，也都在这些地中海港口打过仗。但是侵略者和包围者之间有显著的区别。包围战几乎称不上是一种军事艺术，只是消耗一群平民百姓的力量，使他们挨饿，摧毁他们的士气。它只是由一群占有战略优胜地位的陆军，无情地执行大规模而持久的侮辱行为。

塞尔维亚陆军在杜布罗夫尼克北方，靠近斯拉诺，亦即我途经的满目疮痍之处，一条路上集结了大批坦克。那便是前线了。附近有两个小村庄：特尔斯泰诺和德拉萨克，以前德国人和英国人曾建有度假屋和共享的别墅。此外，杜布罗夫尼克南户也有坦克，就在机场所在的西里皮，距离黑山只有半小时车程。另外在东部高地，拉佐称为扎可维兹山之处（我的地图上没有），也部署了坦克。船只则部署在离岸一英里左右的海面上。杜布罗夫尼克就这样完全被包围，从四面八方施以攻击。

“我女儿安妮塔很担心，”拉佐先生说，“我就跟她说：‘你去旧城好了，在那里就安全了。’”

当地人对旧城有种近乎神话的信仰，认为那是不容侵犯的神圣之处，因为有高大的城墙，足足有十英尺厚、四层楼高；因为是镇上最美丽之处；因为在历史上的重要性——与威尼斯的渊源，具有伟大的商业贸易史，也是地中海地区最古老的医药中心等；最重要的原因是旧城与宗教的关联——圣布莱斯①曾在这里住过，并死于

① 医生和主教，因罗马皇帝迫害而殉教，为中古时期欧洲最受爱戴的圣人之一。

此地，圣尼古拉[①]也是旧城的守护神。出于这种种好理由，旧城一直是个庇护所。

安妮塔和很多人都逃到旧城寻求庇护。而就在十二月六日，圣尼古拉瞻礼日——这个时机是刻意安排的，旧城遭到了炮击。

“我抬起头，看到山上全是坦克，”拉佐先生告诉我，“像擦火柴一样，先是火光一亮，然后‘轰’，炸弹就炸过来了。”

数百人遇害，单单那次围击便有二百五十个平民丧生，而它造成的破坏更是难以计数。安妮塔侥幸逃过一劫。拉佐先生载我到一处可以俯瞰拉帕德区的地方，让我观看焚毁的冷冻厂、炸毁的建筑、碎石瓦砾，以及炸沉后仍躺在水底的船只。这里是镇上新建的部分，不是首要轰炸目标，但也有半数屋顶经过重新整修。

“他们不打过来，只是远远地轰炸。要拿下这个城市，占领它，是很困难的。”拉佐先生道，“我们有卡拉什尼科夫[②]和其他种类的枪。我们可以抵抗，一对一跟他们打。可是他们只是一直炮轰，并不开战。”

那次围击持续了三个月，带来了紧张、噪声、诡异的宁静和满天飞的谣言；没有水，没有电。不久前，当地每季有高达七万名的游客。现在呢？

“我们有你啊，”拉佐先生说，“哈！”

我们去斯拉诺，那里有更多可怕的损害和更多被击沉的船只。

“要花十年才能恢复正常。”拉佐先生说。“十年”似乎是个通

---

① 主教，四世纪时曾受罗马皇帝迫害而坐牢，后世耶诞老人传说即依附他而来。

② 四七突击步枪，可自动或半自动发射。

用的数字，很多克罗地亚人都提到十年，使我纳闷其中是否有什么典故。“而且到时候差异还会很大。我们属于西方。克罗地亚有九百年被奥匈帝国统治，塞尔维亚则有五百年被奥斯曼帝国统治。他们跟俄国人一样信仰东正教，我们则有罗马教会，我们是天主教徒。”

这句话的意思是，比如在二月三日圣布莱斯瞻礼日，他们会去旧城的教堂做礼拜，神父也会用两支点燃的蜡烛抵着他们的脖子，念一段祈祷文，因为圣布莱斯也是医治颈部疾病的保护神。我之所以知道这件事，是因为小时候在波士顿有过这样的经历：我还可以嗅到蜜蜡的味道，感觉火焰温暖着耳朵。

我避免谈论战争神学，而问他为什么在德国待了十五年以后，还回来挨炮轰。

“我回来，是因为家总是家。”

在地中海旅行一年，这是我所听到的最合情合理的一句话。

“叫人们到这里来吧，”拉佐先生说，“我们已经准备好了。”

不错，杜布罗夫尼克确实已经开门营业，而且就像当地女人一样，带有一种战后憔悴的美。但这是个受过创伤的城市，仍然带有补缀与脆弱的痕迹。我住的旅馆一晚只要十八美元，虽然住着感染战争焦虑症的难民，但仍然很划算。镇上交通状况有如现代版的军队随行队伍——“勇气之母”带领一群孩子，包括联合国越野吉普车、红十字旅行车、慈善组织卡车，以及联合国维和部队与难民总署的车辆等。此地的海滩脏乱，赌场关门，很多旅馆歇业。我数不清到底有多少破损的窗户，也数不清俯身可拾的玻璃碎片。

这里难民充斥，最明显的迹象便是每一窗口、门廊、阳台晾晒的衣物，刷洗过且褪了色的可悲衣物宛如战争旗帜般随风飞舞。

我在杜布罗夫尼克又多住了几天，补做笔记，享受海边散步，以及身为镇上唯一游客的乐趣。有一天，我碰到一个意大利人，他正运送一车红十字会药品前往摩洛塔。从这里到莫斯塔尔开车需要一天的时间，他驾驶着一辆慈善卡车。

“莫斯塔尔曾经被炮轰得很厉害，但是现在已经恢复平静了，”他告诉我，“不过城外还有零星炮火。”

“我很想去看看。”

“我不能带你去，因为不太安全。”

“我很想去看看那座著名的桥。”

“那座桥已经垮了。”他说。Caduto（垮了）。

返回斯普利特途中，巴士在斯拉诺抛锚。当司机忙着更换风扇皮带——用扳钳敲打支架、跟生锈的螺帽斗争时，我也乘机再次审视炮火对当地造成的损害。然后我坐在路旁，跟一群埋怨不休的士兵一起等候，司机则冲着松软的风扇皮带诅咒连连。

现在我明白早先巴士被迫停下来时，为何有个年轻的漂亮女郎会立即冲下车门，赶去路边拦搭便车了。有几辆车从她身边扬尘而过，但不到五分钟，她便拦到了一辆车。她已继续上路，我们却仍坐在损毁的公路旁，守着一部抛锚的车。她又证明了战争中的一项公理：不要死等着修车，要采取主动，露露胸脯，然后扬长而去。因为这也许是抵达目的地的唯一机会。

回到斯普利特后，我立即前往阿尔巴尼亚渡轮代理公司。按照时刻表，那班渡轮当晚便会出发前往都拉斯。

“抱歉，那班渡轮取消了。”一名年轻女子告诉我，“我不能卖票给你。”

“我要怎么到那里去？”

她耸耸肩。她不知道。

但是我猜想如果搭渡轮返回意大利安科纳，一定可以买到票，否则在巴里也可以买到票，因为听说那里有定期班次。我买了一张第二天早上驶往意大利的船票，觉得自己总归可以到阿尔巴尼亚，哪怕必须在亚得里亚海来回穿梭。只是此举看起来实在很浪费，本来只要两个小时便可以从杜布罗夫尼克抵达阿尔巴尼亚了，却无法成行。现在我得花上四天才到得了目的地。

战争暴行的故事有一个特点，就是每个人都在讲这种事，尤其是这里。我听了一个星期有关切特尼克极端分子的故事。但是，在斯普利特打发时间，等待着前往安科纳时，我碰到一个加拿大来的救援人员，他告诉了我一些有关克罗地亚极端分子的故事。

“你没有见到他们吗？”他问我，“你不是来好几天了吗？”

“我去了杜布罗夫尼克。”

“在斯普利特酒吧常可见到成群的乌斯塔沙士兵，都唱着纳粹的歌曲，如《霍斯特·威塞尔之歌》，等等。”

乌斯塔沙是克罗地亚的游击队，跟塞尔维亚的切特尼克一样。他们以纳粹秘密警察为楷模，穿着黑衬衫，佩戴U字徽章。他们的无情作风与种族歧视的思想可以追溯到二战期间，由纳粹扶持而统治克罗地亚的法西斯主义乌斯塔沙政权，后来还自行运作死亡集中营。塞尔维亚的“种族清算”行径恶名昭彰，受到举世谴责，然而克罗地亚的“净化种族”政策我还是第一次听到。

“所以这里往后会变成什么样？”

“十年后，”又是这个神奇数字，“这里自然会平静下来。”他推测，“到时候会有一个更大的塞尔维亚、一个更大的克罗地亚和一个更小的波斯尼亚。”

我在码头碰到一个刚买好票准备前往意大利的难民家庭——眼眶凹陷的丈夫、瘦得可怜的妻子和一个孩子。小男孩长得壮壮的，父母却一副半饥饿模样，可见孩子一定瓜分了父母的配粮。

“我们是从图兹拉搭直升机过来的。”那位父亲说。图兹拉在波斯尼亚境内，可见这家人一定曾熬过一段艰苦的岁月。

他们是由萨拉热窝逃出来的，父母、房子和财产都无法携出，一家只带了两口小皮箱、一部儿童推车（孩子太重，他们抱不动）和一袋粮食。他们是受到一个法国组织“团结联盟”的协助，才得以搭直升机离开的。

这家人的故事并不复杂，但是因为单纯，才更凸显出这场内战的卑劣本质。这原本是一场边境战争，由于不断挹注远古悲情，比如一〇八九年克罗地亚国王兹沃尼米尔的遇刺、战争阴谋、报复心理、种族主义与宗教歧异等因素，而终至难以收拾。

“我是研究地质的。”他是托米克博士，年约三十五岁，但是饱受折磨的神情使他显得苍老很多，“我是南斯拉夫人，父母是塞尔维亚人，但是我出生在波斯尼亚，所以我成了波斯尼亚人。我家在萨拉热窝，太太是穆斯林，这就是问题所在。”

托米克太太无力地朝我笑笑，耸耸瘦削的肩膀。

“我在萨拉热窝大学教了八年书，专门研究这个地区的地质。”他告诉我，“然后同事开始问我问题，像在测试我似的。最后他们对我说：‘我们已经对你失去信心了。’”

“他们有没有说原因？”

“没有——他们没办法说。我的研究是非常具有地域性的，就是那个地区的专门研究。”他解释，“接着我的邻居也开始找麻烦，为一些莫名其妙的事怪罪我太太。他们知道她是穆斯林。后来情况越来越糟。”

“多糟？能不能举一个例子？”我问。

“情况危险——有人威胁。”他似乎仍对那些回忆感到震惊，因此我没有继续追问。

“我们考虑逃到斯洛文尼亚去，”他说，“那边有难民营，但是我们不合格。他们有一个塞尔维亚难民营、一个克罗地亚难民营、一个穆斯林难民营。我们没办法加入任何一个，因为我们是混合的。”

“那么你们现在打算怎么办？”

“去法国。”他回答，“乘渡轮到意大利，再搭火车去巴黎。”

他们把所有家当都抛在身后，最重要的是，已经放弃了对自己祖国的希望。我觉得很值得玩味的一点是，他们只带了两小袋行李和一部折叠式婴儿车，我可以想象他们带的只是些孩子的衣服和自己的换洗衣物，而一般前往意大利度假的游客——他们夫妻日后在火车上会碰到很多这种人，所带的行李比他们带的重上十倍。

之后，每当我看到有关军队调动、政客作秀、炮火攻击，以及战争的卑鄙与恐怖时，都会想起这对瘦削的夫妻，每人带着一袋行李，推着他们的小男孩走在斯普利特码头，引颈望着地中海，等待渡轮来带他们离开家园。

第二天，我在“伊凡·克拉奇”号渡轮上看到那对难民夫妻，冒雨站在栏杆旁，目送克罗地亚海岸逐渐由视线中远去。

船上其他乘客都聚在一起——意大利籍卡车司机彼此开玩笑、唱歌、吃东西；刚由默主哥耶朝圣归来的意大利信徒则仍在祈祷（一群群冒雨站在甲板上，大声诵着《玫瑰经》）；克罗地亚人则和托米克家人一样，行踪隐秘，一脸烦恼；另外还有由波斯尼亚来的救援人员，他们是抽空前往意大利度几天假的。

“我们今天才从泽尼察开车过来。”一名救援人员告诉我。泽尼察在萨拉热窝西北大约四十英里。“去年我们开车从泽尼察到斯普利特花了整整十天，因为路障和双方交战的缘故。今天却只花了八个钟头。也许情况真的改善了。”

他是澳大利亚人，正跟美籍妻子一起旅行，她也是救援人员。他身材挺拔，蓄着胡髭，模样很像军人——后来他告诉我他曾经当过兵，驻扎于南非；他太太待人很亲切。他四十来岁，属于慈善组织“世界宣明会”，名叫戴维·詹宁斯，和太太特蕾莎是头一次去意大利度假。

他们问我是做什么的。

“我是作家。”

“新闻记者实在很讨厌。”戴维说。

“他们全都采访同样的故事——四个家伙分别搭四辆车前往同一个地点。”特蕾莎接口道。

“他们是来采访大新闻的，这样才有机会在镜头上露脸，拿战火当背景。”

“我不是记者。”我声明，“我没有替任何人工作，我只是到处看看。”

“一月我回澳大利亚待了十天。”戴维告诉我，“结果我看报纸，从头翻到尾，竟然没有一条有关这场战争的新闻——什么都没有。我不禁打了通电话给编辑，说：‘嘿，老兄，我刚从波斯尼亚回来，我有新闻要告诉你——那边还在打仗！’”

“你是负责什么的？”

“我是后勤人员。”他答道，“但是我什么事都做。我的意思是，大家都一起做。我们还有心脏科专家开救护车。”

“后勤人员是负责筹划工作吗？”

“对，我负责协调食物和装备的运送工作，我的军事背景在这方面很有用。不过这种事要有耐心，比如在一个检查站耗上六个钟头，因为某个傲慢的小官僚佯装我的文档有问题。”

问题的关键在于所有的边境都不分明。塞尔维亚、克罗地亚和波斯尼亚都封锁边境，而且边境也一直处于变动状态。

“因为我在波斯尼亚工作，他们会认为我在替敌人工作。”戴维说，“他们也会小题大做。我办公室里有波斯尼亚穆斯林、一个克罗地亚人和一个塞尔维亚人，他们都相处得很好。但是有一次，一名翻译用电话跟萨格勒布的货运负责人打交道，讲了半天之后，他把电话交给我：‘这名女子不要跟我讲话。’原来萨格勒布那个女人听到翻译带有塞尔维亚-克罗地亚口音，怀疑他是穆斯林。我问对方原因，她说：‘他讲的语言不是我的语言。’”

“我本来想去莫斯塔尔，”我告诉他，“但是别人警告我那里很危险。”

“你也许去得不是时候。”他回答，“有一天，我在图兹拉机场跟几个维和部队的人站着聊天，突然觉得胸前被用力戳了一下，然后听到砰的一声，看到一颗子弹在地上打转。原来有人朝我开枪。”

“但是子弹弹开了？”

“我穿了件防弹背心。”

“狙击手是谁？”

“任何人都有可能。”他答，“也许误以为我是维和部队的人。他们都恨维和部队的人，认为维和部队在帮敌人的忙——不管他们认为的敌人是谁。”

特蕾莎说：“他们想要瓦解人们的士气，认为这样就会赢。”

“‘他们’是谁？”

“每一边的人。”她回答。

“瓦解士气”是要以蛮不讲理的方式，凭借各种恐怖手段来达成的。

当天午夜，我在渡轮舱房内拨弄收音机，在调频台找到一个由斯普利特广播的英语电台，以救援人员和联合国士兵为听众。电台正在报告战争消息，听起来就像报道股市最新行情般单调乏味。

> 今天有三枚炮弹落在图兹拉市郊，无人伤亡。另外据报道，今天下午比哈奇曾爆发轻微冲突，持续了三十五分钟。在萨拉热窝，有二十五人仍列为失踪。有两发炮弹击中戈拉日代一栋民宅，民宅被毁，无人伤亡。特拉夫尼有两枚迫击炮炮弹爆炸。有关单位已经同意，明天下午六点过后，开放莫斯塔尔境内雷特瓦河左岸地区。一名联合国维和部队成员遭到狙击手攻击，受到重伤……

幸而渡轮引擎的嗡嗡转动声具有催眠效果，让我沉沉入睡。我一路熟睡，天亮时，已重新回到意大利，打听前往阿尔巴尼亚的船讯了。

第十二章

乘“威尼斯”号往阿尔巴尼亚

一直到我真正搭上“威尼斯”号渡轮，才意识到自己总算踏上了前往阿尔巴尼亚的路途。渡轮上尽是些穿着厚裙和长裤的邋遢妇女，以及头发斑白、头戴布帽、身穿磨损运动衣的小气男人——男男女女都有张乌龟似的苦恼面孔。由于我在脑海中一再筹划，所以此行似乎势在必行。我在安科纳向票务员买了渡轮船票。渡轮由二百多英里外的巴里开航，因此我又搭火车南下巴里，回到一个我总是在此调整步伐的都市。对我来说，巴里意味着同一家旅馆、同一家洗衣店、同一家餐厅、同一家书店，以及固定前往港区的散步。洗衣店的那些女人仍然记得我，其中一个还说：“我们以为你是艺术家。”这句评论倒不错。不过我说要前往阿尔巴尼亚时，她们都表现出难以置信的样子。对巴里人而言，阿尔巴尼亚是个恐怖的地方。

另一个巴里男人更直白。“阿尔巴尼亚人最脏了，”他说，“而且也最穷。留在这里吧！”

没有任何言论阻止得了我，我不但心意已决，而且也规划妥当，非去一趟阿尔巴尼亚不可。我已经备好价值五十美元的船票，洗好衣服，备足书本和收音机用干电池，甚至还弄到一张当地的地图。我拒绝听从任何意大利人对阿尔巴尼亚所做的高论，因为我碰到的人没有一个去过。但是直到站在“威尼斯”号的甲板上，渡轮向东驶出港口时，我才想起自己没有阿尔巴尼亚的入境签证，而且也对自己要去的地方与所怀的目的一无所知。到目前为止，我所做的只是执意做一名旅客，及时现身，然后说一句：“请带我去吧。”

但是到哪儿去呢？我心中一直记挂着此行的重要性，因而甚至忘了为何要去。在船上，我一直想打听别人去阿尔巴尼亚的目的，企图借此分析我此行的理由，结果没有一个人想聊天。船上的阿尔巴尼亚乘客虽然衣着寒酸，却都颇为镇静。他们用盖格语或托斯克语①交谈，没有人理会我。他们蹲着吃一些用小纸袋装的食物，有状至丑恶的碎肉块、干碎面包和劣质臭干酪。船上没几个孩子，但是有一家人带了两个孩子，随行的硬纸箱行李中还有一匹贴有绿色毛皮的木马。

渡轮甲板上摆满了偷来的汽车。在巴里时，有人告诉过我，这些运往都拉斯的汽车是从欧洲各地街道上偷来的，然后伪造新文件，外销到阿尔巴尼亚黑市去贩卖。渡轮上还有不同慈善机构的中型车辆及救护人员，每周来往其间，运输衣物和食物。那些意大利的救援人员都不是严肃的人，他们是卡车司机、烟枪、扯着喉咙讲话的人，而且喜欢恶作剧，不时戳人屁股和放声大笑。他们盘踞在自助餐厅，拿食物的差劲开玩笑（湿答答的意大利面、水分太多的色拉、发黑的酒），叽叽呱呱地聊天，其中一个人会说“你们听过这首歌吗”，接着便用假音开始唱起亵渎的歌。

---

① 均为阿尔巴尼亚方言。大体而言，北方人讲盖格语，南方人讲托斯克语。

我感到自己是船上唯一没有目的、为去而去的人。我在甲板上打开收音机收听新闻:“阿尔巴尼亚前总理拉米兹·阿利雅的审判今天将在地拉那展开。”听到这里，我告诉自己，这趟阿尔巴尼亚之行来得正是时候，但是心里明白这只是自我安慰罢了。我对阿尔巴尼亚一无所知，只知道在偏执的独裁者恩维尔·霍查执政的五十年间，外国人不准进入阿尔巴尼亚，阿尔巴尼亚人也不准离开国境。在与一切隔绝之际，阿尔巴尼亚成为世界上最奇特的国家之一。直到苏联解体带来了震撼，阿尔巴尼亚才猛然转变——不是吗?我想一定有，否则我也不会在这里，驶向它的滨海都市都拉斯了。

月亮升起，渡轮沿着海岸边一排灯光前行，那是巴里南方一条滨海公路的街灯。然后船首东移，驶入黑暗。

从克罗地亚匆匆赶到意大利搭这班渡轮，使我身心俱疲，纳闷自己是否还有胃口继续这次地中海之行。但是一想到自己正前往阿尔巴尼亚，又大感振奋，因为我从来没有去过，对当地一无所知，而且别人也一样对它一无所知。光是这一点就很新奇了，在这条熙来攘往的地中海沿岸，竟然还有驶向未知之境的可能。

凌晨六点半，我在舱房内的烟味中惊醒，这才意识到房内没有舷窗。我必须到甲板上才看得到渡轮在艳阳中驶近一片远古伊利里亚人曾定居的绿野平畴。但随着船逐渐靠近，眼前浮现的是棕黄凌乱的海角，也就是坐落在埃比达姆诺斯古城上的都拉斯，上面散布着起重机和廉价住宅。再驶近时，我看到一座白色清真寺的圆顶和宣礼塔，这是我此行第一次瞥见伊斯兰教的象征。接着又出现一座棕黄色丘陵，顶上有幢大型白色屋宇——艾哈迈德·索古的王宫。

索古曾于一九二八年自封为阿尔巴尼亚国王索古一世。十年后，意大利一纸由自称“意大利国王及阿比西尼亚与阿尔巴尼亚皇帝”的维克托·埃马努埃尔下达的最后通牒，迫使他步上永远的流亡之途，还带走了阿尔巴尼亚的全部财富。

“检查护照。”渡轮上一名服务人员通知我，并指指大厅内一张本来塞在破烂电视机下的牌桌。只见两个蓄着胡须、穿着肮脏运动衫的男人坐在那里，面前堆着一叠护照，正忙着翻阅盖章。整个场面似乎有消磨别人信心的作用，包括他们的穿着、不堪一击的桌子、污秽模样的人员，还有那么一堆护照。而且由于印台太干，即使他们用力敲，也只能印出浅浅的印痕。

他们把护照扔还给我，我又回到甲板上，观看“威尼斯”号倒退入港，以便偷来的车子和救援卡车登岸。渡轮旁边有艘沉至舷缘的废船，一名十二三岁的阿尔巴尼亚金发男孩由船舷跃入海中，朝渡轮游来，叫乘客扔钱给他。当渡轮的螺旋桨推进器由海底卷起泥浆时，他弄得满嘴污泥，连连喷吐。有些意大利卡车司机把钞票揉成纸球，或直接把硬币扔向他，很快又有四五个男孩一起游过来抢钱，并争执起来。

由于事前所知有限，我已经调整心态，准备接纳阿尔巴尼亚所有可能的状况，即使如此，我仍为都拉斯的情况感到震惊。当我步下渡轮，第一眼见到的便是衣着褴褛、有如暴徒的人潮，其中一半是乞丐，一半是泪汪汪前来接船的乘客亲属，而且全都大呼小叫的。

这是歇斯底里的一幕，尘土飞扬，热气冲天，还有狗，但是最令我警觉的是那些伸手抓我的人。旅行途中，从来没有人留意过我，我也像个无名小卒般畅游各地，从没有人碰触过我。然而在这里，人们朝我扑来，抓我的手，扯我的衬衫，碰我的笔。“先生！”“钱！”“求求你！你给我！”“先生！”

他们缠着我乞求，我挡也挡不开——他们已经完全没有尊严可言了。他们神情恍惚，贫困潦倒，饱受蹂躏，脸上全是痘疤。带着孩子的母亲、带着小男孩的瞎子，以及嘶声喊叫的干瘪老太婆，全都拉扯着我。“这个给我！”

这就是第三世界，我心里想。不过这是我见过唯一全由欧洲人组成的第三世界——一群最卑下、最绝望、最贫穷、最贪婪的人，死缠着我，跟着我，向我要钱。

我成了他们的目标。那些意大利救援工作人员有车子坐，可以开车穿过人群；那些拖着硬纸箱的阿尔巴尼亚人则没有东西可以施舍。虽然我旅途劳顿、穿着平凡，但是相较于港口那些衣衫破旧的人，可以说是一头肥羊，而且最糟糕的是，我是步行的。他们全围绕着我，挡在我前面，扯我的衣服，还把手探进我的口袋。

我闷着头快步向前走，装出识途老马的模样。我找到一条穿过废物堆积场的小径，横越铁轨，顺着铁轨方向走，希望能走到车站，一路上全是好奇地瞅着我的人，还有些乞丐追着我乞讨，尾随我到都拉斯——一个遍地尘埃、景观残破的世界。

都拉斯没有一样对劲。连树木都脏兮兮地垂挂着腐朽树叶，枯萎待毙，大部分都跟周围污秽的贫民公寓一样，有种破坏荒芜的感觉。许多枝干都被砍除，剩下的也体无完肤。其实这些树并非看起来奄奄一息，而是仿佛从来没有活过，像是落幕已久的舞台上一根根被虫蛾蛀蚀的道具。调车场内长满很高的杂草，我见到的车厢不是翻倒便是弃置，玻璃全都碎裂。艳阳高照，空气中仍带着一股下船时便察觉的臭气——一种在太阳热气中散发出来的屎味、腐败物和灰尘的臭味，以及衣服腐烂的气味，甚至地上（我匆忙前行所踢踏的泥土）也有股油腻的臭味，像毒药的气味。

其实这一切都正好相配——枯焦的树木、龟裂的建筑、污秽不堪的泥土、不再行驶的火车，以及触目所及的褴褛百姓。这一切都可以用"最脏""最穷"来总结，正如不久前那个意大利男人所讲的。人们见到我，就像见到降落人间的某方神圣，一起奔向我，尖叫着要我给他们一点东西——钱、食物、衣服、笔，什么都好。每当我的视线接触一个人，他便立即冲向我，开始乞讨。

其实我盲目闯到这里，与我事先知晓这里的状况才来，并没有差别。因为如果事先有人告诉我此地的情况——都拉斯竟是这副模样，如此肮脏，如此绝望，我绝不会相信的。

此时，我仍然无法摆脱那些乞丐。两个男孩、一名抱着昏睡小孩的年轻女性，以及一个裹着绑腿和披风的老妇人还在一边纠缠我，一边叫嚷。他们跟着我沿着铁轨走向车站，当我推着车站上锁的大门时，他们也守在一旁。车站玻璃破裂，可以看到里面空无一人，纸屑满地，几张椅子横倒一侧，墙壁上的日历也标示着错误的日期。

一个女人朝我走来，她的样子跟其他人没多大差别，乌龟脸，穿着毛衣，顶着大太阳，裙子下面又穿了长裤，趿着一双破旧的大鞋子。但不同的是，这女人身上挂着一串钥匙，俨然是权威的标志。

“火车？”我问。

“没有火车。”她两手断然一挥。

她的意思很清楚。其实，由铁轨上蔓生的杂草、横倒破损的车厢及毁坏的车站，我也可以猜出火车已经停驶。那些乞丐见我一时惊慌失措，又伺机继续乞讨，要我给他们一点东西。

挂着钥匙的女人指指车站前面。

“巴士。”她说。

这个意思也很明白，但是其他一切则失去应有的意义，不仅如此，连象征意义也荡然无存。车站不是车站，人行道不是人行道，树木不是树木，街道不是街道，连我见到的巴士也不像巴士。三辆饱受摧残的车停放在车站前一个活像废车场的发车地点。

那些乞丐仍守在我身旁，还有人蹲在地上，或成群站着，每个人都看着我，等着瞧我下一步要怎么做。

“我要去地拉那。”我心想。我由地图中得知地拉那就在二十英里外，以后再回来这里吧。

我走向一辆破烂的巴士，结果又多了几个人跟在我后面，我希望把他们一起甩掉。

“地拉那？”我问道。

“地拉那！”他们指向另一部巴士。这时，一个衣着破旧、二十出头的年轻男子走向我。我还以为他要跟我要钱，不料他却以英语夹杂着意大利语告诉我：“这辆车马上就要开往地拉那。”

我爬上车，坐在车门旁边。

“要五十列克。”年轻人说。他看我一脸困惑，便取出一张面额五十列克的红色纸头递给我。“你会需要这个的。”

在车门啪地关上前，我总算摸出一些意大利钱币给他，也许正值五十列克。在此行中，我第二次由一名最不可能的人身上获得了一份礼物。我对他来说只是个陌生人，我俩以后也不可能再碰上，他却毫不犹豫把他半日所得送给我。这突如其来的善意，就像扎达尔酒吧那个请我喝咖啡的女人一样，顿时消除了当地的魔咒。尽管都拉斯依然面目可憎，我却对它心软了。

巴士上挤满乘客。我挤在后面的长椅上，不时被站在面前的乘客撞来撞去。车上充斥着衣物的霉味和烟味，幸亏我就坐在门边，因此每次车子一停，我都可以借机探出头去。车子开得很慢，站牌很多，可是我几乎完全不在意，我已经在途中，而且对所见到的大部分情景都感到神奇不已。

路旁田野中工作的男男女女使用的都是最原始的工具：挥舞着弯柄的长镰刀和新月形短柄镰刀，用状似古老的三叉戟把干草叉入马车，还用轭木圈勒马犁田。这些甚至不是二十世纪初的农耕技术，那些农具也是几百年前欧洲所使用的。放眼望去，见不到任何引擎，没有牵引机，也没有汽车——路上除了这辆叽嘎前进的巴士，根本没有其他车辆。

农田间满地石砾，而且跟其他事物一样呈不规则状态。田地不平坦，犁痕也不平行，没有一样呈直线。自从抵达阿尔巴尼亚以来，我便没有见过一条直线。连房子也都是些歪斜的小屋、棚舍和摇摇欲坠的谷仓。这种欠缺几何图形的景观，这种紊乱无序，都使得阿尔巴尼亚乱象横生，也使得当地人看起来一副可疑、迟缓的感觉。

以前我也在其他地方见过衰败的情况，但是这种连农田都缺乏秩序的景象实在很古怪。即使在第三世界国家，人民生活贫困，住家千奇百怪，他们的田地也是井然有序，植物、防风林和沟渠等也总是呈现出平衡对称感。这里却不然，毫无和谐之处。

当地景物还有一个特色，更令我困惑不解：一座座碉堡和防空洞。我最先在都拉斯城外看到几座，还纳闷那是干什么用的。那些防空洞大半看来有如水泥做的因纽特冰屋，有些大，有些小，其他的则像是小地堡[①]，有圆有方。较小的只能容纳一两个人，大的则有如一座平顶屋，可容纳约二十个人。那些建筑有如大石块，没有窗户，但大部分都有枪口。

那些防空洞散布在没有遮蔽的地方、没有树木的田野，或排列于山脊与道路的两旁，或掩藏在壕沟中及滞流的小溪旁。放眼望去，到处都是。

这些不寻常的防空洞，连阿尔巴尼亚作家伊斯梅尔·卡达莱也曾加以评论。卡达莱是阿尔巴尼亚唯一有作品译为英语的小说家。他在最著名的小说《亡军的将领》中，描述一名来访的意大利将军看到了那些防空洞："那些碉堡全都静静地被弃置在那儿……有如埃及雕像一般，有的带着冷漠和轻蔑的表情，有的带着谜一样的神情，端看其枪口的设计而定。当枪口垂直时，那些小碉堡会露出残忍邪恶的神情，足以招来邪恶的阴灵；但是当枪口水平时，它们会露出奇特僵笑的神情，只表现出漠然和嘲弄。"

"埃及"？"残忍"？"嘲弄"？不！那段描述大都出自幻想。那些防空洞只是木然而立，而且都是粗制滥造。我觉得不可思议

---

① 尤指沿海岸作防卫用的建筑物。

的是，它们数目庞大，已成为当地的唯一景观。有些碉堡已改为住家，飘扬在阳光中的晾洗衣服就是最佳证明，但是大部分则遭弃置，任其毁坏，有些更已被恶意破坏。

到目前为止，我发现阿尔巴尼亚最显著的一点就是惨遭蹂躏的景象。这里不单穷——我也在别处目睹过贫穷的国家和匮乏的人民，还遭到凌虐，有如被一支心怀恶意的军队横扫而过，将它踢成碎片。它的贫穷不是出于被忽略或匮乏。一个被忽略的地方总会带有几分忧郁意味——塌陷的屋顶、积尘的玻璃、蛀蚀的门框、破烂的窗帘。这里给人的感觉不是忧郁，而是惊吓，到处带有暴力的痕迹。许多屋顶被拆毁，窗户破裂，窗帘也被扯下。巴士经过一家工厂，它是遭焚毁的；经过一处停车场，里面的车子被焚，翻倒在地，正如我见到的火车车厢一样。巴士经过大约二十座温室，大部分窗户都破了，到处都是碎玻璃；还有少数温室至今幸存，攀着番茄藤。

这种明显出于恶意的破坏令人沮丧，因为这是暴力的、非理性的。我刚从克罗地亚过来，目睹了弹坑和粉碎的屋顶。那是战争的创痕，这里却不是，这里的更恶劣、更彻底、更荒谬，有如一场噩梦。而更凄凉的是那些站在破碎窗户、倾塌涵洞或焚毁工厂旁的褴褛人影。

这幕情景一直延伸到地拉那：蓄意破坏的痕迹、水泥碉堡，以及人们在崎岖不平的田间使用锄头和干草叉。地拉那市郊聚集着成群的碉堡，有些地方密集得有如一大片古坟场，因为那些碉堡很像陵墓。

“这里有六十万座碉堡，”地拉那一个做黑市汇兑的男人告诉我，“每一家有一座，我们是奉命建造的。如果用那些水泥和铁来盖房子，现在就不会房屋短缺了。”

“有没有人质疑为什么要建那些碉堡？”

“没有。我们都感到很骄傲。我们建碉堡是为了防备敌人可能来袭。”

“你们的敌人是谁？”

“每一个人，”他答道，“每一边都可能。东方的修正主义者、西方的帝国主义者。”

我是后来才碰到他的。我搭巴士刚抵达地拉那时，仍然不知道该怎么办，因为一下车，又有一大群乞丐找上我，跟着我沿着大街走，一面哀声乞求，一面拉扯着我。

我的首要问题是找住宿的地方，但是唯一找到的一家旅馆已经客满。起初我也不以为意，因为那家旅馆脏兮兮的，可是除了那家旅馆，似乎没有别的旅馆了。有个人告诉我，“地拉那旅馆”关门整修了，但另一个人告诉我，是因为遭到破坏而关门的。除此之外，唯一的选择便是同样污秽的“岱帝旅馆”。

“客满了，”柜台职员告诉我，“除非有人退房。”

“可能吗？”

“不知道。对不起，我很忙。”

我又走了一会儿，回到广场，经过阿尔巴尼亚民族英雄斯坎德培[①]头戴角盔的雕像，再经过清真寺，往后街走去，终于瞥见一栋建筑上的旅馆招牌。有个人正坐在楼梯台阶上，告诉我他有房间。

---

① 斯坎德培（1405—1468），抵抗奥斯曼土耳其人统治的领袖。

那是我启程以来见过最差劲的旅馆。我不是挑剔旅馆的人，我也喜欢住便宜的地方，但是这家旅馆又具有那种阿尔巴尼亚的特性，不是疏于打理，而是有恶意破坏的痕迹，因此不但看起来很不卫生，还很危险。

原本我认为岱帝旅馆太脏，现在才知道那里其实是唯一像样的住处，比起这里甚至称得上豪华。那名职员要我稍后再去，他也许可以帮我留个房间。我不能打电话问他，“电话不通”。我只有留下名字，还考虑给他一点小费。随后我又到处徘徊，庆幸自己是只身旅行，否则非吵上一架不可。

——我们要住哪里？

——待会儿也许会有地方住。

——如果没有呢？我们要怎么办？

——我不知道。

——你为什么没有早点考虑这种事呢？

——我不知道。

——你可以先打电话啊！

——电话不通。你刚刚也听到那个人说了。

——我好怕，小保罗。

——每件事都会好转的。

我真的这么相信，即使情况再坏，到晚上还没有地方住，我也可以去住那家烂旅馆——那个危险的地方。否则，都拉斯也有旅馆。那地方虽然可怕，但是只要搭巴士或出租车就能到。再不然，我还可以问街上的人，看有没有哪个小老太婆愿意收留房客的。在这种绝望的地方，这也许是最普遍的投宿方式。

在国会大厦的巨型喷水池内，有些儿童正结伴洗澡，他们都带了肥皂和毛巾。附近有一座六层楼高的大理石圆锥体，已经被弃置而且部分受损（砖块不翼而飞，上有涂鸦，盆景被踢翻在地）。有个男人见我望着它，便走过来跟我谈话。据他说，那原本是霍查的纪念碑，接着他说："请你给我钱。"在大部分街角、阴沟和建筑旁边都堆着垃圾，还有人在里面翻捡东西，到处乱扔。我每次停下脚步看一样东西——树篱、树丛、政府建筑、一面墙或一条流经市区的黏腻河流，都会有人挡在我前面。"求求你——食物！给我东西吃！"我买了一瓶不知名的饮料喝，但还没有送到嘴边，一个女人的手便搭在瓶子上。"求你——水！"

这些是真的乞丐，瑟缩地守在一株瘦小的树木旁或砖墙的阴影间，衣衫褴褛，值得救援。有些人穿着传统服饰——裙子、绑腿、黑披肩、拖鞋、宽腰带、面纱、宽袖管，全都破破烂烂的。

接近傍晚时，我回到岱帝旅馆。不错，他们有间房。我用护照交换了房门钥匙。那间房脏兮兮的，有股臭味，窗外是一个广场，有些男孩叫喊着在踢足球。我睡得很沉。

第二天，我在旅馆酒吧遇到一个来地拉那出差的美国人。"这是全世界最差劲的旅馆。这不是我个人的看法。有份旅馆名单，我猜是各都市旅馆排名，它名列第一。"他露出笑容，"最差劲旅馆名单！"

卡达莱小说中的那位将军就住在岱帝旅馆。不过在这位流亡巴黎三十年的阿尔巴尼亚小说家笔下，这家旅馆有如丽兹大酒店，一个宁静的庇护所，堂皇地坐落在地拉那的松树间。“他去柜台领邮件……要求柜台拨通电话给他家人。”在那部阴森恐怖的小说中，连岱帝旅馆的电话都是能接通的。

“但是它一晚只要四十美元，”我回答，“这不是我住过最烂的四十美元旅馆。”

而且这种事比上不足、比下有余。在旅馆外，有警察、安保人员，还有民众和乞丐栖身在树下。几乎每棵树下都有一名无家可归的乞丐。门口也有，就和纽约一些流浪汉喜欢睡在麦迪逊大道门廊下，以及市区更安全、光亮的地方一样。一到晚上，地拉那主要大街席基培利亚（“老鹰的领域”）上，几乎每根街灯的底座都睡着一名衣衫破烂的孩童。

经历了阿尔巴尼亚这些第一印象奇景（乞丐、碉堡、都拉斯的荒废、地拉那的恐怖和污秽）之后，我便转而深入民间了。我从地拉那火车站（毁损殆尽，有一些形迹可疑、相互争执的阿尔巴尼亚人栖身）搭乘巴士出游，没有考虑巴士驶往的地点，只管投入地拉那的环境之中。我跟一对年轻夫妻聊了起来，他们刚从都拉斯回来。年轻人的英语说得相当好，鼻子红通通的。

“我们去过海滩。”他解释道。

海滩？

“对，那里有点脏。不过我们只是去坐坐，我们不会游泳。”

我们又多聊了一些。先生名叫朱维，太太叫莉迪亚。我和他们一起坐在距离市中心约数英里的终点站，他们住在一栋看起来曾遭毁损的大型公寓里。当他们问起我对地拉那的印象时，我据实以告。

“你看到的地拉那已经比去年好多了。”朱维说，“我们曾经跌到谷底。一年以前，我们什么都没有。现在已经有点活动，有些商店有东西卖了。要是以前，没有钱，没有东西，只有绝望。”

“去年为什么更坏？”

“去年是无政府状态，”他告诉我，“没有食物，没有政府。”

我试图想象地拉那比今天更糟的样子。

“我们有暴动，暴民横行，地拉那很危险。”

我们沿着街道往下走，来到一栋破烂的八楼公寓楼，然后继续（据我猜测）往他们的住处走。朱维告诉我，他今年二十四岁，莉迪亚二十，一年前结的婚，但两人看起来都比实际年龄大。我就这点提出看法，朱维答道：“我看起来比二十四岁大，对，因为有太多事发生在我身上了。绝食抗议，政治纷乱，我们还以为会被杀掉，而且我们也怕秘密警察。”

我们来到最后一栋住宅。朱维要我看看墙上所装的卫星接收器，在同一栋建筑上共安装了五个小耳朵。

“阿尔巴尼亚人是个人主义者，”朱维说，“所以每个人都有自己的接收器，而不是整栋楼共用一个，共用一个更省钱。我们有CNN、MTV。此外，阿尔巴尼亚的电视也播放意大利电视台的节目，因为他们的频道很便宜。所以我虽然没有上过一堂意大利语课，但是我会讲意大利语。地拉那有四分之一的人会讲意大利语，都是看电视学来的。”

“你在这栋建筑物里住多久了？”我用意大利语问。

他毫不犹豫地用意大利语回答：“我在这里住了一辈子，我在这里出生。你看那些建筑，它们又丑又脏。但是你进去看的话，都干干净净，因为里面才是自己的。所以里面很漂亮，外面就差了。”

他邀我到他四楼的住处。里面陈设简单而干净——一间卧室、一间厨房、一间起居室；起居室有个书柜，放有马克·吐温的作品，以及易卜生和埃斯库罗斯的剧本。

“我父亲曾经帮忙建造这栋建筑。我们付了三十年房租，所以政府开放私人购屋时，便以九十七美元卖给我们。可是我们付过的钱是房价的好几倍。”

“你似乎很乐观。”我说。

“我是乐观，因为我看到情况变好了。去年体育馆那边还没有人卖饮料。”

他称为体育馆的地方其实只是个毁坏的足球场，里面是一片被践踏的草坪，四周是摇摇欲坠的围墙，前面摆着几张桌子，贩卖着瓶装橘子汽水。

“现在有四个人在卖了。明年那些人会去镇上开店，换其他人来体育馆卖——人们一点一点在进步。私人企业，这正是我们所要的。”

但是我回答他，我没有见到任何量产商品，只有色情报纸——两分钱的书报，印着大标题和模糊的图片，有赤裸拥抱的男女，有趴跪的女人。而且阿尔巴尼亚人似乎没有制造多少商品，只有镇上一家商店卖的地毯、铜器和一些零碎的小东西。甚至连邮票供应都短缺。邮政总局有个女人在窗口发售邮票，每人限购三张。邮局只卖两种邮票，都不适用于航空邮件。其中一种是几乎没有作用、面值两列克的邮票，上面印有特蕾莎修女的画像——特蕾莎修女的祖籍是阿尔巴尼亚的科索沃省。

“过去六个月，街上那些色情报纸变得非常普遍。”朱维说，“在那之前，我们有很多报纸，都是政治性的。但是现在人们都厌倦政治、厌倦新闻了。他们要的是色情。”

莉迪亚忙着泡茶。她的英语还不足以应付我们的对话，但是朱维会帮她翻译。过了一会儿，我为自己问朱维那么多问题感到抱歉，毕竟我才在巴士上认识他，而现在却在他的公寓喝茶，还要他解释阿尔巴尼亚的情况。我告诉他，我真的该走了，但是希望再见到他们夫妇，请他们吃顿饭，而且希望他们带朋友一起来，因为我对阿尔巴尼亚一无所知，我想多了解一些。

朱维考虑了一下，告诉我在餐厅里谈阿尔巴尼亚的过去并不好，猜测未来则更糟糕。不过去公园走走，到一家户外咖啡店聊聊也许更好。他有几个朋友也许愿意一起来练习一下英语。

我们约好第二天碰面，大概五点下班以后。朱维是一家公司的职员，他的朋友们是教师和公务员。我在霍查纪念碑附近跟他们碰头，那里其实已经不是霍查的纪念碑，而是棘手的石碑。拆除独裁者的雕像很容易，但是拆除整座石碑便是另一回事了。他们也许非学会容忍它不可，否则就得再换个名称。

第二天傍晚，我按照朱维所画的图，坐在一张长椅上。五点过后不久，朱维夫妇便和三个与他们年龄相仿的阿尔巴尼亚友人一起出现了。他们分别名叫尼克、艾哈迈德和奥马。朱维向他们解释，我刚由意大利抵达此地。

“有很多阿尔巴尼亚人在意大利工作，”尼克说，“我们工作很努力，赚的钱很少。甚至在德国和瑞士都可以见到阿尔巴尼亚人。”

“还有希腊。”奥马接口。

“希腊人不喜欢我们。”尼克说。

“意大利人会偷运阿尔巴尼亚人到意大利去，”朱维说，“他们开价一千美元，在都拉斯南部的海滩接运偷渡客，用小型快艇把他们载到意大利海岸，放他们上岸。”

“我们去喝点东西吧。”我建议道。我们穿过大街，树下有几家私人经营的咖啡店。靠近路边有一家看起来颇为亲切，但是他们不要，挑了一家位于最后面、被树丛包围的店。我们围坐在一张颇为隐秘的桌子旁喝咖啡、吃饼干。很显然，他们不愿被别人见到跟一个问东问西的美国人在一起。

“好多年来阿尔巴尼亚一直没有变化，”我开口说，“然后开始出事，对吗？”

“在齐奥塞斯库被杀害后，”艾哈迈德说，提及罗马尼亚独裁者在一九八九年圣诞节前后遇害一事，“第二天这里就开始改变了。人们议论纷纷，先是一小群一小群人，几天后变成一大群一大群，我们就知道要出事了。”

“那时霍查还在位吗？”

“没有，霍查一九八五年就死了。他的继承人是阿利雅，现在正在受审。”

“霍查是独裁者，原本一直跟穆罕默德·谢胡[①]合作。”艾哈迈德说，“据说谢胡是被霍查枪毙的，但根据官方说法，谢胡是自杀的。我认识谢胡的儿子。他告诉我他父亲并没有自杀的迹象。早上他去上学的时候，他父亲还好好的。放学回家后，他父亲的心脏已

---

① 穆罕默德·谢胡（1913—1981），霍查指派的总理。

经多了颗子弹。”

“你们五个都是朋友吗？”

“一九九〇年和一九九一年时，我们还是学生，参加地下活动，协助组成了民主党。当时阿利雅在位，可是不知为什么很懦弱。霍查的未亡人在幕后操纵，替她的亲戚安插职位。我们很想做点事。”

“我真高兴能跟阿尔巴尼亚地下组织分子聊天。”我说。他们哄然大笑，并本能地东张西望，查看是否有人注意到他们。“我抵达的时候真的很沮丧，但是看样子这里还是有希望的。”

“以前这里很艰苦。”尼克说，“人们会指责我们从事间谍活动，因为有警察，大家都很怕。那时候镇上更干净，那是恐惧，这里看起来也不一样。现在大家都很随便，因为知道不是自己的财产。”

对，甚至从我们坐的咖啡座也可以看到垃圾堆、折损的树枝和蹲在地上哀声乞讨的乞丐。

“告诉我为什么以前那么艰苦。光是因为警察吗？”

“如果霍查认为你不是站在他那边的，他就把你关起来。”艾哈迈德说，“他会给你扣上间谍的帽子。我记得上大学的时候，每年要花一个月时间替国家做事。我们被送往劳动营……”

“是集中营。”朱维纠正道。

“隔壁房间就住着前教育部长托迪·卢博尼亚和他的家人，在那里服劳役。他的罪名是担任教育部长期间准许播放西洋音乐和靡靡之音，令霍查很生气。那是一九七四年的事。卢博尼亚在一九八九年才被放出来。”

“那里还有其他著名的囚犯吗？”

“现任议长亚诺利是个作家，他在苏联那个时期被捕下狱。”尼克说，“他在牢里待了将近三十年，比曼德拉关得还久！但他终于创建了阿尔巴尼亚社会民主党。他在一九五四年入狱，一九八四年才获释。”

“普通百姓也会因为政治罪名下狱吗？”

“霍查当权的时代有条很奇怪的法律。”朱维说，“如果一个人被视为间谍或敌人，和他关系最近的亲属也会被一起关进集中营。”

“还不止如此。”艾哈迈德补充道，“其他关系较远的亲属也受到排斥，不能受高等教育，等等。”

“他们是弃民。”我说，然后跟他们解释这个词的意思。不错，就是这个词——政治弃民。

“逃离国境是违法的。”奥马继续说，“倘若你设法逃出国而让警察发现，他们会逮捕你的兄弟——他们为你所做的事而惩罚其他家人。”

“连留胡子都是违法的。”艾哈迈德说——他似乎已开始留胡子了。

“你们听说过迪士尼乐园吗？”我问。他们当然都听说过。“迪士尼乐园的工作人员也不准留胡子。而且迪士尼乐园主管和阿尔巴尼亚独裁者之间也许不止这点臭味相投。”

阿尔巴尼亚禁止留长发，西方音乐、牛仔裤和色情业也在禁止之列。一九九〇年以前，阿尔巴尼亚没有人获准拥有车辆。改朝换代之后，人们马上开始留长发，播放摇滚乐，穿牛仔裤。成千上万的赃车也从意大利进口，或从希腊边境走私进来。而在地拉那，到处都可以看到男人坐在板凳上，旁边堆着成叠两分钱一份的泛黄色情报刊。

“我不懂，”我问，“那个可恶的霍查怎么会在位这么久？”

朱维回答：“霍查让我们相信，我们是全世界最好的民族。除了我们，每个国家都有犯罪、暴力和贫穷问题。他所说的每件事我们都相信。我们从不质疑任何事，从不怀疑为什么夏天会缺水，冬天会断电。我们不需缴税，我们相信自己是世界上最伟大的国家，比中国还好——那是我们排斥的国家，也比苏联好，更比西方好太多了。”

“我们在学校会唱歌，歌颂霍查：他是多么聪明、多么伟大。”奥马说，“我们都要当兵。”

“我们都有武器，每个人都有把枪，”艾哈迈德接口，“每个人都有一件私人武器和一座防空洞。我的武器是一挺卡拉什尼科夫步枪，在——你们叫它什么来着？国家兵工厂吗？那里有很多武器。”

我很难想象这个国家的武器工业如此发达，却没有牵引机、耕耘机或缝纫机。

“武器是一项没有遭到禁制的工业，”朱维说，“在爱尔巴森有家兵工厂。我们制造武器，我们有家中国人投资的工厂，由中国人负责训练。”

尼克说：“所有孩子都喜欢枪。我们很喜欢把枪拆开再装好。”

我们又谈了一些，我压下做记录的冲动，因为不希望他们觉得不自在。最后我建议明天再聚一次，就在同一地点。这里的价格实在便宜——咖啡二十分，三明治五十分，矿泉水八十分，啤酒一块钱。侍者拿了账单给我，总共还不到五美元。

“我们明天见，同一时间。”朱维跟我握手。

“你们来我旅馆。”我建议。

“还是这里好。”他答。

“好吧，不过如果我来得晚一点，你们要等我。”我叮嘱，“我要去大使馆一趟。”

他目露疑光。

“在有些国家，美国人最好先在美国大使馆登记一下名字。”我说，心想尤其是这个国家，“但是我会尽量准时的。”

他们离开了。第二天我找到了美国大使馆，那是幢地中海别墅型的美丽建筑，粉刷着米色的灰泥，绿色和黄色镶边，位于地拉那的一条后街。我跟大使馆副馆长道格拉斯·史密斯聊了一会儿。他派驻此地约一年，会说流利的阿尔巴尼亚语。他告诉我，内地还有用流血方式解决争端的传统，他纳闷这是否跟“必守”（一种严肃的阿尔巴尼亚誓言）的观念有关。这种世仇性报复在极权时代遭到禁止，但随着民主改革的趋势，又有死灰复燃之势。

我很早便抵达会晤阿尔巴尼亚地下组织分子的咖啡座。结果五点钟到了，又过了。我喝了一瓶啤酒，吃了一份套餐：米饭上面浇了一团番茄酱，还有已死动物肉做的肉丸和炸薯条。肉丸叫“quofta”，这是土耳其语，意思是绞肉或肉丸。在地中海东岸很多有关食物的词汇都源于土耳其语，不过这个词的词源“kofta”还可以远溯到印度。我再次将真正令人恶心的食物与阿尔巴尼亚画上等号了。我等了又等，还是见不到昨天下午那群健谈的年轻人。我早该知道不应当提起顺道前往大使馆的事，疑心病是种很难更改的习惯。我再也没有见到他们。

约拿在黑暗窒闷的鱼腹里待了三天三夜后，终于获得了启发[①]。人在做噩梦时也经常会有这种感觉。三天之后，原本只是一场噩梦的阿尔巴尼亚终于化为一项有价值的经历，我也克服了原先的憎恶与恐惧。地拉那仍然一片寒酸，但我的心情平静了，不再觉得反感，只觉得神奇，于是这个城市变得不那么糟糕了。“只是看起来脏兮兮的。”约拿也许会这么说。

我已经可以认出那些乞丐。有些每天都坐在那里乞讨，晚上也睡在那里。其中有一个没有腿的女人、一个瞎了眼的老人、一个老是对着来往行人大声叫喊的男人。还有许多儿童，白天在垃圾堆捡东西，晚上则蜷缩在街灯下或门廊处睡觉。有两个总是睡在一起，一个趴着睡，另一个也许是他弟弟，枕在他的后腰上。

我没有马上离开，而是又多待了几天。其中一个原因是，在此地并不是那么容易说走就走。我是搭船来的，也想搭船离开，研究地图，发现阿尔巴尼亚的最南端与希腊克基拉岛很近，只隔了一道大约五英里宽的海峡，几乎脚一跨就到了。

“对，那里有渔夫，他们也许会带你过去。”地拉那有个男人告诉我。

他是从那个地区来的，而且似乎对希腊有认同感。

“我们家原本姓斯塔夫罗，”他说，“我们是东正教教徒，那个姓氏在希腊语中的意思是‘穿过’。但是政府强迫我们改姓，所以我祖父就另找了一个姓——切利库，意为‘钢’，跟斯大林一样。”

“你们怎么会是东正教教徒呢？霍查不是禁止宗教信仰吗？”

---

① 根据《圣经·旧约·约拿书》，先知约拿因违反上帝意旨，拒绝到背弃神的尼尼微传道，遭到上帝惩罚，被吞入鱼腹，经三天三夜祈祷才被鱼吐在沙滩上。

我问。

“对，没有教堂。不准有。”

上帝是非法的。阿尔巴尼亚很自傲于它是全世界唯一的无神论国家。政府垮台后，人们没有拥入教堂，反而为曾经同样遭禁的色情而疯狂。

我不认为能在阿尔巴尼亚南部找到一个渔夫带我去克基拉岛，但是总有其他方法到希腊的。希腊有个倾向，会因为怨恨而故意封锁边境，因为他们不喜欢阿尔巴尼亚人，两国外交关系也不好。如果边境没有封锁，有班巴士可以从吉罗卡斯特开往希腊的约阿尼纳。

听说原来有班火车从地拉那驶往南部的发罗拉，但是已经停驶了。切利库说有班巴士可以到，但是我看不到一辆足堪长途行驶的巴士。我走向地拉那南缘的发车站，却看不到一辆车，只见到车的痕迹：泥泥里的油污，显示车子漏油漏得厉害。

我又继续走，走进一座毁损的公园，经过一处池水腐臭的蓄水池，见到有些人正穿着内衣晒太阳。他们的内衣跟外衣一样，都像捡来的，不合身、破旧、样式老旧。这些日子，大部分阿尔巴尼亚人穿的衣服都是由意大利慈善机构提供，因此都来自亚得里亚海沿岸一些善心人家的阁楼和衣橱。

即使是这里，也可以见到恶意破坏的痕迹——铜牌被摘除，标示毁损，日期遭涂抹，原本安放雕像的底座破裂。蓄水池再过去约一英里处有股恶臭，随着热风到处飘送。虽然没有标示，但是很显然，前面便是地拉那动物园。

我一向对动物园缺乏好感，却从来不曾像当时那么想打开牢笼，放走动物。如果它们能吃掉几个阿尔巴尼亚人，那么对于这些饱受虐待的动物来说，也是具有浪漫意味的伸张正义之举，可惜我始终没有见到一个肥胖、足供大快朵颐的阿尔巴尼亚人。

那些兽笼很小，就如同暴政国家关一名恶犯的牢笼那么大。那些动物被当成野兽看待，由于它们是野兽，所受的待遇跟被判刑的杀人犯没两样。以一只漂亮的老虎为例，由于待在肮脏的兽笼内，它的毛皮也污秽不堪，困在八英尺宽十二英尺长、几乎关不住它的笼子里，显得既疲惫又绝望。尤有甚者，一个正在替植物浇水的人还拿着水管朝那只老虎的脸喷水。

小笼子里有只狼在啃骨头。三只老鹰在另一个笼子里拍着翅膀，由于笼子太小，它们根本无法展开翅膀——其中一只还在踉跄而行。另外还有一只肮脏的鹤、四头在流汗的小熊。最糟糕的是一头母狮子，不堪拘禁生活而在栅栏旁狂乱踱步，当一名工人朝它扔树枝时，它还清醒得知道瑟缩。公狮子则被扔掷的树枝吓得退缩到牢笼后面的墙脚。

“你为什么要这么做？你这笨蛋。”我比手画脚地对那人说。

他朝我咧嘴一笑，用阿尔巴尼亚语咕哝着。显然在这里朝动物扔东西是一种娱乐。笼中除了啃过的骨头、狮子的秽物外，还有许多人扔进去的东西——树枝、纸团、石块和一顶黑色的鸭舌帽。

但是目睹这个动物园，也可借此了解阿尔巴尼亚人是怎么生活的：挤在狭小的公寓中，吃恶劣又不足果腹的食物，忍受缺水与断电之苦，相互折磨，对于街上的脏乱视若无睹。可以想见此地的犯人也受到这种待遇，而这些动物只不过是另一种类型的囚犯罢了。

如果我用意大利语责骂动物园那个以凌虐动物为乐的人，或许他会听得懂。意大利语确实是这里的第二语言。我找到一个会说意大利语的出租车司机阿里，跟他还了一点价，然后搭乘他那辆颇新的“兰吉雅”返回都拉斯。

“你这辆车是在哪里买的？”

“海岸那边。那个地方没有名字。”

“那这辆车是偷来的？”

“也许吧。不过不是在这里偷的，也许是在意大利。”

虽然在这里住了几天，路旁和丘陵散置的碉堡看起来仍是那么怪异。阿里说其中有座碉堡是他的，但是他忘记是哪一座了。

车子经过折损的树木、半毁的道路、龟裂的贫民公寓和上锁的火车站——上回我是搭乘一辆老旧的巴士逃离这些景物的。都拉斯海滩是我在地中海所见最脏乱的一段海岸。海岸砾石密布，颜色泛黑，丢弃着有油污的漂流物、碎玻璃和油腻的塑料制品。这种海岸亟须狂风巨浪的刷洗，可惜这片海域没有这种风浪。

不过海滩的污秽并未吓阻阿尔巴尼亚人前来游泳和享受日光浴。他们穿着内衣的身体惨白，像被迫剥除了衣物，正忍受某种残忍的入会仪式。

海滩上竖着罗马石柱。这里在古代是衔接巴里以东的埃格纳提亚大道的地方，该大道是以罗马为中心而呈辐射状分布的壮观道路工程之一。石柱是一座神庙的遗址，如今任其腐朽。再过去一点，有座阿尔巴尼亚阵亡将士纪念碑。那是一座高二十英尺的士兵铜像，正摆出冲锋的姿势，下面的大理石座上则用红漆喷着“涅槃”“枪与玫瑰”“× 你的”等字迹。

纪念碑的建构形式、石板竖起的方式，以及大理石的高度和隔间等，都具有厕所般的功能，因此又脏又臭。总之，索古国王王宫所在的海角下方的整片海岸都惨不忍睹。

阿里问我："要不要去看罗马剧场？"

我们驶入一条死巷，罗马遗迹原来在贫民窟的住屋中。贫民窟是圆形剧场的一部分，只是那些建筑看起来比罗马拱门脆弱多了。

一名阿尔巴尼亚看守人有心赚取小费，开始用意大利语跟我聊了起来。

"这里是有钱人骑马进来的地方，"他指着一处有如山洞的入口给我看，"穷人则从正面那个小门进来。"

当地贫民以一种典型地中海的方式侵占这座古迹，偷偷爬上来，攫取大理石板和古老的罗马石砖，用这些远古建材搭筑小屋。

"这里大得足够容纳一万五千人。"看守人说，"他们有各种表演——动物、狮子、老虎和角斗士。你看，这是原来的石阶，这条通道环绕整个剧场，就是你看到的房子的所在。"

"人们用这些石头去盖房子。"我指出。

"但不是他们弄坏的，是地震震坏的。"他说，"这里发生过两次地震。第一次地震把它震倒了，人们才拿石头去盖房子。来，我带你参观礼拜堂。"

在底层通道有两座拜占庭式礼拜堂。那里曾是墓窖坟场，有些镶崁画已经破碎，但仍可认出壁面的圣人图像。看守人认得那些圣者；圣苏菲亚、圣艾琳、圣斯德望，还有某些天使。"这是用来举行洗礼和丧礼的。"

"这么多还埋在地下，真可惜。"我说。

"我们也是不久前才发现的。"

“这座罗马剧场？你们以前不知道？”

“不知道。我刚刚说了，这里因为一次地震而被埋在土中，直到一九六六年的某一天，有个人的无花果树枯死了。他把树挖起来，想再种一棵，在挖的坑洞里发现了这堵墙——这些石阶，”他指着一处大理石楼梯间，“他又继续挖，发现更多台阶，就去报告考古部门。他们以前根本不知道这整片斜坡原来是一座圆形剧场。”

他们开始挖掘这处古迹，而古迹也开始一点一点消失，成为附近住家的一部分。这座罗马剧场一团糟，跟其他东西一样，挖掘出来的地下通道全是积水。

“抽水机坏了！”看守人说。不过他还是赚到了五列克小费。

我和阿里离开那里，前往索古国王的王宫。阿里说这里现在是政府的迎宾馆，就像霍查在地拉那的豪华住宅一样。“有时候会有访客住在这里。”那是一幢方形别墅，位于山丘顶端，近看不如在“威尼斯”号渡轮甲板上远眺来得壮观。

阿里告诉我，索古有个儿子是在这座王宫出生的，但第二天便和父母一起被放逐了。

“你希望他做你们的国王吗？”

我的话令阿里哈哈大笑。“他在这里只待过一天。然后几年前他回来了，又待了一天。所以他今年多大？五十五或五十六了，而他这辈子只在阿尔巴尼亚待过两天！”

我向他求证在地拉那的那些年轻人告诉我的是不是事实：阿尔巴尼亚的国界是否真的完全封锁，不让人民离开。对，阿里回答。出国是违法的，没有人可以离开。

“为什么？”

"为什么！为什么！"他用手拍了一下额头以表示我追问的问题有多么荒谬，"你认为我们不能出国很奇怪，那我告诉你，我小时候还不能离开家门呢！每个人都待在家里。我父母始终锁着大门，我根本不能出去。你懂吗？在霍查的时代，没有人离开家。"

"但是他们还是要去工作？"

"对，然后直接回家。"

回地拉那途中，我们经过一些毁坏的工厂，其中最大的一家是橡胶工厂。

"现在还在生产吗？"

"砸掉了，"阿里说，"所有工厂都砸掉了。橡胶工厂、塑料工厂，所有的机器，全都毁了。"

"是谁干的？"

"是谁！是谁！"他又拍了一下额头，"你想会是谁？"他哈哈大笑，却是一种惭愧的笑。"是我！一九九〇年，还有去年！我们太兴奋了，把每样东西都砸了！"

无论地拉那看起来多么贫困，乡间的情况却更艰苦。地拉那南部大约三十英里处，有许多人住在较大的碉堡和防空洞里。他们在入口处竖着竿子，搭上塑料布或帆布以扩充居住空间。由于到处都是碉堡，却又闹房屋荒，这种情形注定会发生。

我是跟着阿德里安·贝贝提来的。阿德里安是地拉那人，年近三十，他有一辆偷来的汽车：一辆有汽车音响和真皮坐垫的宝马。我是在岱帝旅馆附近遇上他的，他同意以一百美元的价格载我前往阿尔巴尼亚南部，在发罗拉和所有我希望停留的地方参观，然后在萨兰达放我下来。据他所说，那里"或许"可以搭到船，前往希腊的克基拉岛。

至于他，他说他恨希腊人，希腊人是人渣，只会迫害阿尔巴尼亚人，并因他们是欧共体成员而对阿尔巴尼亚人耀武扬威。其实看看他们：一般希腊百姓还不是跟阿尔巴尼亚人一样可怜兮兮的。

阿德里安的意大利语说得很流利。他去过意大利两次，有个兄弟在那里工作。平时他也看意大利电视，喜欢看竞赛性节目、足球赛和音乐节目。

驶向南方时，我们经过一家焚毁的工厂。

“是你烧的吗？”我问他。

“这家不是。”他答，“我烧的是另一家！”

我们沿着海岸南行，阿德里安在距都拉斯大约二十英里处驶离道路，前往附近一个占地极广的停车场。不过那并不是停车场。

“全是偷来的。”阿德里安说。

这里是赃车市场，车辆井然有序地沿着海岸一排排展示。地中海有一些离奇的海岸，但这里可以算是最怪异的。岸上大约有五百辆车，阿尔巴尼亚人蜂拥其间，或踢着轮胎，或数着钞票，或讨价还价。隆巴尔迪先生，你在找几个月前在罗马被偷走的菲亚特吗？车在这里。施密特先生，你在慕尼黑被人开跑的奔驰。还有威尔森先生在洛桑旅馆停车场失踪的越野吉普车——以及其他各种车子，全都停在阿尔巴尼亚海岸低矮的松树下。那些车的车况很好，有崭新的文件，而且多得一时看不完。至于车价，也很合理，因为是偷来的，所以没有账面价值，完全由市场决定。阿德里安说，这些比意大利或德国的车便宜多了。这里的车辆之多、车况之佳，以及位置之偏僻——远离市镇，置身这片肮脏海滩，都令我叹为观止。我突然想到，这些车子当中有几辆也许跟我一样，都是上星期才从巴里搭“威尼斯”号渡轮抵达的。

“在意大利有律师专门替车子准备新的文件，然后就弄走了。”

“你问他们这辆奔驰要多少钱。”

阿德里安不肯问。他说：“如果你不想买车，只是随便问问不好。他们会奇怪你为什么问这么多问题。”

“这是我的毛病——老是问问题。”

“在阿尔巴尼亚，我们已经学会不要多说话了。”阿德里安建议我们继续上路。

这里是穷乡僻壤，两旁都是树桩。阿德里安告诉我，这些树都砍去当燃料了。路上车很少，只有些拖车，以及马、狗、鸡等动物，人们也习惯走在路中央。这里的房子比我在都拉斯和地拉那见到的更破烂，而且也都有种世界末日的感觉，仿佛在村庄成长的某一阶段突然遭到灾难袭击。当地人并非衣衫褴褛——这里没有乞丐，却明显处于困境：女人用锡桶挑水，家人在田间锄地，还有人群集在街旁贩卖一小堆一小堆的蔬菜或水果。我们在费里停车，走向市场。阿德里安买了一磅樱桃，现在正是盛产的季节。我们坐着大啖一番，才再度上路。

我记起那名美国外交官告诉我的“必守”和血斗的事，问阿德里安是怎么回事。

“你把两件事弄混了。”他答，“首先，‘必守’是一种必须遵守的誓言，不管是什么誓言。”

“你举例给我听。”我说。

“好。假设你给我你纽约的电话号码，而我到了纽约，因为你邀请过我，而且与我有过‘必守’的誓言，所以你应该去接我，带我到你家住，负责供我吃。你绝不能把我留在街上，无论如何都要照顾我，不能抛弃我！”

阿德里安歪歪斜斜、时快时慢地开着车。如果阿尔巴尼亚直到一九九〇年才准许私人拥有车辆，那就表示没有一个阿尔巴尼亚人有三年以上的驾驶经验，而且多半少于三年，甚至完全没有。这种欠缺驾驶经验的情形自然很明显。

“至于报复又是另一回事，”阿德里安继续解释，嘴里叽里呱啦讲着，两手来回扭转方向盘，闪避路面的坑洞，“我们叫作‘哈克马利’或‘加克马利’。‘哈克’是鲜血的意思，‘马利’是拿的意思。”

“一定都会跟杀人扯上关系？”

阿德里安两手离开方向盘，托成杯状。这手势的意思是：“这个问题的答案这么明显，我都懒得回答你了。”

“请你举个阿尔巴尼亚人‘哈克马利’的例子。”我说。

“好吧。有人对你兄弟做了某件事，所以你也对他做某件事。或者，你杀掉我的一个家人，你这只卑鄙下流的猪……”

阿德里安每次举例便煞有介事地大声叫嚷、声情并茂。我再度感到不自在，就像刚刚他举“必守”的例子，直嚷“你不能抛弃我”一样。

“在那种情况下，我会杀掉你，”他紧绷着下巴，“不管时间过去多久。也许是二十年以后，你变得很快乐，也忘掉你所做的事了。但是我没有忘记，那件事还没有过去，使我内心觉得痛苦。有一天你离开家——心里很快乐！天气很好！我会走向你，然后……”他用手指在脖子上抹一下。“我就杀了你。”

“是不是等过一段时间以后更好？”我问，“英语中有句谚语：‘报仇如冷盘，冷了味道更好。’”

阿德里安笑了，他喜欢这句谚语。但是他回答：“任何时间都是‘哈克马利’的最好时间。”

从地图上看，我们已接近发罗拉。我打算在此停留一下，因此特别提醒阿德里安一声。不料阿德里安没有反应，他心里在想别的事。

“我外祖父就是‘哈克马利’的受害者。”他说，“他有个仇人，有一天那个人杀了他。那是一九五一年前后发生的事。”

“有人替他报仇吗？”

“有什么办法？什么都不行！因为家里没有男人。我外祖父有三个姊妹，有太太，而且只有女儿。女人是不杀人的。”他继续开车，“那件事发生在斯库台。”

“怎么没有找你去杀那个人呢？”我问。

“我不能杀他。我是一九六六年才出生的，已经太晚了，我的辈分不对。所以必须忘掉这件事。”

“我懂了。原来报复的人必须跟被害人同一辈。”

“对。”阿德里安说。

“霍查当政的时候，有没有‘哈克马利’？”

“没有。霍查领导共产党统治的时候没有。但是前几年我又听到这类故事了，为数不多，不过绝对有些家人在‘取人鲜血’。”

我们在发罗拉过夜。我们已经行驶了大半路程，而且天色也不早了。在这种路况不佳的乡间摸黑赶路，绝非明智之举。再说，阿德里安有个朋友就住在这里。他还记得我很喜欢他在费里买的樱桃，因此便向几个人打听，又以三十分钱买了一公斤的熟樱桃。

发罗拉的旅馆没有名称，但是有很多空房。除了我，只有两家阿尔巴尼亚人，他们白天在多岩砾的海滩上消磨时光。阿德里安说他去住朋友家，明天早上七点来接我。他把樱桃留给我，还严厉警告我要很小心："晚上把房门锁上。"我接受了他的建议。

发罗拉的一处海角有座大型别墅，以前是霍查的官邸。我在天黑前朝别墅方向走去，看到有士兵在守卫，我不愿引起他们疑心，因此又折了回来。在发罗拉虽然有人盯着我，却没有人跟着我。这里生活贫穷，可是没有乞丐。海滩上，人们在灰灰的天空下光着苍白瘦削的身子，冒险在发罗拉湾有毒的海水中游泳。看到那些皮包骨的白人蹲在沙滩上嬉戏，感觉实在很奇特——这些来到滨海小镇的人家还是家境比较好的。

也许因为霍查以前经常来的关系，建筑墙壁上漆有很多标语。那些标语很像我在中国看到的大字报，连有些用语都是一样的。一面墙上漆着红字"马克思主义和列宁主义万岁"，其他墙上也漆有歌颂霍查的标语——"恩维尔·霍查万岁"，另外还有歌颂革命、工作和阿尔巴尼亚等的重复字句。没有人浪费精力去涂掉这些已经过时的标语，但是有些墙壁被砸毁了。发罗拉城外山边四十英尺高的界石上面涂写了大字：滚蛋！恩维尔。

我喝了一瓶啤酒，吃了些面包和浓汤，然后在房间里收听英国国家广播公司的新闻报道。我听到一则阿利雅在地拉那受审的最新消息，他是因"滥用职权"和"侵占国家基金"的罪名受审的。

发罗拉的夜里一片静谧。没有风声，没有路过的汽车声，没有音乐声，什么声响都没有。这里的海也很安静，不像其他地中海沿岸还有细浪溅岸的潮声。

“你们怎么称呼他？”第二天早上，阿德里安载我驶经霍查的标语时，我问他，“‘伟大领袖’？‘导师’？‘国父’？或其他尊称？”

“‘舒古’，”阿德里安说，“‘舒古’恩维尔。”

“什么意思？”

“朋友。”

太妙了！一个用围墙围住整个国家、让人民挨饿受冻、关掉电灯、恫吓他们、拘禁他们、不让他们留胡子、自己住漂亮别墅而让他们待在小茅屋啃酸面包、擦拭枪支（“以防备帝国主义者的攻击”）的人，竟是他们的“朋友恩维尔”。

“最近我们已经不用‘舒古’这个词了。”阿德里安说，“因为以前的用法让这个词成了不好的字眼。”

“如果不用这个词，那该怎么称呼‘朋友阿德里安’呢？”

“我们用另一个词‘佐帝’。比如我跟你打招呼，我可以叫你‘佐帝’保罗。”阿德里安回答，“这个词的意思是‘神’。我们现在没有朋友，我们现在是‘神’。”

来发罗拉的途中，我们多半沿着相当平坦的海岸公路行驶，但是第二天，我发现阿尔巴尼亚南部海岸山岭起伏，陡峭的山崖直落海面，后方公路也蜿蜒起伏，极不安全，常将我们的车歪向山崖边缘。在爬升到两千五百英尺高时，道路更形荒僻多风。若干险峻之处濒临山羊徜徉的嶙峋小谷，唯一的聚落只是一堆堆石屋，多半是远古的遗物。

发罗拉高处的树木只剩树桩，都是最近砍伐的结果。在前一年无政府的绝望日子里，没有燃料供应，人们只有去林间砍柴，甚至把道路两旁的杉木也砍除一空。

“好香！”阿德里安大叫着，车子在一座峡谷旁颠簸，山边迷迭香的浓郁香气飘入车内。

这段狭窄山径走了几近四个小时。阿德里安车内有音响设备，但是只有一卷《皇后乐队精选集》的录音带。阿德里安很喜欢这支摇滚乐队。他告诉我：“弗雷迪·莫库里是得艾滋病死的。”接近正午时，车子经过一个遍远地点，我们看到一名警察在拦车。我的心先是一沉，以为是路检，但阿德里安解释那个人只是想搭便车，我们没有义务载他。我想有个警察在车上或许会有帮助，便说：“我们载他吧。”

那名警察带了两桶橄榄油，重得几乎提不动。阿德里安帮他把油提进后车厢。

“阿利雅在受审！”警察说。

阿德里安没有答话，警察只得放弃聊天的企图。显然阿德里安很恨他。我们行驶了大约二十英里路，才在一个十字路口让警察下车。阿德里安发现那个人的橄榄油竟漏在后车厢的垫毯上，不禁气得说脏话。阿尔巴尼亚人的私人财产很少，因此对自己的财产都十分宝贝。

阿尔巴尼亚南部海岸的村庄看起来很像希腊的建筑——位于山边的一簇簇灰泥小屋。我们经过一座毁坏的教堂。

“你信什么教？”

“我不信教。”阿德里安回答。

“那上帝呢？”我问，觉得自己的口气好像格林小说里的人物[①]。

“我真的不懂。这些事令我觉得很困惑。”

我们很快又回到海岸线——美丽的蓝绿色海湾、陡峭的泛白岩石。港湾内一片空荡，没有船只，没有人烟，没有村落，也没有垃圾。这是到目前为止，我所见过最冷清也最美丽的海岸。这些湾区大部分都只能由海路前往，因为崖壁直耸得无法开辟任何小径。往后的地中海沿岸，我再也没有见过这种景观。这里没有任何动静。再往下走则是一处潜艇基地，崖壁凿有人工洞穴，供潜艇长驱直入[②]。基地有卫兵驻守，不过这是此地唯一的人工建筑，此外，这整片奇绝的岩岸仍带有古代伊利里亚的风貌。

希腊的伊萨基岛——尤利西斯的家乡，便在仅一百英里外的南方水域。在返回妻子珀涅罗珀身边的航行途中，尤利西斯必然也同样见过这片未遭破坏的悬崖与海湾。

我们在下午抵达萨兰达。阿德里安有些心神不宁，希望马上启程返回地拉那。我照原先讲好的价钱付给他一百美元，他则送我到港口高处的布特林特旅馆。

“这里有船到克基拉岛吗？”我问柜台职员。

“有。明天中午到。”他告诉我，“只要一个钟头就可以到克基

① 格林对于道德的窘境颇为热衷，诸如宗教、政治等，也企图区分善恶和对错。

② 苏联在发罗拉有一潜艇基地，因两国交恶而于一九六一年关闭。

拉岛。”

这是令人振奋的消息。旅馆里空空荡荡的。我订妥房间，往镇上绕了一圈。这是个空荡得出奇的地方，镇上的人都逃往意大利或希腊谋生去了。萨兰达有一家衬衫工厂、一家地毯编织厂，还有一所医院、几所学校。这里缺的只是人口。

我结识了一名友善的当地人法特米尔。他告诉我，在无神论者霍查当权期间，他父母始终是虔诚的穆斯林。他的英语说得很流利。

“我希望你十年后能再来一趟。”法特米尔说，“你会发现这里的房屋更好，镇上情况改善，港区进步，食物变得可口，我也变得更好了。”

在所有情景当中，最奇怪的一幕——比阿尔巴尼亚的罗马废墟、恶劣的公路、瘦削的百姓、乡间的贫穷、破碎的玻璃，以及恶意破坏、残酷作为与意料之外的仁慈等都还要奇怪的是，翌日突然在萨兰达港口出现，由希腊前来进行一日游的整船游客。我已经太久没有见到游客了——阿尔巴尼亚没有，克罗地亚没有，斯洛文尼亚没有，甚至的里雅斯特也没有。我觉得自己仿佛经历一场轻微的劫难，做了一次个人发现之旅。而此刻，我才又撞见一车旅行团游客。

我等待他们前往布特林特参观罗马废墟，然后在他们回来时趁机混上车，跟他们一起返回船上。我决定假装成游客，借机前往克基拉岛。

这群游客比我在直布罗陀碰到的那群跟猿猴难以区分的游客好多了，但也属于晒坏皮肤、猛灌啤酒的那种人。他们痛恨阿尔巴尼亚，对萨兰达也没有好感——其实根据我在阿尔巴尼亚的经历，萨兰达虽然空旷得有些诡异，但还算宜人。那些游客对布特林特旅馆的情况表示震惊，对罗马废墟也讥嘲不已。

他们大半都是从事劳苦工作的英国人。他们说，之所以来克基拉岛旅游，是因为来这里度假比在国内更便宜。比如，在都柏林一家衣着用品工厂共事的凯瑟琳和莎丽，来克基拉岛两个星期只需要四百多美元，还包括来回机票和在克基拉的住宿和早餐。（“这笔钱还不够到爱尔兰的科克郡玩几天。”）

“我觉得这里根本没什么。”一个女子在码头上排队时朝镇上瞄了一眼。

“这里的东西真难吃。”一个一口兰开夏郡口音的男人批评。

“我没法喝这里的茶。”他的同伴附和，“他们是拿面粉做的，你知道。”

“据我了解，这跟俄国人有关。”

他们感到无聊、害怕、疲惫。

我旁边的男人看来十分沮丧。

“你还好吧？”我问。

“我太太在圣诞节去世了。”他答道。那是四个月前的事。“对我打击很大。”

“你们结婚多久？”

“四十二年。”他回答。他哀伤得频频喘息。可怜的老人，在这片阿尔巴尼亚海岸显得好生失落。

“噢，天啊。”

“那边那位女士只是朋友。”他继续说，“我在认识内人之前跟她交往过。我不知道以后该怎么办，我就要卖掉我的旅行露营车了。”他哀伤地望着我。“我不指望你了解。不过你很好心，肯听我说。”

法特米尔来码头送游客离开。

“再来阿尔巴尼亚玩，保罗先生。”他叮咛，“等你回来的时候，一切都会变好的。”

悲哀的老人对我说：“你的袋子真大。”

“我是偷渡客。”我解释自己如何由地拉那前来这里，以及如何溜上船前往希腊的。

“好小子。”

我的护照通过检验，盖了章。我在上层甲板找到一个座位，对自己颇感得意。凯瑟琳和莎丽在另一个座位上朝我挥挥手。不过一旦上船，置身游客之间，我的心情便转为沉闷。春天到了，游客、度假人潮、德国人、杀价旅行团等，也回来展开一年一度跟当地居民的较劲活动了。“我给你好价钱！”“你来这里吃！”“这里东西真难吃。”“不要理他，吉米。”诸如此类。

当我们的船驶离萨兰达时，十五、二十个男孩纷纷由码头跃入海面，跟着船行方向一面游泳，一面高吼：“钱！”“你的帽子给我！”“索尔多[①]！”就跟都拉斯的那群男孩一样。

有些旅客讥笑他们，就像游客嘲弄直布罗陀岩角上的猿猴一样。还有人扔纸片或花生，有几枚铜板从栏杆处扔了出去——那些小额列克虽然是金属制，但是品质低劣，竟然可以漂浮于水面。那

① 索尔多，意大利古铜币，相当于现在的二十分之一里拉。

些阿尔巴尼亚男孩开始埋怨，船上游客则哈哈大笑。渡轮逐渐加速，将那些男孩抛在后面。

“× 你的！”其中一名男孩吼道，并用手指比了一下。其他男孩也群起效尤。“×！”“× 你的！”

“× 你的！”“× 你的！”

“这句话成了国际语言。”凯瑟琳以声调高昂的都柏林腔说。

第十三章

乘“海上精神”号往伊斯坦布尔

出海第三天，我们都拿到了印妥的名册，一本四页的精美手册，像美食菜单一样考究，上面记载了所有乘客的全名和地址。我保留下来，仔细研究，把它当作书签，当它逐渐磨损褪色时，我也在人名旁边加注了不少记号——问号、引言，以及自我警惕的文句。

根据名册，这艘邮轮上有弗吉尼亚州里士满来的小威廉·卡贝尔·加尔比先生和肯特·达林·加尔比太太；有纽约州绍斯霍尔德来的乔·科尔纳基亚一家，他们的名驹“追求杜松子酒”最近刚赢得肯塔基州的德比大赛；有东罗卡韦来的曼尼·克莱因一家，我后来在西西里岛陶尔米纳附近的纳克索斯花园指导他们使用意大利的公共电话。还有魁北克姊妹岛来的皮埃尔·德马雷二世和吉莱纳·勒弗朗索瓦女士；有菲律宾共和国马尼拉来的小比恩韦尼多·A. 丹大使和埃玛·丹夫人，大使已经退休，正以平民的身份从事“慈善工作”；有纽约来的乌夫纳一家、特里布诺一家和麦卡利斯特一家。这些人都是同一天在尼斯的码头登上“海上精神”号的。

毛瑟一家是博卡拉顿来的，烟抽得很凶，常常张冠李戴地创造些绝妙的地名，比如他们曾经搭邮轮去过“里约热德尼罗”[①]（Rio J. DeNiro）和“新瓦·富士”[②]（Shiva Fuji）等。另外还有火奴鲁鲁来的伯恩斯坦一家：丈夫马克曾奉命替一名顾客销毁二千二百万菲律宾比索（约合一百万美元），结果他用办公室的碎纸机花了五个小时才完工；妻子莉亚是著名的夏威夷歌手伊斯雷尔·卡马卡威欧雷的经纪人，那名歌手目前的体重已超过七百磅（约合三百二十公斤）。康涅狄格州锡姆斯伯里的萨福·兹拉科斯·彼得罗夫斯基太太，曾在佛罗里达群岛担任鲜花经销商，她是陪伴九十一高龄的玛丽·P. 富勒太太出来旅行的。富勒太太来自康涅狄格州布卢姆菲尔德，是刷具业大亨艾尔弗雷德·富勒的遗孀，她丈夫由沿门推销刷子开始，白手起家，创立了富勒刷具公司。

此外还有内华达州里诺来的地产大亨哈利·吉平，他说：“马耳他——是个岛，还是个国家？它不是意大利的一部分吗？你是说它也印自己的钞票吗？”“那个黑黑的东西叫什么来着？对，鱼子酱，就是科尔纳基亚那家伙老是大吃大嚼的玩意儿。”哈利是和妻子拉弗内一起出来旅行的，拉弗内是科罗拉多州大章克申弗里斯比家族的人。琼斯一家是纽约来的；史密斯一家是多伦多来的；格林一家是英国伍顿瓦温人；多丽丝·布朗太太是佛罗里达州劳德代尔人；伯顿·斯佩贝尔一家来自加州马利布。杰克·格林沃尔德来自蒙特利尔，他穿着一件纯金纽扣的猎装，戴着御林军骑兵团军团领带，每次都用法语指挥侍者，而且经常告诉他们如何按照他自己的

① 将影星罗伯特·德尼罗（Robert De Niro）误植入里约热内卢（Rio de Janeiro）所致。

② 应为 Shima Fuji，日语中的“富士岛”。

食谱调制食物，要他们直接送交主厨乔治料理。他很少跟其他乘客打交道，除了说“你能不能告诉我卷尾[①]是什么”或者“我已经减少到一餐只吃两道甜点了”。格林沃尔德的妻子是当过舞台剧演员的康斯坦丝·布朗小姐。

日沃特一家是加拿大卡尔加里人；艾尔弗雷德·奈凯尔克一家来自比利时安特卫普；桑尼·普赖斯一家是俄亥俄州西尔韦尼亚人；艾伯特·施温德牧师是新泽西州比奇港来的；巴勃罗·布罗克曼一家是墨西哥市来的；埃德·特利先生和梅里利斯·特利太太是加州蒂布龙来的；布兰奇·拉舍太太来自洛杉矶，这是她的第十二趟邮轮之旅；另外，安布什一家和哈德涅特一家也说是第十二趟。

伦敦的贝蒂·莱维太太第三十次搭邮轮旅行时去了葡萄牙的阿尔加维，而且曾游览过亚马逊河。“我喜欢你的书，我看过你的每部作品，”莱维太太对我说，“你也要写一本有关这次旅行的书吗？”

“不会，除非发生有趣的事。”我对她坦率的问话有些猝不及防，因此竟实话实说了。

此外，还有弗里茨一家、诺顿·弗里德曼一家、路易·帕杜拉一家——这些人，还有更多人，那一天都在尼斯登上了“海上精神”号。

夏天已经过去，旅行淡季再度到来。阿尔巴尼亚之旅令我亟须纾解一下心情，以及在希腊克基拉岛受到的惊吓——满是喋喋不休的游客的小岛，令我联想起直布罗陀斜坡上那些岩猿，我很需要调

① 一种以大昆虫和白蚁为食的鸣禽。

剂一下。我返家，打理花园，然后在九月下旬才又前来尼斯，参加这趟海上旅行。以前我从来没有搭邮轮游览过，也从来没见识过邮轮上的这类乘客。

邮轮上有很多人都不良于行，其中一人必须借助铝制助步器，富勒太太则必须坐轮椅。有些富豪看起来面黄肌瘦，有些则身形臃肿、肥胖之至。他们就像多数美国阔佬一样，走起路来有种独特的步态，慢条斯理，充满自信。他们打量希腊废墟或多彩多姿的当地人的模样，就像国家元首在检阅外籍兵团，威严十足地睥睨而视，神态从容不迫。此外，他们在公众场合放声大笑也丝毫不觉得尴尬，在十张桌子外都可以听到他们鹅叫似的笑声。

“我看只有登山专家才爬得了这么多台阶！”

“他们为什么不打开冷气？”

“这是谁？”那是悬挂于乙区甲板的一张挪威国王和王后的玉照，即斯堪的纳维亚两位骑自行车的王族，哈洛德五世国王和桑雅皇后。这是艘在奥斯陆注册的挪威邮轮。

乘客中有些身体孱弱，或年纪太大，或没有精力，还有些中年人，只有一个孩子（奥利维娅·科伯恩小姐，今年十岁，来自华盛顿，跟祖父母一起旅行）。乘客中绝大部分是他们自称的“银发族”，有钱或有闲来参加这种旅行。由于重听，他们多半必须相互喊话。他们的视力也不好。所以对我来说，偷听他们谈话轻而易举，做摘要也很方便。

“这是我们第八次海上旅行……”

“你有没有去过亚马逊河？”

“越南很特别……”

他们大部分都搭乘这班地中海豪华邮轮从尼斯去伊斯坦布尔，之后，有些继续前往海法，贝蒂·莱维则改搭其他船前往印度洋。这趟航行，除去机票，平均每人每天花费一千美元。

我是邮轮公司邀请的客人。这种事没有什么丢脸的，因为一个作家通常会在某家旅馆或某艘船上受到免费招待。报纸杂志很少会替它们的作家支付半毛旅行开销，因此旅行报道便成为适度表示感激的一项简单技巧。这对我并不构成道德上的问题，但是我的作品常令人觉得我不知好歹，反咬招待我的人一口，我的讽刺笔法也被称为“难以取悦”，因此很少有人会款待我第二次。我无所谓，因为旅行就跟某些人生经历一样，一次就已足够。

一九二八年，伊夫林·沃曾接受过一次类似的免费旅行招待，搭乘挪威邮轮“北极星”游览地中海。沃的经纪人在替他和他妻子弄到免费船票时，曾有一项默契，要他“把这趟航行变成一本旅行书”。日后记述这趟旅行的著作《标签：地中海游记》成为二十世纪三十年代最畅销的旅行著作之一，也被许多人（但不包括我）视为旅行记述文学的巅峰作品（我认为旅行书籍有很多巅峰之作）。

其实正如汉弗莱·卡彭特在《布赖德谢德世代》中所说，沃“对国外旅行没有兴趣”。“他会赞同约翰·贝杰曼[①]对爱德华·詹姆斯的评论：‘国外实在很可怕，不是吗？’”但是沃对于地中海的评论好坏参半，而且坦承对克基拉岛情有独钟。《标签》充满讽谑的判断与辛辣的意见，对建立他的名声大有帮助，他欢愉兼傲慢

① 约翰·贝杰曼（1906—1984），英国诗人。

的叙述风格成为某一类旅行著作的典范，近日更有一群文人推波助澜，认为过去有段时期推崇过这种文风。那本书其实是本怪书。

不过话说回来，旅行书籍本来便是一种奇怪的产物。撰写旅行书是没有什么好借口的，因为全都是很个人的，而且近年来，旅行书籍五花八门，跟从事旅行者一样种类繁多。要评断一本旅行书籍的好坏，必须看它的真实性，以及机智程度如何。你可以读一本际遇悲惨的旅行书，而且读得很愉快，比如阿普斯利·谢里-加勒德的《世界最险恶之旅》，从而断了前往南极洲旅行的念头。那种书无关地理，主要是个人的好恶问题。还有些最好、最悦人的旅行书籍，其实只是不假思索的轻忽之作。不过无论取向为何，最重要的是所叙述的事实必须大致正确，能让一个历史学家、一个未来的费尔南·布罗代尔[①]拿你的书作为史料，比如一九九四年阿尔巴尼亚的情况（“……赃车……恶劣的路况……贫乏的食物……居住在碉堡……在一些墙壁上仍可清晰见到关于霍查的涂鸦……”）。史学家必须基于第一手资料、日记和旅行者的叙述，立论才能稳当扎实。

以我来说，我觉得最乏味的旅行书籍是掩饰作者真正感受的作品。那些轻快的叙述在我看来有吹嘘之嫌，而且是不诚实的吹嘘，因为作者一定掩饰了许多不快的经历。我们都知道，旅行当中有很大部分是累积的繁琐事宜，但是假若能以技巧和具体细节处理一些无聊或可怕的事，结果可能比最明快的散文还要有趣、写实。

《标签》出自一个二十六岁的作家之手，他刚出版一本成功

---

① 费尔南·布罗代尔（1902—1985），法国历史学家，年鉴学派代表人物。

的小说《衰落与瓦解》，而且正准备出版另一本书《罪恶的躯体》。他认定“公众人物生活的艺术就是要知道何时该停止，再往前挪一点”。

沃对法国的评论是：“就整个民族性而言，法国民族的脑袋确实顽固，感情脆弱，对于殷勤待人具有根深蒂固的厌恶。”德国人“丑陋”，巴黎“虚伪”，蒙特卡洛“人工之至”。沃甚至对金字塔也出言不逊（“近看就不那么令人感动了”），他还认为人面狮身像是“一个比例拙劣、欠缺美感的作品”。马略卡岛、直布罗陀和阿尔及尔也乏善可陈，不过沃对那些地方的笔法也实在有趣。沃对他称之为“南斯拉夫杂种王国”的地方（这个称呼在今日不无回响）也没有什么好评。

这些都是怪论，沃也绝不至于认为这本书是学术论著，或探险之旅。“世界上没有一段路程比地中海的海路更布满足迹的。”他曾说，承认这一趟根本不是冒险，也不是学术研究。他在书中某处讨论到阿拉伯式建筑，然后道歉连连，奉上一整段的“我这个老笨蛋”。

《标签》让人猜不出他接下来要写什么。旅行作家以海上旅行作为一本书的主题时，基本论调总是一船笨蛋又做了一次毫无意义的游览。（也许因为作家总是独来独往的居多，甚至不乏反社会倾向吧。）沃避免了这个俗套，而且抱着不偏颇的态度，在戏谑英国人之余，也同样戏谑马耳他人和阿尔及利亚人。陈述之间，他还对酒做了番傲慢的评价：“克里特岛的酒没有受到重视”；“我不认为阿尔及利亚的酒真有那么好”；马拉加的酒“令人作呕”；至于西班牙雪利酒，“品牌较差，尝起来有晚报的味道”。

他以这种讽谑的态度从事视察之旅，从蒙特卡洛到那不勒斯，从海法到开罗，从马耳他到直布罗陀，途经威尼斯、雅典、拉古萨（即现在的杜布罗夫尼克），和其他贴有“标签”的城市，大笔一挥，重新贴上标签。这本书不能视为权威的论述，正如作者的作怪不足为训一样，沃当时正处于离婚边缘，因此写这本书时非常不快乐。这本书是他以幽默和原创性手法宣泄情绪的作品。再者，沃也比一般人清楚：旅行作家如果玩得不开心，读者反而看得很开心；假如作家能历经一场劫难，效果就更好了。

当初我并没有欺骗贝蒂·莱维太太。我此行的目的只是衔接希腊和土耳其的行程，而没有向一群邮轮游客开刀的意图。那些游客躺在甲板上做日光浴，阅读丹妮尔·克兰西和克利夫·格里沙姆等一些名称惊人的作品，诸如《一名显著而立即的顾客》《极端偏见》《悔恨风暴》等，把那些厚书撑在肚皮上，一面打呵欠，一面翻页。至于我，你也知道，我在看我的《了不起的盖茨比》。

“海上精神”号是一万吨的中型邮轮。一百八十名旅客不是住在船舱中——他们不用这个名词，而是住在两房式套间：双人床、卫浴设备、酒柜、电视机，还有一扇窗户——不是舷窗，而是可以欣赏地中海风光观景窗。在各层甲板上，还分别有一座游泳池、几座按摩浴池、一间运动房、一间蒸汽浴室；船尾还附有一个大型码头，备有两艘快艇。

“海上精神”号禁止付小费。你随时都可以大吃一顿，可以单独进食，也可以跟一群人一起进餐。你可以随时举办一次宴会，他们会在最短时间内备妥十二人份的餐点。你也可以在房间内点餐：“六人份的鱼子酱和两瓶香槟。”十分钟内，他们就会送到你的房间。

我一直以为人们拼命工作是为了存钱让孩子上大学，现在才发现有些美国人拼命赚钱是为了搭乘“海上精神”这类邮轮去度假。在一九九四年做一趟为期十四天的海上旅行，所需费用大概等于一个孩子在美国上所私立名校一学年的学费，也就是大约两万八千美元。

我曾孜孜矻矻地搭乘火车和渡轮，颠簸地由直布罗陀前往阿尔巴尼亚，认为地中海沿岸是一片开发过度，或泥泞污秽，或因战争与愚昧而被牺牲的海岸。但是跻身邮轮，我所见到的地中海变蓝了，海岸变整洁了，尼斯更变得魅力十足，石砾密布的沙滩宁静安详。尼斯已不再是几个月前我搭火车经过的那个充斥着退休人口和狗屎、人满为患的滨海胜地，也不再是我投宿于一星级旅馆和在雨中长途散步之处，而只是我在享受免费香槟时闪烁发光的美丽背景。夜幕低垂，一层迷雾使得尼斯朦朦胧胧地变成一幅马蒂斯的画，在水面反射着一团团的黄色光泽。邮轮轻盈地驶离旧港，南行前往意大利。

船舱内，我套房里的电话正在响。

“索鲁先生，我是厨师乔治，现在人在厨房。”

“有什么事吗？”

“我听说你不吃肉，”乔治说，“我想告诉你，我们刚从挪威运来一批很好的鲑鱼，要不要我替你弄道特别的菜？”

这似乎是吉祥的开始。第二天万里无云，清风徐来，海面一片深蓝，平静无波。我们行经厄尔巴岛和科西嘉岛之间的海域，意大利平坦的海岸线始终隐约横陈在东方。当船长向大家宣布这件事时，有些人抬起头，眯着眼睛往栏杆外瞄了一眼，然后继续看自己的书。

"海上精神"号的驻船学者在休息厅举办了一场演讲。第一天我去听讲，跟大约三十名乘客一道，并勤记笔记。讲题是《地中海文明》。

——古希腊资源贫乏，人口过剩，必须殖民地中海各地以获取资源。

——从来没有一个地方叫希腊，只有希腊城邦。

——米诺斯人[①]和平而进步。

——迈锡尼人[②]是佣兵。

——斯巴达人在小孩七岁大时就把他们送往军事学校受训。他们战败后绝不返家，宁愿一死。

——罗马人不信奉中庸之道。

——克娄巴特拉不是埃及人。她是一名马其顿将军的女儿。

——雅典人温和而民主。他们起床后不吃早餐，一天只吃一顿谷物或豆类煮成的粥糊。他们穿着一件类似尿布的东西和

① 米诺斯人，公元前三〇〇〇年至公元前一二〇〇年以克里特岛为中心，也散见于爱琴海南部诸岛。

② 迈锡尼人，公元前一六〇〇年至公元前一一〇〇年间青铜器晚期希腊本土居民。

一块布。他们前往集会广场谈天。那并非一种奢侈的生活。

在谈及粥糊时，我身后一个体积庞大的男人跟他妻子说：“我饿了，你饿不饿？”

“这艘船上的男乘客块头好大，”第一次午餐时，有个女人对我说，“我还以为他们都属于某个团体。”

白色邮轮在阳光中朝着南方航行，滑过波光粼粼的海面，沐浴在阳光下，意大利平缓的海岸线在地平线上不过是条又长又细的线条，有如一片沙漠的边缘，一缕闪烁的尘沙。

我们沿着地中海最古老的一条航道行驶。布罗代尔在《日常生活的结构》中写道：在地中海“沿岸航行是一项惯例”。甚至迟至十七世纪，因为对茫茫大海戒慎恐惧，船只很少离开海岸线而驶向大海，“大伙儿都遗忘了从事这种丰功伟业所需具备的勇气”。地中海的水手通常都沿着海岸由一个港口驶往另一个港口，只有胆敢横渡大海的水手才会冒着离开海岸的危险，从马略卡岛到西西里岛，或由罗得岛前往亚历山大。“船只沿着海岸线行驶，不断受到海岸的牵引，仿佛受到磁铁的吸附一样。”

但我们的邮轮是为了观赏岸上风景而沿岸行驶，偶尔勾留，也是为了进一步了解所经之处。

晴朗的一天到了傍晚变为一片艳丽，西方海天交接处有如炽焰，然后漫天红光，夕阳无限好。

我的房门上钉着一张邀请函：我是否愿意和大副及他的贵宾一起进餐？

在座一共十人，而靠近我这边所聊的话题则是：我们是靠什么维生的？

米莉·哈德涅特说她丈夫是靠食物特产发迹的——罐制水果、瓶装酒渍桃子、特殊口味的糖浆等，在把生意卖给一家多元化经营的食品公司后，他们便开始以海上旅行为乐。马克斯·哈德涅特把小面包扭成两半，问我："有人告诉我你是作家，保罗，你用本名出过什么书吗？"

"我丈夫把公司卖给了莎拉·李。"我左侧的女士跟我说。

她是玛丽·富勒，丈夫曾创立富勒刷具公司。还有一件事也值得一书：莎拉·李确有其人，是个中年妇人，她父亲以她的名字作为奶酪蛋糕、公司和所有产品的名字。她有姓氏，但是没有人记得她姓什么。

富勒太太的旅伴萨福对我说："艾尔弗雷德也写了一本书。你说你是作家？那你应该看看。"

艾尔弗雷德·富勒著有《迈出成功第一步》，据他孀妻的描绘，这本书是叙述他如何厌倦在加拿大新斯科舍当穷农夫，而从在一家刷具公司服务的兄弟处获得灵感，决定沿门推销刷具。什么？你说我没有你需要的刷具？好吧！你说你要什么样的刷具，我来供应你。艾尔弗雷德接受顾客的建议，制造他们需要的刷具，包括瓶刷、宽幅扫帚、小刷子、无尘拖把等。艾尔弗雷德为开创性的销售术开了先锋，不久，手下便有几个助手帮他去按门铃，赚取佣金了。

"这是真实的霍雷肖·阿尔杰[①]的故事。"她说。

---

① 霍雷肖·阿尔杰（1832—1899），美国作家，以赤贫到巨富的男孩为主题写了一系列小说，"阿尔杰英雄"也成为成功的代表。

“你觉得怎么样？”萨福问我。

“我有一次在火奴鲁鲁碰到过阿瑟·默里。”我说。我为什么要告诉她这件事？因为阿瑟·默里也是商场名人。“我甚至认识一个跟他跳过舞的人。默里在匆忙间教会她跳舞的。”

“艾尔弗雷德是带起直销观念的人。”玛丽·富勒说，“现在因为违法，已经不流行了。”

她今年九十一岁，靠轮椅行动，但是一点也不孱弱，食量很大。有时她审视桌面的模样就像一只海狮，气宇轩昂地缓缓转动着头部。她说她在布达佩斯及巴登巴登泡矿泉浴以保持身体健康。她讲话嘟嘟囔囔，但脑筋很清楚，每年她都在新斯科舍省的雅茅斯避暑。

“你是怎么认识艾尔弗雷德的？”我问她。

“他在纽约追到我的。”她答，“他非常有决心，一旦想要什么，一定会设法弄到手。这也是他在商场上那么成功的原因。我母亲叫他‘蒸气压路机’。”

她说她每年都会参加一次海上旅行。这句话立即引起在座者的回响。

“这是我三年来第六次海上旅行……”

“我们去过亚马逊河……”

“我们也去过。我想坐独木舟去丛林，结果却在马瑙斯大事采购……”

“我去过南极洲。当然是在夏天。企鹅……”

“我们去中国旅行，很奇特……”

“沿着长江走……”

“搭乘‘公主’号邮轮游览越南……”

第二天早上，邮轮停靠在索伦托港，极目所见，尽是高耸的海崖、美丽的棕榈树、墨绿色的杜松，以及旅馆与别墅的雕琢门廊和灰泥粉饰的墙壁。在伊克斯西尔维多利亚大酒店可以看到昔日卡鲁素①住过的套房。海湾对面是维苏威火山，以及位于火山阴影与烟云里的那不勒斯。

这不是我去年冬季目睹的意大利。当时我搭乘火车，坐二等车厢，置身农工群众和学生中间，光顾的是廉价旅店和比萨店，目睹的是人们相互争吵、戳弄屁股，或比些淫秽手势。我很少参观古代废墟或博物馆。但是“海上精神”号见识的意大利则有如昔日贵族的“大旅行”，包括五彩缤纷的船夫、昂贵的出租车和一日游的服务。它展示的意大利是由城堡和别墅点缀的海岸，但是你不需要登岸，只需坐在遮阳篷下，欣赏景致宜人的岸上风光。只要欣赏，然后打着盹，让邮轮载你到另一段海岸。毕竟远观的地中海海岸要比近看漂亮多了。

有些“海上精神”号的旅客在索伦托选购陶瓷、蕾丝和真皮制品，我和另外一些旅客则参加了庞贝的导览旅行。

庞贝是古罗马一处海滨胜地，公元七十九年和赫库兰尼姆古城因火山爆发而同时被掩埋。火山灰将许多居民的遗体保存下来，使得后人得以一窥古罗马的轻浮和才智，以及百姓的激情与日常生活的一面，其中有些是当地居民，有些则是去度假的。许多有关古罗马的颓废形象，以及那不勒斯街头贩卖的大型阳具和变态性行为的

---

① 卡鲁素（1873—1921），意大利著名男高音。

猥亵风景明信片，其实都源自庞贝。当地每家纪念品商店都卖五种语言印行的图刊《庞贝禁城》。至于遗址本身（只不过是庞贝城残留，却被吹捧上天的废墟轮廓），则在那不勒斯近郊一处工业区，到处都是修车厂、工厂和汽车零件商店。

这是一处久经掠夺的古迹，甚至所谓的考古挖掘（迟至十八世纪中叶才开始）也不过是另一种形态的劫掠和寻宝行为，没有研究或考古的企图。没有人热心调查古罗马的生活方式或远古家居生活的组织。若干出土的陶器确曾影响乔赛亚·韦奇伍德[①]所谓的“伊特拉斯坎式”[②]仿古陶瓷设计以及某些英国家具的设计，但其影响也仅止于此。挖掘庞贝，说穿了，仅是为了寻求一些无关紧要的东西和人体骸骨。

有时候庞贝的挖掘工作会成为一种仪式。一八七七年，格兰特将军[③]环游世界，进行胜利之旅时，曾在庞贝驻留。为了给他的来访锦上添花，意大利当局特别安排为他挖掘一处废墟住家。这种挖掘行动是为了“对知名来访人士的特殊礼赞”，格兰特将军坐在一张椅子上抽雪茄，工作人员则开始铲土。他们挖出一条面包（烘制于公元七九年），然后是一些青铜装饰品。意大利人大失所望，倍觉汗颜，他们原本希望能挖出一副人体骸骨。他们急于再挖掘一个住家，或许能找到一具尸体或一些古老珠宝以献给格兰特将军。但将军说他饿了，一名随从建议去附近一家餐厅吃饭，他戏谑说：“我们去挖掘牛排吧！”

---

① 乔赛亚·韦奇伍德（1730—1795），英国陶艺家。

② 以复制古典红色彩绘希腊瓷器为主的新古典风格设计。

③ 格兰特将军（1822—1885），美国内战英雄与第十八任总统。

我们的导游是里卡多。这是海上旅行另一项优越之处，我不需要像以往一样强拉着陌生人谈话，而有一名导游带领我参观。他们也同样友善，却奇怪地给人事不关己的感觉。里卡多是个性情很好的那不勒斯人，最近才搬到索伦托。

“八米深的火山灰，”里卡多介绍着，“方圆四英里的城市，两万五千居民……”

就像昨天听的历史课一样，这次导览偏重于轶事，充满无意义的数字和概论，但是由这名活力充沛的小费加罗①讲来，有如推销员热心推介商品。“一家大酒馆！”我们沿着庞贝一条街道行进，他也沿途介绍，“看到路上的车痕了吗？这是踏脚石。看到涂鸦了吗？这是家面包店，就跟我们今天用来烤比萨和面包的烤炉一样。”

我们穿过集会广场，看到一间厕所。“他们把马桶叫作维斯佩基安②，因为那个皇帝对老百姓撒的每泡尿都要抽税。”

“我不知道要走这么多路。”毛瑟先生说。

里卡多又说：“我带你们去参观妓院，真正的妓院！”

我们匆匆跟着他，绕过转角。然后里卡多停下脚步说：“你们看到墙上那个大阳物了吗？”

那个阳具活像挂大衣的挂钉。我消遣他：“你觉得很大吗？”

“我想也许是正常大小。”里卡多说。

“在美国，我们会叫它小老二。”为庄重起见，我这句话是用意大利语说的，咬字很清晰地使用了“cazzo”，而没有用我从小在波

---

① 费加罗，歌剧人物，精力充沛，足智多谋。

② 维斯佩基安（9—79），罗马皇帝，以改革税收开始他的统治，使帝国重建繁荣。

士顿听意大利人咕哝的“gatz”。

“这个词有点不雅。”里卡多用意大利语说。

“那你会用哪个词呢？”

“cazzo，”他答，“但是我的声调不会那么高，对吧？”

詹姆斯·乔伊斯认为意大利人执迷于私处。“早上我踏入银行时，”他写道，“我会刻意等等看，看谁先提到他的cazzo、culo[①]或coglioni[②]。通常在八点四十五分就会出现。”

庞贝的妓院（所谓的“母狼之屋”，挤满了日本游客）男女老少都有，对着绘有性交画面的壁画吃吃发笑，对一张张石床啧啧称奇，还不停地给一间间小屋拍照留念。

“现在我再带你们参观嫖男妓的妓院，”里卡多宣布，“罗马人过着双性恋的生活。这一点我们是从壁画和雕像中知道的。”

在一间厢房中，有一座普里阿普斯[③]的雕像，一座小像抓着胯下的鱼雷。三十个日本人列队穿越厢房。我在出口处等待，只听到里面传来闪光灯的声音和女人尖叫的笑声。她们出来时都用手捂着嘴巴，因为在日本张大嘴巴是失礼的行为。日本男人则默不吭声，出来时也是一副悲惨相。直到不久前，女性游客还是被禁止进入这间屋子的。

在同一栋屋子里一个被漠视的角落，有幅壁画上绘有赫拉克勒斯在婴儿时勒死两条蛇，使我再度想起赫拉克勒斯之柱，以及这个

---

① 意大利语，意为“屁股”。

② 意大利语，意为“睾丸”。

③ 普里阿普斯，古希腊罗马的富饶之神，代表自然界的繁殖能力，也是肉欲欢愉之神。

代表人类苦役的神祇是多么适合做我此行的榜样。

“你觉得怎么样？”当我们漫步前行时，里卡多问我。

“很有意思。”

但是我这么说只是出于礼貌，我不喜欢它只是罗马人淫逸放荡生活的主题公园——不是闲聊就是猜测，堪称令人相当不满足的娱乐，就像佛罗里达州奥兰多迪士尼乐园“明日世界”那个潟湖畔的小意大利一样荒谬。到头来，人们记得的只有普里阿普斯展示他鱼雷的雕像和壁画，而庞贝也只是一具大老二。

我们很快就转移到更有趣的话题上了，我见到一个教士跟着另一群人从我们旁边走过。那个教士是个美国人，起码不是意大利人。

“里卡多，看到教士时，”我问，“你会认为他不吉祥，会带给你噩运吗？”

“那是西西里和那不勒斯南部才有的迷信，”里卡多的笑声透着矫饰，“这里很少有人信那些。”

“有些人看到教士的时候，不是会做些什么动作吗？”

“如果你看到有邪眼的人，比如教士，你可以抓抓你的……那里，或比个牛角。”

“你怎么做？”

“我不会担心那么多，除非……”

他迟疑不语，我催促：“除非什么？”

“除非看到修女。”他厌恶地说，“我很讨厌看到她们。她们的脸有时候很吓人，尤其是用黑头巾包住头的时候。”

“你看到她们时会怎么做？”

“我会做件特殊的事。”里卡多朝我眨了一下眼睛，却不肯告诉我会采取哪种措施以预防黑巾修女的邪眼。

无论里卡多有什么抵制魔法的特殊方式，必然都是在迷信之中被认为有效的。这种迷信很古老，而抵制魔法的偏方也很古老。你可以去碰触铁器——钥匙、钉子、马蹄铁或门的铰链，因为铁跟磁性有关，可以把邪恶的力量吸走。如果临时找不到铁器，男的可以悄悄抓着自己的睾丸。另外，蒜头也有效，有些人口袋里会放几颗蒜头。有些人会戴一串大蒜、一片洋葱、一张圣徒的照片或一条串有猪牙的项链，也有人可能带着一支羊角或塑料制的羊角。有些颜色也可以对付邪眼，意大利北部认为蓝色可辟邪，南部则相信红色。如果一个“扫把星”站在路上，朝你的房子投以不祥的眼光时要怎么办？有时洒点水会有帮助。但最好是在那个施魔者站的地方撒泡尿，因为小便也可以解除魔法。

瘦子、教士、修女、吉卜赛人都是潜在的不祥人物，可能具有邪眼。这种不祥之人跟西西里的女巫不一样。女巫是有用，甚而不可或缺的人物。根据诺曼·刘易斯和西西里改革家达尼洛·多尔奇的说法，女巫能够“安排婚姻、调治药水、施行若干妖术、调理皮肤，以及驱魔”。

“邪眼”一说可能根源于嫉妒心理。在百姓生活疾苦、资源有限、必须通过强烈竞争才能生存的地方，这种恐惧心理尤为普遍。这也跟人们必须挣扎求生，又不愿表露出强势之姿的心理有关，一种权力和歧异间的矛盾心理，以及对无知领域的恐惧。

地中海沿岸居民对某些事物的看法南辕北辙，对邪眼的恐惧心理却是一致的。当你称赞一个法国人，他会轻轻吹口气以解除诅咒。如果当着意大利父母和孩子的面说："好可爱的小孩！"那么几乎每个做父母的都会马上（而且悄悄地）用手指暗指一下讲那句话的人，以抗拒恶魔来袭；或者当他背过身去时，连忙朝那个可能带来噩运的人啐三次口水。总之，一旦婴儿有受到邪眼侵犯之虞，做父母的都会亲吻自己的婴儿以辟邪。里卡多说，称赞一个婴儿而不加上"上帝祝福你"的话，都可能招致对婴儿的诅咒。

据说在意大利有些颂词也很管用。如果担心邪眼，可以念叨世界上最黑暗的三样东西："墨水！黑面具！女奴的屁股！"或者念一句："走开！法国的鲔鱼卵！让噩运随海去！"

马耳他渔船的船首绘有带角的双手以驱邪。有些人会戴着复制的角状手指，或将之悬挂于钥匙圈上。十字军圣约翰骑士团①在瓦莱塔瞭望台上雕有眼睛，作为港口防御工事的一部分。在希腊，具有危险性、可能有邪眼的不是神父，而是蓝眼睛的人。这很有可能是因为土耳其人是蓝眼民族，而造成这种敌视，认为整个国家都绽放着邪恶的目光。希腊人用以镇邪的方法是悬挂一颗玻璃蓝眼睛坠饰。土耳其（这个辟邪方式的起源地）的玻璃蓝眼可以大到像餐盘，而且每一摊贩或商店都有卖玻璃眼睛，就跟火柴和燃料油一样属于必需品。那些玻璃眼睛其实很像鱼眼。在地中海东岸地区，挖出一只鱼眼，用脚一踩，也有辟邪的效果。

里卡多告诉我，他不认为意大利人会成天担心邪眼的事。他问我是否知道意大利语"gobbo"的意思。我回答，知道，是驼子。

驼子背上的肉瘤就是因为婴儿期受到邪眼施咒的结果，不过这

---

① 圣约翰骑士团，教会组织，以耶路撒冷一家医院为起源而扩展，十六世纪时，神圣罗马帝国查理五世将马耳他岛赠给骑士团。

也代表它贮藏镇邪的力量。

“所以摸摸驼子的背会带来好运。”里卡多说，“假使那个驼子又是侏儒，就更好了。有些人就一直跟驼子在一起，比如赌徒。”

庞贝城的现代版本也许就是邻近的波西塔诺了，一个由懒散的有钱人、女房东和渔夫等不同阶层居民组成的海港小镇。倘若波西塔诺今天被埋在火山灰之下，未来人类便可了解我们今日的富裕与休闲娱乐情形，以及一些平凡事物，比如做面包与制铁等的大致情况，正如庞贝遗留给我们的信息一样。他们也许不会发现妓院，但是会发现豪华旅馆“圣彼得”和“勒西雷纳斯”。古罗马作家兼将军老普林尼死于庞贝的灾难；如果波西塔诺发生灾难，将会吞噬电影导演佛朗哥·泽菲雷里[①]，因为他就住在附近一栋别墅里。也许这段海岸的恶名促使田纳西·威廉斯[②]在《夏日痴魂》舞台剧中，安排颓废的塞巴斯蒂安·维纳布尔在阿马尔菲开始走向减亡，终至在另一处带有神话色彩的地中海胜地“狼头”，被一群食人族男孩杀害分食。

“海上精神”号要很晚才启航，因此我花了八十美元找一名索伦托的司机载我去波西塔诺。这是我在“海上精神”号感染的阔气作风，我在乘火车和渡轮旅行时，绝不会花这种钱的。

车子沿着阿马尔菲海岸的道路，蜿蜒行驶在这段陡峭海岸的悬崖与陡坡之间。由于地势险峻，附近见不到一处海滩。我告诉司机我对波西塔诺埋在火山灰下的臆想。司机名叫尼洛，对我的幻想颇感兴趣。

---

① 佛朗哥·泽菲雷里（1923—2019），意大利歌剧、舞台剧及影视导演。

② 田纳西·威廉斯（1911—1983），美国剧作家。

“这有可能发生。”尼洛说，并开始追溯上一次火山爆发的情形。

那是一九四四年，他十二岁的时候。“我妈妈说：‘灰！’”

尼洛坚持说英语，声称他想练习英语。这也是以豪华方式旅行的另一项好处：你钱越多，排场越大，当地人便越讨好你而使用英语。我还不知道金钱可以帮人消除语言障碍。

“维苏威火山发出声响，还冒烟。烟灰到处飞，不是小小的灰，而是很重的灰，像这样。”他用两手比一下向我表示火山灰的重量，“我们有雨伞，但是风把灰吹到屋顶上，然后——噗，烧了起来。‘把屋顶清干净！’我妈妈又说。”

“听起来很恐怖。”我说。

“连着两天天空都暗暗的。没有太阳。都是灰！”

而且的确随时可能爆发，尼洛说这座火山早就该爆发了。

我们抵达波西塔诺。这里不是很漂亮吗？尼洛说。不错，是很漂亮，一座漏斗状的小镇，由山侧陡直急下伸入一处小港。有什么比这一幕更美如画的？但这是个很难到达的地方，只能走蜿蜒小道，而且消费很高。这种地方就跟庞贝一样，只宜到此一游照张相，然后给朋友看：“我们去过波西塔诺。”他们会惊叹：“怎么这么可爱？颜色好美。”这种地中海风景就像博物馆，你只是去一趟，惊艳一番。事实上，我在阿利亚诺倾圮的村落和里米尼污秽的后街还更能深入体会意大利的真相。

返回索伦托和邮轮的途中，尼洛表示他累得不能再说英语了，我们便用意大利语聊起战争的情形。

“德国人占领那不勒斯的时候有食物吃，”他说，“我们没有东西可以吃。但是他们把面包扔掉，什么都不给我们。我们很饿！”

“解放以后呢？”

“当然，联军就给我们食物了。他们分发一小盒一小盒的食物，真好吃！”

“所以那场战争只是为了食物，对吗？”

“你真会说笑！”

但是我心想，亚得里亚海对岸不正是这种情况吗？塞尔维亚人有食物，波斯尼亚人却没有。那场战争也打得如火如荼。

天黑后，邮轮起锚离开索伦托，在夜里穿过墨西拿海峡。这一次我没有再联想到斯库拉女妖和卡律布狄斯漩涡。我正沉浸在餐饮中，或许还像呆子一样说：“对，马可，再加一点红葡萄酒到我的生牛肉片里。”天亮时，整艘船静悄悄的。我按了一下按钮，窗帘便自动升起，呈现出西西里海岸的景观。我伸长脖子，可以看到埃特纳火山，而邻近海岸上的高耸崖壁上则是陶尔米纳亮丽的别墅与花园。

站在甲板上，由邮轮停泊的海湾望去，跟几个月前我跋涉经过的小镇似乎有天壤之别。那时我是个旅人，正在寻觅 D. H. 劳伦斯的住家，而这一次我是游客。我买了几个陶壶，然后前往码头，教曼尼·克莱因如何使用公共电话。

“你是老手了。”他说。

之后在休息厅，“海上精神”号的旅客表示他们对西西里岛有点失望。但这不是真话。其实是大伙儿对邮轮的依恋越来越深，因此邮轮靠岸时，也懒得下去参观任何废墟，或到岸上进餐，甚至在码头散步。这艘船已变成一个家，或不仅是家，而是一所豪华住宅、一间可移动的高级餐厅。

“我建议你来一份砂锅鲑鱼，搭配鱼子酱和番茄，再来一道鸽汤配开心果馅的饺子，怎么样？”侍者卡尔征询我的意见，“然后，来道葡萄野鸡？”

卡尔是意大利、德国和埃塞俄比亚的混血儿，长相跟俄国诗人普希金一模一样，普希金也有个祖母是阿比西尼亚黑人。

“我前天才说过，尽量不吃任何有脸的东西。”我答道，“所以昨天晚上才点了芦笋和松露，还有炒蔬菜。”

“好的，先生。”

“我也不吃任何有脚的东西。”

“好的，先生。”

“或任何胎生的东西。”

“那鱼也不行了。”

“鱼算是一种素菜，”我声明，“不是每一次都如此，但是这道芥末鲑鱼片和龙虾酱鮟鱇可以算是素菜。”

“汤呢？先生。”

我再度查看菜单。

“我尝尝你们的蓝莓干和香槟汤。”

至于甜点，我点了一道香蕉圣代，配上烤香蕉冰淇淋、焦糖和巧克力酱。坐在我隔壁桌的乘客，胸前闪烁着纯金纽扣，刚吃光一份马达加斯加火烧香蕉，正在准备进攻另一份淋了覆盆子酱的覆盆子奶酥。

晚餐后，我前往甲板，在舒适的空气中散步了一会儿。这是个清澄的夜晚，凭栏可以眺望西西里的灯光逐渐往后移。那些我曾搭乘海岸铁路辛苦奔波的地方，现在只像沿岸蜿蜒而行的萤火虫，由卡塔尼亚、锡拉库萨，一直往南到西西里岛尽头闪烁的诺托湾。

从意大利海岸到马耳他岛只有六七十英里距离，但是这一夜海面并不平静，"海上精神"号第一次受到西风的影响而起伏晃荡。不过到了凌晨又恢复平静，我的床铺也恢复平稳。黎明时，邮轮已经停泊在瓦莱塔边缘的大港口，周围都是城墙、城垛和瞭望台，可以看到某些瞭望台上果真有十字军雕刻用以辟邪的眼睛。

马耳他岛经考证就是《奥德赛》中卡吕普索[①]所住的海岛，也是十字军圣约翰骑士团的根据地，迄今仍是座令人印象深刻的海上堡垒。马耳他岛地势低，几乎没有树木，灰尘多而炎热，而且是政教合一的国家。这里宗教气氛浓厚，动辄下跪，供奉雕像游行，亲吻圣像，因此有句阿拉伯俗谚说："他在马耳他呼唤（穆斯林）祈祷。"换句话说，缘木求鱼；或意大利人所说的"从萝卜拧出血来"。

"海上精神"号大半乘客都搭乘游览车前往姆迪纳旅游，我却决定去镇上走走。其实绕整个岛走一圈也不是难事，这个岛不过八英里宽、十八英里长，如果受得了炎热和尘土，一天之内就可以走遍。除了堡垒和城垛，这里还有小巧的方形住家和灰扑扑的街道，跟利尔一八四八年行经此地时，向他妹妹安所描述的情况并无显著不同。"这整个岛上几乎没有一点绿意，从最高处望下去，尽是些热气蒸腾的沙石、墙壁和明亮的白色住家，只偶尔有些死气沉沉的

① 卡吕普索，希腊神话中的海之女神，尤利西斯遇海难后与之结识，七年后，女神奉宙斯之命协助尤利西斯返乡。

小树，像一束束没有用的黑色毛纱。”当地人很友善，他加了一句，“但是我没有办法住在马耳他。”

可是谁又能住呢？伯吉斯和其他企图逃避英国税捐的人在二十世纪七十年代曾经试图在此定居，但都被滋扰他们的马耳他政府泼了冷水。伯吉斯是个热诚多产的书评家，结果被控以推销和收受猥亵书籍（指那些交予他评阅的书籍），海关也经常拦截他的书。最后伯吉斯搬到意大利，而马耳他政府还没收了他的房子和藏书。伯吉斯自传中谈及马耳他部分，全是一章章令他感伤的意外、误会和挫折。我不懂为什么众多作家会选择在最令人气恼的地中海各地定居并从事创作。毛姆住在费拉角；格林住在昂蒂布；伯吉斯住在马耳他。约翰·科利尔[①]在完成《他的猴子太太》(或称《娶了一只猩猩》)，以及《非洲皇后》的电影剧本等杰作后，便搬到马赛附近的卡西斯，后来就少有作品问世了。

我步下船板，沿着鹅卵石街面来到瓦莱塔城，买了一份地图、几张邮票，然后听到一个身材娇小、穿着一件湿T恤、汗涔涔的女人在吹牛角，发出尖锐的声音。

“这是最重要的，美丽又有爱心！你们看到没有？她长得很漂亮，但是她正牵着两个患有唐氏综合征的儿童！”

“这是在做什么？”我询问一个戴着翻边帽的马耳他人。

“那是马耳他小姐。”

一个穿着黄色晚礼服的年轻健美女郎，牵着两个羞怯而困惑的女孩从人行道走过来，穿过户外咖啡座一群瞠目而视的马耳他人。

---

① 约翰·科利尔（1901—1980），英国作家。

“美丽又有爱心！”那位吹牛角的女人高喊，“美丽不单是外表，也要有内涵。”

她放下牛角，喘口气。

“哈喽，”我招呼她，“那位是马耳他小姐吗？”

“马耳他共和国小姐，对。”她气喘吁吁地回答。“下个月我们要去约翰内斯堡参加世界小姐选美。”

马耳他人似乎平易近人、友善、有点手足无措、带点朴实感、爱做梦、教养很好，而且衣着讲究。这里就像直布罗陀，有种军营的气氛。即使从未涉足英伦的马耳他人，对他们自己与英国的关联都有种内敛的自豪，而且都说得一口好英语。

英国曾经找上这里的人，利用他们为英国军舰服役，陪英国军人跳舞，调教他们，让他们担任理发师和擦拭铜器的工人，把伦敦中下阶层的文化传递给他们，也把水手们对民间舞、炸鱼薯条快餐文化、英国国家广播公司制作的情景喜剧，以及对王室奉若神明等价值观灌输给他们，甚至还颁给他们一枚勋章。每一个学童，无论是马耳他人还是英国人，都知道马耳他曾因为在第二次世界大战的英勇表现而获颁乔治十字勋章。

但是今日英国大兵已经离开了，妓院和大部分酒吧关门了，生意也变得很差。有一阵子，大部分英国战时英雄纷纷在苏富比公司卖他们的勋章（一枚维多利亚勋章可以卖到二十万美元），可是马耳他勋章的价值仍不足以使其经济起死回生。邻近马耳他岛的戈佐岛住了许多退休人士，靠有限的退休金生活。振兴这些岛屿的唯一指望便是马耳他加入欧盟。

我始终没有看到利尔所谓的“死气沉沉的小树”，想必它们目前都在持续的严重干旱中（连续六个月没有雨水）消失殆尽了。这里土地干裂，犁开的田地跟附近采石场几无二致，散置着大大小小的干硬黏土。田地被石墙、仙人掌和一种类似丝兰的剑状植物围绕。此地岩石遍布，再加上干燥无雨，因此在各岛间五种脱盐植物都长得格外茂盛。

参观完加尔默罗圣母修会教堂、圣保罗船难教堂以及十字军堡垒后，我又前往圣保罗英国国教教堂参观。在这拥有三十六万居民的海岛上，除了该教堂内一百八十名付费的新教徒，其余全是天主教徒。今天教堂正准备举行丰收庆典，几个带有海外流亡者苍白面容与焦虑气质的英国女士，正忙着擦拭铜器、插花和堆放水果。

“我把九重葛放在这个铁架上，如果死掉就算了。”

“的确。”

“你的玉米呢？琼恩。”

“我正想办法把它从这讨厌的小篮子倒出来。”

那些絮絮叨叨、气喘吁吁、热衷于帮忙的教堂义工，一手拿着铜器亮洁油，一手抓着剪下的花茎，正以教区牧师的犀利目光审视她们努力的成果，希望能让主教留下深刻的印象。马耳他有太多弃世的英雄、教士、十字军和撒手而去的退休人士，因此教堂内摆满了铜牌，全都需要好好擦拭一番。

“这面铜牌擦得还不错，吉娜。”

“我真想好好喝杯茶。”

《圣经·使徒行传》第二十八章第一、二节中说：“我们既已得救，才知道那岛名叫米利大，土人看待我们，有非常的情分。”詹姆斯国王版本的《圣经》中，马耳他拼为“Melita”，是个希腊名字（源起于“meli”，是希腊语“蜂蜜”的意思，也是该岛的名产）。那一章节其他部分则是很好的旅者故事，与遭到船难的圣保罗有关。圣保罗在捡取木柴准备取火时，被蛇咬了一口。那些“野蛮”的马耳他人视此为恶兆，因而认为这个陌生人必然是杀人犯。结果保罗只是把手上的蛇抖入火中，然后耸了耸肩，于是“他们就转念，说他是神明”。在保罗施展过几次有效的信仰治疗后，马耳他人不但设宴款待他，还提供他前往西西里岛乃至罗马所需的一切补给。

我在马耳他遇到最愉快的人便是阿吉斯先生，他从事棺木制造和殡葬业，当时正在教堂附近的店里忙着。他是向父亲和祖父学做棺木生意的，他告诉我，一副上好的红木棺材和银制把手需要一千美元，最便宜的松木棺材则只要一百六十五美元。

“这是穷人用的。”他带我参观一副便宜的棺木，“马耳他有很多穷人，他们都选用这种棺材。”

他一星期可以卖掉三四副棺材。他这里掐掐、那里弄弄的，指出每副棺木的优点、装饰花纹、角度、十字架、把手、镀金、木板等。

在我们谈话之际，他儿子始终坐在那里，把脸凑在一台大放摇滚乐的收音机旁。那些都是老歌——《佩姬苏》和《摇滚乐（所有你会唱的怀旧老歌）》。

马耳他岛具有伦敦南部的文化风情和类似黎巴嫩的地貌，有卖《快报》和《每日电讯报》的报摊、租借电玩卡带的店铺、打弹珠的店、比萨店，还有一间规模很大的玛莎百货公司。此外，还有堡垒、教堂和许多卖纯铜门环的商店。不过最多的还是快餐店和大炮。

“我想看看这里的风景。”我在瓦莱塔巴士站绝望地对一名男子说。

“布吉巴的浅盐湖怎么样？”

现在才刚过午。“海上精神”号的后甲板此刻正供应加巴伐利亚香草奶油的大胡桃派、咖啡和雅邑白兰地。

我登上那辆该死的巴士，在狭窄的道路颠簸，横越此岛，前往位于另一端的拉巴特和姆迪纳。这些地名都是阿拉伯语，正如马耳他其他地名。尽管马耳他语吸收了许多意大利语，但是本身仍属于闪族语，甚至本地人的外貌也有阿拉伯特征。不过当地人对于这种比较只会嗤之以鼻，因为英国人早已教导他们对埃及人存有偏见了。

在姆迪纳可以看到更多要塞、更多炮台。那是一座位于山丘、筑有城墙的市镇，可以俯视周围干燥的田地和埋怨的驴子。目睹这片由尘沙和枯树构成的景观，我才意识到马耳他这次水荒的严重性。水龙头流出泛黑的自来水，迫使绝大多数人不得不购买进口的瓶装水喝。姆迪纳和拉巴特均呈干旱状态，了无生机，一如瓦莱塔。似乎只有战争，或谈论战争情景、回忆那些勇敢的英雄，才能激起马耳他人的活力。马耳他所有的展览、博物馆和纪念馆都刊出战争的广告，战争也成了每个人唯一的谈资。那些战争故事远从最早的十字军东征到最近的第二次世界大战。造成这种情况的理由很简单：马耳他只有在战时才有利用价值，承平时期便被遗忘了。它是个地道的军事要地。

漫步在姆迪纳街头时，我见到几个邮轮旅客。

“我觉得这地方没有什么……”

“有点让人失望，像庞贝一样……”

“我真想喝一杯……”

他们正要回邮轮，我便跟着他们一起上了游览车。其实我刚花十分钱搭乘一辆老旧的英国巴士抵达姆迪纳。

车上那名马耳他女导游拿着麦克风为邮轮旅客滔滔不绝地解说，对马耳他表现出死忠的立场。

车子经过一片遍布方形住家的矮丘时，她介绍道：“这里已经成为马耳他非常、非常时髦的地区了。”经过短短一排店面时，她又解说道：“这里有最时髦的迪斯科舞厅，瓦莱塔的年轻人都会到这儿来。”还有，“主要的商店，有你们的‘巴塔皮鞋’、你们的‘玛莎百货’、你们的‘贝纳通’。”

后来她又引述一则我正开始搜集的导览轶闻。

“德国人扔了一颗二百二十八吨的炸弹在那座教堂，教堂内有五百人正在祈祷，结果那颗炸弹没有爆炸。人们都说那是圣母显灵的奇迹。”

车子抵达瓦莱塔时，旅客获得一个选择的机会：再去参观另一所教堂或直接回船上。

“回船上”获得一致通过。大伙儿有种感觉，如果在船上欣赏，手中捧着一杯饮料，那么马耳他岛看来颇为壮丽；近看就相当令人失望。事后，没有一个人对马耳他岛有一句好评，即使花了整整五个钟头仔细看个够，仍属徒然。

那一晚，当“海上精神”号以时速十二海里横渡伊奥尼亚海时，我正忙着写笔记，因此很晚才去餐厅进餐。在这艘邮轮上，每个人都有权单独进餐，但是领班告诉我，如果我喜欢，他可以安排我跟其他客人一起坐——如果对方不反对的话。

我便在这种机缘下，结识了来自蒙特利尔的格林沃尔德夫妻。康斯坦丝含蓄端庄，杰克则身宽体胖——我前一晚才看到他解决了两道甜点。

“你们认为马耳他怎么样？”我问。

“如果你想买一个纯铜门环，可以去马耳他，”杰克回答，“那里有几千种样式可供挑选，对吧？除了门环，其他就没什么了。”

“那你有没有买一个？”

他对我的询问愣了一下，但终于承认他买了一个。“我本来以为是个老鹰门环，结果不是。我也不知道那是什么。”

“你戴的这条是不是军团领带？”我问。

“对。”他摸摸领带，“皇家御林军骑兵团。”

“他们也让加拿大人参加吗？”

“我们是英联邦的成员。”杰克说，“不过你大概知道，魁北克正在闹独立。”

“你从事哪一行？”

他用眉头做出厌恶的神情回答：“搭鹰架。”

“真的吗？”

他朝我一笑：“你瞧，这句话一说，对方就接不下去了。”

“纽约州的莫霍克印第安人可以爬上最高鹰架的顶端。”我说，说明这个话题还可以接下去。

“我不是搞鹰架的，只是说说而已。”杰克说，“美国人第一句话就喜欢问：‘你是做什么的？’但是这句话一点意义都没有。我从事钢铁制造业。”

杰克是个豪放的人，习惯穿猎装或戴鸭舌帽，给人一种航海人的感觉，俨然一副“海上精神”号船长的模样，甚至有航运公司大老板的架势。他很少提高嗓门讲话，讲起话来慢条斯理，有时很难捉摸他的话到底讲完没有。

这时侍者来到他身边，手中捧着托盘准备上汤。

“哦，好！”杰克·格林沃尔德说，“我来告诉你这道菜要怎么上才正确。”

进食之间，我们的话题转向海上旅行。大部分邮轮旅客都会谈他们参加过的其他海上旅行，各种航程、邮轮和港口等。但他们绝不会谈论价钱，他们会说搭船是因为讨厌在旅行期间老是忙着打点行李，船可以免除这项烦恼。搭船也更轻松，是最简单的旅行方式，而且这条阳光航线也是最好的休息和疗养机会。白天邮轮以十二海里时速在平滑如镜的海面游弋，一路沐浴在阳光中，到了晚上则提供丰富的美酒佳肴。三餐之间还有咖啡、茶和其他饮料，船上安安静静，不时有年轻男子捧着冰水、水果酒或冷毛巾来侍候你。而且总有人来问你是否一切都很满意，或者有什么事可以为你效劳。

“有一次我搭乘一艘佐贺的邮轮前往巴厘岛，”杰克告诉我，“船上有四十一名乘客，一百八十名船员。你可以想象有多少人问我：‘您一切都满意吗？’”

吃甜点时，杰克照例点了两份，而且小心翼翼地不让甜点掉到军团领带上。或许因为我没有问，他反而主动告诉我，他当过几出舞台剧和时事讽刺剧的制作人。他提到的剧名我都没有听过。《节拍》是其中一出，没有什么印象。《长、矮和高》？没有。戏剧或音乐剧的名字常常利用现有名词排列组合，因此听起来虽然很耳熟，却没有印象。

“《今年夏天》？”

“很耳熟。”

“一部模仿田纳西·威廉斯的讽刺剧，”杰克说，“挺成功的。”

“我想，大概是在我这一代之前的作品。”

“有时候我会跟作家有过节，”杰克说，“有一个特别麻烦的作家。他写过一则笑话，结果我每个晚上都得付他两块半，只为了一行台词。”

“什么台词？”

“剧中一个角色说：‘请真的图卢兹-罗特列克[①]站起来，好吗？’”

“听起来不怎么好笑。”我说。

“是啊。可是那个作家老埋怨我们没有准时付他钱，他的律师还寄给我一封很长的律师函。我跟自己说：‘去他的！’就把那一行删掉了。这就是作家。”

“我就是靠这个吃饭的。”

“你知道一个作家的故事吗？”杰克说，“他在好莱坞红得不得了，很想让他老妈见识一下，于是就邀请他老妈来看他。他老妈搭火车来，他捧了一束花去接她，但是到处都看不到他老妈的影子。最后只好去警察局探听，不料他老妈就在警察局。‘妈，你为什么不在车站广播找我呢？’她老人家居然回答：‘我忘了你叫什么名字。’”

---

① 图卢兹-罗特列克（1864—1901），法国画家、版画家。

“这也不好笑。”我说，却在大笑。

“真古怪，你说是不是？布朗妮，”杰克对妻子说，“我们居然打破惯例，跟另一个旅客一起吃饭了。”

“希望你不觉得太痛苦。”康斯坦丝对我说。

“明天我再跟你说我在北极那几笔不错的投资。”杰克又说，“在弗罗比舍湾跟几个因纽特人谈生意，他们就坐在地上生吃一头海豹。真的，我没有开玩笑。”

一个人赚了大钱以后，通常就成了最糟糕的听众，杰克·格林沃尔德却不是那种人。他做什么事都从从容容，喜欢揶揄人，但始终带股神秘气息。他会说：“我正好是波斯地毯方面的权威。”或蓝宝石、黄金合金、石油禁运方面的专家。如果我向他挑战，输的多半会是我。

他在加拿大北极做的那些交易，与口口声声“我的雕刻师傅”“我的金匠”等的谈话，以及他正计划兴建的撞球室——球台要铺上蓝色毡布等，都有古怪大亨哈里·奥克斯的作风。其实他俩外形也有几分神似。但是杰克也有淘气一面，比如他喜欢穿马飞仕图牌运动鞋，搭配一身晚宴西服；他热衷买帽子、戴帽子；他还有用笑话打破沉闷话题的嗜好。

“你们听过一个八十岁老翁和年轻妻子的故事吗？”杰克点了一支古巴雪茄，打断了吸烟室正开始聊起下一个停泊港加拉克西季的话题。“老翁的朋友劝他：‘那样不是对心脏[①]不好吗？’老翁回

① 双关语，也有“甜心、情人”之意。

答：‘要是她死了，就只好由她去了。’”

上回我乘渡轮从阿尔巴尼亚抵达克基拉岛后，就搭飞机逃离了当地。本来我想去尤利西斯的家乡伊萨基岛，但是由于一星期只有一班渡轮，所以没有去成。这次“海上精神”号在夜间通过伊萨基岛南部海域，多少让我感觉已再度衔接上次中断的路线，得以继续我的地中海之旅。我对克基拉岛深为反感，它即使在淡季也是一个旅游岛屿。整个希腊对我而言，就像一个以破损大理石为号召的廉价主题公园，一方面以高姿态灌输你古希腊文明的可贵，另一方面却有些黝黑的小人专门偷你的皮包。此外，便到处弥漫着恐土耳其症了。

邮轮航行经过凯法洛尼亚岛南部，经过诗人拜伦丧命的迈索隆吉，进入科林斯湾，在德尔斐下方港湾处的希腊小村落加拉克西季下锚停泊。事实上，这地方也正好在帕尔纳索斯山闪闪发亮的斜坡脚下。

我们搭乘接驳船上岸后，马上就有向导前来迎接。

“我是克蕾，司机是帕纳约蒂斯。他的名字是‘最神圣’的意思，是以圣母马利亚之名取的。”

司机朝我们露出笑容，并吐口烟，挥挥手。

“阿波罗来过这里。”克蕾说。

来这座铁矾土矿场附近？此地一堆堆的红色泥土含有铁矾土，是制铝的原料，由德尔斐下方的伊泰阿开采出土，正等待运输到俄罗斯。俄罗斯对希腊铁矾土有专属权，相对的，俄罗斯也供应天然气给希腊。这是很简单的安排：我们给你们红土，你们给我们臭气。阿波罗会来这里？

“他勒死一条大蟒蛇以证明他的神力。”克蕾片刻未停，接着说，“亚里士多德·奥纳西斯与杰奎琳·肯尼迪结婚后，也曾驾驶游艇‘克丽丝汀娜’号来此度蜜月。”

车子穿过一片橄榄园，周围广阔的平原上植有数千株橄榄树（由于连着三个月的干旱，橄榄林的生长状况并不好），然后爬上悬崖，前往德尔斐——世界的中心。只见斜坡上有个小型伞蕈状的石墩，正是世界之脐。

“我必须告诉各位几件事，希望各位遵守。”克蕾宣布说。

她像保姆一样叮咛我们在接近这些古迹时应该如何表现礼仪。这是种很古怪的虔诚行为，也是最近才有的拜物迷信。其实在几近两千年间，希腊神庙和废墟只是人们撒尿和掠夺的对象，那些没有被埃尔金伯爵[①]等人拖走（其实，是被后代拯救下来）的，便用来搭建农舍。德尔斐这些地方是被德国人和法国人发现而挖掘出来的。

德尔斐神庙从耶稣的年代起便没有在运作了。根据迈克尔·格兰特所著的《古代世界指南》指出，公元五十一年，克劳狄[②]统治期间，“当地处于贫困与半废弃状态”，“而据闻，尼禄曾运走五百尊雕像”。公元三七九年至三九五年狄奥多西皇帝统治期间，因为极力推展基督教，德尔斐神庙遭到封闭与清除，难怪只剩下一些断柱和神庙的模糊基石——几乎乏善可陈，只有一座石砾遍布的山丘和一名导游推销古希腊文明的声音。受到亨利·米勒《马洛西的巨

---

① 托马斯·布鲁斯（1766—1841），曾于一八〇三年至一八一二年间载运许多雅典卫城的大理石返回英国，最著名的是帕特农神庙遗迹。

② 克劳狄（前10—54），罗马皇帝。

像》中疯狂呓语的启发而前来德尔斐旅游的人，一定会大失所望。

原本希腊人对自己的过去没有多大兴趣，是欧洲人发现废墟并热衷于挖掘后才带起风潮的。事实上，他们何必在乎？现代的希腊人并不是古代的希腊人，而是斯拉夫和阿尔巴尼亚渔民的后代，不学无术，一口下层阶级的希腊方言，对那些断垣残柱缺乏兴趣，只视为牧羊的地点而已。真正醉心于古希腊文明的是英国人（拜伦尤为个中翘楚），以及热衷于跟希腊理想有所系属的法国人。这种几近于宗教崇拜的热潮，其实也是对奥斯曼土耳其人强势统治的一种反动。一般人都视土耳其人为野蛮的异教徒，然而土耳其人不但将本身所有文化、语言、伊斯兰教及特殊饮食传播到希腊，也传播到整个中东，甚至远达欧洲匈牙利的布达佩斯。这种矛盾情形到今天依然存在：希腊食物其实就是土耳其食物，许多我们认为的希腊语其实是土耳其语，诸如 kebab（烤肉串）、doner（烤肉串）、kofta（肉丸）、meze（小菜）、taramasalata（希腊鱼子色拉）、dolma（葡萄叶包饭）、yogurt（酸奶）、moussaka（羊肉派）等，全是土耳其语。

在德尔斐入口处有几块告示："请表示应有的尊敬"、"禁止唱歌或喧哗"，还有"不要在古物前摆拍"。

我看到一对淘气的希腊年轻人伸着手臂摆姿势照相，结果一名官员模样的矮子责骂他们，还挥着棍子赶他们走。

为什么会有这种事？其实只要让一群无知的人管理一堆他们根本不了解的大理石古迹，就注定会发生这种事。他们会愚昧地开始膜拜那些石头，然后立下一堆愚蠢的规定。这套"表示应有的尊敬"和"不准摆拍"，都是希腊人宗教性思维模式塑造的荒谬和绝望的变体，意图将教会的严格禁制移植到废墟中来。他们无法了解这些大理石代表的意义，而只能以现有的宗教信仰来看待，因此他们在废墟上建构了一种圣殿般的机制。这种荒谬的慎重作风在希腊各地都可以见到。穿热裤的女人和穿泳裤的男人不准进入德尔斐上方的体育场，其实昔日古人还在体育馆光着身子赛跑。希腊有些地方甚至不准照相，因为照相是亵渎神明的行为。

尽管有这些不近情理之处，但基于天然的地理位置，德尔斐仍是个神奇的地方。它坐落于一片陡峭的山崖边缘，下方是山谷，周围有松树，有岩石闪烁着的山丘，还可以仰视帕尔纳索斯山。德尔斐的壮丽是因为有绝佳的视野，因为有俯视全世界的气派。它之所以获选为世界的中心，也是因为当地跨于一道冒烟的裂沟之上。一个干瘪的老太婆坐在三脚凳上，又呛又喘地传递些谜语般的解答，这便是古代神谕女祭司。

“‘我会生男孩还是女孩？’有人会这样问神谕女祭司，”克蕾说，“神谕女祭司很聪明，会回答：‘男孩不是女孩。’这样既有可能是男孩，也有可能是女孩，就看你怎么解释。”

“我不懂，”有人说，“如果神谕女祭司看得到未来，那又何必打哑谜？”

“为了让人们惊叹。”

“但是如果她真的知道神谕，为什么不直接说出来？”

“那时候的女祭司就是那样说话的。”克蕾软弱无力地辩解。

“那不是表示她根本不知道答案吗？”

“不是的。”

“是不是表示全是她一个人搞的鬼？”

这一诘问让克蕾颇为气恼。其实学者迈克尔·格兰特陈述过为何那些预言必须预留空间，以因应不同形势，并解释所谓神谕：“有些人……宁愿把整个现象归于聪明的舞台管理，以及有效的信息系统。”

克蕾带领我们去博物馆参观，馆内一尊真人大小的青铜战车车夫雕塑精妙之至，不枉这趟攀爬之行。至于其他，我又搜集了几则很好的历史轶事：

——女祭司坐在一个特制的罐子上发布预言。

——伯里克利[①]因为有对大耳朵，所以老是戴着一顶盔帽。

返回船上的途中，导游开始讲起俄狄浦斯[②]的故事——他为什么叫这个名字、为什么弑父娶母，等等。当“海上精神”号的旅客皱着眉头、状似惊愕之际，我开始跟科尔纳基亚夫妇乔和艾琳聊了起来，听他们叙述最近在肯塔基州德比赛马获胜的情形。这是他们的马第二次胜出——一九九一年“发现金矿”赢得冠军，今年则由“追求杜松子酒”获胜。

“你的成功秘诀在哪里？”我问他。

“我有一个非常好的驯马师，他很懂马，可以感觉马的肌肉状况。我还有个遗传学家，负责检查。这是一门科学，你知道的。”

---

① 伯里克利（前 495—前 429），雅典政治家，波希战争后全力整修雅典城，留下丰富古迹。

② 希腊神话中，俄狄浦斯弑父娶母的预言即出于德尔斐神谕。

科尔纳基亚夫妻住在长岛北岸，盖茨比庄园以东几英里的地方。艾琳是个颇令人仰慕、个性愉悦的人；乔则毫无傲气，不会自夸。他的体积也很庞大。“我告诉那些马：‘如果你们不能获胜，我就要骑你们。’”

“今年收入怎么样？”

“我赢了八百一十万，正好打平。”

“那利润在哪里？”

“‘追求杜松子酒’已经开始做种马赚钱了。”

回到船上之后，邮轮再度启程，在日落时横渡狭窄的科林斯运河，两边只有几英尺余裕。杰克·格林沃尔德穿着猎装站在甲板上，一面抽着粗大的蒙特克里斯托牌雪茄，一面朝岸上的科林斯人挥手。

在“海上精神”号，一个星期有两三个晚上要穿正式礼服进餐，每当这种时候，你就很难区分旅客和侍者了。我们抵达比雷埃夫斯港的前一个晚上，船上供应多种鱼子酱，令杰克·格林沃尔德想起他有次在北极吃的某样东西。讲到后来，变成了独角鲸长牙的长篇故事。“在这方面，我是硕果仅存的几个专家之一。”

“我在雅典有两件非常重要的事要做，”餐后杰克在甲板上告诉我，“打一通电话和买一顶船长帽。我要一顶真正的船长帽，没有帽带的。那通电话则是关于我的猫。”

“怎么啦？”

“我的猫有糖尿病。”他回答，“我们必须了解它的最新病情，对不对？康斯坦丝。”

第二天在码头上，我说如果搭火车从比雷埃夫斯到大约二十英里外的雅典去，既省钱又省时间。好主意，杰克回答，并挥开一个之前正在跟他谈话的出租车司机。但是走向车站时，杰克无聊起来，转身望着那个仍锲而不舍跟在后面哀声乞求的司机。

“请你不要再说一个字了。”他说，“如果你肯跟着我们一整天，我就给你一百块钱。”

司机同意了，他的名字叫雷尼达斯。他带我们到一家珠宝店。杰克问：“那是你的表亲吗？”雷尼达斯带我们到一家餐厅。杰克说：“你到处都有亲戚。”雷尼达斯的钥匙炼上有颗蓝眼睛，那是抵抗邪眼的护身符。杰克问：“你真的相信那玩意儿啊？”

“我要告诉雷尼达斯我爱上他了，”杰克说，“看看他有什么反应。”

康斯坦丝冷冰冰地说了一句：“你规矩点。”

“告诉我们你的国王怎么样？”杰克问。

“康斯坦丁国王[①]，”雷尼达斯说，“他回希腊有一年了。”

“你们高兴吗？”

“有些人不高兴。有些人说：‘滚！’”

“你有没有说‘滚’？”

“没有。那样不好，先生。”

“你知道杰奎琳·肯尼迪吗？”

“肯尼迪夫人，先生。她嫁给奥纳西斯先生是为了他的名气，先生。为了他的名气！”

杰克转向我说：“肯尼迪死的时候，我的讽刺剧《节拍》必须

---

① 一九六七年军事政变流亡，一九七四年希腊改制共和。

拿掉两个角色。因为他们在戏里提到他，结果戏变得一点都不滑稽了。”

我们前往卫城，但是由于市政府员工罢工，所以关闭了。不过我们还是看得到帕特农神庙，颜色白得有如用盐雕的一样，闪闪发亮，优雅迷人。它俯视着一个惨淡的城市，到处交通壅塞，矗立着一幢幢粗制滥造的廉价公寓。除了仅剩的古迹和博物馆的珍藏，雅典堪称世界上最丑陋的都市，而且丑陋混乱得足以用来当背景，再撰写另一版本的《黑暗之心》，或者可以叫作《今日卫城》。

我们在城内碰到几个“海上精神”号的乘客，他们也有同感。

“雅典是一个‘四小时’的城市。”一个男人说，意指只要花四个小时便可以看完整座城市。我觉得用时间判断一个城市是很有帮助的指标。

“我觉得雅典是个厕所。”另一个更直率的男人说。

“希腊没有东西可以买。”一个女人说。

我选购了一些古陶器的明信片，那些陶器上描绘有怪异的春宫图。杰克则跟雷尼达斯前往另一家珠宝店。后来我找到他们时，珠宝店老板正在后面追他们。

杰克匆匆闪入出租车，对我说：“当一个珠宝商告诉你一颗宝石值十四万美元，经过一番讨价还价，又说愿意以八万美元卖给你——少了六万美元，你还有信心吗？”

这件事又让他有机会发挥，讲了一个在中东地区采购的故事。这个故事适用于任何在希腊、土耳其、伊朗及以色列怀有购买欲的人。

“我要告诉你的是一件非常有价值的事。”他打开话匣子。但是这个故事很复杂，是关于他朋友阿里的。阿里卖给他一条地毯，又买回去，然后以另一个不同的价钱转手卖给别人。

“这个故事的重点在哪里？”他强调，重点是中东地区没有一样东西有绝对的价值。你向表亲开的价格，跟你向一个陌生人开的价格不一样，跟一个老朋友开的又不一样。任何东西都没办法标价，要看买主是谁才能决定。

乘客返回船上后，彼此熟识的人便聊了起来，声浪清晰可闻。

“然后我要面临一项二十万的医疗程序。”

“大得塞不进家里的保险箱，所以我们只好采取分开的保险契约。”

“如果用一到十来评分的话，我那小舅子的分数是负四。”

“这是我们两年来十次的海上旅行。”

“一直沿亚马逊河上行。”

“南极洲。”

“加拉帕戈斯群岛①。”

邮轮往南航行至伯罗奔尼撒半岛的港口纳夫普利翁，也就是通往迈锡尼文明的通道。我在雅典博物馆参观过迈锡尼人的金质面具和手链，而且觉得需要运动一下，便留在纳夫普利翁，攀登城后有一千级台阶的山丘，并去参观帕拉米迪堡垒。这个有八座棱堡的沉闷建筑占据了整个地平线，负责兴建的威尼斯建筑师阿戈斯蒂诺·萨格雷多曾宣称此堡无法攻克。但是命运之神存心跟他过不去，因为就在完工后的第一年，即一七一五年，土耳其人便登陆半

---

① 厄瓜多尔西侧群岛。

岛，随即攻陷了城堡。大约一百年后，在一八二二年，也就是拜伦勋爵为希腊独立运动献身的同一年，希腊人才终于从土耳其人手中重新把它夺了回来。

堡垒上方竖着一面告示牌："进入此区的游客请着合宜服装。"我知道这又是希腊式清教徒主义的范例，把虔敬之心摆错了地方。我请入口处一个年轻人解释告示牌的意思。年轻人胡子没刮，身上穿着一件肮脏的衬衫，在跟一个比他更邋遢的朋友玩纸牌。

"有些人会穿比基尼泳装和短裤来。看起来很不像样。"他说。

哦，是啊，你这个希腊佬，你以为自己看起来像弗雷德·阿斯泰尔[①]吗？

我继续往城外走，在步道上遇见一个女子，就请教她前面有没有村子。我向她道歉说我不会讲希腊语。

"不必道歉，"她回答，"我是意大利人。"

我们便用意大利语交谈。她叫埃斯泰拉。

"你是意大利哪里人？"

"我原籍乌拉圭，"她回答，接着补充，"我告诉你，乌拉圭比希腊干净多了，也整齐多了。你有没有注意到希腊人到处乱扔纸屑和瓶子？"

希腊的垃圾很可观——路边、海滩，甚至遗址，到处都有塑料瓶、糖果纸、废物和罐头。我不懂为什么。

"因为他们是野蛮人，"埃斯泰拉说，"他们跟其他欧洲人不一样。"

---

① 美国著名舞者和动作片演员。

“你不认为希腊是现代化国家？”

“我在纳夫普利翁住了三年。我可以告诉你，住在这里并不快乐。希腊每一方面都落后几十年，比其他欧洲国家也落后二三十年。”

“我刚到这里，去参观了堡垒。”

“堡垒那边跟其他地方一样，很有趣，但是也很脏。”

我在附近一处山丘观赏到纳夫普利翁的全景：小而古老的威尼斯区，目前已全是纪念品店；商业区，由盛而衰；剩下的就是整片蔓延的新建丑陋住宅。

迄今，我到过的地中海诸地，希腊是一个最像以旅游业为主的地区，一个由大理石碎片、破损雕像和扭曲历史组成的主题公园。不过游客前来的真正目的也不是为古希腊历史，而是为了这里的阳光。许多地方的警告标示，其实是要限制那些北欧人一到暖和的希腊便成为来势汹汹的裸体主义者，尤其是德国人。我觉得希腊人比法国人更排外、更暴躁、更不理性，而且整个国家比克罗地亚更落后。他们瞧不起阿尔巴尼亚人，驱逐他们出境，还大声诅咒土耳其人。他们吹嘘自己辉煌的过去，却是有选择性的，因为就在不久前的六十年代，这些热衷民主的人民还欢迎一次军事政变，支持政变者建立了一个西半球最右翼之一的政权：希腊上校的七年独裁①。

希腊除了制造旅游纪念品以外，不事生产，也不清理沙滩上的垃圾，以污染和恶劣的饮水闻名，甚至政坛也变得荒谬，它年迈的

① 一九六七年，陆军上校帕帕多普洛斯发动政变，建立军事独裁政权，直到一九七四年成立共和国才正式结束。

总理[①]一向长于说教，结果他的妻子竟跟一个空中少爷跑了。但今日希腊已经获得救赎。希腊成为欧共体的成员国，重建声望，甚至可以靠类似社会福利的方式存活了。成员的身份即意味着送上门的钱，施舍，进行任何想象得到的微小工作；至于希腊本身，则照旧把意大利人可以制成熏火腿的那种猪肉随便扔掉，而且竭力制止地中海区的敌邦成为欧盟的一员。

我在纳夫普利翁高处的山丘漫步时，天色暗了下来，并开始下雨，啮食的绵羊也埋怨得更大声。在阳光下，如果保持适当距离，希腊的景色倒也可爱，因为干旱的岩石光亮且有反射作用，使得垃圾和秽物有了掩护，也让爱琴海污染最严重的地方闪闪发光。但是雨水使一切都阴暗下来。

在恶劣的天气中，希腊是个不堪入目的地方，放眼尽是阴郁的灰色住宅、破烂汽车，以及没有树木、肃杀粗糙的岩丘。乌云笼罩的天空衬托得希腊的废弃状态格外显著，更凸显了到处扔弃的垃圾。

尽管民族暴躁，景观乏善可陈，文化有如主题公园，但是在一般人印象中，希腊是个浪漫的国家，是个燃烧着激情、洒落着透明细雨的国家，这不是很怪异吗？在一个充斥怪诞神话的国家，最离奇的一则神话便是：希腊是个喜悦和丰饶的人间乐园。但为什么会造成这种误解呢？

卡赞察基斯在《希腊人佐巴》中，发挥想象力写着："大海，温和的秋天，沐浴于阳光中的群岛，柔柔细雨为希腊永恒的裸体蒙

---

① 帕潘德里欧一九九四年赢得选举时已是七十四高龄，一九九六年辞世。

上一层透明的纱巾。我认为，一个在临终前有幸航行于爱琴海的人，一定是个快乐的人。

“这世界有很多愉快的事——女人、水果、思想。但是在温暖的秋季划破那片海域，呢喃着各个小岛的名字时，对我来说，是足以让人心腾越于仙境的愉悦。此刻，所有的疆界都淡化，而最古老船只的桅杆上也冒出了枝干与花朵。在希腊，奇迹仿佛是应需要而孕育的。”

卡赞察基斯华丽的散文透露出他爱做梦、多愁善感以及热情的特质。他心目中的希腊，尤其是他的出生地克里特岛，如今大半已荡然无存。而最矛盾的是（套句这位希腊语豪著作中的高雅词句），卡赞察基斯对其祖国的恋母情结似乎无可避免地造成这场希腊式悲剧。游客蜂拥而来，都希望亲身验证卡赞察基斯对希腊放荡、欢乐、善良、便宜食物、阳光等的激情描述。

早期的游客没有失望，但是到后来，脆弱、贫瘠、对下一波游客的进袭已无力招架的希腊，成为观光的梦魇，其中一个现象便是泛滥成灾的“佐巴迪斯科”“佐巴酒馆”“佐巴咖啡”，以及许多纪念品店大声播放的《希腊人佐巴》电影原声带的布祖基琴[①]音乐。此外，便是不计其数的古玩店、仿制圣像、玻璃珠、运动衫、雕刻和餐盘（“迈锡尼纪念品”），还有一群群大步前进的德国佬，一心寻求欢乐。希腊需要一些形象。卡赞察基斯供应了知识，或至少文学上的形象，至于其他的，则由电影和电视包办了。

“海上精神”号停泊于克里特岛的港口圣尼古劳斯（常客叫它

---

① 一种希腊式长颈拨弦乐器，主要用于伴唱或伴舞。

阿基尼克)。这里有很多以佐巴为名的店，镇上到处可见“英国国家广播公司拍摄实景”的招牌，原来这个地方，尤其是邻近麻风病人的斯皮纳龙格岛，是颇受欢迎、播映良久的电视剧《谁付钱给摆渡船夫？》的拍摄地点。

“你没有看过吗？”在镇上的咖啡店里，一名德国人问我。他觉得难以置信，还嘲谑我的无知。我没有被冒犯的感觉，因为这几天我一直以嘲弄别人的无知为乐，所以并不在意。“在德国，一播放这部电视剧，街上就没人了，每个人都在家看电视，我也是。这也是我来这里的原因。”

当地的海港、城镇，以及任何看得到的东西，都奉献给了游客；每一家店铺，或人类活动、建筑，或多或少都跟旅游业有关。所有招牌都用四种语言书写，最前面的自然是德语。

描述游客，无论是长篇大论还是三言两语，都像逆风小解，很难不被喷得一身(不可尽入其中)。撷取一些怪异的镜头，或珍惜一些偶然的观察所得，当然自有趣味的一面。但是我从旅行之初就打定主意避开游客，而且尽可能不理会他们。我们在别处已经见过太多这方面的描述了，不是吗？我去海边，撞见了格林沃尔德夫妇(杰克：“刚刚有人向我推销真正的希腊圣像，要五十块钱。你想我应该买下来吗？”)，再到处绕了一下，发现游客简直摩肩接踵。我干脆租了一辆摩托车，以六十公里的时速离开了圣尼古劳斯，我往东骑，顺着海岸，然后南下越过山岭，来到克里特岛另一边的耶拉彼得拉。它看起来正像我刚逃离的圣尼古劳斯：古玩店、酒馆、明信片店、看起来并不可靠的餐厅，以及“房屋出租”“单车出租”。

这里也有很多名为“佐巴”的店。还有许多凶悍的餐饮业者，对着来往行人大声兜揽生意。

“先生——你来！你在这里吃！西班牙人还是德国人？克里特最好的菜！你到哪里去？不要到别的地方——你在这里吃！”

每隔五英尺距离，就有一个业者对你纠缠不休，把你赶离人行道，然后在同行有机可乘之前逼你坐下。这群不修边幅、以蹩脚德语颐指气使的希腊人，或许是世界上最惹人厌的了；也许还有比他们更讨厌的人，但我一时也想不出来。他们真的在威吓那些闲逛的游客，仿佛真可以借此刺激食欲。如果游客径自往前走，那么经过这些生意人时，就会受到侮辱和辱骂。

除了这些，便是脏乱的海滩。耶拉彼得拉最污秽的海滩叫威基基海滩，不过比起镇外一家叫“丽兹”的膳宿旅馆，还算好的。镇上较古老的一区里有座十八世纪的清真寺，曾经损毁，但已有部分重建。那些宣礼塔依然竖立，阿拉伯语仍在，但是内部已遭破坏，变成小型礼堂，排列着座椅，面对一座音乐表演台，墙边还靠着一只铜鼓。

这个举动比起伊斯坦布尔的土耳其人将拜占庭式圣索菲亚大教堂和基督教堂改建为清真寺还要恶劣吗？也许不会。但是土耳其境内还有基督教的活动，希腊却没有穆斯林的活动。除了游客和一些退休人士，希腊境内没有外国人。西班牙有阿拉伯人，意大利有阿尔巴尼亚人和非洲人，撒丁岛有摩洛哥人，法国有阿尔及利亚人，希腊却没有任何外来移民。来这里的阿尔巴尼亚人都被遣送回去。是因为希腊的经济情况脆弱，使得阿尔巴尼亚人（他们的经济已陷入谷底）以外的人都不愿定居于此吗？抑或是因为希腊人没有包容性？这一点我不知道。也许两者都是，也许两者都不是，因为希腊人本身也移民，正大批移往美国和澳大利亚。

克里特是不是古犹太人的老家？塔西佗[①]认为如此。他的理论是被克里特岛中央最高峰的名字启发而来。“在萨图恩[②]被朱庇特[③]由统御天庭的王位驱逐时，他们放弃原有的居留地，在利比亚最边陲[④]定居下来。为了证明这项传闻，可以由其名字的语源加以分析。著名的伊达峰位于克里特岛，当地居民叫伊达人，但经过蛮族迁入的干扰，后改变为犹太人。”

我在耶拉彼得拉碰到一个荷兰人，鹿特丹来的扬威廉。他告诉我，正考虑在这里买栋房子以供退休后居住。

“再过几年我就要退休了。”他说，“我希望在这里过冬，或者在贝尼多姆。”

“这里有什么吸引你的？”

扬威廉反问我一句：“你有没有去过荷兰？”

“去过。”我回答。

“那里非常平坦、非常昂贵，但是这里——”他比了个手势，“太便宜了！二十荷兰盾就够两个人在那些桌子摇晃的古老小店吃上一餐，还有酒！”

“所以你打算搬来？”

“如果我能在哪栋楼上找到一所公寓，有阳台可以欣赏海景

---

① 塔西佗（55—120），古罗马历史学家。

② 罗马神话中的农神。

③ 即希腊神话中的宙斯。

④ 即今克里特岛。

的话。”

不过，扬威廉似乎还是犹豫。不是吗？

“我想冬天在这里会很孤单。”他说，“在西班牙贝尼多姆有一群荷兰人。你去过那里吗？”

“去过。”我很想加一句“我讨厌那里”，但是何必浇灭这个“漂泊的荷兰人”安享晚年的希望呢？

“在贝尼多姆觉得无聊的话，可以随时搭巴士回荷兰。”他说，“在这儿就麻烦了，得先搭渡轮到比雷埃夫斯，然后搭火车到帕特雷，再搭渡轮到意大利，搭火车到罗马。然后，再搭火车到巴黎。算起来多少？要两三天，也许四天！”

我是在后街散步时碰巧遇见扬威廉的，他正在物色退休后的住处。但是等我们谈完话，他已说服自己，来希腊养老可能是错误的举动。

我跨上机车，骑回圣尼古劳斯，一路欣赏山景和蓝色的海湾，不时有汽车和卡车从我旁边经过。在那条山羊和绵羊啮食的道路上，以及点缀着嶙峋山石、橄榄树和龟裂的白色住屋的风景中，到处可以见到惊人的标语：出租！出售！买我！试试我！租我！吃我！喝我！

希腊人迈克还坐在他的摩托车出租行里，翻阅着他早上在看的那本色情杂志。

“希腊语的‘色情’怎么说？”

“色情！”他吼道，“一样！”

回到“海上精神”号，我碰到杰克。他说下午在上层甲板跟唐大使一起泡按摩浴。

“我们谈到我们过的生活有多么紧张。”他说，“我骗他的，但是我想他说的是真话。我们坐在太阳底下泡按摩浴、喝饮料，非常愉快。他告诉他正要去孟加拉国帮助穷人。”

“雷吉有没有跟你们一起泡？”我使用我们私下替一名英国旅客取的名字。

杰克朝我摇摇手指道：“没有，没有。永远不要信任一个没有擦亮鞋子的英国人。”

又是丰富的一餐：热的紫花菜和橄榄配白松露醋酱、冷的梅子浓汤，以及杜松酱腌制的珠鸡鸡胸——或者为了良心起见，我点的是奶油烤蔬菜？吃完饭，我碰到贝蒂·莱维太太，我问为什么不见她来吃晚餐。

“今天我有点不舒服。”莱维太太说，“我在房间喝了一点清炖肉汤，不想吃其他东西。那些菜我吃不消。”

如今，已进入海上旅行的第二个星期。我们学习了一点历史（古罗马把马桶叫作维斯佩基安；伯里克利有对大耳朵；雅典人早餐吃粥糊），而且也对彼此更了解了。在许多方面，船上犹如昔日的高级旅馆住宅。乘客彼此相识，对彼此的家人、病痛都很熟悉，而且都充满自信、古道热肠。

“你那位漂亮的太太怎么样？老弟。”

“对了，你妈妈好点没有？”

“今天天气真好。你的腿怎么样了？”

唯一有压力的是上岸参观的时候，行走在古遗址之间，穿过一些难以理解的废墟间的分岔小径，许多甚至小得比一个巴掌大不了多少（“你们可以想想看，当年，这栋建筑其实比帕特农神庙还要大”）。有人侍候着到处参观，并没有不愉快，问题是，每天下船参观就像为最后一次下船在做预习似的，而一想到终将割舍“海上精神”号一切舒适的日子，便让人无法开怀了。

这艘船现在不只是一个家，它成为地中海的理想化身，在豪华享受之际，还可以饱览港口、山岭、断崖和堡垒风光的最佳海上据点。日落时，我们都可以回到船上，远离港都的彷徨感和污臭，以及穷凶极恶的纪念品小贩。我们可以置身漂浮的别墅，享用地中海的精粹，可以啜饮法国及意大利南部地区的美酒，我们的餐点比港口的任何一家旅馆都要好，而且还不需前往海滩，冒着被碎石刮伤的危险，因为船尾便有自用的码头。奥纳西斯虽坐拥亿万家产，却也觉得陆地上的愉悦终究不如在阳光岛屿间悠游海上，而他和新婚妻子杰奎琳的蜜月之旅，正是我们此次航行所经之处，而且是（这一点一定要表明）搭乘我们这艘优越无比的邮轮。

离开克里特岛后，邮轮航经斯波拉泽斯群岛，而且名副其实，岛屿真的是既零落又孤立，再经过希腊的科斯岛，前往土耳其沿岸的博德鲁姆，目睹当地崩塌的十字军城堡围墙，以及贩卖真正宝物和游客废物的市场。

虽然短短一天内便由希腊航抵土耳其，但是立刻可以感受到我们已置身不同的国境。我拿这两个国家比较，是因为这对宿敌不断彼此较量。土耳其经济不稳，更加现实。一般游客都避免前往土耳其。土耳其不是欧盟的成员国（部分拜希腊所赐），因此不能靠旅游业维生，必须自给自足，发展希腊欠缺的钢铁业和制造业。土耳其人更镇静、更有礼，缺少激情，有些阴郁，甚至有点悲哀意味；对游客不那么敬畏，因此也更友善且愿伸出援手。希腊人彼此就有敌意，因此更难与外国人相处；土耳其人拘泥于形式，一般事务都有规则可循，彼此间似乎更友爱。土耳其有宽阔的内陆，并且与七个国家比邻，然而土耳其人不那么神经质，而且没有恐外情结，较少发表高论，较少责怪他人，或许也较听天由命。

我们已经由欧洲来到亚洲。土耳其是具有西化外观的东方边缘国家，希腊则是欧洲等而下之的边陲地带，基本上是一个农业社会，只是侥幸拥有古遗址和独特的回忆（与大部分地中海区域相同）。但是拿希腊和土耳其比较是错误的，因为它们的地理情况和国土面积相差太远。希腊的景观其实跟阿尔巴尼亚更接近，如果希腊是成功版的阿尔巴尼亚，那么土耳其便是快乐版的伊朗，或许也是世界上唯一现代化的伊斯兰国家。

在希腊港口遭受恶劣推销者的滋扰后，到博德鲁姆码头散步便显得格外轻松，没有一个接一个的土耳其人扑上来。这种内敛作风是亚洲人的美德。不过土耳其人也有亚洲人的傲慢，以残忍闻名，不但知道自己残忍，而且相信世界上大部分人都一样残忍。假如你辜负土耳其人的善意（像我经常干的事），问土耳其人是否会虐待囚犯，他们准会嗤之以鼻地回答你："每一个人都会虐待囚犯！"

博德鲁姆正在下雨，"海上精神"号半数乘客根本懒得上岸。但是即使在雨中，博德鲁姆依然洋溢着生气，也许因为正好举办船赛，港口泊满漂亮木制帆船。十字军的城堡安然无恙，只剩部分地方仍留有异教徒攻击的痕迹。城垛和门口仍雕琢有虔诚的拉丁语祷词（"主啊！没有你的帮助是不可能成功的"），是一项很好的纪念，因为基督徒虔心讨伐异教徒，使得圣战持续了几个世纪之久。

我经过一家卖地毯的店铺（这是最明显的迹象，代表我们已置身亚洲），见到杰克·格林沃尔德正在忍受地毯商的疲劳轰炸。

“这不只是一条地毯！这是艺术作品！”那个人嚷着，“我卖的是艺术品！”

杰克招呼我进去，把我介绍给老板阿克耶特先生，说我是他的“百万富翁朋友”，这又是格林沃尔德的恶作剧。不一会儿，一张张地毯在我面前摊开了，他把我扔给一个歇斯底里的土耳其地毯商人，让他误认为逮到了一个美国大亨。

他的歇斯底里没有持续太久，就被更戏剧化的事件打断了。店外，一个体积庞大的土耳其妇人当街昏倒，躺在雨水里，裙子撩得高高的，一个土耳其男人猛打她耳光，企图唤醒她，其他土耳其人则瞠目而视地踱过去。很快，一群土耳其人都前来围观，交头接耳。当一辆出租车来载那个女人时，必须合四人之力才能将她塞入出租车后座。

这一突发事件是当天博德鲁姆唯一的好戏。由于雨下个不停，哪儿也去不成。我想打电话，但是没有土耳其电话卡，镇上也没有一个地方卖电话卡（“你下星期再来买”）。我参观了古老的墓穴、新建的赌场，以及地中海地区随处可见、专门卖给来自气候严寒地区的欧洲人度假用的郊区平房和公寓楼。此地的房地产价格由三万到六万美元不等——更便宜，但是和西班牙、马耳他和希腊的建筑一样丑陋。

我坚决留在岸上，吃了一顿土耳其午餐，包括茄子、蚕豆、填料青椒及黏答答的甜点。后来返回船上，发现留在船上的人不但吃了一顿更好的午餐，享受更干爽的时光，而且同样欣赏到城堡、帆船和山峦起伏的美景。

晚餐时，“海上精神”号继续往北驶向莱斯沃斯岛，杰克·格林沃尔德一反常态，兴奋地期待着甜点——一道他独门配方的黑胡椒草莓。格林沃尔德兴致高昂时便以捉弄人为乐，由于我们坐的桌子比平常大一点，他便走来走去，到处戏弄人。他对一个巴拿马人说：“最重要的，诺列加[①]是个非常爱国的人，你不觉得吗？”对一个皱着鼻子的女客说：“这是因纽特人表示‘不是’的意思。他们表示‘是’的方法是抬抬眉毛。来，你试试看。”对同桌一个理性主义者，他说：“当然，我相信有鬼。我们的总理麦肯齐·金[②]也相信有鬼。”

这些对话并不比其他旅客间的谈话更荒谬。

“……我和哈利参加芭芭拉·史翠珊为受虐儿童举办的慈善晚会，”一位女士正在说，“汤姆·阿诺德是讲演人之一。他谈起一个曾经虐待他的人……”

“……你想想，如果人到了土耳其，当然得买张土耳其地毯。我把家里那块地方量了一下，还把尺带在身上。我们想找有花卉图样的，我太太喜欢花卉。我们不要几何图案的……”

“……两个圣像。他们发誓真的是原作……”

“……在海贝待了一个礼拜，那是印度洋的岛屿。”

“下一次到亚马逊河。”

“……去里约热德尼罗参加嘉年华会。”

---

① 诺列加，巴拿马独裁者，一九八九年被美国里根政府掳回，以贩毒罪判刑。

② 麦肯齐·金（1874—1950），于一九三五年至一九四八年间出任加拿大总理。

最后，侍者推着推车出现了，上面放着几只碗、草莓、酒瓶，还有各种不同的酱汁，都是杰克配制甜点所需的。杰克监督着，口述调制的方法。

“九颗又肥又大的新鲜草莓，好，”他指挥，“现在拿起那个胡椒磨子，磨十二下。”他注视着磨细的黑胡椒粉洒在红艳的草莓上，数着数，“倒一汤匙潘诺茴香酒，把草莓浸在里面，对，就是那样。再来一汤匙君度橙酒，浸一浸。把它拿起来，让每颗草莓都浸到。好，再来一汤匙雅邑白兰地。浸一浸，浸一浸。”

“然后呢？”侍者把一钵滑溜溜、缀着黑点的草莓捧给杰克看。

“加一点糖和四分之三汤匙鲜奶油，”杰克吩咐，“小心搅拌，只要沾上一层鲜奶油。你注意到我说‘奶油’时的发音了吧——那是因为我是蒙特利尔人。”

黑胡椒草莓还有其他规矩。用餐盘是错的。不，也不能用汤碗，要用小碟子，上面还要淋一点汁。

“你觉得怎么样？”我试了几颗后，杰克问我。

我很难描述那个味道，有点慢慢散开的甜辣味，还有胡椒、糖浆、酒、水果等各种味道。有件事我没有告诉他：任何味道都比不上欣赏他和那名恭敬的侍者调制这道甜点的过程来得有趣。

更有意思的是，杰克立即点了“银禧樱桃”，这是另一道格林沃尔德独家甜点，经过烧烤，加上冰淇淋，然后一面嚼一面说：“吃完草莓，再吃这道，不是很棒吗？”

后来他告诉我，他参加这次海上旅行（抵达伊斯坦布尔后，他还要继续前往海法）是为了减掉四十磅体重。“但是我怀疑办不到。”

邮轮早上抵达莱斯沃斯岛时，天气阴沉沉的，下着绵绵细雨，但是其他地方还闹水灾。莱斯沃斯的头条新闻都是“水灾！”“灾难！”“克里特有人死亡！”等令人惊心动魄的字眼。伯罗奔尼撒半岛各处都有骤雨，而且往往造成汽车冲入海中、游客受困、塌方、房屋坍塌等后果。

希腊境内的大陆和海岛都植物稀少，因此土壤无法抵挡雨水的冲刷。莱斯沃斯就是研究侵蚀现象最好的地方：多砾石的山丘逐渐由山沟冲刷至街面，土壤、泥浆、石头、淤泥、沙石等一起迅速流入河川，泄入海中，使得岛屿面积变小，而且愈形光秃而多石砾。

希腊一直是现在这个样子吗？我开始怀疑。我相信昔日它一定森林遍覆，由于林木消失，才导致今日荒凉多沟纹的外貌。在远古时期，这里很可能是另一番景象，不是由炎热、布满凹痕的石头和火热发光的沙地组成荒漠，而是林木遮荫的更凉爽的地方。

我漫步穿过米蒂利尼镇，买份报纸，打通电话，参观一所教堂，看着一名渔夫从细密的渔网里捡出小鱼。雨仍下个不停，暴风雨中的旅游小镇是最沉闷的。这种天气似乎也使希腊人更暴躁，湿答答的酒馆中坐满愁眉苦脸、烟不离嘴的男人，使得酒馆变成了男性俱乐部。

如果我是自己前来莱斯沃斯，不管是从土耳其的伊兹密尔搭船来，还是搭乘希腊跨岛渡轮前来，而且可以在这小岛待上几天的话，一定会设法善加利用的。我会逮住一个莱斯沃斯人①谈话，会折腾旅馆老板娘，会主动向一个希腊人示好，试图搭搭关系。不过这次我

---

① 原文有女同性恋者之意。

只能做一日游。整个早上在街上跳水坑，然后回“海上精神”号吃午餐，下午又出来奋战，而且一直留意时间，以免误点。船上的食物是一流的，又有友谊、欢乐和舒适，因此我毫不犹豫地告别此地，然后等待汽笛声响起，在船尾目送着莱斯沃斯岛逐渐消失。

大半乘客都在伊斯坦布尔下船，只剩少数旅客继续前往海法。贝蒂·莱维太太威胁船方要在船上再待一个月或更久。她告诉我，她的梦想是在海上住几个星期——不靠岸，也不游览。

邮轮驶向达达内尔海峡之际，船上便弥漫着离别的气氛，第二天更笼罩着一股离弃的愁绪。后来得知邮轮正经过加利波利①，那里葬有二十万阵亡士兵，这种生离死别之感也就更加凝重。达达内尔海峡有如一条运河，在某些地点宽仅一英里有余，衔接地中海东部海岸与马尔马拉海，另一条运河（博斯普鲁斯海峡）则横越伊斯坦布尔，再衔接黑海。

达达内尔海峡也就是古希腊利安得来回游越以会晤海洛的赫勒斯滂海峡②。拜伦对这个传说向往不已，因而仿效。我自己也考虑游它一次——一英里的距离是游得到的，但是十月底的深秋、四五英尺高的海浪，以及北方色雷斯吹来的强劲寒风，都令人却步。

“把伏特加酒冰起来，”杰克·格林沃尔德用法语吩咐侍者，为当晚的一道鱼子酱做准备，“用湿毛巾包住酒瓶，在里面加一个苹果调味，要冻到呈糖浆状。你懂我的意思吧？”

昔日血腥的加利波利战场，现在已成为土耳其的村落盖利博

① 第一次世界大战主战场之一，由于土耳其坚守，英军等协约国损失惨重。

② 根据古希腊传说，青年利安得爱上爱神女祭司海洛，唯海洛誓言守贞，并被囚于海峡对岸，故利安得夜游经海峡以会情人，从而双双殉情。

卢，居民主要以渔业维生。在这里，薛西斯和亚历山大大帝曾挥军横越浮桥展开进攻，伊阿宋也曾率领"阿尔戈"号船员出航寻找金羊毛。如今这里只停泊着几艘生锈的货船；海峡两岸还有更多村落和一个较大的城镇恰纳卡莱——可以见到几座清真寺和宣礼塔，以及工厂与一些住家。如果期待这里出现任何戏剧化的景观，注定要大失所望。此地是古老的海域，由神话、半真半假的传说，以及一些历史轶事组成。它有过辉煌承平的时期，更有过长期纷扰和劫掠。它是许多文明的中心，但门口始终有野蛮人，甚至门内也有。

由于地中海的过去所剩无几，航行于各港口之间几乎无法令人回想到远古时代。即使最近发生的加利波利屠戮事迹，也已埋葬在无名的海岸，只不过又添了另一片坟冢。这片海域已有太多坟墓了。

雾气袭来，夜幕低垂，岸上灯火迷蒙，勾勒出层层峰峦。朦胧的夜色中，隐然浮现出一幅属于过去的影像——一道纯粹由宣礼塔、塔楼、清真寺圆顶、桥梁和方尖碑组成的天际线，像是拜占庭时期所做的允诺至今依然受重视。我们已驶过了金角湾。

靠近欧洲海岸的是旧城城址，特色更显著，先是托普卡帕宫，然后是圣艾琳教堂，以及有一千五百年历史的圣索菲亚大教堂，每一块砖瓦都完好无损；在它的宣礼塔后方是有六座宣礼塔的蓝色清真寺，山顶有奴鲁奥斯玛尼耶——上帝之光，粗壮的拜占庭式火塔，下方是耶尼清真寺，尽头则是加拉塔大铁桥；再过去，是建筑师锡南①近乎神迹的杰作苏莱曼清真寺，清真寺在变幻不定的迷雾

① 锡南（1489—1588），奥斯曼土耳其建筑师，把中央圆顶建筑风格运用于清真寺建筑，增添宣礼塔以收平衡之效。

中闪烁着苍白的光泽。

一艘艘渡轮横渡过博斯普鲁斯海峡，在经过“海上精神”号时纷纷鸣笛，光线照亮了海面，也使残留的雾气闪闪发光，有如古老面纱上的金丝，虽然有些破旧易碎，但仍透着神秘的气息。

就在我准备离开“海上精神”号时，杰克·格林沃尔德把我带到一旁，给我一份包装华丽的礼物，里面是土耳其制的西装领口别针和他的御林军骑兵团领带。

“两样一起戴。”他告诉我，“这枚别针在土耳其会有用的，这条领带则到处都有用。”

“戴这条领带会让我觉得自己是冒牌货。”

“别傻了。”

“这对你的军团不是侮辱吗？”

“绝不会。”他答，“我的军团还没有这个的一半显赫。”

“杰克，难道你不是御林军骑兵团的？”

“哦，是的，我是另一个团——那个团没什么了不起的。”他回答说，“我只戴那些显赫军团的领带，而且效果很好。在伦敦，还经常有人向我敬礼。”

第十四章
乘“白海”号游过黎凡特

离开“海上精神”号的豪奢，就像世俗版的失乐园一样，使我觉得，如果能直接到叙利亚，或许不会那么难受。事实上，这也是谨慎之举，因为伊斯坦布尔尽管外观优美，却正处于多事之秋。最近在室内市集发生的一起爆炸案炸死了很多人，包括三名游客，导致约八千人次取消到土耳其的访问。这次爆炸案是库尔德工人党下的手。此外还有其他扔炸弹的组，诸如“伊斯兰东方伟大特攻队”和“左派革命分子”的极端分子等。他们经常攻击的目标是贩卖烈酒的商店，以及银行，因为银行收贷款利息，而《古兰经》上载明：“真主褫夺利息。”（第二章第二百七十六节）

以前这里还发生过用火箭攻击美国总领事官邸的事件，火箭并未射中目标，一旦射中，整座建筑将被摧毁。如今官邸有十名武装人员负责驻守，总领事和大部分外交人员也只有在保镖的陪同下才会外出活动。

不过即使在层层包围之中，伊斯坦布尔仍然壮丽无比。W. B. 叶芝本人没有真正见过伊斯坦布尔，却在两首杰出的诗中确实描绘了它神奇的一面。此地曾三易其名：先是以拜占庭之名存在了一千年，然后变成基督徒的君士坦丁堡，之后在奥斯曼土耳其人统治时蜕变为伊斯坦布尔。这是一处迷宫，可以听到小贩的叫卖声、渡轮的汽笛声、清真寺宣礼员的喊叫及阿拉伯音乐声。正如叶芝暗示的，这是一个生活和艺术没有真正分野的地方；它横跨博斯普鲁斯海峡，盘踞两大洲相倚之处，彼此仅有一水之隔，只要搭渡轮便可以由欧洲抵达亚洲。

土耳其人虽感叹伊斯坦布尔的危险性，但对内陆地区更具戒心。我的计划是先在此申请前往叙利亚的签证，然后搭火车到南部滨海城市阿达纳，再搭火车和巴士到伊斯肯德伦、哈塔伊、安塔基亚，然后进入叙利亚，沿叙利亚海岸继续南行。

“这个地区不好。”有人告诉我。

“哪个地区？”

“你提到的每个地区都不好。”

“但是这是我要走的路线。”我说。

“那么希望你已经到了！”这是土耳其人祝福别人顺风的用语。

抵达伊斯坦布尔后，我住进一家三流旅馆，然后开始申请叙利亚签证。我怀着感伤的心情，走向加拉塔大铁桥，希望再看一眼泊靠在卡拉柯伊码头的“海上精神”号，但它已经离开了，另一艘土耳其船取而代之，停靠在码头——满是锈迹，比“海上精神”号稍微大一点，船上没有人。

我真的在考虑是否该游过赫勒斯滂海峡。

厄梅尔·科奇也曾经游泳横渡赫勒斯滂海峡，虽然对他来说，以其他方式横渡海峡是轻而易举的事——他出身土耳其首富之家。我去拜访他，一则有人帮忙引介，二则我的叙利亚签证还要等上好一阵子才能办好。

“我还曾游泳横渡博斯普鲁斯海峡到欧洲，再游回来。”厄梅尔告诉我。他游过赫勒斯滂海峡是出于对拜伦的礼赞。“那段距离挺长的——三英里或更远，因为海流会把人带走。”

“我正考虑去试试看。”

“这个月不合适。”他说。

厄梅尔是个年近三十的英俊年轻人，在英国求学时学了一口英国腔英语。他帮忙经营家庭企业——科奇控股公司。该公司坐落在一片建有围墙的园地，周围散置着希腊石柱、大理石装饰与雕塑，是一个颇为醒目的地标。这些古物是他父亲拉赫米在安纳托利亚各地搜集的，希望使这个地方具有远古风貌。

“他有一副很漂亮的石棺，但几经考虑还是没有摆在草坪上。”厄梅尔告诉我，“他怕那样太阴森。”

厄梅尔住在博斯普斯海峡靠亚洲海岸的土耳其避暑别墅中。这是博斯普鲁海峡最狭窄的地方，公元前五世纪，大流士曾经在此搭建浮桥，领军西进。在这片慎重挑选的海岸，科奇家族的避暑别墅表现出土耳其文化极致的包容性——一种对光线、土地和大海的鉴赏，是一幢融合东方与西方巅峰时期的奥斯曼式住宅。

这幢别墅是一百年前兴建的，曾为某个土耳其驻埃及总督“赫迪夫”[①]的儿子所有。厄梅尔的父亲一九六六年买下来时，整幢别墅已经年久失修，是拉赫米使它恢复了生机。

“搬进来的时候，我还很小。”厄梅尔说，“我的童年是在这里度过的，现在大半时间也还住在这里。”

---

① 一八六七年至一九一四年间土耳其苏丹授予埃及执政者的称号。

我纳闷他当年住这种装饰细致的古屋有没有受拘束的感觉。

“我和兄弟们知道这房子很华丽，但是父亲倒不怕我们把屋子搞乱。”厄梅尔告诉我，“他从来不会为这种事操心。”

他和兄弟穆斯塔法与阿里在招待宾客的正式起居间欢闹嬉戏，在所有座位上爬上爬下。厄梅尔说他们尤其喜欢这里靠近水畔。他们经常从停靠船只的码头浮台跳下水玩，练就一身泳技。

厄梅尔像他父亲一样喜欢收藏，是个藏书家，图书室专门收藏有关土耳其的书籍。伊夫林·沃曾取笑自己的亲戚特尔福德·沃爵士的著作《土耳其——昨日、今日与明日》“听起来好像节礼日”[①]。厄梅尔便有这本书，还有其他千余本珍藏本，此外还有古老的地图、武器、古版书，以及珍贵宝物，比如苏丹阿卜杜勒·哈米德的私人拆信刀——一把匕首。

“这本书很有意思。”厄梅尔让我看一本刘易斯·华莱士[②]所著的《宾虚》，上面有赠予苏丹阿卜杜勒·哈米德（1876—1909）的字样。他告诉我，华莱士在一八八一年到一八八五年曾出任美国驻土耳其的文化专员。

厄梅尔的祖父韦赫比·科奇现年八十余岁，是家族的大家长，也是著名的慈善家。有人称他为“土耳其私人企业之父”，他在土耳其的名气就跟亨利·福特在一般美国人心目中的地位一样，而意义深远的是，亨利·福特二世还曾为韦赫比·科奇的自传写了一篇序文。厄梅尔也送我一本他祖父的自传。那不是一个白手起家的故

---

① 英国和部分英联邦国家的假日，是圣诞节的第二天。“土耳其”小写有“火鸡”之意，西方圣诞节的第二天通常必须解决过节吃剩的火鸡。

② 刘易斯·华莱士（1827—1905），美国律师、军官、作家、外交官。

事，因为科奇家族并不穷困。科奇家原本是安卡拉一个中等家庭，和安纳托利亚大部分家庭一样，没有水电，洗个像样的澡必须“在公共浴室洗，而且是每个月一次的大事”。

根据土耳其传统，科奇家族安排韦赫比娶了一个表亲，目的是“保存家产，而且希望他们能和睦相处”。韦赫比在婚后一个星期才见到自己的妻子，因为他的新娘莎蓓克在第七天才掀开头巾。

韦赫比年轻时去伊斯坦布尔当学徒。“我发觉少数民族（希腊人、犹太人、亚美尼亚人）家境更好，生活水平比土耳其人好得多，便决定从商。”他由担任包工进入制造业，再生产食物和钢铁，进而生产汽车（“福特”和“菲亚特”），又涉足铁路工业。照他自己的说法，他成了节俭的亿万富翁。他在书里还劝告人们保持身体健康，比如：“找出标准体重，一辈子维持这个体重。”

书中还记载，他年轻时“最佳的娱乐便是婚礼和割体的宴会”。

“哦，对，割礼在土耳其是盛大的事。”厄梅尔告诉我。割礼不是在男孩出生后马上进行的，比如他是在两岁半的时候才跟九岁和七岁的哥哥一起进行割礼，事后还在博斯普鲁斯的避暑别墅举行宴会，来宾多达四百人，可见父母对他们宠爱有如。

“通常宴会和割礼在同一天举行——以纾解痛苦。”厄梅尔说，“但是父母希望我们玩得开心一点，所以十五天后才替我们举行庆祝会。”

我们一面喝咖啡一面谈天时，我感觉自己正在体验地中海一隅五百年来相沿成习的一种文化。这是一幢无与伦比的乡间别墅。很难想象还有比这里更宁静的所在，或在自然与人工建筑两方面更和谐的，又或者是更易抵达的——它位于轻舟、游艇与渡轮交织的水边，无论从何处都可以轻易抵达。我已达成一个古老的土耳其心愿，逃离城里的阴暗、商贩叫卖与音乐，在充满光明与宁静的地方找到了和平。我舒适地坐在亚洲的边缘，沉思着欧洲。

叙利亚签证迟迟不下来，受挫之余，我找上之前见到停泊于卡拉柯伊码头的"白海"号——一艘土耳其邮轮，想知道这艘船会不会驶往什么有趣的地方。我在船旁的办公室找到票务员。

那个人无法用英语回答我的问题，但是递了一张印好的航程表给我：伊兹密尔、亚历山大、海法、塞浦路斯岛，然后返回伊斯坦布尔。太理想了！

"船什么时候开？"

"今天——现在。"

"现在？"

他敲敲手表，指给我看是三点。

现在是中午十二点。我向他解释：我的护照在三英里外的叙利亚领事馆。如果我能从叙利亚人手中把它拿回来，然后退掉旅馆（两英里外），还有没有船位？

他告诉我，这艘船还有很多空位。价格是三千四百万土耳其里拉——现金，约合九百四十美元，就十二天海上旅行而言，算是很划得来。我怀疑自己能不能及时赶上船，我决定试试看。

接下来便上演了一出威胁恫吓的戏码，主演都是些蓄着胡须、穿着棕色服装、香烟抽个不停的男人，人人一口破英语。这也是一出在伊斯坦布尔交通中跟时间赛跑的戏码。叙利亚人埋怨我坚持提早把护照领回来。旅馆方面埋怨我不事先通知便要办理退房。邮局外汇部门正在闹罢工，我要兑换里拉，只得求助于高利贷者，那个人讥笑我的信用卡，然后几乎拿走了我所有的美元。最后，我终于有护照、行李和现金了。我忙得气喘吁吁，只剩下不到一个钟头的时间买票、向警方购买出境证明、通过海关和移民局查验，才能登船。结果警察埋怨，移民局官员埋怨，连那个票务员也埋怨：计算三千四百万破烂的小额钞票，花了他不少时间。

神奇的是，就在船板快要抽起时，我匆匆赶上船，拿到一把舱房钥匙。

“我叫阿里。”一名服务生告诉我。

那便是他通晓的全部英语词汇，但是已足够了。他身材矮胖，四十岁左右，穿着一条宽松的长裤和有污点的白衬衫，似乎很高兴见到我，我可以猜出其中原因。

我的舱房里放着一口大型土耳其皮箱。光是那只皮箱就占据了所有地面，而且让我越想越害怕。我想象我的室友可能名叫穆罕默德，可能会打鼾，可能会抽烟，可能会在睡觉时唠叨不休地说梦话，可能半夜老起床上厕所，我会给他取个绰号叫“穆斯塔法尿桶”。他还可能会干呕，或比干呕更糟糕。他也许会把花生壳丢在地上。他可能会有敌意，或更糟糕的，对我太友善。事实上，他也许根本不是土耳其佬，而是一个大块头、身上有刺青的摩托车悍将，身上有伤疤，理着一颗青皮大光头；或是一个气势汹汹、背着背包的徒步健将；或一个着了魔的传教士；或朝圣者；或毛拉，两眼瞠视，眼神疯狂。以这种价格旅行，哪种人都可能碰上。

阿里还在舱房外等着我。他知道我看到的情形，也知道我心里在想什么，他的英语也许只有婴儿程度，直觉却接近天才。

“阿里，你帮我换一间舱房。”我说。

他懂我的意思。

“一个人的——只有我。这艘船还有很多空房。”

为了确保没有误解，我还悄悄说了一句密码：小费。

他笑了，并伸出脏兮兮的手掌，欢迎我到地中海东岸来。

他眯起眼睛，笑一笑，然后点点头，用意是安抚我，向我保证他会马上处理这件事，并用手势向我表示：给我一点时间。

我去查看这艘邮轮的其他部分。这艘船上到处散发着异味：腐烂的地毯、发酸的油脂、流汗的土耳其人，还有奇特的炖肉、陈旧的油漆、香烟的烟味等。船上大约有一百名乘客，全都是土耳其人，没有一个背包客或德国人，也没有传教士或朝圣者。船上的土耳其人都披着厚重的披肩，穿着棕色服装，一起喝茶、抽烟、烦恼。无论男女都戴着眼镜，给人一种伪装的感觉，就像戴着一副附带假鼻子和假胡须的假眼镜似的。

本来我对这一切不以为意，不料土耳其人却开始埋怨起这艘船来。

“我没有料到会是这样，”费米先生告诉我。他在北约一处基地工作了十六年，英语说得相当好。“我非常失望。”

我们是船上少数几个饮酒的旅客。不久，一名船上官员加入我们，向我们解释“白海”号离开码头的作业比较困难。这是艘船龄四十年的旧船，没有船首推进器，必须由拖船扣着，在金角湾靠着岸边旋转一百八十度才能出发。

缓缓转动间，伊斯坦布尔也为之天旋地转。在灰色与金色交织的夕阳中，太阳在清真寺、圆顶与宣礼塔后面逐渐下沉。我算了一下，共有三十个宣礼塔和十余座圆顶。渡轮汽笛声中，周围渔船、帆船、货轮纷纷闪避，四周水域（博斯普鲁斯海峡、金角湾和马尔马拉海）也呈同心圆旋转，闪烁着盎然生机。最后，我们终于真正上路，经过托普卡帕宫与城墙，墙上还留有一四五三年奥斯曼土耳其进攻时被炸裂的创痕。

我们在寒风中经过海达尔帕夏火车站，本来我打算去那里搭火车前往安卡拉和叙利亚的，但那是昨天的计划。我已改变心意，也很高兴及时做此改变。地中海之旅的意义便是走访各大都市——从这里到亚历山大，再到其他地方，不是吗？再说，我也喜欢自己是船上唯一的外国人。在这艘土耳其船上，置身于土耳其人中，穿越地中海东岸地区，使我有种直入土耳其内心的感觉。

我回到甲板上，再看伊斯坦布尔最后一眼（“临去依依，望着你任一时刻皆美好的风采”），结果见到阿里悄悄走向我，用眉毛打暗号，抿抿嘴，然后摇晃着一把钥匙。那意思是他弄到房间了。他招呼我过去，我跟着他，来到另一间舱房。

这全是你的，他用手比了一下。当我给他小费时，他把钱在额头上碰了碰，很奇特地表示着谢意，然后在自己的心脏上拍了一下。我知道这意思是：只要我有钱，他便供我差遣。

我前往烟雾弥漫的休息厅，喝着五十五美分的啤酒，庆贺自己的睿智决定。这是一次狂乱却值得的随兴之举，就像临时跳上一班正待出发的火车，驶往不知名的目的地。尽管烟味熏人、地毯肮脏、土耳其背景音乐和电视声音齐响，我仍找到了一个角落做笔记，并读了几章安东尼·特罗洛普[①]的《沃特尔博士的学校》（一

① 安东尼·特罗洛普（1815—1882），英国小说家。

个英国乡村的丑闻和伪君子作风)。天色暗下来后，我走到甲板上，见到马尔马拉海逐渐扩展成一片汪洋，有如地中海。

拥有自己的舱房也意味着有一个避难之处，由于这间舱房在B甲板，我也有权去船长和其他官员用餐的高级餐厅“卡帕多加”进餐。船长是个红光满面的土耳其人，有个笃定的下巴，穿着紧身白上衣和翘屁股的白长裤，活像制服缩水的乡下板球员。他和六个衣冠楚楚的土耳其人及他们精心打扮的妻子坐同一桌。这里是头等舱，但是和下一层二等舱一样，都坐着些穿着棕色西服的男人、戴着面纱的老妇，以及一身五十年代连身衣裙、皱着眉头的嬷嬷们。有些老妇人的模样有点像披着披肩的杰克·格林沃尔德，慈蔼的面孔也使我想起他。

我跟一对年长的土耳其夫妇坐在一起，语言不通，但那位先生用手指敲敲我翻领上的别针，那是格林沃尔德送我的土耳其别针，对我露出笑容。

“Afyet Olsen（吃得愉快）！”这是我懂的少数土耳其语之一。

但是这句话用错地方了。船上伙食并不好，餐厅内也笼罩了一股失望之情——先是沉默不语，然后是嘀咕着加以批评。土耳其经济情况不好，这些人花了不少钱才能出来旅游。我们的第一餐是：色拉、豆子汤、肥肉和蔬菜，第三道是一团烤菠菜，然后是水果、奶品和甜点。这是土耳其食物，但是也有点像以前老式学校的伙食。

不只是饮食，周围那些披肩、棕色西服、毡帽、笨重的皮鞋、邋遢的女装、香烟等也全是过气的东西，仿佛土耳其的中产阶层仍在追求五十年代的流行。甚至船上供应的酸黄瓜、马铃薯色拉与午餐，以及碗装的蘸很多芥末的蛋，也是那个时代的产物，如同伊斯坦布尔沿街停放的帕卡德、凯迪拉克和道奇老爷车一样发思古之幽情。（在土耳其待上一个星期，可令一般美国中年人看遍以前父辈和祖父辈开过的车子。）到目前为止，邮轮上的乘客都表现得相当严肃，全是滴酒不沾、行为端正、安安静静的土耳其人，规矩得像是模仿出来的行为——一船穿着厚重、神情肃穆的土耳其人，置身烟雾弥漫的宽大船舱，启程前往埃及。

不过我还是很感激他们愿意接纳我，让我登船，还对我客客气气的。土耳其人在公开场合都刻意跟陌生人寒暄。我学会跟他们交际，觉得自己很幸运。

此行也可以彰显出地中海的真正大小。这不是我计划中的旅程。我想用五天时间穿越土耳其，通过层层路障和耽搁前往叙利亚。此行是花两天工夫由土耳其到埃及：一晚的时间去伊兹密尔，再用一天半时间前往亚历山大，从那里再花一天时间到海法。地中海东岸涵括许多文化，经常产生摩擦，但其实只是片相当狭小的地方，不过正是这些地方的人太好争斗，才使得这一岸的地中海显得很大。

到了布尔萨，上来一个建筑师兼古老木造建筑史专家穆罕默德·萨菲耶丁·埃尔汗，他是跟披着披肩的老母亲一起旅行的。还有塞格夫妻（塞维姆和巴赫丁）以及三星的空战英雄穆罕默德·萨米将军，一般人都称他萨米帕夏①，他吹嘘在塞浦路斯分裂前曾在尼科西亚上空利用喷射引擎震碎窗户玻璃。还有穆罕默德·辛其利

① 旧时奥斯曼帝国和北非高级文武官员称号。

欧格鲁和太太菲玛；巴鲁特库欧格路家四名家人，包括小拉米亚；戴米罗一家三口；以及艾迪普·肯迪一家。另外，还有一些库尔德人，那些我认为很好色的库尔德人，还有……

哦，算了吧。不过，在“白海”号事务长办公室外研究这些人名，倒是打发时间的好方法。我们已经在夜里通过达达内尔海峡，现在阳光普照，我正跟建筑师穆罕默德站在船舷栏杆处聊天。

“如果建筑是凝结的音乐，那个倒像是D大调的宣礼塔[①]。”

“什么？”

我们正经过一座清真寺，进入伊兹密尔港。穆罕默德说这艘船误点了三个小时，但其实没人在意。穆罕默德知道的东西不少。达达内尔海峡的恰纳卡莱，在土耳其语中是“杯子”的意思。土耳其人相当得意于他们在加利波利屠杀了那么多外国军队。在凯末尔·阿塔土克[②]领导下，土耳其人在一九二三年一场决定性战役中，将希望人逐出士麦那（即伊兹密尔），建立了土耳其共和国。假如我有兴趣，凯末尔的家就在伊兹密尔。

“‘阿克登尼基’（Akdeniz）是什么意思？”我问他。

“白海，”穆罕默德答道，“以前土耳其人称呼‘地中海’为‘白海’。”

黑海叫“卡拉德尼兹”（Kara Deniz），红海叫“基日尔德尼兹”（Kizil Deniz），而前面海角过去，便是希望的希俄斯岛——荷马诞生之地。

① 原文 minaret 与小步舞（minuet）谐音。

② 穆斯塔法·凯末尔·阿塔土克（1881—1938），土耳其国父，建立现代化的国家。

“如果真有荷马这个人的话。”我说。有人怀疑荷马是否确有其人，他们认为《荷马史诗》其实是经过多年人们口耳传诵累积而成的诗集；还有人认为荷马是瞎子，这是由《奥德赛》诗中描述的瞎眼吟游诗人得摩多科斯推论而来：

那个吟唱的人为缪斯女神眷顾，
经由她的赐予
他领悟人生的美好，以及邪恶
——因为缪斯所借予他的甜蜜亦使他盲目。

穆罕默德读过希腊语版的《奥德赛》，他也听说过这种可能。

“白海”号靠岸停泊，船务人员告诉我们傍晚才会开船。我正好有时间搭出租车参观闻名的希腊罗马港都以弗所，即圣保罗曾经传道与埋葬之处，也就是圣母马利亚终养之地。马利亚并没有埋葬在那里，因为她没有尸体。她死后便由地上升空，从事一项著名的空中旅行“圣母升天”——这是天主教徒的信条。这起事件在《新约》中只字未提。马利亚跟以诺[①]、以利亚[②]一样，“身体和灵魂一起升入天国的荣耀中”，是由教宗庇护十二世于五十年代发表通谕正式阐释的。不过就理论而言，这种事发生时总应该有人注意到。这位人称“上帝之母”或“天国女王”的犹太妇女，在神圣的力量中旋升至外太空（“天使拍着翅膀，像一只丛林鸟一样可爱！”），

① 根据《圣经·旧约·创世记》第五章第二十四节，“以诺与神同行，神将他取去，他就不在世了。”

② 《圣经·旧约》中的先知，乘燃烧马车升天。

这种事不可能没人记得。

在距离以弗所五英里处有座“圣母礼拜堂”，除了新奇外乏善可陈，不过风景很好，这才是最重要的。

以弗所如同庞贝一样有妓院，也有涂鸦，不过整体来说更壮观，而且远古遗留下来的文物也更多。问题是，在以弗所逗留期间，我一直担心那艘船会把我扔在伊兹密尔，便匆匆赶了回去。登上船板时，一名船员才告诉我计划改变了，船要到晚上九点才开。

我需要钱。银行关门，兑换外币的地方也打烊。但在伊兹密尔一条后街，我看到一面古老的墙壁上安装了一部很像自动提款机的机器。我把马萨诸塞州东桑威奇舰队银行发的提款卡塞进去，按了几个号码，结果出来了一千万土耳其里拉（两百八十美元），就这么简单。

面海一座大型建筑物里冒出一群喧闹的小学生。建筑物前门有一块匾牌指出，这是凯末尔在二十年代居住的海滨住宅，当时他正领军抵抗占领土境的希腊人。我走进去，认出其中有几个人正是昨晚与我一起用餐的乘客，他们是带着儿孙一起来参观的。有个十岁大的男孩会讲英语，他解释他们是从安卡拉来的，先乘火车到伊斯坦布尔再上船，他说父母和祖父母很惊喜我会来参观他们国父的故宅。

凯末尔当年用过的老式电话机还放在书桌上。一个男孩拿起听筒吃吃发笑，直到管理人员出言责备，他才放下来。另外还有凯末尔当年使用的浴盆、洗脸台、沙发、桌椅等。有些东西可以保留物主的精神——个人魅力，有些则不会。木器可以，大件毛茸茸的椅子不会；浴盆可以，床不会；书桌可以，电话机可以，但是窗帘或镶框照片不会。

接待室里停放着一艘木制小船，由于制造精巧，不会让人觉得碍眼。凯末尔曾在伊兹密尔湾划过这艘小船，当时就是使用那对与上辕杆维持平衡的划桨。

我离开凯末尔之家，沿着步道往下走，看到土耳其人在德国领事馆前大排长龙，有老有少，都在申请德国签证。虽然德国不时传来土耳其人遭到袭击、住家被毁，以及成为光头党和投机政客攻击目标等不利消息，伊兹密尔仍有许多土耳其人等着移民德国。

夕阳沉落在远处的爱琴海，缓缓化为一片火红时，我也回到“白海”号，赶上吃晚餐，状似丰富的一餐：冷肉、豆子、鱼，更多肉、更多鱼、更多豆子。不过无所谓，我在“海上精神”号上已经大啖过鱼子酱。这是不同的体验。

随后我坐在甲板上的灯光下，在温和的夜晚中阅读《土耳其日报》一则有关土耳其外长索萨尔的消息。这又是希腊和土耳其层出不穷的闹剧的一幕，不过这出戏码没有时间性，在过去一个世纪中随时都在上演，而且用词大同小异。

“如果希腊把领海从六英里扩展为十二英里，我们会不惜一战。”——索萨尔先生确实用了“战争”的字眼。

索萨尔先生以好战姿态在土耳其深受欢迎。但是希腊外长帕普利亚斯先生和索萨尔先生在约旦晤谈后，彼此已同意未来不再使用“战争”一词。

随后希腊国防部长阿瑟尼斯先生又指责土耳其外长“胡说八道”。

这就像古时候一样，“古时候”，在这里指的是从特洛伊战争到一九七四年的塞浦路斯分裂战争。根据报纸报道，希土双方正举行会谈以商讨塞浦路斯的未来。为了表示支持，希腊人还把位于圣山的修道院特别祝福过的圣像送到塞浦路斯。希腊人似乎相信这幅圣像可以帮他们达到目的，但土耳其人就不这么认为了。

在我阅读时，船锚拉起，我们也在拖船拉行中驶往海上，离开伊兹密尔闪烁的灯火。

凌晨，我们经过帕特莫斯岛，天使曾在此向约翰现身，成为《启示录》的内容。帕德莫斯是希属岛屿。事实上，所有岛屿都是希腊的，有些距离土耳其本土只有一两英里距离的岛屿也是希腊的。土耳其只拥有少数沿岸岛屿，因此他们颇为不平，也难怪希腊人一提及扩充领海便惹恼土耳其人，被视为挑衅行为。我们通过科斯岛，然后又快速经过尼西罗斯岛、蒂洛斯岛和罗得岛。航行间，土耳其始终像影子般跟在后面，始终是岛屿后方一片低低笼罩的污浊空气。

“这些岛屿真是够空旷的，”穆罕默德说，又跟母亲一起站在栏杆旁，“岛上什么都没有。只有一个小镇，甚至连个小镇也没有。”

他朝我咧嘴一笑。

“因为希腊人只有九百万，”他说，“也许一千万。人口并不多。”

我询问穆罕默德有关库尔德人的事。我利用短波收听英国国家广播公司晨间新闻，得悉到目前为止，已有三十个村庄的库尔德人离开故土，十五个村庄被焚毁，连农作物和动物也一并遭殃，山羊在羊圈中窒息而死。

“我认识很多库尔德人。”穆罕默德告诉我，“船上也有库尔德人——有些乘客是库尔德人。他们长得跟我们一样，都是相同的面孔。他们也说土耳其话，我们是朋友。”

波斯湾战争之后，奋战约四十年的库尔德人重新燃起希望，以为建国有望。他们认定美国会为他们撑腰，结果失算，还惹恼了土耳其军队。土耳其人大举把库尔德人由东南地带驱逐到山区，当部分库尔德人脱队落在后面，还来不及离开，土耳其人便把他们的村子焚毁。我收听的报道中还传出库尔德人的声音："军队给我们二十分钟，要我们离开。但是有些人太老了，来不及收拾东西，结果他们什么都没有了——一切都被摧毁了。"

我把这件事讲给穆罕默德听。

"但是有些库尔德人不会制造麻烦。"他回答，然后抬眼说，"那里是卡尔帕索斯岛，荷马的史诗里也曾提到。"

甲板上除了我们，没有别人。土耳其乘客似乎有恐日症，他们老坐在遮阳篷下、烟雾弥漫的休息厅，或者有遮阴的走道旁。还有六个或八个老人坐在休息厅看录像带，他们最喜欢的片子包括一部由查尔顿·赫斯顿主演的牛仔片。他们聚集在一起享用以肉食为主的餐饮，通常是炖羊肉、浓稠的豆子汤和一堆米饭，接着是糖浆冰镇水果，早餐则只是橄榄、酸奶和黄瓜片。即使在这种有太阳的天气，他们还是穿得很厚，男人戴领带，女人穿着茶褐色裙子、围着披肩。

有一天天气很热，我穿着短裤去吃饭，结果一进餐厅，一名身穿丑陋黑制服的侍者便对我说："去把长裤穿上。"

航行的第三晚，船上举行了一场鸡尾酒会，供应不含酒精的混合饮料，并且介绍船上的高级船员，就跟"海上精神"号的做法一样。但是那些身着白色制服、神情严肃的高级船员，动作跟机器人差不多，一个个活像业绩优良而受到表扬的冰淇淋小贩。那天正逢土耳其假日共和节，因此我们吃了特别的一餐：烤肉串、填料茄子，以及一道特殊的甜点。和我同桌的一个胖子跟平常一样，又把他太太的主食和甜点一起吃掉了。她大部分吃饭时间都在玩弄食物，她丈夫吃完后，便交换盘子，把她的那一份也吃掉。

船上没有人阅读——不看书，不看报，什么都没有。只有我和费米先生喝酒，其他人都买杯咖啡喝，然后聊天。他们大半时间都很沉静，是我在旅行中遇到的最有礼貌的一群人。

若是遇到紧急状况，他们会有多客气？我思考着这个问题，因为我们实在太缺乏危机意识了。比如就有可能发生火灾，因为每个人都抽烟，这艘船又老旧，保养得很差。但是船上没有逃生演习，没有人指示集合地点在哪里，也没有人指点救生衣放在哪里，我发现我的救生衣胡乱塞在衣柜底层。不过也许没有关系，如果船真的要沉，我相信那个“我叫阿里”的服务员会领着其他服务员跳上救生筏，然后去踩其他乘客的手，把他们赶开，并招呼我，让我坐上他们的救生筏。我心想，好好留意阿里，他懂得逃生演习。我经常看见他躲在下层甲板的船尾处，对着大海痛恨地蹙着眉头。

抵达亚历山大的前一晚，有人邀请我坐到另一桌。三个男人招呼我过去，然后起身欢迎我。

“我是萨米——人们都叫我萨米帕夏。”一位较年长的男士自我介绍，并跟我握握手，“我认得出你戴的那条领带。”

“御林军骑兵团。”我答。

“我是菲克雷特，”第二个男子自我介绍。他看起来心事重重，个性害羞，朝我挤出一个笑容。他是个 X 光研究员，从回避的态度可以看出他在船上过得并不愉快。

“我是俄南，”第三个接口。他年轻，像个军人，眼中绽放着古怪的神采。

“《圣经》里也有个俄南。”我说。

他没有搭腔。“我正打算去耶路撒冷朝圣。”

一位军官、一个医务人员、一个狂热信徒和我，我们成了朋友。在那以后，我几乎每餐都跟他们一起吃。共进第一餐时，萨米帕夏说：“我什么地方都去过了。甚至圣巴巴拉、内华达、新加坡，我都去过。新加坡是世界上最干净的都市，但是没什么意思。我是个军人，我应该喜欢那种地方。但是，哈！我待了一天就想走了！”

“明天我们就到埃及了。”俄南说。

我大半生都对亚历山大存有梦想。生命中大部分的失望都源自梦想，尽管如此，“白海”号停泊在埃及的那个早上，我初次踏上岸时，仍不禁被亚历山大的市容吓了一大跳——不过别急。

亚历山大似乎很脏，到处都是苍蝇，然而直到后来看到开罗，我才大开眼界，开罗在许多方面都有如梦魇。但是过了一阵子，当那开罗式的梦魇感逐渐消退，原先涌到眼前的狂乱景象（一个个都口喊着“先生！”）逐渐消失之后，我的亚历山大之行才转为至喜。所以有些梦想还是可以追回，而大部分文化冲击也可以平复。

“但是有时候，”一名土耳其船员跟我说，“你还是得这样。”他用手捏住鼻子。

“白海”号逐渐驶近时，位于尼罗河三角洲顶端的亚历山大几乎处于海平面，是最平坦的一个都市，甚至比荷兰还要平坦，由海岸到月亮山脉的两千英里之间没有一片高地。亚历山大的平坦与狭长有压缩之效，强迫它成为一个迷宫似的都市、一个充满秘密的地方，而它的港口和位置则使它成为地中海最具大都会景观的城市之一。

就像世界上许多大城市一样，亚历山大属于每一个居民，由“五个种族、五种语言、十余种教派分享，港区酒吧后方的油腻镜子上可以看见五支船队转向的影像。然而在性方面就不仅有五种了”。这是达雷尔在《查士丁》中描绘的语句。《查士丁》是他《亚历山大四部曲》的第一部，是描写爱情、性、阴谋与欺骗的小说，以华丽的词藻描写了地中海地区的努比亚①奴隶、雏妓院、秘密会社，以及迷宫般的街道中不时有人因脑膜炎而发出哀泣。但自始至终，这城市始终维持着国际都会的特质，每个人都归属于此。在第二部小说《巴尔萨泽》中，叙述者加强这个主题，言及“各社群活跃地相互往来——土耳其人跟犹太人、阿拉伯人和科普特人，叙利亚人跟亚美尼亚人、意大利人和希腊人……各项庆典、婚姻和协约不时结合或拆散他们”。还有“当地的信仰与种族，上百个宗教或传统信仰产生的小团体，像细胞一样糅合凝结在一起，形成一只庞然盘踞的水母，这便是今日的亚历山大”。

或者应该说是昨日的亚历山大，因为今天的亚历山大已成为由同一种族组成的单一化社会了——全都是说阿拉伯语的阿拉伯人，只信奉伊斯兰教，而且已无“性趣”可言。所有外国人都离开了，

① 非洲东北的民族，分布于埃及和苏丹境内。

最后一批在一九六〇年让纳赛尔上校[①]给驱逐出境，也没有金钱财富了；两者之间有连带关系。这段时间还出现另一种现象，即大批埃及人移民前往新泽西州。这种好战的民族主义似乎成为今日世界的普遍现象，也已沦为地中海的常态。这个发现虽然令人沮丧，但对我来说是新的体验，而追求观念的启发，正是旅行最严正的一项理由。这样很好。在这些海岸，很多发现都出乎我的意料。

地中海民族大熔炉已经被许多地域更广、心眼却更小的都市所取代。以前民族的歧异从来不是个大问题，毕竟，此地都不过是些因缘际会、正好来到同一地方的人。但是这个世纪以来，这些人都开始变得像蝎子一样——大蝎子、小蝎子、绿蝎子、红蝎子、黑蝎子，而且都极力区辨人我，然后又物以类聚。到目前为止，我还没看到一个多种族的地中海国际都会。

即使在奥斯曼人统治期间，士麦那也一直都充斥着亚美尼亚人、希腊人、犹太人、切尔克斯人、库尔德人、阿拉伯人、吉卜赛人等，但今日士麦那只有土耳其人，伊斯坦布尔也一样，其他风云一时的亚得里亚海岸城市也都一样——在的里雅斯特的是一群阴郁的意大利人，主张要与南意大利脱离；杜布罗夫尼克都是些克罗地亚人，跪着祈祷塞尔维亚人和波斯尼亚人死光。希腊似乎是种族偏执狂的坚强据点，境内根本没有移民。都拉斯是一群可怜兮兮的阿尔巴尼亚人的污秽巢穴，倘若科西嘉人能遂其所愿，他们希望从巴斯蒂亚到博尼法乔都没有一个法国人。我们很难想象威尼斯会有一个名叫奥赛罗的黑人将军，今日的威尼斯只有不计其数的塞内加尔

① 纳赛尔上校（1918—1960），埃及总统，收回苏伊士运河，结束英国势力，带动民族主义风潮。

小贩在卖些不值钱的小东西。

不过达雷尔想象力太过丰富，因此我们原本就不指望见到他笔下的亚历山大。他自己也说他的亚历山大“一半是出于想象（然而整体而言是真实的），由你我之间开始与结束，根植于我们的记忆之中”。这句话是对的。事件的发生会改变都市景观。达雷尔书中的叙述者达里住在内比丹尼街，许多事情也发生在那条街上，一九一一年版的贝德克尔地图上可以轻易找到那条街（由北至南，从犹太会堂到车站），但今天已改为自由街。在达雷尔的小说里，亚历山大是个梦幻之都，充满有关食物和性的幻想，甚至他的描述都带有梦幻性质，例如他笔下亚历山大后方的水域：“马里欧提斯咸水湖的月长石镜面，以及远处永恒的嶙峋荒漠，此刻都让春风洒上一层灰，成为绸缎般的沙丘，没有规律的形状，而像云絮般美丽。”但是那个小说中的城市即使确实存在过，今日也已经不存在了；同样，福楼拜和福斯特笔下的亚历山大也不复存在了。

希腊的伟大诗人卡瓦菲斯大半辈子都住在亚历山大（在灌溉部做事），他讲述的则是不同的故事。他在诗作中以人性的观点来赞颂此地的富饶、历史、污秽与情色，其中的写实意识使他被贴上颓废的标签。在《这座城市》和《上帝抛弃了安东尼》中，他很聪明地强调这座城市是存在于我们之中的，有时是“黑色的废墟”，有时则代表人类的希望或失败。“这座城市是一个笼子……没有一艘船能把你带走。”英国诗人 D. J. 恩赖特[①]便明智地写道：“卡瓦菲斯并非提醒我们，我们只是人。他是点醒我们，我们本来就是人。”

---

① D. J. 恩赖特（1920—2002），英国学者、诗人、小说家，一九四七年至一九五〇年间在亚历山大教授英语。

“没有人描绘过我刚刚抵达的这个地方。”这种感受是促使我到处旅行的主要因素。这也是走访任何地方最光明正大的理由之一。

我可以从读过的书中的浮光掠影捕捉到若干真相，就像见到一对褴褛的男女，你会想：她头上那条破布曾经是一条头巾，鞋子上的那些破洞曾镶着宝石，身上的碎布条曾是真丝。你可以从景物目前的样想象当初完好时的模样，就像克里特一座小镇的大礼堂以前本是座清真寺，锡拉库扎那间封闭的教堂曾经是一座希腊神庙。

在亚历山大还可以看到水烟袋，咖啡馆还有坐着抽水烟袋的男人，由一些跛子和仆役帮他们填烟丝、添火。这里还有摇摇欲坠的楼房、塞西尔旅馆、滨海路和沿路凉爽的海风、岸边垂钓的儿童，以及在垃圾堆上穿梭飞翔的燕子。滨海路的防波堤终点是利用法罗斯灯塔的碎石建造的碉堡——灯塔名列世界七大奇景之一。还有“电车铿锵作响，在它的金属脉道上摇晃而行”；有卖西瓜、鱼和杏仁的摊贩；有推着推车的男人，发放脏兮兮、他们称为“否尔”[①]的蚕豆沙。空气中飘散着砖灰——“甜蜜的砖尘味道，以及用水浇在灼热人行道上而发出的气味”。这个都市的外貌还是可以从书中的描绘认出来，街面与人行道上的生活使它更清晰可见、更具有魅力，因为人们难免遐想室内还隐藏了些其他东西。达雷尔形容得好：“一千条为沙尘所苦的街道。”至少就这一点而言，他对亚历山大的描述永远不会过时。

亚历山大是个年华已逝的憔悴老妇，一度（每个作家都这么说过）是个绝色少女，如今虽未香消玉殒，但也已黯然失色。

---

① 原文为 foul，另有“恶臭、污秽”之意。

没有人描绘过我目睹的亚历山大，这句话是错的，因为一个叫纳吉布·马哈福兹的人便具有这份功力。他在开罗从事笔耕，灵感却来自亚历山大，每年夏天他都会到亚历山大小住几个月。“一生中只出国两次，”他的一名译者写道，“在第二次出国后，他便发誓永远不去国外旅行了。”他曾于一九八八年赢得诺贝尔奖，是阿拉伯世界唯一获得诺贝尔文学奖的文坛巨擘。不过目前马哈福兹正处于逆境。

我抵达亚历山大的两个星期前，也就是搭乘“海上精神”号造访陶尔米纳的时候，马哈福兹在开罗尼尔街公寓前被一个极端分子刺了一刀，之后便一直住在加护病房。马哈福兹曾经遭到盲人伊玛目奥马尔·阿卜杜勒·拉赫曼的公然谴责，此君曾启发了恐怖分子而差点将世贸中心炸毁，又毒化开罗一名小信徒，矢志置马哈福兹于死地。

马哈福兹被刺是一宗突发事件，他的脖子上留下了一道很深的伤口。马哈福兹已高龄八十三，有糖尿病，而且受伤不轻，血流汩汩地被送进医院，幸而医院就在一条街外。

我决定搭火车去开罗，看看能不能会晤马哈福兹，或者也可以跟萨米帕夏、菲克雷特和俄南去参观金字塔。

此时，亚历山大对我产生了奇特的影响力，让我坠入种种梦境。在梦中，我宛如普洛斯彼罗[①]，置身宽广的庄园，和因纽特人、印第安人及老朋友等为伍，甚至还有更荒谬、更难以启齿的绮梦。难道是因为由舷窗射入的清晨阳光，邮轮在西港停泊处的宁静，各

---

① 莎士比亚悲喜剧《暴风雨》中的米兰公爵，被流放到荒岛，后来以魔法致胜。

种嘈杂声、铃声、铿锵声等影响所及？这一切，再加上亚历山大城本身——亦即所有我阅读过的有关内容都刺激我的想象力，撩拨起种种欲念。

我们一抵达便听到一些坏消息，有游客在卢克索和吉萨遭到激进组织的枪击，有些人伤重不治。今年遇害的游客已达十五人，上星期便有两个。有些受害者是搭乘观光巴士遇袭的，其他则是搭乘火车时遇害。

“他们会朝头等车厢射击，他们知道游客都坐在哪里。”雷蒙德·斯托克告诉我。

雷蒙德是个美国诗人、散文作家和教师，也是马哈福兹的传记作者。他会说一口流利的阿拉伯语，已经在开罗住了四年，每天都跟马哈福兹晤面，而且住得离马哈福兹不远。我搭乘“白海”号抵达后，便由港区打公共电话给他。雷蒙德说马哈福兹还在住院，他几乎每天都会去探望，马哈福兹的伤势已经略有好转。

“我有没有可能见到他？”

“我现在正要去医院。”他回答，“他们也许已经把他移出加护病房了。如果他真的出来了，我们今天下午就可以去拜访他。”

为了这点可能性，我立即决定搭两个钟头火车前往开罗一趟，反正没有其他事更吸引我，金字塔、人面狮身像、露天市场和博物馆都不急。古典“大旅行”最令我着迷的一面便是搜寻伟人的智慧，而马哈福兹绝对称得上智者。

“我开出租车开了十二年，这是第一次有游客要我带他去车站。”司机告诉我。

“我不是游客。”我应道。

“你为什么要搭火车？”

“这样才可以看窗外景色。”

我心想，除了这个原因，也可以借此证实一些读过的东西。“亚历山大火车总站……车轮的声音震裂了滑腻黏脚的人行道。点点晕黄的磷光与幽暗的回廊，有如舞台上砖造布景的裂痕。警察在阴影中……一列火车驶入银色光线……引擎的轰然喷气声掩盖了所有声音……在最后一次摇震后，火车便穿过隧道口而去，仿佛化为一团液体。”

这段文字摘自《查士丁》，其中“引擎的轰然喷气声”描绘的必然是蒸汽火车头，这大概是今昔唯一不同之处。如果我已经知道那个车站的情景，可能会回答司机，我想去车站是因为想进入一个时光隧道。

不过很多火车站都是这样的。伊斯坦布尔两个总站就跟当年几乎没有两样，其一的海达尔帕夏车站已有百年历史，唯一的改变只是蒸汽引擎换成柴油的。的里雅斯特和斯普利特的情况也一样，甚至地拉那、墨西拿、巴勒莫、巴伦西亚、阿利坎特、马赛各地都一样。火车站并非不受制于时光，只是当时建构得太好，以致难以现代化，当然，庞大且肮脏也是难以净化的原因，因此多半仍保持古老的姿态，或加以神圣化，以维持过往的传统意义。

车票分为三等，售票窗口一片混乱，群众或推或挤，或插队购票，车票是硬纸板制的，上面有擦抹的油——这种种都仿佛是过去的版本，是许久以前的书中描绘的一段。此外，墙壁上磨损撕裂的广告、女宾候车室、肮脏的月台、乞丐、卖甜点与报纸的小贩、在铁轨上方光线中飘浮的灰尘、院落中传来的马蹄声，其中虽然有部分属于现代，但也可以在古老的同一书页中找到类似的场景。

我推测，埃及激进组织的枪击手是坐三等车厢旅行的，他们则锁定头等车厢的乘客，因此我毅然决定搭晚班车的二等车厢，结果带给我的困扰正可以说明在亚历山大生活的大不易。车站外，一群人迎面扑来，朝我尖吼，强行向我推销蜜果、核仁或鳄鱼皮鞋；车站内的窗口处则正好相反，我必须乞求一名职员把票卖给我。这或许是埃及式的矛盾：你不要的东西偏朝你面前推，你要的东西似乎又够不着。经过一番坚持和几分幸运，我终于找对了窗口。其实窗口在车站外面，很多人根本不知道头等和二等车票的售票窗口所在，这或许也说明了今日亚历山大的苦况。总之，我买到了一张来回票。

为了打发时间和看看这个城市，我搭了一班要停靠十个站的电车，西行驶向古老的阿拉伯区。一路上，不时可以瞥见“白海”号的旅客正与卖无花果、水果、糖果、纪念品的小贩讲价——那些纪念品都是些骗游客的废物，诸如塑料制人面狮身像、珠子、铜盘、皮包、填充骆驼玩偶、鳄鱼皮带等。土耳其人和埃及人言语不通，因此都以一口破烂的英语相互喊话。

“五块钱！”埃及小贩吼道。

“三块！”土耳其游客嚷了回去。

“四块。”

“不要了！”

“先生——我给你最好的价钱。”

“三块！”

返回车站途中，街车塞在车阵中动弹不得。我生怕赶不上火车，只好下车走回车站。

后来才发现，原来问题出在四分之一英里外，市中心电车轨道上有一匹倒毙的拖车老马。我是在经过一辆辆堵塞在路上不断按喇叭的汽车、出租车、电车、马车、卡车、巴士和摩托车后，才不期然见到的。在一长串车阵前方躺着一匹死马，静静地横陈在道路上，拖车也翻倒在电车轨道上。它是被行驶中的电车当场撞死的，电车前面撞凹了一块，还带着血迹。那是匹灰色老马，形销骨立，两眼透着折腾，痛苦畏缩，臀骨和腿部一团血污。这匹可怜畜牲的死亡使得亚历山大全市为之瘫痪。

驶往开罗的火车会行经三角洲的心脏地带，经过市郊和西迪加伯，穿越一整片贫民区和晒着衣物的砖造廉价公寓。我瞥见一些阿拉伯男孩在两块菜园间踢足球。接着，火车沿线展现出三角洲农业的全景——棉花田、爬着葡萄藤的凉亭、小麦田、稻田，以及青翠的蔬菜和豆园。每一英尺地方都经过开垦，所有平坦的部分都分隔为菜园和田地。运河里遍生风信子和纸莎草，因此水上交通想都不用想。虽然烈日当头，但棉花田仍有一个人拖着袋子在摘棉花；其他动物则避处于荫凉地带。有些绵羊抵着墙壁，身子也贴着砖面，因为沿着墙缘的那道阴影是炎炎夏日里的唯一慰藉。

尼罗河的支流只有两条流经三角洲地区，而驶往开罗的火车正好必须经过这两条支流：在宰亚特村穿越拉希德河；在开罗附近的本哈穿过杜姆亚特河。我从未见过尼罗河，但由这里看去，尼罗河也不过尔尔。由于上游水坝殊多，能流到此地的水量已经不多了。一九七〇年新建的阿斯旺水坝减少了大量冲积土，因此原本一直在扩增的三角洲西北城镇（因为地中海的东向海流正好经过），如今却为海水所侵蚀。尼罗河三角洲正在逐渐萎缩。

由于尘沙、炙阳以及一再受漠视，三角洲的城镇，甚至坦特拉和本哈等较大的城市，都无法迈向现代化。这些城市仿佛困于第三世界的贫穷与疏忽之中，已被时间淘汰。

开罗火车站的景象几近狂乱，人们奋力挣扎着离开火车站，竭力招呼着出租车或搭巴士，推挤、议价、偷皮夹，或只是站着，面露绝望，这是我在地中海地区见过最糟糕的地方。这里的出租车司机也是最贪婪的，纽约的出租车司机有一大半由开罗起家，对此我一点都不意外，而且有不少很快就会加入纽约的阵营。这些人不仅贪婪（贪婪已成为第三世界都市贫民的本能，一项求生技能），还总把最直接的交易行为转变成令人厌烦的讨价还价，而且到头来吃亏上当的总是乘客。

“十五美元。”当我说明去处时，一名出租车司机向我开价，这是正常价格的双倍。在这种遥远的地域，光是用美元开价便已令我反感。

不过我的努力总算有了回报。我在塞米拉米斯旅馆见到了雷蒙德·斯托克，他劈头第一句话就是：“马哈福兹正等着你。”

一起喝咖啡时，雷蒙德向我解释行刺一事的始末。盲眼伊玛目奥马尔是在一九八九年从位于新泽西州的破旧小清真寺对马哈福兹发出格杀令的，与撰写《撒旦诗篇》的萨尔曼·拉什迪遭受的格杀令差不多同时，就是在那道喧腾一时的格杀令宣布不久后紧接着发出的，似乎有意抢阿亚图拉·霍梅尼[①]的风头。马哈福兹同样是

① 阿亚图拉·霍梅尼（1902—1989），伊朗政治与精神领袖。

因为撰写了一本亵渎教义的书而惹祸上身，被伊玛目奥马尔谴责为“异教徒”，那本书便是《我们街区的孩子们》。乍看之下，该书只不过是描述开罗邻里的生活故事，但文笔极富诗意，而且有很深的内涵，这也是它招惹祸端的原因。它似乎带有《古兰经》和《圣经》的回响。这种借古讽今的架构其实并不怪异，而阿拉伯语和埃及生活内容都没有因为时间而造成太大差异。书中角色卡西姆在开罗是个人尽皆知的人物，但是他具有的某些特质正好和先知穆罕默德相同（有关他的一篇章节中，作者用了许多《古兰经》的对句）；另一角色里法有点像耶稣；还有一个角色盖伯则像摩西。这本书的最新译者（就是我弟弟彼得·索鲁）告诉过我，其实这是一个快乐家庭的故事，但是字里行间还有一个更深入的故事：探索人类灵魂的历史。这部小说有一百一十四章，正好和《古兰经》的章数相同。“这不是一本上帝的历史，”马哈福兹曾说，“而是就人们一再幻想的上帝形象撰述的历史。”

行刺的经过是这样的：马哈福兹每星期都会和他的开罗友人小聚一次。那些友人主要都是些老人，他们自称“流浪汉”。但是几个星期前发生了一次争吵事件——是件琐事，却让马哈福兹在家待了一个礼拜。争执和解之后，马哈福兹又和老朋友相聚，那名行刺者就在当晚找上了他。那个人伪称是仰慕者，其实却是极端分子。

“如果你明天下午五点来这里，就可以碰到他。”马哈福兹的夫人告诉那名刺客。

没人想到会有人要谋刺马哈福兹，他太太更没有料到。不过即使知道，马哈福兹也不会退缩。他是个无畏无惧的人，每天都在外面走动，每个认识他的人都知道他的行踪。他在开罗是个人人都熟悉的人物，走遍开罗各地，而且身旁没有保镖。他所住的公寓有个粗心的守卫，攻击事件发生时，守卫还在睡眠状态。

第二天快五点时，行刺者果真出现，并朝马哈福兹走去。马哈福兹正打算上车，看到他便本能地回头，打算跟他打招呼。那个人拿出一柄七英寸长的刀，往前一刺，戳入马哈福兹右侧颈底处，割断了颈动脉，伤害了神经。

匆忙间，那名刺客忘记高叫“伟大的真神安拉！”，而这一疏忽（正如他事后告诉警方的）是他行刺失败的原因。因为这项疏失，安拉延迟了马哈福兹的死亡时间。不过事后他记起来而补充说：“这是我可以逃脱的原因。”其他人则认为他根本欠缺专业水准，因为他居然用一把粗劣的菜刀去执行这么重要的任务。

“有个小偷在追我。”刺客对一名出租车司机说，司机没有起疑心，载他离开了现场。

与此同时，马哈福兹倒在街上，鲜血不断由伤口涌出，染红了尼尔街的路面。那个来接马哈福兹的人按住伤口，止住血，并迅速把伤者送往几分钟路程外的军医院。

马哈福兹血流如注，但仍站着对医生说：“我这里在流血，我想你应该看一看。”

他们马上帮他输了两品脱血，动手术时又输了八品脱。

那名刺客后来在开罗另一处被捕，因为形迹可疑。他并未否认自己的罪行。

他说：“如果获释，我会再设法杀掉他。”

“苏丹伊斯兰阵线”的领袖哈桑·图拉比对《金字塔报》表示：“埃及激进组织认为武力是合法和荣誉的行为，就像“哈马斯”在特拉维夫展开的攻击行为一样（指最近发生的巴士炸弹事件）。”

爱德华·赛义德教授在《金字塔报》发表的一篇文章，则以更开明的观点道破这一事件的矛盾：“马哈福兹的遇刺，凸显出行动团体的完全破产，因为它宁愿杀戮而不愿对话，宁愿排斥而不愿辩论，宁愿一意孤行而不愿致力于真正的政治。”

但是这一项罪责必须由各方面一起承担：“我们不能单单指责攻击马哈福兹的人是盲从的极端分子，不懂得尊重知识或艺术上的表现，因为在阿拉伯世界中，马哈福兹有些作品也同样遭到官方查禁。仅指责前者，而不就后者有所省思，是虚伪的。我们若不是尊重真正的言论自由，便是反对言论自由，这种事是无法并行不悖的。那些自认有权查禁、拘捕，或以其他方式惩处直言不讳作家的当权者，和那些只因为某一知名作家冒犯其信仰便予以格杀的极端分子，在本质上没有多大的区别。”

《我们街区的孩子们》便是在埃及以外的每一阿拉伯国家都遭到查禁的著作，许多伊斯兰国家还查禁马哈福兹的其他几部小说。难怪赛义德教授认为，就这一点来说，极端分子的谋杀意图实在无可厚非。

“他很高兴见你。”雷蒙德说，“我告诉他，你曾经协助他加入美国文艺协会。”

“那是他自己努力的结果。”

那个笑眯眯躺在床上、脖子包着纱布、手上绑着夹板、在加护病房内跟我打招呼的人，根本不像全阿拉伯世界欲除之而后快的危险人物。他神情平静，两眼清澈，虽然因为身受重伤而显得疲惫，却仍与来访的人谈笑风生。他为人谦虚，言词诙谐，有时还哈哈大笑，不过也很快就表示：“我笑的时候，伤口会痛。”

雷蒙德介绍我的时候说：“他就是我跟你提过的那位。他是支持你加入美国文艺协会的人之一。”他用阿拉伯语重复这句话时，马哈福兹轻笑了一下，似乎想到什么妙语急于跟我们分享。

“雷蒙德夸张了。”我说。

马哈福兹开口了——他的第一句话是笑话：“我是头一个遇刺的美国文艺协会会员！”

他微微发出干笑声，结果引起一阵痉挛，扯痛了伤口。他和大约十个人住在同一间病房，他们全都包着绷带，吊着点滴，配备各种监测仪器，床边围着塑料帘。不过马哈福兹的智慧和友善使他整张脸神采焕发。

“你现在觉得怎么样？”

“我不能写字，”他摇晃一下吊着吊带、绑着夹板的右手，“这点很糟糕。”

雅赫亚·萨拉马医生说：“这是神经受伤的缘故。那把刀伤到神经，所以他的手瘫痪了。”

“我的视力很差，耳朵也听不见，”马哈福兹说，“不过不是因为受伤，而是因为我的糖尿病。”

他有时讲英语，有时讲阿拉伯语，口音就像书中描绘的某个角色：“像锅子没有洗干净所余留的烹调味。”雷蒙德站在我身后帮我翻译。马哈福兹能够了解我大部分的问话，不过或多或少仍需要雷蒙德的协助。

“告诉美国文艺协会的人，我很感激。”他抓着我的手，“请你谢谢他们。”

“我知道他们都很担心你的健康。”

“这件事很意外，但是……”他露出笑容，又笑几声。他不想多谈遇袭的事。

“你对那些人有什么感想？”

“我并没有恨意，”他缓缓用英语说，“但是……”

他喘息着，说话很困难。雅赫亚医生露出担心的神情，但马哈福兹只挥挥手，要他走开。

“为了一本没有看过的书而去杀一个人，实在是件很糟的事。”

他又微微地笑着，见到我也大笑，便又继续往下说，并用受伤的手比画着。

“如果看过那本书而不喜欢，”他勉力说着，停了一下，然后继续，“那好吧，也许还有理由去刺杀那个作家。对吗？”他似乎把整个攻击事件转化成一种暴力的荒谬行为。这类事件也曾发生于他撰述的奇特故事《巴士站》中。在那篇故事中，一群漠然旁观的人看着一连串不相关联的事端和突发事件，然后一起死在没有理性的弹雨中。这个故事和《时间与地点》中收录的某些故事都有如扭曲的梦魇，混杂着我们在生命历程中面对的喜剧、恐怖与缺乏逻辑的种种人生层面。马哈福兹想表达的是：他是个生性害羞与和平的人——年老、耳聋、半盲，又有糖尿病，前来刺杀他不是一件很荒谬的事吗？他年纪已大，身体萎缩。正如他曾描绘过的一个人物：“已经没有什么可以让死神吞噬的了，只有一张布满皱纹的脸孔、一双凹陷的眼睛和一副尖削的骨架。”

“但是我感到很悲哀。”马哈福兹又说。

他解释这整件事很可悲，不但愚蠢，而且没有意义。尤其是极端分子都很无知。

“我还以为他们已经学到点东西，还以为他们比以前好。原来他们还是跟以前一样糟。”

“我觉得他累了。”雅赫亚医生说，“也许你们……”

马哈福兹似乎有意反抗医生，继续说：“要用思想跟思想战斗，而不是用暴力。”

当拉什迪遭到霍梅尼支持者追杀时，他也曾用这句话为拉什迪辩护。由于讲话颇为吃力，大部分都用英语讲，他很快就疲倦了。他朝我们致意，并表示很快会康复：“到时候回埃及来我们再谈。”他用左手握着我的手，以爱护之情拉了拉手。

事后，我才领悟，是我先提起宗教问题，而且就攻击事件一再探讨。如果当时能谈点其他的事，马哈福兹或许会愉快得多，比如谈他的工作、伊斯兰教美学、天气、亚历山大，或谈曾经研究出一套幽默理论的法国哲学家亨利·柏格森[①]，或者谈音乐——马哈福兹在耳聋前是音乐迷。马哈福兹不认为自己是牺牲者。他的宿命论是他幽默与谦逊的一部分，最主要的，这种思想使他无所畏惧。

返回亚历山大时，我搭乘的火车是“西班牙人”号，但是没有人能解释取这个名字的原因。这是班快车，快速穿越三角洲，只靠站两三次。回程中的亚历山大似乎颇为宁静，正如马哈福兹曾经形容的：“这里是爱的所在，还有教育、干净和希望。”

我先在塞西尔旅馆小酌一杯，然后在黑暗中沿着滨海路散步，

---

① 亨利·柏格森（1859—1941），一九二七年获得诺贝尔文学奖。

聆听海浪轻拍海岸的声音。马哈福兹在小说《米拉马尔》中曾描述道："沿着滨海路围墙与延伸入海的巨型防波堤，是一片广大的蓝色海域，高高涌起，远至苏丹盖贝依碉堡，皆充满挫折、无处可逃的感觉。浪花单调地拍向岸边，带着抑郁不快的阴暗表情，不断预示着忿然之情。这片海域，腹中翻搅着不明的残骸与秘而不宣的死亡。"

此刻，亚历山大已不再令我那么费解了。这不是一处为人遗弃或具有威胁的地方，而是个古老的城市，在公元前三三〇年左右由亚历山大大帝所建，随着这段地中海地区的命运起伏，它也展现出不同的风貌。马哈福兹于一九一一年出生，曾目睹狂暴的一九一九年革命①，以及不同的占领者——希腊、土耳其、英国，也曾目睹第二次世界大战、纳赛尔的兴起与陨落、萨达特的遇刺，还有以色列在一九六七年的"六日战争"对他们的羞辱②。他曾目睹福斯特的来去；四十年代末期，达雷尔小说剧情开展之际，他也曾寄居亚历山大。他目送着这些作家和他们笔下的角色一一离开。在浪漫派作家和编织寓言的高手结束对这座城市的描绘后，种种幻想也失去令人信服的力量，它再度被写实作家，如马哈福兹所据有，待之以同情心和令人警醒的幽默。

我在"白海"号舱房内过夜，不停做梦，醒来时觉得疲惫不堪、精神不济。我又回到镇上，买了份报纸，然后到一家咖啡店看报。有个亚历山大人坐到我身旁，他是穆罕默德·阿里先生。

"开罗人和亚历山大人不一样。"他说。

---

① 埃及争取独立的运动，由武装活动配合总罢工，初次燃起成功火花。

② 以色列摧毁阿拉伯空军，占领加沙走廊与西奈半岛。

“为什么？”

“我们是地中海地区的人。”他回答，“已经习惯这么多不同的国家、这么多不同的民族了。”

“但是现在亚历山大的每个人都一样，不是吗？”

“我们是属于海岸和大海的人。”他抗议，“我们大约有三百万人，开罗只有一百五十万！”

在亚历山大逗留的第三个晚上，阿拉伯语的《人民报》出版专刊，刊载马哈福兹冒犯当局的小说《我们街区的孩子们》，结果上市几个小时便销售一空。“与埃及民众睽违二十年之作！”专刊的标题写道，而整本书未获马哈福兹同意，便以三十页宽幅纸张一次刊完，侵犯了作者的著作权。乍看之下，此举似乎是对强硬派的挑战，但雷蒙德·斯托克在埃及住久了，总觉得此举可能暗藏不良动机。他说，也许这是引蛇出洞。由激进组织的伊玛目鼓舞印行这部冒渎的小说，看看谁会大加喝彩，借以辨识出谁是异端，并激发其他挟忿行刺马哈福兹的杀手。不管动机是否如此，此举都造成了轰动，仿佛为亚历山大注入了活力。短短八个小时内，亚历山大每个人都在看马哈福兹的小说。

“全卖完了。”一名报童告诉我。

我到处找人帮我买一份，结果遇上一个已买了五份的人，但他告诉我，报纸都放在家里，否则就可以给我一份。

“去年我花四十镑（约十四美元）买了一本！”

那个人名叫穆罕默德·奥基尔。他找到上一个之前对我声称专刊已经卖完了的报童，朝他训了一顿，报童才由一些电影杂志后面摸出一份专刊，递给我，还有礼地用英语说了一句“对不起”。

“他很惭愧。”穆罕默德说。

穆罕默德是个律师。我们在后街找到一家安静的咖啡店，店里有几个年轻人正在抽水烟袋。我们一面喝咖啡，一面聊着马哈福兹。我没有透露昨天才去开罗见过他——我觉得不合适，而且有吹嘘之嫌；再者，我也希望听听其他人的想法。

“马哈福兹是个伟大的人，”穆罕默德说，“也是个伟大的作家。”

“你看过这本小说吗？”

“看过。《我们街区的孩子们》是部很好的小说，我很喜欢。”他说，“所有的先知都在里面：耶稣、摩西、穆罕默德。不过那也是有关我们的一本书——我们人民。”

“你信教吗？”

“不，我不信教，”他答道，“宗教是错误的。基督教、伊斯兰教、犹太教——全都是错的。”

“为什么这么认为？”

“因为这些宗教会带来麻烦。”

“你不认为宗教也可以带来和平与谅解吗？”

“人和人应该是朋友。我觉得没有宗教更容易交朋友。”他说，“没有宗教也可以获得和平，而且更容易获得和平。”

所有与亚历山大相关的隐喻、浪漫和层层的历史，都跟那句简单的感想没有关系。这也似乎是种健全而合乎人道的思想，因为在短短几个小时后，轮船便顺利驶离这个与海平面等高的都市，经过美丽的拉斯埃丁宫、老旧的游艇俱乐部、灯塔及停泊的船舶。当太阳由邮轮正后方逐渐沉落时，我们也沿着新月形的三角洲，驶往以色列。

晚餐后，俄南站在甲板上注视着罗塞塔灯塔在埃及海岸一眨一眨的，并当我不在场般地评论一句："保罗从亚历山大溜走了。他去哪里了？"

"这人有点问题。"萨米帕夏朝我翘着胡子微笑，然后用指尖敲着鼻翼，露出狐疑状，"可是我说不上来是什么问题。"

"我办事去了。"我说。

"我们去参观了金字塔。"菲克雷特告诉我，"不过只有一会儿工夫，在博物馆待了十五分钟，然后就去买东西。那些女人要买东西。"

"我很生气。"俄南说。

"除非买双骆驼填充玩具，或塑料人面狮身像，否则怎么能离开埃及呢？"我说。

"你们看到了吧？他在开玩笑，"萨米帕夏又敲着鼻翼，再度让人注意到他超大型的鼻子，"这个人是有问题，对吧？"

菲克雷特说："我觉得保罗先生是对的。他去办他的事，没有浪费时间。"

"你要去耶路撒冷吗？"俄南正色问我。

"如果我有时间的话。你呢？"

俄南轻蔑地咂咂嘴，以表示我这问题问得愚蠢，然后说："我搭这艘船的唯一目的就是去耶路撒冷。不是金字塔，不是人面狮身像，我也不在乎尼罗河。但是耶路撒冷，那是圣地！"

他的语调带着点尖锐的叫声，掺有某种战斗性和着魔意味，俨然一副抗击异教徒的勇士的姿态。

“别紧张，俄南，我当然要去耶路撒冷。”我说，“我感觉你这次是去朝圣的。”

“那是你的感觉。”俄南道，“我必须去以色列找本《圣经》的索引。我懂希伯来语，我对《圣经》有兴趣。”

“可我觉得你是个虔诚的穆斯林。”

“这又是你的感觉。”俄南说，“我相信神圣《古兰经》里的话，相信天堂和地狱。”

这句话在东地中海漆黑的夜晚似乎有股奇特的效果。我们已远离岸上灯光，行驶在一片黑暗的水天之中，宛如正搭乘一艘生锈的船进行宇宙之旅。

菲克雷特和萨米帕夏咕哝几句，然后说：“萨米将军知道一个地狱的笑话。”

“谢谢你。”俄南简短地说。

“有个人死了，但是不知道要去天堂还是地狱，”萨米帕夏笑咧了嘴，“所以天使出现了，指点他两座桥。”

他停住口，咂咂嘴，以确定我们都听进去。

“第一座桥通向天堂。很好，干干净净，很安详，”萨米帕夏继续说下去，“第二座桥，那人一看，是地狱。有音乐，很好玩！人们在跳舞！有男的，有女的！

“‘哪一座桥？’天使问他。他说：‘第二座桥！谢谢你！’然后他马上去找了一个女人。真好！他开始跟她做爱。好啊！但是不对劲！他不能做爱，他看了一下——没有洞！”

俄南皱紧眉头，菲克雷特眯起眼睛，我则应了一句：“没有洞。”这个土耳其人居然用复数，我觉得很有意思。

“他说：‘我现在才懂为什么这里是地狱！’”

我哈哈大笑，可是其他人没有笑。只有将军为自己的笑话大笑。俄南仍然瞪着他。菲克雷特则以一向严肃的态度说了一句：“我懂了。”

那晚，我躺在舱房里，回想着日益渺小可怜的亚历山大。它的萎缩似乎是合理的，因为太多地方（街道、建筑和遗迹）都被作家的如椽大笔洗劫一空。

我朝着海面扭拧着收音机，竟然听到古典音乐——贝多芬的小提琴协奏曲。回想上回收听到古典音乐还是在欧洲境内的地中海域。不过这并不奇怪，毕竟以色列是欧洲的前哨站，一处具有难民营和军营双重性质的精神堡垒。

由于美国民众对以色列的道义承诺和财政负担，来以色列难免认为在此押有赌注——或者不止如此，而总认为以色列人欠他们些什么，比如友善的态度？我有这个感觉，是因为自从一九六七年以来，美国已经在以色列花了大约一千亿美元。虽然我不至于拿这个数字在以色列人面前炫耀，但是轮船抵达海法港时，我仍不免对萨米帕夏说：“我是美国的纳税人，想来那栋建筑应该是我的。”他哈哈大笑。日后抵达对土耳其财政造成重大负担的北塞浦路斯时，他也说：“那栋建筑是我付的钱！那是我的！”

“这下保罗又要失踪了。”菲克雷特说。

“再见。”将军说。

俄南忙着整理他的地图和《圣经》，准备前往耶路撒冷朝圣。他的神情比以前更专注，甚至带点狂热意味，两眼燃烧着信仰。

“白海”号为前往耶路撒冷的土耳其人租了一辆大巴士。很多人签名要去，但也有很多人跟在埃及时一样，对参观奥斯曼土耳其人的城堡和堡垒更有兴趣。我知道，“海上精神”号的乘客可以享受四小时内看遍全以色列的旅行服务，名叫“圣地直升机游”。这是个很小的地方，所以这种旅行服务并不稀奇。乘直升机游览可以参观所有主要城市，包括海法、特拉维夫、耶路撒冷和拿撒勒，终点站则是马萨达堡垒——著名的屠杀现场，沿途还备有一篮篮野餐和冰镇的香槟。

我在以色列没有特别的计划，只是沿着地中海岸看看，从特拉维夫到加沙，再去参观耶路撒冷，以及拜访一位作家。那位作家是阿拉伯人、基督徒，也是以色列公民。不过那些计划都不免言之过早，因为就在我前往“白海”号休息厅领护照时，发现自己竟被一群武装人员包围。

“以色列安全单位。”其中一人说，“这是你吗？”

他指着我护照上贴的一张愚蠢的照片。

“对。”

“请你跟我们来。”

我被带往休息厅一角，其他土耳其乘客都怜悯地望着我。其实有问题的是他们，不是我。只是这艘轮船除了我以外，每名乘客及所有船员，包括由船长至最低职位的清洁人员，全都是土耳其人。

“你会说土耳其话吗？”一名以色列安全人员问。

“不会。”

“但是船上每个人都是土耳其人。”

“有些人会说英语。”我说。

“你是跟某个人一起旅行吗？”

“不是。”

有个人翻阅我的护照，说：“你去过叙利亚。”

“没有。”我回答，“签证取消了。我必须提早领到护照才能搭这艘船，叙利亚人不高兴，就不肯给我签证。”

“为什么你是船上唯一的美国人？”

“我不知道。”

“你的职业是什么？”

我犹豫一下才回答：“我在出版业工作。”

那些人都配备手枪，其中两人携有机关枪。他们并未穿制服，但是穿着严肃，而且似乎执意追究一个美国人为什么会跟这么多土耳其人一起旅行。

“不过我现在是游客。”

要我承认这一点是很痛苦的事，但是我心里盘算：一般而言，游客连杀了人都可以脱罪，而且任何愚蠢或笨拙的事都可以拿游客的身份当借口。你不能拿我怎么样，我是游客！

“你来以色列干什么？”

“到处看看，然后离开。”

“你口袋里有什么？”

“你要搜身吗？”

一名女子走过来，不耐烦地用希伯来语嚷了一句，一定是在问：“你们在搞什么？”其他人也嚷着回答，并把我的护照拿给她看。

“是啊，”她也说，“这是艘土耳其船，船上全是土耳其人。但是你——你为什么会在船上？”

“因为他们卖给我一张票。”

“你在哪里买的？”

“伊斯坦布尔。”

这时，面对以色列安全人员一个个朝我咆哮质问，我几乎要反问他们，这是不是以色列对待外国人的传统方式：严词诘问，还用枪口指着我的脸？

“你来这里做什么？”那名女子翻阅我的护照。你也猜得出来，六十页护照内页上盖满了稀奇古怪的章，有中国、印度、巴基斯坦、斐济、新几内亚、拉罗汤加岛①、英国、阿尔巴尼亚等地。她翻到第一页。

“你是作家？”

“对。”

她笑了。“我看过你的书。”她用希伯来语向其他安全人员说了几句话，“现在我明白为什么你会在这艘船上了。”

“谢谢你。这句话的意思是我可以走了吗？”

“可以，没问题。”她回答，并祝我顺利。

与此同时，西莫诺格鲁一家和一些人在“白海”号的另一处被查扣了护照。“因为我们年轻，带着全家人，连孩子也一起带来了。”事后西莫诺格鲁家的母亲艾谢居尔告诉我，“他们认为我们会留在以色列找工作！但是我们在土耳其有工作，我要写信给伊斯坦布尔的以色列领事馆抗议。”

你来这里干什么？这种问题总让我觉得无法作答。我的答案也

---

① 南太平洋岛屿，属新西兰。

仅能是：只是看看。

好奇心是最主要的动机——到处打探。我也想看看所有事物的原貌，尤其是那些很可能有所变动的国家，去看看那些地方，体验一下那里的感觉，并就我所能掌握的，了解一下当地人民的生活情形。我对政治不感兴趣，因为有太多派别、太多版本，而且太在乎权力、太忽略正义。

大半时间我都觉得自己像只跳蚤，不能佯装是某地的一分子，或已融入了当地的生活。我只是个旁观者，却是个积极的旁观者。这没有什么不值得的，因为反正也在过日子。多数人喜欢认为自己在追寻智慧，但那不是我的目的。也许这一切其实很简单，甚至比好奇心还简单，我只是在伸展触角而已。

我走下船，绕着港区走了一下，寻找“海上精神”号的踪影。结果别人告诉我，那艘邮轮要下星期才会到。我觉得很遗憾，本来希望能再见到杰克·格林沃尔德。我继续往镇上走，买了些信封，以便将逐渐囤积的书和地图寄回老家。

行走间，我老是看到一系列同一书名、不同语言版本的《耶稣的土地》。

文具行的一个女人告诉我价钱：“九谢克尔。”这是个很有意思的字眼，愚蠢、滑稽、充满隐喻的词。谢克尔就像钱的委婉用语，但有几个发音相近的词，比如镣铐（shackle）、大镰刀（sickle）、杰基尔（Jekyll）博士[①]等，这些词都有借贷者的隐喻。每次我听到这个词，都会自然而然地想到某个人正在索钱。不过此刻，我身上

① 即化身博士。

没有分文。

“你可以去银行换，或在街上换——黑市，”她告诉我，“一美元约兑三谢克尔二十阿高洛。”

但是我去街上问时，凶悍的俄罗斯人、摩洛哥人和波兰人都告诉我：“两谢克尔九十阿高洛！换吧！这是最好的价格！”

“我要三谢克尔。”我说。其实我并不在意，只是喜欢说“谢克尔”这个词。

一个用手推车在街上卖色情产品的商贩大吼着：“没有人会给你三谢克尔的！你跟我换！”

以色列人对我说话的方式比他们说话的内容更有意义。这些人似乎习惯发号施令，从来不征询别人的意见或婉转措词，稍后我在海法碰见的以色列人也是如此。我很留意他们说话的口气和态度，因为接下来几天，这种情况也没有改变。

以色列人言词粗鲁，防卫性强，作风蛮悍，欠缺风度，容易得罪人，还有种酸涩和幸灾乐祸的幽默感。他们老带着怨气，行事隐秘，不说废话。他们似乎很有主见，警觉性高，却没有好奇心，对我的举动戒备十足，对于我是谁却丝毫不感兴趣。我不认为这是针对我的，因为我看得出来，他们彼此之间也是如此。

这种突兀而尖锐的行为使我大感意外，尤其在“白海”号待了一星期以后，我已经习惯了土耳其人的礼数周到，习惯他们相互致意，表达谢忱，以及其他各种礼仪。土耳其人与人相处时，几乎从不提高嗓门说话，他们有许多表达自责的方式，而不愿冒险得罪别人。在和人打交道时，土耳其人多会征求对方的许可；不慎冒犯到别人时，也会说：“请不要介意我的错。”

有些以色列人在礼数方面也很周到，具有闪族作风，与昔日的土耳其人、埃及人一样，但是这种人已经很少了。有些沉默寡言或喃喃低语的西班牙裔犹太人、摩洛哥人、阿尔及利亚人与西班牙人便很有礼貌，他们都生有一双表情丰富的深色眼睛。其余的欧洲人、俄罗斯人、罗马尼亚人、匈牙利人等，则已经熟悉西方方式，都已都市化，令人气恼。他们流汗，他们埋怨，他们瞪眼，然后便提高了嗓门。他们看起来很不舒服，而且过分打扮；他们看起来很热情。

我在海法要找的地址在犹太复国主义街。大约十年前，这条街还叫作“联合国街”，因为有段时间联合国嘉惠以色列，以色列借此表示谢忱。但一九八一年联合国大会通过一项决议案，将犹太复国主义和种族主义画上等号。以色列人懊恼之余，特意将海法的联合国街更改为“犹太复国主义”这个令人痛恨的字眼。

我要找作家埃米尔·哈比比，但是他恰好不在犹太复国主义街的工作室。邻人告诉我，他也许出国了，或者我该去他拿撒勒的家找找看。

海法的外观有如殖民地，也有如军营。一些盖在高地的新式建筑看起来很不协调，颇像进口的外国艺品，濒临海港与平坦商业区后方的卡尔迈勒山也是如此。到处都可以见到士兵，很多民众也随身携带武器。这个城市没有明显的宗教气氛，这种世俗风气跟我近日旅经伊斯兰世界的宗教虔诚大相径庭。海法境内最显著的朝拜之地是庞大的巴哈伊[①]庙堂，俄南讥笑它只是个“荒谬的宗教——根

① 十九纪后半叶波斯人建立的教派，强调对异教博爱、平等及宽容。

本不算宗教”。他对苏菲派[①]同样抱着轻蔑的态度：“他们抱了一本《古兰经》，然后就飞走了！”

我对海法的失礼作风和粗鲁态度虽然颇感惊讶，但也有许多地方令我惊喜，比如食物便是一个例子。当地的食物是我自意大利以来发现最干净、新鲜且可口的——烹调方式比意大利食物更清淡，肉用得更少。食物中有色拉、鱼、新鲜面包、鹰嘴豆泥、熟果子、现榨果汁和精纯的橄榄油，价格不贵，每个人都吃得很好。

另一样令我感到惊喜的是大众运输；有火车通往特拉维夫，也有很多巴士。从海法客运总站可以前往以色列各地，每半小时便有一班车。因为地方不大，任何城镇或村落都可以在几个小时内抵达。比如到耶路撒冷一个小时三刻钟，死海两个小时，拿撒勒一个小时，特拉维夫也一个小时左右。乘巴士到开罗要半天时间，那根本不算什么。克林顿总统上星期才来访问过，参与签署《以色列与约旦和平协约》。因此现在也有巴士前往约旦首都安曼。

以色列的学术生活从公开的演讲和书店的情况便一目了然。自从离开意大利之后，我第一次见到资源如此丰富的书店。克罗地亚的书店可怜兮兮，希腊书店都卖些学校参考书和女性杂志，土耳其书店对我没用，埃及的也一样。以色列书店却卖各种书籍杂志，而且拥有各地犹太人使用的各种语言版本，换句话说，几乎世界上所有语言都囊括了。此外，这里的博物馆收藏丰富，电台播放古典音乐，还有交响乐音乐会。我喜欢去音乐会聆听现场演奏，在以色列便听了两场精彩的音乐会，如果能待久一点，我还会去听更多场。

① 一种伊斯兰教神秘哲学和文艺运动，可远溯至十、十一世纪，强调个人与安拉的交流。

以色列人埋怨物价高、通货膨胀率大，但是我不觉得以色列有什么是特别贵的。

这里还有种郊区生活的气氛，显得很宁静，甚而平淡乏味。这个印象在我走访其他城镇后获得了证实，因为许多地方有退休社区的结构和步调，而且就我到过的地中海国家，以色列是唯一处处听得见空调持续运转的噪声的国家。

最奇特的是，我在海法竟很有安全感，这也许是由当地的殖民地外观与整齐的商店街道产生的。我从来没有置身险境的感觉，或者应该说，我觉得跟周围数百万人一样，都在冒相同的危险。

不过当然，只有无知的人才会觉得在以色列很安全。当时我并不知道，是后来才逐渐明白，以色列那时正处于危险时期，陷于谋杀和报复层出不穷的循环周期。我误认的沉睡其实是悬而未决的状态。

我在以色列学到的另一件事是，绝对不要问当地人日期，因为每个人都各有见解。一个人也许在前一句中谈到上星期发生的一件事，但是下一句便跳到青铜时期，引述《摩西五经》[①]，并提及摩西时代的埃及人，讲得整件事好像昨天才发生似的。这是具有诗兴的思考方式，却经常成为以色列政治或军事决策的基础。埃及人指责以色列议会的墙壁上写有“由幼发拉底河到尼罗河的大以色列！”。这不但是一句错误的引文，而且根本误解了《创世记》第十五章第十八节的经文。在那节经文中，上帝应许亚伯拉罕和他的子孙可以获得从幼发拉底河到埃及河的所有土地，但是埃及河并非尼罗

① 《圣经·旧约》首五卷，由《创世记》到摩西之死，犹太人伴随终身的主要经典。

河，而是芦苇海[1]。再者，"上帝把它赐予我们"也不等于一纸买卖契约。

这种含混的历史和立足不稳的逻辑，使得由摩洛哥、纽约市、基辅等地前来的移民，很自然地将自己视为以色列子民，也将今日以色列的生活视为《摩西五经》时代的重演，都是一群捡选出的上帝子民，为膜拜偶像的异族所包围，困于其中，受尽嘲弄。他们从不使用"巴勒斯坦"一词，而是用"阿拉伯"，因为"阿拉伯"可以凸显出对方是一群暴发户，相较之下，以色列人犹如被牺牲的一方（在中东地区，阿拉伯人远比巴勒斯坦人多）。埃及人则避免说"阿拉伯"一词，也在这舞台上自导自演，他们会说：这是法老王的土地，他们是法老王的子民。"我们建造了金字塔！"

所以，以色列不是唯一自由游走于古今的国家。只是，地中海地区的人忙着制造错误形象的同时，旅人往往也被搞得困惑不已。地中海域的大部分居民都各自对其祖先存有幻想，但事实上这里几乎没有所谓原住民，只是没有一个人愿意这么说罢了。

总之，我搭乘火车从海法到特拉维夫。以色列国铁正庆祝一百周年庆。当然，一百年前以色列国铁还不存在，所以这条铁路是谁兴建的呢？也许是英国人。

此间最令我困扰的一件事是，很多人都携带枪械旅行，而且通常是大型致命武器。这些人大多是士兵，而火车上和巴士上的以色列士兵有一个特性，就是疲倦。他们总是一副犯困与工作过度的模样，坐下不久便呼呼大睡。我老是发现他们手臂中那把不断晃动的

---

① 芦苇海的确实地点，犹太人多误为红海，学者见解也不同。但芦苇只生长于淡水，因此或为埃及东北偏远地带的某座浅水湖。

武器正对着我。

这种事在我第一次搭火车时就碰上了。我对面一个士兵以舒服的姿势坐下，开始睡觉，两脚跷着，冲锋枪横放在大腿上，结果打瞌睡时，枪便开始滑落，很快就对准了我的脸。

我说“打扰一下”，因为不敢去碰他的手臂，唯恐万一吓到他而导致枪支走火。

他没有醒。过了一会儿，我又提高嗓门，要他把枪拿开，不要对着我的脸。

他没有道歉，只嘟哝着调整坐姿，把长枪挪开，结果枪口又朝向走道另一边的一个女人。那个女人正专心阅读一本医学教科书《遗传病的代谢原理》，没有注意到他的武器。

“现在你又对着她了。”我说。

那个人拍一下，又推一下长枪，虽然长枪还没有竖直，他嘀咕一声，又沉沉入睡。

我在拥挤的车厢来回走一遍，计算武器的数量：隔壁一排有两件武器；一个穿着白衬衫、模样狂暴的男人带了一把镀镍手枪；后面第二排有个士兵带着一把手枪和一把步枪；他隔壁的士兵也一样；有个身穿制服的女人躺在两个座位上，大屁股翘在空中，腰带上挂着一把手枪；再过去，还有七名旅客也带着武器。我觉得所有武器都具有磁性，不但会发出显著而极端的威力，而且几乎都会吸引暴力。携有枪械的人有个信条：除非打算使用，否则绝对不要亮出武器；除非打算置人于死地，否则绝对不要使用。

从我旅行以来，这是第一次疑心自己正处于险境，因为我从来没见过这么多武器。不过，如前所述，我个人并不觉得受到威胁。这是以色列的诸多矛盾之一：此地是战区，却单调得令人难以想象。

火车经过卡尔迈勒海滩，那里正在兴建几座公寓，还挂着一面招牌："以色列的里维埃拉"。其实只有瓦砾、石头与远处的沙丘。这片海岸给人一种像是特别铲平以供防卫的感觉，周遭没有遮掩，一览无遗，没有可供登陆部队掩护之地。在军事术语中，这种登陆方式叫"切入"——一群人由小船中跃出，在海滩登陆，借着黑暗的掩饰，迅速渗入敌境。这种方式曾被使用过，但鲜少成功。然而光是有这层顾虑，便使得海法南部这片海岸迥异于同名的里维埃拉地区。

在宾亚米纳和更远的地方才呈现出以色列的真面目——其实此地很空旷，人口不多，军营心态强烈（人们都住在足以防卫之地），而且是农业地区，许多地方已经过密集开垦，香蕉园井然有序，青翠多岩的霍舍姆山下，遍布葡萄园和菜园。

我预期见到的果园和柑橘林坐落在靠近内坦亚的海岸地区，当地植有成排尤加利树，这是各地普遍用来当作树篱与防风林的高大橡胶属植物，生长快速。此外，还有很多果树、运河、弹坑、长有灌木的沟渠，但是人在哪里？这段海岸属于人口最稠密的地区，而事实上也只零星散布着稀少的村落。

赫兹利亚村正欢庆五十年的繁荣，当地农业兴盛。不过以它所得到的丰厚补助款，这并不稀奇。相形之下，我反而觉得那些没有每年获得三十亿美元外援的地中海国家更值得一书，它们不但种植果树、经营学校，还可以保卫自己。

接近特拉维夫时，我见到第一家（也是最后一家）地中海沿岸的露天汽车电影院。电影院位于铁路旁，也位于海边，门口广告牌上可以看到希伯来语的电影广告，而且是两片同时放映。

这一景象并不突兀，因为在整个地中海地区，没有一个城市比特拉维夫更像美国产品。这里不能跟迈阿密及其错综复杂的郊区相比（有很多人拿这两者相比）。特拉维夫不但更贫瘠、更乏味，还有种很奇特的内向性质，它的街道了无生趣，文化不同，背后还隐藏了紧张态势。

所以它到底是什么？特拉维夫没有地中海的风貌，当初规划时，也不带任何地中海东岸的色彩。这是典型的以色列城市，因为建筑和都市计划都是美国的衍生物。在佛罗里达州东岸某地，一定有一个跟特拉维夫差不多的都市：有如中型海边聚落，拥有丑陋的高楼大厦和旅馆，有座购物中心，海边有一条散步大道，树木不多，还有一群白人在蓝色的天空下观看翻卷的灰色海浪。

当地的外观是否意味着什么？我在特拉维夫请教了几个人，开始认为在以色列境内，外表是一回事，真正重要的是内心的感觉。

“你听说过那起爆炸案吗？”一位名叫莱韦斯库的人对我说，完全不理会我刚刚问他特拉维夫外观和构造的问题，只急躁地挥开我的问题，“二十五个人！在一辆巴士上！一个阿拉伯人！”

“对，我听说了。”我回答，“很可怕。”

“太可怕了！”

这场悲剧使得特拉维夫上了新闻，这是近年来以色列发生的最惨烈屠杀行为之一，有二十五人死亡，四十八人受伤。这件事发生在一个星期前。

“这是一次报复行动，不是吗？”

“报复——报复什么？这是谋杀！”

几个月前，希伯伦有个叫巴鲁赫·戈尔茨坦的人，在祈祷的时候闯入主教圣殿[①]。此举或许出于以色列士兵的纵容，毕竟戈尔茨坦全副武装。他大吼一句：“阿拉伯人不应该生活在以色列《圣经》应许的圣地上！”然后他用机关枪扫射，射死二十九人，重伤一百余人，他自己也被活活打死。

巴勒斯坦的“哈马斯”（原是几个阿拉伯语首字母组合，但也有热情与狂热之意）曾发誓要报复。特拉维夫爆炸案便是他们的回应。

“我们不会跟‘哈马斯’谈判，”以色列总理拉宾曾在电视上表示，“我们会战到死为止。”

我向莱韦斯库先生表示，看来还会发生更多暴力事件。

“你没有听新闻吗？”他告诉我另一桩事件。

那天早上在希伯伦一处检查哨，有三名巴勒斯坦人被杀害。

那天晚上我在特拉维夫看电视时，又看到一起屠杀事件，发生于当天或几天前的，有个自由记者拍摄到一名以色列士兵枪毙一名受伤且未携带武器的巴勒斯坦人的画面。在影片中，那名士兵用步枪向下瞄准那名挣扎的人，在他头上开了一枪，把他的脑袋轰成碎片。据解释，死者尼达尔·塔米阿利出事前曾跟那名士兵打拳架。以色列军方否认那名士兵曾冷酷地杀害死者。军方发言人表示：“他只是在那个人死后补了一枪。”

我已经来不及请教莱韦斯库先生对这件事的观感了，但是可以

---

① 为一清真寺，但也是犹太会堂，为亚伯拉罕、利百加、利亚、以撒、雅各布等人埋骨之所。——原注

料到他会怎么回答我。这是战争！那天在海边一家咖啡店交谈时，他便不时拿那句话来回答我。他的反应不足为奇，他的故事在此地也屡见不鲜。

“我们是一九四六年离开罗马尼亚的，”他告诉我，“父亲、母亲、弟弟、妹妹和我。”

他们穿过边境，进入匈牙利，搭火车前往布达佩斯，躲藏在那里。先经安排而偷渡到维也纳，继而潜往德国，在德国停留了一阵子，得到援助，再向南慢慢穿越法国，抵达海岸后，便向东进入意大利，搭火车前往巴里，然后搭渡轮前往塞浦路斯，那里有许多犹太人，他们一起等待转往以色列，最后终于抵达目的地海法。这趟由罗马尼亚出发的旅程整整耗时一年。

“我父亲加入‘哈加纳’①，我们也分到一栋房子，”他说，“现在那栋房子还在海法，有阿拉伯人邻居，我们会去拜访他们，他们也会来我们家。我们喜欢他们的食物，可是他们不大喜欢我们的食物。我们跟阿拉伯人一起吃饭。”

他的回忆就像当年清教徒祖先跟印第安人和睦相处，并接受他们的帮助一样。这在早先迁往巴勒斯坦的以色列人之间是常见的故事。

“那时你们不是在跟阿拉伯人打仗吗？”我问他。

“其他的阿拉伯人，”他回答，“还有英国人。”

“一九四七年你们抵达时，还有哪些犹太人在这里？”

“第一波是俄国人，然后是波兰人，再来是保加利亚人和罗马

---

① 即抵抗之意，是独立前的犹太陆军游击队。——原注

尼亚人。”他答道，“五十年代，我们之间又增加了摩洛哥人和北非犹太人——阿尔及利亚、突尼斯，还有其他人。”

“美国人？”

“美国人来得不多。”他说，然后哈哈大笑——不是欢乐的笑，而是以色列对美国矛盾情结的紧张反应，“美国人来，到处看看，然后笑一笑。他们知道他们那里比这里好。”

“你对美国有什么看法？”

“美国是以色列人的祖父。”他说。或者应该说“教父”才对。

第二天在加沙的巴勒斯坦人定居点汗尤尼斯，巴勒斯坦记者哈尼·阿比德在发动汽车引擎时，被放置在车底的炸弹炸死。这种炸弹只可能出自以色列情报组织摩萨德之手。这件事似乎证明了拉宾那天所说的有关战斗至死的话，并非虚言恫吓。

以色列方面并未否认与炸弹事件有关，相反，以色列报纸《领土报》还强烈暗示确实与他们有关：“哈尼·阿比德……是自找的，‘因为他们所种的是风，所收的是暴风’。”文中还一并谴责了“哈马斯”抵抗组织。

把某个人干掉，再引用一句嗜血的经文（这段《何西阿书》第八章第七节的经文是他们经常引用的一句），似乎已成了此地的惯例。当然这件事并未就此罢休。几天后，一个男孩骑着自行车经过以色列检查哨想进入加沙，结果炸死了自己，也炸死了两名以色列士兵。男孩立即被奉为烈士，一个为巴勒斯坦大义献身的志工。

虽然意外事件层出不穷，但这仍算是正常的一周。我正好在当地，于是把它记录下来。这也可以解释为什么以色列军人老是那么焦虑、那么疲倦，为什么巴士或火车上的陌生人不会相互交谈，以及为什么这里的气氛会这么沉郁。

对于汽车爆炸事件，特拉维夫并未公开表示哀悼。没有降半旗，没有花环，没有缎带。有人就此向《耶路撒冷邮报》愤怒投书道："我们到底怎么回事？为什么不能表现我们内心的忧伤？"

这不表示没有人哀伤，这种事一定带来了很大的伤恸。但是这种沉默意味，除了伤恸，还有一股更强大的怨懑、愤怒与挫折感。这种苦涩自然会蕴育出报复的意念，对所有矢志为死者复仇的政客（令人作呕的人，这种人确实占大多数）也有推波助澜之效。这种情况及这种毫不宽容的作风，似乎是出于以色列人而非犹太人的反应。

此地也很少有公开表达欢乐的方式，很少听到笑声，巴士和火车上没有谈话声，没有任何活力的表现，只有对什么事都感到厌烦、见怪不怪的态度，而且带着猜疑。入夜后，特拉维夫的街道一片空荡，海法也一样——街上几乎不见行人。这也是高度忧虑的明显表征。

尽管拥有绵长的海岸和绿油油的郊区，特拉维夫仍具有要塞的外貌，因为军事主义作风使它像海法般具有殖民式堡垒的氛围。总之，这里的外观突兀，建筑在沙土之上，人工化，不和谐，同时又给人一种太大却又不够大的感觉；只有交通、嘈杂的音乐、冷气等使它具有迈阿密的声响。

我前往特拉维夫艺术博物馆参观，博物馆距离我下榻的旅馆约二十分钟路程，馆内许多作品都是我在其他地方见过的——一堆生锈的铲子（《无题第三十四号》）、闪烁的灯光（《霓虹片断》）、钩子上挂着破布（《进展中的工作》），以及缺乏想象力的艺术家的最后法宝，几片破瓦黏在一块三夹板上（《空间关系》）——那些残破瓦片也许正是艺术家的妻子在挫折之余砸碎的，并高喊着“为什么不去找份工作”。

这轻浮的一面不足以代表以色列，但是显然有人（特拉维夫某个阔佬）愿意花这种钱。还有一项展览以小女孩的裸体照片为主。那些女孩六岁或八岁，笑眯眯的，脸上洋溢着信赖，分开两腿坐着。“儿童色情”一词不足以描绘这种可悲的信赖与侵犯。

我们都参观过这类艺术博物馆，而且都会说：“我看了就生气。”而支持这类垃圾展览的荒谬赞助人总是回答：“这样很好。这本来就应该让你生气。”

不过这次参观没有全然白费，因为那天还看到以色列艺术家帕梅拉·莱维的个人摄影画展——逼真的写实作品，引人注目，其中许多令人不安。有些描绘战场景象，展现死亡与士兵肢解的尸体，以及战争的恐怖。还有许多描述《圣经》的人物，或《旧约》中以色列生活的重现，毛茸茸的男人和胖嘟嘟的女人摆出古典的姿势。作品中的裸男有许多都以兜帽披肩打扮出现。《罗得和他女儿》[①]带有邪恶的肉欲感——赤裸的女人和一个仰卧的老人。其中一幅名为《强暴》的画作最令人感到不安，因为画中展现的愚行很有即将转为暴力的架势。

帕梅拉·莱维一九四九年出生于爱荷华州，一九七六年来以色列定居。她是典型的以色列人，而且我觉得她的画似乎描绘了这个地方的许多心态：压抑、侵略、幻想、赤裸、性暧昧，以及恐怖。

① 根据《圣经·旧约》，罗得带领妻女逃离即将毁灭的邪恶之城，其妻不听指示，回头观看，结果变为盐柱。

这些画作仿佛洞悉了这个国家的混乱，因此她的艺术是真实的。

随后，我和伦敦来的科恩夫妇一起吃午餐。我是在一家餐厅碰到他们的，双方聊了起来。他们是一对年长的中产阶级夫妇，相敬如宾，而且很高兴来以色列。这是他们一年一度的假期。

“我们每年都来，大概都在这个时候，”科恩太太告诉我，“我们见到太多改变了。”

“特拉维夫是不是发展得很快？”

“我还记得以前这里什么都没有。”科恩先生说，“你是伦敦来的吗？”

“我以前住过伦敦南部。”我回答，“克拉珀姆，旺兹沃思方向。”

“当地有很多犹太人吗？”

“我不知道。”

我心里嘀咕：我怎么知道克拉珀姆有多少犹太人？然后突然想到，这或许是一种密语。犹太人一旦安全了，便相互询问对方是哪里来的，然后问：“那里有很多犹太人吗？”

“我想帕特尼大概有座犹太会堂。”我说。

“哈默史密斯。”科恩先生说。

我换个话题，提及这是第一次来以色列，我喜欢这里的食物。

“哦，是啊。”科恩太太说。她提了几家餐厅，建议我去试试。“那些不豪华，但至少符合犹太戒律。”

九点钟，街面已不见人影。特拉维夫在广告中自称“永不休息的城市”，但是天黑后便没什么了。只见毫无弹性的水泥墙，并不美丽，甚至也不怎么有趣，但是就像以色列其他地方一样清洁、有序，到处都是巴士。由于没有涂鸦破坏，没有显著脱序现象，涉世未深的天真人们难免为这惊人的井然有序现象感到安心。

特拉维夫的海滩往南一直延伸到雅法，然后在几英尺外转变成一座阿拉伯市镇。不过那不是一个热门地点，大多数人只逗留在特拉维夫市中心。这使我感觉到：这里或许是东欧人梦想中的海滨，而不是美国人的，它也正是莎士比亚《冬天的故事》虚拟出来的“波希米亚海岸”。

我一早便醒来了，打了一通电话给埃米尔·哈比比。他还在国外，我便退掉旅馆房间，买了一张十谢克尔的车票，搭乘巴士前往耶路撒冷。由于这一星期以来的报复性杀戮事件，我预料车上会有很多士兵，结果还真被我料中了。那些士兵都在睡觉，个个抱着一把步枪，醒来时也一副情绪欠佳的样子。其他巴士乘客则包含以色列的众生相：身着运动服装的摩洛哥人；戴着黑帽的虔敬派[①]教徒；路巴维奇派信徒，他们的救世主是新近过世的梅纳赫姆·思赫尼尔森拉比（该教教徒在耶路撒冷为他们的救世主兴建了一栋住宅，仿造他在纽约市布鲁克林区的褐石住家，包括铁栏杆和古老的砖石工程，都一模一样，以便他访问耶路撒冷时能感到宾至如归）。车上有个女人带了把小提琴，还有一个带了把中提琴，此外还有携带教科书的学生、购有杂货的平民百姓，以及朝圣的人——朝圣者也是另一种类型的游客。

巴士沿着公路驶入半荒漠地带，经一号公路穿越过嶙峋的山区。沿路的一切感觉很熟悉，护栏是美国式的，标志、障碍物、箭

---

① 源于十八世波兰境内的犹太宗教运动，后演变为追求正统的保守主义教派，经纳粹大肆屠杀后新兴许多派别，包括主要的一支路巴维奇派。

头、信号灯也全是美国式，所有硬件设施都给人置身美国境内的错觉。

这条四车道公路经过峡谷、陡坡与若干林木茂盛的山顶。路旁散置着古老的武装汽车和生锈的卡车，是纪念在以色列人所称的“解放战争”中牺牲的人。那些汽车老旧笨拙，令人觉得可悲。这是个艰困的地区，即使点缀着纤长的丝柏，看起来仍是无情的，就跟路旁的建筑一样平凡，没有装饰，感觉像座堡垒，平坦的军事化设计，正是以色列建筑的标准模式。以色列的建筑大都一副经得起攻击的模样。

耶路撒冷是位于山区的城市，外围是陡峭的郊区，巴士爬得越高，建筑便越密集。巴士总站跟所有古老的车站一样挤满人，乱哄哄的，还带点焦虑感，因为在以色列，暴力事件就像户外活动般稀松平常。耶路撒冷的高地呈不规则状，街道也弯曲起伏，使站在地面的人很难清晰的看到此城全貌。其实该城是由两个城市组成的：旧城即是明信片中的耶路撒冷；西耶路撒冷则是政治与商业中心，仍在兴建中，是以色列首都——此举似乎是刻意的挑衅，以抵制任何将它国际化的企图①。

在打听如何前往旧城时，我遇到一名埃塞俄比亚的犹太人涅古。当地口语称呼这种人为“法拉夏”，即阿姆哈拉语②的“陌生人”。不过他们拒不接受，认为这个名词分明带有歧视意味。涅古愿意带我过去，反正他没有其他事，他没有工作。

---

① 根据一九四七年联合国大会决议案，耶路撒冷由联合国管理，为一国际城市。

② 即埃塞俄比亚官方语言。

"你可以去当兵，不是吗？"

"我年纪太大，不能加入陆军。"

但是他才三十岁不到，而且基于需要，以色列有各种年龄和体型的军人。我不懂为什么会这样。

"如果他们让你当兵，你会当兵吗？"

涅古耸了耸肩，不想继续谈这个问题。他身材高瘦，皮肤黝黑，有双锐眼，走起路歪着身子，步履间带着警觉，似乎随时都在留意周围发生的事情。

"你什么时候来的？"我问他。

"六年前。"

"从亚的斯亚贝巴来的吗？"

"我的村子距离亚的斯亚贝巴八百公里。"

"那一定跟这里很不一样。"离亚的斯亚贝巴八百公里，必定是在偏远的丛林区，位于与苏丹、肯尼亚或索马里交界的边疆地带。

我们穿过繁荣的西耶路撒冷，周围都是办公室、旅行社、购物区、旅馆等。我可以看见前方旧城耸立的圆顶建筑，构成古老的天际线，但是此地则是一片忙碌景象——人、车辆，以及我在车站感受的焦虑，一股忧虑的气氛；每个人的脚步都快一拍，声音也更坚定，而且高八度。

"在某些方面，以色列更好。"

但是他语气中带着怀疑。

"比你在埃塞俄比亚的村子好吗？"

"某些方面是的，但其他方面就不是了。埃塞俄比亚还不错。"

"但是你是犹太人？"

“对，我是犹太人。不过我们头上不戴那些东西。”他指着一个戴着小圆帽的路人。

“你有家人吗？”

“有，妻子、孩子。”他回答，“我们都是犹太人。”

“你会留在这里吗？”我问他，“你喜欢这里吗？”

他耸耸肩，像刚才一样，对我的好奇心觉得厌烦，而且纳闷我是谁，为什么要问他这些。

“那是你要找的城门。”他扔下一句话便径自走开了。

那是雅法城门，再过去是亚美尼亚区，然后便是圣墓教堂。我步入教堂，和匆忙的参观人潮簇拥而行，然后又走向耶路撒冷至宝之处：圣殿山、岩石圆顶寺，以及稍远处的阿克萨清真寺。我在那里遇见了“白海”号的菲克雷特，他跟其他人走散了。

“我刚刚在哭墙那里，”他告诉我，“我哭了！”

“《圣经》仁兄呢？”这是我们给俄南取的绰号。

“他在找希伯来语书，”菲克雷特答道，“他已经花六十美元买了一本。”

我们一起穿过狮子城门，走到橄榄山边缘。菲克雷特提醒我，这个地方也是穆斯林的圣地，所有穆斯林都会尽量前来一游。

耶路撒冷是群山中的宝石、可爱的城市，当然也是我此行所见最美丽的城市之一。就一个圣地而言，它或可激发令人屏息的热情，使朝觐者热切地想要占有它，但对我来说，便没有那种致命的吸引力了。我发现自己在抗拒它散发的魅力，在这种地方祈祷，就像在演戏，需要暂时搁置所有的疑念，或者带着自觉的虚伪。耶路撒冷是一个象征，在以色列，象征是很有用的工具，因此总被选来加以运用——这些象征或被夸张，或被摧毁，总之，两者都丧失了原本的真实性。

菲克雷特留在那里，说还要去清真寺看看，我则决定回海法。回到车站时，我试图买张前往加沙的票。

“没有，没有，没有。”售票员把我挥开。

我去询问一名警员。他摇摇头说，因为最近的枪击和爆炸事件，边界已经封锁了。

“真糟糕。”

“不糟糕。”他说，“你不能去加沙是很幸运的事，因为那里很危险。”

我在车站问路时，有个男人听到我说英语，便把我拉到一旁。他想移民去美国，问我对奥兰多熟不熟。他想去那里开车，不一定开出租车，而是更有意思一点的，比如开豪华迎宾大轿车。

“我想，以我的英国口音，应该可以在当地混出名堂。”他说。

不可否认，他确实带了一点口音，但是那套理论未免太过荒谬。“当然，他们一定会以为你是大卫·尼文，但是少了你，以色列要怎么办？”我说。

“这里没有钱赚。”他嘟囔一句便溜走了。

为了确保“白海”号不致扔下我开走，我特别找事务长查询了一下。不会的，船后天开，他告诉我。这么一来，我便有时间去听音乐会了。海法交响乐团的演出：埃尔加的《引子与快板》、蒂皮特的《仲夏婚礼》、拉赫玛尼诺夫的《帕格尼尼主题狂想曲》，以及斯特拉文斯基的《C大调交响曲》。

之后，我在塞代罗特哈兹玛乌特和小小的利弗席兹街角落看到六名颇有气质的妓女。她们大笑着，朝我发出接吻的声音。我企图跟她们聊聊——她们的英语一定很流利，但她们发现我对其他事没有兴趣后，便弃我而去。她们看到一对更有潜力的顾客正匆匆经过：两个年轻的虔敬派犹太人，戴着宽边黑帽，穿着黑袍，蓄着鬈曲鬓发，黑色长裤塞在黑色短袜中。他们啪哒啪哒走着，见到那群妓女就加快脚步，逗得她们哈哈大笑。

我跟那两个虔敬派男孩走了一阵，想看看他们往哪里去——是去卡尔迈勒山，或萨里布谷地的倾圮建筑。每次在巴士或火车上见到这些教徒虽然身处沙漠的炙热，却仍穿着一身黑衣服、蓄着长须，我便全身冒汗。这种装束原本是在十九世纪天寒地冻的波兰人穿的，他们硬是照单全收地搬到中东沙漠。此外，让他们看来极不协调的另一个原因是，以色列实在是个世俗化的地方——在海法，基督教会和东正教教会比犹太会堂更多。人们虽然客气，却缺乏虔敬之心，礼仪更是罕见。这并非因为他们生性野蛮，其实该说是一种休战状态。每件事都实事求是，经过衡量。他们到底怕什么？害怕对人慷慨的善意暴露自己，使自己置于险境吗？

回到“白海”号时，所有土耳其人都已经上船了。他们正在休息，在以色列历经一番紧张和严肃后，这些土耳其人反而成了快乐的人。船上的食物是土耳其口味的，有阿拉伯式的音乐和土耳其电影主题曲。邮轮停靠在远处码头，距离海法港五号闸口有二十分钟路程，在只进不出的旋转栅门处必须出示护照。对这些乘客而言，这艘船便是土耳其领域。

我仍然在看特罗洛普的《沃特尔博士的学校》，描述一个英国小镇如何对明显的错误大惊小怪的故事。今晚书中陷入困局的博士正在检讨："我常常怀疑，这世界的'宗教'是不是不比它的'宗教需求'更可憎。"

埃米尔·哈比比已返回以色列。我打电话给他时，他说要开车来海法跟我碰面。但我连忙表示反对——不，他还在适应时差，还是我去拿撒勒吧。我查看过地图，拿撒勒在海法到加利利海的半途上——约三十五英里外，少于一小时车程。

"但是我要怎么找你呢？"

"每个人都认识我！你只要问哈比比索法住在哪儿就可以了。"

"索法"是希伯来语"作家"的意思。

我找到一个出租车司机，约西·马西亚诺（听起来就像"多石的马尔恰诺"），他是摩洛哥犹太人，由摩洛哥北部的沃赞迁徙而来，性情焦躁，缺乏耐心，有副咧嘴而笑的表情，但毫无笑意，只有纯粹的歇斯底里。我告诉他哈比比的名字。

"他是阿拉伯人吗？"

"他是以色列人。"

这是真的，不仅如此，他还是基督徒，也是巴勒斯坦人。约西被我搞混了，有好一会儿有点后悔答应载我。然后他要我上车，而且快一点。

"多少钱？"

我们讲好了价钱是一百六十谢克尔。

"上车，我们走，"他说，"上来，上来。"

离开海法，经过主宰该地、人口稠密的卡尔迈勒山的山崖时，我无法不联想到哈比比。他在小说《食人魔的女儿莎拉雅》（一九九五年，彼得·索鲁译）中对这些特殊的高地多有着墨。其中有一幕极富想象力：卡尔迈勒山像“一只牡牛般鼻子朝上，准备冲向自安达卢西亚来对付它的斗牛士。它对他心怀轻蔑，料定他会暴露出斗牛士的轻忽态度，如果斗牛士轻忽它，那么它不会让他有片刻喘息机会……（不料）斗牛士跟阿拉伯人一样有耐心”。

小说的另一部分，叙述者回忆卡尔迈勒山在他儿时仍属原野时的情景：“还是一片未开发的森林，只有一座灯塔耸立其间。在我们看来，灯塔更接近天上的星辰，而非尼斯纳斯谷地的星宿……卡尔迈勒野性的忧郁让我们叹为观止。”他带着希望回来，结果看到了今日的卡尔迈勒山：海角上公寓住家与大厦林立，还有篱防围绕的豪华住宅。这里如今已经没有树木，也不见开花植物的踪影，原本遍生在山上的笃耨香、山楂、茴香和乐园苹果已荡然无存，连古老的山泉也干涸了。叙述者不禁感慨：“山岳是会死亡的啊！卡尔迈勒山正一步步迈向死亡！”

这段话也间接地批评了现代以色列人的作风，古老的地貌中遍地是新式建筑。将原本熟悉的外观转变为一片无从分辨（也无从记忆）的都市景观。这种开发方式仍在持续进行。我和约西才驶抵海法北境，便陷入了壅塞的交通。

“在修路。”约西告诉我。

虽然他向我保证没什么，只会塞几分钟，自己却开始烦躁起来。这又是以色列的矛盾：明明心里烦恼焦虑，嘴上却仍说：“没问题！”约西便是这样。我们一寸寸地前进，他气恼地用力敲打方向盘，等意识到自己的行为后，又连忙以难以令人信服的态度说一句：“没关系，不要担心。”

我并不担心，因为拿撒勒不算远。但是为了让约西的心思从阻塞的交通转移，我便问起他是怎么来以色列的。每个以色列人都有一段移民的故事。二十世纪五十年代，约西的父母认为他们是少数民族，又住在偏远的摩洛哥小镇沃赞，四周都是阿拉伯人，前途渺茫，便毅然决定带着幼子来以色列定居。

就表面看来，这个是归乡的故事，可是哪来的工作？钱从哪里来？约西的父亲没有问题，他是个银行职员，但是约西和兄弟体会不出以色列有什么亮丽的前途。他哥哥后来搬去洛杉矶，反而发迹了。这便是归乡寻根的结果。

“我去洛杉矶看过他。”约西说，“在加州，你不能走在街上，只有墨西哥人才在街上走。其他人都开车。”

“不至于吧。”我说。

“是真的！我去过！那里没有人走路！”

“但是你哥哥在那里很快乐，对吗？”

“对。我也想住那里。我想去工作，弄张绿卡。但是如果不能在街上走，我要怎么混？”由于对停滞的交通感到不耐烦，他的声音也变得尖锐。我决定附和他对美国做出的任何评论，不管有多么冒犯或多么谬误。

“曼哈顿更好，你知道的。”

“是啊。”我应道。

“曼哈顿犹太人太多了，”约西开始不顾语法地说着，“那很好。我跟犹太人说话，他们也跟我说话。我想，也许我可以去那里赚点钱。这里没有钱可赚。”

“但是这里是犹太人的故乡，不是吗？”

“这里没有钱可赚，”他敲了一下方向盘，然后又开始嚷着，

"美国很危险，到处是枪和麻烦，我为什么想去呢？"

"这是个好问题。"

"因为这里全是官僚作风，"约西立即回答，"办公室、文件、申请、许可。'哈喽——不行，抱歉，已经关门了，两个小时后再来。''明天再来。''下星期再来。''抱歉，我不能帮你。''你要付两谢克尔。''官员现在不在。''你的文件呢？你没有正当的文件。'全是狗屎！"

他表演得很精彩，也确实说服了我。我闭上嘴，打算让他发泄到交通顺畅为止。但过了一会儿，他又聊起来。

"这个哈比比索法——你说，他是阿拉伯人？"

"他是以色列人——基督徒，在海法出生的。"我克制自己，没有加上一句：他不像你，约西。

"又在修路！"约西说。

又是更多车辆，形成塞车。一个小时后，我们才再度上路，绕经一座大村落。

"那是阿拉伯人的城镇。"约西告诉我。

"叫什么名字？"

"我不知道。"

我从地图上得知村落叫谢法拉姆——山边坐落着小房子，往前延伸，明显看得到动物在吃草，其他便没什么了。

"没有街道，没有号码，没有名字——就跟这位哈比比先生一样。'向别人打听我——找个索法。'没有号码，没有街道。在海法，你想去哪里就去哪里——太容易了。犹太人有号码！"

"我以后会记得的，约西。"

障碍越多，约西声音越高，也越暴露出反阿拉伯人的心态。

“看看那些房子——不干净！街道一下这样、一下那样！没有号码！”

前往拿撒勒的街道越来越窄，车流也越来越慢。拿撒勒位于沙漠另一端，盘踞在高山之上，像海市蜃楼般呈现天际。它的外观与我在以色列见到的其他地方都不一样，不但屋子的风格不一样，层叠的方式也迥然有别。有些靠在一起，有些添加了房间和窗户，墙上加墙，呈现出一排排铺设屋瓦的屋顶。房舍的基础架构是古老的，但高到三四楼时便是新近加建的了。这种加盖方式具有神木的成长特性：新枝上冒出嫩芽，一起生长在一根粗大而难以撼动的老干上。拿撒勒便是那样依附着它的山丘——根深蒂固，仍然在生长，给人近乎神圣的感觉。

拿撒勒的人民也在户外工作，有些人仍承袭着中东地区常见的户外行业——木工、木器雕刻与修车等，但也有些人在修理电视机和绘制招牌。他们敲平汽车防撞板的凹痕、卖水果、堆砖块。特拉维夫和海法的犹太人都躲在室内生活，拿撒勒穆斯林的生活则扩展到街上。

这又是犹太人和巴勒斯坦人之间的差异，也令约西觉得烦躁。

“你看到没有？到处都是人，又不干净，而且他们在干什么？”

他们在工作，他们坐着，他们在逗弄婴儿，他们之间流露出拥有和归属感。

“你看那儿。”约西指着东边另一处村落，另一处拿撒勒延伸之处，但是更新，有更白的建筑，更整齐的屋宇和更空荡的街面：一个犹太村落，拿撒勒伊利特。

“犹太人！犹太人！犹太人！犹太人！”约西嚷着。

我们开始爬坡（“太多车了！这些阿拉伯人都有车！”），进入一处街道曲折的地区（“这么脏！”），继续往上行驶（“房子没有名字，没有号码——跟摩洛哥的阿拉伯人一样！”），然后冲路上人大吼：“哈比比——索法！”

路人对这个名字没有任何反应。

我们又继续行驶，阳光转为昏暗，暮色开始凝聚。拿撒勒的灰尘在车灯光线中反光，人和动物也在街道上徘徊（“阿拉伯人！”）。车灯其实没有帮助，刺眼的光线让我们更难辨物。当车子终于来到城中心，灯光不但无法照亮路面，反而使我们眼前一片白茫茫。

“海法就不像这里！你看这些阿拉伯街道！”

他大吼大叫的，而且看样子我们真的迷路了。他问一对男女：哈比比住在哪里，结果他们以一口苏格兰口音的英语回答，他们也才来两天，一无所知。

“算了，我们回海法去吧。我们永远找不到的。”

“你一定要找到你朋友！”约西尖叫着，在黑暗中来个三百六十度转弯，“而且我得抽支烟！”他十分沮丧，又语无伦次地尖嚷起来。他在说：“别担心！”

这条街上唯一透出亮光的是一家面包店。有个工作服上沾满面粉的男人正在挤裱花袋，用糖霜去点缀果酱馅饼。他没有听说过哈比比，但是他用阿拉伯语说：“为什么不打通电话给他，问他该怎么走呢？”他去打了通电话，然后跟我们说，那条街不远。他坐下来，拿了一个浅边硬纸板盒，掸掉上面的面粉，然后翻面。他很慢很慢地在盒底画了一份地图，把盒子递给约西，我们便离开了。我们又往上走，几乎攀抵拿撒勒旧区的山顶。

埃米尔·哈比比的家很大，占地很广，和其他几户人家一起盘踞在陡峻的山侧。家里全是人，大多是女人和小孩，而且全是哈比比的家人。哈比比有三个女儿、十个孩子，他第一个曾孙最近才来到人间。

他以族长之尊坐着，周围是充满活力的家人。他今年七十三岁，身材矮壮得有如一条牛，头部轮廓深刻，声音嘎哑，笑声有如洪钟。他的身形像地中海渔人——他曾在海法外海渔船上工作过许多年。但他也有以色列智者的风范，出版过许多小说，其中包括《赛义德的秘密生活》和《食人魔的女儿莎拉雅》，他还得过几次文学奖——一九九一年的巴勒斯坦奖章和一九九〇年的耶路撒冷奖章。有两个领取过耶路撒冷奖章的思想家（他们是因为对人道的贡献而获颁奖章的）不满这一奖章竟颁给阿拉伯人，因此忿然退回了奖章。哈比比对这件事的荒谬觉得很有意思，其实，他的小说相当杰出。

我怂恿约西跟我一起进屋去接受大伙儿的欢迎，并接受主人的敬烟。约西镇定地坐在这个巴勒斯坦家中，置身一群哈比比家人之中。不一会儿，他们端出咖啡和糕点，还冒出一些小小孩。厨房里，哈比比家的女眷还在喂其他小孩吃饭，一面谈笑风生。我被这个家族的庞大复杂，以及家庭气氛的和谐所感动。

约西终于露出真正的笑容。在饱受他的言词虐待和尖声嘶喊后，我们终究抵达了。他高兴地抽着烟，我们也受到最竭诚的欢迎，有食物、有夸赞，还有友善的交谈。

墙壁上悬挂着耶稣的相片和圣母与圣婴的画像，显示这是个基督徒家庭，而这些图像也是最恰当的，因为拿撒勒恰是马利亚和约瑟的家乡。在圣安娜（马利亚的母亲）的房子上面兴建有天使报喜教堂，甚至约瑟的木匠铺也被发掘出来，展现于世人面前：基督教国度最著名的木匠铺。

“你大老远跑来真难得。”哈比比说，“其实你知道，你不来我也会去海法看你的。”

“我知道。不过我发现来这里一趟很有意思。”我说，尤其是约西指着拿撒勒伊利特犹太定居点大嚷“犹太人！犹太人！犹太人！”的时候。

我们谈到希伯伦屠杀案引发的紧张形势。哈比比曾在《纽约时报》写了一篇文章，文中表示：“我们不能假装什么都没有改变。”许多以色列领导人和政客所犯的一项错误是，拒绝“告诉人民，他们必须设法取得巴勒斯坦人谅解，因为到头来他们没有其他人可以倚赖的”。外长佩雷斯对戈尔茨坦谋刺行为的谴责，令他感到鼓舞。

那次事件导致的后续行为是无法避免的，因为双方都发誓要报复。哈比比的观点是，巴勒斯坦人和以色列人都有责任“对抗我们本身的极端分子”。

“有句古老的阿拉伯谚语是这样说的，”哈比比说，“犹太人在花园中举行庆典，基督徒在厨房举行庆典，穆斯林则在墓地举行庆典。”

目前双方正在卡萨布兰卡举行和平会谈，总理拉宾也获邀与会。我问哈比比对以色列总理的贡献有何看法。

“他话太多，应该要慢慢来才对。”他回答。

“你是指他要求太多吗？”

“不是，他根本不知道自己在哪里，”哈比比双手往上一摊，“他在摩洛哥，不是在以色列。他是在阿拉伯人的地盘上，但是他对那些阿拉伯人讲话的态度就像对自己的人民。”他指的是拉宾采取了典型的发号施令姿态。

“一副强势、公事公办、呼来唤去的样子。”

“对，就是那样。其实有礼貌一点会有帮助的。”

“我想他正觉得信心十足，因为已经跟约旦签署了和平协约。”

“他还是可以表现得有礼貌一点。”哈比比表示，“他们都已经做出承诺了，他还公开吹嘘，那么急迫，为什么不用一点技巧呢？”

在以色列，技巧是很稀罕的。由于疑虑太深、恐惧太普遍，生活的每一层面都受到影响；由于缺乏信任和善意，每个人都变得很粗鲁。以色列已经挣扎到今天这个局面，但仍然在挣扎，而且正如哈比比所说，他们或许已经看出自己没有其他人可以倚赖，以色列唯一能真正拥有的盟友是巴勒斯坦人。

“欠缺魅力。”我说。这是我对整个以色列气氛所做的结论。

“对，”哈比比用手中的烟比画着，“至于和平协议，我不抱希望，我对此很怀疑。不过我们没有退路。”

他曾在文章中写道：“我们，以色列人和巴勒斯坦人，就像连体婴，一出生就已经注定不可分割……真正的团结唯有来自双方的休戚与共。除此之外，别无选择。”

“你怎么会来以色列？”他问我。

“我正在周游地中海，目前待在一艘土耳其船上，”我告诉他，“船停在海法——明天离开。”

“我也一直在旅行，”他说，“我必须停止旅行，否则永远别想写任何东西。”

“我知道这种感觉。单调不变才是作家的朋友。”

约西也加入我们聊天，先是用英语，然后用希伯来语。我几次插嘴表示我们该走了，毕竟我们是临时来访的，但更多的食物端了出来，我们又继续吃。哈比比大笑着描述以色列政客自大的态度。约西点头——对，他也同意，那种德性实在要不得。

结果我们比原先打算逗留的时间待得更久。离开时，哈比比全家都出来送客，还要我们答应以后再来玩。

“你看到了？阿拉伯人？他们的门永远是敞开的。”约西以敬佩的口气说，“我们来这里，大门是敞开的。给我香烟。吃点东西？谢谢你。咖啡？好的。请再来一点，谢谢你。再添一点。”

“你喜欢那样？”

“哦，是啊。那样才好。”约西说，“阿拉伯人的门永远是敞开的。”

我们再度迷路，但是约西镇静多了。他停下车，没有朝窗外吼，而是下车去问路。一个男人说，如果我们跟着他，他可以带我们走。我们沿着一阴暗的窄路，穿过巴福森林，由一条不同的路返回海法。

到海法时，约西再度回想起拿撒勒的友善。

“我们都锁着门，”他说，“犹太人是不开门的。没有点心，没有食物，没有咖啡。”

“犹太人不开门，那他们怎么做？”

“只说哈喽，寒暄，然后再见。”

他继续驾驶，然后重新考虑，唯恐我对他的话产生错误印象。

“但是有时候开门很糟糕，”他说，“你想跟你太太谈话，呃？人们会——是什么，哈！哈！哈！”

“笑。”

“对，笑。那就糟了。开门有时候很不好。还有你看，”他朝前方海法高处比一比，卡尔迈勒山人口密集的山崖，“那些街道都有名字，那些犹太人都有号码。”

他送我到码头时，又变得伤感。“他们对我们招待得真好。食物、咖啡，那样真好。”他说，“你知道那个人在跟我谈政治吗？”

“你怎么跟他说？”

“我告诉他，别问我。我不懂政治。”

我没有回船上吃饭，而是找到一家餐厅，把最后的谢克尔都花在那顿饭上。我在以色列所吃的每一餐都美味可口，而且发现以色列的乡间也有意外的乐趣。那家餐厅没几个人，跟街上一样，也和入夜后海法的每一处相同。每个人都在家里看电视，做功课，担心。

所有土耳其人都回到“白海”号，急着离开，而且都怀着欢欣的心情，我甚至在舱房内听到他们唱歌、谈话的声音与乐器声，船壳也因阿拉伯乐曲而微微震动。

夜里，我听到轮船启航的声音——铁链撞击声，绳索在绞盘中滑动与绷紧的声音，船上和岸边相互叫喊的拙劣英语，然后便是令人安心的引擎转动声，整艘船也缓缓晃向外海。唯有在这一切波动过后，才有可能安然入睡。

黎明时一片光亮，前方灰蒙蒙的海岸线和一座堡垒闪烁着，远处屋顶间竖立着一座哥特式教堂：北塞浦路斯。它不是土耳其的一个行省——我真傻，居然会这么想。它是一个有主权的国家：全世界唯一承认北塞浦路斯土耳其共和国的国家是土耳其，还出钱支援与保卫它。该地约占塞浦路斯岛面积的三分之一。塞岛南部为希腊裔岛民所拥有，中间的“和平线”将该岛一分为二，并由联合国士兵负责驻守。自从分隔以后，塞浦路斯岛才享有和平。

塞岛北部的法马古斯塔已由土耳其人改名为加齐马戈萨——“加齐”是战士的荣誉名称，因为该镇在战争中表现英勇。那是一个小镇，港口位于旧城，周围有一道威尼斯人建造的城墙。到处仍是残破景象，可以想见目前北塞浦路斯仍处于经济困局。

我和萨米帕夏、菲克雷特和俄南以散步方式闲逛，结果才花了三十五分钟便已参观完整个加齐马戈萨，还包括一座已经没有教堂功能的教堂建筑——哥特式的圣尼古拉教堂，已经被改为拉拉帕夏清真寺，其中一座楼塔也已改造成清真寺的宣礼塔了。

“好了，”萨米帕夏捻着胡须，“我们去吉尔尼吧。”

“你也跟我们一起去吧，朋友。”俄南说，“我们在以色列没见到你，很为你担心。”

希腊的凯里尼亚如今也让土耳其人改名为吉尔尼。它在六十英里外，所以我们找了一辆出租车。我让那些土耳其人跟司机讲价，结果他们谈不拢走开了，嘴里还说着：“不要，不要。太荒谬了！”

原来司机的要价不肯少于八十万里拉，约合二十五美元——对土耳其人来说，那简直是狮子大开口。我没有表示这价钱似乎很合理，因为我很想知道他们如何解决这个问题。结果他们决定花七十五美分搭一辆破巴士到莱夫科沙，就是尼科西亚——一个被和平线分割的城市，再从那里搭另一辆车去吉尔尼。

巴士在空旷的道路上颠簸，顶着十一月的热气，经过没有开垦的田地，一路尘沙飞扬。乘客点头打盹，四周景物一片荒凉干燥（这里缺水，上一次收成很差，但没有一个人理会这个小国家）。我来到这里，经过一个有名无实的共和国，自我感觉很奇特。这辆车很不舒服，路况很差，食物很糟，天气也令人疲惫。但是我从来没有来过，这便是前来一游的最佳理由了。再者，跟一小群说见不到我会担心的土耳其人在一起，也令我有种难以否认的满足感。到莱夫科沙只费了一个半小时，而转乘的巴士还要两个小时才出发。萨米帕夏年纪虽大，却快步赶往城里，他急着想看看和平线。

"你以前来过吗？"

"对，但没有踩到地面。"他笑着说。每次他一笑，小胡子便上扬，传递出快乐的信息。"我开飞机。"

一九六四年的种族战争，以及一九七四年塞浦路斯分割时，萨米帕夏的任务便是从土耳其基地驾驶他 F-100 战斗机由塞浦路斯一端飞到另一端。他的目标不是寻找希腊飞机——土耳其空军已拥有制空权，而是去爆破玻璃。

"我在十米低空飞行，"萨米帕夏回忆着，"抵达莱夫科沙上空时，我就放松复燃器，制造出很大的噪声，很像爆炸声，然后所有的玻璃就震破了！"

"希腊人的玻璃，还是土耳其人的玻璃？"我问。

“一起破了！不可能只爆破希腊居民的玻璃。”

接着他又愉快地形容喷气式战斗机如何低空掠过塞浦路斯人的上空，把希腊裔居民吓得屁滚尿流，也为那些长期遭受欺压的土耳其居民（至少在和平线这边的人是这么说的）带来一点安慰。

我们沿着一条满地瓦砾的街道往下走，又是一条同样瓦砾遍布的街道，经过几家正好关门午休的商店，来到联合国检查哨，包括一个岗哨、一座遮篷、一块路障，以及一面写着英语和土耳其语“停”的告示。

“我想过去。”我对一名戴着蓝扁帽、手持自动步枪的哨兵说。

“不行。”

“我只想看看南塞浦路斯，然后直接回来。”

“不可能。”

“你看见了没？”俄南说。他们刚刚只是看着我，因为他们太拘礼，不敢去问那名士兵。

有个女人从附近住家走出来，用英语说了一句“哈喽”。她家前面有廊柱，还有很标亮的门廊。我问她有没有越过和平线去——和平线就在五十英尺外。没有，她告诉我，她二十年没有过去了。

“房子是我父亲留给我的。”当我赞美她的房子时，她告诉我，“那是一九三〇年的事。那里，”她指着街对面一些空置的房子，“本来有个美国家庭，还有几户希腊人。但是他们都搬走了。”

“他们是被迫搬走的吗？”我问。

她知道我问话的意思，但是没有直接回答我，只说：“我那栋在利马索尔（在南塞浦路斯境内）的房子被破坏了。他们拿走我的古董，也拿走了我的奔驰。”

我很后悔诱使她谈论这个话题，因为其他人都踱开了，让我一个人听她絮絮叨叨地埋怨个没完。不过我很同情她。这里本来是个繁荣的首府，现在却一片残破。我们站在一条被封锁的街上，置身荒废弃置的房舍之中，老妇人还说：“他们没有办法解决的，短期内不可能……”

在和平线这边的土耳其，有面墙壁大的玻璃柜中展示着一系列照片，都是描绘战争的暴行。那些照片模模糊糊，带有污迹，有些很难看清楚，但是照片的说明足以描述整个故事，有些还带有讽刺意味：

> 一名南塞浦路斯的教士忘记宗教职责，而加入猎杀土耳其人的行列。
>
> 一个母亲和三个孩子在尼科西亚家中的浴室遭南塞浦路斯人谋杀。
>
> 万人冢
>
> 难民
>
> 焚毁的村落
>
> 狂热的南塞浦路斯武装强盗
>
> 浑身弹孔的婴儿尸体。一九六三至一九七四年的生活对我们有如地狱。我们不能再回到那段日子。

“这是真的，”菲克雷特说，“那段日子真的很糟糕。他们折磨人。希腊人焚烧土耳其人的村子，他们让我们受苦。”

“你们有三星爆破窗户专家萨米将军的帮助，不感到庆幸吗？”

“这个人，”萨米帕夏敲敲头，斜睨着我，“老在记东西。我要问为什么？”

他刚刚看到我把那些暴行照片的说明记下来。我答道：“因为我的记性很不好。”

我们沿着和平线往下走，找到一家叫“锡南”的咖啡店。那只是半家咖啡店，因为它被一堵分隔街道的墙截为两半；目前这条南北向的主要道路已经成为一条死路。墙上挂着一面告示，上面写着：“第一号限制军事区——不准摄影！”上面还有骷髅头和交叉骨头的标识。

我和菲克雷特点了一杯咖啡。咖啡店主人说：“要不要看看墙那边？楼上可以看得很清楚。”

我们上到他家二楼，视线越过和平线往南塞浦路斯窥探，可以见到毁坏的屋顶、破裂的砖瓦，没有人烟，但是远处有一根高竿，上面飘扬着一面希腊国旗，带着挑衅意味。此时，土耳其这边也响起祈祷的叫拜声，似乎有意响应，对安拉展开冗长的赞美吟咏。

“菲克雷特，你对希腊人有什么看法？”

“土耳其境内的希腊人富庶，因为他们是很好的商人。”他答道，“我们不会彼此怀恨。”

“但是希腊加入欧盟了。”

“他们不属于那里，不过土耳其也不属于那里。”菲克雷特说，“我们还是个落后国家。欧盟还想要一个让他们头痛的国家吗？”

我们四人在莱夫科沙售票亭买了价值五十美分的车票，继续搭车旅行了二十英里，翻山越岭，前往北海岸的吉尔尼。吉尔尼海岸线是一片岩岸，岸边是黑色嶙峋的崖壁。萨米帕夏描述一九七四年土耳其军队是如何在此地的西侧地区登陆。他指着崖壁上的洞穴说，他们便是藏在那里对希腊人展开突击，把他们赶往南方的。我们在贝拉佩斯修道院稍作停留。

“这个村落洋溢着宁静和青翠的美感。”劳伦斯·达雷尔曾如此描绘过贝拉佩斯修道院。修道院位于吉尔尼上方，距离十字军兴建的圣希拉里翁城堡不远；“狮心王”理查[①]便是在这座城堡度蜜月的。达雷尔在《苦涩的柠檬》中描绘他在此地的寓所，他在这栋房子里着手撰述《亚历山大四部曲》。今日的贝拉佩斯修道院或许比往昔更遥远，更遍覆尘沙，但是依然漂亮。村落比市镇更能容忍贫困的冲击，而乡间的贫穷更倔强地呈现出另一种美感。

但是吉尔尼镇上的荒废情况就如同其他较大型的聚落：空荡的街道，寒酸的商店，乏人问津的旅馆。我去海边最大的旅馆，看看能否从那里打电话，结果总机小姐告诉我不可能。

“你不能从这里打到外国。”她说，“没有人承认我们！”

萨米帕夏、俄南和菲克雷特都对她表示同情，认为这太不公平了。然而我觉得值得玩味的是，这个地中海小岛的一部分竟被社会摒弃至此，无法跟境外任何国家联系，而且它最大的敌人就在和平线的另一边。

俄南突然说：“我们必须走了，待会儿见。”

看着俄南和萨米帕夏匆匆离去，菲克雷特才告诉我：“他们要去军官俱乐部吃饭。”

---

① “狮心王”理查（1157—1199），英国国王，曾致力于第三次十字军东征。

“俄南是军人？”

“我想是吧。《圣经》仁兄以前在陆军服役。”

“那我们呢？找家可怕的地方吃豆子汤？”

菲克雷特耸耸肩，并没有抱怨。我们去一家餐厅，点了豆子汤、色拉和米饭。侍者被热气烤得全身是汗，头发黏在头顶上。一个人从一大块直立的烤肉团切下片片碎烤肉，还嘲谑我们居然不试试那些油腻的肉片。一名乞妇爬入店内，哀伤地吟唱着：“我遇到灾难——安拉让灾难降临在我身上。”直到那个站在烤肉架旁的人用肉叉威胁她，她才爬开。

“我想请教你婚姻方面的事。”菲克雷特对我说。

我总算明白为什么他老是一副心事重重的样子。“你有什么心事吗？”我问。

“我在考虑结婚的事。”

“你多大年纪？”

“四十六。不过我没有结过婚。”他说，“我应该娶多大年纪的女人？”

“你有女朋友吗？”

“有个年轻的女朋友。她二十八岁，是个护士。”他回答，“她配我太年轻了。我叫她回去找她的年轻男人。但是她很好，而且跟我一样高。”

身高的问题对菲克雷特很重要，因为他很矮。我问他：“为什么你想结婚？”

“我不喜欢独身。我跟兄弟住在一起。”他说，“他没有结婚，很谨慎，但是……”他挨近一些，“请你告诉我该怎么办。”

“设法找个朋友，而不是找个太太，”我答道，“不要考虑她的年龄。如果你喜欢她、她喜欢你，一切都会顺利的。也许以后你自然会娶她。”

这番话未能安抚他，他还是一副焦躁的模样。

“我的生活没有好转。”他说。

“菲克雷特，不要那么绝望。”

“我觉得我的生活越来越糟。”

我们去滨海一家咖啡店吃甜点，有个漂亮的服务生负责招呼我们，菲克雷特笑了。我怂恿他跟那名女服务生谈话。她是土耳其移民，从保加利亚逃出来的。菲克雷特说保加利亚有很多土耳其人。他列举了六个苏联共和国，都是土耳其人。他跟女服务生聊了一会儿，然而她结过婚了，一个月前结的婚。菲克雷特耸耸肩，他的运气就是这么背。

“这里似乎是个很悲哀的地方，”之后我们沿着海边散步时，我说，“为什么会这样呢？”

“这里太孤立了。”他突然冒出一句，使我领悟到这正是萦绕他心头的词句。他也觉得孤立，而且悲伤。

经过平原返回加齐马戈萨时，菲克雷特提及镇上住着一个很有名气的土耳其女命相师，名叫埃尔马斯，土耳其语“钻石”的意思。由于非常灵验，到处都有人来找她看手相，不止土耳其人，还有其他国家的人。

“他们送她机票和钱，请她去算命。”菲克雷特说，“她什么事都知道。”

“我们去找她。”我建议，“我们可以问她你的未来。”

但是在加齐马戈萨问起她时，别人才告诉我们，我们去得太晚了。

“五点钟以后，埃尔马斯就不说话了，”镇上一个土耳其人告诉我们，“你们可以找到她，但是她不会开口的。”

天色渐昏暗，我们穿过镇上，往码头走去。夜幕低垂，北塞浦路斯也陷入一片黑暗，因为电力供应太不足了。儿童在黑暗中彼此追逐、叫嚷，就跟在水里尖叫拍水，佯装即将溺毙一样。

一个历史上赫赫有名的重镇竟然如此衰败，实在很奇怪。当年这个岛屿的北岸曾跟“狮心王”理查有关联，他领导十字军获得一次胜利，得以盘踞在凯里尼亚山区边缘的三座城堡。威尼斯人曾为这个城镇兴建过堡垒。甚至原本的奥赛罗也在这里当过兵。更近期的，岛屿东岸曾以海滩闻名。达雷尔在吉尔尼撰写了《苦涩的柠檬》，而且地点就在离菲克雷特说“这里太孤立了”不远的地方。不料今日竟成为穷乡僻壤，由联合国士兵驻守和平线，还有两万七千名土耳其士兵蹲伏在内陆。

“白海”号停泊过的地点，只有少数的食物是比船上伙食还差的，此地便是其中之一。晚餐时，我们见到萨米帕夏和俄南，他们刚由吉尔尼的土耳其军官俱乐部回来。

俄南说：“我们抛下你们觉得很难受。”

“你必须尽你的职责。”我应道，“我不知道你竟然是个‘加齐’。”

“我不是‘加齐’。”俄南回答，萨米帕夏则开始大笑。

我又说：“我知道你必须跟军官乐部的其他‘加齐’讨论战争的事，这对你很重要。当然，帕夏也一样，必须跟他们重述当年在莱夫科沙震碎玻璃的知名事迹。”

我一再取笑他俩在吉尔尼抛弃我和菲克雷特的事。俄南始终是严肃而抱歉的样子，菲克雷特大笑——听到他的笑声感觉很好，他太少笑了。

萨米夏则瞅着我说："你这人有问题。"

离开塞浦路斯后，天气转为多风，船长告诉我，地中海东岸某个地区发生了强烈风暴。这里的风暴有时很厉害。"海浪卷过船只，船好像变成潜水艇。"在暴风中很难驶入亚历山大港。"有一次我来来回回花了五天时间，一下子卷到东方一百英里，一下子卷到西方一百英里，好不容易才开进去。"

对我而言，"白海"号仿佛成了一家破烂的旅馆，我是旅馆的常客。这是家土耳其旅馆：食物，音乐，招呼，礼仪，穿着老式连身裙、披着披肩的妇人，老兵，一个英语流利、行为滑稽的小男孩，一个老用土耳其话跟我唠叨（也许精神有问题）的老妇，帮我洗衣、超收价钱，然后在我给她小费时假装惊讶的"我叫阿里"，一个像汤姆·塞立克[①]的侍者，一个老说"跟上次一样？"的酒保，以及古怪的三餐模式——黄瓜当早餐，以肉食为主的丰富午餐，以及炖煮内容难辨的晚餐，一切全是土耳其式。

将军萨米帕夏总是坐在餐桌首位。我怂恿他给我们讲述战争的故事，他也毫不推辞。他的故事总是强调土耳其飞行员在北约军事任务中的神勇表现。轰炸机要炸得准确，关键在于飞行员的勇气。

"我们必须勇敢，"萨米帕夏说，"以大约五百英里的时速飞行，

① 汤姆·塞立克（1945— ），美国演员。

如果不勇敢，炸弹便会投得太早。勇敢的人是在最后一刻才轰炸目标，然后数一千零一、一千零二、一千零三，然后拉平衡杆。”他咧嘴而笑，翘起胡髭，“地心吸力会吸引你，你也许会眼前发黑，但是你已经在爬升了。”

意大利飞行员很恐怖，希腊的更糟糕。相反，土耳其驾驶员就厉害了。在四架飞机执行轰炸任务时，前两架便摧毁所有目标，使后两架根本没有目标可炸。

萨米帕夏三星将领的高级军事地位使他获得一本特殊护照，他进入德国无需签证，前往美国也享有多次进出的签证。他把他的军事护照拿给我看。

“好护照。”他说。

“这不光是一本特殊的护照，”我说，“这是帕夏护照。”

他觉得这句话好笑之至，不过其他土耳其人都没有笑。

另一次聚餐中，我开始引他们谈希腊人的事。我们刚去过塞浦路斯，见到土耳其人在那个分裂岛屿的苦况。那么亚美尼亚人呢？

“一些无知的土耳其人也许会有不满，”菲克雷特说，“但是如果你跟希腊人、亚美尼亚人一起生活，你会发现他们也是好人。你要了解他们。偏见是因为无知。”

“我同意。”俄南附和。

“那些住得远的人才会对他们有错误的印象。但是我们喜欢他们。”

“那么他们对土耳其的恐惧感又怎么解释？”

“那是可以理解的。”菲克雷特说，“我们为什么要怪他们？亚美尼亚人也是——我们可以体谅他们的感受，虽然我很遗憾他们认为安纳托利亚的一部分属于他们。”

尽管我一再用话去刺激他们，但他们唯一的批评只是：据说希腊人和亚美尼亚人彼此互不信任。“不过我们不知道是不是真的。”

和一群偏见这么少、这么容易开怀大笑、愿意让我一再诘问的人一起旅行，实在是件惬意的事。他们具有一项人与人之间相处最珍贵的美德——礼貌。我也相信萨米帕夏所说的土耳其军人很勇敢。很多土耳其人曾被送往韩国，跟美国联手打朝鲜战争。有些被俘，拒绝招供，而被凌虐至死。

我想我在谈及死刑时，或许侦测到一抹残酷之意。我提到美国选举，有些候选人主张行使绞刑和鞭刑，我问他们会选给谁。

“我是个军人——一个将军，”萨米帕夏说，“一生的工作就是杀人，但是我反对绞刑。”

“因为绞刑太残忍吗？”我追问。

“对，很残忍，同时也是不公平的，”他回答，“这才是最重要的，因为怎么能那么肯定呢？而且对于待判刑的人，要他们再等上十年或十五年上诉是很恐怖的。”

“在伊朗，他们经常干这种事。”菲克雷特说。

我说：“我们也是。”

“但是没有那么多。”俄南接口。

“克林顿相信这种事。”我告诉他们佛罗里达州和得克萨斯州的死囚数字，还有三十七个州也有死刑，纽约州也可能因为新任州长已做了承诺而步上后尘。

那些土耳其人都沉默下来。萨米帕夏说了一句：“可怕。”

那一晚风暴转剧，到伊斯坦布尔还有两天航程。菲克雷特开始晕船。“我不喜欢这种天气。”他埋怨，“我想我应该在伊兹密尔下船。”那天不仅海上风大，气温也骤降。几天前我们还在海法的热浪中，此刻每个人都穿起厚重的衣服，怨声载道。

晚餐后休息厅播放的土耳其歌曲颤颤巍巍、哀切、一再重复，而且全都是为情所苦（根据萨米帕夏的翻译），使我想到自己也离家很久了。那些乐师使用一只鼓、一把齐特琴、一把小提琴和一支单簧管，女歌手则哀声唱着：

月复一月——
我还在等待。
你为何不来？
不要让我孤零零一个人……

土耳其人气氛凝重地坐着聆听，吃冰淇淋，喝咖啡。

每个夜晚
我想抚摸你的头发
每个夜晚
轻抚
你的头发
每个夜晚

轮船抵达伊兹密尔后，我匆匆赶进城，打了一通电话到火奴鲁鲁，心绪才平复下来。我逛到一处市集，在一座葡萄架下坐下，吃顿午餐——烤鱼和色拉。我在《土耳其日报》看到一则新闻，说土耳其政府正考虑废止“对女学生做贞洁测试以及将‘不贞者’逐出校园的规定”。贞洁测试？

下午，“白海”号又驶入另一阵风暴，菲克雷特在甲板上悲惨地抱着自己，后悔没有在伊兹密尔下船，改搭火车返回安卡拉。由于人数减少（一半乘客已在伊兹密尔下船，包括萨米帕夏和俄南），船上气氛显得冷清，而阴郁的气候也使人心情大坏。第二天驶入铁灰色的马尔马拉海，天空一片灰蒙，情况更加恶劣。

我和菲克雷特站在栏杆旁。不管气温多冷，甲板上的空气总比烟枪云集的船舱内新鲜。我们经过于斯屈达尔，当年南丁格尔便在此照顾伤员；目前原址已成为一座监狱。这一往事使我有借口询问菲克雷特土耳其最根本的问题。

“你想他们在于斯屈达尔会虐待囚犯吗？”

菲克雷特耸耸肩，意思是：“也许吧。”

“你怎么知道？”

“每个国家都会虐待囚犯。”他答道。

我没有质疑这句话，又问他：“在土耳其，他们会怎么做？”

“打脚掌——笞跖刑。”他回答。我很讶异他会用这个词，这个词很精确。“还有电击和吊手臂。”

“那成了什么？钉十字架？”我尽量口气温和。

“管它是什么，”他说，“反正都是为了取得口供。”

“但是人们在酷刑下会被逼得撒谎，所以有什么用？”

他被我问得激动起来，而且晕船也弄得他精力不支。他一再重复谁都会这么做。“德国人在监狱把整个巴德尔-迈因霍夫党羽①一起处死，然后宣称是集体自杀。”

“我认为那是自杀。”

“英国政府也会虐待爱尔兰人。”他说。

“他们以前会，”我说，“但只是剥夺睡眠，让囚犯晚上不能睡觉，接受审讯。我想他们也使用噪声。”

“那比鞭打脚掌更糟糕！”菲克雷特嚷道，“那会让人疯掉！”

他谴责地望着我。他正在晕船，心情不好，我还利用我们的友谊诘问他这些敏感的问题。不过这正是我这趟旅行的本质：追查细节，以突击方式跟人谈话，当个挑衅的旅者。

伊斯坦布尔在望时，这些心情已经化为乌有。只见前方山丘是一片异国风采——王宫、宣礼塔、清真寺、圆顶、教堂尖顶、塔楼，下方则是大桥，以及金角湾内的水上交通。

“我要回家了。”菲克雷特说。

“希望你找到想要的女人。”

“是啊！”他吞口气，似乎想咽下内心的烦恼，“你打算去哪里？”

“两星期前我本来打算去叙利亚的，但是见到这条船正要离开，就临时加了进来。”我说，“现在我真的要去叙利亚了。”

---

① 即红色军团，一九六八年组成的西德左翼恐怖集团，由早期两名首领的名字组成，后者于一九七六年在狱中自缢。

第十五章
七点二十分快车前往拉塔基亚

在遍植罂粟的土耳其，无疑还会有其他经历比搭乘巴士穿越安纳托利亚中部更具迷幻效果的，但在一车烟枪连续吞云吐雾二十三个小时，使巴士内部充满硫黄味之后，我就再也想象不出还有什么是更甚于此的了。坐在车里，从白天到黄昏，再转为黑夜，月亮由车的一边移转到另一边，并在加拉提亚高地的皑皑白雪上闪亮一阵，然后雾气渐起，又像鬼魅般消散。车外偶尔可以瞥见苦行僧的踪影。接着是黎明，停站休息，供应酸奶，后座孩童在哭闹。到了伊斯肯德伦时，天色大亮。在安条克（即安塔基亚）开始下雨，所有窗户都紧紧关上，窗面上陈旧的烟尘凝成一层棕色的苦涩污垢，新燃的蓝色烟云又继续由四十九支燃烧的香烟向四处飘散，使我在阵阵二手烟中度过了无眠而酸涩的旅程。

身为土耳其人，那些烟客都很有礼貌，一再请我抽烟。对，还有很多——请你拿两支吧！

如果在火车上，我可以涂涂写写，但是在汽车上不可能，只适合看书。我挤在座位中，当车子由安卡拉颠簸到阿达纳时，我也由后腰一直酸痛到两边的肩胛。我躲进书的世界里，重新阅读整本

《印度假期》[①]，还看了毛姆的短篇小说《别墅中》和奥布莱恩[②]的《远离都柏林》。另外，也看了《错把妻子当帽子》。

在朦胧烟雾中，我回想之前别人对我这趟穿越土耳其之行提出的警告。

"万一发生状况的话，最糟糕的会是什么？"我问。

"库尔德人拦截巴士，把你拖出去当人质。"一位见多识广的朋友如此回答我。

土耳其东南部经常发生这种事，而且地点就在离我旅途所经不远处，足以令我提高戒心。再者，我要去叙利亚，这是个对库尔德人颇为友善的国家。

"希望这一趟你已经得偿所愿了。"

但是我也迫不及待地想离开伊斯坦布尔，因为这里的局势也不平静。这几天来，一些极端分子和若干具有分裂思想的努赛里耶派信徒，在伊斯坦布尔郊区的加齐奥斯曼帕夏掀起一场暴动。暴乱起因是一桩汽车枪击事件——极端分子乘车射杀在咖啡座中的努赛里耶派信徒，导致两名信徒丧生。接着，敌对的暴徒开始聚集滋事，结果二十一人死亡，更多人受伤，大部分都是前来干预的警察和突击队员造成的。那些警察包围暴徒，然后开始相互射击，情节跟《启斯东警察》[③]剧情不分轩轾，只差使用真枪实弹了。

在随后的丧礼中，哀悼者聚众游行、尖声哀号，数百名军警严

① 英国作家 J. R. 阿克利（1896—1967）的作品。

② 弗兰・奥布莱恩（1911—1966），爱尔兰小说、剧作家。

③ 一九一四年至一九二〇年间美国启斯东电影公司拍摄的一系列荒诞默片喜剧，剧中经常出现一批愚蠢而无能的警察。

阵以待。与此同时，博斯普鲁斯海峡靠亚洲部分的乌姆拉尼耶也发生更多起暴动，造成八人死亡，二十五人受伤，以及“四百人列为失踪”——就像当地一家报纸的报道。此外，安卡拉也有更多暴动，更多丧礼，更多脱序。“有外国势力介入这件事。”土耳其总理席勒夫人指称。她指责的是伊朗，但也有怪罪希腊“知情不报”的意思。

“接下来还会发生什么事？”我问几位土耳其友人。

“明天礼拜五祈祷结束，大家从清真寺出来以后，应该还会有麻烦。”

“那我礼拜五走，趁他们祈祷之前离开。”

从伊斯坦布尔到叙利亚边境的票价只要二十五美元，似乎很划算，但是车上弥漫着二手烟。而且由于天气不好，车窗始终是关着的。

“十年前这里全是田野。”车上一个名叫拉锡德的土耳其人告诉我。

如今这里全是高楼大厦，没有树木，而石砾遍地的野外空地，则有吉卜赛人用蓝色塑料布所搭制的帐篷，这些具有城市特征的穷人，带着豢养的马和狗，和土耳其人互争居住的空间。

此地是努赛里耶派信徒的地盘，拉锡德也是此派信徒。他的信仰中还包括灵魂转生的观念：像拉锡德这种好的努赛里耶信徒，将来可能重生成为银河里的一颗星；一个坏的努赛里耶信徒则会又回到人间，成为基督徒或犹太人。他崇拜太阳和火——来自祆教的传统。正统的伊斯兰教基于五功——念、礼、斋、课、朝，但拉锡德反对这些。后来我到了叙利亚，才听说一项更奇怪的努赛里耶信条，认为女人没有灵魂。对于努赛里耶派信徒相信男人（尤其是此教派的男人）才拥有灵魂，我也觉得奇怪。

总的来说，见到遵守同样奇怪的仪式、信仰内容却不同的极端分子对努赛里耶派宣战，其实一点也不令人惊讶。

说到象征，我们的车经过一个市场，看到有个男人在卖黄瓜。在土耳其，黄瓜是别有含意的象征，因为“Hiyar”（黄瓜）是阴茎的同义词。土耳其朋友对我说过：“土耳其没有人用‘黄瓜’这个词，因为它会引起低俗的联想。”这有点像讲英语的人用“balls”（睾丸）这个暧昧的字眼时都格外谨慎。在土耳其，有一整套取代黄瓜的用语，大多数人都称黄瓜为“salatalik”（做色拉的东西），以免在礼数上有所冒犯。

每隔一阵子，土耳其境内就会发生一次炸弹威胁事件，有时还会牵扯到美国大使馆，有人打一通威胁电话，告知炸弹放置地点，然后反恐怖主义成员展开行动。他们使用精密的器材检测放置于门口、形状骇人的包裹，有时多达百人，团团包围，以掩护炸弹的拆解工作。但有许多次，拆卸专家发现包裹里面竟是一根成熟的大黄瓜，以及一张纸条，上面写着：“你就是这玩意儿。”

巴士前方的电视机开始播放一部有《第一滴血》风格的影片，全是些爆炸、枪战以及破坏的场面。我读着《印度假期》，几乎在烟雾中窒息，这些烟味使我头痛起来。如果库尔德人拦截这辆巴士，他们会搜索外国人（根据听来的说法），结果只找到我一个。我会成为俘虏，并被施以暴刑。我纳闷库尔德人是否抽烟。如果不抽，那么做他们的俘虏似乎也没那么差。

天黑之后，我在一个寒冷多风的加油站买了一瓶酸奶。

“你买那个多少钱？”拉锡德问我。

“两万。”我回答。五十美分。

“这里的生活水平真高，”他说，“在安塔基亚，这个只要八千。”二十美分。

他正要回家。他前天抵达伊斯坦布尔，为他在安塔基亚的金属工艺店拿订单。为了省钱，他在车站睡了一夜，然后直接打道回府，反正他也很讨厌伊斯坦布尔。

“这些呢，”他挥舞一包香烟，“五万块。来，拿一支……”

我继续看《别墅中》，这本书描述一个颇有名望的男人向一名漂亮寡妇求婚的故事。那名男子即将在印度出任重要职务，寡妇需要时间考虑，于是他离开了。那天晚上，她去参加宴会，结果一个年轻混混也向她求婚。她取笑混混，说她不相信爱情，但是很想用自己的美貌让一个不幸的男人快乐一晚。当晚，她在宴会中挑中一个贫穷的侍者。她带那个男人回到自己的别墅，弄饭给他吃，跟他翻云覆雨，然后告诉他原委。年轻男子受屈辱之际，竟举枪自尽。寡妇慌张地打电话给混混，混混帮她处理掉尸体。而那位有名望的男人听到事情经过后，大感愤慨，结果漂亮寡妇只得跟混混在一起，在尸体被发现之前跟那名混混跑了。

我喜欢这本书的构思：一个原本理想的计划（跟一个有企图心的成功男人结婚），被莽撞的行为破坏，但是这个疯狂的夜晚发生的事实在令人惊讶。而我不喜欢这本书的原因就是，它不足以让我忘却令人气恼的现实——讨厌的烟味、污浊的空气、咳嗽不止的乘客和上下颠簸的巴士。

车子驶入安卡拉，又驶出来，两旁是白雪覆盖的悬崖。行经寒冷的田野时，低垂的雾气像魅影般逐渐聚拢，接着车子又行驶在黑色的山崖间。自始至终，天上都挂着一轮象牙色的大月亮，有如台球中的母球。

“我在沙特阿拉伯工作。”一个叫法提赫的男人在另一个加油站告诉我，“我去过麦加和麦地那。”

“那你参加过朝觐？”

“没有，没有，没有。如果那样的话，以后就不能喝酒或做其他事了。”

他打算等人再大一点，所有世俗欲望都远去之后，再去朝觐净化自己。

我们终于来到土耳其中央的图兹湖，湖面闪烁着月光。凌晨两点在又冷又湿的阿克萨赖稍作停留，那是一个以荒芜、单调与泥屋闻名的地区。我站在车外活动一下双脚，又深呼吸了几次，才回到车上，继续阅读《错把妻子当帽子》——描述各种精神病例的著作。这是一本有益健康的书，作者奥利弗·萨克斯对身心受挫的陌生人充满悲悯，不过很多时候，这些人都另外发展出力量和天分，使他们的缺陷获得了弥补。他还认为：“通常这是一种挣扎，很有意思的是，有时候病态力量与创造力之间也有共通性。”这绝对是正确的。因为假使你快快乐乐、正正常常，怎么可能会想写本书？而且，怎么可能搭上我这班巴士？创作跟旅行的欲望一样，都有若干痴呆的成分，不过正如萨克斯指出的，痴呆没有什么好羞耻的，而且经常会对想象力和创造力发挥有效的激励作用。

我读这本书时，安纳托利亚低矮的丘陵上空逐渐凝聚出一片粉红，显示黎明的来临，但一轮明月仍高挂于晴朗的天空。接近阿达纳时，明艳的阳光驱散了巴士内的寒意。路上，扛着锄头上工的农人个个穿着厚实的衣服。再往前行，农夫已弯着身子在田间忙碌了。这片青翠肥沃的土耳其大地，寒冷而有阳光。地势一片平坦，属于杰伊汉河三角洲，在地中海一隅的伊斯肯德伦湾旁。

伊斯肯德伦位于阴暗的阿马鲁斯山脉的山脚下，绵密的街道两旁种着粗壮的棕榈树。一片小巧的房子和洋葱田再过去的地方又是海域，细浪拍岸，发出啪啪声，水面平静有如湖泊。这是我惯见的地中海，不是情绪起伏的大海，海水看起来浅浅的，温驯得好像筋疲力尽了，没有渔人作业，甚至没有泳客。这是亚历山大大帝在某一回大战后所建，直到不久前，此地都还叫作亚历山大勒塔。目前只是个小镇，镇上都是些瓦屋建筑，海滩上散置着随风飘扬的垃圾。当“耶和华吩咐鱼，鱼就把约拿吐在旱地上”时，据说旱地便是这片海滩。然而这里的大海不过是橄榄林和果树的背景，跟地中海域其他部分相同。

此地所属的哈塔伊省目前仍有争议。叙利亚认为这里应该属于他们，但土耳其控制着该地。本地的方言是一种喉音很重的土耳其语。伊斯肯德伦和安塔基亚的市场也属中东市场，只是没多少人戴面纱。我终于在安塔基亚弃车而逃，在一群小贩和小男孩的尾随下，蹒跚穿过市场，投宿一家旅馆。

从长途旅行中恢复体力后，我在这个叙利亚边境的小镇住了一晚，第二天则从一座古迹走到另一座，包括罗马桥梁、清真寺、古罗马引水渠，以及圣彼得教堂。镇外有几处堡垒的废墟，其中科萨特城堡是旧日十字军兴建的。

我印象最深刻的其实是具有中世纪风貌的安塔基亚市集，到处乱哄哄的，满地污泥。小男孩在水果摊和肉摊间争吵玩闹，乡下人一身宽松装束，妇女穿着长裤、围着披肩，男人蓄着胡须、穿着长袍。此地生意兴隆（贩卖水果和鱼，零售补药和药剂），也是来自山区和海边的土耳其、叙利亚和黎巴嫩居民聚会的场所。这里不是有遮棚的市集，而是一大片粗糙不平的地面，人们在此聊天，讲价，看着静电干扰的电视，隔着成堆的柠檬和地毯谈话。一些男孩捧着托盘来去匆匆地卖茶水，或推着车卖干果和核果。跛子、乞丐、大胡子、脸上长满瘤的怪人穿梭其间。各种伊斯兰教派别都有，还有泥塘、燃烧的炭盆和油炙烤肉的嘶嘶声，到处脏兮兮的，充满了生命力。

在这个偏僻的地方，人们会走向我，通常都是剃去头发的小男孩或是不良于行的老头子，用土耳其话跟我打招呼，问我现在几点钟，只因为我戴着手表。我有种受宠若惊的感觉，因为他们竟然跟我说土耳其话，可见搭一趟长途巴士已使我变得跟其他人一样肮脏邋遢了。我就这么到处闲逛而不受注意，觉得很高兴。无名无姓，快快乐乐。耶稣的门徒曾在安条克布道一年，也是在这里（见《使徒行传》第十一章第二十六节），或许是为了回答“他们到底是哪种犹太人”这个问题，他们才开始称呼自己为“基督徒”。

我设法搭乘另一班巴士到叙利亚，这才得知西部国界已经封锁，必须由“风门”进入叙利亚，前往阿勒颇，才能转赴海边的拉塔基亚。这一趟路多出数百英里，但我不介意。我听说阿勒颇是个有趣的地方，有个著名的市集，而且可以从阿勒颇搭火车穿越山区，前往地中海沿岸。

开往阿勒颇的巴士只有四名乘客。土耳其人在叙利亚不受欢迎，而叙利亚人也很少越过国界到土耳其来。我跟优素福坐在一起，他是个话多却不怎么老实的突尼斯人，告诉我几个前往叙利亚的理由，却相互矛盾。

“看到没有？突尼斯护照。”他翻弄着手中的小册子，“这本是伊拉克护照。为什么？哈！你问题真多。”

但是即使我停止发问，他仍主动提供一些奇怪的消息。

“我有美国签证。我在维罗纳住过。你会说意大利语吗？Buon giorno（日安）！我卖金子——不，也不是常卖。”

另外两名乘客是保加利亚来的土耳其年轻人。他们手拉着手，紧张兮兮的。

我们经过一片美丽的乡野，道路狭窄得只能容一辆车通过，周围有白杨树、石屋和犁过的田。不久便来到叙利亚边境——两不管地带，围着铁棘篱，原野上长满鲜红的罂粟和日光兰。

“那是库尔德人的村落。”优素福指着一堆茅屋说。他怎么知道？行经一条窄路时，他问：“先生，你去过以色列吗？”

我含糊地予以否认。他抽着烟，又告诉我一些谎话，接着巴士便抛锚了。

问题出在油管上。司机掀开巴士底板，把弄着几根橡皮管，往里面吹气。一个小时过去了。我走下车，对野花惊艳一番，然后坐下来写笔记。又一个小时过去了。天空逐渐灰暗，我开始担心：我们耽搁太久，边境会封锁吧？我在路旁来回踱步，其他宿命的穆斯林则静静坐着等待。

“优素福，我们去拦下一辆车，要它载我们到边境好不好？”

“先生，最好小心一点。”他谨慎地指出，然后以阴谋者的口吻说，“那边是叙利亚，是另一个国家。你听到我说的话了吗？另一个国家。所以我们还是等吧。”

司机尝试发动车子，结果引擎放了几个屁就悄无声息了。他继续试，踩踏油门，扭转钥匙。我推测电池很快就会没电了，不料几分钟后，竟让他发动了，我们也上了车，继续开往土耳其海关。通关手续很简单，盖个图章，然后再见。但是到了叙利亚边境却是一番折腾。

“要小心。”优素福说。

我现在才注意到他的打扮有多么怪异：闪闪发亮的衬衫加上喇叭裤、走起路啪哒作响的高跟鞋，脖子上挂着金项链和墨镜。尽管如此，他还是努力不引人侧目。

一小群人在一张桌子前推挤着，争相吸引在座士兵的注意，士兵则状似无聊而漠然地不予理会。我从他们头顶上把护照递给他，他对我的傲慢似乎觉得很好笑，把护照夺了过去，还说了一句“美国人”，然后哈哈大笑。我等了一个小时左右才又见到我的护照。

等待时，我发现优素福一副鬼鬼祟祟的样子。他说要请我喝东西。我们一起喝咖啡，他则跟几名叙利亚人聊天。我注意到边境地带到处都是阿萨德总统的巨型画像。他的轮廓很怪异——鹰钩鼻、大下巴，以及一颗我见过最方正的头颅。倘若他的画像画得很正确，则有如一幅卡通讽刺画。

但还有另一个人的画像——一个年轻人，瘦脸，蓄短胡，戴太阳眼镜，穿着一身陆军迷彩装。

“优素福，那是谁？”

“不要。”他说，意指“不要问”。他用手比出小心的手势。

今天在边境的延误，是由一群意图用大皮箱走私衬衫和长裤的叙利亚人引起的。荒谬的是，正当这些走私者打开箱子，露出成叠塑料袋装的衬衫时，一辆辆大卡车却毫无阻拦地轰然驶过。那些是德国卡车，上面装载着一箱箱德国机械，由一个名叫曼内斯曼的公司运送来的，木板箱上盖有“致伊拉克巴格达科技部”字样，总计有八辆这种巨型货车。显然他们正经过叙利亚前往伊拉克，而叙利亚士兵只是挥挥手就让他们过去了。似乎没有一个人理会伊拉克正接受联合国的制裁，而运送德国机器零件是非法的。相反，这些衬衫走私者却一个个受到谴责与恫吓。

优素福把我拉到一旁，用手掩着嘴巴悄悄告诉我：“那个人是阿萨德的儿子。他死了。不要讲。”终于，我们被叫进办公室，取回护照，继续上路。优素福告诉我，那些戴着墨镜在喝茶的人不是旅客，而是叙利亚秘密警察“穆卡巴拉”。优素福是掩着嘴，以耳语的方式告诉我的。

“我喜欢这里。”优素福说。我们已来到一处岩石密布、夹杂着片片绿地的地方。“阿勒颇很好。我吃，我喝，我跳迪斯科，我睡女人，但是，”他挨向我，“我不讲话。”

越过数英里外的低矮丘陵，可以见到山崖上的清真寺宣礼塔和堡垒，以及一片低矮的建筑，那是阿勒颇。在经过土耳其哈塔伊省的小村小镇后，此情此景像是我这个近视眼中的海市蜃楼，模模糊糊的类似中东随想曲——腐朽的建筑和丑陋的新建筑融为一体，再撒上一层灰尘。我觉得地中海东岸很多地方都和这里一样，属于大杂烩的建筑形态，上面耸立着泥土色的清真寺圆顶和铅笔形状的宣礼塔。

"跟我来，"优素福说，"我知道这地方。"

"我在忙。"我说。

我们正站在路旁，置身猛按喇叭的出租车与巴士之间，触目所及，便有十二幅公布栏大小的阿萨德总统的画像。但更奇怪的是，还有更多幅他儿子的画像，只是尺寸更小。那些画像有的贴在墙上或柱子上，有的用油漆喷雾或油印在石造建筑上，有的贴在商店玻璃上。此外，阿勒颇每辆车上也都展示着那个年轻人的相片，许多还镶着金框，放在后窗。

"你在忙？"优素福一脸困惑，而那正是我的目的。

我心想，又是这个人，便问优素福那个人的名字。

优素福朝我痛苦一笑，我心里明白不需要设计赶他走，只要照常问我的问题就可以了。

优素福掩住嘴巴，假借抽烟的动作低语道："他儿子。"他不是叙利亚人，却像迷信的叙利亚人一样，不敢提阿萨德的名字。他向四周瞄了一眼，然后加了一句："他叫巴西勒。"

"巴西勒？"

优素福一脸惊惧，我的声音太大了。他愁眉苦脸地沉吟一会儿，然后匆匆溜之大吉。

巴西勒的殉亡是一九九四年一月在前往大马士革机场的路上发生的，他是个惯于开快车的年轻人，那天正驾车赶搭飞往法兰克福的班机，准备到阿尔卑斯山滑雪度假。他以一百五十英里的时速驾驶（时速二百四十公里，这个数字是巴西勒丧命的神话之一），结果车子失去控制，他当场丧生。三十二岁的他一向以喜爱跑车而闻名。经过四十天的哀悼，在他父亲的家乡卡达哈竖立了一座巨型雕刻，描绘一个年轻人旋升于一道光柱上，他父亲（领袖之父）站在光柱底部，儿子（烈士、候补军官、伞兵）则正在飞翔。

另一个较小的儿子，二十九岁的巴沙尔随即取代了巴西勒的位子，成为他父亲的继承人。巴沙尔原来安静地在英国念书，后来被征召返家，目前是储君身份，以承袭有朝代心态的父亲。

我从土耳其乡间一下子闯入叙利亚混乱而友善的阿勒颇。虽然我一眼就爱上它，却疲倦得无法吸收任何东西，除了巴西勒崇拜的狂热现象。我找到一家旅馆，先睡个午觉。一觉起来天色已黑，我索性倒头又睡，第二天才起来。

阿勒颇风沙大，房屋破旧，地方并不大。这里有布满灰尘的熙攘街道，是每个人印象中的中东城市，正步向腐朽，不具威胁性，带有神秘气氛，洋溢着食物、燃油、潮湿棉絮，以及朽烂砖石的气味。它根本不像个城市，而像大型乡镇，杂居着阿拉伯人、亚美尼亚人、库尔德人，甚至还有一个犹太区，并有明显的路标——公园、堡垒、市集、清真寺和火车站。我搭乘巴士前往圣西门教堂参观。这位圣者被称为“柱头修士”①，曾坐在一根高柱顶上三十年以禁欲苦修，并在柱顶上向信徒布道。

我不是朝圣者——其实我根本讨厌这个字眼，而且这里就像其他宗教圣地，我也察觉不出丝毫神圣的气息，只有一丝虔诚的感受——谦卑，而非神圣，以及一种戏剧感，就像我在耶路撒冷的感觉。我经常在人称神圣的地方有这种感受——一点都不神圣，而是一种激情和冲突的翻搅。

---

① 指西门·斯泰莱特（390？—459），苦修士，坚持实践苦和祈祷。

回到阿勒颇曲折的街道后，我意识到自己最喜欢此地的一点是自由的感觉，无论去哪里都可以徒步走到。而且叙利亚有我此行见过最恶劣的电话系统，因此我绝不尝试在此打电话或传真，这也免除了我的焦虑，不再担心有什么事非得紧急处理不可，因为根本不可能跟外界联系，这种失去联络的感觉，使我得以将全部心力贯注于所在地。

原本我很担心海岸之旅，直到来到火车站，看到每天有三班火车开往拉塔基亚，心情才豁然开朗。这是个有法国风味的滑稽小火车，许多荒谬的壁画都有惯见的阿萨德圣徒行传。我在车站和三个学医的青年学生聊天，鼓励他们就壁画发表意见，结果他们立即闭上嘴巴，用眼神示意，用手势暗示，用种种非言辞的方法要我换话题。这就跟处于阿尔巴尼亚“朋友”霍查统治时期的情况没有两样。

这些人的反应不光是警戒，而是真的恐惧，而恐惧的对象，据我推测，正是秘密警察“穆卡巴拉”。一九九四年年底前，叙利亚还有六千名政治犯。阿萨德释放了一些年老患病的犯人，以向美国示好，并为自己赢得宽宏的美名。

阿勒颇最负盛名的是它的市集，一处宽广、有遮顶的市集，里面有狭窄的巷弄和常见的分区——一区卖金器，一区卖银器，地毯在另外一区，还有许多窄小拥挤的区域贩卖鞋子、围巾、水果或香料，另外还有制造锡器者、编织者及吹玻璃者。这里的供应远超过市镇本身所有。叙利亚北部所有人都会来阿勒颇市集。

“先生，今天我什么都没有卖出去。你一定要买一样东西！”

叙利亚的冬天比我预料中冷，每天几乎都由凝霜状态开始，到正午才感到暖和，下午气温又持续下降，晚间则寒意袭人，每个人都穿着毛衣和外套。我决定在市集买条围巾，不是那种价值两美元、点状花纹、包住头部的巴勒斯坦式头巾，但或许会是那种价值五美元、游牧民族佩戴的纯羊毛围巾。

中东市集的一个特色是：三十个摊位贩卖同样的商品，但是每个小贩叫卖的声调都不同，从而形成三十种不同的叫卖情景。有蹲在店后面、一语不发、对你怒目而视的，有因你过门不入而独自生闷气的，也有追在你后面、扯着你的衣袖、纠缠不休、叫着“先生”的。

我在找一条能保暖的围巾，但同时也在找会说英语的人。我很快便找到五个这样的人，坐在一匹匹丝绸之间。

“来这里，先生！晚安，你好吗？”

这个人介绍自己叫阿拉奥丁（“阿拉丁”）·阿卡德，还有他的朋友及同事：穆斯塔法、穆罕默德、艾哈迈德和拉蒂夫。他们年纪都很轻，神情傲慢，彼此聒噪不休。

“你是法国人吗？”

“美国人。”我回答。

“你是美国佬，”阿卡德说，“大家都是这么叫你们的。请坐。喝点茶吧。”

我打算买条围巾，便接受了他们的邀请。如果这里是卖地毯的，我就会更小心。我跟他们坐在一起，谈起天气有多冷、市集里有多潮湿，以及我在土耳其的旅行、对叙利亚的印象，等等。

穆斯塔法说：“我叫你美国佬，你介意吗？”

“一点都不介意。不过别人是怎么称呼你们的？”

“别人叫我们驴子，”阿卡德回答，“因为驴子老在市集里乱晃。我们不在乎，驴子是好动物，而且我们也的确到处乱晃。”

“那你们叫土耳其人什么？”

“小胡子，”穆罕默德回答，然后对他的友人说，“对不对？”

阿卡德解释：“因为他们都留小胡子。”

“那埃及人呢？”

“目中无人者，”穆斯塔法说，“他们很自私，随时都只想到自己。”

“以色列人呢？”

“比约旦人更糟。”阿卡德回答。

“‘太阳是从他们屁眼照出来的。’我们这样说。这是一句阿拉伯谚语，形容一个人很自大。”穆斯塔法说，“他们自以为很了不起，你知道的，所以我们就简单称呼他们为‘屁眼’。”

“我不喜欢说这个词，”阿卡德嚷嚷说，“不过这是真的，他们非常自大，自认为比每个人都强。”

“你结婚了吗？”穆斯塔法问我。

“这就说来话长了。”我回答。

“我结过婚了。他也结婚了。”阿卡德意指穆斯塔法。他指指拉蒂夫——拉蒂夫显然不会讲英语，只是面露笑容地沉默不语。“他是马蹄。”

“不是驴子？”我反问。

“我是姜汁啤酒，”阿卡德说，“虽然我结过婚了。”

“我不懂。”

“这是俚语。”阿卡德拿出一本书，朝我晃一下说，“这个美国佬就不懂了！”

那本书的书名是《澳大利亚俚语》，一个澳大利亚人雷送给阿卡德的，书页上有亲笔题字，圆弧形蓝色手写大字。

“我以前的男朋友，”阿卡德朝我扇扇睫毛，“他跟你一样是个旅行者。”

我查阅那本俚语书：马蹄——男同性恋；姜汁啤酒——男同性恋。在那片“快乐的群岛”来回旅行了一年，我竟在阿勒颇由一个叙利亚人帮我上了一堂澳大利亚俚语课？

“我懂了。”我说，“可是你不是说你结过婚了吗？”

“是啊！我结婚五年了，直到一个月前才发现我是同性恋。”

“那不是有点不方便？”我问。

“我太太才不方便。”阿卡德说。

“但是我喜欢女人。”穆斯塔法表示。

“我喜欢男人。”阿卡德说，“他也是，还有他。你看那边那个男人。”另一个年轻男子停在市集巷弄中，跟拉蒂夫咕哝低语。“他以前是我男朋友。你看他是不是故意不理我？”

“我跟穆斯塔法一样。”我说，“我更喜欢女人。”

“女人闻起来像蛋饼。”

“你喜欢蛋饼吗？”

“不喜欢。”他说，“我喜欢男人。男人闻起来像西瓜。”

“‘有女人是为了责任，有儿子是为了喜悦，有瓜果是为了狂欢。’这不是一句阿拉伯谚语吗？”我说。

“我从来没听过。”阿卡德说，“我不懂。”

穆斯塔法将两手搭在胸前说：“我喜欢女人身上这两颗瓜！”

“我不喜欢。”阿卡德说，“你几岁？”

我告诉了他。

“不会吧。”他说，“不过你真有那么老的话，你一定很快乐，非常快乐。”

“是啊，他是很快乐。”穆斯塔法说。

“我很快乐。”我说，心想：是啊，在凄冷的夜晚，置身地中海最偏远一隅的阿勒颇市集喝茶，听他们的愚蠢谈话，体会到被欢迎，感觉我几乎可以问他们任何问题而不致冒犯他们，我是很快乐。”

“你来这里干什么？”阿卡德问我。

“买条围巾。”我回答。

“我不会卖围巾给你，穆斯塔法和艾哈迈德也不会卖围巾给你。你知道为什么吗？因为我们要你明天再来跟我们聊天。”

“没问题。”

后来我到一家餐厅，吃了热面包、鹰嘴豆泥、茄子、色拉和香辣鱼块。进餐时，我碰到一个在阿勒颇医学院就读的学生艾哈迈德·哈吉阿卜杜。他说希望能拿高分，为了去国外留学，更进一步地有所专精。我聊到阿萨德，希望能就巴西勒崇拜热获得更确切的资料，结果哈吉阿卜杜马上着了慌，绝望地环视餐馆，目光激动。

“抱歉。”我说。

他只是笑了笑，然后我们聊起了天气。

第二天，亦即我在阿勒颇停留的最后一天，我返回阿卡德店中，买了一条裹头围巾，然后问他前往拉塔基亚的最佳途径。这里有许多种交通工具——大巴、卧铺车、小型巴士、出租车、拼车、火车等。

阿卡德问我："最佳途径，你是指最快？最安全？最舒服？最便宜？还是什么？"

"你说'最安全'是什么意思？"

"公路会有危险。因为公路绕着山走，有时候小汽车和巴士会开出路面，掉进山谷。还有人送命。"

"火车是最好也最安全的。"穆斯塔法说。

"我也一直这样认为。"

我买了张前往拉塔基亚的头等车车票，两美元。

第二天早上，车站候客室里守候了大约一百多名叙利亚人。在寒冷而贫穷的国度，人们的服装也千奇百怪，舍弃时髦而以保暖为主，叙利亚的这个冬日早晨便是这般光景。有些妇女穿着黑褶袍，包着脸，活像黑色"什穆"[①]，有些像修女，更多的人穿着老式洋装和老式镶毛边外套。男人穿着长袍，女人穿着棉袄，许多人穿着皮夹克，戴着怪里怪气的帽子。吉卜赛人穿得花花绿绿，还穿着厚裙子。秘密警察则服饰良好，神情警戒，成双成对，一副志得意满的样子。

世上没有所谓叙利亚人的面孔。这里有许多脸孔跟欧洲、美洲大陆的人一样——白皮肤、红头发、蓝眼睛，或者大鼻子、深色眼睛、黝黑皮肤；其中有些可能原本是西班牙人、法国人，甚至英国人。此地有叙利亚族的哈克·费恩[②]，一脸雀斑，一头乱发；有闪族面孔，唠唠叨叨，嘴上长着浓密汗毛的姑妈型人物；也有很多人长得跟我一样，我很确定这一点，因为不时有人走过来，用阿拉伯

① 美国漫画家阿尔·卡普（1909—1979）所绘的神话动物，体小而圆。

② 美国幽默作家马克·吐温作品《哈克贝利·费恩历险记》中的人物。

语问我问题，而当我用英语回答时，他们都一脸困惑与不好意思。

这是阿勒颇一个寒冷的星期日，才早上六点钟，街上几乎不见人影，因此老鼠也大胆地在阴沟间搜寻食物，我必须一路嘈杂地踩脚踏着路面以赶开它们。今早我穿了一件毛衣、一件外套，还戴着一条围巾。老鼠在我前面窜来窜去，啃着垃圾。有一只在我前面奔窜，还不时回头瞄我一眼，就像一只兴奋过度的宠物。

七点二十分驶往拉塔基亚的快车是列饱受风霜的火车，二等车厢不堪入目，头等车厢也差强人意，最糟糕的是，所有窗户都脏兮兮的，很多都布满蛛丝状细密裂痕，根本看不清楚窗外景物。

我把笔记本放在腿上，开始记述在市集上碰到的那群人。因为手边的书已经看完了，接着重看了一遍《错把妻子当帽子》中有关《街头神经学》的那一章，认为萨克斯实在富于才智。他在纽约市街头走路，就那些胡言乱语、喋喋不休者的毛病做了一番诊断。在另一段他还引用了尼采的一句话："我经历过各种健康状况，而且仍在经历当中……至于生病，我们都很想要求——能不能省略这一段不要？但只有经历身体上的极大痛苦，才能获得精神上的最终救赎。"

查票员一身深色西服，鞋子擦得雪亮，抽着一支烟。两名士兵和两个穿着制服的手下尾随着他。他对每位旅客弹一下手指，然后在两名士兵的注视下，指示一名手下把票收起来，碰也不碰地检视一眼，再由另一名手下撕下一截，递还给旅客。那两个士兵年纪不小，身材肥胖，简直像从比尔克中士[①]汽车队中挑出来的。这五个人各司其职，组成工作团队，成为火车走道上的迷你官僚体系。

---

① 出自电影《比尔克中士》，他在军队中开赌场，以作弊方式"设计"新武器。

我在叙利亚见过很多这类情景：几个人做一件工作，互相商量、讨论、分担问题，或者只是交际、饮茶、抽烟、毫不负责。

透过车窗裂痕看出去，阿勒颇的市郊有种碎裂的立体派特色，林立的公寓建筑有如各式各样的拼图。我们很快进入乡间，见到与西海岸平行的努萨里亚山脉，是地中海地区最美丽的景观之一。叙利亚东部和南部是沙漠，这里却有青绿温馨的山谷和石屋，有花园，有牧羊人，有麦田，有橄榄树，有果树。我没有料到此间会有如此肥沃可亲的土地，直到后来看见沙漠，才意识到那只是印象中的叙利亚，亦即叙利亚人称为“撒哈拉”的无垠荒漠。

但是这里是宁静的，绵羊在草原上啃啮着花朵。在我想象中，此地应当是部署枪炮的阵地，还有炮手皱着眉用望远镜侦测敌踪，但事实上一片田园景致，有纯朴的乡下人骑着驴子趾趾而行，有一座座由小型圆顶住家组成的美丽白色村落。每一村落周围都有犁好的田，还有一座水井、市场与清真寺。

有个男人逛到我坐的车厢，爬上座位，从车顶取下一个灯泡，然后插上录音机。在接下来的旅程中，他不停地塞些录音带，播放尖锐的音乐。

片片草原远看有如压坏的天鹅绒，列车驶近，才让人看到草原上点缀的野花，以及成行结实、呈墨绿色的松树。即使刺耳的音乐声，也不足以干扰我欣赏这片美景的心境。我从来没有见过或听说过这种景观，最令我兴奋的是这景色带有《圣经》时代的古老风貌，是大卫王曾征服与杀戮的土地和盐谷[①]所在之地。奥龙特斯河

① 位于死海以南。

的吉斯尔舒古尔到处都是花朵，远处山巅小镇与它坐落的岩层一样泛着白光。这里距离土耳其很近，火车也沿着两国疆界而行，但是这些村落与土耳其大相径庭，不但房屋设计不同，人们的穿着方式也迥异。

火车穿越高大蓊郁的山脉奔向海岸，然后环绕这片具有特殊中东风味的高地而行。这些高地十分古老，经由岁月的洗礼已变得温驯圆润，似乎终为人类驯服；人类早由世界开始之初，在此来回践踏，任由羊群在高原间奔跑觅食。这是坡度和缓的高地，有平和的悬崖和不带威胁性的沟壁，没有高耸的尖峰，而且绿意盎然，有松林，也有山谷间的村落。它们不似荒野中带有凶猛性质的山脉，有尖锐的高峰和陡峭的山崖，有粗犷、呈锯齿状的山脊，崖壁也像刀刃般犀利发亮。

这是我对地中海地区的另一项体会：曲折的海岸线上，没有哪一处没有人类足迹。这里每一英寸土地都曾被列入图表，加以命名——大都有过两三个名字，有些甚至有过半打名字，一再重叠，尤其东岸这些各有立场、针锋相对的共和国境内更是如此，因此有时不免令人混淆。

离开阿勒颇三个半小时后，阳光灿烂，火车奔驰于遍植枣椰、柑橘和橄榄的平原上，朝拉塔基亚驶去。在绕过内陆的漫长旅途后，我又回到了地中海海岸。

我从车站走到拉塔基亚市中心，找了一家旅馆。午餐后，我徒步走向港区，一路上都有出租车尾随纠缠，贴着街边慢慢驾驶，朝我猛按喇叭。要摆脱这些年轻司机的唯一方法，便是干脆雇辆车——反正我正打算去拉塔基亚北部，参观乌加里特废墟[①]。

我便是在这种情况下遇见里亚兹的——一个不可靠的人，开着一辆不可靠的车。他会说一点英语。不错，他知道乌加里特。好的，我们可以去那里。不过他有些琐事要先办。他带着我到处跑，让我在最短的时间内对拉塔基亚的全貌有了大致了解。这不是个吸引人的地方，唯一的海岸在城外数英里，有个可笑的名称“蔚蓝海岸”，那里道路空荡，海岸泥滑，坐落着一家名为“美丽殿”但萧条的旅馆。那是个郁郁寡欢之地，所有拙劣的建筑都在无情的阳光中暴露无遗。

“那个人是谁？”车子经过阿萨德的雕像时，我问里亚兹。这里有很多尊领袖的雕像。

里亚兹哈哈大笑，却是一种紧张的笑。

“他叫什么名字？”我问里亚兹。

“哈！哈！哈！”里亚兹干笑着，并紧张地环视周围交通。

城北两三英里外是沙姆拉角，原本不是个重要的村落，直到一九二八年，一个农夫在附近山丘犁地时，犁头突然碰到地底城墙的上层墙缘。经过一番挖掘，才发现那面墙原是一栋大型建筑物的墙壁，而那栋建筑正是一座皇宫。后来整座城市的雏形都挖掘出来，是个广达三十六公顷的宫城，挖掘之后，在二十世纪三十年代分阶段陆续出土。这种发现经过，包括犁头最先碰击的情形，以往在中东地区已经发生过许多次（中国秦朝兵马俑的出土，也是一个贫民犁地时发现的），犁田的农民或许是世界上最早的考古学家。

---

① 公元前十五至公元前十三世纪繁荣的古文明遗迹。

不过乌加里特出土的真正珍品是一种类似珠子的小泥版，上面刻着今日字母的先驱。（根据导游手册记载：“泥版上的字体被认定是最早的字母。这些字母经过希腊人和罗马人的修订，嗣后才衍生出所有的字母系统。”）此地也发现了其他小东西：手镯、珠子、箭镞、匕首等，不过那些形状大小如孩童手指的泥版留下了人类书写的最原始痕迹。

负责看守废墟的阿里先跟我道歉一声，然后向我收取相当于四美元的叙利亚比索（折合他一星期收入）以参观废墟。他跟着我走，指着一些坍塌的墙壁和杂草丛生的地点说：“皇宫……图书馆……井……引水道……楼梯……房子……拱门……马厩……地下墓穴……”

这不过是片默然无语的断垣残壁，遍布几处山丘，有山羊站在墙头啃食青草，有大朵的罂粟花任意滋长。虽然已经挖掘出来，这片废墟却遭到漠视，长满杂草，遍地碎石，使得许多墙垣模糊难辨，此外没有走道，没有招牌，没有标示，令人莫名其妙。总之，乌加里特（“一度是地中海最伟大的城市”）已逐渐恢复成被掩埋的城市，所有零碎宝物和古迹早都被劫掠一空——在大马士革的博物馆内展示。

我喜欢一个人在这里，遐想自己置身早期地中海岸，在旅行间不经意撞见一处古老遗址，然后由住在附近的一个单纯村民带领四处参观。意大利乡区的古庙和村庄，以及迦太基、庞贝、希腊的古代大理石建筑，都曾这般被冷落过——只是一片坍塌的古文物，寄居着山羊和绵羊，村民则来搬走一块建材或一块大理石板。这正是地中海地区的一个特色——神庙变成教堂，教堂变成废墟，废墟掩埋于土，直到有人需要建造一栋小屋，才又变成采石场。在十八和十九世纪——我们有精致雕刻为证，希腊和意大利就像今日的乌加里特；废墟是新奇玩意儿，里面是坍顶的地窖、倾圮的墙垣、不知通往何处的台阶，以及工艺品和骸骨遭洗劫的坟墓。

我正坐在墙头欣赏这一切——太阳照在花朵上，杂草长得比废墟还要高，阿里又走向我。

“字母在那里！”他说。

他指着一处阴暗泥泞、杂草蔓生的小围场，那些字版便是在此发现的，这里也像是一处圣地。某种程度来说，也的确经由那些最早提及的印刷文字渲染而被神圣化了。然而五千年以来，这个曾孕育优美文字的叙利亚却有半数人是文盲。

返回城市的途中，我问里亚兹：“这里有没有船可以到塞浦路斯？”

“没有。”

“你确定吗？”

“我不确定。”

“我可以搭船从拉塔基亚到塞浦路斯吗？”

“我想。”

“你想有？”

“我想没有。”

他说对了——虽然码头停靠着很多货柜船，却没有渡轮通往任何地方。这个城镇小巧、整齐、阳光普照，建筑物隐约带有欧洲风味，与寒冷、多尘及充满东方风情的阿勒颇迥然不同。我觉得很惊异，短短一个早上，我竟从一种气候进入另一种气候。不单是气候，连氛围也和我在地中海沿岸见到的上百个地点相同。拉塔基亚不像其他内陆城市，而更像希腊、阿尔巴尼亚或撒丁岛的海港，有地中海阳光文明的沉闷无趣，以及九重葛、棕榈、灰泥粉刷的房屋和海滨步道。

“你要不要看‘拉丁’？”

他的意思是基督教堂（至于基督徒，叙利亚人则称之为“弥赛亚”，因为他们信奉救世主弥赛亚）。拉塔基亚有座教堂，是法国风格的双塔楼式天主教堂，大约建造于二十世纪三十年代（法国人曾于一九二六年占领叙利亚，直到一九四六年叙利亚独立为止）。拉塔基亚的生活有自给自足的意味；外国人很少来——几乎不来叙利亚，即使来，也只待在大马士革，而很少造访经济萧条与被破坏的海岸地区。拉塔基亚的橘子和橙子要比砖石灰泥好太多了。我付钱打发了里亚兹，买了一些水果，在街上散步了一会儿，然后早早上床休息。

沿着海岸南行六十英里，搭乘一辆慢吞吞的巴士走了两个钟头后，我来到塔尔图斯，一个古城墙包围的市镇。我在镇上绕了一圈，心里不禁纳闷：这里究竟有什么改变？人们仍然生活在羊粪和垃圾堆间，仍然在洗衣盆里刷洗衣服，从窗户晾衣服，阳光透过拱门而入。儿童在狭窄的巷弄游戏，巷弄的阳沟污水又流入大阴沟。老鼠在砖石间奔窜，一座塌陷的教堂中廊晾有更多衣物。在这墙垣包围的地方有旧的部分，也有新的部分，但已经很难区分了。人们扩充原有老的房子，增添房间、楼梯间，扩充屋顶、隔间等。老头儿仍坐在城门的拱顶下。我推想，叙利亚海岸的人多多少少一直保持着这种生活方式，外表杂乱无章，其实非常和谐，运用所有可供利用的空间，在城墙和坚固的石屋保护下，仍拥有自己的空间，形成一个蜂巢似的古老城市。

靠外海有座名叫阿瓦德的岛屿，我很想去看看，却找不到渔夫愿意载我过去，我只好沿着海滩散步。塔尔图斯的海边是我在整个地中海地区所见最肮脏的：全是污泥、垃圾、废水和油污，也许当地一向如此紊乱、污秽、无人理会。毕竟把游泳当作娱乐，以及热衷日光浴，是新近才兴起的风气。沿岸人民一向将大海视为庞大的污水沟，不是只有地中海如此。

“海洋在西方文明中代表空间、空虚与原始的混沌状态。”当我写信请教乔纳森·拉班，为什么地球上每个海域都被当成厕所时，他是这么答复我的。乔纳森是我的老朋友，也是《牛津版海洋之书》的编辑。在《圣经》中，“水域”隐含空虚和混沌之意，对地中海来说尤为真切。W. H. 奥登[①]在《发怒的洪水》中曾对大海的混乱有所评论，乔纳森引用其中一段：“海洋，其实是一种野蛮的含混与混乱状态，文明由此中孕育而生，然而除非神明和人类努力挽救，它永远有退化的可能。由于它代表的友善象征实在太少，《启示录》的作者在幻象中见到末世的崭新天地时，首先注意到的便是‘已经没有海’了。”

“把垃圾扔进去，它便神奇地消失了。”乔纳森写道，“水具有净化的性质，因此就定义而言，你是不会污染水的。”在十八世纪中叶前，“大海在社交上是一个隐而不见的地方，藏污纳垢，就像一个黑洞。无论你在海中或海上做什么都不算数，这也是海边成为

---

① W. H. 奥登（1907—1973），美籍英裔诗人。

特别自由不受拘束之地的部分原因。”他又接下去说，“海洋过去不是——现在也不是一个处所，而是一个不能辨认的空间，在社会之外，不属于讲究礼仪与社会责任的世界。它也以贱民聚集而闻名——一些下层阶级的人，比如渔人……那是个社会的厕所，所有污物汇集之处。”

塔尔图斯没有任何引人驻足的东西。我想去参观名为骑士堡的十字军城堡，因此便跟一个叫阿卜杜拉的出租车司机讲好，要他带我去骑士堡，再送我去霍姆斯，我可以在霍姆斯搭巴士或火车到大马士革。

“黎巴嫩！”每隔二十分钟左右，他便这么叫一声，并指指南部阴暗的山峦。

然后他便往北驶离公路，前往捍卫叙利亚内陆、眺望整个海岸线的沿岸高地。在一座山谷高处的战略据点上，盘踞着一座你能想象出的最美丽的城堡，到城堡的唯一通路是下方的山谷。我的童年在阅读童话故事中度过，对行侠仗义的行为抱着崇拜心理，并将爱情、骑士、忠诚、勇敢等交织在一起——尽管回想起来，那些都犯了似是而非的毛病，不过，地中海地区的十字军城堡及各种浪漫事迹因而对我别具意义。

穿着盔甲的骑士，一手持剑，一手高举绘有纹章的旗帜，对我而言，一直代表心性的美德，具有强烈象征意义，我从不加以质疑。我是被这种幻想与概念所启迪，而不是倾心于十字军骑士在历史中的真正作为。同样的，西方人关于自我牺牲、道德和浪漫爱情的观念，也有很大一部分来自十字军的故事——还从马上比武、盔甲、纹章旗帜、城堡等获得了穿衣品位。骑士堡正是那种浪漫梦想中的城堡，有壁垒、地牢、对称的防御工事，以及一座小教堂和宏伟的瞭望台。

“这里既不是废墟，也不是名胜。”T. E. 劳伦斯在一本罕为人知的十字军城堡著作中写道。一九〇九年，他在最炎热的三个月中行走了一千英里路，以深入研究这些宏伟的十字军城堡。他称颂骑士堡是“全世界保存最好、最令人赞叹的城堡”，并未言过其实。

离开城堡后，我问阿卜杜拉：“这里离大马士革多远？”

他告诉我里程数，我换算后，大约一百英里。离天黑还有几个小时，我们重做安排，以四十美元的价格让他送我去大马士革。

这是一次草率之举，我应该更留心他的车况。那条公路经过叙黎边境：前黎巴嫩山脉的后缘，更重要的是，那条公路是沿着叙利亚沙漠外缘而筑的。

“撒哈拉！”阿卜杜拉朝窗外一片荒漠嚷道。

公路西侧有羊群啃食着青草，如果它们在东侧觅食，就都会饿死。远处可见游牧民族的营区，散布着黑色帐篷和成群的动物。

就在天快黑时，车子引擎发出抗议。阿卜杜拉诅咒着，但车子只埋怨地咳了几声便抛锚了。

“没关系，没关系。”阿卜杜拉说。为了证明他的自信，他替我照张相，然后在风中扯着喉咙嘶吼。

他的高昂士气并没有说服力。他告诉我是电路故障，然后拦截一辆路过的车，扔下一句“马上回来”便在暮色中扬长而去。天很快暗了下来，我坐在车里拨弄短波收音机，听到以色列轰炸黎巴嫩南部与封锁当地渔港的消息。公路上不时有大卡车隆隆开过，阵阵气流冲向阿卜杜拉的车，使车和我跟着摇晃。

由于孤零零地被困在沙漠边缘，寒冷而又不安，饱受挫折，我的脑海中也净回忆一些不顺遂的往事——受到贬抑与误解的时刻、没有解决的争端、凌虐的言辞、粗鲁的对待、辩输的时候、各种屈辱等。有些事件甚至可以追溯到许多年前。不知道为什么，我想起生命中每一件曾经走样的事。我一直告诉自己："那又怎么样？""算了吧！"但是再怎么自我安慰都没有用，我就是无法制止那些不愉快的往事在脑海浮现而饱受其苦。

有时我会觉得好笑，因为在心理上，我仿佛距离叙利亚十万八千里，不过结论是：也许就是因为处于大漠中央，我才会有那种反应。一片漆黑中，除了偶尔路过的卡车，大地静谧无声。我想我真的既害怕又生气，我讨厌沙漠，我竟被阿卜杜拉抛弃在这个狂风呼号的荒郊野外，没有光线又没有水。

终于有一对车灯摇摇晃晃地来到路旁。阿卜杜拉跳出来，大笑着提着一罐汽油朝车子走来。原来他说电路故障是因为他觉得太丢脸了。

时间已经很晚了。当他把汽油罐交还到阿提耶镇时，我告诉他，我改变主意，不去大马士革了。他向我展开一长串哀求诉苦的争辩，又是乞求，又是责备，又是埋怨，还索取额外的酬劳。"我请你吃过橘子！"他大吼。我心想：我实在痛恨这个唠叨的人。于是我说："我在乎吗？"我给了他索要的价钱，并咒骂了他一声。事后回想，整件事之所以让我恼火，是因为我本来就打算给他那些钱的——连小费在内。

我在阿提耶住了一晚，又对阿萨德的个人崇拜做了一番省思。阿提耶市中心有座"领袖之父"在溜冰的雕像，还有一些标语。一位好心的市民帮我翻译标语的内容："微笑吧！你正在阿提耶！""快乐吧！我们在建国！""阿提耶的市民是阿萨德的士兵。"

隔天我抵达大马士革时，一眼就看到了那座由玻璃和钢铁组成的怪物，像巨大的航空站般矗立在悬崖上，俯视着大马士革。从大马士革各处都可以看到这幢建筑，显然这是它的主要特色之一。建筑的外观蛮横、隐晦难懂、毫无笑容，就跟阿萨德本人一样令人望之生畏且遥不可及。由于体积庞大、欠缺特色，它倒像座监狱或堡垒。就某种程度来说，它也确实有这种含义。阿萨德跟人民几乎没有接触，也很少出现在公开场合。此人天威难测，是个孤立的国君。有谣言说他正在生病，儿子的死对他是一大打击，他正处于隐居状态，不过有时还是会出现在《叙利亚时报》的头版，难受地坐在大型座椅上，显然正朝来访的贵客颔首致意。

在阿萨德王宫下方，即是呈饼干色的大马士革，清晨的寒意依然笼罩着新建的郊区、古老的市区、市集、清真寺、教堂、嘈杂的交通，以及漫步的大马士革人。由于宗教和商业因素，以及当地拥有的圣殿、清真寺与教堂，来大马士革的人络绎不绝。这是座古老的城市，古老到《圣经·创世记》（第十四章第十五到十六节）中已提及大马士革，耶路撒冷则直到《约书亚记》（第十章第一、二节）才首次提到。大马士革是个有城墙包围的古城，有点像市集。平日很少有西方人来旅游，却充斥着邻近沙漠和海岸地区来的人。这座城市是附近村落的市集和圣地。一个远在拉塔基亚的男人告诉我："大马士革是我们的市集。"其实这里是每个人的市集，而兴建于一千三百年前的倭马亚清真寺也是许多朝圣者的目的地。贝鲁特距离此地很近，开车最多两个钟头就到了，因此有很多黎巴嫩人。

在联合国的制裁下，伊拉克人几乎透不过气来，因此多来此地大事采买。还有纳瓦尔人、沙漠来的吉卜赛人，以及来自约旦边境、下巴有刺青、一身天鹅绒连身衣裙的女人。此外，裹着披肩、身材矮小的人，眉头紧蹙的贝都因人，年轻学生，蓄着长须的毛拉，穿着牛仔裤的女孩与戴着棒球帽的凶悍小贩等都有。

围墙内的古城一角是亚拿尼亚的家。根据《使徒行传》第九章第一到二十节的记载，他曾见到异象，命令他去犹大的家迎接扫罗。

"这就是原来那栋房子。"一名年轻人告诉我。

也许这真的是原来的房子，也许这真的是"直街"，不过我很怀疑。不错，这是全世界最古老、一直有人定居的地方，但也曾多少受到围剿、摧毁、劫掠和焚毁。此地市集的店家比阿勒颇的大，光线和通风也更好，贩卖铜器、瓷砖、镶嵌盒子、家具、地毯、珠子、巨型刀剑、拙劣的雕刻品、一些小玩意，以及罗马玻璃器皿。

"这是玻璃器皿的真品。"商贩宣称。

据当地人说，这些带有泥渍的小型香水瓶是最近才出土。另外还有小尊陶土人像、容量一品脱的双耳长颈椭圆陶罐。只要几美元代价，就可以拥有一套无价的罗马古物。

据说，埋葬施洗者约翰头颅的地点在倭马亚清真寺内。总之，清真寺内部有一座是祭祀他的圣坛，清真寺位于室内市集的尽头处。我走到那里，见到一个伊朗朝圣团蹲坐在铺着地毯的地板上哭泣，一名毛拉正滔滔不绝地布道，激动之情有如一些激昂的美国电视布道家，声泪俱下地猛擤鼻涕、猛揩眼睛，他的信徒也跟着像一群鹅般聒噪啜泣。

周围一些叙利亚人则难以置信地驻足围观，暗自窃笑，对其表演面露笑容，毫无感动之意。

“你是信徒吗？”我询问清真寺内一名阿拉伯人。

“不是。”他回答。他是来欣赏清真寺中庭重新整修过的镶嵌图案和廊柱的。他说，寺方整修得很糟糕，损毁了原先的装潢。

“那个人在说什么？”我指指那个又哭又叫的毛拉，他仍站着结结巴巴地喋喋不休，脚边六十余名信徒则满脸泪痕，哽咽不已。

“他在讲述侯赛因的故事。”

侯赛因是阿里的儿子，穆罕默德的外孙，公元六八〇年在伊拉克卡尔巴拉战役中遭倭马亚王朝的军队砍头。那是个残暴而戏剧化的故事，包括侯赛因目睹妻儿被杀害，而他在敌军的包围下仍策马前进，最后，在向他的爱驹道歉后，身首异处。

“先知本人亲吻过的甜蜜嘴唇……祝福他获得平安幸福……还让士兵残忍地踢了下去！”

激情的信徒们发出一声喊叫，一名身材矮小、一身黑、有如蓝色小精灵的妇人塞了一些卫生纸给毛拉。毛拉擤擤鼻涕，又继续讲下去。

“他们像踢足球一样把侯赛因的头踢来踢去……”

“哇！”

我对他们忧伤的殷切和力量感到心惊。这不单是虔诚的教徒一吐内心哀伤的痛哭，而像是在预演日后更深切的愤怒、苦涩和仇恨，似乎在深受伤害之余，正凝聚内心的力量以施展报复。穆斯林哀伤的哭号具有战场上呐喊的咆哮意味。

一天，我与几个通过别人引见而认识的叙利亚人一起吃午餐时，又聊起这个国家。我们享用的是当地共有十道菜的午餐，包括填馅蔬菜、色拉、烤肉、鹰嘴豆泥、夹心面包、橄榄、坚果、饺子等，由一点钟吃到四点钟，将叙利亚的一天一截为二。不过叙利亚境内的乐趣之一便是食物，而最简单的也常是最好吃的。我在大马士革时，每天早上都会走三条街去买一大杯新鲜的红萝卜汁——二十根红萝卜，五十美分。

“噢，对，这里绝对是一个极权国家。”一名在座者说，“不过这里的人民很文明，我们还是可以过我们的生活。”

这怎么说？

“我不能解释为什么，”另一人回答，“其中没有逻辑可言，不是你们西方人看得出来的。不过在阿拉伯世界，这种矛盾可以存在。”

“我们就让他们去搞。”第一个人说，“这种情形很奇怪。也许你在这儿不会快乐。”

“你们难道不害怕吗？”我问。

“这里有很多警察，很多秘密警察，大家很怕他们。”

“人们会不会谈论阿萨德？”

“没有人会谈论他。一般人根本不提他的名字。”

“所以现在我们的这种谈话是不好的，对吗？”我说。

他们微笑表示同意。对，这的确不好，在极权国家，除了明显的政治僵局，也没有什么可谈的。

“你们觉得我应该去黎巴嫩吗？”我问他们。

“你知道以色列正在轰炸黎巴嫩南部吗？”

“这会影响我吗？”

“很多极端分子都撤退到黎巴嫩境内。他们认为以色列和美国是一伙的，毕竟，是美国允许以色列这么做的。他们也许会指控你是间谍。现在时机不对。”

“他们会拿我怎么样？”

“绑架或者……”那个人犹豫不语。

“杀掉我？”

他们没有明确表达意见，但是我可以感受他们正在说：“不要去。”他们住在叙利亚，经常前往贝鲁特——实在很近，最多不过六十英里路，当然还是有出入境手续。

“上次我在贝鲁特的时候，就在几天前，”他们中的一个说，“以色列喷气式飞机从上空飞过去，震得屋顶一阵摇晃，存心吓唬百姓，还制造音障，把玻璃都震碎了。”

我的决心开始崩溃，使我在大马士革裹足不前。我在大马士革最快乐的经历之一便是去拜访一个朋友的朋友欧默。欧默是苏丹的水泥专家，在阿拉伯发展公司工作。他跟美丽的苏丹妻子和三个孩子住在距离大马士革市中心一英里的公寓楼内。

我们在饮茶和品尝黏答答的面卷时，他把八岁的儿子伊伯拉欣叫出来见我。小男孩不会说英语，比一般八岁的孩子高，穿着皱皱的纽扣式蓝色长衫长裤，神情严肃，没有说话，只是站着鞠躬为礼。

接着，他一语不发地走到角落的钢琴前，坐下来，弹了一首莫扎特的主题与变奏曲。那是首内容丰富而复杂的曲目，男孩笔直地坐在椅凳上弹奏，没有弹错一个音符。在那间窄小拥挤的公寓中，我真正体会到尼采所说的“没有音乐的生命是一项谬误”。

黎巴嫩南部的战情及贝鲁特的猛烈炮轰，使我再度考虑是否该继续沿黎巴嫩海岸旅行。我打了通电话给大马士革的美国大使馆探询消息，结果获邀到大使官邸参加一场音乐会。在那个特殊的阿拉伯之夜，表演的是来自美国的明戈·萨尔迪瓦和他的“三巨剑乐团”。有“舞蹈牛仔”称号的萨尔迪瓦演奏手风琴，他们演奏的是路易斯安那的卡津音乐[①]和柴迪科音乐[②]，也就是充满愉悦的西部与乡村波尔卡舞曲。刚开始时，受邀的贵宾（大约一百名叙利亚人）都大为吃惊，接着觉得很有意思，到最后则鼓掌跟着音乐打拍子。

会后，我见到大使正用阿拉伯语兴致高昂地跟一名身材高大、颇有贵族气派的叙利亚人谈天。我向他自我介绍，并向他请教。

“不要去贝鲁特。”大使回答我，“现在不要去。以你的面孔不要，以你的护照也最好不要去。”

美国驻叙利亚大使罗斯会讲一口流利的阿拉伯语，是颇受敬重的外交官，也是个友善机智的人。在涉及以色列和叙利亚的微妙外交关系中，他也是个很有技巧的谈判高手。这两国的胶着点在于戈兰高地，亦即一九六七年后，以色列一直占领迄今的大片叙利亚东部土地，由于以色列人在部分地区定居，北叙利亚自然大感恼怒。在我走访期间，罗斯大使经常会见阿萨德，因此对我来说是很好的消息来源，除了他以四两拨千斤的方式回避了我所有刺探性的问题。

“我想大使是对的，现在最好离黎巴嫩远一点。”高个子叙利亚人说。他名叫沙迪克·阿兹姆，来自大马士革一个古老家族，一身

---

① 法裔路易斯安那州人的音乐，布鲁斯歌曲混合民乐。

② 路易斯安那州的黑人舞曲。

学者打扮：斜纹软呢西装、牛角框眼镜，是大马士革大学的教授，以著书声援拉什迪而闻名。

“在一个伊斯兰国家，这样做似乎相当冒险。”我说。

“我在乎什么？”他说着，然后哈哈大笑，“毕竟这里只是个共和国。我们总统都卫护拉什迪！”

“你不担心叙利亚跟伊朗极端分子暗通款曲吗？”

“他们懂什么？”

“他们知道有一道针对拉什迪的格杀令，他们崇拜霍梅尼，”我说，“我想他们会乐意捅你一刀。”

“你在这里见到的伊朗人都是不读书的。”阿兹姆教授说，“他们根本没有看过我写拉什迪的书，当然更没有看过《撒旦诗篇》。我不担心。其实，我正在重新修订，准备再出新版。”

“毫不恐惧。”大使说。

“我在乎什么？”教授又说。

“我认为‘宗教激进主义’这个词有误导的嫌疑，”大使说，“我会称它为‘政治作用的伊斯兰教’。”

接着，他又说他觉得这件事跟许多运动有关联——那些运动都是我认为当前世界最令人厌恶的行径，诸如“基督教联盟”“道德大众”“爱护生命组织”所从事的暗杀，等等。这些好战的美国道德信徒代表着新一代的清教徒，在意识形态上与穆斯林兄弟会和真主党相去不远。罗斯大使虽然没有这么说，但是就逻辑而言，帕特·罗伯逊牧师跟霍梅尼其实有很多相同之处。

令人意外的是，近年来在叙利亚和其他地方，政治性的伊斯兰教正呈增长之势，有更多人（其中许多是年轻人）都戴起面纱，而且奉行斋日的斋戒律法。

这种极端正统的反应，与政府的刚愎作为、政客的投机取巧有关。人们不从现有体制内谋求解决之道，反而实行宗教谴责方式，以公开指责和谋杀手段等更简单的方式来解决问题。这种诉求或许情有可原，但是我总觉得非常沮丧。

当大使就另一个深奥的问题和阿兹姆教授展开辩论时，我退到一旁，跟一名叙利亚人哈米杜拉先生聊了起来。交谈片刻后，我问起有关巴西勒崇拜之事。

"'父亲总统'一直在调教他成为领袖。"哈米杜拉告诉我。

"难道选举不是一个更可靠的挑选方式吗？"我问他。

"对你们国家来说，或许吧。但是叙利亚很不一样，是需要黄金律来统治的。"

"原来如此。"黄金律？我纳闷，"而阿萨德总统有一套黄金律？"

"我叫它'秘密钥匙'。"哈米杜拉说，"没有这把钥匙是不能统治叙利亚的。'父亲总统'将这把钥匙传给他儿子。他知道他死了以后，下一位继承人会需要这把钥匙。"

"为什么？"

"因为这个国家太难统治了！"他说，"我们有德鲁兹派、努赛里耶派、基督徒、犹太教徒、什叶派、东方亚述教派，我们也有库尔德人和马龙派。不只这些，我们还有雅兹迪派。还有什么？迦勒底人！要如何统治这么些人？秘密钥匙！"

他朝我咧嘴一笑，洋洋自得地说明了阿萨德专权的必要性，而在失去巴西勒的情况下，他的次子巴沙尔也将成为黄金律的继承人，握有秘密警察——哦，抱歉，哈米杜拉先生，我的意思是，秘密钥匙。

在前往大马士革北部山村马卢拉的途中，我见到山边一堆白色圆石上有一句用阿拉伯语写的句子。

“上面写的是什么？”

“‘我们光荣的领袖万岁！’”穆尼夫耸耸肩，吸着烟斗，吞云吐雾。

穆尼夫著有十余部小说。他的“盐城”三部曲（《盐城》《沟渠》《日夜变奏曲》）已经由我弟弟彼得·索鲁翻译成英语，颇受好评。这次我也是在彼得的建议下，经过大马士革时顺道拜访穆尼夫。穆尼夫让我观赏他第一本书的限量版。那是豪华大型版本，以活页装订方式装在木盒中，内有著名艺术家迪亚·阿扎维签名并编号的版画。我对那些版画赞不绝口。不错，这些版画很漂亮，他告诉我，最近他才完成一本有关艺术批评的著作。

穆尼夫出生于安曼，父母分别是沙特阿拉伯人和伊拉克人，他在沙特阿拉伯长大。由于公开对沙特领导人表示不满，他的书和公民权遭沙特查封和褫夺。六十余年来，穆尼夫在中东和巴黎及许多地方住过，为了方便，也持有八本不同护照，包括也门和阿曼护照在内。他是遭到放逐的人，这种人在西方世界几乎已不存在，但是在中东地区仍不乏其人（至少就知识界而言）。他其实已没有祖国，但是仍拒绝低头。在最后一次与沙特政府沟通时，当局要他许诺不再写书、出版，便可恢复他的公民身份。

“我不谈条件。我不会在任何条件下接受一本护照。”

穆尼夫坚定表示，双方也停止了讨论。

我一见面就很喜欢他。他说话简洁，为人仁慈，慷慨而友善。如果我想看或想做什么事，他都会竭力促成。他问我想不想买什么，我说什么都不想买。他问要不要载我去贝鲁特，我说有人告诉我去那里可能会有危险。我反问他有没有任何建议。

“马卢拉和赛德纳亚，”他说，“那两个地方很漂亮，历史悠久，在你离开叙利亚之前，应该去看看。”

马卢拉的奇怪特色之一是有四分之三基督徒人口，而且仍说阿拉米语。耶稣也是说阿拉米语的，当他说“谦卑的人有福了，因为他们将继承这块土地”时，他说的就是阿拉米语。当他说“神就是爱”时，也用阿拉米语。在《圣经》中，当耶稣在十字架上哀叫“我的神，我的神，你为什么抛弃我”时，说的便是阿拉米语。

在马卢拉很难找到一个会说英语的人，不过法伊兹·弗拉杰特神父的英语说得很好。他是个亲切的胖子，有双小眼睛，蓄着雪白胡须，像乔叟笔下造型滑稽的修士。他穿着一件棕色袍子，拄着一根拐杖。他脸颊红润，长相像英国人，当我向他提及这一点时，他放声大笑。“我是阿拉伯人，我们家三千年来都是阿拉伯人！”他是叙利亚南部浩兰的人，是马卢拉圣塞尔吉乌斯和圣巴库斯教堂的神父——圣塞尔吉乌斯和圣巴库斯是公元三〇〇年殉国的罗马帝国士兵，这座教堂是公元三二〇年兴建。

“你会说阿拉米语吗？”我问他。

“会啊，你听，阿布纳……”他握着两手，开始快速祷念，最后比了一个十字说，“这是主祷文。”

“‘神就是爱’，阿拉米语怎么说？”

“我不知道。”

我很想听听耶稣最初讲那些话是怎么讲的，因此我又问："那'让那个没有罪的人先投第一颗石子'呢？"

"我不知道。"

"'我是世界之光'呢？"

"我只知道几段祈祷文。这些你要问镇上的人。"弗拉杰特有些气恼地说，然后他又说，"你看过祭坛没有？"

祭坛小小的，呈马蹄形，像个没有接水管的浅浅的洗脸台。这是教堂中最值得骄傲的装饰，但是在神父解释前，我实在看不出它吸引人的地方。

那是用安条克采石场的大理石制造的，最初被沙漠中膜拜动物的异教徒当作祭坛——那些教派膜拜牛、猫和蛇，这类祭坛是用来献祭牲礼的，因此必须有护边，而且中央有个洞可以排出动物的血。据弗拉杰特神父说，这座祭坛是在公元三二五年之前建造的，因为那一年尼西亚大公会议[①]规定，尔后所有祭坛都必须是平的。所以这座教堂的圣坛是独特的，在其他基督教国度中找不到。

"马卢拉为什么有这么多山洞？神父。"在所有山侧以及山崖构成的通道和角落，到处都有挖凿出来的窟窿、架子和洞穴。

"这些人是穴居人！"

"他们住在里面？"

"是啊！他们还有史前坟墓和古老的墓穴呢！"他对我的无知放声大笑，然后又匆匆赶去迎接另一个访客了。

我们又去赛德纳亚。赛德纳亚分为两边，一边是政治犯监狱，

① 由君士坦丁大帝召开，以解决教会争议的会议。

另一边是教堂和修道院。那监狱也是一座地壕式建筑，高踞山坡上，但大部分都筑在地下，外面围筑有三道钩刺铁丝网。监狱还有瞭望台，但是几乎逃脱无门，因此没有必要；尤其监狱的湿气和没有窗户的密室构造，多会造成肺炎和关节炎而缩短犯人寿命。据说赛德纳亚有数千名政治犯。在叙利亚，政治犯就是阿萨德的敌人——抱歉，我应该称呼他“朋友”阿萨德。

赛德纳亚的天主教堂在另一边山麓村落的顶端。那是个更快乐的地方，包括一座修道院和一座孤儿院——修女含笑洗涤，高声管束在后面奔跑的孩童。那些修女的装束跟穆斯林妇女一样，都是一身黑袍，头上戴着黑色头巾。

教堂的历史借一系列古老绘画描述，就像卡通一样一目了然。一个国王出去打猎，见到一只瞪羚。他取出弓箭，但是射出前，动物竟然变成了圣母。国王连忙祈祷，后来在一场大战中战胜了。于是回到原来见到圣母的地方，兴建了一座教堂。

我正准备进教堂时，一个友善却坚持的老人一定要我脱下鞋子。那不是清真寺和寺庙才有的规矩？基督教堂没有这一套吧？不对，他说，我应该去看《出埃及记》第三章第五节，里面有禁令：“当你把脚上的鞋脱下来。”①

一位从贝鲁特来的尼古拉斯·法库里偕同妻子罗丝送祭品过来。

“什么祭品？”

“一只绵羊。”

---

① 上帝在荆棘中向摩西现身，并要他脱掉鞋子，因为他站的地方是圣地。

穆尼夫的女儿阿莎帮我翻译我具体的问题。法库里夫妇由贝鲁特循着公路过来，在大马士革市集花了大约九十美元买了一只一百磅重的绵羊。他们特地带来献给修女。

“他们在复活节时会杀来吃。”

“那是礼物，不是祭品。”

“这是祭品。”那个人用阿拉伯语坚持道。

罗丝说：“我本来病得很厉害，曾向圣母祈祷许愿，等病好之后，我会和丈夫一起来还愿。”

开车离开赛德纳亚时，我们又经过监狱，我可以想象地牢里的人都是因为信仰而锒铛入狱的。穆尼夫说政府已经释放了一些人，但那些人都已在监禁期间赔上了身体的健康，他说：“他们都有病，都已经完蛋，只有等死了。”

“在警察国家，写作是件艰苦的事。”

穆尼夫大笑着嚷道：“生活本来就是件艰苦的事！”

我们返回大马士革，他叫我等一等，然后从后车厢取出一样东西。那是一个大型扁平的包裹，里面是我们第一天认识时，我在他公寓里欣赏的数量有限的木版画册。

站在果汁摊前畅饮在大马士革的最后一杯红萝卜汁时，我才意识到自己喜欢上了这个多尘、生动、正在腐蚀、未来充满变数、既美丽又丑陋的地方，我很遗憾必须离开，更遗憾不能前往六十多英里外的贝鲁特，而必须回头穿过沙漠、约旦，前往以色列。那是我的应变计划，几天后正好有艘船由海法起航。正如超现实的离别场面，在我啜饮红萝卜汁时，一辆巴士开了过去，车旁写了几个大字：旅途愉快！

第十六章
乘“海洋和谐”号往希腊

我沿着穆少兰巴鲁迪路往下走，经过“往贝鲁特”的蓝色箭头，以及美丽但半颓废的汉志火车站，来到丘克里库瓦特利街，再沿着“往约旦”的箭头继续前行。我无法抄近路，被迫绕过黎巴嫩后缘，先向南进入约旦，再右转进入以色列，以便前往海岸，搭乘几天后即将起航的“海洋和谐”号轮船。这段行程听起来像史诗，事实上我存心赶路，好在大马士革（叙利亚）吃早餐，在安曼（约旦）吃午餐，在耶路撒冷（巴勒斯坦，争议中）喝下午茶，然后在海法（以色列）吃晚餐。

这些国家都只是弹丸之地！我们这时代最令人惊叹的愚行之一，便是这些国家自行制造问题，以及傲慢处理问题的方式，使它们看起来比实际的版图还大，活像气鼓鼓、垫着脚尖硬充大人的小孩。这些国家的运作耗费也很昂贵，因为它们都有庞大的军队。它们对邻国的挞伐不遗余力，既音量大，又荒谬地唠叨不休。这些都造成一种错觉，让人以为这些国家很大。其实不然，它们都是迷你小国，只是行径令人气恼、不知羞耻、报复心特强，而他们所获世人的注意力也跟版图及其重要性不成比例。他们是被游说团体和多管闲事的团体放大的。此地的一大主题是通货膨胀，然而也是这些民族避免谋和的另一技巧罢了。

不过公路倒是很美，也是我能在一天内赶那么多路的原因之一。我心想：我们的六号公路为什么不能这么好呢？为什么我不能以这种速度前往普罗温斯敦呢？然后又想：是我们付费修建这条由约旦经耶路撒冷到特拉维夫的道路和桥梁的，结果这些比我们自己的好太多！

我经过献给巴西勒的最后一个殿堂，位于德拉的凯旋门之后。（当年“阿拉伯的劳伦斯”便是在此被俘，并受到一名土耳其指挥官的性骚扰、凌虐与鞭打。在他的《智慧七柱》一些精彩的章节中，有一章的结尾写着：“在德拉的那个晚上，我人格的壁垒遭到无可挽回的摧毁。”）我通过叙利亚海关，并因为一车阿拉伯走私者而被拦了下来。他们在汽车底盘藏了五十条左右的万宝路香烟，企图挟带入关，结果却眼睁睁地看着它们被一一抄检出来，堆置在约旦海关。接下来是约旦的青山，崭新整洁却令人反应的安曼市区，以及它那座有如“塔可钟”[①]的怪异建筑。由于约旦不靠地中海，我又花十美元搭出租车，由安曼来到和以色列接壤的阿伦比桥（从头到尾不过三十英尺，又是中东膨胀之后的产品），进入约旦河西岸——一座真正的沙漠，位于沉郁山岭、以色列阵地和枪炮台的下方。我转搭巴士，抵达以色列检查哨，又花十美元坐出租车前往耶路撒冷的大马士革城门。

穿越约旦并深入以色列的过程中，也可以目睹这幕昂贵闹剧的背后真相，一群群住在帐篷中的巴勒斯坦人——有带着牲口、无处

---

① 贩卖墨西哥食物的快餐连锁店。

为家、几乎撑不下去的牧羊人，也有拖着鼻涕的儿童和衣着褴褛的老人，他们同时受到约旦人和以色列的歧视。当约旦人和以色列人搭乘吉普和巴士飞驰而过，掀起漫天风沙时，这种情景实在可以作为下一部《噩耗圣经》的卷首插画。

我在东耶路撒冷的阿拉伯区停留了一夜，绕着旧城又做了一次巡礼。今天又是一个以色列的平常日子，警察在大马士革城门入口处逮捕三名阿拉伯人，一名犹太抗议者因为在圣山祈祷示威而被拖走。在这个神圣地点，总是有人以各种怪异的方式表示虔诚，有的跪着，有的只穿着袜子，有的鞠躬，有的哭泣。在西墙处，上百名信徒以性别划分开，男性在这边，女性在那边，中间隔着钢制的隔离屏障，各自捧着随身经卷和经书喃喃诵读。有些男人头上裹着围巾，宛如叙利亚南部浩兰的老太婆，其他人则戴着纸制小圆帽，像压扁的中国菜外带纸盒。

在后巷阻塞的交通中，一个歇斯底里、头戴黑帽、身穿黑长袍与黑灯笼裤的人，一时性急地抬起橙色登山车，打算挤到一辆厢型车前面，结果因为空间太小，撞翻了一个阿拉伯人的卷心菜摊。两个人便以不同的语言展开一场徒劳无功的争执。

靠近鞭笞礼拜堂[①]的苦路上，我听到一个男人对女人说："好了，到目前为止，每件事都照你说的做了。全是你做的决定！"

之后，在苦路往各各他[②]的陡坡、第五车站的附近，我又听到一名女子对一名男子说："你确定是走这条路吗？你根本不确定，对不对？你只是不好意思找人问路。"

---

① 鞭笞教派是天主教的一支，以皮鞭自笞，借以赎罪。

② 耶稣被钉十字架之处。

由苦路再往下走，有个小孩在尖叫："但是你说过我可以有一个的！"

狮门附近有几则涂鸦，一名年轻的圣战士很好心地帮我翻译出来："法塔赫万岁"、"这是个血流成河之地"，以及"纪念被以色列士兵枪杀的英雄和烈士阿姆贾德·沙欣"。

政客想将犹太人和阿拉伯人简单地一分为二，但这种区分完全是误解的做法。犹太人可能是一个摩洛哥人，讲得一口流利的阿拉伯语、希伯来语和法语，在摩洛哥马拉喀什长大，在特拉维夫受教育；又或者是一个敖德萨人，目前住在加沙定居点；或者是个佛罗里达南部的女孩，扎着马尾，只会讲一种语言。同样的，阿拉伯人也可能像我在耶路撒冷东区一家咖啡店碰到的那个男人般复杂有趣。他有个基督徒的名字叫迈克尔，一九三三年出生于以色列雅法，父亲是巴勒斯坦人，母亲是意大利人。"以前许多意大利人会来此定居，因为这里也是他们的圣地。"他说从一九四八年开始，此地的麻烦就没有断过。好战的犹太人大批拥入，使他无法再居住在雅法，所以只好搬来耶路撒冷，至少在这里可以人数取胜。他在旧城的圣安妮教堂结婚，认为耶路撒冷应当是一国际化的开放都市，不应当是以色列的重要据点——我也有同感。但目前以色列人拆除围墙，设置办公室，完全以本身的政治目的来重整并重建耶路撒冷。

他有个二十岁的儿子，正在伊拉克学工程。

"因为我没有钱，"他说，"而萨达姆·侯赛因提供奖学金给巴勒斯坦人。"

耶路撒冷的希伯来大学有一些巴勒斯坦学生，约旦河西岸纳布卢斯的比尔泽特有座巴勒斯坦大学，但总的来说，以色列并未负起教育下阶层巴勒斯坦人的责任，就像他们不认为巴勒斯坦人有权建立自己的国家一样。其实巴勒斯坦人的要求并不多，最多只要求原属于他们领土的百分之二十。如果不加以区隔，这个地区将永无宁日；不过以目前的形势来看，和平之路恐怕仍遥遥无期。

这里是个充满争执气氛之地，一个没有喜悦、只有不安的地方，小至最简单的交易行为，比如狮子大开口的出租车司机，大至政府最高阶层，都毫无技巧可言。到处都是一张张生气的面孔，疑心重重，毫不相让，处处是寂静、士兵和戴着各种面具的极端分子。两边都心存恐惧，有种族偏见，毫无包容性，而且有偏执狂。以色列人忽略了一个事实：是他们掠夺并定居在原本不属于他们的领土上。他们对所有埋怨都只有一个反应：一定是你憎恨犹太人。

最糟糕的是最近层出不穷的自杀性炸弹攻击事件。讽刺的是，这一连串事件的始作俑者其实是一个叫戈尔茨坦的犹太人，是他先在希伯伦一所清真寺内开枪射杀了二十九名穆斯林。他在开火时便已知道绝不可能活着离开清真寺，事实上，他也确实被殴打致死。不久便分别发生三宗巴勒斯坦人的自杀性炸弹攻击，都拉着以色列人陪葬，成为巴勒斯坦激进组织（哈马斯和真主党）和以色列人之间的主要战斗策略，也是迄今最激烈的手法。对付一个不惜牺牲自己生命以杀害他人的人，实在缺乏有效的防御方式。

这种挑衅总会引来激烈的回应。报复心切的以色列人一向采取毫不宽容的政策，而且总是加倍奉还。这种冤冤相报只会使这个地方持续处于无助之境，僵持不下。

由于对巴勒斯坦人的厌恶和恐惧，以色列境内已出现新趋势，即宁愿远从泰国、菲律宾和波兰输入外劳和农地帮手，也就是所谓的“过客劳工”，以协助收割。许多犹太人也不愿从事这种曾经交给巴勒斯坦人的劳动工作，因此这类移民已增加到七万人，成为此间社会的新成员，形成了一个新的非犹太人下阶层组织。

我搭乘一辆拥挤却安静的巴士前往海法，全车乘客中只有一个埃塞俄比亚来的老犹太人开口说话——一个老家长带着一家人旅行。他拿着一把苍蝇拍，见到任何新奇的东西便用阿姆哈拉语叫嚷，要诠释他的惊叹语气很容易，经过机场，他叫着：“看那些飞机！”经过火车站，他就叫：“看火车！”陷在车阵中，他叫：“看汽车那么多！”车子接近海法，沿海岸而行时，老人喜悦地叫着：“是大海！是大海！”

蓝色海水轻拂着沙丘起伏的低矮海岸。

我打算早点去搭乘“海洋和谐”号，便直接由火车站赶到码头。尽管如此，还是差点没赶上那班轮船。

“跟我来。”一名以色列安全官员翻阅我的护照时吩咐。

接着我便陷入最详尽、最冗长的口头质询和行李查验程序，可以说是我旅行三十四年以来仅有的。这一次，没有一个认识我名字的书呆子及时伸出援手，我被迫等了又等，然后接受询问。为什么我会去土耳其？我在那儿认识什么人？在当地拜访过谁？在哪些地方待过？这些细节都记录下来，接着又分别询问一遍我在叙利亚和约旦的情况。然后我被带到旁边的房间，行李也第三次遭到查验，由另一名官员负责接手。他指指一张塑料椅。

“坐下。”

“你要说‘请’字，我才坐。”

"坐下！"

我在椅子上坐了两个钟头后，他才拿着我的护照回来。"我觉得这种事让人很不愉快。"我说。

另一个人开始仔细筛检我的小手提袋。我站起来伸了一个懒腰。

"坐下！"

这时，我被叫去拿护照。我问他："你在想什么？"

"我没有在想什么。"

"你知道我心里在想什么吗？"我说，"我不喜欢别人这样对待我。"

"没有人喜欢。"他悻然道。他痛恨我的傲慢，痛恨他的工作，痛恨巴勒斯坦人，痛恨这个国家，每个人都是潜在的恐怖分子，生命也沦为混乱和恐惧的纷扰。

这种厌恶和悲观的情绪太过浓烈，因此经过这番折腾之后，"海洋和谐"号上的希腊人叫嚣、吹嘘，在甲板上大摇大摆，戳人屁股，抽烟，喝酒，彼此咆哮，等等，相较之下也显得平和了。

中东战争报道：土耳其境内有战事——土耳其人对抗库尔德人；波斯尼亚有战争——塞尔维亚人对抗波斯尼亚穆斯林；阿尔及利亚有战事——最近三年死亡总数为四万人，我开始地中海旅行时才死了一万人。此外，以色列仍持续炮轰黎巴嫩南部，并封锁黎巴嫩南部港口和渔场；哈马斯游击队仍在希伯伦和加沙对以色列人进行自杀性攻击；以色列也对每桩攻击事件采取报复手段。至于塞浦路斯的希腊人和土耳其人，则仍处于僵持状态。

"海洋和谐"号先航往南塞浦路斯，逐渐驶离海法及灯光闪烁的丘陵。我坐在船尾，两脚紧抵着围栏。一个男人走过来，贴近我站着。

“对不起，”他问，“你是盖伊·卢波夫斯基吗？”

他有胖嘟嘟的粉红面颊和圆鼓鼓的啤酒肚，不自然地站着，两只短短的手臂垂在身旁。他穿着一套很皱的灰色西服，衬衫和领带上也有溅洒的汤渍。他在说“卢波夫斯基”时口齿不清，拖泥带水，像大舌头似的。

我说不是，我不是盖伊·卢波夫斯基。

“对不起，我看到你，还以为你是他。他是比利时的古典吉他手。我也是音乐家，我演奏犹太乐曲。”他在说“音乐家”和“犹太”两个词的时候，仿佛在咀嚼一瓣水分特多的橘子。

他每讲几个词便吞咽一下口水，他的英语正反映在衣着上：心意不错，也算正式，但也跟身上的西装和领带一样被糟蹋了，甚至显得很滑稽。

他自我介绍是萨姆（什穆埃尔的简称）·斯皮尔曼，一半时间待在比利时，一半时间待在以色列，经常搭乘“海洋和谐”号来回，再衔接意大利的渡轮和火车。他在这两个国家都没有居所，连一所公寓都没有。“我有一个房间，只是个小房间，大房间会让我搞混。我在特拉维夫租了一个房间，每星期缴租金，到布鲁塞尔时也租一间。我不能拥有一个地方，否则会弄混。”

就某一层面来说，他是个终极旅者，在布鲁塞尔和以色列之间来回。他穿梭于地中海，没有永久的住所——他并不想要。行李也很少，因为东西一多会让他烦恼。而且，他说，那有什么关系？他有音乐，有母亲，这样就够了。

“我不能跟我母亲在一起，否则会有麻烦的。她很有钱，但是我们会吵架，她会制造问题。最好还是我有自己的房间，有空去看她。我带了一点礼物给她。”他沉思片刻，然后又是吸气，又是大舌头，口沫横飞地补充了一个词，“巧克力。”

“你怎么决定什么时候要住下来、什么时候要走呢？”我问。

“那要看阳光。”他说。

“你喜欢有阳光的气候？”

“我需要阳光。”他说“阳光”时，嘴里像含了颗口香糖，“我有忧郁症。”

“原来如此。”

“我需要到这里来。”

但“这里”已经被远抛在船尾后方，因为渡轮已驶向大海，海法也只剩黑夜中横陈于地平线的点点灯光，以色列像暗夜中发光的齿孔。

“因为忧郁症，我需要阳光，也需要犹太人。”斯皮尔曼说，“我是非常犹太化的人。”他咽口气，继续说：“我非常犹太化。”

“所以你在布鲁塞尔感到忧郁的时候，就去以色列？”我问，“那你什么时候去布鲁塞尔呢？”

“当我在以色列觉得忧郁的时候。”他说，“当我觉得阴沉沉的时候。我会吃药，不过最好的治疗方式还是离开。我每隔六个月左右都会产生这种心情，而且越来越坏，这时候就去看医生，他替我配好药，我就走了。”

“以色列不是大部分时间都有阳光吗？”

“有时候还是会阴沉沉的，”他说，“我指的不是阳光。我想在以色列定居，但是又不想放弃比利时的居留权。这是很重大的决定，我一想到这件事，忧郁症就发作了。我的心理医生跟我说：'不要做决定，你就随兴致来来去去吧。这样更好。'所以我就照他的话去做。"

"他是个聪明的医生。"我说。

"他是我的朋友。"

他迟疑了一下。

"他知道我是同性恋，"斯皮尔曼又说，然后悲哀地望着我，"但是我已经没有那种欲望了。以前我有个朋友，不过现在没有了。你要吃东西吗？"

"吃饭时间到了吗？"

"他们从六点半到七点半供应晚餐，然后就打烊了。你可以买咖啡、饼干或甜点，但是没有其他食物。早餐是七点……"

来回过这么多趟，斯皮尔曼已经知道这艘渡轮的所有作息。他认识几名船员，船员也认得他。他知道这班船的每一项特征：他们没有洗衣服务，船上咖啡很好，食物很贵，甲板座椅始终脏兮兮的，船员的烟抽得很凶。他知道轮船抵达和起航时间，最重要的是，他还知道每一停泊港口的特点，比如塞浦路斯莱梅索斯的水果市场最好，某些旅馆洗澡最便宜（斯皮尔曼在船上只有座位，没有舱房，因此无法在船上沐浴），沿途最佳餐厅，以及罗得岛一家特别的咖啡店卖烤鸡等。斯皮尔曼在说"鸡"这个字时，混浊的咬字带着一股馋意。

这些都是我在进餐时获得的信息。船上的晚餐是意大利面和卷心菜色拉，由五名在自助餐厅服务的缅甸人负责舀菜。那些菜式叫人不敢恭维。

这艘希腊船的领班、侍者、仆役等，所有下层的工作人员，几乎不是缅甸人便是印度人。他们不会说希腊语，因此一般都以英语下令，而由这群颇具效率、喃喃而语的员工负责达成。他们扫地、油漆、拖地、烹调、端菜。一个缅甸人烹制碎肉茄子蛋，另一个缅甸人把它盛入餐盘，由一名印度人交给顾客，再由另一名缅甸人负责收钱。虽然船上供应的是难吃得要命的食物，但是错不在他们，而且他们没有一个在船上待得够久——充其量不过一年。缅甸人由仰光来，印度人由孟买来，他们都非常需要工作。他们也都是独行侠，都是没有女眷的男人。

希腊、以色列和意大利一样，都有高达百分之十左右的失业率。我觉得有趣的是，缅甸人在这艘希腊船上做希腊菜，菲律宾人在特拉维夫郊外采收柑橘，而西非人则在意大利萨勒诺附近采收番茄。这是地中海地区的第三世界，证明世界上还有比突尼斯、埃及、摩洛哥更贫困且更有需求的国家。这些人绕过半个地球，来替欧盟的发达国家刷洗地板、采收作物。这些印度人和缅甸人使船上多了一股忧郁的气息，也使那些希腊船员在用拙劣的英语颐指气使时，俨然一副上流阶级贵族的气派。由于肤色的关系，更凸显出阶级制度的存在。地中海地区一向有来自偏远地方或乡村的人组成的下层阶级，但是从来没有那么遥远的。

“也许你会遇到对象。”第二天午餐时，我对斯皮尔曼说。他在谈到自己的婚姻时似乎陷入另一波忧郁。

“是吗？”

他停止进食，似乎从来没有想过再觅对象。他面露沉吟之色，脸上也笼上了阴影，掩盖住原来的红润。

“也许吧。”

“你跟母亲之间有什么问题？”

“也和我的婚事有关。我在婚后闹了一桩大丑闻，那真是一场大灾难，妈妈咪呀！你知道犹太女人吗？婚前不能有性关系！不要碰我！”他用揉成一团的手帕擦掉嘴上的意大利面酱汁。“我们结婚的那个晚上真的很惨。”他沉默良久，脑海中似乎飞过好几个月，甚至好几年的时光与记忆。他点着头，回味着那些大小事，最后瑟缩一下说：“后来我们离婚了。”

餐后，他随我到甲板上。由于健康因素才离开以色列，他心境不佳，正怀着被拒的心情奔向他的另一个家。

“以色列已经不再是一个犹太人的国家了。”斯皮尔曼厌恶地说，“以前那里很特殊，但现在跟其他国家差不多，只要钱，每个人谈的也都是钱。”

“我想那里会有内战。”他说，“犹太人对抗犹太人，正统教派对抗其他教派，居民对付外来的人。阿拉伯人会看着我们自己打自己。”

斯皮尔曼的座位属于C层甲板中央大型休息室的廉价座位，烟雾弥漫，座位旁全是袋子——多数是购物袋，包括他所有的家当。他带了一个他称之为“簧风琴”的乐器，是一支肥胖的笛子和一副键盘，会发出类似玩具笛的声音。他心肠很好，所以一天中总会抽出一些时间为其他旅客演奏，包括犹太歌曲、吉卜赛歌曲，以及一些颇受欢迎的老歌，比如《蓝月》和《哦！我的阳光》等。

在那些座位中，坐着一个秃头没牙的以色列人，抱着一只狗；一个德国家庭，带着一个小婴儿；几名背着行囊的旅行者；一些南塞浦路斯人；一群前往圣地朝圣的人；一对刚由以色列集体农场归来的德国夫妻；以及一些阿拉伯人。那个带狗的以色列人说他当了一辈子的军人。“我打过三场仗！”那个德国家庭利用空位设置了一个临时厨房，一直在为婴儿和他们自己弄东西吃。那群斯洛伐克朝圣者则跟着一个蓄着胡须的矮小修士一起旅行，每天都在一间休息室举行弥撒。其中最漂亮的一个朝圣者是名二十多岁的女孩，负责携带一个跟她一样高的大型十字架。十字架上面钉了一张和棒球卡一样大小的圣卡，上面有张圣徒的照片。她带着些许反叛之意举着十字架，在怨声连连的旅客之间始终露出迷人的笑靥。

舱房内还有其他乘客，有些人的故事也很奇特，不过我是后来才认识他们的。“海洋和谐”号是艘很奇怪的船，因为船上满载各式各样的人。恶劣的天气也无济于事——寒冷，风大，海面并不平静。这不是一艘邮轮，这些人只是借着它从地中海此岸前往彼岸，用作行程接驳的交通工具。

我多花了一点钱，所以有自己的舱房，这是我唯一的奢侈。船上的食物很恐怖，天气恶劣，希腊船员既凶恶又毫无帮助，希腊乘客更糟糕——其中有两个坐在休息室中，冲着手机直吼，而且电话打个不停。他们抽烟，还命令那些缅甸人播放震耳欲聋的希腊音乐。甲板太冷，风太大，因此没有其他避难处。幸亏我有自己的舱房。

接近莱梅索斯时，风大雨斜，天气持续阴冷多雨。在历经叙利亚和以色列的干裂土地后，这些泥泞的走道、水坑密布的街道，以及雨滴如垂泪的树木，反而令我有种清新的感觉。自从旅行过北塞浦路斯之后，我便一直巴望着前来塞浦路斯共和国。由于不可能直接由前者进入后者，只好绕行一千英里路而来。不过这趟值得吗？不错，我想是值得的。因为我已目睹北塞浦路斯了无生趣、穷困潦倒的情况，而一旦置身该岛南境，我才体会到此地也好不了多少，比如莱梅索斯固然游客云集，附近阿克罗蒂里还有英国皇家空军驻扎，但仍然寒酸而毫不吸引人，境内也不乏苦哈哈的希腊人。总之，北塞浦路斯就像第三世界的岛屿，全是士兵，自生自灭；南塞浦路斯则有条丑陋的遍布平房的海岸线，是欧洲社会最偏远的一个据点，也是另一个靠救济维生的个案。

法国历史学家布罗代尔认为，地中海一些较大的岛屿就如同大陆的缩影，他还举科西嘉、撒丁、西西里、塞浦路斯等各岛为例。我可以想象这种情形：一个岛屿可能有许多小型气候区、不同的地理以及不同的方言，可能有道如分水岭般的山脉，或许也有荒野或人口稀少的内陆。这种岛屿十分复杂，因此更显得广大，每一部分的海岸也迥然不同。然而塞浦路斯的分裂使它缩小了。那座岛屿已决裂为相互敌视的两部分，各自拥有不同的文化和语言。自从二十年前希腊和土耳其分家以来，复杂的塞浦路斯岛已分裂成两个更单纯却索然无味的地方。

我从港口走到市中心，沿途购买早餐，这里买水果，那里买果汁，然后又买了一份前天的《每日电讯报》，坐在莱梅索斯一家滨海咖啡店，边饮咖啡边看报，一旁的海风则不断将浪花卷上海滨步道。

莱梅索斯迥异于北塞浦路斯的市镇，但是显得更空洞、更乏味。当地有种旅游业带来的低俗游乐气氛，以及勉强伪装出来的怪异、轻松、高昂、友善的作风，使旅人备感孤单，甚至沮丧。斯皮尔曼告诉我，他要到最喜欢的市场去买水果，然后直接回船上。此地确实没有其他东西可买，只有可怕的纪念品：未上彩的灰泥雕像，大半是裸体女人，但也有动物和不知名的希腊人半身像；釉彩石头做的镇纸、红铜盐罐、玩具风车、描绘塞浦路斯习俗和地图的抹布、传统服饰打扮的玩偶、桌垫、桌巾、煮蛋定时器、拆信刀、印有“莱梅索斯”标志的烟灰缸，以及各式各样的纪念盘。很多灰泥塑像、盘面，以及塑料制品都以阿弗洛狄忒女神的形象为主题。根据传说，这位女神便是由塞浦路斯西岸的海浪中诞生的。“旧帕福斯的阿弗洛狄忒神殿是远古世界最负盛名的殿堂之一。”（摘自《金枝》）只是这些贩卖的形象没有爱神的风采，倒像一个气呼呼的变形芭比娃娃。

这里可以买到两天前的《镜报》《太阳报》《每日邮报》和其他英国报纸，广告中可以看到前往各处游览的巴士行程。招牌上触目皆是“传统英国酒馆”“全套英式早餐”“炸鱼薯条”“下午茶”等。海滨步道上有萧索的旅馆，后街有几座荒废的清真寺。总之，莱梅索斯有些老式的五十年代气氛，就像那些报纸，都有种过时的味道。

我和几个南塞浦路斯人交谈，他们友善而直率，对土耳其人的愤恨，就像北部土耳其裔人对他们的愤恨一样，甚至控诉的内容也一样。

“我在北部有很多产业，但是不知道现在变成什么样了。”一名希腊裔妇女告诉我。我在北部莱夫科沙一条街上碰到一个境遇与她相同的土耳其裔妇人，也跟我说过类似的话，那名妇人由莱梅索斯逃到北部。

还有一位伊芙左拿斯太太。二十年前，她在法马古斯塔（今日的加齐马戈萨）跟她丈夫说：“我们离开这里吧。”当时他们头顶有土耳其飞机飞过，海港有土耳其船只。他们开了两个小时的车到莱梅索斯，暂时待了下来。“等更安全的时候，我们再回去。”

她告诉我：“我们还以为战事很快就会结束了，怎么知道会拖延这么久？”

二十年来，伊夫左拿斯夫妇没再回去过，他们的朋友也没有一个回去过。不过此地是合法的共和国，也被其他国家承认。我在公共电话亭打了一通电话到美国。此外，由于旅游业蓬勃，谋生也不成问题，但是在北部就很困难。

“我很想回去，但是怎么回得去呢？”伊夫左拿斯太太说，“用我的护照根本不可能。”她耸耸肩，“我们被困在这里了。”

“这里以前是个小镇，”莱梅索斯一个名叫乔吉欧的男人对我说，“一九七四年，这里什么都没有。但是太多难民带来了生意，所以也开始变大了。”

我告诉他，我曾经去过他称为法马古斯塔的城市。

“听说那儿现在变成一座鬼城了。”他说。

他希望我表示同意。当然，他说得没错，但是我怎么能告诉他，尽管那个地方成了鬼城，也比此地多了份诡异之美呢？

“海洋和谐”号要很晚才起航，但大雨不断使我失去走访别处的兴致，因此逗留在城内，等雨势变小了，才沿着海边往东散步，肚子饿了才返回，然后在一家传统英国酒馆点了传统啤酒，并且碰到从伦敦北部来的雷吉·麦克尼科尔先生，他来此度假两星期（“我们是为了这里的天气才来的。”）当我问得太多时，他勃然大怒，原本红润的面孔涨得更红，回我一句：“你们美国佬就是让人生气，生命本来就是一种妥协！乌托邦是不存在的！”

我搭巴士返回船上，见到那些斯洛伐克人又在休息室的酒吧间肃然祈祷。

“我带了这些给你。”斯皮尔曼递给我几个塞浦路斯的橘子。

邻近一名女子说：“我认得你。我看到他们在海法盘问你，把你带走了。”

“你的观察力不错。”我说。

“我还替你担心呢。”她说，“嗨，我是梅尔瓦，从澳大利亚来的。我生性内向，这一切对我来说都是新的体验。”

她是这艘船上另一个寂寞的人，只身旅行，而且跟其他独行侠一样亲切而古怪。她个子高，个性沉稳，观察力很强，和两位陌生女客合住一间舱房。她在土耳其受了骗，在埃及疑似感染肺炎，在以色列医院住了两天。“他们把我赶出医院。我烧到三十九度，他们却说：‘你一定要出院。’我只好去一家脏兮兮的旅馆，结果差点死在那里。”不过她很勇敢。我问她现在怎么样，她回答：“我快好了！”

“要不要玩牌？”她问我。

她教我一种澳大利亚的牌戏，叫作“差劲的乔”，跟西方人玩的惠斯特牌戏[①]类似，但是变化层出不穷，一轮比一轮复杂，必须

---

① 通常四人分两组对打，演变为后来的桥牌。

综合计算才能获胜。她的父母住在悉尼西部埃姆平原的郊区，经年累月打牌消遣。

“我结婚二十六年了，但是跟丈夫志趣不合，所以非离开不可。”

她又分牌，继续玩下一手“差劲的乔”。

“听你的口气，好像很急迫的样子。”我说。

“他在跟踪我，”梅尔瓦说，“晚上我从窗口往外看，他就在外面瞪着我，一张脸好吓人。有时我开车到某地，从后视镜看，他就跟在我后面。我和一个男士外出——一个很好的人，结果我丈夫居然跑到他办公室去威胁他：‘你不准跟我太太一起出去。’”

“他好像挺危险的。”我说。

“我也这样告诉警方：他中邪了。他有三把步枪。可是警方说：‘他什么事都没做，不是吗？’我对他们说：‘他一直跟踪我，还在窗外瞪着我。’但是这样不够，我又不能证明什么。他并没有对我做出任何肢体动作，你懂吧。”

“海洋和谐”号在风雨中驶离莱梅索斯港口，我很高兴自己是在船上，而不是在岸上。

“后来我实在很担心，所以决定离开。”梅尔瓦说，“我去印度，去埃及，去希腊。等我回去的时候，或许他会放过我。”

她赢了一手，把牌摊好，让我切牌，然后洗牌，并靠向我。

“也许我永远不会回去了。”她说。

“海洋和谐”号摇晃着绕过塞浦路斯西岸，经过阿弗洛狄忒诞生之地——德雷帕农角，以及最后一个角状海角阿瑙乌提斯，然后驶入黑暗，航往罗得岛。

世界上七大奇景之一的罗得岛巨像是一尊巨型铜像。难道它是我对罗得岛的兴趣所在吗？不，不是的！那只是一个古老的故事，所以怎么可能呢？铜像是两千三百年前竖立的，六十五年后就被摧毁，当作废物卖掉了。这就是罗得岛巨像的整个故事。

但是在距离那尊铜像矗立地点的不远处，比利时人斯皮尔曼对我说："我要去买只鸡，喝点水，去镇上广场替在场的人演奏音乐。然后我会喝杯茶，再回船上，我六点钟吃饭，再吃点水果，吃点奶酪。"

"你做事很有条理，斯皮尔曼先生。"

"我每天生活都做计划，"说着，他的英语也逐渐出错，"这样我才不会制造忧郁。"

他一路走着，或许因为饥饿而无法集中心思，英语也逐渐掺杂有赫尔克里·波洛[①]的风格。

"你能从我的外貌看出来我是犹太人吗？注意，我买了些香水要送给我母亲。"

除此之外，我在罗得岛还有其他体验。其实城墙环绕的古城是我在地中海地区见到最美丽的景观之一，十字军骑士的宫殿和医院建筑不但典雅，也流露出雄浑的气势。附近海域一片艳蓝，越过海峡，可以见到土耳其大陆。但是，相较于我和内八字脚的斯皮尔曼的散步，这一切只是背景而已。我佩服他对自己忧郁症努力谋求补救的态度，他喜欢自己的生活，只要能来往于这段地中海航线，如愿前往光顾水果市场和奶酪摊位，不受到干扰，他的生活便是快乐

① 英国作家阿加莎·克里斯蒂笔下的比利时侦探。

的。我开始反省自己的旅行何必这么反常，使工作出现断层。在这趟旅途中，我更热衷于聆听梅尔瓦和泰德离婚的故事，以及她前夫的恐怖行为，觉得这比其他事情更有意思。比如说像是比那些——嗯，我们刚离开利索，就拿“狮心王”理查一一九一年在莱梅索斯城堡迎娶纳瓦拉王室的贝伦加丽娅的故事来说吧，前者就比后者有意思，而且城堡实际上已被摧毁。

我不能否认背景有其重要性。对我来说，直布罗陀角岩关系到顶峰台地上一个法国游客捉弄猿猴的愚行。但我记得梵高的阿尔勒，是在火车站对杏花惊艳的那一刻，却差点被一列高速火车碾过去。在撒丁岛的奥尔比亚，一名混饭吃的塞内加尔人用意大利语告诉我，他在非洲（他固定要去的地方）有两个太太和六个孩子，还说：“那并不多。”在达雷尔住过的凯里尼亚，土耳其人菲克雷特在吃豆子汤时向我吐苦水：“我正在考虑结婚的事……请你告诉我该怎么做。”而现在我每次想到耶路撒冷，便会联想到一名戴着黑帽、穿着黑大衣的路巴维奇犹太人，扛起他的橙色登山车，冲进一个气恼的阿拉伯人的卷心菜堆。我对杜布罗夫尼克最深的印象，不是那座辉煌的城市，而是那里的弹坑和破损的屋顶，以及克罗地亚人伊沃的一句话：“我回家，因为家就是家。”

每个地方都有不属于当地的声音，那是一出更大型戏剧或极平常事物的背景，比如叙利亚海岸塔尔图斯镇上一座损毁教堂走廊上晾晒的破旧衣物。在大部分旅行期间，我都不确定自己要去哪里，甚至不很确定自己为什么要旅行。我不是历史学家，不是地理学家，我痛恨政治。我最喜欢的是拥有空间和时间。早晨起来，然后出发到一个可以随时放弃的地点——如果有更适合的事物吸引我，便转向朝它行去。我没有主题，也不想要主题。我前来地中海地区，却没有固定的计划。我不是在写书，我是在过自己的生活，而且找到了妥善的方式。

就这一方面而言，我和“海洋和谐”号的其他乘客都一样。虽然我们像迷失的灵魂，但是有各自的成就：斯皮尔曼解决了他的忧郁症问题；梅尔瓦摆脱了丈夫的威胁；对布拉迪斯拉发的朝圣者来说，祈祷本来就是一种生活方式；还有带着小家庭一起旅行的德国人海因茨，等等。

耽搁在罗得岛时，我撞见了叶戈，那个秃头、没有牙齿的以色列人，老在吹嘘他如何打了三场战争。他穿着破旧的衣服，唯一的行李便是一只帆布袋。他在斯皮尔曼演奏时坐的便宜座椅处睡觉，有时会用法语跟斯皮尔曼交谈。上船的第一天，他就对我说：“你订舱房了吗？我要跟你一起睡！”然后哈哈大笑，两片嘴唇也因没有牙齿而啪嗒开合。显然他是个生性容易激动的人，因此我没有跟他多聊。

但是这回他逮到了我。我跟斯皮尔曼分手，让他去找有鸡肉的餐厅和水果摊，我则前往城外风很大的海湾。海湾边缘是罗得岛旅游区，和其他新开发的希腊海滨小镇一样丑陋。希腊人兴建俗丽建筑的本事无与伦比。我很讶异一个自认帕特农神庙是其传统的一部分的民族，对建筑的品位却这般庸俗。

甚至连叶戈也对这些偷工减料的建筑品头论足了一番。阵阵强风不断吹袭着旅馆招牌，拉扯着电线，家家旅馆都关门了，街头不见人影，完全是惨遭遗弃、不堪一击的情景。

“我想风会把它们吹倒！”叶戈说。他哀哼似的笑声很难听，那张没有牙齿的嘴巴看了更是叫人难过。我心想，为什么那些头脑简单的人总是幸灾乐祸？

他那条年轻力壮的狗一直扯着狗链拖着他往前走。

“你的狗叫什么名字？”

“约翰尼·哈利迪。”

那条狗听到自己的名字，犹豫一下，回头瞄了主人一眼，然后继续往前奔。

“但是我叫他约翰尼。”

那只狗又深情地瞄了叶戈一眼。

“我猜你是个军人，叶戈。”我说。

“我参加过三场战争。一九六七年，埃及人拿着剑想砍我们，”他挥舞两臂，“像这样，我们的头就掉了！但是我们击败他们了！我分配到一所公寓，每个月只要付四十谢克尔。”

“你很幸运。”

“但是我有个大问题。”叶戈说。

“你会喝醉酒？”

“我喝醉酒，被关进监狱。”

“以色列监狱是什么样子？”

“犹太人关在一间，阿拉伯人关在另一间。每间牢房二十个人。”叶戈说，“只有一间厕所。”

“那不太好。”

“糟糕透顶！他们还打架，那些犯人。”

“为什么打架？”

“你进去的第一天，他们拿走你的食物，让你害怕，所以你只好跟他们争，不然怎么办？”

我们在罗得岛的新区沿着帕帕尼科拉走下去，距离海浪翻卷、乏人问津的海岸大约一条街。我们已绕过曼兹拉基港边缘，据说那里的一角曾竖立着巨像。但是此刻对世界奇景之一的遐思远不如叶戈揭露的事实有意思：你进牢的第一天，他们拿走你的食物，让你害怕。

“你是喝醉酒被警察逮捕的吗？”

“因为我砸坏了一张桌子。”叶戈回答。

“很贵的桌子？”

“不贵，而且不大。是玻璃桌。”

“你怎么砸坏的？”

“我用一个人去砸坏的。”叶戈说。

“用一个人？”

“我抓着他，把他往桌上一砸，所以连那个人也被我砸坏了。哈！哈！哈！”又是那笑声、那牙龈、那嘴唇，“我喝醉了，所以他们就逮捕了我。”

“你在监狱待了很久吗？”

“几个月。”叶戈回答，“可是我进出监狱十七次。我没有办法，我喝得太多了！”

他一扯狗链，狗发出脖子被勒的惨叫声，然后继续走。那条狗汪汪叫，声音尖锐得像它主人的笑声。

稍后，返回市区之后，我正在欣赏中世纪的城墙和雕有纹章的盾饰时，叶戈又找上了我。

“我跟你说的都是谎话，哈！”他跟我说。

“关于进监狱的事吗？”

“如果在以色列被关进监狱，他们会没收你的护照。我有护照，所以怎么可能进过监狱呢？哈！你居然相信我？”

一个骗子的问题不在于他坦承自己撒谎，而是在他说谎的当下，坚决声明自己说的是实话。

还有一个独行侠在罗得岛下船离去，是个年轻人，名叫平基，在船上跟那些德国人、斯皮尔曼、梅尔瓦和其他人一起坐在廉价座位区。平基是平斯克尔的简称，他曾在加拿大奥吉布瓦和奥吉布克里部族的印第安保留区担任教师。那些村庄都在加拿大偏远地方。在那里教书收入高，但是压力大，据平斯克尔表示，会教到油尽灯枯。

“例如，那些小鬼有时候真是小流氓。”

“奥吉布瓦青少年怎么要流氓？”

“你早上醒来，发现整栋屋子外面全是涂鸦——有人名，有脏话，什么都有。而且他们开雪地摩托车乱整一通。你是个作家，对不对？”

我微笑不语，希望这样会带有几分高深莫测的意味。

“你老是问问题，我才猜出来的。而且你是船上唯一听斯皮尔曼讲话的人。”

平斯克尔告诉我他很寂寞，觉得该找个人跟他一起生活了。他在加拿大北部的奥吉布瓦村落没有什么机会谈感情，因此才开始旅行，希望能遇到理想的对象。他在以色列集体农场工作一个月并无收获，那里有些事也令他很意外。他是犹太人，然而目睹的一些事实令他大感震惊。

“那些小孩根本不懂犹太教义。你能想象吗？就在以色列？”他说，“很多人根本没有进过犹太会堂。他们快到受戒礼[①]的年纪了，但还是不读经书。我从来没有见过那种犹太人，我对他们的无知感到很惊讶。”

“但是他们的品行比奥吉布瓦的孩子好？”

“也不尽然。有些小孩真的很讨厌，老是在捣蛋。”他回答，“你觉得以色列怎么样？”

“是个矛盾的地方。”我提起见到的一些事。地方很小，但是矛盾很多。

“我在集体农场的时候，有个人告诉我一个很有意思的论调。”平斯克尔说，“内容是这样的：犹太人散居世界各地时，他们知道其他非犹太人会一直看着他们，所以很努力维持宗教精神。他们工作，研究困难的科目，企图在社群中取得领先位置，希望超人一等，也经常获得成功。他们知道自己代表犹太人，因此成功对他们来讲很重要。你不觉得这部分是对的吗？”

“如果你这么说的话。”

平斯克尔继续说：“但是等他们到了以色列之后，就认为已经抵达目的地了，再也不需要向任何人证明任何事。于是他们开始坐着抱怨。他们不需要做任何事。反正有谁在看？有谁在乎？他们放弃企图心，人也变懒了。这也是以色列会变成现在这样，不像个犹太国家的原因。”

平斯克尔要留在罗得岛，希望明天搭渡轮到土耳其的马尔马里

---

① 犹太宗教仪式，专为迈入十三岁的男孩所设，以表示进入成人社会。

斯。他向我道别，去寻找旅馆，我则返回船上，沉思自己对这个岛屿的认识居然如此之少。不过它为这些旅者的生命提供了重要的背景，使他们的故事增添了一抹异国色彩，更值得记忆，毕竟，旅人的忧伤陈腐故事和这岛屿的美丽背景之间，总会迸出火花的。

我们回到海上，第二天直接驶往比雷埃夫斯。横越基克拉泽斯群岛时，视线内总会出现岛屿，而且经常可以见到半打。船桥上，船长在梦想能进攻土耳其，夺回他认为应该属于希腊的领土。船舱内洋溢着希腊音乐，船舱外则必须忍受寒冷的天气。甲板上没有可以坐的地方。来自布拉迪斯拉发的二十八个斯洛伐克人一起跪在休息室内祈祷，希腊人则占据了另一间休息室抽烟。这些廉价座位的脏乱已变得十分碍眼，到处都是一堆堆行李、垃圾和躺卧的身体。

一连三个晚上，我都做同样的梦，梦到自己是莎士比亚戏剧的演员，那出戏剧可能是《哈姆雷特》，而我是主角。也许是个精致的大型制作，但是我不知道台词是什么，一句都不知道，甚至不知道其他角色的名字。这一切都迷惑难解，尤其是我这辈子从没有演过戏。也许这个梦代表一种焦虑，出于缺乏准备和必须临时应变的心态。我旅行的方法就是随机应变式的。

每次我都梦见自己抵达剧院——露天式的演出，观众席中坐了许多人，有很多演员和剧务，大多数人都满怀希望地跟我打招呼。我悄悄拿了剧本，翻阅几百页台词，却明白自己绝对没有办法弄懂要演出的角色，因为十分钟后就要上演第一幕了。当人们跟我打招呼，向我道贺，告诉我他们多么期待我的演出时，我感到一种荒谬的屈辱和惊慌。

幸好大部分的梦都是慈悲的。每天晚上，就在幕快要拉开时，我就醒了。

我继续跟梅尔瓦玩“差劲的乔”。她逐渐恢复乐观，身体也比先前在埃及和以色列时好多了，不过还是在服用抗生素。“我在好转了！”她说。她希望能独立起来。“我拒绝活在威胁中，”她说，“不要去想过去了！”

船抵达比雷埃夫斯时，我们各自宣布要去哪里，才发现竟然各奔东西——梅尔瓦要留在雅典，希望能遇到其他澳大利亚人；那群德国人要去克里特；斯皮尔曼要去布林迪西；叶戈含糊其词；平斯克尔则已经离开。一群我始终不知道姓名的以色列人匆匆搭了一辆车，前往克罗地亚，他们不愿说明去意为何。斯皮尔曼说他情绪不好，今天正好阴天，而阴天对他来说是最不好的。就在此时，叶戈把狗链递给斯皮尔曼。那些希腊人哈哈大笑。那条狗激动而困惑地朝其他乘客猛吠，斯皮尔曼越来越生气，不料约翰尼·哈利迪竟一口朝斯皮尔曼的裤裆咬下去。斯皮尔曼的裤裆纽扣经常没有扣上，这个早上也是敞开的。他按住下身，坐下来，竟哭了起来，此时不知道是谁又把音乐声调大了。

我匆忙赶去搭火车、巴士和渡轮，抵达巴里后，又继续搭火车。自始至终，仿佛还可以听见叶戈的狗吠声，以及斯皮尔曼疼痛的叫喊和抱怨。但我并未在码头上迟疑。我已经是识途老马了。

第十七章

乘“劳德三世”号往克肯纳群岛

突尼斯可以说是另一种地中海的孤岛，一边被水域包围，另一边则被国际社会摒弃。它的东南侧是狂热的利比亚，西侧是浴血的阿尔及利亚，漫长而不规则的海岸外，则是蔚蓝的地中海，凹凸地布满大小海湾。外国人不从陆路进入突尼斯，要搭飞机当然可以，此外，法国和意大利都有渡轮前往。我是从西西里岛的特拉帕尼搭乘渡轮，傍晚时经过迦太基，进入拉古莱特港。今日的迦太基只剩下昔日的一小部分，原本辉煌的城池也只剩成堆废弃的大理石。

此刻我已熟谙地中海各岛屿，因此可以察觉突尼斯的强烈岛屿特性。一般人总认为土耳其和叙利亚被孤立了，但是严格说来并非如此。土耳其有巴士可以通行到埃及，叙利亚到约旦和黎巴嫩也畅行无阻。甚至贫穷而悲惨的阿尔巴尼亚，也有陆路交通和渡轮可以通往希腊和马其顿。我由伊斯坦布尔到海法的公路和铁路行程虽然很慢，有时候还很惨，要经过六次国界和许多令人恼火的程序，不过至少我是安全的，没有人企图割我的喉咙。

阿尔及利亚的极端分子则不然，他们以杀害外国人为职志，旨在恐吓外国人，以动摇该国政权，因为阿尔及利亚经济以石油为主，但石油业的运营多半操控在外国人手中。前不久，七名意大利水手（“卢西娜”号全体船员）在船上呼呼大睡时被割断了喉咙。当时他们正停泊于阿尔及利亚的港口吉杰勒，距离突尼斯边境不远。在那之前几个月，有十二名克罗地亚人也死在自己船上，喉管惨遭割断。此外，有些前往利比亚的游客会离奇失踪。这些故事都使外国人对阿尔及利亚和利比亚裹足不前，也凸显出突尼斯的岛屿特性，甚至突尼斯人自己也抱着这种态度。他们从不建议他人逾越这些国界，也很少涉足这两个国家。当他们离开突尼斯时，都是前往法国或意大利，去从事一些卑贱的工作。

由于一路坐得太久，我特地在小而悦人的突尼斯城市区到处走走，活络筋骨。我发现此地的街名以重大事件的日期来命名，比如一九五二年一月十八日街、一九三八年四月九日路、一九三四年三月二日街、一九〇三年八月三日区等。我也留意到天空全是飞鸟，都是些色泽暗沉、聒噪不休的麻雀或雨燕，一群群从天而降，栖息于树木，或来回盘旋，使天空一片幽暗。当它们飞升而起时，到处排泄，把哈比卜·布尔吉巴街的行人全溅了一身。突尼斯人把这些令人厌烦的小鸟叫作“橄榄鸟”，因为它们会啄食当地海岸的主要农作物橄榄。

我颇为自得，因为已慢慢地由海路抵达此地，发现这个国家全境遍布铁路网，而且还找到一晚三十五美元的旅馆。我喜欢这里的食物，突尼斯的大小正合我意——只不过是个规模稍大的市镇，当地人也颇为可亲。我遇到了陶菲克夫妇（先生是突尼斯人，太太是伯明翰人），还有他们十六岁的儿子。他们在突尼斯住了十七年，而且都没有去过阿尔及利亚和利比亚。“十七年来，这里什么都没变！”

还有一个叫艾哈迈德的突尼斯人，在纽约市第七和第八大道间的四十二街生活并工作过三年。“我在一家卖烟具的店工作，比如水烟袋和纪念品等。”他有张绿卡，那他干吗回突尼斯？因为他恨纽约市。“人太多，而且太危险，因为，”他刻意说，“有黑人和白人。”我也遇到色拉先生，他去巴尔的摩上大学。“我在那里待了四年到四年半，学商业管理。那里很棒。”他最怀念的是美国篮球——那些球星，乔丹、尤因、罗德曼、奥尼尔。

突尼斯人似乎颇好客、讨人喜欢，尤其是我在火车站撞见的阿里。他用意大利语问我：“你是意大利人吗？”

如同马耳他、阿尔巴比亚及克罗地亚，此地位于意大利广播网范围内，因此很多有电视机的人都会说意大利语。不过阿里也在罗马工作过一段时间，然后结了婚，现在有三个可爱的女儿，他还将女儿的照片拿给我看。

我们一起走着，用意大利语交谈，他的意大利语说得很好。他不是缠人的拉客者，那种人目的只在于练练英语、要点钱，或兜售当地商品。他说的是孩子，对于女人的观点很开通，而且热切地希望将来他女儿在突尼斯也能跟男孩一样有发展。

他抬眼并指指前面，满街人潮的另一面。“这条街的街尾就是市集，”他告诉我，“很神奇的地方。你去看过了吗？”

“我昨天才到。”

“你很幸运。今天早上那里有个大活动——柏柏尔人地毯市集。你听说过柏柏尔人吗？我自己就是柏柏尔人，我住的村子在加夫萨附近。”

他打开我携带的突尼斯地图，指出他所住村落的确实位置。他说，我有机会真的应该去看看，他会把我介绍给村里的长老，并带我到处看看。柏柏尔族文化是正统的突尼斯文化，地毯则是他们的杰作。

“可是我们眼前没有多少时间，柏柏尔人的市集中午就结束了，而现在——已经十一点十五分了。柏柏尔人的地毯很漂亮，不过这是我偏心，因为我自己是柏柏尔人。穿过这儿就到了。”

那是个传统市集的入口，很窄小，到处悬挂着布匹，像飞舞的旗帜，周围堆着各式各样的铜器和雕刻品，空气中飘浮着香水和香料的诱人气息。走进去时，我不禁回想阿勒颇的市集——一旦摆脱市区的热气和灰尘，便置身潮湿阴暗的迷宫，走道纵横，一个个身穿长袍的男人守在自己小店门口啜饮咖啡。

阿里敏捷地穿梭在人群中，我必须匆匆追赶，一会儿闪避一些人，一会儿硬挤过一些人。

幸亏阿里个头很高，在其他突尼斯人中鹤立鸡群，因此我总可以从人群中瞥见他。

“我不希望你来不及。”他喊着，行动更加快速，“那些柏柏尔人很快就会带着地毯回去了。”

我们经过一家卖书籍纸张的商店。

“我需要买本笔记本。”

“等一等，”他加大步伐，“等你有时间再慢慢看，你可以买到很多好东西。”

他用了一个很好的意大利词组，“tante belle cose”（很多好东西），因此我再度感到安心。他似乎是我一路行来碰到最理智、最有帮助的人——不单是突尼斯这一趟，而是整个地中海行程。他知道事情的轻重缓急，是最完美的主人。

十五分钟后，我在市集中完全迷路了。因为跟随阿里而行，我几乎没有注意到任何地标，只好尽量跟紧他。我们经过木器行、理发店、卖成匹丝料和成衣的商店、面包店、珠宝店、卖各种纪念品的小店，包括死蝎子（“可以带来好运”）、玛瑙珠子、红珊瑚珠子和项链、老式火枪、铜器、镶嵌盒子、野猪牙雕刻品等，不可胜数。

见到那些附有头罩、可以同时覆盖身体和头部的长袍（有如柏柏尔式的本笃会修士道袍），我突发奇想，学理查德·伯顿爵士前往阿尔及利亚一游。伯顿曾伪装前往麦加——一个非穆斯林的危险禁地。不过伯顿会说流利的阿拉伯语，可以凭一口北非口音的阿拉伯语潜入阿尔及利亚冒险，而且他的胆量也充满传奇性。

“就快到了。”阿里拐过一个转角。

转角再过去是一家色彩缤纷的商店，比其他店面大，里面堆满了地毯。阿里跟门口一个笑容满面的男人打了声招呼。

“你来得正是时间，”那个人的意大利语说得比阿里还好，“再过二十分钟就什么都没有了。”

我们匆匆走到楼上，他们还请我喝饮料。我没有接受，因为我知道在一家地毯店接受任何招待，都会让我担上义务——不管是一杯茶、一罐饮料还是食物，任何东西都一样。

“柏柏尔人在哪里？”我问。我一直以为会来到一片广场，见到一大群身穿长袍的男人，喃喃地鼓舞我检视他们的地毯。

“那里，那里。”

他示意我走过一张床。那张床非常大，嵌有镜子和象牙雕刻，靠墙摆着，像博物馆展览品。

“这是国王的床。为什么这么大？”店经理自问自答，“他跟他四个太太一起睡在床上。但是突尼斯现代化以后，所有的国王都废除了，一夫多妻制也废除了，我们就把这张床买来。你也看到了，这张床非常漂亮，也非常贵，但手工很好。”

“请坐，”阿里对我说，“时间不多。”

可是现在才正午，而且我们在一家地毯店。我说：“我不懂为什么时间不多。”

“促销活动，地毯拍卖。”那位经理说。

“什么促销活动？我还以为柏柏尔人会带着他们的地毯回家。柏柏尔人在哪里？”

“你请看。”经理有些激动。

一些动作敏捷的小个子开始摊开地毯——很多地毯，一捆捆在我脚边摊开来，一块叠一块。那些地毯的色彩、样式、大小一应俱全，有大块地毯、祈祷用地毯、基里姆地毯、长条地毯等。经理介绍：这块地毯是红色的，因为是喜事用地毯；那块是蓝色的，因为蓝色是柏柏尔人最喜爱的颜色；这是块基里姆毯，因为两面花样都一样——看到没有？还有这块地毯的设计是为了抵抗邪眼。

“突尼斯也有邪眼？”我问。

“全世界都有邪眼。”经理回答，“你喜欢哪一条？”

“这块红的，这块蓝的，还有这块……每块都很好。”

“这块五百美元，这块九百美元，这块……”

“不用说了。”

“你要买这块吗？”

“不要。”

“四百块怎么样？来，你开个价钱。”

“我会考虑的。”

“你不能考虑。中午以前你必须买下来，促销活动到中午就结束了。”

我到现在才恍然大悟自己上当了，但是为时已晚。我拒绝让步。

“我会再回来。”

“你不可能再回来。你出什么价钱？”

“现在不行。也许明天好了。”

“不行！不行！”经理说，“没有时间了。只要说一个数目！”

只要说一个数目？我听到这句话不禁哈哈大笑。经理生气了，转而斥责阿里，阿里也叽咕作答，两人开始低声争执，经理还不时大吼一声：“时间不多了！”

我心想：我真是个笨蛋，竟坐在这里听一个人怒吼，另一个人低语，而第三和第四个人还在摊开地毯。我起身离开，说我会再回来。

“你不能再回来，你休想再回来！”经理朝我尖叫，用的仍是意大利语：休想！休想！

回到市集曲折的巷道间，阿里已不像原先那么神气了。“我去跟我父亲打声招呼。”他在一家香水店前停了下来。店里没有人。阿里拿了一小瓶香水。

“茉莉！对柏柏尔人有特殊意义！”

“今天不要。”我纳闷他会不会坚持下去。

“这是礼物。不要钱！拿去！”

“我怕漏在口袋里。”我要看他怎么回答。

他耸耸肩，这时香水店老板回来了，他俩也寒暄起来。老板的年纪不大，不可能是阿里的父亲。

我径自离开，但阿里又冒了出来，跟我说：“怎么样？我带你参观，你付我多少钱？”

“我没有要你带我参观。”

“但是我已经带你参观了。我带你看这么多东西，你给点小费吧。”

“你带我看这么多东西？”我心想，这又是一个胆大包天的家伙，“门都没有。”

他抱怨着离开了。其实我并不讨厌他，我只痛恨自己竟上这种恶当。“我们时间不多！”不过这一招的确很高明。

在市集、街头、火车站，突尼斯人的面孔正反映出地中海各地居民的面孔，而且比我在任何地方所见都要令人称奇。阿拉伯人的面孔仍占了大多数，但是有些人皮肤白皙，有雀斑，眼睛是浅色的；有些则肤色黝黑，跟印度达罗毗荼人①不相上下。有些突尼斯人很像意大利人、西班牙人、希腊人、撒丁岛人、土耳其人、阿尔巴尼亚人，说不定本来就是来自那些地方的人。因为在突尼斯，各种肤色的欧洲人会碰上各种肤色的北非人，血统混在一起。突尼斯拥有优良的港口，距离意大利又近，一直具有交通枢纽的作用。汪达尔人征服西班牙和北非时，便顺道摧毁了迦太基，日后也是经由

---

① 印度南部人种，皮肤黝黑，具有黑人特征。

此地重返欧洲，再跃往意大利，这是很容易的，而西西里岛正好是踏板。

种族方面，不属于单一肤色，衣着也仍带有东方画风的余韵：全身层层裹住的妇女、面纱、披肩。但也有穿着牛仔裤、皮肤白皙、神态娇嗔的女孩，以及戴着墨镜、身着花俏洋装、高头大马的凶悍女人。

我搭乘火车经由拉古莱特、塞兰包、迦太基（汉尼拔）、迦太基（阿米尔卡）、西迪布济德、滨海路等地，来到马尔萨。我在西迪布济德走了一圈。那是位于山丘上的小镇，可以俯览海景，到处可见粉刷成白色的住家，搭配着蓝色窗板、蓝色门扉和蓝色前廊，因为据说蓝色可以驱蚊。那段海岸全是垃圾，污染情况与千里外的叙利亚海岸不相上下。岸边稀疏的林中，有突尼斯情侣在夹竹桃间卿卿我我，还有数不清的流浪猫徜徉其间。

西迪布济德除了这些便乏善可陈了。有关迦太基的回忆只剩下远古时期腓尼基人征服此地的历史①、汉尼拔②的征战、布匿战争③、圣奥古斯丁④及巴巴里海盗⑤。传说迦太基兴建于公元前八一四年，但近年来当地又增添了几桩令人记忆犹新的事。根据罗伯特·福克斯的记述，一九八五年，三名以色列人在塞浦路斯离奇

---

① 约公元前八百年，腓尼基人建迦太基城，公元前五百年成为大帝国的首府。

② 汉尼拔·巴卡（前 247—前 183），迦太基将军，在第二次布匿战争时几乎击溃罗马。

③ 罗马帝国向外扩张，与迦太基之间有三次战争，终于灭了迦太基。

④ 圣奥古斯丁（354—430），生于今阿尔及利亚境内，基督教主教、教会博士、神学家、哲学家，曾在迦太基深造。

⑤ 十六到十九世纪横行地中海的北非穆斯林海盗。

丧命后，以色列飞机曾在附近海岸地区出现，轰炸巴解组织阵地，企图杀害阿拉法特。那次轰炸造成七十二人丧命，阿拉法特不在其中。福克斯又说："两年后，以色列突击队由西迪布济德（突尼斯的圣特罗佩）海岸登岸，在巴解组织一名高级官员（化名阿布·吉哈德的卡利尔·瓦兹尔）住处将他击毙，因为以色列政府误以为他是战区反抗运动组织的负责人。"

迦太基上空笼罩着带有黄斑的乌云（根据一九一一年旅游指南，"优美的风景和丰富的历史，充分补偿了当地遗迹的可悲状况"），不久，下起倾盆大雨，像季风雨一样猛烈、突兀而难以抵挡，也使海岸地带陷入一片灰暗。雨水打在地面，先是造成沟渠泛滥，街面积水，接着火车停驶，交通一片混乱。有个女人看到田野一片汪洋，不禁用法语叫道："你看！那里像水坝一样！"滂沱大雨似乎带来一股歇斯底里的气氛，使大伙喋喋不休，内心充满困惑。整个市区先是开始淹水，然后全数瘫痪。

这是我旅行的一大转折点，不过是过了许久我才明白。从这一刻起，天气逐渐恶化，不但使我行程受阻，也打乱了我的计划。其间虽有短暂的阳光，但多半是云厚风大的日子，直到风逐渐转强，成为地中海惊心动魄的黎凡特风。徘徊的低气压、湿气重的房间、紧闭的门窗，以及陈腐的空气，无不影响了我，几天后便染患重感冒——喉咙痛、肚子不舒服、肌肉酸痛。

我决定离开突尼斯，所以特别去找突尼斯人寻求忠告。"去看看沙漠！"他们建议我，"去看看马特马塔的穴居人！""去托泽尔和杰尔巴。杰尔巴有犹太人！""去看游牧民族、卖骆驼的、织布工人！""去看会玩蝎子的神秘人！""去苏塞——游客最喜欢苏塞了！”“不管你做什么，都不要去斯法克斯，那里什么都没有！”

于是我买了一张票前往斯法克斯：十美元的头等车厢，再加十元坐在头等车厢的舒适区。斯法克斯位于沿岸南下两百英里左右，我希望当地的天气更好，打算去那儿休养，等身体复原后再继续旅行。

如果可能，我宁愿搭火车西行到比塞大、坚杜拜，再到阿尔及利亚境内的安纳巴（也就是波尼）。如果在承平时期，由突尼斯到阿尔及利亚的这段旅程很值得一游，我开始地中海之旅时，也曾打算循这条路线而行，但没有料到突尼斯会是个孤岛之国。不过以后我还会回来，再去贝鲁特和阿尔及利亚，甚或造访利比亚。任何旅行都不可能毫无遗漏的克竟全功，即使住在一个国家，也不见得容许我走遍各处，看尽所有景物。我在英国待了十八年，但对很多地区仍很陌生，比如我从来没去过什罗普郡，而一直想去。我在中国旅行一年，但始终没有到过海南岛。旅行太平洋时，我也从来没有航行到预定目标之一皮特凯恩群岛。我不觉得沮丧，反而会将它化成野心，一件可以寄望的事，因为没有去过的地方会比见过的地方更能启发梦想，未知的领域正是我梦想的源泉。再者，我总是想，我会回来的。

火车上的旅客寥寥无几。舒适区仅有少数乘客，包括一名越南妇女和一个突尼斯烟枪，这名烟枪在途中一直企图勾引另一位只身旅行的突尼斯女子。

火车驶出突尼斯，穿越贫民窟、市郊、垃圾堆，以及棚屋里以捡破烂维生的人，不久便行驶在绵延六十英里的橄榄林中。此地跟地中海沿岸许多地区一样，以橄榄为主要作物，橄榄园比希腊的更广、更有秩序、更多果实。那些树木有系统地栽种在梯田上，围植着仙人掌和有尖刺的龙舌兰充当篱防，行列间保留充分距离，以利于机械化采收。

我看到一名女子骑着驴子穿过一群山羊，看到牧羊人在羊群后面缓缓踱步，也看到蹒跚而行的小羊。我还看到几何图样的村落，格状分布的街道与低矮方正的房屋。由西西里渡轮下船时，我对突尼斯一无所知，因此很高兴见到井然有序的景观、自给自足的繁荣。这是另一个世俗的地方，至少在神学和政治领域内，都没有制定国教。

火车继续南行，周围更青翠齐整。乡间都是平坦的田园，尽管天气不佳，但仍然平和宁静。火车经过苏塞时，轨道直接衔接主要干道，沿着海滨步道，绕过港口区。我记起曾有人建议我来这里参观，显然这是个旅游市镇。

火车在苏塞南端行驶了三四十英里，便来到了埃尔杰姆。这是个不重要的小镇，但是这儿的罗马竞技场比罗马当地的更壮观，维护得更好，听说也更大。

“这个竞技场比罗马那个形状更好，保留下来的部分也更多。”在埃尔杰姆，一名美国人跟我说。他是路易斯安那州来的迈克。

迈克的朋友史蒂夫说：“这玩意儿真的很古老。”

他们特别欣赏埃尔杰姆的建筑，因为他们本身从事建筑业，在斯法克斯住了约两个月，各自独居（据他们说，都快住疯了），负责监造一个外海钻油平台。

史蒂夫继续说：“这大概是一七二〇年兴建的。”

“难道不是建于罗马时期的吗？”我说。

“那家伙没有说。不过我可以告诉你一件事，这东西造得真好。”

“这是真的。”史蒂夫说着，往后仰着身子，欣赏繁复的拱门设计。

“这是公元前还是公元后建的？”迈克问。

“那有什么区别？”史蒂夫回答。

我心想，没错。最重要的是，它比镇上所有建筑都古老约一千年，却比那些建筑还结实、帅气、具对称美感，而且更经得起岁月的淘汰。

我搭下一班车前往斯法克斯。见到当地丑陋的郊区和公寓建筑时，先是一惊，但终于安下心来。这个市镇比突尼斯更朴素、更安静，只有几条大街、一条大道和一座海港。迈克和史蒂夫告诉我，当地的市集值得去看看。在外海十五或二十英里处有些岛屿，但是他们没有去过。他们告诉我，这是个安静的地方，然后又补充一句：“我们在这儿快疯掉了。”

对我来说正合适，没有交通，却有柔和的海风，旅馆几乎不花多少钱。此地也没有游客，因为缺乏色彩。不过人们在此生活、工作，而且经济颇为繁荣。他们以食盐、渔产、磷酸盐、硫酸等进行以物易物的买卖；较贫困的内陆地区，比如凯鲁万和加夫萨，则利用香料和手工制品从事交易。这是个凉爽潮湿的夜晚，一群群男人正沿着斯法克斯的大道散步，就像西西里岛和卡拉布里亚的周末散步活动般。我置身人潮之外，一个人在海边。我喜欢微风中的海水气味，以及岸边的一片湿黏空旷，像是黑夜里的一堵黑墙。

我还是觉得不舒服。第二天在市集，必须央求一名地毯店老板让我在他店里坐一下——我头晕目眩、四肢乏力。就在我坐着频频挥汗、感觉难受之际，老板摊开一张柏柏尔人的基里姆地毯。地毯有条纹图案设计，色彩艳丽，是手工编织的羊毛毯。

“我帮你包起来，你更好拿。”

“我什么都拿不动。”

但是三天后，我回到市集，用六十美元把那张十英尺长、六英尺宽的地毯买了下来。在周游地中海一年半之中，那是我唯一买下的东西，事实上，也是唯一引起我购买欲的东西。

我发誓一定要在那三天中恢复健康。我知道自己得了重感冒，而且肺部有轻微感染现象。于是我服用阿司匹林。为了清肺，还吃些辛辣食品，一种当地人称为“喝辣乐”的汤，以及辣味古斯古斯，并猛喝突尼斯的薄荷茶。

我看到有关尼采诞辰纪念的报道，不禁拿它和我此刻的恶劣健康状况做比较。我是在奥利弗·萨克斯的书中读到尼采的事之后，才对尼米产生兴趣的。一百五十年前，“弗里茨”（他妹妹称呼他的小名）出生于德国罗肯。他写了《善恶的彼岸》和《查拉斯特拉如是说》两书。他喜爱音乐，曾说过：“凡杀不死我的，日后会使我更强大。”结果被纳粹党人断章取义地加以利用。一八八九年，他因精神失常而返家跟母亲、妹妹共同生活，生命中的最后七年是个植物人，一九〇〇年去世，享年五十六岁。但是在迈向终途之前，他已表现出怪异的迹象。

“他喜欢弹钢琴，在浴盆里到处泼水，有时还小心翼翼把鞋子脱下来，把尿撒在里面。”

这个奇特的历史个案使我觉得自己的病根本不算什么。

我这辈子最讨厌别人要我解释在做什么，我之所以痛恨这个问题，是因为自己也很少知道答案。

这是斯法克斯的礼拜天，所有地方都关门了。在奥立维尔旅馆俗丽的房间躺了三天后，我觉得好了一些，但是离复原还早得很。我醒来时，心想：下一站去杰尔巴怎么样？往南搭一天火车就到了。或者去加贝斯？到那里只需要一半路程。不过当我听说当天早上有班渡轮到克肯纳群岛时，我又犹豫了。克肯纳群岛就在斯法克斯外海约十五英里，只要一个半小时就到了，船票五十美分。而且渡轮就快开了，船名叫“劳德三世”。这些细节，尤其是这艘船的名字，都使我下定决心前往克肯纳群岛。

我抓起旅行袋，匆匆赶往渡轮港口。如果偕伴同行，我要怎么解释自己犹豫不决的行为？对方如果问我一个很合理的问题：我们要去哪里？我就只好回答：我也不确定。

我只有笼统的旅行方向，没有特定地点，因此必须独自旅行。要求任何人容忍我的迟疑或拖延是不公平的。我不确定自己为什么要来斯法克斯，直到抵达，我才理得出头绪。或许这也是旅行者和游客不同的地方之一：旅行者是捉摸不定的，而游客则是有确定行程的。后来，我的盲目决定证明是正确的，因为待在克肯纳群岛的那两天颇为愉快。

渡轮上大约有三百名乘客，全是突尼斯人，其中大部分是返回岛上的家度周末，另外有些人是去野餐，还有少数人则是乘渡轮兜风。突尼斯人本来就各式各样都有，不过这也是地中海沿岸的特色之一。在我走访的全部旅程中，从来没有见到一个地方具有划一性——相同的人种、相同的面孔、相同的宗教与相同的服饰。地中海的乐趣之一便在于它复杂交融的文化，不过这仅限于沿岸地区，内陆村落未必如此。

渡轮乘客中有老年人和年轻人、肤色浅者和肤色深者、正统分子和自由分子，有些人披着披肩，有些人戴着土耳其帽，还有些人戴着棒球帽。有个年轻人带了一把萨克斯风，和一名鼓手在甲板上即席演奏阿拉伯乐曲。这是群轻松友善的人，彼此以礼相待，不会相互推挤，而且容易相处，兴致高昂，值得受尊重。有些男人在耳朵上插着一枝茉莉花，就像塔希提人插着花朵一样。

附近有鸬鹚从空中潜入平静的海面捕鱼，远处有几艘渔船，除此之外，在将近一个小时内都见不到其他景观。那些岛屿不是因为距离遥远而看不到，而是因为地势低平，最高处也不过距海平面数英尺。它们出现时，起初有如海上的污斑，接着逐渐像是环礁；西岛首先进入视线，然后便是它的姊妹岛东岛的边缘。

渡轮停靠处有几班老旧的巴士和出租车在灰沙中等候，准备接运乘客。那些司机则坐在一堆堆砍下的棕榈叶上。

“你要去哪里？”一名司机用法语问我。

“镇上。”

“没有镇，只有村子。”

“有旅馆吗？”

“上车吧。”

我们要去哪里？小保罗？

出租车内坐了五个人。克肯纳太小，在我的地图上只是一个小黑点，所以我真的不知道要去哪里，或者岛上有些什么。我唯一见到的景观是一片平坦、干燥、多岩的黄色地表，以及枝叶腐烂的垂死棕榈。

“我们要去哪里？”我问其他乘客。

“雷姆拉。”

“那是个好地方吗？”

“非常好。”他们回答。

“我要去雷姆拉。”我对司机说。

“不行。”司机说。

“喔，好吧。”我只得说。

我们经过两三个村子，其间坐落着小巧方正的房子，有些是平顶，有些是圆顶，另外有几家零星的店铺，路上有鸡。这是我在地中海沿岸见到最单纯的一个地方，地势平坦，树木稀少，房子很小。这里并非荒废，只是安静、冷清、寂寞，具有单一性。这里没有电线，显然没有电灯。

有个看起来像村落的地方，其实是座坟场，一座座坟墓像是小茅屋，一边绘有死者肖像，大小有如政治海报，同样具有空洞的目光。

车子来到一个路口，左拐，右拐，又左拐。当地没有路标，车子行驶在碎石路面，根本看不见任何村落，只有一些饱受摧残、形状枯萎的棕榈树，四下也没有人烟。我们继续前行了半个小时，然后见到一个标示：“豪华旅馆”和一个箭头。前面是一堵高墙、一扇栅门、一栋灰泥粉刷的建筑和一个男人。

“欢迎。”那是个身着长袍、宽松长裤的突尼斯人，说的是英语。

除了他之外，不见其他人。出租车离开后，四周便陷入沉默，像逐渐沉落的尘灰。一只小岛轻啾，如果不是因为四周死寂，我绝对听不到它的鸣声。

“今天很安静。”

“没有人。”

“他们会来吗？”

“以后会来。”

“今天吗？”

他皱起眉头：“不是的。两三个月以后。”

“但是我来了。”

“欢迎你，先生。”

我不是第一次踽踽独行，成为旅馆唯一的住客，却是第一次独霸这么大一家旅馆。

“这边走，先生。”

他带领我穿过旅馆来到餐厅，让我坐在第二十三桌。我数了数其他桌子，还有七十二张。

“我是瓦希德一号。”一名侍者鞠躬说道。

“本地人？”

“是，我是克肯纳人。这很好。”

在这个全然空荡的地方，我觉得乐观起来，心想：我要留在这里，直到身体康复。

瓦希德为我端上“布利克”。这是一种油炸薄饼，搭配罐装鲔鱼和一个煎蛋。那天的晚餐是火鸡肉，一块老火鸡肉压制的肉块，浇着浓汁。第二天又是“布利克”和意大利面，以及用肥油炸成的薯条。那些食物呈土黄色，模样恶心，甜点也是形状可疑的冷食。

“附近还有其他旅馆吗？”我问瓦希德一号。

“法哈特旅馆。”

“好吗？”

他耸耸肩：“法哈特旅馆住的是法国来的人。”

“豪华旅馆呢？”

“英国来的。”

“再过几个月。”我说。

“两三个月。”他说。

我并未躲在房间里，而是决定尽可能了解克肯纳群岛，给它几天时间，再继续上路。其实，在这空旷岛屿的两天时光是我此行从未有过的体验。天气欲雨不雨，海洋一片灰沉沉，狭窄的沙滩上堆积着海草。我走了几英里路，发现海岸大半成了废物场——生锈的罐头、报废的汽车、塑料瓶与垃圾。我见到几栋屋子与一处古老的废墟。在这个类似沙漠的平坦岛屿上还点缀着椰枣树，长着短短的橙色叶子和一串串椰枣。有些椰枣掉落地面任其腐烂，招来成群的苍蝇。

夹竹桃、椰枣树和一座绿色污浊的游泳池。除了苍蝇的嗡鸣和小鸟的啁啾，听不到任何声音。除了一名经理和瓦希德一号，见不到任何人。位于一英里外海滨的房子都空无人烟。我觉得十分惊异，我正在地中海地区，而这里却是迄今所见最冷清的地方，比阿尔巴尼亚最荒僻的地方还要空荡。此地曾经有很多人，但他们来了又走了。它就像一个突然萧条的殖民地，一次失败的殖民实验。

这些都是我第一天的收获。第二天，我出发赏鸟。虽然此地出于种种原因而落入自生自灭之境，却也吸引了鸟类，俨然成了鸟类的乐园。各种鸟类大批群集，这是我在其他地中海地区未曾见过的。这些鸟之中必定有许多是候鸟，因为在非洲和北欧之间的季节性迁徙中，候鸟势必要有一个憩息之处。至于其他的，我想是属于当地的沿岸鸟类。这些岛之中，最大的是一种灰色苍鹭，高约四英尺，在海岸缓缓昂首阔步，一副耐心十足、不可一世的样子。我见到一只小鹭和一只不断啼叫"湿我唇！"的涉禽。再往下走，我见到一只涉禽，后来判定是只麻鹬，还有几只鸻鸟、一只有羽冠的云雀、一只赤胸朱顶雀、一只红臀燕。有只泛白的鸟，戴着黑面罩、一顶灰帽子，翅膀上有黑色斑纹，绝对是只灰羽伯劳。当时我没有鸟类图鉴，是把鸟的外形描绘下来，并记载它们的特征，日后才查证出来的。借着赏鸟，我才能为旅行中最平淡的几天增添些许意义，享受发现的乐趣。

那一天我又搭乘一辆经过豪华旅馆的老旧巴士去了一趟雷姆拉。雷姆拉有如位于世界尽头的城镇，除了勉强维生的渔业，什么都没有。当地的土壤太过贫瘠，不能种植蔬菜，也没有电灯。那座小镇有如一簇方形茅屋，镶嵌在由潮湿小径交织而成的迷宫中。

"这里的用水呢？"

"我们有泉水。"

那些泛黑、不能饮用的水是井水。路上有家酒馆"杰兹拉"，是当地人举行庆典的场所。当一辆摩托车突突地从酒馆外经过时，在座男孩和老头都应声抬头注视。这些就是渔船的所有人，他们的渔船是种大三角帆的船舶，但是他们告诉我，渔获量并不好。此地的荒凉是我沿途仅见，来此经历一下，对我来说也是一项个人的成就。第三天，我很想离开克肯纳，因此告诉自己觉得好多了。我向瓦希德一号道别，离开位于弃置海边的空荡旅馆，搭巴士前往渡口，在渡口碰到了穆拉德，他正要前往斯法克斯探视住院的妻子。

我对克肯纳的第一个印象是极度空旷——干热多石的土壤、濒死的树木和贫困的茅屋。这种一无所有的外貌难免使我产生误解，其实这里每样事物都有名有姓。雷姆拉是个重要的市镇，而且在不知不觉中，我已经去过阿泰拉、奥拉德卡西姆和迈利泰了。这个渡口不单是渡轮停泊之处，还是由三间破房子和一条烂道路组成的叫西迪优素福的村落。

“你觉得这个岛怎么样？”

“这是我的家。”穆拉德说。

就像大部分突尼斯人一样，他的礼数也很周到。

我们就这样搭乘“劳德三世”号渡轮返回斯法克斯，一路上，朝阳把海面染成一片赤褐，停放在甲板下的卡车中的绵羊也咩咩直叫。

在斯法克斯，我一直设法解决由突尼斯前往摩洛哥，不必停靠阿尔及利亚的难题。有人告诉我一家突尼斯公司的名字，那是利比亚船舶“加尤尼斯”号的代理公司，那艘船平日运送旅客和货物由的黎波里到突尼斯和卡萨布兰卡。其实我并不想离开突尼斯，我喜欢这里，而且已准备按照别人给我的建议，去看看沙漠，看看马特马塔的穴居人，去托泽尔，去看看杰尔巴的犹太人，并去看看游牧民族、卖骆驼的人、编织工人及玩蝎子的神秘人。我打电话给那家公司代理人，他告诉我“加尤尼斯”号再过几天就要驶往卡萨布兰卡。

我到艾福市集的艾哈迈德的小店，取回价值六十美元的基里姆地毯，然后搭乘火车重返突尼斯。

突尼斯正在为两件大事忙碌——迦太基影展和一场决定性的足球赛：突尼斯对多哥，以争取“非洲杯”的参赛资格。我在后街一家咖啡店跟大约两百个男人和男孩一起收看电视转播。那些人很专注，并不喧闹，只是喃喃交换意见。突尼斯在大部分赛局中都以一比零领先，接近终场时，多哥踢成平手局面，店内一片寂静。这时一个宣礼员绷紧的声音打断了沉默，呼唤信徒祈祷。许多人都跪在地上，面向东方开始祈祷，前后约五分钟，然后回到球赛。球赛最后打成平手。

至于这次迦太基影展，是以“突尼斯电影一百周年”为号召。对我而言，这就像在海法碰到的以色列铁路百年庆般难以置信。不过无所谓，我佯装影评人，去看了两场电影。参展影片大部分是在地中海地区拍摄，法国、阿尔及利亚、黎巴嫩、利比亚、摩洛哥、埃及、巴勒斯坦等都有参展影片，土耳其有十部送展，其他的则来自遥远的巴西和中国。

我的兴趣在地中海，因此挑了两部描绘我去过的地点的影片。虽然我去过，却无法像影片这么深入地探讨那些国家的情形。《宵禁》一片由巴勒斯坦导演拉希德·马什拉维执导，是从熟知内情者的立场来阐释一项以寡敌众的英勇反抗行为：朝着手执机关枪的以色列士兵扔掷石头的反抗组织成员。

在地中海全境，波斯尼亚战争最遭人诟病的暴行并非死亡人数，而是塞尔维亚人故意炮轰莫斯塔尔古桥的恶行。那座桥梁的破毁象征着那场战争的邪恶本质——双方争执的愚昧与卑劣，以及地中海地区溯及远古的残忍行径。在伯纳德·亨利执导的《波斯尼亚》中，我见到桥梁遭到摧毁的情形，以及更多战争的真相。那部纪录片描述了战争的屠杀场面：残忍无情的杀戮、路旁的尸体、鲜血斑斑、破碎的玻璃、斩首惨状、万人冢、啼哭的儿童、恐惧的大人、兽性大发的士兵、雪、雨和遍地的废墟。不过全片最令观众震撼的，还是莫斯塔尔大桥的被毁。大约十余颗炮弹落在桥面，那座竖立五百年之久的桥梁终于化为碎片，坠入河中时，观众中有人惊呼，有人哀吟，等到灯光亮起，许多观众眼眶中都含着泪水。

看完波斯尼亚的影片后，我返回旅馆，利用短波收音机收听新闻。“塞尔维亚军队正朝比哈奇挺进，企图夺回前两个星期中丢失给波斯尼亚的土地。”然后是一连串死伤和失踪人口统计数字，以及萨拉热窝再度遭到炮轰的消息（一个小时前，我在一年前拍摄的影片《波斯尼亚》中，还见到当地被轰炸的情景）。

天气寒冷多雨，我急于继续旅程，于是回去找利比亚北非航线的代理人哈比卜先生。

“我们还在等待通知。”代理人告诉我，他很友善，英语说得很好。他说这趟航程会很有趣。

我跟他说：“因为这是艘利比亚船，我想我应该告诉你我是美国人。”

“没问题。我会跟船长说，以免万一有人对你做什么愚蠢的举动。”

我一直去打听，但是三天后哈比卜先生仍在等待通知，而“加尤尼斯”号也依然音讯杳然。

第十八章
乘“海峡”号抵达摩洛哥

地中海有如湖泊，海岸风平浪静，我早已习惯这里的阳光和温暖的气候，因此压根没有留意扑面而来的强风。一个风景如画的地方，当然不可能有什么危险。事实上，如果我沾湿手指测测风力，就不会这么愚昧了。随着风雨逐渐加强，我仍在痴痴等待“加尤尼斯”号带我到摩洛哥去，然而只见到强风把旗帜吹得比平常更高、更直。如果是熟悉地中海的水手，便可由这种风速看出端倪，意识到更阴暗冷冽的天气已经逼近，这是黎凡特风带来的骚动，一种令海豚翻腾、锣声响起的天气。这种天气已经持续了一个星期。地中海的天气一向起起落落，但这次的恶劣天气始终徘徊不去。

有一天，哈比卜终于通知我：“‘加尤尼斯’号进船坞修理了，利比亚人要派另一艘船来。那艘船不能载客，所以你只有等以后了。”

我只是虚情假意地诅咒一声，因为这种天气并不适合搭三天的船远赴摩洛哥的另一端，也不适合搭船到附近的西西里岛。但是除了绕道他国，这里没有其他船驶往摩洛哥，而我又发过誓绝不搭飞机。驶往马赛的渡轮要到下星期才起航，因此我决定干脆搭火车从意大利前往法国，也许在法国可以找到渡轮驶往摩洛哥。这一趟要绕很远的路，不过，急什么？

我的旅行很快成为英国人在气恼之余所形容的“一波三折”。我拒绝离开地面，所以只有走陆路，从西西里岛到那不勒斯、罗马，再搭火车北上到里窝那和比萨。之前我由尼斯前往科西嘉岛，所以错过了这段海岸。其实这段海岸颇具戏剧性，壮观的山岩峭壁桀骜不驯地矗立在强风中，是我遍游地中海所见最美丽的海岸线之一。这是另一个我愿意重游之处。我自我安慰地思忖，如果搭上“加尤尼斯”号，就会错过这片美景：五渔村海边凸出于岩壁上的丛集屋宇；安蒂尼亚诺南侧的别墅与悬崖；还有马萨火车站堆聚的庞大大理石块，因为几乎每个意大利雕塑家的原料供应都来自附近的卡拉拉。

从基亚瓦里（我很庆幸有亲戚住在这里）到菲诺港、拉帕洛，乃至热那亚，所有海岸线都是连串绝壁，嶙峋陡峭，难以将它普遍现代化，或开发为公寓建筑。这段海岸线跟西班牙的布拉瓦海岸、克罗地亚的岩岸、土耳其部分海岸线、塞浦路斯岛北岸等地都有异曲同工之妙。至于平坦的地中海海岸，则都开发过度，因为地势平坦，适合兴建旅馆，容纳大量游客，从而难逃被摧残的命运。

地中海地区很少见到海浪，但是在靠近文蒂米利亚的因佩里亚，我见到高达六英尺的巨浪冲击海滩。这个星期以来，地中海地区显得颇不寻常，东风仍不断吹拂。

火车上有六对年长的美国夫妇，对这种天气颇感困惑，也被十七件厚重的行李牵绊得不堪负荷。他们是从密西西比州杰克逊出来旅游的，很快便和几个西班牙学生为了座位而起争执，由口角转为谩骂。幸而这些本性温和的人听不懂西班牙学生的谩骂。我在整个地中海地区都见过这种有耐心的美国人，老是让人占便宜或被敲竹杠。他们或许是乡巴佬，把昂蒂布念成跟“肋眼肉”押韵，在经过蒙特卡洛时，贴着车窗大声着“蒙尼卡拉”，但这又何妨？车厢内又有谁能正确念出密西西比的拗口地名约克纳帕塔法？

“你是‘黄狗’[1]民主党人。”比利·蒙杰对我说。他的结论是正确的：我宁愿投票给一条黄狗，也不会投给一个共和党人。

我回答：“真的，我宁愿把票投给一条黄狗，也不会投给民主党人。”

他哈哈大笑，说：“我们是‘黄狗’共和党，大概是你见过最右派的人了。”

“你说吧，比利，看能不能吓倒我。”

“我是‘拥护格拉姆竞选总统委员会’的主席。”

“果真很吓人。”据称，格拉姆先生是所有共和党员中最保守的候选人。

“这还不是重点。”蒙杰说，“我们家乡有个人反对格拉姆。他跟我说：‘我才不要一个该死的东方女人成为白宫的第一夫人。’”

格拉姆夫人在夏威夷出生成长，是韩国裔。

“这可是你说的，比利，他是你们的人。”

他们都在戛纳下车——把戛纳念成跟“平底锅”押韵。我继续搭车到马赛，这才听说当地没有渡轮可以往摩洛哥。我回到卧铺，一直睡到边境的波特博，才在凌晨转火车前往巴塞罗那，又搭另一班火车前往巴伦西亚。我是二十六个小时前离开罗马的。

---

① 黄狗有“可鄙的”和“反工会联盟”之意。

我再度搭乘火车在地中海西岸摇晃，只是这次是以反方向前进。这班西班牙列车在托尔托萨停了一下。这个地方的正对面，亦即横隔地中海的遥远彼岸，是我一个多月前曾驻足的叙利亚塔尔图斯。当年十字军骑士曾将塔尔图斯命名为托尔托萨。车子经过奇尔切斯时，车站招牌的大写地名乍看之下仿佛罗马数字。我在巴伦西亚的宜人车站停留片刻，买了些柑橘和一张车票，便乘车穿过遍植果树的田野，经过一座状似小型教堂，却标有“厕所”字样的建筑，抵达阿利坎特。我本想继续南行，但是没有赶上前往马拉加的车，便在当地过夜，第二天才前往马拉加。

我在马拉加买了张前往梅利利亚的渡轮票（梅利利亚是困处摩洛哥境内的西班牙领地），然后去吃当地的腌鳗鱼。

“你是美国哪里人？”酒保问我。

“波士顿。”

“波士顿绞杀手。”

“对，就是我。”

“巴达霍斯城”号渡轮下午离开马拉加，驶往梅利利亚。这是个阴暗多风的日子，船上只有大约二十名乘客。乘客多半是摩洛哥人，男的像身披阿拉伯斗篷的蓝色小精灵，女的像身穿修女服、头戴罩帽的修女，个个都带着麻袋行李。船上还有些西班牙旅客，他们驾驶的小汽车和卡车都停放在下层甲板。这是艘很大的渡轮，从吃水线到顶层甲板共有五层楼。我很遗憾不能在突尼斯搭乘另一艘类似的渡轮前往摩洛哥，不过，七个小时后，我便可以抵达摩洛哥境内的梅利利亚了。

渡轮上下颠簸地驶出马拉加外港，开始侧顶着风前行，东向强劲的浪肩抵着左舷。船员分发呕吐袋给乘客。摩洛哥人多半都派上了用场，有些人还蹒跚地走到船缘，把呕吐袋抛到栏杆外。这对我来说是一个教训。这一年半来，我对地中海一直掉以轻心，还以“驯服的”“像湖水一样”“一个庞大的池塘”“飞溅的浪花”“几乎没有特色可言”“带着木然凝窒的碧绿外貌”等形容词来中伤地中海，就像以言词侮辱一个躺在沙发上打盹的人。结果地中海终于一跃而起，冲着我的脸咆哮，就像那个躺在沙发上的人一再受到挑衅后必然产生的反应一样。

此刻的地中海浪花不再是一波波拉长的浪涛，而是在强风中不规则翻抓的汹涌波涛，比我见过的任何海洋都更混乱而嘈杂。这风暴绝不是假象，因为我们的渡轮就像尿壶般在其中不断翻腾。

“风挺大的。”我对栏杆旁的一个男人说。

船舱内一堆晕船的乘客让我的胃也感到不舒服，我只好逃到甲板上。

“这是黎凡特风。”那个人应道。虽然我在有关地中海的书中见过“黎凡特”这个名词，却是第一次听人使用。这种由东方吹来、足以扭转气象的强风，严重时足以酿成飓风。到目前为止，我只知道有晴天、阴天和雨天，从没有遇到过足以干扰我计划的风暴。

“你要去梅利利亚？”

“但愿如此。”

“为什么‘但愿’？”

“因为天气太坏了。”

他一脸担忧的样子。虽然我觉得这种风很恼人，但是没料到这种风会有危险。怎么可能？这里可是地中海。不错，我在《奥德赛》中读到过严重的风暴，但是那部史诗本来就以夸张著称。

“这是艘大船。”我说。

“有些船还是不够大，抵不过黎凡特风。”

我换了一个话题：“梅利利亚其实有点像直布罗陀，对不对？一个是摩洛哥境内的西班牙属地，另一个是西班牙境内的英国属地。”

“不错，是很像。不过我们还是想收回直布罗陀。”

“也许摩洛哥人也想收回梅利利亚。”

“对，不过我们也想拥有那里，还有直布罗陀。”

他哈哈大笑，体会出这件事的矛盾，但仍拒绝让步。

甲板上很冷。虽然风大，但是没有雨，甲板是被浪花溅湿的。强风使海水升高，也压低了云层，能见度变得很差。浪花砰然冲击船身，仿佛金属撞击在船壳上，发出破钟的声响。

那名乘客叫安东尼奥，是米哈斯人。我告诉他，一年多以前我去米哈斯看过斗牛。

我觉得整个斗牛过程恶心而残酷，但是为了探询他对斗牛热的意见，没有表明自己真正的感受。再者，身处风暴之中，也缺乏建设性气氛，不适合自由抒发意见。

“米哈斯越来越有名了。”他告诉他，“年轻的斗牛士会从那里起家，就跟你见到的那种斗牛一样，然后很快就闯出名气。”

“但是西班牙最出名的斗牛士都是从哥伦比亚来的，不是吗？”

“不是的。现在最有名的——真正的英雄，是乌夫里克的耶苏林。每个男人和女人都爱他，每个女孩都想认识他。”

“乌夫里克就在这附近，不是吗？”

“在南部靠海的地方。”安东尼奥回答。一阵海浪袭来，冲击在下方甲板，他惊呼一声，抓紧栏杆，提高嗓门继续说：“还有一个名人科多韦斯的儿子，不过科多韦斯拒绝承认那个人是他儿子。”

“他儿子叫什么名字？”我在风声中吼问。

“曼努埃尔·迪亚斯·科多韦斯。他跟他父亲一样疯狂，甚至还要疯狂！他父亲以前会逗牛玩，但这个曼努埃尔·迪亚斯会用脸去对着牛的脸。他比他父亲疯狂一倍！”

“我有个理论：西班牙人宁愿看足球而不愿看斗牛。”

“不对。我们更喜欢斗牛。”

“但那不是运动。”

“对，那是表演。”安东尼奥回答。

在我们短暂的交谈中，天气逐渐恶化。浪花溅入窗口，玻璃上也凝结着盐粒。海水流过上层甲板，下层甲板更受到海浪冲刷。偶尔我们会听到渡轮在风中沉没的报道，因为渡轮的设计原本不适于抵挡风暴。但是平常你不会记得那些报道，只有真正置身渡轮，陷于风暴，才老是去想那种消息。

“我在这附近住了一辈子，经常渡海去摩洛哥，不过从来没见过这样坏的天气。”安东尼奥说。

“我们应该快到了。”

“不，还有好几个小时呢。”

“这段航程七个小时，我们已经在船上五个小时了。”

“船开得很慢。”他说。

“也许梅利利亚的天气更好。”

“依我看，那里只会更糟。黎凡特风是直接朝着它吹的。”

海水的怒吼、海浪的翻腾、风声的呼啸全都在向我挑战，因为我创出“有气无力的浪花”“压抑的碎浪”“地中海的扑通飞溅”等形容词。它是被激怒的大海，而这艘巨型渡轮无法和它取得妥协。船舱内传来铁链擦撞声、汽车和卡车叽嘎声、绞盘钢筒滚动声，以及舷门栓松动声。

安东尼奥说：“我很担心我的车子，我怕会撞到其他车子。”

我一直留在甲板上。不错，甲板上很冷，风又大，但是货舱内空气太闷，休息室又令人作呕。

每隔一阵子，总有一个乘客摇晃着来到甲板上抛弃呕吐物。我努力撑着，挤在一个角落，试图阅读我在马拉加找到的一份《卫报》。

我心想：等抵达梅利利亚之后就好了，这场经历会变得像一场噩梦。

不久，当天色逐渐转暗时，船长宣布：“因为风太大，海上情况不良，所以我们不再继续前往梅利利亚。我们要返回马拉加。”

渡轮方正的巨大船身在大风中笨拙转向，摇摇晃晃，海水四溅，然后便向暴风低头，全面撤退。

西班牙乘客已经习惯这类坏消息，因此反应冷静。摩洛哥人则忘了所有教义的教诲，反应暴烈，又是吼叫，又是争辩，又是扔东西，又是撞击舱门，孩子哭闹，男人咆哮，女人生闷气，人人都不想回西班牙。

几小时后，我们在黑暗中返回马拉加。我对半途折返虽感挫折，但也松了一口气。渡轮船长最了解这些水域，如果他对自己的船舶有信心，绝不会自动放弃这次航程，可见他也担心这艘船的安危。这时港口已经关闭，所有轮渡班次都取消了。

安东尼奥开车送我到火车站。他说："这种黎凡特风通常会持续三天。"

有时不止三天。我也决定全面撤退，返回这趟旅程的起点。从阿尔赫西拉斯到休达，也就是南端的赫拉克勒斯之柱所在，只需一个半小时航程。我很失望无法由突尼斯航往摩洛哥，但是我被迫绕回起点，从直布罗陀海峡渡海，不是也很有意思吗？此举其实并没有破坏我的计划，因为我一直随兴而行，根本没有什么计划。

由马拉加到阿尔赫西拉斯的海岸全部笼罩在暴风中。这次我目睹的托雷莫利诺斯的景观十分狂野，强风肆虐，托雷布兰卡也一样，海上灰蒙蒙的，巨浪冲击在荒凉的海滩上，形成一层厚厚的泡沫。在返回起点途中，路旁招牌也由纯西班牙语转为双语，再转为英语。然后举目皆是"烈酒店""不动产经纪人""租借录像带""美容院""音乐咖啡厅""保险经纪人""典型英式早餐""五金行""法律咨询"等招牌，还有报架上的《太阳报》。

就是这类海岸，促使哈里·里奇在《阳光海岸》的最后写出极富机智的那句名言："又来了！"作者望着不良青少年和旅行团充斥的混乱海岸，再抬眼注视山头间的夕阳，感慨道："西班牙，一个看起来很美丽的国家。我真应该去一趟。"

随后我又回到丰希罗拉（"一应俱全地照顾你的宠物""典型英国酒馆"），接着来到马尔韦利亚，经过一个个旅行拖车营区和白色公寓建筑遍布的丘陵。不远处的地中海白浪滔天，似乎正提醒岸边所有摆设在海滩、不堪一击的东西，这片《圣经》第一页形容的古老水域是不容低估的，大自然的力量远远超过任何人为的。所以跟你的海滩阳伞、荒谬招牌、雨篷、廉价篱防说再见吧！跟你的公寓和农场说再见吧！跟海岸线的脆弱土壤说再见吧！大自然也是扼杀欢乐的杀手和梦想的终结者。

这场风暴赋予地中海一种我从未见过的匀称感，阵阵海流从远方地平线滚滚而来，卷上岸，冲击着海滩与海边步道，刷洗着阴暗的沙石，将所有垃圾一起带走。

十七个月前，我在阳光中离开阿尔赫西拉斯，绕经地中海，由远路前往摩洛哥，此刻我却冒着飓风返回原地。在暴风雨的夜晚，一座滨海城镇也变得重要。这不是寻常的风，这是黎凡特风，根据阿尔赫西拉斯海港气象站的正式测定，风速可达每小时九十三英里（一百五十公里）。依据蒲福风级标准，每小时达到七十二英里便可以命名了。所以这是强度达十二级的飓风。大部分时间，黎凡特风的风速均在五十多到六十多英里间，只属于强风，但偶尔也会成为十一级飓风。这是风暴肆虐的第三天，由于强风吹落电线，阿尔赫西拉斯陷入一片黑暗。

这场风暴成了新闻。就像马拉加和梅利利亚，阿尔赫西拉斯的港口也暂时关闭。此外，丹吉尔关闭，休达也关闭。地中海的这一端已全部陷入停顿状态。阿尔赫西拉斯的渡口车辆云集，人们睡在港口的渡轮候船大厅内，在自己的车辆旁野餐。旅馆客满，这个一向平静的市镇突然挤满了等待搭渡轮离开的旅客。

位于海岸处的塔里法，松散的沙石被吹拂一空，留下坚硬、平滑、凝聚的地表。葡萄牙水手有句关于黎凡特风威力的谚语：“黎凡特风吹起，连石头都会移动。”海边道路上，可以看到塑料袋贴在羊圈栅栏上，招牌掉落，树木和电线也纷纷断裂。阿尔赫西拉斯的狭窄后巷中，一些不明物体被吹拂而起，啪地打在我脸上。滨海步道上的棕榈不断发出声响，枝叶乱击。一些大型金属招牌也从建筑物上被吹落，砰然坠落地面。

这种不断吹袭的风是最恶劣的天气，让人有精神错乱之虞。这种风比雨狂乱，比雪讨厌，虽然看不到它，但是它会推，会拉，会扯弄你的衣服，扭曲你的脑袋，终而影响你的心灵。那个晚上和第二天都过去了，风还没有停。在风声呼号中入睡的感觉很怪异，醒来时，风仍吹袭不止。我在阿尔赫西拉斯的第二天，风力似乎更强。

“我去过摩洛哥二十三次，”一个名叫古里克的赏鸟人告诉我，“来回海峡四十六趟。其中只有一次被迫取消，是有一年圣诞节前夕从丹吉尔回来的时候。”

古里克正要带领某个赏鸟团前往摩洛哥。他的越野车堵在码头上，他的乘客也逐渐不耐烦。

“我们都是赏鸟人。”那个团体中唯一的女性告诉我。

她名叫黛比·希尔沃特①。

“真巧，一个赏鸟人竟然跟鸟同名。”

“我是出于个人理由，从米利查普改过来的。”她说，“不过我也讨厌以前老是为别人拼写我的姓。”

“那现在可好了，每个人都会拼写希尔沃特了？”

她大笑：“没有！他们也叫我 Clearwater（“清水”）、Stillwater（“死水”）、Sharewater（“分水”）……”

---

① 希尔沃特有“海鸥”之意。

“那面旗子不像昨天飘得那么厉害了。”另一个赏鸟人说，两眼望着一面印有“海峡”字样的旗子。

但是那面旗子之前飘荡得很厉害。

“在我的家乡，这种风会成为新闻，头版新闻。”黛比·希尔沃特说。

当天稍晚，古里克骄傲地传阅《国家报》上一则关于黎凡特风的消息。根据报道，港口已关闭了两天半，风速最高达一小时一百五十公里，海峡有五十英尺高的巨浪，有些渔船失踪。其他消息则是有关在阿尔赫西拉斯等候的大批人群，有旅人、卡车司机，有摩洛哥人、西班牙人。这些旅客在镇上游荡，仿佛流离失所的人，无法继续前行。

阿尔赫西拉斯有家旅馆——克丽丝汀女王旅馆，几乎没有几个人，这是最好的旅馆，坐落于该镇边缘。我住在靠近码头的一家旅店，以便察看渡船和风暴的情形，但是有一天我踱到克丽丝汀女王旅馆消磨时间。这家旅馆有一座游泳池，有花园，周围有树木，像座乡间别墅，而不像港口城市的旅馆。旅馆大厅墙壁上有曾光临这家旅馆的贵宾铜制签名：一九三七年七月二十日，富兰克林·德拉诺·罗斯福；一九五六年，科尔·波特①；一九五七年，哈利法克斯爵士、埃斯蒂斯·基福弗②；以及阿方索十三世③、奥森·韦尔斯④。

① 科尔·波特（1891—1964），美国音乐喜剧作曲家、抒情诗人。
② 埃斯蒂斯·基福弗（1903—1963），美国政坛领袖，曾角逐副总统。
③ 阿方索十三世（1886—1941），西班牙国王。
④ 奥森·韦尔斯（1915—1985），美国演员，广播、电影、戏剧制作人。

一九二七年到一九二八年间，叶芝曾在阿尔赫西拉斯过冬，他是因为重感冒而来西班牙疗养的。在克丽丝汀女王旅馆庄严豪华的环境中休养时，他写了一首题为《在阿尔赫西拉斯——对死亡的冥想》的诗，一开头便描述了海峡的美景：

生有苍鹭尖啄的浅羽禽鸟
在摩洛哥的羊群与牛群间
以污秽的寄生虫维生觅食
飞越狭窄的海峡前来
栖息于夜色浓郁的庭园林木间
直待晨光点燃这片汇集的海域。

回到镇上，那个乐观的赏鸟人又说："我觉得那面旗子不像今天早上飘动得那么厉害了。"

吉卜赛人、德国人、摩洛哥人、非洲人、水手、家庭、小孩、摩托车骑士、狗、卡车司机、巴士乘客，每个人都在等。有些人喝醉了酒，有些人在自己车内睡觉，自助旅行者横陈在港区大楼的地板上，在睡袋中睡大觉。但还有人陆续开车抵达，准备搭渡轮前往丹吉尔或休达。

这里到休达需要一个多小时，到丹吉尔大概要两个小时。但是三天过去了，仍没有渡轮起航，风也未曾停息。为了打发时间，我搭巴士前往塔里法。那是个宜人的小镇，正受到狂风肆虐。水花从港口的一边刮到另一边，把为"讨海人"竖立的铜人也溅得湿透。

风吹得我头痛，也使我心浮气躁。它半夜吵醒我，迫使我听它不断折腾这个小镇，刮着窗户。白天它也让我感到全身邋遢，眼睛疼痛，全身筋疲力尽。

阿尔赫西拉斯太小，而我又被迫停留太久，因此老是见到同一群人。我开始认出其中一些人，一个贩卖陶制储蓄罐的陶瓷商人、许多贩卖皮夹克的摩洛哥人、一个兜售彩券的侏儒。有些经纪人在卖渡轮票，还有些水果贩，以及市场上的屠夫和鱼贩。有些重生成为基督徒的嬉皮士合开了一家咖啡店，在卖三明治之余，还奉送《圣经》，我一定要结识他们。还有个卖手表的印度人，已经在西班牙住了十年，他表示："这里不像伦敦，没有一个西班牙人对我说过'× 你的印度人'。以前在伦敦搭地铁，还会有四五个人盯上我，说我的坏话。西班牙人是好人。"——我也认识他了。

还有胡安娜，就站在佳酿酒吧附近的人行道上。她才二十岁，也许更年轻，但是因为染有严重毒瘾而看起来苍老得多，形容憔悴，两眼充血，一头乱发。她紧抓着上衣，扬着满是痘疤的脸孔，在行人间乞求、搜索着，强风不住地撕扯她的头发，拉扯她的裙子。她觉得寒冷难耐，有时候简直绝望。

"先生，你好！"

大部分人都匆匆走过。她不是坏人，但是在寒风中从酒馆的阴影中突然冒出来，不免像个巫婆，令人害怕。

我已熟悉她的脸孔，所以通常都会跟她打声招呼。这种友善之举使她受到了鼓舞。"要不要乐一乐？"

"不要，谢谢你。"

"三千（比塞塔）。"约合二十五美元。

"不要，谢谢你。"

“无论你想做什么都可以。”

“不要，谢谢你。”

“这包括旅馆房钱。”

“不要，谢谢你。”

“很便宜！”

她顶着风尾随着我，然后被一个身材高大、声如洪钟的女人叫回去：“胡安娜！”

由于风太大，我不能看书。在这种风中，我无法思考，听音乐更不可能，谈话也不成。吃完饭，我总是到附近一家酒吧去看电视，日子也过得像阿尔赫西拉斯的中下层阶级。有个晚上，电视上播映西班牙语配音的《鳄鱼先生》，我跟他们一起看。我们还一起看摔跤和足球。有天晚上转播了一场斗牛，一名斗牛士骑在马背上弄伤了一头牛，然后又骑来骑去，用一支矛杆去戳刺那头淌血的牛。不料那头牛一转身抵伤那匹马，造成人仰马翻，然后上前践踏他们。斗牛士一动不动地躺在倾倒的马旁，直到旁人将牛引开，用剑刺穿它。在那十分钟的斗牛中，很可能一举造成牛、马和斗牛士相继毙命。

我们也看动画片，这是五天黎凡特风对我造成的冲击。一个脑筋有问题的中年人，坐在脏兮兮的外籍兵团酒吧的摇晃椅子上，观看《猫和老鼠》。

到第六天，黎凡特风仍然像第一天一样强劲，但这不是新闻了。一八五四年，海军少将威廉·亨利·史密斯在他的著作《地中海》中写道：“邻近最强烈的一种风是直布罗陀的索拉诺风或黎凡特风。直布罗陀海峡的风，无论起自地平线的东边点还是西边点

（即术语的‘下’或‘上’），通常都会造成难以忘怀的结果。这点由海峡两岸的地形构造便可一目了然。在这些风中，以东风最为强烈，经常形成巨浪和漩涡，在海湾造成极大不便，也使海岸地区天气恶劣，难以承受，因此直布罗陀历史学家阿亚拉先生才将东风称为‘海峡暴君’，而将西风称为‘解放者’。”

在我抵达的第六天，直布罗陀上方的晨曦烘托出卷卷令人作呕的灰黄色云层。虽然由拉尼亚望去，直布罗陀岩角有如瑞士马特洪峰，从阿尔赫西拉斯望去，则俨如一座城堡，但由港口望去，那座繁复的岩山有如一条在壁炉前地毯上猛嗅的杂种狗。

“我想那面旗子开始垂下来了。”那个赏鸟人又说。

他又错了，不过那天下午风势总算减弱了，到了晚上，港务局终于下令重新登船。此后，每件事都进展快速。整个港口再度苏醒，人们纷纷奔向自己的车子，抱起孩子和狗，卡车司机也开始发动引擎。而遭强风肆虐六天的阿尔赫西拉斯也顿时泄了气，丧失了原本顽抗的雄姿。暴风过去了，这个城镇也像它的旗子一样颓然下垂，重新符合旅行指南对它的描述：“一个丑陋的城镇，乏善可陈。”

经历了这一切，渡轮之行也大为扫兴，从阿尔赫西拉斯到南端赫拉克勒斯之柱只花了一个小时。那处柱石和直布罗陀呈九十度角，不过是一座小丘，与直布罗陀可谓“在气势上瞠乎其后，在古老程度上却旗鼓相当”。当地既上不了镜头，也不出色，唯一标榜的天竺葵也不过是另一种二流的古风遗物，使我省思到旅行的过程才重要，而不是抵达目的地。

见到另一根赫拉克勒斯之柱之后，我的“大旅行”也应该告一段落了。但是耗了那么久才抵达摩洛哥，因此便决定去丹吉尔看一看。再说，戴维·赫伯特刚刚以八十六高龄去世。死者略传中称赫伯特为“一个时代的结束”，并描述他的风流轶事：“他成为丹吉尔社交圈极受仰慕的人物。在‘东方的切尔滕纳姆[①]’（正如比顿所称呼），人们经常可以见到他在‘卡斯巴’为芭芭拉·赫顿举办的屋顶派对负责插花。”曾有人鼓励我去拜访他。“他很可怕，你会喜欢他的。”他是个多才多艺的人，戴着一顶假发，妹妹是英国皇太后的侍女。他认识每个住过或拜访过丹吉尔的人，以及那座滨海索多玛[②]的每名高级官员和男同性恋者。

戴维·赫伯特的父亲是赫伯特爵士，即第十五任彭布罗克伯爵和第十二任蒙哥马利伯爵之子，曾沦落到破产之境。老赫伯特继承了威尔顿宫——“英国最漂亮的房屋”。戴维·赫伯特是次子，因此并未袭爵位，但是他仍自称赫伯特爵士，令他哥哥极为气恼。他以“丹吉尔的无冕女王”远近驰名。

我搭巴士由休达前往丹吉尔，车上除了一对吓坏了的游客夫妻，全是摩洛哥人。“我是外科医生，我太太是律师。”那个人多此一举地摆出架子。他们是明尼阿波利斯来的。“这两个行业在这儿都得派上用场。”我说。

巴士驶入城内时，正逢倾盆大雨，西班牙街和海滩街交会处，豆大的雨点把映着麦地那的水塘明亮倒影搅乱成耀眼的反光。

我刚下车，四个男人便围拢来。

“欢迎你，我的朋友……”

---

① 英国西南部一个镇。

② 《圣经·旧约·创世记》中，因罪孽深重而被上帝焚毁的古城。

“听着，我不是向导。我只想练习英语……”

“我是学生。我带你去看你想看的……”

“我带你去旅馆……”

他们尾随着我，纠缠着讲个不停，很难摆脱，但是我在雨中坚决前进，一副胸有成竹的模样，终于让他们死心离开。再往前走，又有乞丐盯上我，不过这时道路逐渐陡斜——丹吉尔延伸到几处山丘上，接着全是摩洛哥男人和女人，以及修女，竖着尖顶罩帽抗拒着雨水和寒意。我由麦地那穿过。“麦地那”在阿拉伯语中意指“城市”，通常是指阿拉伯聚落中有围墙包围的旧城；“卡斯巴”则指“堡垒”。最简单的定义是：“麦地那”是有城墙的城市，有许多进出的城门；“卡斯巴”是要塞，只有两个城门，一进一出。

我正前往穆尼利亚旅馆。威廉·巴勒斯[1]曾在那里撰述《裸体午餐》；杰克·凯鲁亚克和其他人也住过。途中，我从雨中迈向一处光亮的门口研读地图时，一个男人出现在我身边，问我在找什么。我告诉了他，他说：“这里就是一家旅馆。”他带我到一个房间，房间还算清爽，一晚只要十五美元（一百四十迪拉姆），再者，我双腿已湿，实在不想再往下走。

旅行之初，我便希望能顺道拜访鲍尔斯，因为他对丹吉尔的文化生活的重要性，就跟马哈福兹对开罗的一样。戴维·赫伯特只不过是个多彩多姿的人物，鲍尔斯则曾写过几部我很佩服的小说：《遮蔽的天空》《让它下来》《蜘蛛屋》。他有很多短篇故事我也觉得很出色。二十世纪几个最奇特、最好的作家都曾经来过丹吉尔，鲍

① 威廉·巴勒斯（1914—1997），美国小说家。

尔斯认识他们，因为他就代表丹吉尔城。他也曾结识斯坦夫人、巴勒斯、维达尔、凯鲁亚克和所有其他人。他是作家、作曲家，还翻译了西班牙和北非的阿拉伯语作品。大半个世界的人都来过，每个人都离开了，鲍尔斯却留了下来，而且显然仍勤于笔耕。在一个可乘喷气式飞机旅行、来去简单的时代，他却拒绝让步。依我看来，他似乎是最后一个浪迹天涯的人。

“鲍尔斯先生病得很严重。”一名摩洛哥人告诉我。

这并不意外，毕竟鲍尔斯已经八十好几了。此地天气不好，先是刮了六天黎凡特风，现在又下雨。由于天冷，我必须穿外套和毛衣，房间内也必须开暖气。我担心鲍尔斯的病情，但不想去打搅他，而且不管是什么病，在这种湿冷的天气里，总有恶化的可能。更何况，没有人帮我引见他，我甚至连他住在哪里都不知道。

这个名叫穆罕默德的摩洛哥人宣称他认识鲍尔斯。“他没有电话。”他告诉我。

他愿不愿意帮我送封信？他说愿意。我写了张便笺，告诉鲍尔斯目前我在摩洛哥，问他身体好不好，能不能去看他。我把信交给穆罕默德，麻烦他帮我转交。

“我们明天三点钟见。”穆罕默德说，“我会带回音给你。”

雨下了一整夜，嘈杂地打在鹅卵石街面上，使得“卡斯巴”窄路暗沉沉的，也使得“麦地那”的行人销声匿迹，或逼得他们躲在门口避雨，整座城洋溢着一股神秘气息。雨中的丹吉尔闪烁发光，奥秘难解。在这种恶劣的天气中，所有摩洛哥人都拉上罩帽，丹吉尔也仿佛成了僧侣之城。

我可以理解为什么某些外国人会被丹吉尔吸引。它充满迷人的矛盾特质，其中最显著的一项是：此地似乎没有法律，却很安全。还有，这里表面上固然带有异国风情，但感觉不疏远（我从旅馆楼上就可看到对岸脚踏实地、工作勤奋的西班牙人）。丹吉尔有种邪恶不法的气氛，其实却十分平静。除了那些纠缠不休的生意人，当地人对陌生人相当容忍，甚至完全漠然。此外，几乎每样东西都便宜，最重要的是，差不多样样都有，不但有欧洲走私进口的舒适用品，还有介于欧亚之间难得有的娱乐享受。

如果决定留在丹吉尔，你会发现这里还有很多跟你一样的人在此写书，作曲，追求当地男孩或外国女孩。这是个视觉上有趣却没有压力的城市。我在等待鲍尔斯的回音时才了解到这一点。这是一个很容易消磨时间的城市，戒律宽松，充满历史轶事。真正强悍的摩洛哥人其实在里夫山脉后方，外国人在那里可能得小心一点，但是在这里，每个人都属于丹吉尔。“具有国际都会性质、邋遢而熟悉的丹吉尔，”伊迪丝·华顿在她的旅行著作《在摩洛哥》中曾描述道，“过去四十年来，每个游客都曾来访。”

从一九二三年到一九五六年，丹吉尔是正式的国际共管地区，由九个国家派驻在当地的代表负责共管，包括美国在内。虽然一九五六年摩洛哥获得独立后，丹吉尔便成为它的一部分，但是丹吉尔人的态度和当地的混浊文化并未改变。除了“卡斯巴”旧城、毒品及在咖啡馆附近徘徊的男妓，丹吉尔还有美丽的圣安德烈英国国教教堂和大清真寺。我观察到，丹吉尔似乎不是摩洛哥的，而是地中海的都市——一个与地中海其他城市关系密切、与自己国家反而淡漠的地方。某些地中海地区的大城市便有这种特质，比如亚历山大和威尼斯，马赛和突尼斯，甚至更小的地方也有这类特质，比如撒丁岛的卡利亚里、马略卡岛的帕尔马和克罗地亚的斯普利特等。这些地方在精神上都属于混杂的地中海性格。

我在明萨旅馆跟穆罕默德碰面。这个旅馆也是丹吉尔的重要地标之一，造型优雅，却异常昂贵。

“保罗·鲍尔斯先生病了。”他说。

“你昨天就告诉过我了。他现在病得更严重吗？”

“也许吧。”穆罕默德回答。

“你有没有把我的信交给他？”

“有。”

“没有回音吗？”

“你可以去问保罗·鲍尔斯先生。”

“我怎么问他？”

“你可以去见他。”

问题是怎么找到他。奇怪的是，每个人都知道他，但是没有一个人能确切指出他住在哪里。更奇怪的是，他在同一间公寓住了将近四十年。鲍尔斯不常出门，他自我流放在丹吉尔，也流放在自己的公寓。穆罕默德知道鲍尔斯所住的公寓名字，也知道街名，不过似乎没有一个人认识那些名字，载我的出租车司机必须到处问路。原因是那条街道已经重新命名，不再叫伊曼卡斯特拉尼了，而那栋公寓也没有门牌号码。那里距离丹吉尔市中心约一英里，属于郊区。那栋公寓平平无奇——四层无以名状的楼层，由后面进出，一楼是两家商店。

一个在门廊游戏的小女孩用法语告诉我：“那个美国人鲍尔斯住在楼上二十号房间——四楼。”

我上楼，按了门铃，站在半阴暗的走廊上等待。我连按了四次门铃，但里面除了叮咚的铃声，没有其他声音。这是个阴冷潮湿的下午，公寓内飘浮着难闻的炖肉味。我心想，如果能侥幸活到八十五岁，我可不要住在这种地方。给我阳光吧。

“有次我去拜访鲍尔斯，我进入公寓时，一个阿拉伯人正把他抛到空中。”我的友人泰德·摩根曾告诉我。

摩根是历史学家和传记作家（写过毛姆、丘吉尔、小罗斯福总统、巴勒斯等人的传记），在人生的前一阶段就住在丹吉尔，当时名叫桑什·德·格拉蒙。他在关于巴勒斯生平的《文坛的非法之徒》中对丹吉尔的描写，重燃我游访这个城市的欲望。他觉得丹吉尔是个恐怖却有趣的地方。不过鲍尔斯被抛在空中是怎么回事？

“那个阿拉伯人孔武有力，表情严肃，抛掷鲍尔斯的样子就像我们抛弄婴儿、逗婴儿笑一样。鲍尔斯一会儿上一会儿下，咯咯笑个不停。”

公寓内始终没有回音，我便转身按了一下电梯按钮，不料二十号公寓的门突然打开，冒出一个身穿黑色夹克、貌似硬汉的摩洛哥人。

“什么事？”

“我想拜见鲍尔斯先生。”

那个阿拉伯人瞪着我。为什么他这么久才来应门？

我又说：“我想问他有没有收到我的信。”

这个借口似乎很薄弱，但是他点了点头：“你等一等，我去问他。”

他没有把门关紧，我可以从门缝中望进阴暗的公寓，看见一个放了靠垫和低矮座椅的房间，摩洛哥式客厅，旁边有架子，但是书不多。右侧有间小厨房，里面有个炉子，上面放着一只熏黑的水壶，不过炉灶是冷的，没有在烹调。我正用脚去推门，阿拉伯人又走了回来。

“你可以进来。”他突然说，既非有礼，也非粗鲁。但他很强壮。我可以想象这名阿拉伯人就是摩根故事中的那个人，把一个杰出的作家抛在空中，逗他咯咯发笑。阿拉伯人径自离去，让我一个人在屋内摸索。

客厅很暗，我看不见架子上几本书的书名。再过去一个小房间也很暗，但是这一切阴影其实是最后一个房间流泻出的光线造成的。保罗·鲍尔斯穿着棕色浴袍，躺在靠墙面的低矮床铺上，像守在小房间内的僧侣。

我对这个房间的第一印象是非常温暖而且拥挤。暖气来自一个衔接瓦斯瓶、嘶嘶作响的灯，一种原始的暖气机，在数英尺外朝鲍尔斯喷射着带蓝的橙色火焰。他周围散置着零碎的小东西，包括笔记本、笔、药瓶、药丸和卫生纸。空气中散发着樟脑和尤加利树油的气味，使整个房间有病房的感觉。

“进来，进来。”鲍尔斯招呼道，“对，我知道你的书。你就坐那张椅子吧。”

他有一种美国上流社会的声音，相当柔和，带有东岸纽约和新英格兰地区的口音，但事实上没有地域性，倒更像是念预校而训练出来的英语。

“我现在身体不好，腿上本来有条动脉阻塞，医生立刻替我开了刀，我想手术是管用的。不过你看我现在这样子，不能走。我也不知道今后还能不能走。”

尽管躺在床上，他却没有病容，而且看起来也不显老。他有点娃娃脸，头发虽然白，却并未脱落，外貌很像牧师或校长。他说话准确清楚而仔细，有时带点讽刺意味，但反应灵敏，听力绝佳，脑筋灵活，只有他的姿势（躺卧在床）和他的瘦削才显示出身体可能违和，除此之外，他只像个正在小寐却被我吵醒的人，而且很可能真的是被我吵醒的。

他需要的每样东西都在伸手就能够到的地方。周围有书、纸、药，旁边有茶壶、汤匙、火柴。面对他的墙上有架子和壁橱，里面堆放着毛衣、围巾和手稿。有些手稿是打字的，其他的则是乐谱。

在靠近鲍尔斯躺卧处的矮桌上，有一个大型节拍器、瓶装胶囊、药膏、磁带、一罐雀巢可可粉、咳嗽药水、吃了一部分的糖果、一张揉皱了的“威廉·莫里斯经纪公司”信纸，还有一个塞着一封信的信封，上面写着“摩洛哥丹吉尔保罗·鲍尔斯”，住址模糊不清，但是显然还是送到了收信人手中，正如我也是靠着这些信息摸索而来。

那个节拍器令我想起鲍尔斯在写给亨利·米勒的一封信中所说的话。那封信收在他的《接触》中，提到他选择住在丹吉尔的原因。“我也跟你一样，觉得事情应该慢慢做。”他写道，“现在回想起来，这也是我一直住在这里的原因之一。一个人可以把自己的生命节拍器调整到最适于生活的速度。美国老是让人觉得时间飞逝，要做什么事就要快点做，结果把生命过程中的乐趣一起抹煞了。”

窗户上悬挂着遮光窗帘，挡住了所有光线。这一点令我印象深刻。在这个阴暗的小房间，你根本不知道现在是黑夜还是白天，或置身哪个国家。

“我非常抱歉打搅了您。”我说，“您肯见我真是太好了。我不会待太久的。”

“我很高兴你来。”鲍尔斯说。

“但是我看得出来您正在工作。我知道我一定打扰到您了。”

“要是我能起来就好了。”鲍尔斯说，“我正在翻译一点东西——《罗德里戈·雷伊·罗萨，一个危地马拉人》，而且有首曲子还没有弄好。你怎么会来丹吉尔的？”

“我正在地中海地区旅行，希望能理出一点头绪，去一些我没有去过的地方。”我回答，“不过您在这里已经……您是什么时候来的？”

“我一九三一年初次来到这里。”鲍尔斯把袍子拉向颈际，“本来打算去法国的维勒弗朗什，格特鲁德·斯坦跟我说：‘去丹吉尔好了。’我根本分不清丹吉尔和阿尔及尔，但是她来过，她对本地一个画家很有兴趣。”

格特鲁德·斯坦——她不是也要弗朗西斯·罗斯爵士和多萝西·卡林顿去科西嘉岛，要罗伯特·格雷夫斯去马略卡岛，还要海明威去西班牙吗？现在我对她的印象是一个高头大马、颐指气使的女同志，在她巴黎的沙龙君临天下，担任文学界交通指挥，把作家遣送到地中海地区各个匪夷所思的地点。

“我是跟艾伦·科普兰[①]一起来的。”鲍尔斯说，“他痛恨此地。这里晚上经常听见鼓声，你一定也听到了——艾伦不能睡觉。他以

① 艾伦·科普兰（1900—1990），美国作曲家。

前听到这些鼓声就说：‘土人要打仗了。’他很担心。后来他走了，我却留了下来。”

“您一定也到过很多地方。我很喜欢您那些有关墨西哥的故事，尤其是《塔卡特的道伊牧师》，道伊牧师用他上发条的留声机播放爵士乐，让印第安人愿意留下来听他讲道。”

“一九三六年我在墨西哥，一直到……珍珠港事变是什么时候？”我提醒他是哪一年。“对，直到一九四一年。”他露出笑容。“《道伊牧师》那篇我最喜欢的部分是那个女孩，还有那只打扮成洋娃娃的小鳄鱼。”

“最近您有没有去哪里旅行？”

“六月份我才去过马德里，听他们演奏我的音乐。”

“那美国呢？您有故乡吗？”

“纽约是我的故乡，如果纽约可以称为故乡的话。”鲍尔斯回答，“不过我已经有二十七年没回美国了。我不怕坐飞机，只是嫌麻烦，到处耽搁，等来等去的。而且每个人只能带一只箱子。我喜欢以前那段日子的旅行方式——坐船，我可以带上半打箱子，也许两个箱子都装书。现在已经不可能了。”

“您把这儿当自己家已经多久了？”

“我是一九五七年搬进这间公寓的，如果你问的是这个的话。”

“我指的是丹吉尔。”

“好多年了。”鲍尔斯说，“有阵子我在斯里兰卡有栋房子，但是我喜欢这里。我喜欢伊斯兰国家。这里腐化，但是不像中美洲某些国家那么腐化。”

“在这里待了这么久，您有没有改变？”

“住在这里，处在穆斯林中间，我想我变得更有耐心、更认命。”鲍尔斯回答，“很多事你无法控制，所以能怎么办？穆斯林活在信仰中，他们中很少有伪君子，但虚伪是基督教义的一部分。”

“丹吉尔究竟有什么？为什么会吸引这么多外国人？”

他耸了耸肩。这个问题并没有冒犯他，也许他已经听人问过一万次了。他说：“他们没有留下来。‘避世派’[①]那些人来过两次，先是一九五七年，然后一九六一年，有奥尔洛夫斯基、格雷戈里·柯尔索和艾伦·金斯堡。”

“威廉·巴勒斯呢？”我催促道。

“巴勒斯也在这里。”鲍尔斯应道，“有很长一段时间，他不知道自己在哪里。然后他开始写《裸体午餐》。他每写完一大张稿纸，就让稿纸掉到地上。是艾伦帮他收集起来、排整齐的。”

我知道鲍尔斯一直跟那些“避世派”的作家保持距离。那些人只是路过，而鲍尔斯是有身份地位的流亡者——至少表面上如此。而且，他是结过婚的人，他的妻子简·鲍尔斯也是丹吉尔社交圈的名人。她的小说《两位严肃的女性》是我读过最奇特的书，文笔洗练，但是怪异。他们夫妻养了一条鳄鱼当宠物，没有子女。简是个同性恋，在生命末期必须以轮椅代步。丹尼尔·法森在他的弗朗西斯·培根传记中曾提及简：“她喝酒，而他喜欢嗑药，比如大麻烟土。她称呼自己是‘犹太跛子同志’，对自己很残忍。”培根还说简：“最后死在马拉加一所疯人院里，这真是世界上最凄惨的事了。

① 二十世纪五十年代盛行于美国文艺圈的一群以放浪形骸、摆脱传统为诉求的人。他们通常对政治、社会漠不关心，主张通过吸毒、爵士乐、性放纵、禅宗教规等提升感官意识，以达个性解放、净化和启迪的目的。

由修女照顾，你能想象比这更可怕的事吗？”

法森在书中还引述诗人伊恩·芬利森的话：“对鲍尔斯夫妻来说，性显然是件尴尬的事，而不是一种纾解或成就更细腻感情的方式。鲍尔斯喜欢年轻男人，从好的一方面解释，也许只属于某种师长和父执的关系。”

但是那些显然已成了过去，而且是很久以前的历史了。我觉得鲍尔斯是会掩饰所有情感的人，一双眼睛炯炯有神，目光却是冷凝的。他似乎同时具有全神贯注、知识渊博、见多识广、疏远、淡漠、虚荣、怀疑、怪异、自给自足、无以摧折、狂妄自大、喜欢别人赞美等特质。就这方面来说，他和我这辈子认识的每一个作家差不多。

提及“避世派”时，鲍尔斯提到了金斯堡。“他是个失意的犹太教士。”他说，“看起来就像个化学教授。我看过他写的《嚎叫》，但不喜欢。我也看了他的另一本书《祈祷》，更喜欢这本。”

“那《裸体午餐》呢？”

“巴勒斯有幽默感，”鲍尔斯说，“其他人都没有。”

“您最近看什么书消遣？”

“最近我重看了一遍《胜利》，那三个男人出现的时候很邪恶。我也再读了一遍《印度之旅》，可是不像第一次看的时候那么喜欢。”

“您刚刚说在斯里兰卡有个住处？”我探问。

“我有座小岛，”鲍尔斯说，“我很喜欢。有次正好去威尔顿宫拜访彭布罗克伯爵……”

“戴维·赫伯特的父亲。”我说。

“对。结果碰到西比尔·科尔法克斯。我跟他们说想去一个温暖的地方，他们建议我去锡兰。我搭了一艘波兰的船，那一趟很恐怖。我先到科伦坡，又往南到加勒，然后到了那座小岛。岛很小，只有一英亩左右，但是植物长得很好，是一个法国人从世界各地带过去栽种的。小岛要出售时，我拍了封电报给银行，就买下来了。”

今日置身这个温暖的小房间，窗帘一拉上，鲍尔斯等于又处在另一座小岛上。这里可以说是最窄小的生存空间，而他显然就在此生活并工作，在这里吃，在这里写作，在这里睡觉，他的书本、音乐、药品全在这里，他的世界已经退缩到这几面墙壁之间。不过这只是外表，只是另一个假象，他的世界其实在他心中，而他的想象力可谓无远弗届。

我说我该走了。他说：“我很欢迎你继续留下来。”接着他打开一个扁平的香烟盒，拿出一支手卷的香烟，递给我。

“来，抽支‘积福’。”他说。“积福”是大麻，“美酱”则是大麻烟土。他加了一句：“平常我四点喝下午茶。你看，都快五点半了。”

我们两人开始吞云吐雾，现在我才知道方才嗅到却无法辨认的气味是什么了。我们默默抽了一会儿烟，然后我的头皮开始发紧，脑袋和眼睛也开始发热。

“我是出于健康的理由才抽这种烟的。”鲍尔斯说，“不过，这种烟应该合法化才对。”

“当然。”我回答，“本来我想带瓶酒给你。”

“我不喝酒。下回带巧克力给我。”

我们继续吐着烟雾，在沉默中气氛融洽。此刻我才领悟到鲍尔斯真正的力量在哪里：他是个顽固的人。别人来了又走，鲍尔斯却留了下来；别人兴致勃勃着手谱交响乐、写小说，又罢手，鲍尔斯却坚持完成作品；别人生病的时候就忽略了工作，鲍尔斯却把工作带到床上继续创作。他的一生是一件独立、顽强拒绝涉入他人激情的杰作。我甚至可以想象他眯着一对蓝眼睛，一双薄唇吐出“我不搬家”的模样。

鲍尔斯说：“这里每天都有人来，还有拍电影和电视的人。很多人是成群结队来的。有些德国人待了十一天，把食物和三明治扔得到处都是。还有些人要我替他们的书签名。有个脸皮最厚的人甚至跟我说：‘既然我们来到丹吉尔，就得看看你长什么样，否则我们就不走。’”

“我想因为你不跟人交际，所以大家才会来找你。”

但是另一个原因是，他没有电话，所以人们只好登门拜访。

“我所有的时间都在工作。”鲍尔斯说，“安德烈·马尔罗[①]跟我说：‘永远别成为公众偶像，否则人们会在你身上撒尿。’”

“这句话说得好。”

鲍尔斯倾身去拉窗帘，但是没有拉到，他又将浴袍裹紧一些。

“外面天黑了吗？”

“应该黑了吧，现在都七点多了。”我说，“我应该走了。”

“拖着这条腿，不知道还能不能去任何地方。”鲍尔斯瞪着盖在毛毯下瘦削的两腿，然后抬眼看着我。“我们会再见面。你会待在丹吉尔吗？”

---

① 安德烈·马尔罗（1901—1976），法国作家、评论家、政治家。

"我可能明天就走。"

他吸了一口大麻，让烟留在肺中。

"每个人都是明天走。"

天色已暗，我必须摸索着离开鲍尔斯的公寓，再跌跌撞撞地摸下楼，因为电梯罢工了。但是我兴奋不已。我已见过鲍尔斯，他待我很亲切，而且似乎也代表了对我来说有如谜团的一个地方。

我对这次愉快的会晤感到高兴，顺着以前名为伊曼卡斯特拉尼的鲍尔斯路往下走，来到主要道路，然后经过西班牙领事馆进入市区，走了大约三十分钟。我需要找个安静的地方把全部经过记下来，尤其是和鲍尔斯的所有对话。我进入一家名叫"尼古拉斯科"的酒吧，点了一杯啤酒，然后开始写。

"你是作家。"酒保对我说，他名叫哈桑。他要求看看我写的一页东西，然后对我的手写英语露出笑容。"你知道穆罕默德·舒凯里吗？他也是作家，就在那里。"

他介绍我认识一个身形矮小、笑容满面、蓄着两撇大胡髭的人。那个人有点醉意，但是仍很清醒，也很健谈。他说鲍尔斯曾经翻译过他的书，他认识鲍尔斯已经二十多年了。他最知名的一本小说是《只为面包》，但是也出版过其他书，阿拉伯语和法语都有。他还提及跟让·热内[①]的一段渊源。

"热内喜欢我，不喜欢鲍尔斯。"舒凯里两眼闪闪发光，似乎有意要我猜测其中原因。他的个头很小，五官端正，烟抽得很凶，五十多岁或六十出头，穿着一件斜纹软呢上衣，打领带，一副教授

① 让·热内（1910—1986），法国小说家、剧作家、诗人。

的派头。

“为什么？”

“因为我是边缘人。”舒凯里回答，“鲍尔斯来自很好的家庭，他有钱、有地位。但我是柏柏尔人，来自一个小村落纳多尔，二十岁之前，我还不识字。”他舔舔大拇指，佯装在文件上打手印，“我有十三个兄弟姊妹，其中九个是因为贫困而死的——患肺炎或其他疾病。”

“你认识鲍尔斯多久了？”

“二十一年。”舒凯里说，“他是个小气鬼。二十一年来，他连一杯咖啡都没请我喝过。”

“你不难相处，你只是小气而已。”鲍尔斯一个朋友曾经对他说过。鲍尔斯后来回想：“这件事让我思考了好几年，然后决定他说的也许是对的。不过这种小气不是针对谁，而只是受到新英格兰的俭省风气影响。我从来不曾质疑这种风气有什么不对。”

“你觉得他在这里快乐吗？”

“你现在不能问这个问题了，”舒凯里回答，“你应该在三十年前问他这个问题。”

我们站在吧台旁饮啤酒，酒液溅在我的小笔记本上。他们打搅我对鲍尔斯的记录工作，但是现在资料更多了——多了这段跟鲍尔斯的摩洛哥老朋友不期而遇。这段际遇有如梦境。那些人名——斯坦、科普兰、彭布罗克伯爵、巴勒斯、热内，在这个烟雾弥漫的丹吉尔酒吧内听来熟悉、突兀、虚幻，也为我这场“你好，再见”的旅行增添如梦似幻的插曲。

“他是个虚无主义者。”舒凯里说。

这句话似乎为鲍尔斯做了总结——曾经拥有一座小岛，拜访过威尔顿宫，此刻却顽固地住在一个房间里，靠古老喷灯取暖。

“是丹吉尔使他变成这样的人吗？”

“丹吉尔是个谜一样的城市。”舒凯里应道，“当你揭开谜底的时候，也就是你离开的时候了。”

这句话可以作为我的离别感言，无论是从丹吉尔离开，从摩洛哥离开，还是从地中海离开。不过当我第二天搭上“海峡”号横越海峡而去时，这句话又从我脑海中消失了。

我想，就某方面来说，地中海之旅就跟参观博物馆一样，拖着脚步，眯眼观看，有回音，有灰尘，有来路不明的珍藏。在博物馆中，人们应该带着膜拜的情绪。但即使在最伟大的博物馆，我都会分神他顾，发现自己正望着窗外的交通或树木，或盯着其他来参观博物馆的人，尤其在下雨的星期天，博物馆往往成为情侣流连之处。在观赏画作之余，我经常去看守卫，那些坐在展览室门口的男男女女，见到他们悄悄打呵欠的样子，见到他们一双双警戒的眼睛，还有胸前佩戴的名牌。没有一个博物馆的守卫像是喜欢逛博物馆的人，而我的地中海之行也正像这样。

我一直希望能在文章中用到“赫拉克勒斯况味”一词，却始终没有机会，行程中唯一具有赫拉克勒斯况味的是，每天晚上将那一天的遭遇记下来，无所遗漏，将所有行动转化为文字。这倒很像神话或古老故事中的苦役。除非完成这项工作，否则我根本无法入睡。地中海之旅对于我和许多人来说，有时是祖先崇拜之举，有时却正好相反。这和我以往的旅行都不一样，因为即使旅行已经结束，我的体验也仍未结束。旅行经常有疗愈的功效，我去中国和秘鲁一趟，治愈了对那里的向往之情；也同样治愈了对斐济、斯里兰卡、肯尼亚和巴基斯坦的想望。旅居英伦多年，我也治愈了对英国的渴望。但是此行并未治愈我对地中海地区的渴念。我知道我还会再回来，就像他们会回博物馆一样，去看（画作或者窗外），去冥想，我也会回到某些见过的地中海地方，以及更多我错过而没有见到的地方。

黎明初晓，“海峡”号的缆绳也正好拉到了岸上。我回想鲍尔斯所说的：不要成为公众偶像，否则人们会在你身上撒尿。我没有变成公众偶像的危险，不过直布罗陀就没有这么幸运了。或许这也是我第一次见到它时会心存侮慢的原因，而地中海偶像林立，也正解释了我地中海之行的心情，或部分心情。

天空中的暗彩逐渐消散，仿佛受到亮光的洗涤。东方天空渗出橘黄色泽，逐渐化为粉红，乃至苍白，点亮了前方的天空，也由东北侧衬托出直布罗陀岩角，远远望去显得更壮观，再来是两座赫拉克勒斯之柱，一大一小面对海峡而立。大海一片宁静，在无垠的天空下波光粼粼。这将是一个美好的早上，那种令人心旷神怡的明媚早晨，经过几天风暴，天空总算恢复万里无云。光线逐渐变亮，显示白昼的到来。这一天将越变越好，直到眼前的嫣红朝阳再恢复为夕阳。